Elizabeth George

Née aux États-Unis dans l'Ohio, Elizabeth George est diplômée de littérature anglaise et de psychopédagogie. Elle a enseigné l'anglais pendant treize ans avant de publier *Enquête dans le brouillard*, qui a obtenu le grand prix de Littérature policière en 1990 et l'a imposée d'emblée comme un grand nom du roman « à l'anglaise ». Dans ce premier livre apparaît le duo explosif composé du très aristocratique Thomas Lynley, éminent membre de Scotland Yard, et de son acolyte Barbara Havers, qui évoluera au fil d'une quinzaine d'ouvrages ultérieurs, parmi lesquels *Sans l'ombre d'un témoin* (2005), *Anatomie d'un crime* (2007), *Le Rouge du péché* (2008), *Le Cortège de la mort* (2010) ou *La Ronde des mensonges* (2012), tous parus aux Presses de la Cité. En 2009, elle a publié un recueil de nouvelles, *Mortels péchés*. En 2013 paraît *Saratoga Woods*, premier livre de la série *The Edge of Nowhere* mettant en scène la jeune Becca King, suivi de *L'Île de Nera* (2013), des *Flammes de Whidbey* (2015) et des *Lumières de l'île* (2017). Dans *Juste une mauvaise action* (Presses de la Cité, 2014), *Une avalanche de conséquences* (Presses de la Cité, 2016) et *La punition qu'elle mérite* (Presses de la Cité, 2019), Elizabeth George renoue avec les enquêtes de Thomas Lynley et Barbara Havers.

Retrouvez toute l'actualité de l'auteur sur :
www.elizabethgeorgeonline.com

LA PUNITION QU'ELLE MÉRITE

DU MÊME AUTEUR
CHEZ POCKET

LES ENQUÊTES DE BARBARA HAVERS & THOMAS LYNLEY

ENQUÊTE DANS LE BROUILLARD
LE LIEU DU CRIME
CÉRÉMONIES BARBARES
UNE DOUCE VENGEANCE
POUR SOLDE DE TOUT COMPTE
MAL D'ENFANT
UN GOÛT DE CENDRES
LE VISAGE DE L'ENNEMI
LE MEURTRE DE LA FALAISE
UNE PATIENCE D'ANGE
MÉMOIRE INFIDÈLE
SANS L'OMBRE D'UN TÉMOIN
ANATOMIE D'UN CRIME
LE ROUGE DU PÉCHÉ
LE CORTÈGE DE LA MORT
LA RONDE DES MENSONGES
JUSTE UNE MAUVAISE ACTION
UNE AVALANCHE DE CONSÉQUENCES
LA PUNITION QU'ELLE MÉRITE

LES ENQUÊTES DE SIMON & DEBORAH SAINT-JAMES

UN NID DE MENSONGES

LES ENQUÊTES DE BECCA KING

SARATOGA WOODS
L'ÎLE DE NERA
LES FLAMMES DE WHIDBEY
LES LUMIÈRES DE L'ÎLE

NOUVELLES

UN PETIT RECONSTITUANT

ELIZABETH GEORGE PRÉSENTE

LES REINES DU CRIME
MORTELS PÉCHÉS

ELIZABETH GEORGE

LA PUNITION QU'ELLE MÉRITE

Traduit de l'anglais (États-Unis)
par Isabelle Chapman

PRESSES DE LA CITÉ

Titre original :
THE PUNISHMENT SHE DESERVES
L'édition originale de cet ouvrage a paru chez Viking,
an imprint of Penguin Random House LLC,
New York, 2018

MIXTE
Papier issu de sources responsables
FSC® C003309

Pocket, une marque d'Univers Poche,
est un éditeur qui s'engage pour la préservation
de l'environnement et qui utilise du papier fabriqué
à partir de bois provenant de forêts gérées
de manière responsable.

ISBN : 978-2-266-29987-9
Dépôt légal : mars 2020

Pour Tom, Ira et Frank,
avec mes remerciements et toute mon affection.
Il se trouve que j'ai eu beaucoup de chance.

« Pourquoi vous coucher sur le chevalet
du passé et de l'avenir ?
L'esprit qui cherche à façonner demain
au-delà de ses capacités
ne trouvera jamais le repos. »

Djalâl ad-Dîn Rûmî

« La profondeur du moment
est supérieure à celle de l'avenir.
Et des champs du passé,
que peux-tu récolter de nouveau ? »

Rabia Basri

Première partie

15 décembre

BAKER CLOSE
LUDLOW
SHROPSHIRE

La neige se mit à tomber sur Ludlow en fin de journée. C'était l'heure à laquelle les habitants faisaient presque tous la vaisselle, prélude à une soirée télé. À vrai dire, une fois la nuit tombée, il n'y avait pas grand-chose à faire dans cette petite ville, à part zapper d'une chaîne à l'autre ou prendre le chemin du pub. Et comme, bon an mal an, Ludlow et ses vieilles murailles médiévales attiraient de plus en plus de retraités en quête de tranquillité et de nuits paisibles, il ne se trouvait personne pour se plaindre du manque de distractions nocturnes.

Gaz Ruddock avait les mains couvertes de mousse lorsqu'il remarqua qu'il neigeait. Debout devant l'évier, il scruta la nuit par la fenêtre. Celle-ci lui renvoyait surtout son reflet et celui du vieux monsieur à côté de lui, avec son torchon à la main. Seul le mince filet de lumière dispensé par l'éclairage extérieur illuminait les premiers flocons. En quelques minutes, le ballet léger se resserra pour former un rideau se mouvant dans le vent tel un voilage en dentelle.

— Ça me plaît pas trop. Pour ce que j'en dis. Ça sert à quoi, hein ?

Gaz jeta un coup d'œil au vieillard, se doutant bien qu'il ne parlait pas de la neige. Les yeux de Robert Simmons étaient fixés sur l'éponge à manche avec réservoir de liquide vaisselle que Gaz avait à la main.

— C'est pas hygiénique, dit le vieux Rob. J'ai beau vous le répéter, vous êtes indécrottable.

Gaz échangea un sourire complice, pas avec le vieux Rob – un qualificatif pouvant faire penser à tort qu'il y avait un jeune Rob dans la maison – mais avec son propre reflet dans la fenêtre. Rob se plaignait tous les jours de cette fichue éponge, et Gaz tous les jours lui faisait remarquer que c'était au contraire plus hygiénique que de plonger dans la même bassine d'eau les verres, les assiettes, les couverts, les casseroles et les poêles, à croire que l'eau redevenait propre par enchantement après chaque trempage.

— La seule solution meilleure que celle-ci, répondit Gaz en agitant en l'air l'éponge incriminée, c'est le lave-vaisselle. Si vous me donnez votre feu vert, Rob, je vais en acheter un sur-le-champ. Rien de plus facile. Je l'installerai moi-même.

— Bah. J'ai fait sans jusqu'à quatre-vingt-six ans, alors je pense que je peux m'en passer jusqu'à la tombe. Rien à foutre de leur confort moderne.

— Pourtant, vous vous servez du micro-ondes.

— C'est différent, répliqua sèchement le vieux.

Lorsque Gaz l'interrogeait sur les raisons de ce verdict, la réponse était immuable : un grognement, un haussement d'épaules et un « C'est comme ça ». Fin de la discussion.

Peu lui importait, d'ailleurs. Gaz n'étant pas un fin cuisinier, il n'y avaient jamais grand-chose à laver. Ce soir, au menu, c'étaient pommes de terre au four farcies de chili con carne en boîte, accompagnées d'une salade composée laitue et maïs. Un ouvre-boîte n'avait même pas été nécessaire, puisqu'il avait suffi de tirer sur des anneaux. En conséquence de quoi, le contenu de l'évier se limitait à deux assiettes, une cuillère en bois, des couverts, et deux mugs.

Gaz aurait pu se charger seul d'essuyer la vaisselle, mais le vieux Rob aimait bien donner un coup de main. Abigail, sa fille unique, téléphonait une fois par semaine pour prendre des nouvelles de son papa, et il tenait à ce qu'on lui dise qu'il était toujours aussi fringant. De toute façon, même sans le coup de fil rituel d'Abigail, le vieux Rob aurait sans doute insisté pour aider Gaz. À cette seule condition acceptait-il de permettre à un tiers de s'installer chez lui.

Après la mort de sa femme, il avait vécu seul pendant six ans, mais sa fille trouvait que sa mémoire flanchait. Il devait prendre ses médicaments deux fois par jour. Et puis, en cas de chute, personne n'était à proximité pour lui porter secours. Abigail avait donc décrété que quelqu'un devait veiller sur lui. De deux choses l'une, soit Rob acceptait de partager son toit avec un étranger, soit il quittait Ludlow pour venir vivre avec elle, ses quatre enfants et son mari, cet homme qu'il avait pris en grippe dès que celui-ci s'était présenté chez eux pour emmener Abigail à la discothèque de Shrewsbury. Eh bien, il avait saisi la première solution comme une bouée de sauvetage.

Gaz, de son vrai nom Gary Ruddock, avait été cette bouée. Il avait un autre boulot, celui d'auxiliaire de police – ou îlotier –, mais comme il faisait souvent ses rondes à pied ou à bicyclette à la manière d'un bobby des années 1920, il passait de temps en temps dans la journée voir si le vieux n'avait besoin de rien. Cet arrangement convenait à Gaz : la rémunération d'un îlotier était maigre et, grâce au vieux Rob, il bénéficiait non seulement d'un logement gratuit mais aussi d'un petit supplément de salaire.

Le portable de Gaz se mit à sonner. L'îlotier jeta un coup d'œil au cadran pour voir qui l'appelait, puis se tourna vers Rob, qui était en train de plier avec soin le torchon sur la barre au-dessus de la cuisinière. Celui-ci le regarda de travers, et Gaz n'osa pas répondre. Ils cohabitaient depuis assez longtemps : Rob savait bien qu'un appel en fin de journée signifiait en général un changement de programme pour la soirée.

— C'est presque l'heure de *Danse avec les stars*, lui rappela-t-il, nommant son émission préférée. Et ensuite sur Sky, il y a un vieux Clint Eastwood. Celui avec la piquée.

— Elles le sont toutes, piquées, non ?

Gaz avait laissé sa boîte vocale prendre le message. Il devait d'abord installer le vieux Rob avec la télécommande.

— Celle-là, elle a la palme, à toujours réclamer la même chanson à la radio… Misty… Elle court après Clint… Ils le font, je crois ; je me rappelle plus trop, mais, bon, les hommes sont cons, pas vrai ? Elle s'introduit chez lui et se met à tout casser.

— *Un frisson dans la nuit.*

— Vous vous rappelez alors ?

— Oh, tout à fait… Ce film m'a dégoûté des femmes.

Le vieux Rob éclata de rire, un rire qui se mua rapidement en une toux qui ne disait rien qui vaille. Rob avait fumé jusqu'à ses soixante-quatorze ans, âge auquel un quadruple pontage coronarien l'avait finalement convaincu de renoncer à la clope. Soixante années de tabagisme avaient tout de même multiplié chez lui les risques de cancer et d'emphysème.

— Ça va, Rob ?

— Bien sûr que ça va ! Pourquoi ça n'irait pas ?

Le vieux Rob le gratifia d'un regard noir.

— Oh, pour rien, bien sûr. Bon, on va allumer la télé. Vous voulez passer d'abord au petit coin ?

— C'est quoi que vous me chantez là encore ? Je sais quand j'ai envie de pisser, mon garçon.

— Ce n'est pas ce que je voulais dire.

— Quand j'aurai besoin qu'on me secoue la b…

— J'ai compris, merci.

Gaz suivit Rob dans la salle de séjour. Étant donné sa démarche penchée de côté et la main qu'il posait sur le mur pour se redresser, il aurait été plus sage qu'il s'aide d'une canne, mais ce vieux schnock était plus têtu qu'une mule. S'il ne voulait pas d'une canne, il ne prendrait pas de canne.

Rob s'assit précautionneusement dans son fauteuil. Gaz alluma le radiateur électrique et ferma les rideaux. Il trouva la chaîne de *Danse avec les stars*. Encore cinq minutes avant le début de l'émission : il avait juste le temps de préparer le chocolat chaud.

Le mug du soir de Rob était à sa place dans le placard. La décalcomanie représentant ses petits-enfants réunis autour du père Noël s'était à moitié effacée à la suite des fréquents lavages, et l'anse en forme de couronne de Noël était tout ébréchée, mais Rob refusait mordicus de boire son Ovomaltine dans autre chose. Il adorait ses petits-enfants, même s'il ne manquait jamais une occasion de rouspéter contre eux.

Muni du fameux mug, Gaz retourna au salon. Son téléphone sonna de nouveau. De nouveau, il ignora l'appel. *Danse avec les stars* commençait, il ne fallait surtout pas manquer le début.

Rob se délectait de la vue de ces dames, aussi bien des candidates que des danseuses professionnelles qui enseignaient à leur partenaire le cha-cha-cha, le fox-trot ou la valse viennoise. Les décolletés étaient plongeants, et la vision de ces poitrines pulpeuses à demi nues se trémoussant lui rappelait délicieusement qu'à quatre-vingt-six ans, lui, Robert Simmons, était encore bel et bien vivant.

— Vous avez déjà vu des nibards aussi beaux ? soupira le vieux Rob en levant son mug comme pour trinquer avec le petit écran. Si j'avais dix ans de moins, je leur montrerais à ces gonzesses !

Un petit rire échappa à Gaz. Il avait grandi dans un univers où les femmes étaient placées sur un piédestal et vénérées. Elles n'étaient pas asexuées, bien sûr. Mais leur sexualité faisait partie de ce que Dieu avait prévu pour elles, et il n'avait pas prévu que leurs nichons servent à appâter les téléspectateurs mâles. Cependant, à son âge, le vieux Rob n'allait pas changer, et *Danse avec les stars* était son meilleur moment de la semaine.

Gaz prit la couverture pliée sur le dossier du canapé et l'enveloppa autour des jambes maigres de Rob. Après avoir vérifié que le Clint Eastwood passait bien après sur la même chaîne, il abandonna le vieux monsieur face à son écran, le laissant glousser à son aise devant le dialogue débile entre le présentateur et les juges.

Son téléphone était resté à la cuisine. Il le récupéra et s'écroula sur une chaise. Cet appel n'augurait rien de bon. C'était la fin du trimestre à West Mercia. Les étudiants avaient terminé leurs partiels et se sentaient probablement déjà en vacances. La soirée promettait d'être bruyante et alcoolisée.

Il rappela le numéro de l'appel manqué. Clo répondit à la première sonnerie.

— Salut, Gaz. Il neige ici. Et chez toi ?

Gaz savait que la météo était le dernier des soucis de son interlocutrice : c'était juste sa manière d'amener une demande qu'il aurait été plus sage de ne pas faire. Il n'avait toutefois aucune intention de lui faciliter la tâche.

— Ici aussi, il neige. Ça va semer la pagaille sur les routes, mais au moins tout le monde restera au chaud.

— Tu crois ça ? C'est la fin du trimestre, Gaz. Rien ne retient ces gamins. Qu'il pleuve, qu'il neige ou qu'il vente.

— Comme les facteurs.

— Quoi ?

— Qu'il pleuve, qu'il neige ou qu'il vente, les pauvres facteurs vont toujours par monts et par vaux.

— Hum…

Il attendit la suite. Elle ne se fit pas attendre.

— Tu veux bien jeter un coup d'œil sur lui, Gaz ? Tu peux le faire pendant ta patrouille. Tu vas sortir, n'est-ce pas ? Vu la météo, vous serez sûrement plusieurs à aller surveiller ce qui se passe avec les jeunes autour des pubs.

Gaz avait des doutes là-dessus. West Mercia College était le seul établissement post-bac du Shropshire, et il voyait mal les îlotiers des autres agglomérations sortir se promener sous la neige sans raison précise. Mais il ne discuta pas. Il aimait bien Clo. Il aimait bien sa famille. Il n'allait pas la contrarier. Pour la forme, toutefois, il résista un peu :

— Ça va pas plaire à Trevor. T'y as pensé ?

— Trevor ne le saura pas, car tu ne vas rien lui dire. Moi non plus, naturellement.

— Pour le cafardage, c'est pas de mon côté qu'il faut regarder, pas vrai ?

Un silence s'ensuivit, le temps qu'elle encaisse. Il l'imagina, assise à son bureau où chaque chose était à sa place, aussi propre et net qu'elle l'était elle-même. À moins qu'elle ne fût chez elle, dans sa chambre et dans une tenue qu'elle jugeait appropriée à la vie conjugale. Elle disait souvent en plaisantant que Trevor l'aimait douce, tendre et docile, toutes qualités qui, ne faisant pas partie de son tempérament, lui venaient difficilement.

— C'est la veille des vacances, les rues sont glissantes et les gamins font la bringue pour fêter la fin des partiels… Personne ne s'étonnera que tu fasses un tour pour voir s'il n'y a pas de problème, Finnegan compris.

Ce n'était pas illogique. En outre, prendre l'air n'était pas le seul agrément de ces rondes.

— D'accord. J'irai. Mais plus tard. Il n'y aurait rien à signaler pour le moment.

— Compris. Merci, Gaz. Tu me diras ce qu'il fabrique ?

— Bien sûr.

ST. JULIAN'S WELL
LUDLOW
SHROPSHIRE

Missa Lomax contempla les vêtements que son amie Dena – « Ding » de son petit nom – avait étalés sur le lit. Trois jupes, un pull en cachemire, deux chemisiers en soie, un petit haut en tricot brodé de minuscules stalactites argentées. Ding avait sorti cette garde-robe d'un sac à dos de bonne contenance tout en disant : « La noire est la mieux, Missa. Elle est extensible. »

Ce dernier détail n'était en l'occurrence pas du luxe, étant donné que Ding et Missa n'avaient pas du tout les mêmes mensurations. Ding était petite et mieux « roulée » que Missa, dont le corps avait une forme de poire, avec des hanches fortes. Et puis, Missa avait bien une tête de plus que son amie. Seulement, elle n'avait rien qui soit susceptible de lui servir de tenue de soirée. Ne songeant qu'à potasser ses cours de biologie, chimie, math et français dans la perspective d'intégrer une bonne université, cela ne lui avait jamais traversé l'esprit qu'un jour elle sortirait faire la fête avec ses camarades de classe.

— Elles sont trop courtes pour moi, dit Missa.

— Ça se porte court. Et qu'est-ce que ça peut faire ? répliqua Ding.

— Je pourrai pas faire du vélo habillée comme ça, dit Missa, à court d'arguments.

— Personne ne va faire du vélo par ce temps pourri.

Cette dernière remarque avait été prononcée par Rabiah Lomax, qui venait d'entrer dans la chambre de Missa. Très mince dans son survêtement pourpre, elle était pieds nus et ses ongles étaient vernis en rouge et vert, avec un petit sapin doré peint sur chacun, histoire qu'il n'y ait pas de méprise sur l'intention.

— Vous irez en taxi, poursuivit-elle. Je payerai aussi le retour.

— Mais, Granny, Ding est venue à vélo, protesta Missa. Elle ne pourra pas…

— Dena Donaldson la téméraire, dit la grand-mère de Missa. Le taxi te ramènera chez toi, Dena, et tu viendras chercher ton vélo un autre jour, qu'en penses-tu ?

Ding parut soulagée.

— Merci, Mrs. Lomax. On vous remboursera.

— Pas question, dit Rabiah. Vous me remercierez en vous amusant et en passant une bonne soirée.

Se tournant vers Missa, elle ajouta :

— Pour une fois que tu ne vas pas passer ta soirée à travailler. Il n'y a pas que les études dans la vie. Tu fais déjà assez plaisir comme ça à tes parents, va.

Missa jeta un coup d'œil à sa grand-mère, laquelle enchaîna rapidement :

— Bien. Alors… Qu'avons-nous là ?

Elle se planta devant le lit et, sans hésiter, attrapa la jupe noire. Ding se fendit d'un immense sourire qui n'échappa pas à Missa.

— Mets ça, ordonna Rabiah à sa petite-fille. Voyons si elle te va. Je te prêterais bien quelque chose, mais je n'ai gardé de mon ancienne vie que mes tenues de danse et de jogging. Par contre, j'ai peut-être des chaussures…

Sur ce, elle agita la main en l'air et sortit de la chambre pour se rendre dans la sienne. Missa ôta ses baskets et son jean tandis que Ding fouillait dans le tiroir de la commode à la recherche « de collants qui n'ont pas été achetés chez Oxfam ».

Missa enfila tant bien que mal la jupe. Le tissu s'avéra vraiment extensible, même si l'élastique lui sciait la taille.

— Oh là là, je sais pas, Ding.

Son amie se retourna en brandissant une paire de collants.

— Mortel ! C'est parfait. Les mecs vont craquer à tous les coups.

— J'ai pas tellement envie qu'ils craquent.

— Mais si, voyons. Ça signifie pas que tu sois obligée de faire quoi que ce soit avec eux. Ah, j'ai un truc spécial pour toi.

Elle lui passa les collants et rouvrit son sac à dos, dont elle sortit un soutien-gorge en dentelle.

— Ça m'ira pas, dit Missa sur la défensive.

— C'est un cadeau de Noël en avance que je t'offre. Tiens. Prends-le. Il ne mord pas.

Missa n'avait jamais porté de lingerie fine.

À cet instant, Rabiah revint et, à la vue de l'accessoire qui se balançait entre les doigts de Ding, elle s'exclama :

— Magnifique ! D'où sort-il ?

— Je l'offre à Missa, expliqua Ding. Elle peut dire au revoir aux brassières.

— Je ne porte pas de brassière, protesta Missa. Mais je n'aime pas la dentelle… ça gratte.

Rabiah intervint :

— C'est un bien petit inconvénient pour… Dena Donaldson, mais c'est un « push-up » !

Ding partit d'un rire bête. Missa avait les joues en feu. Elle prit toutefois le soutien-gorge et tourna pudiquement le dos pour l'essayer. Quand elle se regarda dans la glace et constata que ses seins paraissaient énormes, elle rougit de plus belle.

— Tiens ! Enfile ça !

Ding lui tendit le pull à stalactites, et son amie l'enfila à contrecœur. L'échancrure du décolleté accentuait l'effet sexy du soutien-gorge.

— Trop bien ! se réjouit Ding. Regarde-toi. Ah, madame Lomax ! Elles sont splendides !

La jeune fille parlait des chaussures. Missa se demanda à quelle époque sa grand-mère les avait portées pour la dernière fois. Elle ne l'avait jamais vue qu'en baskets quand elle n'était pas nu-pieds ou habillée pour danser en quadrille. Rabiah avait renoncé à l'élégance en même temps qu'elle avait pris sa retraite de son poste d'enseignante. Cependant, cette paire d'escarpins semblait appartenir à une époque antérieure à sa carrière au lycée.

— Je sais pas trop, dit Missa.

— Ne fais pas l'idiote, rétorqua sa grand-mère. Tu peux parfaitement marcher avec ça. Essaye-les. Voyons s'ils sont à ta taille.

Ils l'étaient. Rabiah décréta :

— Allez, ne fais pas d'histoires, ma chérie. Bien, maintenant, Dena, je suppose que tu as pensé à inclure une trousse de maquillage dans ton sac à malices. Je te laisse faire une beauté à notre Missa pendant que je vais réserver un taxi.

— Je lui épile les sourcils ? s'enquit Ding.

— La totale ! répliqua Rabiah avant de sortir de la pièce.

QUALITY SQUARE
LUDLOW
SHROPSHIRE

Le taxi se révéla être en fait un minicab. La grand-mère de Missa prit soin de tout payer d'avance – l'aller jusqu'au centre, plus le retour – afin que tout le monde soit au clair sur ce qui serait dû en fin de soirée : zéro.

— J'espère que c'est bien compris, dit Rabiah au chauffeur.

Il parlait à peine anglais. Ding se demanda s'il allait pouvoir les conduire jusqu'à Quality Square, alors le retour à St. Julian… Mais il répondit à Rabiah par de vigoureux hochements de tête et montra sa bonne volonté en s'assurant avec le plus grand sérieux que Ding et Missa avaient bouclé leur ceinture à l'arrière de l'Audi.

Le fait que le minicab était une Audi semblait indiquer que les affaires n'étaient pas mauvaises. Pourtant, le véhicule dérapa dans la neige au premier virage, et Ding jugea qu'un changement de pneus ne serait pas du luxe. Cela ne l'empêcha pas de se détendre et de prendre la main de Missa en disant :

— On va s'éclater ce soir. Et crois-moi, on le mérite !

En vérité, c'était Missa qui le méritait, Ding se débrouillant plus souvent qu'à son tour pour s'éclater.

La jeune fille avait l'habitude de googler tous ceux avec qui elle avait envie de devenir amie, et, après le troisième cours de math qu'elles avaient en commun, elle avait conclu que la jolie métisse d'origine indienne au teint éclatant et aux dents de la chance était quelqu'un de valable. Ses brèves recherches sur Internet lui avaient appris que Melissa Lomax était l'aînée de trois sœurs, dont celle du milieu était morte dix mois auparavant. Missa venait d'Ironbridge où son père était pharmacien et sa mère pédiatre. Quant à son extraordinaire grand-mère Rabiah, tout à la fois ancienne danseuse de revue et prof de math à la retraite, elle était à présent la championne du marathon de Londres dans sa tranche d'âge.

Ding adorait se renseigner sur la vie des gens. Elle était persuadée que cette curiosité était partagée par tout le monde. Aussi s'étonnait-elle lorsqu'elle découvrait que les autres ne jouaient pas forcément au détective sur la Toile quand ils envisageaient de sortir avec quelqu'un. Pourtant, c'était toujours bon de savoir si une personne avait déjà manifesté des signes de déséquilibre mental.

La course en taxi depuis St. Julian's Well jusqu'à Quality Square, bien que ralentie par la neige, ne dura pas longtemps. Le mauvais temps avait découragé les gens, et il n'y avait personne dehors. Corve Street et le Bull Ring étaient toutefois brillamment éclairés. Les guirlandes lumineuses encadrant les devantures créaient une atmosphère festive : on se serait presque attendu à voir au coin de chaque rue des groupes chantant des noëls à la Dickens.

La perspective de Noël n'apportait aucune joie à Ding. Cela faisait des années qu'aucune fête n'avait plus de charme pour elle. Elle n'en était pas moins capable de feindre s'il le fallait, ce qu'elle faisait à présent en s'écriant avec enthousiasme :

— Topissimes, les décorations ! On se croirait dans un conte de fées, tu trouves pas ?

Missa regarda par la fenêtre. Elle avait l'air dubitatif, mais ce n'était probablement pas à propos des charmes de la ville.

— Tu crois qu'il y aura du monde, ce soir ? s'enquit-elle.

— À la fin du trimestre ? Après les partiels ? Ce sera bondé, tu veux dire, surtout là où on va.

Ding avait sa petite idée sur le meilleur endroit où aller se poser – elle n'habitait pas loin des différentes annexes de West Mercia College et avait passé un bon nombre de soirées à boire avec ses amis dans ce pub : le Hart and Hind, à Quality Square.

Ils avaient atteint à présent le centre historique de Ludlow et roulaient dans des rues de plus en plus étroites, en direction de Castle Square, où les murs d'un château du XIIe siècle en ruine dominaient une place pavée. De jour, un marché de plein air y proposait toutes sortes de spécialités régionales, depuis les traditionnelles tourtes au porc jusqu'aux écuelles en bois.

Le minicab emprunta King Street, puis les déposa au coin d'une impasse étroite, unique accès à une placette du nom de Quality Square. Seuls les résidents logeant au-dessus des commerces et des galeries engageaient leur véhicule dans l'impasse.

C'était par là que Ding avait l'intention d'entraîner Missa dès que le chauffeur du minicab leur aurait donné son numéro de portable afin qu'elles puissent l'appeler pour le retour. Missa prit sa carte avec un sourire reconnaissant et la glissa dans son sac en bandoulière.

— Grouille ! la pressa Ding. Ils vont être trop en avance sur nous !

Pas question toutefois de courir avec des talons hauts sur les pavés, surtout quand ils étaient recouverts d'unc couche verglacée : une cheville foulée, et la soirée était gâchée. Elles se glissèrent entre deux voitures garées et se retrouvèrent devant une sculpture de nu féminin en métal ajouré. Celle-ci était entièrement couverte d'un manteau de neige, tout comme les buissons alentour dont les branches ployaient sous le poids de la poudreuse.

En s'approchant de la terrasse du pub, elles virent que la soirée battait déjà son plein. Sous la pluie de flocons, des fumeurs buvaient dehors, posant leurs verres sur les rebords des fenêtres du pub. D'autres, assis sur des couvertures pliées sur les bancs, comptaient sur les parasols chauffants pour tenir le froid à distance.

Ding informa son amie que ce qu'elle voyait là était le Hart and Hind, auberge datant du XVIe siècle et lieu de prédilection des fêtards de West Mercia College. Même si la ville comptait de nombreux pubs, celui-ci avait depuis longtemps été plébiscité, non seulement parce qu'il était toujours ouvert ou presque, mais aussi parce que le tenancier fermait les yeux sur les occasionnels deals de « substances psychoactives illicites ».

— Ding, je ne prends aucune drogue, lui rappela Missa.

— Je veux bien te croire, tu n'as même pas encore bu un verre d'alcool.

Ding enchaîna à voix basse sur le ton de la confidence :

— Il y a des chambres en haut… Forcément, dans une vieille auberge. Mais il ne les loue pas.

— Qui ça ?

— Jack. Le propriétaire. Il y en a deux… deux chambres. Mais si tu as le pognon en liquide, il veut bien te laisser monter un moment.

Missa fronça les sourcils.

— S'il ne les loue pas, elles servent à quoi alors ?

Ding faillit envoyer balader son amie, puis elle se rappela que Missa avait réellement besoin d'explications.

Celle-ci était d'un autre temps et prenait très au sérieux sa virginité. À croire qu'elle attendait de rencontrer son prince charmant avec sa pantoufle de vair, avant de faire quoi que ce soit. Elle serait bientôt la seule vierge de sa génération à des milliers de lieues à la ronde…

Ding, pour sa part, avait perdu la sienne à treize ans. Elle avait essayé avant, mais avait dû attendre qu'il lui pousse des seins pour intéresser quelqu'un. Cette défloration avait été un énorme soulagement : une très bonne chose de faite, elle pouvait enfin penser à autre chose… Elle ne comprenait donc pas pourquoi Missa tenait tellement à rester vierge. Évidemment, elle se rappelait comment cela s'était passé pour elle : son cri du cœur, même si c'était un cri de fille soûle : « Tu vas rentrer *tout ça* ? », la position inconfortable sur un banc en bois au fond de St. James Church, non loin de Much Wenlock, puis les neuf coups de reins et, enfin, au dixième, le grognement de son amoureux qui avait conclu l'affaire.

Alors qu'elles se frayaient un passage au milieu des fumeurs, la porte s'ouvrit sur une explosion de décibels. Ding identifia immédiatement les Bee Gees. Les Bee Gees ! ABBA allait suivre à tous les coups. Elle prit Missa par la main et l'entraîna à l'intérieur. Le long couloir lambrissé de chêne noir contenait un assortiment d'épaules et de jambes nues, de paillettes, de jeans skinny, le tout se mouvant sur le rythme de « Stayin' Alive ».

Le couloir débouchait sur une salle dont le parquet vibrait sous l'effet de la sono. En encourageant la clientèle à danser, on attisait sa soif et on lui vendait plus de bière, de cidre, de cocktails… Ding se fraya tant bien que mal un passage dans la foule des jeunes qui tourbillonnaient avec la musique, envoyaient des SMS ou faisaient des selfies. Des assoiffés étaient agglutinés devant le bar où officiaient le tenancier et son neveu, lesquels s'efforçaient de satisfaire tout le monde.

Ding glanait des bribes des conversations criées à tue-tête.

— C'est pas poss' !

— Si, puisque je te le dis.

— … il a loupé les chiottes d'un kilomètre. Les mecs, ils sont trop…

— … pendant les vacances, et je te dirai si…

— … le nouvel an en France, et me demande pas pourquoi…

— … il pense que si je baise avec lui, il pourra…

Sous la pression de la cohue, Ding faillit lâcher la main de Missa, mais l'agrippa plus fermement et finit par atteindre la table occupée par un de ses deux colocs assis sous de vieilles photos encadrées de Ludlow. Bruce Castle, le partenaire sexuel le plus fréquent de Ding, que tout le monde appelait Brutus, par dérision peut-être pour sa petite taille, carburait au cidre. À en juger par les deux pintes vides devant lui, il se préparait à se dédouaner par son degré d'ivresse si jamais une fille le giflait pour avoir joué à la bébête qui monte sous sa jupe.

Brutus, fidèle à lui-même, était tiré à quatre épingles. Comme Ding et Missa allaient prendre place à la table, ses yeux se posèrent sur les courbes ultra-moulées de cette dernière.

— Oh là ! Chaud devant ! lança-t-il sans préambule. Viens t'asseoir là, j'aime les filles pulpeuses.

Ding s'installa à côté de lui, et désigna à Missa une autre chaise, éloignée de Brutus.

— Ferme ta gueule, lui dit-elle. Tu crois vraiment que ça leur fait plaisir, aux meufs, d'entendre tes conneries ?

Brutus n'avait pas l'air de saisir. Il continua :

— On sait pas si on doit d'abord lui attraper les fesses ou les melons.

Cette remarque lui valut un bon coup sur le bras, là où ça fait mal.

— P'tain, Ding ! lâcha-t-il. Qu'est-ce qui te prend ?

— Va plutôt nous chercher à boire, rétorqua-t-elle.

Missa intervint :

— Oh, pas pour m…

Ding l'arrêta d'un geste.

— Ce n'est pas vraiment de l'alcool, c'est seulement du cidre. Tu vas adorer.

Brutus se leva en oscillant un peu et joua mollement des coudes pour gagner le bar. Ding le suivit des yeux en fronçant les sourcils. Elle détestait quand il était soûl. Éméché, OK. Défoncé, OK. Mais Brutus n'était plus lui-même lorsqu'il avait trop bu. Elle ne comprenait d'ailleurs pas pourquoi il en était déjà à ce stade-là en début de soirée. Ce n'était pas ce qui avait été prévu.

Missa observa les gens debout autour d'elle : les filles peu vêtues, les garçons qui se frottaient le plus possible contre elles dans l'espoir que leur numéro de beau tchatcheur emporte le morceau. Ding se demanda si son amie comprenait le manège du côté du bar : le tenancier, Jack Korhonen, venait de lancer une clé à un mec qui soutenait par la taille une nana titubante en petite robe à paillettes. Le mec attrapa la clé au vol et entraîna sa compagne – son « coup » – vers l'escalier.

Brutus revint, avec trois pintes. Il en posa une devant Missa, que Ding ne lâcha pas des yeux alors qu'elle buvait sa première gorgée. Missa allait-elle détecter qu'il s'agissait d'une boisson alcoolisée ? Apparemment pas… Le goût sucré, les bulles, tout cela dut lui paraître délicieusement inoffensif.

Brutus rapprocha sa chaise de Ding et lui murmura à l'oreille :

— Tu sens aussi bon qu'une déesse.

Comme sa main jouait à la petite bête qui monte sur sa cuisse, elle lui tordit sauvagement les doigts en arrière.

— Hé ! Mais tu as bouffé du lion ce soir, ou quoi ?

Ding fut dispensée de répondre par l'arrivée du troisième coloc, lequel commenta platement :

— Là, mon pote, t'es grillé. La prochaine fois, essaye un truc romantique.

— Tu me prends pour un taré, Finn ?

Finn Freeman piqua une chaise à une table voisine malgré le cri de protestation d'une fille qui l'informait qu'elle était prise. Une fois assis, il s'empara du verre de cidre de Brutus et en descendit la moitié d'un trait. Avec une grimace, il grommela :

— Putain, comment tu peux boire cette merde ?

Il n'avait pas échappé à Ding que Missa baissait les yeux, gênée par le langage ordurier de Finn. Encore une chose qui la rendait attendrissante. Elle n'avait jamais entendu son amie prononcer un gros mot.

Ding savait que Finn n'était pas vraiment la petite frappe qu'il paraissait être avec son crâne à moitié rasé pour faire place à un tatouage. Un look pas franchement attirant, mais bon, avec Finn, c'était un peu n'importe quoi.

— Qui me paye une Guinness ? demanda-t-il à la ronde.

— Quand on parle de boisson de merde, lâcha gaiement Ding.

Brutus se montra coopératif. Sinon, malgré son mépris déclaré pour le cidre, Finn aurait vidé son verre, plus ceux de Ding et de Missa. Il était un peu alcoolo sur les bords, mais, comme Ding avait pu le constater au cours des derniers mois, ce n'était pas son seul problème.

Le problème numéro un de Finn était sa mère. Il l'appelait « l'aéroglisseur » à cause de son aptitude à s'immiscer subrepticement dans sa vie, telle une agente du service de renseignements électroniques du gouvernement. Récemment, il avait tout organisé pour échapper à un autre Noël avec ses parents en le passant en Espagne, chez ses grands-parents. Sauf qu'il n'avait pas les moyens de se payer un billet d'avion. Il avait donc téléphoné à son grand-père. Ce dernier accepta fort gentiment le principe de son séjour et l'achat d'un billet d'avion, puis, sans le dire à Finn, appela sa fille pour lui demander si son fils unique n'allait pas trop lui manquer à Noël.

Ce coup de fil avait fait capoter le plan de Finn. Il avait seulement réussi à avoir deux jours en rab à Ludlow en racontant qu'il devait animer le centre de loisirs de la paroisse. Dieu sait pourquoi sa mère avait gobé ce mensonge, mais le fait était là. Deux jours de liberté, certes, mais pas un de plus. Finn était dépité.

— Comment Ding a fait pour te persuader de t'encanailler ? demanda-t-il à Missa. T'as toujours le nez dans un bouquin, d'habitude.

— Elle est sérieuse, elle, contrairement à d'autres, l'informa Ding.

— Contrairement à toi, rétorqua Finn. Je t'ai jamais vue motivée.

Brutus revint avec la Guinness de Finn.

— Tu me rembourseras.

— Comme d'hab' !

Finn leva son verre :

— À la fête la plus chiante de l'année.

Et sur ces paroles, il vida son verre. D'un trait.

— Bon, trêve de rigolade. Opération biture express, c'est parti !

Ding ne put s'empêcher de sourire. Finn n'avait pas besoin de le savoir, mais ils étaient tous les deux sur la même longueur d'onde.

QUALITY SQUARE
LUDLOW
SHROPSHIRE

Les suites déplaisantes d'une biture express sont multiples. Les filles vomissent dans le caniveau, les garçons pissent n'importe où, le trottoir se couvre de détritus, des tessons de bouteille décorent les rues, les parterres de fleurs sont piétinés, les poubelles renversées. Sans parler des disputes stridentes, des tirages de cheveux, des yeux au beurre noir, des coups de poing, des sacs volés, des portables volatilisés… La liste est longue, surtout au centre des grandes villes où les boîtes ferment à point d'heure et où les jeunes boivent jusqu'à se retrouver totalement fracassés à l'aube du lendemain.

Dans une petite ville comme Ludlow, il n'y avait que des pubs, mais Gaz Ruddock constatait que l'absence de boîtes de nuit n'empêchait nullement ces beuveries. Dès sa première semaine de travail dans sa fonction d'îlotier, il avait compris que, confrontés à une population qui vieillissait un peu plus chaque année, les tenanciers de pub avaient mis au point des stratégies pour attirer la seule clientèle susceptible de rester tard le soir.

Il était minuit passé lorsque Gaz arriva à Castle Square. Il avait commencé par faire le tour des pubs périphériques, se disant que si Finnegan Freeman voulait se soûler, il n'était pas assez bête pour le faire dans l'établissement le plus proche de West Mercia College où il était étudiant. Mais Gaz s'était trompé.

Il gara sa voiture blanche à damier bleu et jaune devant le Harp Lane Deli, qui, comme chaque année, espérait gagner le concours de la plus belle vitrine de Noël. Ils avaient emporté le premier prix à Halloween et avaient de fortes chances de gagner à nouveau, à en juger par ce père Noël mi-grandeur nature qui invitait des enfants de taille correspondante à grimper sur ses genoux. Perché sur ses épaules, un elfe à la figure joyeuse tenait une brassée de cadeaux.

Gaz sortit de sa voiture d'un geste décidé. La neige formait des coussinets sur le rebord des fenêtres et étendait déjà un tapis d'une blancheur immaculée sur les pavés. Au loin, les éclairages des murs du château donnaient à la scène l'aspect d'une boule à neige de proportions gigantesques. C'était d'une beauté merveilleuse, et Gaz aurait pris le temps de l'admirer s'il n'avait pas été aussi frigorifié et pressé de trouver Finnegan Freeman et d'en avoir fini avec cette affaire.

Gaz s'engagea dans l'impasse qui menait à Quality Square. Sur la placette, le bruit le frappa de plein fouet. La musique et le brouhaha de voix et de rires résonnaient comme dans une chambre d'écho. La présence dehors de cinq résidents furieux, emmitouflés dans leurs parkas, bonnets et écharpes, ne l'étonna aucunement. Deux d'entre eux l'abordèrent alors qu'il passait sous un réverbère. « Il était temps que *quelqu'un* vienne mettre le holà ! », l'informèrent-ils. Inutile de lui faire un dessin.

Il leur conseilla de rentrer chez eux et de le laisser faire. D'après le niveau sonore, il devait y avoir autant de buveurs dehors que dedans. Il lui faudrait un certain temps pour les persuader de circuler.

Sur la terrasse, ils devaient bien être vingt-cinq à fumer et à boire sous les parasols chauffants. Certains étaient adossés au mur du pub. D'autres se roulaient des pelles dans les coins sombres. Une odeur de cannabis vint chatouiller les narines de Gaz.

Il glissa son sifflet à roulette entre ses dents et souffla, mais il était impossible de se faire entendre avec « Waterloo » qui tonitruait par la porte ouverte. Il lui faudrait d'abord arrêter ce vacarme. Dans le couloir de l'entrée, cinq gars profitaient de l'état d'ébriété de deux demoiselles pour les peloter tout en pariant entre eux – dans un langage que Gaz ne répéterait pas au vieux Rob – sur ce qu'ils allaient pouvoir leur faire avant qu'elles reprennent leurs esprits.

Gaz fit la grimace. Il détestait ce genre d'opération. Il se força un passage dans cette grappe humaine et interpella les garçons. L'un d'eux pivota sur lui-même, prêt à en découdre avec le trouble-fête, mais il se pétrifia à la vue de l'uniforme. Son poing retomba lentement.

— Bien, approuva Gaz. Maintenant, fiche-moi le camp d'ici et emmène tes potes avec toi.

Puis, attrapant fermement les deux filles par le bras, Gaz se fraya un chemin jusqu'à la salle et les obligea à s'asseoir à une table vacante qui dégageait une horrible odeur de vomi. De deux choses l'une, soit elles dessoûlaient, soit elles dégueulaient. Il s'en foutait royalement.

Derrière son bar, Jack Korhonen, le tenancier, faisait du gringue à une cliente qui paraissait avoir quinze ans. L'îlotier agrippa la nuque de la gamine en lui criant à l'oreille :

— Mineure ! Qu'est-ce que vous fichez ici, mademoiselle ?

— J'ai dix-huit ans, se défendit-elle d'une voix pâteuse.

— Et moi, j'en ai soixante-douze. File, avant que j'appelle tes parents.

— Vous n'avez pas le…

— Eh bien si, et je l'ai déjà fait. Tu peux retourner chez eux sur la pointe des pieds ou, si tu préfères, je vais tambouriner à leur porte pour leur ramener leur fille. Qu'est-ce que tu choisis ?

Elle le gratifia d'un sale regard et décampa. Il la suivit des yeux jusqu'au couloir, où elle s'engouffra, trois autres filles de son âge sur les talons. Satisfait, Gaz se tourna vers Jack. Celui-ci leva les mains pour montrer que ce n'était pas sa faute.

— Coupe la musique ! hurla l'îlotier. C'est l'heure du dodo.

— C'est pas encore la fermeture, protesta Jack.

— Alors ferme au moins le bar. Et qui est là-haut, dans les chambres ?

— Quelles chambres ?

— Bon, je vois… Demande à bidule, dit-il en désignant du menton le neveu de Jack, de monter leur annoncer que la partie de jambes en l'air est terminée. Ça vaut mieux que si je m'en charge moi-même, non ? Alors, tu coupes la zizique, ou c'est moi ?

Jack ricana, mais Gaz savait que c'était pour la frime. Des cris de protestation accueillirent l'interruption d'ABBA. Jack dut vociférer pour se faire entendre :

— Le bar ne sert plus ! Désolé !

Nouveaux cris de protestation. Gaz se faufila entre les tables, à la recherche de Finnegan Freeman. Il le trouva affalé à la dernière table près du mur du fond, la tête enfouie dans ses bras croisés. À côté de lui était assis un jeune mec stylé qui tenait son téléphone à bout de bras pour montrer l'écran à une brunette qui s'appuyait contre lui. Ils riaient tous les deux aux éclats.

Gaz était presque arrivé à la hauteur de la table quand il trébucha. Il baissa les yeux sur une fille assise par terre, dos au mur, les yeux à moitié fermés. Il la connaissait : Dena Donaldson, Ding pour les intimes. Une étudiante qui commençait à avoir un sérieux problème d'alcool.

Il se baissa pour la soulever par les aisselles. Elle ouvrit les yeux et parut dessoûler d'un seul coup. Elle l'avait reconnu, elle aussi.

— Ça va, ça va, je vais très bien.

— Ah, bon ? fit Gaz. On croirait pas, pourtant. On dirait que tu as besoin d'être ramenée chez toi pour que papa et maman s'occupent de…

— Non.

Les traits de la jeune fille s'étaient durcis.

— Non, vraiment ? Tu penses pas que papa et maman…

— C'est pas mon père.

— N'empêche qu'il serait peut-être quand même intéressé de voir à quoi la petite Dena emploie ses soirées. Qu'est-ce que t'en dis ? Tu fiches le camp ? ou…

— Je peux pas laisser Missa. J'ai promis à sa grand-mère de rester avec elle. Lâchez-moi ! s'écria-t-elle en tentant de s'arracher à l'étau de sa main autour de son bras. Missa ! On y va ! Tu as toujours la carte du minicab ?

Missa leva les yeux de l'écran du portable. Le garçon fit de même. Tous deux regardèrent l'auxiliaire en uniforme.

— Hé ! Elle a rien fait, lança Brutus. Lâchez-la. Vous n'avez qu'à vous en prendre à quelqu'un de…

— Ta gueule, Gaz, dit alors Finnegan.

Il avait redressé la tête et, bien entendu, immédiatement compris ce que Gaz faisait là.

— Lève-toi, Finn, lui ordonna l'îlotier. Faut que je te ramène à la maison et que je te borde dans ton lit.

Finnegan se leva d'un bond et recula brutalement en se cognant au mur.

— Pas question !

Les autres avaient l'air décontenancés, ce qui était tout à fait normal, étant donné que Finn ne leur avait jamais dit que ce flic et lui étaient en fait de vieilles connaissances.

— Je te parle pas de Worcester. Je te ramène chez toi, ici, dans ton lit. Je te prépare du chocolat chaud. Bournvita. Ovomaltine. Ce que tu veux.

— Bordel, Finn, tu connais ce connard ? lança Brutus.

Le sang de Gaz ne fit qu'un tour. Il ne supportait pas ce genre de petit merdeux blindé d'oseille.

Dena intervint :

— Brutus, lâche l'affaire, dit-elle d'un ton éloquent.

Avec un haussement d'épaules, il reporta son attention sur l'écran de son téléphone.

Gaz le lui arracha des mains et le glissa dans sa poche. « Brutus », c'était vraiment un nom ridicule pour un gringalet qui avait tout du demi de mêlée et rien d'un deuxième ligne…

— Vous allez tous rentrer chez vous, cria-t-il, et je dis bien, tous ! Je ne le répéterai pas. Je vous donne cinq minutes pour vider vos verres.

Ça ne lui déplut pas de voir que certains autour d'eux s'en allaient déjà. Et sa satisfaction grimpa encore d'un cran quand il vit quatre gamins descendre l'escalier derrière le neveu. Ils étaient débraillés et auraient eu besoin qu'on leur souffle dans les bronches, mais Gaz en avait déjà assez sur les bras.

— Réfléchis bien au choix que je t'ai donné, dit-il à Dena.

Et à Finn, il répéta :

— Je te ramène à la maison.

Aux autres, il se contenta de dire :

— Vous deux, foutez-moi le camp avant qu'il me vienne des idées.

— Très bien, opina Dena. J'ai fait mon choix. J'accepte votre proposition de nous ramener.

Et, sans laisser à l'îlotier le temps de rétorquer qu'il n'était pas chauffeur de bus, elle claironna :

— On habite tous ensemble, comme si vous ne saviez pas. C'est sympa de nous ramener, merci ! Alors, les gars, vous venez ?

Sur ce, elle attrapa son manteau, se baissa pour explorer à tâtons le plancher et finit par brandir un sac du soir vintage.

— Ce que monsieur l'agent nous propose, ajouta-t-elle, c'est de continuer la soirée chez nous. C'est bien ça, monsieur l'agent ?

L'ironie triomphante de la question n'échappait pas à Gaz. Elle avait gagné. Bon, mais elle ne perdait rien pour attendre.

4 mai

SOHO
LONDRES

Pour la tenue, elle était allée au plus simple. Comme elle avait déjà des tonnes de tee-shirts barrés de slogans – dont un petit nombre seulement jugés répréhensibles –, elle se contenta d'acheter deux paires de leggings. Des leggings noirs, puisque c'était la couleur amincissante, et Dieu sait qu'elle voulait paraître plus mince. En ce qui concernait les chaussures, elle n'aurait jamais imaginé qu'il existait un choix pareil, en ligne ou ailleurs. Noires, bien sûr, mais aussi beiges, roses, rouges, argentées ou blanches. Pailletées parfois. Côté semelle, il y avait la semelle en cuir, en résine, en caoutchouc ou en un matériau synthétique sans dénomination que l'on espérait respectueux de l'environnement. Puis l'option ruban ou lacet, ou bien bride avec boucle. Et enfin, les fers eux-mêmes : pointes rivetées seules, pointes rivetées et talons vissés, ou rien du tout… Mais pourquoi acheter des chaussures de claquettes sans claquettes ? Voilà un beau mystère…

Elle finit par les prendre en rouge – après tout, c'était sa couleur fétiche pour les chaussures –, avec l'option bride. C'était plus sûr. Elle se voyait mal en train de faire des nœuds à même de tenir le temps imparti, soit quatre-vingt-dix minutes par leçon.

Lorsqu'elle avait accepté de prendre des cours de claquettes avec Dorothea Harriman, la secrétaire du département de son service à la Police métropolitaine, jamais Barbara Havers ne se serait attendue à en tirer du plaisir. Tout autre sport que pousser un caddie dans les travées du Tesco lui semblait rébarbatif. Mais elle avait cédé à la pression, à force d'entendre Dorothea lui répéter combien c'était un exercice salutaire, et ayant fini par épuiser son sac à excuses.

Elle se félicitait néanmoins d'être parvenue à empêcher Dorothea de se mêler de sa vie sentimentale, ou plutôt de son absence. Elle avait pour ce faire rusé, invoquant le nom d'un policier italien – Salvatore Lo Bianco –, dont elle avait fait la connaissance l'année précédente. Il devait lui rendre visite en compagnie de ses deux enfants pendant les vacances de Noël. Hélas, ce projet était resté lettre morte parce que le jeune Marco, douze ans, avait dû être opéré d'urgence de l'appendicite. Mais Barbara avait été assez avisée pour n'en rien dire à Dorothea. Et dans l'esprit de cette dernière, la visite avait eu lieu et le bonheur de Barbara était au coin de la rue.

Sur le chapitre des cours de claquettes, en revanche, Dorothea veillait. Depuis sept mois, Barbara l'accompagnait chaque semaine dans une salle de danse de Southall, où elle apprenait qu'un shuffle est un brush suivi d'un spark, qu'un slap est un flap sans transfert de poids du corps, et qu'un maxi ford s'exécute en quatre mouvements différents requérant une vitalité et une adresse hors du commun. Sans oublier la pratique quotidienne indispensable…

Au début, Barbara avait refusé de s'entraîner chez elle. Son métier de sergent enquêtrice à New Scotland Yard, disait-elle, ne lui laissait pas le temps de s'empêtrer dans des steps, qu'ils soient de Buffalo ou d'ailleurs. Aussi le prof, qui avait pourtant une patience d'ange avec les débutants et était toujours prêt à leur lancer un mot d'encouragement, n'était-il pas tellement content des progrès de Barbara. Après la leçon numéro dix, il avait tenté une petite mise au point : « Vous ne travaillez pas assez, Barbara. Regardez les progrès que font les autres dames, pourtant elles sont moins à l'aise que vous… »

Bon, évidemment… Il faisait allusion au groupe de jeunes musulmanes qui suivaient les cours tout en conservant une tenue vestimentaire d'un style pudique. Elles étaient arrivées à exécuter un « cincinnati » – alors que Barbara en était encore aux premiers pas –, pour la simple raison qu'elles s'entraînaient chez elles.

« Je vais m'occuper d'elle », avait promis Dorothea à leur prof, Kazatimiru – « appelez-moi Kaz » –, qui, pour un récent immigré de Biélorussie, s'exprimait dans un anglais remarquable, avec seulement un léger accent slave. Dorothea avait ajouté : « Ne la laissez pas tomber, soyez patient avec elle. »

Kaz en pinçait pour Dorothea. Comme beaucoup d'hommes, il était tombé sous ses nombreux charmes et n'était plus qu'un jouet entre ses mains manucurées. Il serait donc patient avec Barbara…

Celle-ci s'était crue tirée d'affaire. Il suffisait qu'elle fasse acte de présence, qu'elle gigote un peu et prétende savoir ce qu'elle faisait… Tant qu'elle produisait les sons appropriés avec ses claquettes, tout lui serait pardonné, non ? Elle avait omis toutefois de tenir compte de Dorothea.

Dès la sortie du cours, la secrétaire l'avait informée qu'elle allait la faire travailler après le boulot. Aucune excuse ne serait tolérée. Il existait une liste d'attente de femmes désireuses de suivre le cours de Kaz, et si le sergent Barbara Havers ne cessait pas ses singeries avec ses claquettes, elle pouvait d'avance se considérer comme virée.

Barbara avait été obligée de jurer sur la tête de sa mère pour obtenir la clémence de Dorothea et la faire changer d'avis. La secrétaire en effet avait conçu le projet de la faire s'exercer dans la cage d'escalier du bureau, près des distributeurs, là où il y avait assez de place pour exécuter des scuff, des riff et des heel. De quoi – s'était dit Barbara – parachever l'image flatteuse que ses collègues avaient d'elle. Elle promit donc à Dorothea de pratiquer chez elle chaque soir, et tint parole. Pendant un mois. Tout en prenant grand soin de garder cette activité secrète…

Elle fit assez de progrès pour mériter, à l'issue de ces quatre semaines, un hochement de tête approbateur de Kaz et un charmant sourire à fossettes de Dorothea. Elle découvrit aussi qu'elle avait perdu six kilos, et cela presque sans effort. Elle avait changé de taille de jupe, et les nœuds qu'elle faisait à la ficelle de son jogging étaient de plus en plus grands. Bientôt, il lui faudrait s'en racheter un. Un jour, peut-être, se disait-elle, deviendrait-elle un parangon de beauté et de minceur. Après tout, on avait vu se produire des choses plus bizarres.

Cette perte de poids fut cependant le feu vert à toutes sortes d'excès : elle s'autorisa à manger du curry deux soirs par semaine et ne lésina plus sur les naans – des naans dégoulinant de beurre aillé, badigeonnés d'huile, d'épices, de miel, d'amandes…

Ainsi Barbara était-elle repartie pour une prise de poids massive. C'est alors que Kaz avait sorti de sa manche le Tap Jam. Elle était en train de visualiser en imagination un naan surmonté d'une montagne de dahl avec en accompagnement de délicieuses tagliatelles au saumon (elle n'était pas contre la mixité en gastronomie) lorsque Dorothea avait lancé : « Il faut absolument qu'on y aille, sergent Havers. Vous êtes libre le jeudi soir, n'est-ce pas ? »

Barbara avait été tirée en sursaut de sa rêverie faite de gras et de sucres à gogo. Jeudi soir ? Libre ? Ce qualificatif pouvait-il vraiment s'appliquer à une seule soirée de sa vie ? Bêtement, elle avait fait oui de la tête. « Parfait ! », s'était écriée Dorothea, avant d'ajouter, à l'adresse de Kaz : « Vous pouvez compter sur nous ! ». Là, Barbara aurait dû se douter qu'il y avait anguille sous roche. Mais c'est seulement sur le chemin vers la station de métro qu'elle avait compris dans quelle galère elle s'était embarquée.

« Ce sera vraiment rigolo ! s'était exclamée Dorothea. Et Kaz sera là. Il restera avec nous sur scène. »

Sur scène !? Dorothea n'avait pas eu besoin d'en dire plus. Barbara avait tout de suite pris la résolution de déclarer une subite pathologie des pieds. Elle venait, apparemment, de s'engager à participer à un spectacle de danse de claquettes, ce qui ne figurait absolument pas sur la liste de ses rêves.

Si si, elle souffrait d'un affaissement de la voûte plantaire et d'oignons monstrueux. À quoi Dorothea avait répliqué : « Vous n'avez pas intérêt à vous défiler, sergent Havers. » Et pour bien enfoncer le clou, elle lui avait vivement conseillé d'apporter ses chaussures le jour J, sinon le sergent Winston Nkata se ferait sûrement un *plaisir* de passer la prendre chez elle. Ou bien l'inspecteur Lynley, lui qui aimait tellement se promener dans sa belle auto, n'est-ce pas ? Un petit tour du côté de Chalk Farm, c'était pile ce qu'il lui fallait.

« Très bien, j'ai compris, avait capitulé Barbara. Mais si vous croyez que je vais danser, vous vous fourrez le doigt dans l'œil. »

C'est ainsi qu'elle se retrouvait un jeudi soir à Soho.

Il y avait un monde fou dans les rues. Soho attirait traditionnellement les noctambules, le public des théâtres, les dîneurs, les badauds, les danseurs et les amateurs de spiritueux. Et là, en plus, il faisait doux ; et la saison touristique avait officiellement démarré. Atteindre Old Compton Street et l'Ella D's exigeait par conséquent une bonne dose d'énergie musculaire.

Au dernier étage de cette boîte de nuit, deux fois par mois, était organisé un Tap Jam. Barbara ne tarda pas à s'apercevoir que celui-ci comprenait un Jam Mash, un Renagade Jam et un Solo Tap, toutes choses à éviter comme la peste.

Le Jam Mash battait son plein. Elles attendirent un quart d'heure dehors, espérant que Kaz ferait bientôt son apparition et les introduirait dans le jardin des délices d'Ella D's. Puis Dorothea, à bout de patience, déclara que « tant pis pour lui » et pénétra dans le bâtiment, Barbara à sa suite. Un flot de musique se déversait d'en haut, presque noyé par ce qui ressemblait aux bruits de sabots ferrés d'une horde de poneys emballés.

Le tumulte s'amplifia à mesure qu'elles gravissaient l'escalier. Au rythme du swing des Big Bad Voodoo Daddy, une femme hurla dans un micro : « Scuffle, scuffle ! Pas de flap ! Bravo ! Maintenant ! Regardez ! »

En fin de compte, elles n'avaient pas été abandonnées par Kaz. Sur ce point-là au moins, elles furent rassurées dès le seuil de la vaste salle pourvue d'une plate-forme sur l'un de ses côtés. Une trentaine de chaises étaient poussées contre les murs, et, au milieu, se tenaient des gens, moins cependant que Barbara l'avait espéré. Elle n'allait pas pouvoir passer inaperçue…

Kaz, donc, était debout sur la plate-forme avec une femme forte portant une robe évasée des années 1950. Pas de hauts talons, bien entendu, mais des claquettes brillantes dont elle se servait avec une visible compétence. Elle nommait les pas à mesure, en les faisant en même temps que Kaz. Devant eux sur le parquet, trois rangées de danseurs tentaient de les imiter.

— Waouh ! C'est génial ! s'exclama Dorothea.

Pour des raisons mystérieuses, la jeune femme s'était déguisée. Jusqu'ici, elle s'était toujours présentée au cours de claquettes en justaucorps et collant. Mais ce soir, elle avait opté pour une panoplie vintage : jupe à motif de caniche, corsage resserré sous la poitrine et nœud dans les cheveux à la Betty Boop. Barbara supposa que c'était pour passer incognito aux yeux de l'assemblée et regretta de ne pas avoir pensé à cette solution.

Dorothea, toutefois, ne pourrait jamais échapper au regard de Kaz. Il ne mit pas trente secondes à les repérer, sauta d'un bond de la plate-forme et enchaîna des « cincinnati » dans leur direction. Avec le sixième sens d'un danseur accompli, il pivota sur lui-même pile devant elles. Deux steps de plus, et il les aurait toutes les deux envoyées valser par terre.

— Je suis ébloui ! s'écria-t-il.

Bien entendu, il parlait de Dorothea. Barbara, de son côté, avait opté pour la simplicité : baskets, leggings et un tee-shirt *Je me fiche pas de vous, j'ai juste oublié de prendre mes médocs*.

Dorothea sourit de toutes ses fossettes en faisant une légère révérence.

— C'est vous qui êtes éblouissant, Kaz, dit-elle eu égard au petit numéro de virtuose qu'il venait d'exécuter. Qui c'est, *elle* ?

— KJ Fowler, prononça-t-il d'un ton empreint de fierté. La star des claquettes en Angleterre.

La dénommée KJ Fowler continuait à nommer les pas. Le morceau prit fin, suivi presque aussitôt par « Johnny Got a Boom Boom ».

— Enfilez vos claquettes, mesdames, leur lança Kaz. On veut vous voir taper des pieds.

Il retourna en dansant sur la plate-forme, où KJ Fowler s'en donnait à cœur joie tandis que les individus qui essayaient de la suivre faisaient penser aux usagers du métro à l'heure de pointe. Dorothea avait les yeux qui brillaient.

— Vos claquettes, sergent, rappela-t-elle à Barbara.

Elles s'équipèrent dans un coin, puis, alors que Barbara cherchait désespérément un moyen de feindre une subite paralysie, Dorothea la traîna sur la piste. KJ Fowler et Kaz exécutaient un cramp roll, une suite vertigineuse de pas que seul un faible d'esprit se serait piqué d'imiter. Enfin, Dorothea, comme d'autres, s'y aventura. Et il fallait bien l'avouer : elle n'était pas mauvaise du tout. Avec comme seules rivales Barbara et les musulmanes, elle était sur le chemin d'un solo.

Au bout de vingt minutes de Jam Mash, Barbara était en nage et se demandait si elle pourrait s'éclipser sans que Dorothea s'en aperçoive. C'est alors que la musique se tut – une faveur pour laquelle elle remercia le bon Dieu – et KJ Fowler les informa que la session était terminée. Barbara ne croyait pas à son bonheur. Mais voilà que KJ enchaîna en annonçant qu'on leur faisait une fleur ce soir : Tap Jazz Fury rendait une petite visite impromptue au Ella D's.

Sous une salve d'applaudissements, les musiciens firent leur apparition. Dès les premières mesures, les danseuses du groupe passèrent à l'action. Certaines sautillaient d'un pied si léger et rapide que Barbara caressa l'idée de continuer à pratiquer pour voir si elle parvenait à obtenir le dixième de leur dextérité.

Mais ce n'était qu'une idée en l'air. Elle se volatilisa d'ailleurs très vite, car une vibration contre sa taille – son portable était dans l'élastique de ses leggings – la rappela à ses devoirs. Même si elle s'était laissé embarquer dans cette folle soirée dansante, elle était en effet d'astreinte. Un appel ne pouvait signifier qu'une chose : elle était réclamée à la Met.

La commissaire Ardery. Son nom était écrit en toutes lettres sur le cadran de son téléphone. En général, la chef ne l'appelait que lorsqu'elle avait des reproches à lui faire. Barbara effectua un bref examen de conscience : claire comme de l'eau de roche, non ? Ou se leurrait-elle ?

Vu le niveau des décibels dans la salle, il fallait qu'elle prenne l'appel ailleurs. Elle tapa sur l'épaule de Dorothea en lui montrant son portable et en articulant sans le son le nom de la commissaire. Dorothea poussa un « Oh, non ! » presque désespéré, mais, bien sûr, il n'y avait pas à tortiller : elle devait répondre.

Trop tard, l'appel avait déjà basculé sur la messagerie. Barbara se dirigea vers les toilettes dames au bout du couloir et écouta ce que sa chef avait à lui dire. « Vous êtes d'astreinte, sergent, ce me semble, rappelez-moi immédiatement. »

Barbara obtempéra illico :

— Désolée, chef, c'était plutôt bruyant là où j'étais. Que se passe-t-il ?

— Il se passe que vous devez vous rendre d'urgence au quartier général de West Mercia.

— Je… Mais… Qu'est-ce que j'ai fait ? Je n'ai pas dérapé une seule fois depuis…

— Mettez la paranoïa en sourdine, sergent. J'ai dit que vous deviez y aller, pas que vous y êtes mutée. Soyez là avec votre valise demain matin… de bonne heure.

WANDSWORTH
LONDRES

L'enquête qu'Isabelle Ardery avait reçu l'ordre d'ouvrir promettait d'être compliquée. Déjà, lorsque la police des polices se mêlait d'une affaire, la situation était épineuse. Mais lorsqu'une force territoriale enquêtait sur une autre force territoriale à propos de la mort d'un suspect pendant sa garde à vue, le sac de nœuds devenait inextricable. Surtout si un proche du gouvernement s'avisait d'y mettre son grain de sel, en plus. Pas besoin d'être devin pour savoir qu'elle n'était pas au bout de ses peines, songeait Isabelle en se rendant dans le bureau de sir David Hillier, l'adjoint au préfet de police.

Derrière son bureau, la secrétaire, Judi-avec-un-i MacIntosh, lui fit comprendre par une oscillation de la tête que l'heure était grave tout en lui disant à haute voix que sir David l'attendait, en compagnie d'un député.

— Jamais entendu parler de lui, précisa Judi.

Sans doute un homme politique de seconde zone, déduisit la commissaire Ardery.

— Vous connaissez son nom ? demanda-t-elle à Judi avant de tourner la poignée de la porte.

— Oui, Quentin Walker… Aucune idée de ce qu'il fait ici, mais ça fait soixante-cinq minutes qu'ils sont enfermés là-dedans.

Lorsque Isabelle entra dans la pièce, les deux hommes se levèrent précipitamment. Sur la petite table de conférences, devant eux, se trouvaient une cafetière et deux tasses – une troisième, propre, lui était destinée.

Une fois les présentations faites – Quentin Walker était en fait le député de Birmingham –, Hillier l'invita à se servir une tasse de café. Elle ne se le fit pas dire deux fois.

L'adjoint au préfet lui expliqua rapidement que, le 25 mars dernier, dans le district de la police de West Mercia, un homme était décédé pendant sa garde à vue. Comme il se devait, l'affaire avait été examinée par l'IPCC[1], l'inspection générale, et, bien que les faits eussent été jugés regrettables, il avait été considéré inopportun de déférer le dossier au service des poursuites judiciaires de la Couronne, puisque la mort n'avait rien de douteux : c'était un suicide.

Isabelle jeta un coup d'œil à Quentin Walker. A priori, il n'avait donc rien à faire ici, à moins que ce décès ait eu lieu dans un commissariat de Birmingham, sa circonscription. Mais cette ville ne faisait pas partie de la zone de police de West Mercia.

— Qui est la victime ?

— Un certain Ian Druitt.

— Et où se passait cette garde à vue ?

— À Ludlow.

De plus en plus curieux… Ludlow n'était même pas dans les environs de Birmingham. Isabelle jeta un deuxième coup d'œil au député.

En dépit de son expression indéchiffrable, elle le trouva plutôt séduisant. Il avait une abondante chevelure châtain foncé et les mains fines et soignées de quelqu'un qui n'a jamais rien fait de ses dix doigts.

1. Independent Police Complaints Commission. *(Toutes les notes sont de la traductrice.)*

Il avait aussi une peau magnifique… Isabelle se demanda si un barbier venait tous les jours dans son bureau de la Chambre des communes pour le raser et lui appliquer ensuite des serviettes bien chaudes.

— Pour quelle infraction Druitt était-il en garde à vue ?

De nouveau, ce fut Hillier qui lui répondit, sèchement :

— Abus sexuel sur mineur.

— Ah, fit Isabelle en posant sa tasse sur la soucoupe. Que dit le rapport, exactement ?

Elle attendait toujours qu'on lui explique la présence de Quentin Walker. Ce n'était pas un vieux camarade de lycée de Hillier, il avait au moins dix ans de moins que lui.

— Il s'est pendu avant son transfert de Ludlow au commissariat de Shrewsbury. Il avait été amené au poste à Ludlow en attendant l'arrivée des officiers de patrouille.

Hillier haussa les épaules, mais il avait l'air navré en laissant tomber ce commentaire :

— Une foutue bourde.

— Mais pourquoi d'abord à Ludlow, et non pas directement à Shrewsbury ?

— Apparemment quelqu'un a estimé qu'il fallait agir en urgence. Et comme il y a un poste à Ludlow…

— Il n'était pas surveillé ?

— Il n'y a pas de personnel à Ludlow.

Isabelle regarda Hillier, puis le député, puis de nouveau Hillier. Un suicide dans un poste de police désaffecté n'était pas une bourde, mais un désastre annonciateur d'un procès dommageable.

Trouvant fort curieux que l'inspection générale se soit abstenue de déférer l'affaire, elle pressentait que la réponse à sa prochaine question serait tout aussi affolante.

— Qui a procédé à l'arrestation de Druitt ?

— L'auxiliaire de police de Ludlow. Il a obéi aux ordres à la lettre : arrêter l'individu, l'emmener au poste et attendre les flics de Shrewsbury.

— J'avoue que je suis étonnée, monsieur. Un îlotier procédant à une arrestation ? Les journaux ont dû s'en donner à cœur joie. Pourquoi n'y a-t-il pas eu de poursuite ?

— Il n'y a rien à poursuivre. C'est une erreur de procédure, pas un acte criminel. Mais tout de même… Druitt a été enfermé dans un poste désaffecté sans surveillance, embarqué par un agent de police non assermenté, et en plus il devait être auditionné pour abus sexuel sur mineur… Ça fait beaucoup, vous ne trouvez pas, commissaire ?

Isabelle était bien d'accord. Les flics haïssaient les pédophiles. Lorsqu'un d'entre eux mourait en garde à vue, ça ne sentait pas bon pour la police. Et si son chef réclamait une suite à l'enquête menée par la police des polices, c'est qu'il y avait vraiment de l'eau dans le gaz. Elle se tourna vers le député :

— Je ne comprends pas la raison de votre présence ici, monsieur le député. Seriez-vous concerné par cette affaire ?

Quentin Walker sortit un mouchoir blanc de la poche de son veston et, de ses mains fines, s'en tapota délicatement la bouche.

— La mort paraît suspecte.

— Pas aux yeux de l'IPCC puisqu'ils ont avalisé la version du suicide. À première vue, je dirais juste qu'il y a eu négligence de l'îlotier. Pourquoi ce décès serait-il suspect, selon vous ?

Walker lui expliqua que le dénommé Ian Druitt gérait un centre de loisirs pour enfants, en association avec la paroisse de St. Laurence à Ludlow. Ce centre avait du succès. Ian Druitt n'avait jamais fait l'objet du moindre soupçon. Aucun des gosses participant aux activités ne s'était plaint d'aucune manière de lui. Cela avait mis la puce à l'oreille de certains responsables locaux, lesquels avaient ensuite rapporté les faits à leurs élus à la Chambre des communes.

— Ludlow ne fait pas partie de votre circonscription, objecta Isabelle. Ces « responsables locaux » auraient-ils un lien plus personnel avec vous ou avec le défunt ? Dites-moi si je fais fausse route.

Walker consulta brièvement Hillier du regard. Manifestement, les questions qu'elle venait de lui poser l'avaient rassuré, preuve que jusqu'ici il avait douté de ses compétences. C'était rageant, se dit Isabelle, de voir que, même ici, à la Met, les femmes étaient toujours considérées comme des seconds couteaux.

— Avez-vous un intérêt personnel dans cette affaire ? insista-t-elle.

— J'ai dans ma circonscription un concitoyen du nom de Clive Druitt. Savez-vous qui c'est ?

Le nom était vaguement familier à Isabelle, mais, ne parvenant pas à mettre un visage dessus, elle fit signe que non.

— Druitt Craft Breweries, la bière artisanale que l'on sert dans les pubs gastronomiques branchés. Il a ouvert sa première brasserie à Birmingham. Aujourd'hui, il en a huit.

Autrement dit, il est riche, traduisit Isabelle. Et son député est à son écoute.

— C'est un parent du défunt ? s'enquit-elle.

— Ian était son fils. Clive ne croit pas une seconde qu'il ait pu être un pédophile. Pas plus qu'il n'avale la thèse du suicide.

Quel père accepte facilement l'idée que son enfant se livre à des activités délictueuses ? songea Isabelle. Le suicide était autre chose. L'enquête sérieuse qui avait été menée aurait dû au moins le convaincre de la triste et cruelle vérité : Ian s'était donné la mort ; personne n'y pouvait rien. Du point de vue d'Isabelle, il n'y avait aucune raison d'ouvrir un dossier à la Met.

— Hum. Je ne vois toujours pas…, commença-t-elle.

— Des coupes drastiques ont été effectuées dans nos effectifs là-bas, l'interrompit Hillier. Monsieur le député voudrait simplement que nous lui *certifiions* que ces circonstances n'ont pas gêné le travail d'investigation.

Isabelle comprit ce qu'on attendait d'elle : afin de mettre de l'huile dans les rouages et d'éviter un procès, elle devait envoyer un enquêteur. Que cela lui plaise ou non, et cela ne lui plaisait pas du tout. Mais elle n'était pas assez bête pour discuter avec l'adjoint au préfet de police.

— Très bien. Je peux me passer de Philip Hale, monsieur. Il vient de finir…

— Je tiens à ce que vous vous en chargiez vous-même, Isabelle. Ce genre d'affaires demande du doigté.

Hum… Il s'agissait tout au mieux d'une mission pour un fonctionnaire au grade d'inspecteur. Et de toute façon, un déplacement dans le Shropshire en ce moment était hors de question pour elle.

— Si vous voulez du doigté, monsieur, alors l'inspecteur Lynley est l'homme qu'il vous faut.

— Peut-être, mais j'aimerais que vous vous en occupiez personnellement … avec le sergent Havers. Elle vous assistera à merveille. Elle s'est si bien débrouillée dans le Dorset[1], je n'ai aucun doute sur sa performance dans le Shropshire.

Isabelle comprit le sous-entendu.

— Ah, oui. Je n'avais pas pensé au sergent. Je suis tout à fait d'accord, monsieur.

Hillier lui adressa un sourire en coin.

— Je pensais bien que vous le seriez, commissaire.

Puis il se tourna vers le député et enchaîna :

— Je vais vous parler franchement. Nos services sont exsangues un peu partout sur le territoire à la suite des coupes décidées par le gouvernement. Nous consacrerons cinq jours à votre affaire, pas un de plus. Après ça, la commissaire Ardery et le sergent Havers devront rentrer à Londres.

Walker eut le bon sens de ne pas essayer de négocier.

— Merci, monsieur l'adjoint. Je serai franc à mon tour. J'étais opposé à la diminution de vos effectifs. Je suis un ami de la police. Quand cette affaire sera éclaircie, soyez certain que vous pourrez compter encore davantage sur moi.

---

1. Voir *Une avalanche de conséquences*, Elizabeth George, aux Presses de la Cité, 2016 ; Pocket n° 16993.

Peu après, il prit congé. Isabelle ne bougea pas, Hillier lui ayant fait un signe discret l'invitant à rester. Une fois la porte refermée sur le dos du député, l'adjoint au préfet retourna s'asseoir et la dévisagea d'un air songeur.

— Je compte sur cette aventure dans le Shropshire, dit-il, pour nous permettre enfin de prendre une décision.

Isabelle savait à quoi il faisait référence.

— Je vais m'y employer, monsieur.

WANDSWORTH
LONDRES

De retour chez elle, Isabelle s'apprêta à faire ses bagages en vue de sa petite virée dans les Midlands. Mais, pour commencer, elle sortit la bouteille. Elle avait déjà bu une vodka martini, mais elle se dit qu'elle en méritait une deuxième, étant donné la longue journée qu'elle avait derrière elle et le tour inattendu pris par les événements.

Tout en triant la lingerie de jour et de nuit indispensable, elle savoura son cocktail. Désormais, au lieu de secouer la vodka avec les glaçons dans le shaker, elle touillait à la cuillère, une méthode apparemment plus efficace pour l'aider à voir les choses autrement. Et elle allait en avoir sacrément besoin vu le tour pendable que lui jouait son salopard d'ex-mari avec son putain de Plan de Carrière. « Tu pourras venir nous voir pendant tes congés, lui avait-il dit, tout miel. La maison sera grande, et si tu veux dormir ailleurs, il y aura un hôtel pas loin. Ou un bed & breakfast ? Génial, n'est-ce pas ?

Et pas la peine de demander, d'avance, c'est non : il est hors de question que les garçons passent leurs vacances avec toi, Isabelle. »

Pour rien au monde, elle n'aurait montré à son mari son désarroi. Si elle avait le malheur de souffler ne serait-ce qu'un « Bob, s'il te plaît », elle savait où cela les mènerait. Elle l'entendait déjà lui lancer rageusement : « Tu sais très bien pourquoi c'est nécessaire. » Ils s'enliseraient dans leurs conflits passés, et la discussion ne tarderait pas à dégénérer.

Elle vida son verre avant d'avoir terminé son bagage. Il n'y avait plus rien à faire, donc elle ne risquait plus rien. Et puis elle était presque sobre, après tout. Elle se prépara une troisième vodka martini, puis glissa la bouteille, précautionneusement, dans la valise. En ce moment, elle dormait mal, et cela ne s'arrangerait pas dans un lit qui n'était pas le sien. La vodka lui servirait de somnifère. Qu'y avait-il de mal à cela ?

Une fois la valise posée devant la porte, elle se résolut à téléphoner. Elle connaissait ses deux numéros par cœur, mais préféra l'appeler sur son fixe. S'il n'était pas chez lui, elle lui laisserait un message – elle ne voulait surtout pas le déranger s'il découchait.

Lynley reconnut tout de suite sa voix, comme de bien entendu. Il paraissait étonné et, Lynley étant Lynley, plutôt soupçonneux. Après un « Bonsoir, chef », il ajouta d'un ton trop décontracté pour être honnête :

— Tout va bien ?

Elle se redressa. Attention à sa diction, il ne fallait pas qu'elle se trahisse.

— Très bien, Tommy. Je vous dérange, peut-être ? (Sous-entendu : Daidre est-elle avec vous ? ou bien,

Êtes-vous occupé à ce que font les amoureux après dix heures du soir ?)

— Vous avez interrompu quelque chose, mais ça peut attendre, répondit aimablement Lynley. Charlie a absolument tenu à ce que je lui fasse réviser son texte. Vous ai-je dit qu'il a décroché un assez bon rôle dans un Mamet ? Bon, ce n'est pas le West End. En fait, la pièce ne se monte pas à Londres. Mais tant que c'est dans un théâtre des environs de la capitale, on s'incline.

Isabelle entendit en bruit de fond la voix de Charlie Denton. Celui-ci logeait chez Thomas Lynley, dans sa belle maison de Belgravia. En échange du gîte et du couvert, il lui servait de valet, de cuisinier, bref d'homme à tout faire, à condition qu'il puisse s'absenter lorsque résonnait pour lui l'appel des planches. Jusqu'ici, il avait seulement réussi à obtenir des rôles mineurs, çà et là.

— Oui, bien sûr, vous avez tout à fait raison, disait Lynley à Charlie. C'est Mamet qui compte.

Puis à Isabelle :

— Il attend aussi une réponse de la BBC.

— Ah, bon ?

— Grâce à sa vie à Eaton Terrace, il est… comment dit-on déjà ?… il est devenu *populaire* pour ce qui est des rôles en costume. Si la chance continue à lui sourire, il jouera un valet de pied irascible dans une série en douze épisodes se passant en 1890. Nous sommes tous priés de croiser les doigts.

— Dites-lui que je les croise pour lui.

— Il sera ravi.

— Vous avez un moment ?

— Bien sûr. On a terminé. En tout cas, moi. Charlie, lui, serait capable de continuer jusqu'aux aurores. Quoi de neuf, alors ?

Isabelle lui communiqua une version abrégée : le suicide, la police de West Mercia, l'inspection générale, le député et son riche administré. À la fin, Lynley fit une remarque qui tombait sous le sens :

— Si l'IPCC a conclu qu'il n'y avait pas à poursuivre l'enquête, ce Walker attend quoi de nous ?

— On nous a convoqués pour la forme, histoire de calmer le jeu et de rendre service à un député qui renverra l'ascenseur par la suite.

— Je reconnais bien là Hillier.

— N'est-ce pas ?

— Quand voulez-vous que j'y aille ? Je devais faire un saut en Cornouailles, mais je peux très bien repousser.

— Oui, il le faudra, Tommy, mais pas pour vous rendre dans les Midlands.

— Ah. Qui, alors… ?

— Hillier m'a demandé d'y aller moi-même.

Un silence s'ensuivit. Lynley savait aussi bien qu'elle combien c'était contraire au règlement qu'elle soit chargée d'une mission qu'elle aurait dû déléguer à un collègue moins gradé. Sans parler du problème de son remplacement pendant son absence…

— C'est vous qui assurerez mon intérim, reprit-elle, devinant sa pensée. Cette affaire ne nous retiendra pas longtemps, vous reverrez bientôt vos Cornouailles. Au fait, j'espère que tout va bien.

Elle faisait allusion à sa famille habitant quelque part sur la côte un château entouré d'un gigantesque domaine. Ils étaient parvenus à l'entretenir sans avoir à abandonner ce monument historique entre les mains du National Trust ou de l'English Heritage. Lynley la rassura. Il s'agissait seulement de sa visite annuelle, un peu compliquée toutefois par l'emménagement de sa sœur et du fils adolescent de celle-ci, qui, ayant vendu sa maison dans le Yorkshire, avait décidé de rentrer en Cornouailles.

— Mais je peux aussi bien y aller plus tard.

— Vous me rendrez un grand service, Tommy. Je sais que vous avez, ô combien, droit à un congé.

Le moment était venu d'aborder le sujet le plus délicat. Thomas Lynley avait beau être beaucoup de choses – raffiné, cultivé, aristocrate tenant d'un titre poussiéreux dont il se servait sans doute pour réserver dans les restaurants les plus courus de la capitale –, il n'était pas un imbécile. Il devait se douter qu'il y avait anguille sous roche.

— J'emmène le sergent Havers avec moi. Elle doit se pointer demain matin à la Met avec sa valise… Au cas où vous vous demanderiez où elle est passée.

Un nouveau silence. Isabelle imaginait la roue de son cerveau en train de tourner.

— Isabelle, ne serait-il pas plus avisé…

— Chef, rectifia-t-elle.°

— Chef… pardon. Ne serait-il pas préférable de prendre le sergent Nkata ? Étant donné les circonstances, un peu de circonspection…

Évidemment, il avait raison. Winston Nkata ne désobéirait pas à un ordre même en rêve, et il pouvait faire équipe avec tout le monde. Nkata eût été préférable dans n'importe quelle situation. Mais ce choix n'aurait pas convenu à son objectif global, et Lynley était trop fine mouche pour ne pas y penser.

— Je voudrais voir comment Barbara se conduit sur le terrain après ses incartades, répondit Isabelle. Elle s'est un peu rattrapée depuis cette embrouille en Toscane[1], mais là, ce sera un bon test.

— Voulez-vous dire que si Barbara arrive à mener cette enquête sans... (Lynley cherchait décidément ses mots aujourd'hui.) ... sans dépasser les bornes, vous déchireriez « sa » demande de mutation ?

— Et mettrais à la corbeille son avenir en rose à Berwick-upon-Tweed ? Oui, je la passerais à la déchiqueteuse, cette demande.

Même si Lynley parut satisfait, elle savait qu'il se méfiait de ses intentions. Dès qu'ils auraient raccroché, il téléphonerait à l'exaspérante Barbara Havers pour lui faire ses recommandations. « Barbara, lui dirait-il de sa voix de velours à l'accent d'Eton atténué par l'accent standard britannique tel que pratiqué à la BBC. C'est l'occasion ou jamais d'entrer dans le rang. Je ne peux que vous encourager. »

Et Havers lui répondrait :

« Reçu cinq sur cinq, dix sur dix, etc. J'en grillerai même pas une seule sur la route. Ça me fera bien voir, non ?

— Ce qui vous fera bien voir, répliquerait-il, c'est de proposer des idées au lieu de discuter, de vous habiller conformément à vos fonctions et de suivre à la lettre la procédure. C'est bien clair ?

---

1. Voir *Juste une mauvaise action*, Elizabeth George, aux Presses de la Cité, 2014 ; Pocket n° 16397.

— Aussi clair que l'eau des Caraïbes. Faites-moi confiance, inspecteur, je vous promets de ne pas foutre la pagaille.

— Vous n'avez pas intérêt. »

Cela serait le dernier mot de Lynley. Malgré tout, il aurait des doutes. Personne ne connaissait aussi bien Barbara Havers que son coéquipier de longue date. La pagaille était sa spécialité.

En tout cas, Isabelle avait l'intention de lui donner assez de corde, c'était certain. Elle n'aurait qu'à patienter devant le gibet, et Barbara finirait tôt ou tard par faire le grand saut.

5 mai

HINDLIP
HEREFORDSHIRE

Au premier abord, ce qui frappa Barbara quand elles furent enfin autorisées à entrer, ce fut l'isolement du quartier général de la police de West Mercia. Elles avaient d'abord présenté leur insigne dans un premier bâtiment, informant l'officier derrière son comptoir qu'elles étaient attendues par le chief constable. Ce dernier, visiblement, avait omis de donner l'ordre de les admettre sur-le-champ, et Barbara en déduisit que les huiles du QG n'avaient aucune intention de dérouler le tapis rouge pour la Met.

Une fois le feu vert obtenu, elles regrimpèrent dans leur voiture et franchirent plusieurs portails au long d'une allée bordée de caméras de vidéosurveillance – il y en avait tous les deux mètres ! – n'ayant rien d'autre à filmer que des hectares de pelouse qu'aucun terroriste – britannique ou étranger – sain d'esprit n'aurait songé à traverser. Il n'y avait pas un seul arbre derrière lequel se cacher, pas un seul buisson, ni même un mouton placé là de manière opportune. Jusqu'au parking, c'était le désert le plus total.

Les services administratifs étaient abrités dans une ancienne et noble demeure parée d'une somptueuse vigne vierge et agrandie par des extensions de style utilitaire. Autour de l'édifice, l'austérité minimaliste du parc était adoucie par la présence de buissons et de parterres bien tenus, où des boutons de rose semblaient près d'éclore. On entendait au loin des aboiements, sans doute dressaient-ils des chiens… Alors qu'elles se rapprochaient de l'entrée, Barbara avisa une pancarte *Élèves de l'Académie – suivez la flèche* : elle pointait vers ce qui devait être la chapelle où venaient jadis prier les habitants du château.

Le voyage depuis Londres avait duré quatre heures et demie et n'avait pas été de tout repos. Il avait fallu choisir entre plusieurs itinéraires, comprenant des autoroutes et des routes nationales avec ici et là des tronçons en travaux. Quand, finalement, elles avaient atteint Hindlip, Barbara n'avait plus que deux idées en tête : comment fumer en douce une clope ? et où dénicher une bonne tourte au bœuf et aux rognons ? Car même si Ardery avait fait une halte pour refaire un plein, elle n'était pas du genre à s'arrêter pour autre chose qu'une urgence pipi. Et encore, il fallait faire vite. Barbara n'avait donc pas osé proposer un arrêt déjeuner.

« C'est une occasion qui ne se représentera sans doute pas, lui avait dit l'inspecteur Lynley avant son départ. J'espère que vous ne la laisserez pas passer, sergent.

— Je vais user la couture de mon pantalon à force d'y mettre mon petit doigt.

— Attention, Barbara, ne prenez pas les choses à la légère. La commissaire n'a pas la même tolérance que moi pour les initiatives créatives. Il vous faudra coller au règlement. Sinon, gare aux conséquences.

— Oui, j'ai bien compris, avait-elle répliqué avec impatience. Je ne suis pas une débile mentale, monsieur. »

L'entretien avait été interrompu par Dorothea Harriman. La secrétaire du département avait été mise au parfum par Lynley ou par Ardery. En indiquant d'un geste la petite valise à roulettes de Barbara, elle avait lancé : « J'espère que vous n'avez pas oublié vos claquettes, sergent. Vous savez ce qu'il se passe quand on ne pratique pas régulièrement. Et pourquoi grands dieux ne pas m'avoir dit ce qui se tramait hier soir ? J'aurais demandé à Kaz de faire un enregistrement spécial pour vous. Vous allez être obligée de vous exercer dans votre chambre d'hôtel sans accompagnement... Et combien de séances allez-vous rater ? Avec le récital en juillet...

— Un récital ? »

La question émanait de Lynley, fort intrigué.

« Oui, un récital est prévu le 6 juillet, et les débutantes participeront, lui avait répondu Dorothea.

— Un récital de danse ? »

Il avait haussé un aristocratique sourcil.

Barbara avait tenté d'aiguiller la conversation sur un autre sujet, en vain. Dorothea Harriman n'avait pas son pareil dans le royaume pour rester sur ses rails. Elle avait poursuivi :

« Vous étiez bien au courant, inspecteur, que le sergent et moi devions prendre des cours de claquettes ?

— Et vous êtes déjà assez avancées toutes les deux pour participer à un récital ? Très impressionnant… Sergent, vous me surprendrez toujours. Où a lieu ce récital, au cas où je pourrais…

— Inutile, était intervenue Barbara en jetant un regard entendu à Dorothea. Il ne sera pas invité… Personne ne va être invité, monsieur, ne soyez surtout pas vexé. Si tout se passe comme sur des roulettes dans les Midlands, je reviendrai avec la jambe plâtrée et il n'y aura pas de récital pour moi.

— Pfft ! s'était exclamée Dorothea. Inspecteur Lynley, *moi*, je vous inviterai ! »

À présent, ni Isabelle Ardery ni Barbara ne furent étonnées de s'entendre dire dans la vaste salle circulaire qui servait d'accueil qu'elles allaient devoir attendre. Le chief constable était en réunion. Il les recevrait dès que possible.

HINDLIP
HEREFORDSHIRE

Isabelle, évidemment, n'avait pas espéré une réception chaleureuse à West Mercia. Si elles étaient là, en effet, c'était parce que quelqu'un était persuadé qu'il y avait eu un vice de procédure quelque part, et que ce quelqu'un était fâché.

En général, ce genre de mécontentement s'accompagnait de l'entrée en scène d'avocats brandissant la menace d'un procès coûteux, ou bien du harcèlement téléphonique des tabloïdes et des quotidiens respectés ayant encore les moyens de financer un journalisme d'investigation. Dans l'affaire présente, il n'y avait rien eu de tout cela. Aussi n'y avait-il aucune raison valable d'ouvrir une nouvelle enquête… Isabelle ne trouvait donc pas curieux qu'on les fasse poireauter vingt-cinq minutes.

Au bout des premières cinq minutes, Havers avait, très poliment, demandé l'autorisation de sortir fumer une clope. Isabelle avait failli lui ordonner de rester où elle était, mais elle devait bien avouer que le sergent avait été un modèle de bonne conduite pendant le trajet, long et agrémenté seulement de deux brefs arrêts. Elle s'était même habillée avec soin… seulement où diable avait-elle bien pu dégoter ce cardigan hideux ? Le gris lui donnait une mine affreuse. Et puis, ces pois, on aurait dit une éruption de varicelle… Isabelle avait donc acquiescé sèchement à la requête de Havers, la priant de faire vite. Ce qu'elle avait fait.

Une policière en uniforme se présenta, enfin, et les conduisit par un vaste escalier et une majestueuse porte à deux battants dans ce qui avait dû être le grand salon du château, étant donné les dimensions de la pièce et la taille des fenêtres. Le plafond était décoré d'anciennes moulures, et un lustre somptueux prenait place au centre de la belle rosace à décor de fruits. La gigantesque cheminée en marbre avait conservé ses jambages ornés de cariatides, et sa tablette de manteau accueillait deux photos de mariage et une plaque commémorative.

La policière les informa que le chief constable s'était absenté une minute. Isabelle croisa les bras et se retint de faire une remarque du genre « On s'en serait doutées ». Elle observa plutôt les lieux, songeant à leur usage passé. Le mobilier actuel ne rappelait en rien l'agencement de guéridons et de fauteuils d'autrefois permettant de recevoir pour le thé et formant un cadre charmant pour la conversation après les repas. Le bureau du chief constable trônait devant des rayonnages remplis de classeurs à anneaux et d'un tas de chemises écornées. Des jouets en fonte émaillée étaient disposés çà et là, trois balles de cricket occupaient un panier. À un bout de la pièce, entre les deux fenêtres habillées de lourds rideaux, une table basse était pourvue d'une carafe d'eau et de cinq verres et entourée du même nombre de chaises. Isabelle supposa que c'était là que se passerait leur entrevue avec le maître de céans et chef de la police territoriale de la région.

Le sergent Havers se posta à une fenêtre, regrettant sans doute de ne pas être dehors en train de fumer une deuxième cigarette. Et elle avait sûrement faim. Isabelle en tout cas avait l'estomac dans les talons.

Les deux battants de la porte s'ouvrirent en même temps, comme poussés par des valets de pied invisibles, laissant le passage à un haut gradé en uniforme dont le physique évoquait vaguement le duc de Windsor dix ans après son mariage avec Wallis. En guise de bonjour, Patrick Wyatt prononça :

— Commissaire Ardery.

Et le regard qu'il jeta à Havers indiquait clairement que les présentations étaient inutiles.

Isabelle nota en son for intérieur que le chief constable avait omis – alors qu'ils étaient dans des relations protocolaires – de lui donner son grade exact de « commissaire principal ». Elle se promit de rectifier à l'occasion.

Patrick Wyatt ne les invita pas à s'asseoir. Et lança :

— Votre présence ici n'est pas la bienvenue.

Puis il se tut.

— Je ne suis pas ravie non plus d'être ici. Ni le sergent Havers. Nous souhaitons faire notre rapport dans les délais les plus courts. Après quoi, vous ne nous verrez plus.

Le chief constable se détendit un peu. Il désigna d'un geste les cinq chaises.

— Un café ?

Isabelle fit un signe de tête négatif et jeta un coup d'œil à Havers, laquelle fit de même. Puis la commissaire se dirigea vers la table et, décrétant qu'un peu d'eau était exactement ce qu'il leur fallait, se mit en devoir de remplir trois verres. Havers s'assit à son tour et but une minuscule première gorgée, se demandant probablement si ce n'était pas de la ciguë.

Wyatt, enfin, se décida à prendre place autour de la table basse. Isabelle ne tourna pas autour du pot.

— Le sergent Havers et moi avons été mises dans une situation délicate. Notre intention n'est nullement de noircir la réputation de vos hommes.

— Cela fait plaisir à entendre, dit Wyatt.

Il but son verre d'eau d'un trait, et s'en resservit un. Havers, nota Isabelle, eut l'air soulagée qu'il ne fût pas tombé raide après le premier.

— Les coupes budgétaires sont catastrophiques pour tout le monde, reprit Isabelle. Je sais que vous avez été durement touchés…

— Nous n'avons plus que mille huit cents hommes pour maintenir l'ordre dans le Herefordshire, le Shropshire et le Worcestershire. Nous n'avons plus aucun constable qualifié pour les patrouilles. Des villes entières sont surveillées par des volontaires et des vigiles de quartier. Actuellement, il faut au minimum vingt minutes pour que nous arrivions sur les lieux d'un crime. Et encore, à la condition que le flic le plus proche ne soit pas occupé ailleurs.

— À Londres, c'est à peu près la même situation, dit Isabelle.

Wyatt se racla la gorge et regarda Havers de travers, à croire qu'elle était l'incarnation de ces coupes budgétaires. Havers soutint son regard sans piper mot, pas intimidée pour deux sous.

— Je tiens à ce que tout soit clair, reprit Wyatt. Le soir de l'incident, une ambulance a été envoyée dès réception du premier appel. Lorsque les secouristes ont informé le central qu'ils avaient tout essayé pour ranimer l'individu, un inspecteur a immédiatement été dépêché sur place, à Ludlow – voyez-vous, nous n'avions sous la main aucun officier de police. Elle a ouvert l'enquête, et, en temps voulu, elle a téléphoné à l'inspection générale.

— En temps voulu ?

— Trois heures après. Elle avait déjà inspecté les lieux, interrogé les secouristes et le policier présents, et fait venir le médecin légiste. Tout a été fait dans les règles.

— Merci pour ces informations, répondit Isabelle.

La police de West Mercia avait raccourci la procédure. Ce qui était compréhensible… Le chef de poste, en recevant l'appel d'urgence signalant un décès en garde à vue, avait compris que l'affaire devait être menée avec un soin particulier.

— Y a-t-il eu une enquête parallèle à celle de l'inspection générale ? demanda-t-elle.

— Oui, bien sûr, nous avons cherché à savoir comment une erreur pareille avait pu se produire. Le résultat des deux enquêtes a été transmis à la famille de la victime, et celui de la police des polices rendu disponible au public et à la presse. Franchement, pourquoi la Met a-t-elle décidé de venir mettre son nez là-dedans à ce stade ? Cela me dépasse…

— Nous avons été sollicités par un député qui subit des pressions de la part du père du défunt.

— Foutue politique !

Le téléphone sonna. Wyatt se leva et se dirigea vers son bureau, qui était aussi massif qu'un destroyer.

— Quoi ? aboya-t-il dans le combiné. (Il écouta la réponse.) Bon. Faites-la monter tout de suite.

Il attrapa sur les rayonnages derrière son bureau quelques chemises en papier Kraft et revint s'asseoir.

Isabelle jeta un coup d'œil sur les dossiers qu'il avait posés sur la table basse. Elle aurait tout le loisir de les examiner par la suite. Pour l'instant, elle voulait surtout connaître le point de vue du chief constable.

— Nous savons que le décès s'est produit au poste de police de Ludlow, reprit-elle. Nous savons aussi qu'il n'y avait pas de personnel ce soir-là. Pouvez-vous nous donner plus de détails sur la situation ?

— Il a fallu fermer des commissariats un peu partout dans les trois comtés.

Wyatt indiqua une carte de la région occupant le mur entre les deux fenêtres, juste au-dessus de leurs têtes.

— À Ludlow, le poste est désaffecté, mais des officiers s'y arrêtent parfois pendant leurs patrouilles, quand ils ont besoin d'avoir accès à un ordinateur ou à un téléphone.

— Il y a une cellule de garde à vue ?

Il fit non de la tête. Rien dans ces locaux ne permettait d'enfermer un suspect. Il n'y avait pas non plus de salle d'interrogatoire, mais rien ne s'opposait à ce qu'un officier de patrouille, si cela s'imposait, y emmène quelqu'un pour l'interroger.

— C'est un îlotier qui a procédé à l'arrestation, n'est-ce pas ?

Patrick Wyatt confirma. L'îlotier en question avait été informé par son chef que tous les officiers des environs étaient occupés par des cambriolages (huit domiciles et cinq commerces répartis dans différents coins de la région) et qu'ils se dépêcheraient de venir à Ludlow dès qu'ils en auraient fini, à savoir dans les quatre heures.

— Pourquoi cette arrestation était-elle si pressée ?

Le chief constable l'ignorait, l'ordre d'arrestation ayant sans doute été donné par le supérieur hiérarchique de l'îlotier. Ce qu'il savait, en revanche, c'est que l'appel anonyme accusant Ian Druitt d'abus sexuel sur enfant avait été passé depuis l'interphone d'urgence extérieur du poste de Ludlow relié directement au centre opérationnel de West Mercia.

— L'interphone extérieur ? s'étonna Havers, qui faisait entendre sa voix pour la première fois.

Isabelle Ardery remarqua alors seulement que le sergent avait sorti un calepin vierge de son sac à bandoulière, ainsi qu'un portemine.

Les postes désaffectés avaient tous été équipés de ce moyen d'atteindre directement le central en cas d'urgence, l'informa Wyatt.

— Ainsi, reprit Isabelle, c'est suite à cet appel que quelqu'un a été envoyé sans délai ? Cela aurait pu attendre quelques heures, une journée même, le temps qu'un officier soit disponible pour l'arrestation.

Wyatt paraissait d'accord, mais il répéta que la série de cambriolages avait mobilisé leurs troupes au complet. En outre, une accusation de pédophilie n'était pas à prendre à la légère. La commissaire le savait bien.

À cet instant, on frappa à la porte. Le chief constable se leva pour aller ouvrir, laissant entrer une femme dont le style vestimentaire n'avait rien à envier à celui de Barbara Havers. Wyatt se chargea des présentations : l'inspecteur Pajer. Elle avait l'air au bout du rouleau. Ses cheveux noirs et lisses encadraient agréablement l'ovale de son visage, mais elle avait des cernes noirs et des poches sous les yeux tout à fait inesthétiques. Ses lèvres sèches étaient couvertes de croûtes qui faisaient peine à voir. Et elle avait les mains rouges. Sans la mallette qu'elle tenait entre ses doigts, Isabelle aurait pensé qu'elle venait de passer la serpillière.

— Je vous en prie, appelez-moi Bernadette, dit-elle en tendant d'abord la main à Isabelle avant de serrer celle de Havers.

Elle s'assit dans le cercle et, sans attendre d'y être invitée, se servit un verre d'eau. Puis elle sortit de sa mallette un paquet de dossiers étiquetés et attendit que le chief constable reprenne sa place.

— Avant de commencer, j'aimerais être briefée, dit-elle en croisant les doigts sur ses papiers.

— Votre travail n'est pas en cause, Bernadette, lui annonça Wyatt.

Isabelle en déduisit que Pajer était l'inspecteur d'astreinte le soir du décès de Ian Druitt.

— Avec tout le respect que je vous dois, monsieur, si je suis convoquée au QG pour un entretien avec des officiers de la Met, je suppose au contraire qu'il l'est…

C'était son enquête, en effet, que les deux femmes en face d'elle étaient là pour vérifier, ainsi que celle de l'inspection générale.

La commissaire Ardery « briefa » donc Pajer, après quoi celle-ci se lança dans le récit de son intervention.

Elle avait débarqué au poste de Ludlow pour y trouver les ambulanciers qui avaient tenté de ranimer Ian Druitt, ainsi que l'auxiliaire de police qui l'avait arrêté : un certain Gary Ruddock. Le corps avait été déplacé, et le lien dont s'était servi Druitt enlevé de son cou.

— C'était quoi, ce lien ? s'enquit Isabelle.

Pajer fit glisser d'une chemise un tas de photos et attrapa le cliché d'une longue bande d'étoffe rouge d'environ dix centimètres de large, leur expliquant qu'il s'agissait d'une étole, un ornement liturgique.

— Le défunt était un prêtre ?

— Oui. On ne vous l'a pas dit ? Un diacre, plus exactement.

Isabelle lança un regard vers Havers, dont les lèvres s'étaient arrondies en forme de O. Comme sa chef, elle se demandait pourquoi elles n'en avaient pas été informées à Londres.

D'après l'îlotier, Druitt venait de dire les vêpres quand il l'avait arrêté et il était en train de se changer dans la sacristie de St. Laurence. Il avait dû fourrer l'étole dans la poche de son anorak.

— Ruddock n'aurait-il pas pu la voler ? intervint Havers. Quand il est allé chercher le diacre…

L'inspecteur Pajer avait envisagé cette possibilité, mais pensait que c'était peu probable. Le vol de l'étole aurait signifié qu'il y avait eu préméditation, alors que c'était par pure coïncidence que l'îlotier avait été appelé pour arrêter Druitt. Et puis, bien sûr, il savait forcément qu'un décès en garde à vue allait donner lieu non pas à une, mais à deux enquêtes.

Apparemment, Pajer avait effectué un parcours sans fautes. Elle avait téléphoné au médecin légiste, elle avait prié les ambulanciers et Ruddock de quitter les lieux, elle les avait interrogés séparément, elle avait fait venir les techniciens de la police scientifique qui avaient effectué tous les prélèvements d'usage – empreintes, vêtements, etc. –, et ce dans l'éventualité où le suicide se révélerait être un crime. Tout cela figurait dans les dossiers qu'elle leur avait apportés, chaque entretien : celui qu'elle avait eu avec le fonctionnaire du central téléphonique ayant reçu l'appel de l'îlotier affolé et celui de l'ambulancier ayant placé les électrodes du défibrillateur sur la poitrine de Druitt dans l'espoir que son cœur se remettrait à battre.

— Et l'inspection générale ? s'enquit Isabelle.

Pajer l'avait appelée dès que le légiste avait examiné le défunt. L'inspection avait envoyé quelqu'un dès le lendemain, et elle avait été la première personne interrogée.

Manifestement, Pajer n'avait plus rien à ajouter. Elle rangea les photos dans leur chemise et réarrangea les dossiers en une pile compacte. Puis elle tourna vers Wyatt un regard où se lisait son désir de retourner à son travail, étant donné qu'elle, comme ses collègues, était de plus en plus surchargée.

Wyatt comprit le message.

— Si vous n'avez pas d'autre question…, dit-il à Ardery.

Pajer faisait déjà mine de se lever.

— Je me demandais, lâcha Isabelle, si on a vérifié qu'il n'y avait bien personne d'autre que cet îlotier… Ruddock… de disponible pour l'arrestation.

Ce fut Wyatt qui répondit, vivement :

— C'est un bon élément, et il a été très choqué par cette triste affaire. Pas seulement parce qu'un individu est décédé pendant son service mais aussi à cause des conséquences sur la suite de sa carrière. Il avait reçu l'ordre d'emmener Ian Druitt au poste et d'attendre là-bas la venue des officiers qui le transféreraient à Shrewsbury. C'est ce qu'il a fait.

— Pourquoi ne l'a-t-il pas emmené lui-même à Shrewsbury ? intervint Havers, le portemine en suspens au-dessus de son calepin.

— Ruddock a obéi aux ordres de son supérieur, le sergent responsable des îlotiers de West Mercia. Je suppose que l'inspecteur Pajer l'a interrogé à ce sujet, dit Wyatt en se tournant vers la susnommée.

— C'est que… le problème – vous le lirez dans le rapport – Ruddock a été obligé de s'occuper d'une beuverie en ville.

Havers fut la première à manifester sa stupéfaction :

— Vous voulez dire qu'il a quitté le poste après y avoir amené Druitt ?

— Mais non, bien sûr que non, il n'a pas quitté le poste de police ! s'exclama Wyatt.

— Alors, comment…

Havers dut laisser sa phrase en suspens : le chief constable venait de consulter sa montre et dans le même mouvement s'était levé.

— Je crains que nous n'ayons plus une seule minute à vous accorder, mesdames. Vous avez tout ce dont vous avez besoin dans ces dossiers, que vous êtes censées lire, si je ne me trompe ?

Isabelle ne jugea pas utile de lui fournir une réponse, puisque, de toute évidence, il la connaissait déjà.

LUDLOW
SHROPSHIRE

Ding faisait exactement le contraire de ce qu'elle avait eu l'intention de faire après avoir vu Brutus et cette grosse vache d'Allison Franklin arrêter leurs kayaks pour se rouler une pelle en face de Horseshoe Weir : elle prenait la fuite ! La vérité, c'est qu'elle n'aurait pas dû les voir. Normalement, elle devait rentrer directement chez elle, et son chez-elle donnait sur la Teme, pas sur le barrage de Horseshoe Weir. Seulement, voilà, en apercevant la Volvo devant la maison qu'elle habitait avec Brutus et Finn, ses colocataires, elle avait décidé d'aller faire une petite promenade.

Un peu plus tôt dans l'après-midi, dans les environs de Much Wenlock, elle avait regardé sa mère jouer les guides touristiques pour une poignée de visiteurs qui, aussi incroyable que celui puisse paraître, payaient pour découvrir ce qu'il y avait à l'intérieur de leur énorme baraque, le « mausolée Donaldson ». Si ces visites lui donnaient de l'urticaire, c'était moins parce qu'elle n'aimait pas que des inconnus respirent sur l'argenterie de ses ancêtres – surtout qu'il n'y en avait pas – que parce qu'elle ne supportait pas de voir sa mère se mettre en quatre pour leur plaire. Celle-ci avait baptisé des pièces et inventait des histoires grotesques à leur propos : il y avait par exemple la chambre du roi Jacques, la chambre de la reine Elizabeth, ou le parloir des Têtes-Rondes. Elle l'entendait encore pérorer avec un accent dégoté Dieu sait où : « C'était en 1663, voyez-vous… » S'en était suivi le récit de la capture de Cardew Hall. Ding, heureusement, n'en avait entendu que des bribes, étant tenue de rester dans le hall d'entrée pour vendre des tickets et des pots de confiture et de chutney faits maison. Au moins le chutney était-il authentique – c'est-à-dire qu'il avait vraiment été fait par sa mère. Concernant la confiture de fraise, Ding n'aurait pas été étonnée que l'intérieur des pots provienne de quelques caisses Sainsbury's achetées pour l'occasion.

En fait, le seul élément véridique était le nom de la maison, Cardew Hall. Mais la mère de Ding ne savait rien de ses ancêtres qui y avaient vécu, ayant hérité ce tas de pierres vétuste d'un oncle sans descendance. Et elle avait eu le tort de ne pas le vendre tout de suite à un entrepreneur qui l'aurait transformé en un hôtel Relais & Châteaux.

À présent, il fallait refaire la plomberie, mettre aux normes l'installation électrique, moderniser la cuisine et les salles de bains, et se débarrasser des moisissures et des nuisibles de tout poil. Voilà pourquoi Ding était obligée d'assurer une permanence de deux après-midi par semaine pendant la belle saison, et tous les après-midi si elle était en vacances, histoire de tenir gentiment la caisse devant la porte. Entre sa mère et elle, cela avait été un échange de bons procédés : Ding profitait d'une totale liberté à Ludlow à condition d'être là pour les visites. Seulement, cet arrangement ne lui convenait pas du tout.

Lorsqu'elle était rentrée chez elle, à Temeside, la rue qui longeait la rivière, elle aurait voulu pouvoir se détendre un peu. Mais la Volvo garée sur le trottoir pile devant la porte l'avait informée que la mère de Finn Freeman était dans les murs. Et sachant que tout contact entre la mère et le fils tournait systématiquement au vinaigre, Ding avait opté pour une petite marche bucolique au bord de l'eau. Elle s'était donc dirigée vers Horseshoe Weir où, en se penchant par-dessus le parapet, avec un peu de chance, elle apercevrait les canetons dans le bassin. La vue attendrissante des bébés canards était toujours pour elle une piqûre de bonne humeur.

C'est là qu'elle avait vu Brutus et Allison s'embrasser au fil de l'eau, bouche contre bouche, kayak contre kayak. Et ce spectacle avait été la goutte qui avait fait déborder le vase déjà archi rempli par les frustrations de l'après-midi.

Elle eut l'impression que quelque chose se brisait en elle. Brutus était en principe la seule personne de son entourage sur qui elle pouvait compter, maintenant que Missa avait quitté Ludlow. Bon, d'accord, elle se faisait des illusions. Ne lui avait-il pas dit qu'ils étaient seulement « amis avec des privilèges » ? Sauf que, lorsqu'elle avait acquiescé à ce programme, elle pensait que ces « privilèges » seraient exclusifs. Et voilà qu'il en faisait profiter une autre fille, à deux cents mètres de la maison où ils étaient colocs.

Elle les regardait comme hypnotisée – Brutus et cette pouffiasse d'Allison – quand une alarme de voiture s'était déclenchée tout près. Les colverts s'étaient envolés dans un concert de *couac* ! Brutus et Allison s'étaient écartés l'un de l'autre. Et Brutus avait aperçu Ding. « Hé ! Dingster ! Comment ça s'est passé au château ? », avait-il crié alors qu'elle tournait les talons.

Ding avait eu le temps de croiser le regard d'Allison. Cette dernière avait l'air tellement contente d'elle que Ding s'imagina un instant courant sur l'eau à la manière d'un personnage de dessin animé furibard pour lui arracher les cheveux. Mais elle s'était bornée à hurler : « Toi… Toi ! », avec une stridence de chat se prenant la queue dans une porte. En reculant sur la chaussée, elle avait failli se faire renverser par un bus. Le shoot d'adrénaline lui avait fait reprendre ses esprits, mais sa fuite était encore plus humiliante que le fait de les avoir surpris.

Lorsqu'elle pénétra dans la maison, elle entendit des bruits de dispute entre Finn et sa mère. Cette fois, ce devait être grave, car en général ils réglaient leurs différends au téléphone, pas de vive voix. En fait, elle n'avait vu Mrs. Freeman qu'une seule fois, avec le père de Finn, l'automne dernier, le jour où ils lui avaient apporté une bibliothèque et une commode pour sa chambre. Une livraison qui n'avait pas traîné : Finn n'aurait pas pu les virer plus précipitamment si la maison avait été en feu.

Ils étaient dans le séjour. La mère de Finn disait :

— S'il y a une chose que je ne supporte pas, c'est la façon dont il t'a berné.

— Tu te trompes. C'était un type sympa. Il était mon ami. Et tu supportes pas que j'aie des amis. Avoue-le une bonne fois pour toutes, maman.

Un silence. Ding entendit la mère de Finn reprendre sa respiration. Sans doute s'évertuait-elle à garder son calme. La jeune fille savait bien qu'elle aurait dû manifester sa présence d'une manière ou d'une autre, mais elle n'en fit rien. Écouter aux portes avait au moins la vertu de la distraire de la trahison de Brutus et des affres de Cardew Hall.

— Tu crois vraiment… ? finit par dire la mère de Finn, puis, après une nouvelle pause, elle ajouta : Tu essayes de protéger Ian Druitt ? C'est ça ?

— Je vois pas comment je pourrais le protéger, puisqu'il est mort.

— Bien… Finnegan. Il paraît qu'une nouvelle enquête vient d'être ouverte. Des flics de Scotland Yard vont peut-être vouloir te parler.

— Pourquoi ?

— Ils enquêtent sur l'enquête qui a été menée après le suicide de Ian Druitt.

— C'est pas possible que Ian… C'est pas un suicide.

— D'accord. Pense ce que tu veux. Quoi qu'il en soit, ils vont chercher la petite bête et il y a fort à parier qu'à un moment donné ils vont tomber sur ton nom. Et si jamais, quand ils t'interrogent, tu nies quelque chose que tu sais pourtant être vrai…

— Le seul truc vrai, c'est que Ian était mon pote et que je le connaissais bien. Je ne vais pas nier ça. Tu crois pas que je l'aurais vu s'il abusait des gamins ? C'était un mec cool et sympa, et les mecs sympas font pas…

— Bon sang, Finn ! Tu crois que les pervers traînent à la sortie des écoles la bave aux lèvres et la bite à l'air ? C'est pas parce qu'on connaît quelqu'un qu'on sait qui il est vraiment. Promets-moi une chose : tiens-toi éloigné de tout ce qui a un rapport proche ou lointain avec la mort de cet individu.

— Mais tu viens de me dire que des gars de Scotland Yard allaient venir me cuisiner ! Tu veux que je fasse quoi ? Un délit de fuite ?

— D'abord, j'ai dit « peut-être », pour Scotland Yard. Mais s'ils t'interrogent, il faut leur dire la vérité.

— Oh, je sais quelques vérités qu'ils vont être super contents d'entendre.

— Qu'est-ce que tu insinues ? Si tu continues comme ça, tu vas me forcer à couper court à tes études à Ludlow.

Ding, jugeant le moment propice, rouvrit et referma la porte d'entrée en la faisant claquer, puis enfila d'un pas rapide le couloir avant de se figer sur le seuil de la salle de séjour. Finn était vautré dans le canapé, une attitude délibérée qui avait vocation à exaspérer sa mère, laquelle, debout devant lui, le dominait de toute sa hauteur. Au « Bonjour » de Ding, elle se retourna, tandis que Finn lui lançait :

— Si tu ne veux pas qu'elle te passe un savon, n'entre pas.

— Dena, s'il te plaît…, dit Mrs. Freeman d'un ton impérieux signifiant clairement que la jeune fille devait les laisser seuls.

Ding n'aurait pas eu dans les pattes une très sale journée, elle ne se serait pas privée du plaisir de s'écrouler dans un des poufs du salon, rien que pour l'énerver. Mais, les choses étant ce qu'elles étaient, elle avait surtout envie d'être seule. En plus, il fallait qu'elle bosse sa dissertation. Alors, avec un petit geste désinvolte à l'adresse de Finn, elle monta dans sa chambre.

— Bien, on reprend, dit la mère de Finn.

— Comme tu voudras, dit Finn d'un ton sarcastique.

Sa chambre étant à l'arrière de la maison, Ding n'entendait plus rien. Elle ferma tout de même la porte pour être sûre d'être tranquille et mit en route la bouilloire avec laquelle elle se préparait son thé le matin.

Elle venait de s'asseoir à son bureau, tasse de thé à portée de main, quand la porte s'ouvrit dans son dos. Elle se retourna vivement. C'était Brutus ! Ah, si seulement elle avait eu un lance-flammes à la place de la bouche.

— Fiche-moi la paix. J'ai eu une journée pourrie.

— Il n'y a pas eu de visite au château ?

Comme s'il ignorait que c'était lui qui avait gâché leur soirée !

— Tu sais très bien de quoi je parle, *Bruce*.

Il laissa passer ce *Bruce* et répliqua :

— Beaucoup de visites ?

Il était capable de ressortir en bloquant la serrure pour pouvoir revenir plus tard se glisser dans son lit.

— Si tu tiens tellement à savoir, trois Allemands et une Américaine armée d'un carnet et d'un enregistreur. Maintenant, si tu veux bien…

Elle se pencha sur ses feuilles.

Brutus s'approcha et se mit à lui masser les épaules et la nuque. C'était un de leurs préludes avant de baiser. Pensait-il sérieusement qu'elle allait le laisser faire alors qu'une demi-heure plus tôt elle l'avait vu enfoncer sa langue dans la gorge d'Allison ?

Elle le repoussa.

— Va-t'en. Fous-moi la paix.

Il la lâcha, mais resta debout derrière elle sans bouger.

— Bon, tu m'as vu avec Allison. Et après ?

— Quoi, et après ? Je suis sûre que tu as été plus loin que ça. Tu lui as collé tes doigts dans la chatte ?

Comme il restait silencieux, elle se retourna. Ses cheveux blonds étaient décoiffés, et elle imagina les mains d'Allison lui malaxant le crâne. Une de ses manches était chiffonnée – elle imagina Allison glissant ses doigts dessous pour tâter ses biceps. Car il était musclé, Brutus, fervent haltérophile depuis le jour où il avait compris qu'il ne dépasserait pas le mètre soixante-deux.

— Tu vas me répondre ?

— Je pensais qu'on était d'accord. Ça veut dire que dalle, tout ça.

— « Que dalle » ? Toi et moi ? Toi et Allison ? Toi et tout ce qui a un vagin ?

— Aucune exclusivité, Ding. J'ai été clair sur ce point dès le départ. Je t'avais dit que c'était important pour moi. Je suis comme ça, voilà. Comme presque tous les mecs, d'ailleurs. Ils jouent la comédie de la fidélité seulement parce qu'ils savent que, sinon, ils n'obtiendront rien. Tu devrais te sentir…

— Me dis pas comment je devrais me sentir !

— … reconnaissante d'être avec un type comme moi. Je ne t'ai rien caché.

— Oh, pardonnez mon ingratitude, monseigneur. Je devrais applaudir votre franchise !

Elle détestait sa voix qui montait atrocement dans les aigus.

— Tu aurais dû m'avertir, Ding, que tu n'étais pas sur la même longueur d'onde. Pourquoi tu ne l'as pas fait, hein ? Je sais pourquoi, moi : tu ne m'as pas cru quand je t'ai expliqué ce qu'il en était pour moi, tu as pensé qu'avec la divine Ding je serais différent. Je serais fidèle !

— N'importe quoi !

— Alors pourquoi tu flippes ? T'as jamais dit non, même sachant que j'avais déjà couché avec…

Elle le poussa brutalement.

— Sors ! Fous le camp, sinon je vais hurler. Et je dirai que… je te jure… je dirai à tout le monde…

Elle lui lança un livre à la figure. Il esquiva le bouquin, mais les paroles qu'elle venait de prononcer le vrillèrent sur place.

— Dire à tout le monde ?

Soudain, il ne rigolait plus du tout.

— Dire quoi, Ding ?

— Je me suis réveillée. OK ? Je me suis réveillée, et tu n'étais pas là.

LUDLOW
SHROPSHIRE

Leur hôtel était situé dans le centre médiéval de la ville, non loin des ruines grandioses de Ludlow Castle qui se dressaient majestueusement sur une butte surplombant la Teme. Entre deux rangées de saules et de hêtres, la rivière formait un coude autour du monument historique, avec, au nord, le cours paisible de la Corve venant compléter cette fortification naturelle.

Griffith Hall – ainsi s'appelait l'hôtel – avait connu plusieurs vies depuis qu'il avait servi de résidence aux Griffith, d'anciens domestiques des comtes de March. Il avait d'abord abrité une pension élitiste pour garçons, puis une maison de repos pour les blessés de guerre, et enfin un musée, avant de devenir cet hôtel défraîchi en mal de rénovation. Même les plates-bandes de pivoines et d'hortensias qui égayaient le mur séparant le parking de la pelouse ne parvenaient pas à faire oublier que le bâtiment avait vu des jours meilleurs.

Pour monter jusqu'à sa suite, Isabelle avait parcouru tant d'escaliers et de couloirs, et poussé un si grand nombre de portes, qu'elle regrettait de ne pas avoir semé des miettes afin de retrouver son chemin pour le petit déjeuner le lendemain matin. En revanche, elle avait à sa disposition deux pièces spacieuses et une salle de bains. Hélas, la vue qu'elle avait depuis ses fenêtres n'était pas formidable : les toits, une échappée sur un coin du château, et, de la troisième, l'immeuble d'en face. Lorsqu'elle ouvrit en grand les rideaux de cette dernière pour laisser entrer plus de lumière, son regard tomba sur un vieux bonhomme vêtu d'un pyjama déboutonné sur une poitrine creuse dont il caressait d'un air songeur la maigre toison grise. Il vit Isabelle et la salua gaiement de la main. Elle referma les rideaux d'un coup sec et se jura de ne plus les ouvrir.

Elle défit rapidement sa valise, puis téléphona à la réception pour qu'on lui monte des glaçons et du citron. Pendant qu'elle disposait ses produits de toilette sur le chariot en osier à côté du lavabo, on toqua à sa porte. Le room service était assuré par le jeune homme qui les avait accueillies en bas et avait monté leurs bagages : un type d'une vingtaine d'années, aux yeux agrandis par des faux cils et un trait d'eye-liner. Ses piercings écarteurs d'oreilles avaient laissé des trous assez grands pour faire passer des balles de golf.

Il lui présenta un verre où deux glaçons se battaient en duel sous une malheureuse rondelle de citron. Elle qui s'était attendue à un seau à glaçons plein et à une petite assiette de rondelles… Elle ravala toutefois sa déception : ce pauvre garçon allait peut-être aussi leur servir leur dîner, et elle n'avait aucune envie qu'il crache dans son assiette. Aussi le remercia-t-elle avec toute l'amabilité dont elle était capable. Après quoi, elle sortit la vodka et le tonic de la table de chevet où elle les avait rangés. Étant donné qu'elle n'aurait pas la possibilité de boire un deuxième verre dans sa chambre, elle ne lésina pas sur la dose. Un quart de bouteille de tonic, et le verre fut rempli à ras bord. Elle but avec volupté. Au moins, celui-là, elle le méritait plutôt deux fois qu'une.

De toute évidence, Thomas Lynley était parvenu à glisser quelques recommandations au sergent Havers avant leur départ pour le Shropshire. En dépit des pièges qu'elle lui avait tendus, la conduite de Barbara avait été irréprochable du début à la fin. Lors de leurs très brèves haltes pour prendre de l'essence puis pour aller aux toilettes, le sergent n'avait pas bronché. Même quand elle lui avait dit : « Achetez-vous un sachet de chips, on ne s'arrêtera plus. » Eh bien, elle était revenue avec deux pommes et lui en avait offert une.

Avec le chief constable, elle avait frôlé la perfection. Si elle avait été vexée de ne pas être présentée à ce malotru – l'inspecteur Lynley était trop bien élevé, il n'aurait jamais laissé passer cet impair –, elle n'en avait rien manifesté. Elle s'était contentée de prendre des notes, de poser deux ou trois questions intelligentes et d'attendre les ordres.

Elle n'avait pas non plus pipé mot en découvrant sa chambre à Griffith Hall. Pourtant, Isabelle avait pris soin de la choisir aussi spartiate qu'une cellule de novice dans un couvent. Elle avait accepté à la rigueur la salle d'eau – « douche, W-C et lavabo, c'est tout, vous avez compris ? » et exigé un lit simple. Ce dernier tenait plus du lit de camp que d'un couchage digne d'un hôtel. Tant mieux, s'était dit Isabelle, qui savait que Barbara Havers habitait à Londres une espèce de cabane à outils. Au premier mot de protestation de sa part, elle la remettrait à sa place. Mais Barbara ne proféra pas la moindre remarque. Elle entra, flanqua son sac sur le lit et demanda si la télé marchait. Apparemment, elle avait commencé à suivre la série *EastEnders* dans le ventre de sa mère.

« Vous n'aurez pas beaucoup de temps pour regarder la télé, l'avait informée Isabelle en lui tendant la pile de dossiers que leur avaient confiés l'inspecteur Pajer et le chief constable. Lisez ça plutôt. »

Havers l'avait dévisagée en battant des paupières, mais s'était abstenue de dire que ça irait plus vite si elles prenaient chacune une moitié de la pile.

Comme prévu, Isabelle retrouva Barbara au bar. Quelqu'un – sans doute Lynley – avait dit au sergent qu'il convenait de se changer pour le dîner, mais elle avait interprété de travers le sens du verbe « se changer », supposant qu'il suffisait d'enfiler une autre tenue. Un pantalon beige, des souliers marron et un chemisier bleu usé jusqu'à la corde. La vodka ayant distillé dans les veines d'Isabelle une solution de tolérance, elle s'abstint de toute critique. S'installant dans un canapé en cuir, elle invita Havers à s'asseoir sur l'autre canapé, en face d'elle.

Cette dernière, déconcertée, jeta un coup d'œil en direction de la salle à manger.

— Désolée de mettre ce sujet sur le tapis… mais, enfin, nous n'avons pas déjeuné…

Manifestement, elle n'avait pas l'habitude des hôtels. Elle connaissait sûrement les bed & breakfast, peut-être les pubs qui louent des chambres, mais un hôtel, même modeste, avec un bar et un salon en plus de la salle de petit déjeuner… ? Pauvre Barbara Havers…

— Asseyez-vous, sergent. Et ne vous inquiétez pas. Ils nous apporteront le menu ici. Je vais boire un verre. Vous pouvez aussi en prendre un, d'ailleurs. Nous ne sommes plus de service.

Havers hésita. Elle était descendue avec plusieurs dossiers sous le bras, qu'elle serra contre sa poitrine.

— L'inspecteur Lynley ne vous oblige quand même pas à prendre vos repas… je ne sais pas moi… dans des restoroutes Little Chef. Je ne pense pas que ce soit sa tasse de thé. Mais asseyez-vous donc, sergent. Ils vont venir prendre notre commande. Les hôteliers ont un sixième sens pour ces choses-là.

Havers obtempéra, mais posa seulement le bout de ses fesses sur le canapé. Elle jeta un œil à ses dossiers, prête à attaquer un dîner studieux. En même temps, elle avait l'air de s'attendre à ce que, d'un instant à l'autre, Isabelle se lève en déclarant que tout ça n'était qu'une vaste plaisanterie.

Une minute plus tard, pourtant, conformément à la prédiction de la commissaire, quelqu'un apporta les menus. Ce quelqu'un n'étant autre que Mr. Faux-Cils Et Cætera. Ardery lui demanda comment il s'appelait.

— Peace.

— Peace ? C'est vraiment votre nom ?

— Oui. Peace-on-Earth. Maman avait le goût des slogans.

— Ah ? Et vous avez des frères et sœurs, Peace-on-Earth ?

— Une sœur : End-of-Hunger[1]. Après, ma mère n'a plus pu avoir d'enfant. Pas plus mal, d'ailleurs.

Il leur tendit à chacune une carte, ajoutant :

— Vous désirez un apéritif ?

Isabelle lui offrit une réponse précise :

— Une vodka martini, sans glace, avec des olives. À la cuillère s'il vous plaît, pas au shaker. Sergent, que voulez-vous boire ? Prenez ce que vous voulez.

---

1. Peace-on-Earth : Paix-sur-Terre. End-of-Hunger : Halte-à-la-Faim.

Havers étudiait la carte élaborée des cocktails. Les sourcils froncés, elle lisait tout bas les noms des boissons et leur descriptif.

— Je prends la même chose. La vodka machin.

— Vous êtes sûre ?

Isabelle craignait que Barbara n'ait même jamais goûté un martini.

— Aussi sûre qu'il y a de la neige sur le mont Blanc, chef.

Peace-on-Earth se dirigea vers le bar, et Isabelle se demanda s'il officiait également en cuisine.

— Il garde peut-être le squelette de sa maman caché dans la cave, murmura Havers en inspectant la salle vide.

— Le squelette de sa maman ? Qu'est-ce que vous me chantez là, sergent ?

— Vous savez bien, le portrait avec les yeux qui bougent. Est-ce que vous prendriez une douche si ce n'était pas une porte en verre, mais un rideau ? Anthony Perkins ? Janet Leigh ? L'hôtel Bates ?

Comme Isabelle ne réagissait toujours pas, Havers fit le geste de frapper quelqu'un avec un couteau :

— Punaise, chef, vous avez jamais vu *Psychose* ? Yiiiiiii ! Et le sang qui tournoie dans la bonde ?

— J'ai dû le louper.

— Le louper ? répéta Havers, sidérée.

— Oui, sergent. Est-il obligatoire de voir ce film pour toute personne partant en vacances et cherchant à se loger ?

— Non, mais… euh, quand même, il y a des choses dans la vie qu'il faut connaître.

— Je ne suis pas certaine qu'une mort violente derrière un rideau de douche fasse partie des musts culturels…

Peace-on-Earth leur apporta deux petits bols, l'un de fruits secs, l'autre d'allumettes au fromage. Havers les couva du regard, mais n'ébaucha pas un geste pour se servir. Isabelle prit une allumette et lui présenta le bol. Le sergent tint le biscuit entre pouce et index, à la manière d'un cigare, semblant attendre la permission de le consommer. Lorsque Isabelle croqua dans le sien, elle l'imita avec un art de la synchronicité dont on pouvait se demander s'il n'était pas le résultat de nombreuses séances devant la glace.

Isabelle désigna les dossiers.

— Qu'est-ce qu'on a, à ce stade ?

Havers avait commencé par décortiquer la séquence de la dénonciation anonyme au central de la police. Tous les appels au 999 étaient enregistrés. La transcription de l'appel en question figurait au dossier. Après avoir accusé Ian Druitt d'abus sexuel sur enfants, la voix – masculine – avait ajouté : « Je ne supporte pas l'hypocrisie. Ce fumier s'attaque aux petits, aux garçons *et* aux filles. Ça fait des années que ça dure, et *personne* ne veut l'admettre. C'est aussi ignoble que dans l'Église catholique. »

— D'abord, chef, je me demande pourquoi on a pris cet appel au sérieux. Quand on y réfléchit un peu, c'est comme la lettre anonyme d'un corbeau. Pas de preuve invoquée, rien. Et malgré tout, les flics sont partis dare-dare l'arrêter.

— La pédophilie doit être prise très au sérieux, sergent…

Isabelle laissa sa phrase en suspens, estimant que Barbara comprendrait à demi-mot que c'était aussi grave que si quelqu'un appelait pour dire qu'il avait vu son voisin enterrer un cadavre dans la cour.

— Oui, bien sûr, mais la petite phrase de la fin sur les catholiques ?

— Eh bien ? Vous savez quand même que leur hiérarchie a fermé les yeux sur les viols et les actes pédophiles dont se sont rendus coupables certains prêtres.

— Justement, chef, ce gars, Ian Druitt ? C'était un diacre, pas un vrai prêtre. Il avait donc un supérieur ici, à Ludlow, qui devait être au courant de ce qu'il fricotait et n'a rien fait pour l'arrêter.

— Vous pensez que ce serait le mobile de l'appel : mettre l'Église anglicane dans le même sac que la catholique ? Bien, mais où cela nous mène-t-il ?

— Un diacre anglican s'est tué sans avoir été informé de ce dont il était accusé. D'après le rapport de la police des polices, l'îlotier qui l'a appréhendé ne lui a rien dit parce que lui-même n'avait aucune idée de ce qui motivait son arrestation. Et ensuite, le type s'envoie dans l'autre monde ? Ça n'a pas de sens.

— Sauf si Ian Druitt a senti le vent tourner quand l'îlotier a fait son apparition. Comment s'appelle-t-il déjà ?

Alors que Havers se replongeait dans la paperasse, Peace-on-Earth revint avec les martinis.

— Gary Ruddock. Et ce que je…

— Merci, Peace, l'interrompit Isabelle. Je peux vous appeler comme ça ?

La commissaire n'avait aucune envie que quiconque, même l'homme à tout faire de l'hôtel, entende leur conversation. Havers s'empressa de refermer son dossier, attrapa son verre et, sans laisser le temps à Isabelle de l'en empêcher, but une grande rasade, comme si c'était de l'eau minérale.

Une fois remise du choc, elle parvint à chuchoter d'une voix gutturale :

— C'est fort.

Entre-temps, Peace était reparu muni d'un carnet à souche et d'un crayon, prêt à prendre leur commande. Isabelle opta pour le potage, suivi d'un carré d'agneau cuit à point. Havers, qui n'avait pas consulté le menu et peut-être même pas vu qu'il y en avait un, articula dans un murmure rauque qu'elle prendrait la même chose.

Après le départ du jeune homme – sans doute déjà aux fourneaux –, Isabelle fit remarquer à Havers que la qualité de diacre de Ian Druitt expliquait deux choses. En premier lieu, l'anonymat de la dénonciation – « un père n'a pas envie que ses enfants soient interrogés par la police, encore moins si celui qui a abusé d'eux est un diacre dont la parole a sans doute plus de poids que celle d'un enfant. » En deuxième lieu, son arrestation tout de suite après l'appel au 999 – « Le député qui était dans le bureau de Hillier, Quentin Walker, m'a dit que Druitt animait un centre de loisirs. C'est pourquoi il fallait faire vite, pour mettre fin immédiatement à ses agissements. »

Havers ne parut pas convaincue.

— Ou alors, quelqu'un a essayé de faire porter le chapeau à Druitt, qui était en réalité innocent, dit-elle.

LUDLOW
SHROPSHIRE

Il était vingt-trois heures trente, mais Barbara avait un besoin urgent de prendre l'air. C'était désolant : elle venait de foirer en beauté. Les vodkas martini avaient été suivies de deux bouteilles de vin rouge au dîner. Et la tasse de café noir, sans sucre, n'avait pas réussi à la dessoûler. Si Ardery avait cherché à la mettre à l'épreuve, eh bien, Barbara s'était ramassée.

Quant à la commissaire, elle n'avait même pas eu l'air pompette. Et au lieu d'un café, elle avait bu deux portos. Sa capacité à tenir l'alcool était stupéfiante. Elle n'avait flanché qu'une seule fois pendant le dîner, lorsque son portable avait sonné. « Je dois répondre », avait-elle dit à Barbara en se levant. En sortant de la salle à manger, elle avait légèrement titubé et s'était rattrapée de justesse en effectuant un petit pas de côté. Mais peut-être s'était-elle seulement pris le pied dans le tapis.

Barbara l'avait entendue dire : « Justement, je vous ai engagé pour que vous vous en occupiez ! » À son retour, Ardery affichait un visage de marbre, mais elle n'avait rien laissé transpirer du problème téléphonique. Cette femme était une experte dans la compartimentation de sa vie.

Après le repas, dans l'escalier, Isabelle l'avait avertie que la journée du lendemain commençait par un petit déjeuner à sept heures trente. Elles devaient interroger l'auxiliaire de police de Ludlow, rencontrer le père du défunt et parler avec le vicaire de St. Laurence où Ian Druitt était diacre.

— Bonne nuit, sergent, avait dit Ardery. Dormez bien.

En entrant dans sa chambre d'un pas chancelant, Barbara avait su qu'il lui serait impossible de dormir tout de suite. D'abord, elle avait la tête qui tournait tellement qu'elle n'était pas sûre de pouvoir atteindre le lit. Ensuite, le lit était si étroit et si dur qu'il la faisait penser à cet instrument de torture en usage à l'époque médiévale, à savoir, le chevalet.

N'étant pas née de la dernière pluie, Barbara avait compris à quel petit jeu se livrait la commissaire. Lorsque celle-ci avait annoncé pendant le voyage qu'elles ne s'arrêteraient pas pour déjeuner, elle en avait déduit qu'Ardery allait se servir de cette expédition comme moyen de la pousser à bout. Dès le début de leur relation, la commissaire l'avait eue dans le nez, et il fallait avouer qu'elle n'avait rien fait pour se la mettre dans la poche. Par la suite, elle avait même commis l'irréparable le jour où elle était partie pour l'Italie en contrevenant à l'ordre explicite de la commissaire. Sans parler du fait qu'elle avait fricoté avec le journaliste du tabloïde le plus abominable d'Angleterre.

Barbara n'avait donc pas besoin de lire dans les feuilles de thé pour savoir ce que le destin lui préparait. L'inspecteur Lynley avait tort de penser que ce voyage à Ludlow pouvait signifier sa rédemption. Au contraire, il se conclurait inéluctablement par sa mutation à Berwick-upon-Tweed.

La chambre faisait partie du plan. Barbara n'avait pas besoin de voir celle d'Ardery pour savoir qu'elle n'avait rien de commun avec cette soupente qu'une cendrillon avait sans doute partagée avec une fille de cuisine ou une buandière, à l'époque de la gloire de Griffith Hall. Mais si Isabelle Ardery croyait qu'elle allait entendre une seule protestation de la part du sergent Havers...

Hélas, le diable s'en était mêlé par le biais de l'alcool : elle était à présent bourrée comme un coing. En plus de prendre un bol d'air, en griller une lui ferait du bien, car il était interdit de fumer dans l'établissement. C'étaient les nouveaux usages, songea-t-elle avec un brin de cynisme. Elle s'aspergea le visage d'eau froide dans le lavabo qui avait la taille d'un bénitier, vérifia qu'elle avait bien son paquet dans son sac et descendit au radar l'escalier jusqu'à la réception.

Le hall d'entrée était désert, mais elle trouva sur le comptoir une pile de plans de la ville, des cartes postales du château en ruine et des tas de dépliants touristiques sur le Shropshire. Elle déplia un plan et, sa vision avait beau être brouillée, sinon dédoublée, elle identifia un nombre étonnant de publicités pour des boutiques, cafés, restaurants et galeries. Au milieu de la feuille se trouvait un plan sommaire du cœur historique de Ludlow. Le dessin du château lui tenant lieu de point de départ, l'hôtel étant situé à deux pas de ces nobles vestiges, elle parvint à tracer un itinéraire aller-retour jusqu'au poste de police.

La carte dans une main, la cibiche dans l'autre, elle se lança à l'aventure par les rues étroites. Il avait plu pendant leur dîner. La fraîcheur de la nuit lui sembla la promesse d'un retour prochain à la sobriété. Il flottait dans l'air une bonne odeur de feu de bois, ce qui n'arrivait jamais à Londres, où l'on n'avait plus le droit de faire des flambées dans sa cheminée. Barbara eut soudain l'impression de remonter le temps.

Elle poursuivit son voyage temporel entre les maisons anciennes de Castle Square. Une plaque indiquait que des édifices datant du Moyen Âge avaient été détruits pour être remplacés par une suite de demeures identiques de style Regency aux façades en stuc peintes en blanc. Un café voisinait avec une maison remarquable par son colombage. D'un pub invisible lui parvenait un brouhaha sympathique, mêlant musique et bruits de voix. La clientèle était sans doute très jeune. De l'autre côté de la rue, elle distingua un portail en fer forgé donnant accès aux entrées de deux immeubles. L'enseigne lui apprit qu'il s'agissait de West Mercia College.

Barbara alluma une deuxième cigarette et reprit sa déambulation. Elle avait le cerveau en marmelade. Alors qu'elle ne buvait jamais qu'une pinte de bière par semaine, et encore, qu'est-ce qui lui avait pris d'accepter tous ces verres, surtout le premier, la vodka martini qu'elle avait bue d'un trait ? La soumission à l'autorité avait ses limites.

Dans la rue principale, elle aperçut sur le trottoir d'en face, venant en sens inverse, un homme avec un sac de couchage plié sous un bras, un grand sac en plastique à la main, un sac à dos sur le dos, et un berger allemand trottinant à côté de lui. Il semblait se diriger vers le porche à colonnes du majestueux bâtiment en pierre de taille qui, sur le plan de Barbara, figurait sous le nom de Buttercross. Ainsi, songea-t-elle, il existait à Ludlow un type qui dormait à la belle étoile : un vagabondage inattendu dans une petite ville aussi paisible.

Suivant toujours l'itinéraire qu'elle avait tracé, elle pénétra dans le boyau sombre d'un passage bordé de boutiques de brocanteurs aux rideaux baissés. Elle déboucha au coin d'Upper Galdeford Street et Lower Galdeford Street, où l'attendait un paysage urbain tout à fait différent. Le dédale pittoresque du centre historique avait cédé la place à des rues larges, dominées par des façades en stuc gris ou en brique aux porches étroits. En outre, un vent frais s'était levé.

Le poste de police était situé à l'intersection de Lower Galdeford Street et de Townsend Close, non loin de Weeping Cross Lane, une rue qui descendait au bord de la Teme, dont la proximité était sûrement à l'origine de la petite brise glacée.

Elle ne s'attendait pas à un bâtiment aussi grand. Deux étages, des murs en brique, le panneau lumineux habituel bleu et blanc de la police, un escalier en pierre menant à une solide porte en chêne. L'étroit auvent était moins décoratif qu'utilitaire, quoique protégeant sûrement mal d'une pluie battante.

Barbara gravit les marches. Bien qu'il fût désaffecté, le poste était surveillé par une caméra braquée sur l'escalier où elle se tenait, le trottoir et un bout de rue. À gauche de la porte était fixé un téléphone mural au-dessus duquel une affichette informait toute personne s'avisant de décrocher qu'elle serait mise en relation avec le central de la police et qu'elle devrait décliner le lieu d'où elle appelait, son nom, un numéro de téléphone personnel et son adresse. Après quoi, il était stipulé que, « conformément à la loi de 2003 sur les infractions à caractère sexuel, toute communication à ce sujet [devait] être effectuée depuis les commissariats suivants… ». S'ensuivait une liste où ne figurait pas Ludlow.

Curieux, se dit Barbara. Les accusations proférées contre Ian Druitt entraient pourtant dans le cadre de la loi de 2003. L'individu qui avait alerté la police en était-il conscient ? Et, encore une fois, pourquoi l'avait-on pris au sérieux alors qu'aucune des consignes – nom, téléphone, adresse – n'avait été respectée ? Le seul point positif, c'est que l'on pourrait retrouver les images prises par la caméra de vidéosurveillance. On était en droit de se demander, d'ailleurs, pourquoi l'appel avait été passé de cet interphone plutôt que d'un téléphone public quelconque, comme il devait y en avoir ailleurs à Ludlow.

Barbara redescendit les marches et recula de quelques pas pour mieux voir l'ensemble du bâtiment. Plusieurs fenêtres à l'étage étaient entrouvertes, ce qui confirmait l'information communiquée par le chief constable : des officiers de patrouille faisaient bien halte à Ludlow. Pour l'heure, tout était plongé dans le noir, si ce n'est une lumière au rez-de-chaussée qui éclairait probablement l'ancien bureau d'accueil.

À l'arrière, dans le parking réservé aux fonctionnaires de police, une voiture de patrouille était garée dans un coin assez éloigné du bâtiment, l'avant pointé vers la sortie, comme prête à répondre à toute forme d'urgence. Barbara allait reprendre le chemin de l'hôtel quand elle vit quelque chose bouger et s'aperçut qu'il y avait quelqu'un à l'intérieur. Côté du conducteur, un homme semblait être en train de rabattre son siège en arrière. Vu l'heure et l'emplacement, elle supposa qu'il s'agissait d'un officier de patrouille surmené qui intervenait sur l'ensemble du comté du Shropshire. Il devait s'accorder une petite sieste pendant qu'un de ses collègues faisait sa ronde à sa place dans une autre ville. Ce n'était pas très professionnel, mais cela s'était déjà vu dans les services de la police territoriale. Barbara en conclut que plus il y aurait de coupes budgétaires, et donc des diminutions d'effectifs, moins les flics auraient de conscience professionnelle.

QUALITY SQUARE
LUDLOW
SHROPSHIRE

— Le neveu ? Tu déconnes ou quoi ? Il est beaucoup trop jeune !

Francie Adamucci s'adressait à Chelsea Lloyd en répétant un de ses gestes emblématiques, à savoir faire passer sa chevelure d'un côté à l'autre de son visage de manière qu'elle ruisselle de façon sexy le long de sa joue.

— Alors tu préfères l'autre ? dit Chelsea.

Elle pointa avec sa bière – la quatrième, mais qu'est-ce que ça pouvait faire ? – du côté du tenancier Jack Korhonen, lequel était occupé à remplir patiemment une pinte pour un type qui avait l'air d'avoir au moins cent quatre-vingt-trois ans.

— Mais il est marié, Fran…

— Oui. Et alors ?

Ding – elles étaient toutes les trois au bar – écoutait le bavardage de ses deux amies. Quel que soit le sujet de conversation au départ, dès qu'elles étaient bourrées, elles se mettaient à comparer les attraits des mâles présents à cet instant-là dans leur champ visuel. Aujourd'hui, il n'y en avait que trois : le cacochyme devant qui Jack venait de poser une Guinness, Jack lui-même, sur le retour, et son neveu d'une vingtaine d'années dont Ding n'arrivait jamais à retenir le nom. Il y en avait d'autres dans la salle, mais ils étaient trop loin, et Ding supposa que le tenancier avait retenu l'attention de Francie par défaut.

Elle était sortie avec Francie et Chelsea uniquement parce que c'était devenu intenable à Temeside. Finn avait été obligé de sortir dîner avec sa mère, après quoi il était rentré d'une humeur de chien. Quant à Brutus, elle avait décidé de le prendre au mot en ce qui concernait son interprétation du concept d'« amitié avec privilèges ».

— Non, t'as pas fait ça ! chuchota Chelsea en mettant sa main devant sa bouche à la façon d'une gamine de douze ans.

— Ben si. P'tain, Chels, ça sert à quoi de kiffer quelqu'un si tu fais rien avec lui ?

— Mais… P'tain, Francie, il a quoi… *quarante* berges ?

— C'est juste un coup, c'est pas comme si je voulais me maquer avec lui.

— Mais si jamais sa femme…

— Ils ont un arrangement, dit Francie. Ils sont tous les deux propriétaires du pub et ils habitent ensemble, mais ils font chambre à part. Chacun sa vie et tout ça.

— Comment tu le sais ?

— Il me l'a dit, qu'est-ce que tu crois ?

Chelsea écarquilla ses grands yeux bleus.

— T'es conne ou quoi, Fran. C'est juste ce qu'ils racontent tous quand ils sont mariés !

Puis, après un instant de réflexion, elle ajouta :

— Je te crois pas. Où vous l'avez fait, d'abord ?

— Ben, là où ça se passe toujours ici. Tu sais, les « chambres en haut ».

Et, se tournant vers Ding, Francie la prit à partie :

— Ding le sait, elle. Hein, Ding ?

Ding ne jugea pas nécessaire de répondre, étant donné qu'au même moment un couple descendait l'escalier, venant confirmer les propos de Francie : la fille, bien roulée, était accompagnée d'un jeune mâle qui agitait au bout de ses doigts un porte-clés de la dimension d'une chaussure. Il tendit celui-ci au neveu Korhonen avec deux billets de vingt livres. Le neveu remercia d'un hochement de tête, sourit au couple et rangea l'argent derrière la caisse, dans un modèle réduit de seau à charbon. Peu après, un deuxième couple de jeunes prit la clé et monta à l'étage.

— Oh là là, dit Chelsea. Ils changent pas les draps entre deux ?

— Ils avaient l'air propres, lâcha Francie.

— L'*air* propre, c'est pas propre. Tu pourrais attraper une maladie !... T'es pas croyable, toi. Comment tu peux t'intéresser à un croulant ?

— Je le kiffais, je te répète. Je le kiffe toujours, d'ailleurs. C'est sexuel, Chels. Si je devais pas préparer ce putain de partiel, je remettrais ça ce soir. Mais faut que j'y aille, là.

Sur ce, elle vida son verre. Chelsea l'imita, puis demanda à Ding si elle partait avec elles. Ding déclina, et les deux amies s'éclipsèrent, la laissant commander une autre bière au neveu tout en reluquant l'oncle. Comment Francie Adamucci, dont la beauté faisait craquer n'importe quel mec, avait pu se taper ce vieillard ?

Il n'était pas moche, certes. Il avait les cheveux gris, mais sa belle tignasse bouclée allait bien avec sa barbe, grise elle aussi et parfaitement taillée. Il portait des lunettes à la mode qui lui donnaient un look intello. *Cependant*... Cependant, il portait des bretelles. Et cet accessoire, qui variait en forme et en coloris selon la saison ou les périodes électorales, avait toujours paru à Ding complètement ringard. Trop ringard pour être baisable. À moins que… oui, c'était la seule explication, à moins que ce vieux Jack soit un dieu du sexe.

De fil en aiguille, tout en suivant Jack des yeux, Ding songea à Brutus. Était-il un dieu du sexe ? Non. À dix-huit ans, il n'avait pas encore assez d'expérience, quand bien même il se conduisait comme si les femmes étaient une espèce en voie de disparition. Jack Korhonen, quant à lui…

D'ailleurs, il la regardait. Forcément, puisqu'elle était la seule fille qui restait dans la salle, en plus d'être une cliente. Elle pencha la tête en soutenant son regard, leva son verre à ses lèvres et but une gorgée. Puis, reposant le verre, elle se lécha de la mousse imaginaire sur sa lèvre supérieure.

Une minute plus tard, alors que le neveu était occupé à débarrasser les tables des étudiants qui avaient rejoint leurs pénates et leurs chères études, un deuxième couple descendit l'escalier. Jack Korhonen récupéra la clé et glissa les deux billets dans le seau à charbon miniature, laissant les amoureux disparaître dans la nuit. Il vint ensuite prendre les verres vides de Francie et Chelsea et lança plaisamment à Ding :

— Tes amies t'ont abandonnée ?

Au lieu de répondre, Ding rétorqua :

— Je pensais pas que c'était vous qui vous occupiez des chambres.

— Quelles chambres ? dit-il en trempant les verres dans l'évier.

— Je vous ai vu, Jack. (C'était la première fois qu'elle l'appelait par son prénom.) Ce mec vous a filé la clé, avec du fric.

— Quel mec ? Quelle clé ? T'as des visions ou quoi ?

Avec un petit rictus – lèvres retroussées, narines dilatées –, il laissa ses yeux s'attarder un instant sur ses seins. Elle se pencha en avant, histoire de lui offrir une meilleure vue de son décolleté, et caressa d'un doigt sensuel le bord de son verre.

— Francie dit que tu y montes quelquefois, toi aussi.

— Ah, Francie, vraiment ?

Il s'interrompit une seconde. Son neveu lui apportait une bassine débordante de verres sales.

— Quelle coquine, cette Francie, reprit-il. Elle a vendu la mèche. Moi qui croyais que c'était notre petit secret.

— Je suppose que tu en as plein, des petits secrets, lâcha Ding en léchant le doigt qu'elle avait passé sur le rebord du verre.

Il se redressa soudain.

— Attention, ma petite. Ça se pourrait que des mecs se fassent des idées fausses.

— Des idées fausses ?

Il resta un moment pensif, la fixant intensément, avant de reprendre :

— Si c'est ce que tu veux vraiment, tiens…

Il fit glisser sur le comptoir la clé que venait de lui rendre le couple.

— Mais tu n'es peut-être qu'une allumeuse ? enchaîna-t-il. Tu en as bien le look. Je parie que tu vas te casser maintenant.

— Une allumeuse, et quoi encore ?

Il s'éloigna, emportant la bassine pleine de verres à laver. Le neveu, qui était revenu vers le bar, regarda les clés sur le comptoir, puis Ding, puis son oncle.

Ding but deux longues rasades de bière. Elle se sentait en forme, et puis quel mal y avait-il ? Tout le monde le faisait, non ? Elle songea à Brutus, et son poing se referma sur la clé.

« 2 ». C'était ce qui était inscrit sur le porte-clés. Elle vit que Jack Korhonen l'observait du coin de l'œil : était-elle une allumeuse, ou une amoureuse comme Francie Adamucci ?

En montant l'escalier avec son verre, elle lui jeta un dernier regard.

Elle parcourut le couloir mal éclairé par deux plafonniers blafards et, passant devant la porte ouverte de la salle de bains commune, se fit la remarque que la pièce ne devait pas servir souvent. Jack louait rarement ses chambres pour une nuit entière, la clientèle express s'avérant plus lucrative.

Derrière la porte numéro 1, elle entendit des grognements, des gémissements, des grincements de ressorts de matelas. Puis des cris, « Oui, oui, oui », suivis de nouveaux grognements.

Elle but un peu de sa bière.

Puis, écoutant la voix de la sagesse, elle fit une halte aux W-C. Les bruits dans la chambre se précisèrent, et elle se demanda combien de temps encore le garçon allait s'escrimer comme un malade avant d'obtenir péniblement un orgasme alors que sa compagne avait déjà pris son pied à en juger par l'absence soudaine de gémissements.

Devait-elle tirer la chasse ou pas ? Elle jugea plus délicat de s'abstenir, craignant de couper la chique au garçon qui ne méritait pas ça. Animée de ces bonnes intentions, elle sortit de la salle de bains sur la pointe des pieds.

Lorsqu'elle ouvrit la porte de la « 2 », une odeur nauséabonde l'assaillit, se ruant vers elle à la manière d'une hôtesse trop zélée. Un mélange de foutre, de draps d'une propreté douteuse et de désodorisant. Personne n'aurait pensé à aérer… Cependant, quand elle voulut y remédier, la fenêtre refusa de s'ouvrir : elle était collée par la peinture. Les vitres étaient tellement sales qu'on distinguait à peine la rue.

Elle scruta la pénombre de la pièce : une commode, un fauteuil défoncé, un lit à deux places et une table de chevet avec une lampe. Au-dessus de la tête de lit, un poster était punaisé au mur. Le matelas était nu ; les draps gisaient par terre, roulés en boule.

Sur la commode, un panier était rempli de pot-pourri. Ding se pencha. Ça puait la vieille poussière. Elle attrapa le spray posé à côté et vaporisa du désodorisant jusqu'à ce qu'il n'en reste plus. Après quoi elle vida son verre, s'installa dans le fauteuil et attendit.

Elle n'eut pas à patienter longtemps, dix minutes à peine. Il entra sans frapper. Surpris par l'odeur, il se mit à tousser.

— Putain ! Toi, t'aimes la lavande !

Puis, sans commentaire sur l'état de sa chambre, il ferma la porte et s'avança vers elle en faisant glisser ses bretelles et en tirant les pans de sa chemise de son pantalon.

— Pas une allumeuse, hein ? T'es bien sûre ?

— C'est pas toi qui m'as traînée jusqu'ici, si ?

Il ricana.

— T'es un phénomène, tu sais. T'es étudiante, au moins ? J'ai pas envie de me retrouver en taule pour avoir abusé d'une mineure. T'as quel âge ?

— Dix-huit, et toi ?

S'abstenant de répondre, il la souleva dans ses bras et l'embrassa violemment. C'était un baiser expert, un baiser qui donnait envie qu'il se prolonge éternellement. Il prit ses mains dans les siennes et les posa sur sa poitrine, sous sa chemise, puis il lui caressa la taille et remonta jusqu'à son soutien-gorge qu'il dégrafa, lui pelota les seins à lui faire mal, les relâchant juste avant qu'elle crie de douleur, comme s'il savait – et il savait sûrement – que cela ferait tressaillir un endroit précis de son corps.

Il desserra son étreinte et fit un petit signe d'approbation, à croire qu'elle venait de réussir un test, puis il fit passer sa chemise par-dessus sa tête, comme elle l'avait vu faire à la télé par des mecs trop pressés pour se déboutonner. Il se retourna pour jeter sa chemise sur le lit, ôta ses chaussures de deux coups de pied et baissa son pantalon. Il ne portait pas de slip.

Elle se sentit un peu bête de rester là, sans bouger, mais elle ne pouvait s'empêcher de regarder son dos et ses fesses musclées, ses jambes, ses bras, et tandis qu'il lui faisait face…

Une toison poivre et sel recouvrait sa poitrine et se rétrécissait plus bas, au niveau de la taille, avant d'envelopper son sexe dressé, et plus haut remontait jusqu'à son cou où la corde… ou était-ce une cravate ? la ceinture d'une robe de chambre ?

— Alors, ça te plaît ? En général, les filles aiment.

Ne sachant ni quoi dire ni quoi faire, elle garda un silence assez hostile.

— À toi, maintenant… Enlève tout ça. Je vais pas rester à poireauter jusqu'à la Saint-Glinglin.

Il donna une petite secousse à son pénis, histoire de lui montrer qu'elle ne faisait pas ce qu'il fallait, à savoir se déshabiller et venir se frotter contre lui pour qu'il sente combien elle était excitée. Mais le problème, justement, c'est qu'elle ne l'était plus du tout, excitée.

Seulement, pour gagner la sortie, elle devait passer devant lui. Il l'attrapa brutalement.

— Hé ! Qu'est-ce que t'as ? Tu t'attendais peut-être à des serments d'amour, des fleurs et des violons. Des baisers dans le cou, susurra-t-il en lui empoignant l'entrejambe. Crois-moi, ma poupée, je vais te faire jouir. Pourquoi tu crois qu'elles en redemandent, tes camarades ?

Il la plaqua sur le ventre sur le lit, retroussa sa jupe. Quand elle sentit ses mains sur l'élastique de ses collants, elle se mit à crier.

— Quoi… Ta gueule !… Merde !

Il la lâcha.

Elle crut qu'il ne la laisserait pas arriver jusqu'à la porte, mais elle se trompait : il n'était pas un violeur, juste un vieux beau à qui les femmes ne résistaient pas, un mec à qui elles ne refusaient rien… Or Ding n'était pas comme elles. Non, elle, il ne l'aurait pas.

Une minute plus tard, elle était dehors, dans la nuit.

6 mai

LUDLOW
SHROPSHIRE

Tôt le matin, Barbara téléphona à l'inspecteur Lynley. En dépit de sa petite promenade nocturne dans le vent glacé, elle avait une gueule de bois carabinée. En plus, elle avait à peine fermé l'œil. Son retour de son expédition de reconnaissance au poste de police de Ludlow avait tiré Peace-on-Earth des profondeurs de l'hôtel, où il était sans doute en train de dormir. Comme le sol sous ses pieds tanguait autant que le plancher d'un ferry traversant la Manche par mauvais temps, elle lui avait demandé de lui préparer un pichet de café. Puis, jugeant sa chambre trop petite pour y travailler sérieusement, elle s'était installée à la table où elle avait bu quelques heures plus tôt sa première – et sûrement dernière – vodka martini.

Tout en sirotant le noir et amer breuvage que Peace lui avait apporté avec sa diligence coutumière, elle avait épluché les dossiers en sa possession. Elle avait aussi pris des notes sur ce qu'elle avait découvert à la faveur de sa nuit d'ébriété.

Vers six heures et quart, elle avait téléphoné de sa chambre. C'était tôt, mais Lynley était matinal.

Une voix féminine lui répondit.

— Barbara, bonjour. Vous nous prenez à un moment critique. Il n'est pas disponible pour l'instant.

C'était Daidre Trahair, la vétérinaire pour gros animaux attachée au zoo de Londres avec qui sortait l'inspecteur. Même si depuis la mort tragique de son épouse, il se montrait extrêmement cachotier sur le chapitre de sa vie privée, Barbara connaissait la jeune femme.

— Oh, désolée, Daidre, je ne voulais surtout pas déranger. Pourra-t-il me rappeler quand « le moment critique » sera passé ?

Elle regretta aussitôt ses paroles, qui prêtaient à malentendu. Son interlocutrice éclata de rire.

— Il est juste en train de faire des œufs brouillés, Barbara ! Je suis éblouie par sa méthode. C'est un tour de main que je ne connaissais pas.

— Un conseil : n'en mangez pas. Il sait à peine faire griller du pain.

— Je prends bonne note. Je vais même aller les terminer moi-même, ces œufs. Et je vous le passe.

Quelques secondes plus tard, la voix grave de Lynley se coulait dans son oreille.

— Barbara, un problème ?

— J'ai évité haut la main toutes les peaux de banane, monsieur, et, c'est pas pour dire, mais elle en a semé un régime entier depuis qu'on a quitté Londres.

— Racontez-moi tout.

Elle lui résuma le voyage et ses suites.

— Une vodka martini et plusieurs verres de vin ? C'est pas un peu excessif, Barbara ? Vous n'avez pas pensé…

— Eh ben non, je n'ai pas pensé… Elle a dit qu'on n'était plus en service et il y avait cette liste de cocktails avec des noms pas possibles… Vous savez, vous, ce qu'est un boulevardier créole ? Sans parler du serveur qui s'appelle Peace-on-Earth. Bref, j'ai pris la même chose qu'elle, de la vodka. Puis du vin. Évidemment, elle a vu que j'étais ivre. Un coup de chance que j'aie pas vomi dans l'escalier. Mais elle, elle était même pas pompette… Elle a juste titubé une fois en sortant pour répondre à son téléphone. Mais sa diction, monsieur, c'est incroyable : elle était parfaite.

Silence à l'autre bout, puis :

— Vous n'avez pas à vous inquiéter, Barbara.

— Ah bon ? Je devrais pas m'excuser ? Lui expliquer que je bois jamais plus d'une bière.

— Non, ce n'est pas la peine… Bien, à part ces épreuves, comment se conduit-elle ?

— Fidèle à elle-même. La Reine des abeilles, la déesse, je ne sais pas, moi. Enfin, je vous disais, elle a reçu cet appel hier soir. J'ai l'impression qu'elle a engagé quelqu'un pour faire quelque chose et que ça ne se passe pas comme elle le voudrait.

Silence. Barbara se demanda si l'inspecteur hésitait à lâcher sur leur chef une information qui lui serait utile pour savoir par quel bout la prendre. Mais elle n'oubliait pas qu'il était avant tout un gentleman et que, si Ardery lui avait confié un secret, pour rien au monde il ne trahirait sa confiance.

— Dans le cas où cette histoire d'alcool serait un problème…

— « Serait » ?

— … soyez plus circonspecte, Barbara. Vous n'êtes pas obligée d'accepter, il suffit de refuser poliment. Dans quel état êtes-vous ce matin ?

— C'est innommable…

— Ah. Faites-lui comprendre alors que l'alcool vous rend malade, et tout ira bien.

— Vous savez, monsieur…

Barbara ravala ce qu'elle brûlait de dire : combien elle regrettait qu'il ne soit pas à sa place, ou plutôt qu'il ne soit pas à la place de la commissaire.

— Qu'est-ce qu'il y a, Barbara ?

— C'est juste que je ne pourrai rien avaler au petit déjeuner.

— Ah, oui. J'ai connu ça au moins une fois dans ma vie. Courage, sergent !

Sur ce, il raccrocha. Barbara se sentait à peine mieux après cette conversation.

En descendant à la salle à manger, elle trouva la commissaire en train de mettre fin à une conversation téléphonique. Peace-on-Earth se pointa avec une cafetière à piston. Ce jeune homme avait vraiment le don d'ubiquité.

— On en aura besoin d'une deuxième, merci, lui dit Ardery.

Une remarque qui incita Barbara à commenter d'un ton guilleret :

— À partir d'aujourd'hui, je ne bois que de l'eau du robinet, avec peut-être une rondelle de citron et un glaçon.

Le sourire qui fit tressaillir les lèvres d'Isabelle Ardery fut tellement fugace qu'il aurait pu être un tic nerveux.

— On vous en accordera deux, sergent. Prenez donc un peu de café, ça va vous remonter.

Lorsque la commissaire tendit la main vers la cafetière, Barbara remarqua qu'elle tremblait légèrement.

— Je suis sortie marcher hier soir.

— Ah, très bien ! (Sous-entendu : « vu l'état dans lequel vous étiez. ») Comment avez-vous trouvé Ludlow ?

— Mal éclairé. Il y a pas mal de coupe-gorge dans le coin. Mais j'ai localisé le poste de police désaffecté.

— Et ?

Peace-on-Earth revint avec une deuxième cafetière et son carnet à souche. Ardery commanda un « English Breakfast » complet alors que Barbara murmurait que du porridge ferait l'affaire, n'osant pas avouer que, le matin, deux Pop-Tarts et une tasse de thé lui suffisaient amplement.

En attendant leur pitance, le sergent Havers fit son rapport sur ses trouvailles de la nuit : la caméra de vidéosurveillance, l'interphone, l'affichette à propos du signalement des délits sexuels, les fenêtres entrouvertes et enfin la présence d'une voiture de flic bicolore avec quelqu'un à l'intérieur, et son hypothèse au sujet des officiers de patrouille qui s'accordent des petits sommes.

— Quel rapport avec l'enquête ? interrogea la commissaire.

— Le soir de la mort de Druitt, le dormeur, ç'aurait pu être notre îlotier… Gary Ruddock.

— Pourquoi aurait-il fait la sieste ? Il n'y avait que lui et Ian Druitt dans le bâtiment, non ?

— En fait, ce qui me chiffonne, c'est que Druitt ait pu se suicider alors que l'îlotier était sous le même toit que lui. Quelque chose s'est passé ce soir-là. La possibilité d'une sieste n'est pas à écarter.

Ardery approuva de la tête.

— Vous allez interroger l'îlotier ce matin. Ainsi vous pourrez comparer ce qu'il vous dira avec ce qu'il a dit à Pajer et à la police des polices. Comme il est sûrement au courant de notre enquête, ne comptez pas sur l'effet de surprise. Et demandez-lui le lieu exact du suicide.

— Très bien. Mais je pense que nous devrions aussi…

— Oui… ? lâcha Ardery en plissant les yeux d'un air méfiant.

Barbara fit machine arrière.

— Ça marche, je vais aller interroger l'îlotier.

La commissaire ébaucha de nouveau un petit sourire éphémère.

— Parfait. De mon côté, j'ai eu Clive Druitt au téléphone. Une de ses brasseries se trouve à Kidderminster. C'est tout près d'ici. Je le retrouve là-bas et m'efforcerai de le convaincre qu'il est inutile de se lancer dans un procès. D'après ce que j'ai compris, il tient à me démontrer qu'il est impossible que son fils ait pu commettre un acte pareil, parce que, dit-il, « le suicide est un péché grave contre Dieu ». On verra ça.

LUDLOW
SHROPSHIRE

L'emploi du temps de Gary Ruddock dépendait malheureusement d'un certain « vieux Rob », chez qui il logeait. Et il se trouvait qu'aujourd'hui il devait le conduire chez le médecin pour une histoire de vessie, ou de prostate, en tout cas d'incontinence aggravée. Bref, ça ne pouvait pas attendre. Gary accepta néanmoins de rencontrer Barbara au poste de police après la consultation. Vers onze heures et demie.

Barbara le trouva plutôt sympathique au téléphone. Elle-même ayant une vieille mère, elle pouvait comprendre… Cela dit, elle avait maintenant du temps devant elle, et aucune envie de le perdre. Devait-elle appeler sa chef pour recevoir des instructions ? Non, cela aurait été le signe d'un manque d'initiative lamentable, que Lynley aurait fortement désapprouvé. Aussi décida-t-elle d'aller du côté de l'église St. Laurence, si tant est qu'elle parvienne à la dénicher dans ce dédale de ruelles. À partir de là, elle chercherait le presbytère et verrait s'il y avait moyen d'interroger le vicaire à propos de son diacre.

Elle sortit de l'hôtel. Le ciel uniformément bleu promettait une journée de rêve. De l'autre côté de la rue, la pelouse devant le château scintillait d'humidité sous le soleil après la pluie nocturne. Les parterres resplendissaient d'une floraison multicolore.

D'après son dépliant touristique, elle avait intérêt à prendre Castle Square en diagonale et continuer ainsi pendant quelque temps : elle aboutirait en principe à l'église nichée parmi un tas de bâtiments médiévaux assurément sortis de terre sans le moindre plan d'urbanisme. Au nord de la place où les stands du marché commençaient à déployer leurs marchandises, Barbara hésita entre deux ruelles étroites, puis s'engagea, avec une certaine logique, dans Church Street.

Le parvis de l'église paroissiale était en forme de fer à cheval dont chaque extrémité comportait une *almshouse*, une de ces maisons de charité qui servaient autrefois de refuge aux indigents.

Barbara resta un moment plantée devant l'église, sidérée par ses dimensions inattendues et sa majestueuse tour centrale coiffée de créneaux. Elle contempla la solidité des murs en pierre rose, les flèches sur la tour, le vieux cimetière mélancolique. Puis, distraite par des cris rauques au-dessus de sa tête, elle leva les yeux sur un vol tournoyant de choucas dans le ciel sans nuages.

La porte était ouverte. Barbara fut accueillie non par un pieux silence, mais par les voix querelleuses de deux femmes qui se disputaient à propos du nombre « vraiment indispensable » de décorations florales. Visiblement, la plus vieille situait la barre beaucoup moins haut. « On n'est pas des pauvres, maman », répliqua sa fille, à quoi la mère riposta : « Et j'ai pas l'intention de le devenir. Tes deux sœurs aussi vont vouloir un grand mariage… » Elles s'éloignèrent vers une petite chapelle illuminée par un splendide vitrail ayant, par une divine miséricorde, échappé à la volonté destructrice de Thomas Cromwell.

Barbara avisa alors un homme se dirigeant vers une autre chapelle latérale. Sa tenue ayant quelque chose de liturgique, elle sortit sa carte de police et l'aborda d'un « Pardon, mon père ». L'homme se retourna vivement. La soixantaine, cheveux gris acier coiffés soigneusement en arrière, visage lisse, sourcils touffus, grandes oreilles. Sans un mot, il jeta un coup d'œil inquiet vers les deux femmes. Sans doute n'avait-il aucune envie de se retrouver mêlé à une querelle mère-fille.

Elle lui montra sa carte, lui expliqua la raison de sa visite et voulut savoir s'il était le vicaire. Oui, c'était bien lui, Christopher Spencer, et il était tout disposé à la renseigner. Tout en parlant, il la conduisit à l'extérieur, apparemment soulagé de ne plus entendre les éclats de voix de la dénommée Vanessa, le genre de jeune personne qui estimait qu'il fallait crier plus fort que l'autre pour obtenir gain de cause.

Le révérend Spencer fit traverser le cimetière à Barbara, tout en lui expliquant qu'il avait été détourné des tâches que lui avait confiées son épouse par « ces dames ». Cela n'embêtait pas Barbara de venir chez lui ? C'était juste à côté.

Au presbytère, Barbara refusa une tasse de café, puis une tasse de thé, et Spencer lui demanda s'ils pouvaient continuer à parler pendant qu'il nettoyait la cage des perruches – cette corvée venait en premier sur la liste de son épouse, laquelle était trop effrayée par ces oiseaux pour s'en charger elle-même, que Dieu l'ait en Sa sainte garde.

Barbara lui assura que les oiseaux ne la dérangeaient pas tant qu'elle n'avait pas à mettre la main à la pâte. Consterné qu'elle puisse une seconde penser qu'il en ferait une condition à sa disponibilité, il la guida à travers la cuisine dans l'ancien cellier. Sur une des étagères de marbre, une grande cage abritait deux perruches au plumage de couleurs vives. Les oiseaux fixèrent sur le vicaire un œil intéressé.

— D'habitude, elles ne sont pas ici, non, non. C'est juste quand je nettoie leur cage. Voyez-vous, il n'y a pas assez d'animation dans cette pièce pour les stimuler. En général, elles sont au salon, devant la fenêtre.

— Ah, bien, fit Barbara.

— Je vous présente Ferdinand et Miranda. « Cette magie primaire, je l'abjure… »

— Ah, fit de nouveau Barbara en se disant que Lynley aurait fondu sur cette citation shakespearienne comme une mouche sur un quartier de pomme.

— Elles n'avaient pas de noms quand on nous les a données. Ce n'est pas génial, je vous l'accorde, mais c'est quand même mieux que Roméo et Juliette. Je vous avoue que je n'arrive pas toujours à les distinguer. Je ne les ai jamais vues même se béqueter, ce qui aurait pu m'aider. De toute façon, elles ne répondent pas à leurs noms. Voulez-vous vous asseoir, sergent ? Je peux vous apporter une chaise de la cuisine. Ou un tabouret. Vous préférez un tabouret ?

Barbara répondit qu'elle était parfaitement à l'aise debout pour observer la manière dont il s'y prenait, au cas très improbable où elle voudrait un jour adopter un oiseau. Il enfonça sa main dans la cage et les deux volatiles se perchèrent sur ses doigts. Il retira sa main et ils sautèrent d'un bond au sommet de la cage. L'un d'eux glapit : « Le café est prêt ? », et le deuxième d'enchérir : « Un nuage de lait et du sucre ? »

Le vicaire informa Barbara que les perruches avaient appris ces deux phrases toutes seules. C'était toutefois leur unique fait de gloire. Comme si on les avait insultées, les deux bêtes s'envolèrent en poussant des cris perçants. Barbara se baissa pour les esquiver alors qu'elles volaient vers la cuisine.

— Ne faites pas attention, dit le vicaire en retirant de la cage le plateau où s'accumulait un stupéfiant amas de déjections. Elles reviendront quand elles auront faim. Alors, que puis-je pour vous, sergent ? Que voulez-vous savoir à propos de Ian ?

— Tout ce que vous pouvez me dire.

Après avoir replié le papier journal souillé, le vicaire ôta les perchoirs à l'intérieur de la cage et se mit à raconter.

Druitt avait voulu devenir prêtre après de bonnes études de sociologie. Une fois son diplôme en poche, il avait décidé que le meilleur moyen de mettre à profit ses connaissances était au sein de l'Église anglicane. Mais il avait beau avoir plus que le niveau nécessaire pour être ordonné prêtre, il n'avait jamais réussi à avoir l'examen qui lui aurait ouvert la porte d'une cure.

— Il l'a passé plusieurs fois, dit Spencer en hochant tristement la tête. Pauvre garçon. Trop émotif, vous comprenez. Il avait fini par renoncer, et se contenter de la fonction de diacre. Il faisait un excellent boulot ici.

Spencer se tut pour aller chercher une bassine dans un coin. Il rapporta aussi une brosse métallique, avec laquelle il débarrassa les perchoirs de quantité de petites crottes. Une chose était sûre, pensa Barbara, ces perruches avaient une bonne digestion... si tant est qu'elles eussent des intestins ? Elle n'y connaissait rien en anatomie des oiseaux à part qu'ils étaient pourvus de deux ailes et d'un bec. Spencer reprit :

— En fait, je dois confesser que ça a été une chance pour nous qu'il échoue à la prêtrise. Il a commencé ici à Ludlow. Bien sûr... Bon, autant que vous le sachiez, il en faisait un peu trop.

— Comment cela ?

Le vicaire posa les perchoirs sur le côté de la cage.

— Il calquait sa vie sur le livre des Louanges. Je ne dis pas qu'il n'était pas animé des intentions les plus chrétiennes, mais son désir de faire le bien l'entraînait parfois jusqu'à des extrémités... Voyez-vous, il avait mis en place il y a des années un centre de loisirs pour les enfants, mais il s'occupait aussi de préparer des repas pour les grabataires et les vieux, il aidait les victimes d'agressions… son diplôme de sociologie lui était utile d'ailleurs pour ça… Il enregistrait des livres pour les malvoyants, il donnait des coups de main dans les écoles primaires, il participait au désherbage des sentiers pédestres. Ces derniers temps, il était en train de voir si l'on pouvait remonter une association de « pasteurs des rues », ce dont nous avons grand besoin avec tous ces jeunes qui boivent tellement de nos jours…

— Comment Ian remplissait-il son centre de loisirs ?

— Mon Dieu…

La question laissait manifestement le vicaire rêveur. Il attrapa un vaporisateur dont il se servit sur les barreaux de la cage.

— Vous savez, sergent, ce centre est une institution ici. On ne se pose même pas la question. Il est né sans doute d'une volonté de la mairie et des écoles primaires. Les enfants s'y inscrivent librement. En tout cas, il y a suffisamment d'inscrits pour que Ian ait été obligé d'engager à l'année un jeune étudiant pour l'assister.

— Un étudiant ? dit Barbara en soulignant le mot dans son calepin. Vous avez des noms à me donner ?

— Hélas, non, dit-il en essuyant les barreaux avec un chiffon. Mais Ian était un garçon ordonné, il y a une liste quelque part. Vous la trouverez sûrement dans ses papiers.

— Ma chef rencontre aujourd'hui son père. Peut-être pourra-t-il la renseigner à ce sujet. Mais ici, reste-t-il des choses qui appartenaient à Ian ? Et si oui, pourrais-je y jeter un coup d'œil ?

Spencer parut étonné. Il posa son chiffon.

— Oh, mais Ian n'habitait pas au presbytère, sergent. Mon épouse et moi-même avons de la place à revendre, mais il préférait vivre seul, pour être tranquille. Attendez, je vais aller vous chercher son adresse.

Sur ce, le vicaire la laissa plantée là. Barbara avait des fourmis au bout des doigts. Pourquoi Druitt avait-il loué quelque chose ailleurs alors qu'au presbytère il aurait été logé à deux pas de son église, pour trois fois rien, sinon gracieusement ? Il voulait être tranquille, d'accord, mais tranquille pour faire quoi ?

Spencer revint avec une enveloppe sur laquelle il avait inscrit l'adresse de Ian Druitt. Barbara tira le fil de ses pensées :

— Je suppose, révérend, que vous savez pourquoi Mr. Druitt a été arrêté ?

Le vicaire fit signe que oui, les joues soudain en feu. Pour cacher son embarras, il s'en fut chercher une boîte de graines pour perruches. Tout en remplissant une mangeoire, il répondit :

— Je ne crois pas une seconde que Ian était un pédophile, sergent. Cela fait quinze ans qu'il était parmi nous dans cette paroisse, et jamais je n'ai entendu un seul murmure dans ce sens.

Barbara se garda bien d'ajouter quoi que ce soit, appliquant en cela un précepte de l'inspecteur Lynley : le silence est parfois plus efficace qu'une question pour délier les langues. Elle regarda le vicaire accrocher la mangeoire aux barreaux de la cage. Après quoi il alla chercher de l'eau. Dehors, un moteur se mit à vrombir – sans doute celui d'une tondeuse à gazon.

Le vicaire revint avec le petit abreuvoir.

— Bien sûr, qui se serait douté de l'ampleur du scandale des abus sexuels dans l'Église catholique ? Et nous autres anglicans ne sommes pas non plus épargnés. Dire que ça a été étouffé par des générations d'évêques et d'archevêques… c'est une honte… impardonnable.

Il leva les yeux et son expression trahit une inquiétude de ne pas avoir toujours été assez vigilant.

— Je vous assure…

Il secoua la tête comme s'il voulait chasser une mauvaise pensée.

— Quoi ? le pressa Barbara.

— Sachez que si j'avais eu vent de quoi que ce soit, si j'avais eu le moindre soupçon, je n'aurais pas hésité à intervenir sur-le-champ.

Barbara acquiesça, tout en se disant que c'était une affirmation facile à faire après coup.

BEWDLEY
WORCESTERSHIRE

Isabelle se gara dans la rue en face de la brasserie Druitt. Elle n'avait eu aucun mal à trouver Kidderminster Road, à l'ouest de la petite ville de Bewdley – bon, une fois qu'elle avait eu compris qu'il ne s'agissait pas de la ville de Kidderminster mais de la rue qui y menait. La brasserie était située à un jet de pierre du fleuve Severn et de la voie ferrée. C'était un ancien entrepôt fluvial, joliment pittoresque et bien en vue des automobilistes qui faisaient le trajet de Ludlow ou de Birmingham. Une enseigne au néon barrait le haut de la façade : *Druitt Craft Brewery*. En lettres plus petites était précisé *Fine lagers, ales and ciders*. L'établissement devait attirer beaucoup d'amateurs tentés de faire une halte pour se rafraîchir ou se réapprovisionner.

Comme elle était en avance, que le café lui avait donné soif et qu'elle n'avait pas de bouteille d'eau sous la main – un oubli stupide qui ne se reproduirait pas –, elle fouilla dans son sac et en sortit une de ces petites bouteilles qu'offrent parfois les compagnies aériennes. Elle s'était en effet, en prévision de cette expédition dans le Shropshire, munie d'alternatives à sa bouteille principale devant rester dans sa chambre d'hôtel. Cette vodka-ci était fabriquée en Ukraine, constata-t-elle en lisant l'étiquette. Le flacon contenait l'équivalent de deux gorgées, pas une goutte de plus, mais pour le moment, cela lui suffirait.

Ce matin, au téléphone, son avocat londonien semblait, une fois de plus, l'avoir prise pour une folle furieuse. Il suffisait d'entendre le ton que prenait avec elle ce Mr. Wainwright. Sherlock, de son prénom (à cet égard, il aurait dû faire un procès à ses parents !). Il prétendait essayer de la décourager d'entamer des poursuites onéreuses et à l'issue certaine : l'échec... Mais, en réalité, il ne pensait qu'à préserver sa réputation de brillant avocat. Et c'était justement pour ça qu'elle l'avait choisi, à cause de sa réputation. Or elle était de plus en plus convaincue qu'il faisait partie de ces baveux qui ne s'engagent que pour les causes gagnées d'avance.

« Revenons, si vous voulez bien, sur les points fixés dans votre convention de divorce, avait-il dit. Le problème, voyez-vous, c'est que vous avez accepté d'emblée de renoncer à votre droit de garde. Vos enfants résident exclusivement chez Robert Ardery. Vous n'avez pas contesté cette modalité à l'époque où la procédure vous permettait de le faire facilement, le système favorisant plutôt les mères, du fait de l'attachement des enfants à ces dernières... »

À ce stade, elle avait serré les dents très fort en se félicitant de son sang-froid : elle n'avait pas prononcé un mot.

« ... Mais maintenant que vos fils sont plus grands, c'est un argument qui tombe à l'eau. Ils feront valoir que, pendant tout ce temps, ils ont eu une maman en la personne de l'épouse de Robert, Sandra, et que votre droit de visite a suffi à tout le monde. Car vous avez usé de votre droit de visite...

— Des visites supervisées. Supervisées par *eux*. Pour reprendre votre expression, "pendant tout ce temps", je n'ai eu mes garçons pour moi toute seule qu'une seule fois en tout et pour tout, et uniquement parce que Bob et Sandra avaient un dîner en ville à Londres et m'ont déposé les garçons pour se payer une nuit romantique à l'hôtel. Je vous prie, Mr. Wainwright, de vous mettre un peu à ma place.

— Je fais tout mon possible, croyez-moi, pour intervenir sur le cours des événements, Mrs. Ardery.

— Le cours des événements, comme vous dites, les ayant menés en *Nouvelle-Zélande*.

— Je sais bien. Mais il n'y a rien dans la convention concernant cette question. Je suis étonné que l'avocat qui s'est occupé de votre divorce ne vous ait pas conseillé de ne pas accepter certaines clauses, surtout celle touchant le pays de résidence de vos enfants. »

La vérité était qu'elle avait été obligée de capituler devant toutes les exigences de Bob. Sinon, il aurait dévoilé son secret à ses supérieurs hiérarchiques. Et cela aurait signifié la fin de sa carrière. « Je bois trop, c'est vrai, avait-elle songé. Mais je ne suis pas alcoolique, attendez. Bob le savait parfaitement d'ailleurs, mais il a fait feu de tout bois pour avoir la garde des garçons. »

« Sur le moment, je n'ai pas mesuré la portée de cette clause », avait-elle répondu à Sherlock. Ce qui était totalement faux, donc. Ce qu'elle n'avait pas mesuré en revanche, c'était la probabilité que Bob grimpe les échelons de sa profession et surtout que ces échelons le conduisent à Auckland… Voilà ce qu'elle lui reprochait. Pas son ambition. Ils en avaient tous les deux autant l'un que l'autre.

« Je tiens à voir régulièrement mes enfants, avait-elle ajouté. Je me fiche de ce que cela me coûtera. Je trouverai de quoi payer vos honoraires. »

Alors qu'elle prononçait ces paroles, elle avait aperçu Barbara Havers entrant dans la salle à manger de l'hôtel – un peu verdâtre mais tenant debout – et avait coupé net sa houleuse conversation avec l'avocat. Elle avait les mains qui tremblaient, de rage et des suites du mélange vodka, vin et porto. Pourquoi n'avait-elle pas pensé à prendre une rasade contre la gueule de bois ce matin en prévision de ce tête-à-tête avec le sergent ? Elle avait héroïquement ingurgité un petit déjeuner anglais complet, mais, lorsque Havers et elle étaient parties chacune de son côté, elle était remontée dans sa chambre pour boire deux doigts de sa réserve de vodka. Puis elle avait quitté l'hôtel, munie de deux minibouteilles dans son sac à main.

Elle jeta la bouteille vide dans la boîte à gants. Quatre bonbons à la menthe réglèrent le problème de l'haleine. Après avoir retouché son rouge à lèvres, elle descendit de voiture et regarda des deux côtés avant de traverser la rue.

La brasserie n'était pas encore ouverte à cette heure, mais une Mercedes d'un modèle récent garée non loin de l'entrée laissait penser que Clive Druitt était là. De fait, il lui ouvrit tout de suite la porte, à croire qu'il avait guetté son arrivée... Elle craignit qu'il ne l'ait vue en train de boire, mais un coup d'œil de l'autre côté de la rue à sa voiture la rassura : sous cet angle, on ne voyait pas à l'intérieur de l'habitacle.

— Commissaire principale Ardery ? dit-il d'un ton guindé trahissant une bonne dose de méfiance. Clive Druitt. Merci d'être venue.

— C'est moi qui vous remercie d'avoir bien voulu me rencontrer ici plutôt qu'à Birmingham.

— Cela tombait bien, j'avais des choses à régler. Entrez, je vous en prie. Nous sommes seuls. Les employés n'arrivent qu'à dix heures et demie.

Il verrouilla la porte et l'invita à le suivre. Le vieux parquet foncé par les années s'harmonisait avec le reste du décor plongé dans la pénombre habituelle aux anciens entrepôts : un long bar en bois, des tables et des chaises dépareillées, le tout vintage à souhait. Par effet de contraste, les cinq cuves de brassage en inox étincelaient de mille feux. Elles étaient situées derrière le bar, de l'autre côté d'une cloison de verre, et hérissées de robinets, pompes et tuyaux. L'odeur de fermentation, de houblon et de graines rôties qui s'en échappait mettait l'eau à la bouche et incitait certainement à la consommation.

Druitt l'invita à s'asseoir à une table qui semblait provenir du réfectoire d'un couvent. Isabelle prit place sur le banc à côté d'une série de cartons, certains fermés avec du ruban adhésif, d'autres ouverts.

— Mon fils ne s'est pas suicidé.

Sur ces paroles, Clive Druitt lui tendit une photo de famille dans son cadre.

Isabelle supposa qu'il s'agissait du clan Druitt au complet : maman, papa, les enfants adultes, les conjoints, les nombreux petits-enfants et un springer anglais impeccablement toiletté. Ils avaient sûrement été briefés par un photographe professionnel leur ayant judicieusement conseillé de se vêtir de manière similaire : le blue-jean et la chemise blanche. Certains auraient mieux fait de choisir une tenue moins moulante…

Ian n'était pas difficile à repérer. Il se tenait au milieu des enfants adultes et se démarquait par son habit clérical. Isabelle en déduisit qu'elle avait entre les mains le cliché immortalisant son ordination, si cela s'appelait ainsi pour les diacres.

Comme ses frères et sœurs, son père et ses neveux, Ian Druitt était roux. Il avait aussi de l'embonpoint et portait des lunettes. Il tenait ses épaules rentrées, peut-être pour faire oublier sa haute taille, ou bien, ce qui était plus probable, pour ne pas se faire remarquer. Un rouquin rondouillard et binoclard n'avait-il pas souvent à l'école le rôle de souffre-douleur ? Cela avait-il été son cas dans sa jeunesse ? Et si oui, comment ces persécutions l'avaient-elles affecté ?

— Il ne se serait jamais fait du mal à lui-même, insista le brasseur.

Isabelle leva les yeux. L'homme assis en face d'elle était manifestement ravagé par le chagrin. Le visage amaigri, raviné de rides profondes, il n'était plus que l'ombre de celui qui souriait sur la photo. Même ses cheveux n'étaient plus roux mais couleur paille.

Isabelle, cependant, n'avait pas été expédiée dans le Shropshire pour juger de la moralité du défunt, mais pour s'assurer que la double enquête – laquelle avait conclu que la mort n'avait rien de douteux – avait été menée selon les règles. Elle s'intéressait exclusivement au rôle de la police, et non à ce qui avait poussé Ian Druitt au suicide.

Cela dit, elle devait procéder avec prudence. Ce n'était pas parce qu'il avait été jugé inopportun de déférer le dossier au service des poursuites judiciaires de la Couronne que cela empêcherait M. Druitt de s'inquiéter et d'avoir un pouvoir de nuisance non négligeable grâce à ses relations politiques.

— J'ai rencontré votre député, dit-elle. M. Walker. Dans le bureau de l'adjoint au préfet de police, à Londres. Je suis au courant de ce qui vous préoccupe, M. Druitt. Le sergent Havers et moi-même ferons tout ce qui est en notre pouvoir pour nous assurer qu'il n'y a eu aucune irrégularité.

Druitt n'était pas un imbécile. Il savait qu'elle n'était pas là pour rouvrir le dossier judiciaire.

— Mon fils n'avait aucune raison de se tuer. Vous n'avez qu'à demander à n'importe qui.

Il plongea les mains dans un carton plein de vêtements, en remua le contenu et passa à un autre carton. Cette fois, il trouva ce qu'il cherchait sous un tas de pulls en laine soigneusement pliés.

— Tenez, regardez ça, dit-il en lui tendant une plaque en bois de cerisier.

Au centre de la plaque était inséré un médaillon en étain gravé des mots *L'Homme de l'année à Ludlow*. Dessous, le nom *Ian Druitt* était suivi de la date, début du mois de mars précédent. Au-dessus, on reconnaissait le château en ruine de la ville, avec un drapeau flottant sur ses remparts.

— C'est le maire et les conseillers municipaux qui lui ont remis ce témoignage de reconnaissance. Il y a eu une cérémonie, des discours, le vin d'honneur, l'orchestre des étudiants de la fac de Ludlow. Je vous le répète, Ian n'avait aucune raison de se tuer. Il avait des amis. Les gens l'aimaient et l'estimaient.

Il a été accusé de pédophilie, songea Isabelle, se gardant bien cependant d'en faire tout haut la remarque. D'ailleurs, cette plaque remise avec des flonflons avait pu attiser les rancunes et provoquer la dénonciation anonyme.

— Ian était le contraire d'un dépressif, continua le brasseur. Il n'a jamais pleuré sur son sort, il n'a jamais désiré autre chose que ce qu'il avait déjà…

En l'écoutant, Isabelle se demanda s'il était au courant des accusations portées contre son fils. Forcément, il devait l'être… Mais il refusait d'admettre la vérité. C'était la seule explication possible.

— Et maintenant, regardez ça, dit-il en extrayant du même carton un journal.

Le *Ludlow Echo* publiait en première page un article sur la cérémonie lors de laquelle Ian Druitt avait été nommé « Homme de l'année ». Isabelle lut la liste de ses bonnes œuvres passées, présentes et à venir, puisque Druitt n'avait pas manqué de projets pour sa ville. C'était très impressionnant, mais cela ne prouvait en rien qu'il ne s'était pas donné la mort.

— Monsieur Druitt, je puis vous garantir que mon sergent et moi-même examinerons sous tous les angles ce qui s'est passé cette nuit-là. Nous allons étudier à la loupe les rapports de nos collègues et vérifier les procédures suivies par les officiers et l'îlotier…

Il la dévisagea, comme s'il tentait de deviner ses intentions derrière ses paroles. Le silence se prolongea quelques instants, pendant lesquels Isabelle aperçut une jeune femme en combinaison de travail, de l'autre côté de la paroi de verre. Bloc-notes dans le creux du coude, elle vérifiait la bonne marche des cuves.

— Vous n'allez pas ouvrir de nouvelles investigations, n'est-ce pas ? lâcha Druitt. Vous n'êtes venue que pour balayer la poussière sous le tapis. Écoutez-moi bien, madame la commissaire principale je-ne-sais-plus-quoi. Vous ne vous en tirerez pas comme ça. Il était entendu avec Walker que la Met reprendrait l'enquête.

Isabelle respira un grand coup.

— Nous allons faire un rapport à notre retour à Londres, et c'est seulement dans un deuxième temps qu'il se pourrait que le dossier soit rouvert. Mais nous n'avons pas le pouvoir de le faire nous-mêmes. Nous devons en référer à nos supérieurs.

C'était un demi-mensonge. Elle avait le droit d'enquêter autant qu'elle le voulait, de fouiller les poubelles, d'interroger le plus obscur des témoins. Seulement, à son avis, ce serait une perte de temps.

— Je tiens à ce que vous interrogiez tous ceux qui ont connu mon fils. Et surtout que vous cuisiniez ce salopard d'îlotier qui l'a laissé seul ! Sinon, vous allez avoir des nouvelles de mes avocats.

Isabelle était embêtée. Druitt allait sûrement se ruer sur son téléphone pour appeler ses avocats… et son député, puis Walker appellerait Hillier… Le chief constable Wyatt ne serait pas plus heureux d'apprendre le tour des événements.

Isabelle posa la main sur le carton le plus proche d'elle.

— Nous allons faire le maximum, monsieur Druitt. Puis-je emporter ces cartons ?

— Les affaires de Ian ? Qu'est-ce que vous allez en faire ? Les jeter à la poubelle, je parie.

— Mais pas du tout ! Il y a peut-être parmi ses effets un détail susceptible de nous éclairer.

— Vous me les rendrez ?

— Bien sûr.

— Je pose la question, parce que je ne vous fais pas confiance. Vous avez dit au téléphone que Ian s'était donné la mort… Les hommes de Dieu ne se donnent pas la mort. Et Ian était un homme de Dieu.

LUDLOW
SHROPSHIRE

De jour, le poste de police avait la même allure que de nuit, sauf qu'il n'y avait pas de lumière à l'intérieur, ni de fenêtres entrouvertes, ni de voiture bicolore dans le parking. En fait, il n'y avait aucune voiture dans le parking. L'îlotier n'était pas encore arrivé. Barbara pouvait tout à loisir explorer les lieux.

Une haie faisant le tour du bâtiment permettait de contourner celui-ci sans se faire remarquer. Barbara découvrit ainsi une deuxième caméra située au-dessus de la porte de derrière, donnant sur le parking. Rebroussant chemin, elle inspecta avec attention la première caméra – celle qu'elle avait remarquée la veille sur la façade de devant –, en particulier la lentille de son objectif. Était-ce un grand angle ? La caméra pouvait-elle filmer l'interphone à côté de la porte ? Était-elle fixe, ou pivotait-elle sur son axe ?

Elle en était là de ses réflexions quand une voiture de police passa devant le bâtiment. Elle se précipita vers le parking, à l'arrière, et arriva juste à temps pour voir un jeune homme descendre du véhicule. Ses cheveux noirs étaient coupés très court. Son visage ovale était rasé de frais.

Sa poignée de main fut franche.

— Gary Ruddock, lui dit-il. Gaz, si vous voulez bien. Vous m'avez attendu longtemps ?

— Moi, c'est Barbara. Seulement quelques minutes. Rob est votre grand-père ?

— Non. Mon logeur, plutôt. Il refuse d'aller en maison de retraite. Il a trop mauvais caractère. Et il ne veut pas entendre parler d'aller habiter chez Abby… sa fille. Alors je suis un pis-aller, c'est tout. Je m'occupe de lui le matin et le soir, et quand je suis au travail, une voisine passe voir si tout va bien. Mais entrons…

— Vous savez si ça pivote ? lui demanda Barbara.

Il suivit la direction de son regard.

— Ah, vous parlez de la caméra ? Non, je n'en sais rien. Je ne sais même pas si elle fonctionne maintenant que le poste ne sert pratiquement plus. On pourra essayer tout à l'heure. Il doit bien y avoir un balai à l'intérieur.

Il la précéda dans le bâtiment.

— Un café ? Un verre d'eau ? Du thé ? Elle est filtrée, je parle de l'eau. Il y a une Brita dans le frigo.

Elle accepta un verre d'eau. Il allait quant à lui se faire un café, si cela ne la dérangeait pas. Barbara regarda autour d'elle. La salle de repos était à présent utilisée pour stocker toutes sortes de boîtes de tailles variées, empilées à côté de rames de papier et de recharges de cartouches d'encre.

— Quel dommage, tout ça, lâcha-t-elle.

Il se retourna à moitié et, la voyant fureter dans la pièce, comprit à quoi elle faisait allusion.

— Les coupes ont été sévères, oui. C'est une des raisons qui font que je ne peux pas devenir flic certifié. Et maintenant… après ce qui s'est passé… j'aurai de la chance si je garde le boulot… Remarquez, j'ai déjà eu pas mal de chance, vu que je suis pas fort en lecture.

— En lecture ? répéta Barbara, perplexe.

Il sortit d'un placard un pot de Nescafé et une bouilloire électrique, ainsi qu'un grand mug commémorant les bonnes actions de la RSPCA[1].

— J'inverse les lettres et les syllabes. Pendant longtemps, j'ai cru que c'était parce que je n'avais pas été à l'école quand j'étais petit. Mais lorsque je me suis sauvé, j'ai pris des cours, à Belfast, et c'était pareil. Il n'y a rien à faire.

Il ouvrit le robinet et lava un verre qu'il tendit à Barbara pour qu'elle se serve elle-même.

— Comment cela, vous vous êtes « sauvé » ? demanda-t-elle.

Il remplit la bouilloire et la mit en marche.

— Jusqu'à l'âge de quinze ans, j'ai vécu dans une secte. Dans le comté de Donegal, en Irlande.

— Ça c'est quelque chose, dit Barbara, ne sachant pas quoi dire d'autre.

— Oui. Elles étaient fortes côté procréation… croître et se multiplier sur terre… mais pas terribles pour éduquer leurs mioches. Je pensais pouvoir me rattraper une fois loin de tout ça, mais ça n'a pas été possible. Il y a un truc qui cloche chez moi, je mélange les lettres. Du coup, pour l'orthographe, c'est raté aussi. Alors la seule solution, c'était îlotier. Pas besoin de remplir de paperasse comme un vrai flic.

Une fois son café prêt, Ruddock invita Barbara à s'asseoir sur une des chaises en plastique à la table devant l'unique fenêtre. Il prit son mug en coupe entre ses paumes, et Barbara remarqua qu'il avait un tatouage sur le dos de son poignet gauche.

1. La SPA anglaise.

Un dessin au trait épais et noir qui épelait en lettres capitales : CAT.

— Vous aimez les chats ?

Il éclata de rire.

— Non, pas spécialement… Cat est le prénom de ma maman. On en avait tous. Tous les gosses. Histoire qu'on sache qui était notre mère.

— Vous aviez des tatouages ?

Il opina.

— Comme c'est curieux, dit-elle, de plus en plus intriguée. En général, c'est sur l'identité des pères qu'on peut avoir des doutes.

— Oh, pour ça, il y avait des doutes, c'est sûr. Il aurait fallu faire des tests ADN pour savoir. « Semer à tous vents », c'était leur adage. Les femmes se fichaient carrément de savoir qui était le semeur.

— Mais vous, vous saviez qui était votre mère, non ? Pourquoi ce tatouage ?

— Une fois qu'on était sevrés, ils nous séparaient de notre mère. On intégrait une nursery, et après ça, on ne la voyait presque jamais, parce que, voyez-vous, les femmes étaient dédiées à la reproduction. Ces tatouages garantissaient qu'un garçon en grandissant n'allait pas semer sa petite graine chez celle qui l'avait mis au monde, ou chez sa propre sœur.

Un long silence suivit cette déclaration.

— Je suis désolée, finit par dire Barbara, mais ce que vous me racontez là me semble… pas croyable !

— Pourtant c'est vrai, opina-t-il avec flegme. Vous comprenez pourquoi je me suis sauvé. Et je n'y suis jamais retourné.

Il but un peu de café – sans faire *slurp*, nota Barbara. Lynley aurait approuvé, lui qui avait appris les bonnes manières sur les genoux de sa nounou. Ruddock posa son mug sur la table.

— Comment la Met s'est retrouvée mêlée à tout ça ?

— On ne vous a pas dit ?

Il fit non de la tête.

— J'ai seulement parlé à la police des polices, et bien sûr à l'enquêtrice qui m'a interrogé.

— La Chambre des communes s'intéresse à votre affaire. Je suis désolée, mais il va falloir reprendre depuis le début.

Elle sortit son calepin et son porte-mine. Comme Ruddock paraissait contrarié, elle répéta :

— Désolée, vraiment.

— C'est juste que j'ai l'impression que c'est sans fin. Je sais que vous faites votre travail, mais…

— Bon, l'interrompit-elle. Ce type est mort alors que vous étiez responsable de sa garde à vue. Comment se fait-il, selon vous, que vous soyez toujours en poste ?

— C'est le QG de West Mercia qui a décidé de me garder. D'après ma chef, un haut gradé a pris ma défense.

Barbara nota l'information dans son calepin. Cela lui paraissait bizarre qu'un haut gradé ait pris une telle décision, surtout après le bruit qu'avait fait le suicide de Ian Druitt. Il aurait été plus diplomatique de muter l'îlotier, ou de le remercier.

— Vous savez pourquoi ?

— Pourquoi on a voulu me maintenir ici ? Je suppose que c'est parce que j'avais rencontré plusieurs gradés pendant mes classes à Hindlip. J'avais juste parlé un peu avec eux, vous voyez ce que je veux dire. Je pensais que c'était bien pour mon avenir, au cas où un jour je veuille faire autre chose qu'îlotier.

Il prit un air gêné et conclut :

— C'était… bon, de la politique, si vous voulez.

— Au moins, vous ne perdez pas le nord, opina Barbara.

Gary Ruddock ne savait peut-être ni lire ni écrire, mais il n'était pas bête pour autant.

— Donc, c'est là que sont formés les îlotiers ? reprit Barbara. Au QG ?

— Oui. C'est plus simple pour les officiers quand ils vous ont sous la main… Mais je vous avoue qu'après ce qui s'est passé, j'étais persuadé qu'ils allaient me foutre dehors. Je suis reconnaissant à mes supérieurs de m'avoir gardé où je suis, croyez-moi.

Barbara se taisait. Elle attendait la suite.

— J'ai été tellement con ! Quand je suis allé le chercher, il enlevait le costume qu'il mettait pour ses services. Je n'ai pas fait attention, je n'ai pas pensé à le surveiller. Pourquoi je l'aurais fait, d'abord ? C'était juste un mec qui se déshabillait. Quand il a été prêt, il a décroché son anorak et on est partis.

— Il a demandé pour quelle raison vous l'arrêtiez ?

— Oui, il m'a posé cent fois la question. Mais j'en savais pas plus que lui, moi. Mon sergent m'avait donné l'ordre de l'emmener au poste. C'est con, mais j'avais pas pensé à demander pourquoi. Et puis, une heure après environ, on m'a dit d'aller m'occuper de ces histoires de beuverie.

— Vous avez quitté le poste de police ?

— Oh, non. Pas du tout ! Pas quand j'avais M. Druitt sous ma responsabilité. Mais j'ai téléphoné à tous les pubs. Maudits pubs ! Si seulement ils arrêtaient de servir les gamins quand ils sont soûls, mais ces gens-là ont un tiroir-caisse à la place du cœur.

Ainsi, il avait eu l'esprit occupé ailleurs, se dit Barbara. Jusqu'ici, son récit collait exactement à ce qu'elle avait lu pendant la nuit dans ses dossiers. Elle était par ailleurs frappée de constater que Ruddock n'essayait pas de se dédouaner.

— Pourriez-vous me montrer où ça s'est passé ?

Il avait dû prévoir cette question, car il se leva sans hésitation.

— Par là, suivez-moi.

Il la précéda dans un couloir jaune – y avait-il une loi qui obligeait les administrations à peindre leurs murs de cette couleur pisseuse, entre moutarde et caca-d'oie ? Des notices étaient encore punaisées à des panneaux d'affichage. Par les portes ouvertes, Barbara aperçut çà et là dans les pièces des ordinateurs, preuve que des officiers de patrouille continuaient à hanter les lieux. Cela expliquait aussi pourquoi un officier souhaitant piquer un roupillon choisissait plutôt le confort de sa voiture sur le parking que l'intérieur du bâtiment.

— Combien d'officiers passent ici régulièrement ?

Ruddock était en train d'ouvrir une porte pourvue d'une plaque vide.

— À part les flics en patrouille, vous voulez dire ? Hum... Il doit y avoir des inspecteurs, des types de la Crim', des Mœurs. Ils viennent ici pour consulter Internet. Et il y a moi, puisque je suis l'îlotier de Ludlow.

Elle le suivit dans la pièce où Ian Druitt s'était donné la mort. Elle observa les vitres sales, les rayures sur le linoléum, les clous sur les murs là où étaient accrochés des certificats, les moutons de poussière dans les coins… Un ancien bureau, quoi. D'après les rapports de Pajer et de l'inspection générale, Druitt avait réussi à s'étrangler avec son étole et la poignée du placard où l'on rangeait les manteaux. Toutefois, il y avait dans le compte rendu de la première un détail que Barbara avait souligné, quelque chose d'absolument contraire au règlement.

Lorsqu'un suspect est arrêté ou conduit dans un commissariat pour y être interrogé, on lui passe les menottes. Dans le rapport d'autopsie, il était mentionné que les menottes de Ian Druitt – celles-là étaient en plastique – avaient blessé ses poignets. Alors soit elles avaient été trop serrées d'emblée, soit il avait essayé de se libérer. Ou les deux, quand on y réfléchissait, puisque si elles avaient été trop serrées, il aurait cherché à s'en dégager.

Barbara dit tout haut :

— Selon le rapport de l'inspecteur Pajer, vous avez ôté à M. Druitt ses menottes parce qu'il se plaignait de ne plus sentir ses mains. Se débattait-il ? Essayait-il de les enlever ? Et pourquoi des menottes en plastique plutôt que les ordinaires en métal ?

— C'est ce que j'avais sur moi. Et elles n'étaient pas trop serrées. Je ne les serre jamais. Juste ce qu'il faut.

— Pourquoi les lui avez-vous ôtées, alors ?

Ruddock se frictionna le front.

— Il n'arrêtait pas de se plaindre. Il avait mal aux mains, ses doigts étaient engourdis. Il répétait sans cesse la même chose. De plus en plus fort. Alors je suis revenu dans la pièce et je les lui ai enlevées.

— Pourquoi n'êtes-vous pas resté avec lui ?

— Personne ne m'a jamais dit que je devais rester avec lui, voilà pourquoi. Je ne savais même pas pour quelle raison il était là. Tout ce qu'on m'a dit, c'est d'embarquer ce type et de le garder au chaud jusqu'à l'arrivée des officiers qui devaient le transférer à Shrewsbury. Point final. Bon, je ne me cherche pas des excuses… Je sais bien que c'est moi qui suis la cause de tous ces… ces ennuis.

— Que faisiez-vous pendant qu'il est resté seul dans cette pièce ?

La réponse figurait dans le rapport de l'inspecteur Pajer, mais Barbara voulait l'entendre de vive voix.

— Comme je vous l'ai dit, on m'a téléphoné pour me signaler une beuverie qui tournait mal. La seule chose que je pouvais faire, c'était appeler le pub… le Hart and Hind… et leur ordonner de cesser de servir à boire. Après quoi, j'ai dû téléphoner aux autres pubs, pour les prévenir de refouler la bande de jeunes si jamais ils débarquaient dans leur établissement.

— Où étiez-vous pour passer ces appels ?

— Dans une des autres pièces. Je vous assure que je n'ai pas quitté le bâtiment. Si quelqu'un m'avait dit que je devais rester avec lui, je l'aurais fait, bien sûr. Mais personne ne me l'a dit. C'est pour ça que j'ai fait tous ces appels.

Que Gary Ruddock ait laissé Druitt seul constituait déjà en soi une grosse bavure. Mais ce n'était pas la seule qui avait été commise.

Les suicides ne sont pas inconnus en garde à vue. Il y a les suspects qui se servent de leur ceinture de contention pour se pendre, ceux qui se tapent la tête contre le mur pour se défoncer le crâne et récolter un hématome fatal, ou encore ceux qui s'ouvrent les veines avec un petit bout de métal dont personne n'avait remarqué la présence au fond d'une cuvette. Quand on a la volonté d'en finir, on trouve souvent le moyen... Ainsi, ce type qui s'était étranglé avec ses chaussettes. Impossible de dresser une liste exhaustive des moyens de se suicider. La police s'évertue à appliquer des méthodes pour éviter ces drames, mais, de temps à autre, un petit malin arrive à les contourner.

Ce qui dérangeait Barbara, cependant, c'était combien l'endroit semblait s'être prêté à un acte de ce genre. Trop, non ? Et si Druitt avait été assassiné ? Par Ruddock ? ou bien par n'importe quel flic de passage (du moment que Ruddock couvrait le meurtre) ? Un homme identifié comme « pédophile » devait en effet attirer la haine. Mais bon. Ce raisonnement aurait tenu la route si Gary Ruddock n'avait pas déclaré qu'il ignorait la raison pour laquelle il devait embarquer Druitt. À moins qu'il ne mente.

— J'ai lu la transcription de l'appel anonyme au 999 qui a entraîné l'arrestation de Ian Druitt, dit Barbara.

Ruddock prit un air las, comme si elle allait faire retomber sur lui la responsabilité du coup de fil dénonciateur, en plus de la mort de son prisonnier.

— Ouais ?

— Cette personne a dit qu'elle trouvait scandaleuse « l'hypocrisie ». Ma chef pense que c'est l'Église qui est visée. Et vous, qu'en pensez-vous ?

Il parut réfléchir. Barbara lui fit signe qu'ils pouvaient quitter la pièce : elle n'avait plus rien à voir ici qui puisse l'éclairer sur les circonstances de la mort de Druitt. Seulement des traces qui témoignaient d'un usage de bureau : des vitres sales, des rayures sur le linoléum, des clous sur les murs là où étaient accrochés des certificats, des moutons de poussière dans les coins.

Dans le couloir, Ruddock retrouva sa langue.

— Moi, je pense surtout à tout le foin qu'ils ont fait à la mairie… Le discours, le cadeau de remerciement. Même le vieux Rob l'a lu dans le journal. L'auteur du coup de fil anonyme l'a peut-être lu, lui aussi, et il aura vu rouge.

— Quel cadeau de remerciement ?

— « L'Homme de l'année de Ludlow ». Rob est abonné au journal local, il me raconte toujours ce qu'il a lu pendant les repas. Et il y a eu cet article…

— Ian Druitt a été nommé « Homme de l'année », donc… Quand cela, vous pouvez me le dire ?

Il répondit après une hésitation :

— Je ne sais plus très bien. Il y a quatre ou cinq mois, peut-être. Il y a eu une cérémonie à l'hôtel de ville. Druitt a été en photo dans le journal, avec le maire. En première page. Alors… les honneurs d'un côté, la pédophilie de l'autre ? Ce pourrait bien être de l'hypocrisie, ça, non ?

En effet, songea Barbara. Mais était-ce suffisant pour provoquer chez Ian Druitt le désir impérieux de se supprimer à la seconde où on lui demande de rendre des comptes sur sa conduite ? Et, dans l'hypothèse où il ne s'agissait pas d'un suicide, pourquoi le fait qu'il ait été nommé « Homme de l'année » aurait donné au meurtrier l'envie de le tuer avant même l'investigation ?

LUDLOW
SHROPSHIRE

— C'est un type plutôt sympa, déclara le sergent Havers à Isabelle en conclusion de son rapport verbal. Il n'en revient pas d'être encore en fonction. Je vous dis pas comme il est reconnaissant. Il sait qu'il a commis une faute grave en laissant Druitt seul, mais aussi, à le croire, il n'avait aucune idée de la raison pour laquelle il l'avait arrêté.

— A-t-il lâché des éléments qui ne figuraient pas dans les dossiers de Pajer ou de l'inspection générale ?

— Il ne leur avait pas raconté sa vie. Je ne sais pas si l'information vaut quelque chose…

Elles étaient debout devant le Charlton Arms, au début du Ludford Bridge. L'établissement avait fière allure, planté au bord de la rivière, sur la rive opposée à la petite ville, dans ce qui avait été autrefois le hameau de Ludford, d'où le nom du pont sur lequel elles se tenaient. Dans les branchages touffus des grands hêtres qui dispensaient de l'ombre au pub, une kyrielle d'oiseaux menaient un effroyable tapage quand ils n'étaient pas en train de tournoyer dans le ciel. Isabelle avait donné rendez-vous à cet endroit à Barbara Havers lorsque celle-ci avait téléphoné pour lui annoncer que son entrevue avec Ruddock était terminée.

À présent, elle venait de le lui décrire comme quelqu'un qui avait eu « des difficultés d'apprentissage », précisant que cela semblait se cantonner aux domaines de la lecture et de l'écriture.

— Pourquoi l'a-t-on gardé en fonction, je me demande…, lâcha Isabelle.

— D'après lui, un officier du QG de West Mercia a pris sa défense, un type qui donne des cours au centre de formation là-bas.

— Il a dû être un élève exceptionnel, commenta Isabelle. Ce qui ne cadre pas avec sa dyslexie. Qu'en pensez-vous ?

— Il faisait de la lèche aux officiers, m'a-t-il dit. Dans l'espoir que ça l'aiderait dans sa carrière.

— Sa carrière est fichue, là…

Havers acquiesça. Elle tirait voluptueusement sur sa clope, décidée à se recharger en nicotine avant que la commissaire lui confie une autre mission. Ce dont Isabelle n'avait pour l'instant nulle intention. Car tout ce qui l'intéressait pour l'heure, c'était de pénétrer dans le pub, de s'asseoir à la terrasse au bord de l'eau et de remédier à cette horrible impression d'avoir les nerfs en pelote. Cela dit, il était beaucoup trop tôt pour boire l'apéro. Elle reprit :

— Le père de notre suicidé veut qu'on rouvre une investigation et tout le toutim.

Havers souffla un nuage de fumée et jeta son mégot dans la rivière. Isabelle regarda le bout de cigarette flotter sur l'eau et tourna vers Havers un visage sévère.

— Oups, désolée. J'ai pas pensé…

— Vous imaginez ? Si un cygne l'avalait ?

— Je le referai plus, promis. Qu'est-ce que vous lui avez dit ?

— À M. Druitt ? J'ai embarqué dix cartons pleins d'affaires appartenant à son fils. Je lui ai assuré qu'on allait les examiner, à la recherche de la vérité… D'éléments de preuve, de pièces à conviction. Pourquoi pas lire l'avenir dans les entrailles d'un bœuf sacrifié, tant qu'on y est ? Du moment qu'il ne téléphone pas à « ses » avocats, au pluriel, notez bien. Il faut désamorcer sa colère, voilà notre mission.

— Vous voulez que je m'en occupe ? Des cartons ?

— Oh, non, pas la peine. Qu'avez-vous récolté d'autre ?

— Le vicaire.

Isabelle lui lança un coup d'œil, puis tourna le dos au Charlton Arms, décidément trop tentant.

— Le vicaire ? Comment ça ?

Havers paraissant hésitante, Isabelle s'impatienta :

— Allez, sergent, crachez le morceau.

Barbara lui expliqua que Gary Ruddock n'étant pas disponible immédiatement, elle s'était payé une petite visite au vicaire de St. Laurence.

— J'ai bien fait, chef ?

— Pour l'amour du ciel, il est sur notre liste, sergent ! Pourquoi auriez-vous commis une bévue ? Bon, dites-moi tout.

Barbara obtempéra. Elle ouvrit son calepin et chercha la page où elle avait pris ses notes. Selon le vicaire, Ian Druitt en faisait presque trop en matière de bonnes actions, et elle commença d'en énumérer un certain nombre. Mais rien de tout cela n'était neuf par rapport à ce qu'Isabelle avait lu dans l'article que Clive Druitt lui avait montré sur son fils, « Homme de l'année ». Le diacre avait contribué à tout ce qui ressemblait de près ou de loin à des œuvres de charité dans la bonne ville de Ludlow. Havers, en conclusion, évoqua le centre de loisirs que Ian Druitt avait créé et précisa :

— Un jeune étudiant l'assistait. Je crois qu'on devrait l'interroger.

— Pourquoi ?

— Si le diacre était un pédophile, nous devrions…

— Sergent, nous ne sommes pas ici pour découvrir la vérité sur cette affaire d'abus sexuel. Ce n'est pas sur notre feuille de route. Vous le savez aussi bien que moi. Nous devons juste vérifier que l'inspecteur Pajer et la police des polices ont fait leur boulot. Qu'ils n'ont rien loupé en ce qui concerne le suicide. Si nous devons parler à quelqu'un en priorité, c'est au médecin légiste.

Havers se renfrogna.

— Jusqu'ici, y a-t-il un fait que Bernadette Pajer ou l'inspection générale auraient omis dans leurs enquêtes respectives ? insista Isabelle. S'il y en a un, je veux le connaître.

— Non, je ne crois pas, admit Barbara. Mais…

— Il n'y a pas de mais qui tienne. Soit il y a une erreur, soit il n'y en a pas, sergent.

— Mais si le vicaire et le père de ce type sont tous les deux d'accord pour dire…

— Ce qu'ils disent n'a rien à voir avec ce qui s'est passé. Lorsqu'un individu se donne la mort sans signe précurseur, ses proches ont tendance à penser qu'il ne s'agit pas d'un suicide. C'est dans la nature humaine. Overdose de médicaments ? Accident ? Coup de feu ? Homicide ? Immolation ? Vous avez le choix.

— Mais personne ne peut se tuer *accidentellement* dans un poste de police, chef ! Ce qui fait penser à…

— Un suicide. Savez-vous combien il est difficile de simuler un suicide par pendaison ? Et à plus forte raison quand le suicidé s'est pendu à une *poignée de porte* ! Notre tâche ne consiste pas à comprendre la raison de son désespoir. Pour ce qu'on en sait, il était comme Rebecca de Winter, qui venait d'apprendre qu'elle était atteinte d'un cancer.

— Sauf que…

— Quoi ?

— Rebecca a été assassinée, chef.

— Qui ça ?

— Rebecca de Winter. Max l'a tuée, vous vous rappelez ? Le cancer, c'était son alibi. Elle voulait qu'il la tue, puisque de toute façon elle allait mourir, et de cette manière, elle lui gâchait la vie, ce qui était son objectif.

— Mon Dieu, sergent. On n'est pas dans un mélodrame des années 1940, là.

— C'est vrai. Bien sûr. Mais j'ai aussi appris ceci de curieux : Druitt n'habitait pas au presbytère avec le vicaire et son épouse, alors qu'il y aurait largement eu la place. Il voulait un endroit à lui. Il disait qu'il avait besoin d'être tranquille. Ce qui m'intrigue, c'est *pour quelle raison* il tenait à cette tranquillité. Si quelqu'un avait une idée à ce sujet, ce même quelqu'un…

— Stop ! s'exclama Isabelle en levant des mains exaspérées. Nous allons avoir une entrevue avec le médecin légiste. Puisque je constate que rien d'autre ne saurait vous convaincre.

THE LONG MYND
SHROPSHIRE

Le Dr Nancy Scannell ne leur donna pas rendez-vous à l'hôpital où elle avait effectué l'autopsie de Ian Druitt, mais au West Midlands Gliding Club, situé dans un coin du Shropshire appelé « The Long Mynd ». La légiste avait expliqué qu'elle faisait partie d'un collectif dont les membres s'étaient cotisés pour acheter un planeur. Aujourd'hui, justement, elle passait l'après-midi au club afin d'aider une vélivole à faire décoller leur machine.

The Long Mynd, à une trentaine de minutes de voiture de Ludlow en roulant vers le nord, était un pays de collines couvertes de lande. Peu à peu, la route devint de plus en plus étroite et tortueuse, au point que les deux femmes n'auraient pas pu croiser un véhicule. Des faisans et des faisanes jaillissaient des haies, quand des moutons ne squattaient pas la chaussée. À un moment donné, preuve que la route était peu fréquentée, une bande de colverts – mâles, femelles et canetons – se jeta pratiquement sous leurs roues. Ardery poussa un juron mais écrasa la pédale de frein. Barbara, elle, poussa un soupir de soulagement : la commissaire n'avait pas aplati la famille canard.

Car elle était manifestement à bout de nerfs. Cela avait frappé Barbara pendant leur conversation sur le pont tout à l'heure, et à présent son énervement au volant paraissait excessif. Barbara avait failli lui proposer de la remplacer quand, atteignant un hameau abandonné du nom de Plowden, elles s'étaient trouvées au bas d'une sorte de piste de kart effroyablement pentue.

Cependant, vu la façon dont la commissaire s'agrippait au volant, elle n'avait pas l'air prête à le lâcher.

Elles grimpèrent jusqu'à un deuxième hameau, Asterton, qui était d'ailleurs plutôt une ferme isolée. Là, suivant un panneau, et après avoir tourné autour d'une cabine téléphonique solitaire, elles entamèrent le dernier tronçon – le plus ardu – du périple. Enfin, elles arrivèrent à destination. Une affiche sur un poteau le confirmait, comprenant le logo du club et de grandes photos de gens souriant de toutes leurs dents dans des avions sans moteur, flottant entre deux nuages.

Le portail était grand ouvert, et ce malgré une pancarte stipulant : *NE LAISSEZ SURTOUT PAS OUVERT*. Le vaste terrain, plat et herbeux, accueillait des moutons grassouillets et des baraques en tôle datant de la guerre de 40. Entre ces baraques avaient été construits plus récemment des hangars, et devant ceux-ci s'alignaient des planeurs prêts à l'envol, tandis que d'autres, encore sur leurs remorques, attendaient d'être déchargés. Un peu plus loin, des voitures étaient garées devant le *clubhouse*. C'était là, à la cafétéria, qu'elles avaient rendez-vous avec le Dr Scannell.

Elles étaient en retard – une erreur de pilotage leur avait coûté un détour par la myriade de villages qui caractérisait cette partie du Shropshire. La légiste les attendait avec impatience et affichait sa mauvaise humeur, ce qui, dans l'esprit de Barbara, ne s'avérait pas plus mal, Isabelle Ardery étant dans le même état d'esprit.

— Il me reste dix minutes, leur annonça tout de go le Dr Scannell.

Elle était vêtue d'un blue-jean et d'une chemise en flanelle. Des touffes de cheveux gris dépassaient de sa casquette de base-ball.

— On m'attend sur la piste, précisa-t-elle. Désolée, mais l'heure c'est l'heure.

Dans la salle, des pilotes étaient en train de déjeuner. Devant la baie vitrée qui donnait sur les champs à perte de vue, un groupe de joyeux drilles parlait fort et plaisantait à propos « de cette connerie de briefing de ce matin »… Le Dr Scannell, souhaitant visiblement que leur conversation reste privée, les conduisit dans une autre pièce – vu les plans accrochés aux murs et le tableau blanc, sans doute la salle de briefing. Scannell la traversa d'un pas décidé et les fit entrer dans le bar, pour l'instant désert.

Barbara jeta un coup d'œil prudent à Ardery dont le regard était fixé sur une table, à l'autre bout de la salle. Comme si elle avait deviné sa pensée, le Dr Scannell les invita à s'y asseoir.

Elle consulta sa montre, laquelle impressionna Barbara par son nombre de cadrans et de bidules qui devaient donner une foule d'informations en plus de l'heure.

— Neuf minutes, pas une de plus. Que voulez-vous savoir ?

Barbara avait son rapport à la main. Ardery le lui prit et le fit glisser vers la légiste en disant :

— Barbara Havers, ici présente, n'est pas convaincue par votre conclusion d'une mort par suicide.

— Ah, bon, vraiment ?

Scannell ne gratifia même pas Barbara d'un regard. Elle ôta sa casquette, libérant une masse de boucles qui rebondirent gaiement sur ses épaules.

— Euh, surtout à cause de cette histoire de poignée, expliqua Barbara. Et puis, d'après ce qu'on m'a dit, Ian Druitt n'était pas du genre à se supprimer.

— Vous pouvez oublier ça tout de suite.

Scannell sortit des lunettes demi-lune de la poche poitrine de son blouson et les percha sur son nez.

— Impossible de savoir à l'avance qui est susceptible d'être candidat au suicide. La seule chose qu'on peut établir, c'est si la mort a été causée par un suicide, un accident ou un homicide, et dans notre cas, c'est un suicide.

Elle ouvrit le dossier et disposa sur la table les photos post mortem, une transcription de ce qu'elle avait elle-même enregistré dans son dictaphone en examinant le corps, ses remarques finales et les analyses toxicologiques médico-légales. À cause du peu de temps qui leur était imparti, elle débita sa démonstration tout d'une traite, ne ménageant même pas une pause pour vérifier que les deux autres la suivaient.

Congestion veineuse. Elle commença par là. Combinée à l'asphyxie, cela avait été la cause de la mort. Cette congestion était le résultat de la pression exercée par le lien, en l'occurrence une étole liturgique, similaire à une écharpe mince. En fait, l'étole était plus large que les liens dont se servent en général les suicidés, et, le tissu étant mou et souple, il ne s'était pas enfoncé dans la chair du cou. Havers comprenait-elle ce que cela signifiait ? Sans attendre de réponse, Scannell enchaîna. Cela voulait dire qu'il n'y avait pas eu d'anémie cérébrale à la suite d'une oblitération des artères carotidiennes, mais une oblitération des veines jugulaires. En d'autres termes, le sang ne circulait plus dans le cerveau et la pression avait provoqué un œdème cérébral. Deux kilos seulement de force de traction sur les veines jugulaires étant suffisants pour les oblitérer, la mort était survenue au bout de trois à cinq minutes.

Pour illustrer son propos, elle pointait le doigt sur les photos. De temps en temps, elle jetait un coup d'œil à sa montre. Le corps, si le sergent voulait bien examiner les images, ne laissait aucun doute sur le suicide. La distorsion du visage, les globes saillants des yeux, les petites hémorragies cutanées – « on les appelle des pétéchies » – à l'intérieur des lèvres. Mais surtout, l'ecchymose sur le cou.

— Je vois tout ça, dit Barbara. Ce que je ne comprends pas, c'est comment il a pu faire pour se pendre à une poignée de porte.

— C'est la force de l'intention qui compte. L'individu se penche en avant et le poids de son propre corps exerce une traction assez puissante pour provoquer une perte de connaissance brusque. Ensuite, la congestion veineuse dont je vous parlais épuise la circulation sanguine cérébrale. Certes, il survient parfois des accidents comme ça – au cours de recherches érotiques solitaires, par exemple… Mais un meurtre… ? Non. Le sillon de la pendaison le montrerait.

L'étude des marques imprimées dans la chair par le lien était essentielle. On en déduisait toutes sortes de choses, le poids de la traction exercée par le corps, le fait que le lien ait été enroulé une seule fois ou deux autour du cou, le type de nœud utilisé, le temps que le corps était resté suspendu à la poignée.

— Rien, absolument rien, ne peut faire penser à autre chose qu'à un suicide, conclut Scannell.

— Même ses poignets ?

— Comment cela, ses poignets ?

Elle regarda les photos.

— Vous voulez parler des ecchymoses ? L'explication se trouve dans le récit du policier qui l'a arrêté. Ses menottes en plastique étaient trop serrées. Mais bien sûr, il n'aurait jamais dû les lui enlever…

— Et s'il ne les lui avait pas enlevées ? la coupa Barbara. Il aurait pu maquiller son crime en suicide, non ? Ou quelqu'un d'autre aurait pu entrer dans le poste de police, assassiner Druitt et, en le trouvant mort, l'îlotier aurait paniqué et mis en scène ce que l'on voit là. Ce serait envisageable, non ?

Le Dr Scannell prit une expression pensive.

— C'est envisageable…, commença-t-elle.

Barbara était sur le point de se tourner vers la commissaire Ardery d'un air entendu, quand la légiste poursuivit par :

— Et l'ange Gabriel aussi aurait pu passer par là pour lui faire la peau, mais cela m'étonnerait… Bien, dit-elle en se levant. On m'attend sur le terrain. Avez-vous déjà vu un départ de planeur par treuillage ? Non ? Alors, venez. Ça va vous intéresser.

Barbara n'était aucunement intéressée, mais si cela lui accordait quelques minutes de plus pour interroger le Dr Scannell, elle n'allait pas dire non. De crainte que sa supérieure ne décline l'invitation, elle se leva d'un bond et déclara qu'elle était passionnée par les treuils. Ardery, elle, préféra rester à l'intérieur et attendre dans le bar.

Le vent soufflait plus fort qu'à leur arrivée. De la fumée en provenance de caravanes installées dans un champ voisin mêlait son odeur âcre à d'autres : produits chimiques, essence et vagues effluves de fumier.

Nancy Scannell marchait à grands pas vers une pente couverte d'herbe bien verte, si rapidement que Barbara courait presque pour ne pas se laisser distancer. Un tracteur faisait le tour de ce qui semblait être la seule piste de l'aéroclub. Sans doute était-ce le seul moyen qu'ils avaient trouvé pour éloigner les moutons pendant le décollage.

Deux 4 × 4 étaient à l'arrêt à chaque extrémité de la piste, laquelle mesurait dans les mille six cents mètres de long. Chacun des véhicules était équipé à l'avant d'une énorme bobine, que Barbara supposa être les fameux treuils. Un câble était tendu entre les deux, et, au milieu, un autre câble orienté perpendiculairement attendait qu'un planeur s'accroche.

Nancy Scannell était concentrée et peu disposée apparemment à bavarder, mais Barbara était décidée à tirer au clair un point de détail qui la préoccupait.

— Et la strangulation ? lança-t-elle d'une voix essoufflée.

La légiste, qui s'escrimait à rentrer ses boucles grises dans sa casquette, lui cria :

— Quoi, la strangulation ?… J'arrive ! J'arrive !

Tout en faisant un grand signe de la main au pilote debout à côté de la cabine ouverte du planeur, elle leva le nez pour étudier les nuages, lesquels avaient Dieu sait quel message à lui transmettre.

De plus près, Barbara constata que le pilote était une femme et se demanda si le collectif propriétaire du planeur était strictement féminin.

— Pourquoi n'aurait-on pas pu l'étrangler ? reprit-elle. Le meurtrier se serait servi de ce truc liturgique et ensuite aurait pendu Ian Druitt à la poignée de la porte pour maquiller le meurtre en suicide. Ce serait possible, non ?

— Non. Dans ce cas, le sillon autour du cou se présenterait autrement, répondit Scannell sans cacher son impatience.

— Comment ça ?

— Tournez-vous, dit le Dr Scannell en tirant un mouchoir d'une poche de son jean.

— Pourquoi ?

— Faites ce que je vous dis, sergent. Vous me posez une question, voici la réponse.

Elle plia le mouchoir et le passa autour du cou de Barbara. Elle serra légèrement en disant :

— Si je vous étrangle, le sillon fera le tour de votre cou. Après ça, bien sûr, je pourrais vous pendre, mais le sillon restera complet, et circulaire. Alors que, quand vous vous pendez, le sillon fait un cercle incomplet en forme de V renversé, comme ça… Bon, vous voilà renseignée… Maintenant, si vous voulez bien m'excuser.

Barbara la suivit des yeux tandis qu'elle rejoignait l'autre pilote. Elles se mirent toutes les deux à tourner autour de leur appareil. Un des chauffeurs descendit de son 4 × 4 pour venir inspecter les ailes et des machins par-ci, par-là. Lorsqu'ils furent tous les trois satisfaits, l'homme accrocha le planeur au câble, puis retourna à son véhicule. Pendant que le Dr Scannell maintenait les ailes de la machine parallèles au sol, la pilote grimpa dedans et ferma la verrière au-dessus de sa tête.

Après quoi, tout se passa en moins d'une minute : le Dr Scannell leva les pouces, le premier 4 × 4 fit un appel de phares au second, éloigné de mille six cents mètres. Le câble tendu au maximum s'enroula à toute vitesse, entraînant le planeur qui se mit à rouler de plus en plus vite. Au bout de cinquante mètres, il avait décollé. En quelques secondes, il gagna les huit cents mètres d'altitude, et le câble qui le retenait encore fut relâché. Ne restait plus au planeur qu'à planer.

Incroyable, se dit Barbara en regardant l'appareil voler en silence dans le ciel. Quel genre d'imbécile pouvait bien vouloir monter là-dedans ?

THE LONG MYND
SHROPSHIRE

Isabelle était seule dans le bar. De l'autre côté de la salle mal éclairée, la double rangée de bouteilles scintillait. Non, se dit-elle. Quoique… Après tout, il lui faudrait moins de deux minutes pour se glisser derrière le comptoir vintage en Formica. C'était par pure curiosité, bien sûr, juste pour voir ce que buvaient ces amateurs de vol à voile une fois qu'ils avaient terminé de planer. Privilégiaient-ils le prix sur la qualité ? La quantité sur la qualité ? Leurs vodkas et leurs gins étaient-ils aromatisés ? Était-ce un Macalam qu'elle voyait là-bas ? Portait-il une mention d'âge ? Simple curiosité, n'est-ce pas ? Déboucher une bouteille et respirer son arôme, stimuler sa mémoire olfactive en humant le liquide plutôt qu'en le goûtant… Ou… le goûter, même. Oui, l'envie était très forte. Mais une gorgée et une seule, c'est tout, personne ne s'en apercevra…

Un souvenir lui revint : les jumeaux faisaient la sieste, enfin, après une matinée entière et un début d'après-midi où ils avaient été extrêmement agités, avaient refusé de se calmer et…

Elle se leva, prit son sac et sortit, traversa la salle de briefing et pénétra dans la cafétéria. Devant la baie vitrée, à la table des joyeux drilles de tout à l'heure, ils n'étaient plus que deux. À en juger par leurs chuchotements intimes, ils n'étaient pas près de terminer leur conciliabule. Ils ne parurent même pas la voir, ce qui était aussi bien, vu l'état de ses nerfs.

Le regard au loin, Isabelle contempla le paysage vallonné de cette région en bordure du pays de Galles appelée parfois « les marches galloises ». Y avait-il une fin à ces collines ? songea-t-elle en levant les yeux vers le ciel où évoluaient deux planeurs. Était-ce silencieux là-haut, ou le bruit du vent était-il assourdissant ?

À une douleur au creux de ses mains, elle se rendit compte qu'elle s'était enfoncé les ongles dans les paumes. Si elle avait regardé sa chair, elle l'aurait vue marquée de minuscules croissants rouge vif. Mais elle ne voulut pas regarder : cela aurait révélé des choses sur elle-même qu'elle ne voulait pas voir. À cet instant précis, elle n'avait qu'un souhait, se sauver d'ici le plus vite possible avant d'outrepasser les limites. Il suffirait de si peu pour l'envoyer flotter dans les airs comme ces planeurs au loin.

— Chef ?

Isabelle pivota sur ses talons. Depuis combien de temps Barbara Havers était-elle là, à l'observer ? Elle se rassura en se disant que Havers n'avait pas l'air inquiète, qu'elle se bornait à lui signaler qu'elle était de retour et avait cessé de poursuivre de ses questions absurdes le médecin légiste.

— Alors ? Vous avez vu ce que vous vouliez voir ? Entendu ce que vous vouliez entendre ?

— Plus ou moins, opina Barbara sans se démonter devant cet assaut de sarcasme.

— Dans ce cas, allons-nous-en, dit Isabelle en pensant qu'elle n'était pas au bout de ses peines avec le sergent.

Pour sortir, elles passaient obligatoirement devant la porte des toilettes. Une halte au petit coin avant de reprendre la route étant plutôt logique, elle informa Havers qu'elle la retrouverait à la voiture. Comme elle s'en était doutée, sa subordonnée déclara qu'elle en profiterait pour en griller une, « si cela ne vous dérange pas, chef ». Pour une fois, cela ne la dérangeait pas du tout, au contraire.

La petite bouteille était nécessaire mais largement insuffisante. Dès qu'elle eut verrouillé la porte des W-C, Isabelle versa l'alcool dans son gosier et enfouit le flacon vide dans la poubelle. Devant la glace, elle se remit du rouge à lèvres et traça deux ronds rouges sur ses joues qu'elle estompa du bout des doigts. Puis elle plaça une menthe sur sa langue. Dehors, elle trouva Havers tirant goulûment sur sa cibiche, comme d'habitude.

Barbara observait le terrain d'aviation avec une expression tout à la fois concentrée, méfiante et perplexe.

— Un os, sergent ? lui demanda Isabelle.

Havers haussa les épaules.

— Tout est nickel chrome, chef, dit-elle en jetant son mégot et en l'écrasant sous sa chaussure. Je suis prête… Voulez-vous que je conduise ? Vous devez être fat…

— Non.

Isabelle avait répondu un peu trop vivement, piquée au vif pour une raison qui avait à voir avec l'intonation de Havers. Pour se rattraper, elle ajouta avec un sourire qu'elle espérait sincère :

— Je vous promets de ne pas écraser de canards. Allez, venez.

Dans la voiture, Havers entreprit d'étudier les dossiers qu'elle avait emportés, les comparant aux notes prises au cours de la journée. Son degré de concentration parut excessif aux yeux d'Isabelle. Au bout d'un quart d'heure de ce silence, Isabelle lança :

— Si quelque chose vous paraît suspect, dites-le, sergent !

Havers leva des yeux de biche surprise au milieu de la route par des phares.

— C'est juste… Vous avez remarqué combien tout ça est bien huilé ? Une série de cambriolages dans les environs de Shrewsbury fait que seul l'îlotier est disponible pour arrêter le diacre. Puis un dérapage de beuverie à Ludlow oblige l'îlotier à laisser le diacre sans surveillance… Cambriolages, arrestation, biture express, suicide. Tout ça le même soir…

Deux moutons squattaient la chaussée. Isabelle klaxonna. Les animaux tournèrent vers la voiture leurs longues figures inexpressives, mais ne bougèrent pas d'un pouce.

— Bordel ! s'exclama Isabelle en ouvrant sa portière et en se penchant sur le côté pour hurler : Foutez le camp ! Allez ! Allez !

Sans se presser, les moutons s'écartèrent. Isabelle fit claquer sa portière et dit à Havers :

— Vous pensez que ce n'est pas le hasard ? Mais pour orchestrer tout ça, vous ne croyez pas qu'il faudrait une sacrée association de conspirateurs ?

— Je sais. Mais les coïncidences sont vraiment trop nombreuses… Rien que pour cette raison, l'inspection générale aurait dû filer le dossier au service des poursuites judiciaires de la Couronne. Comme cela n'a pas été fait… vous ne pensez pas que nous avons… euh…

Havers était exaspérante avec ses hésitations ; Isabelle s'énerva.

— Bon sang, vous allez cracher ce que vous avez sur le cœur…

— C'est seulement que… une conspiration doit être distinguée d'une opération menée pour étouffer une affaire. Mais parfois, en enquêtant sur l'une, on perd de vue l'autre.

Elles avaient atteint la cabine téléphonique où il fallait tourner à gauche pour retrouver la route de Ludlow. Isabelle freina un peu trop brusquement.

— Ce qui signifie ?

— Rien de précis. Mais si on veut mettre les points sur les i…

— Vous semblez oublier, sergent, que nous ne sommes pas ici pour enquêter sur un homicide. Nous ne pouvons pas nous permettre de nous noyer dans un verre d'eau… Hillier nous a accordé très peu de temps.

— Je sais. Et justement, puisque nous en avons un peu, là, je voulais vous dire que j'ai l'adresse du diacre… Vous ne trouvez pas ça bizarre, vous, que Ian Druitt n'ait pas voulu cohabiter avec le vicaire et sa femme ?

— Non, pas du tout. Auriez-vous envie, vous, de cohabiter avec le vicaire et sa femme ?

— Moi ? Bien sûr que non. Mais si j'étais diacre et que j'avais besoin de me loger et que l'église était à quoi… vingt mètres porte à porte, je dirais oui, c'est certain. Sans parler de l'économie. Non, à mon avis, il y a une raison. Et dans les deux enquêtes, il n'y a pas un mot là-dessus.

Isabelle soupira. Havers avait l'art de la rendre chèvre.

— Bien, dit-elle. Je vois où vous voulez en venir. Vous voulez aller voir ce qu'il en est à cette adresse et… qu'est-ce que vous croyez qu'on trouvera ? Un squelette dans la cave ? Un crâne dans le barbecue ? Non, non, pas la peine de me répondre. Vous n'avez qu'à me piloter.

BURWAY
SHROPSHIRE

Ian Druitt avait habité dans les environs de Ludlow un lotissement aménagé sur deux impasses donnant sur une rue sans nom. Chaque maison semi-détachée était pourvue d'un garage. Elles s'arrêtèrent devant celle de Ian Druitt. Dans l'allée stationnait une camionnette jaune dont la porte coulissante était ouverte et décorée de céramiques modernes, urnes et pots débordant de plantes et de fleurs. *Bevan's Beauties*, lisait-on sur le logo, avec en plus petit un numéro de téléphone, un site Web et une adresse mail. Une femme en pantalon de treillis et tee-shirt à manches courtes déchargeait d'énormes sacs de terreau. Elle avait un foulard autour du cou et un chapeau à bords suffisamment larges pour la protéger du soleil des pieds à la tête.

— On est au bon endroit ? demanda Isabelle à Havers, laquelle revérifia dans ses notes.

Lorsque Barbara confirma d'un signe de tête, elles durent se rendre à l'évidence : Ian Druitt n'avait pas vécu seul. La femme se tourna vers elles, et Isabelle constata qu'elle avait environ le même âge que Druitt. Curieusement, cela l'étonna.

À une époque où les gens de soixante-cinq ans ne sont plus considérés comme des « croulants », une femme d'une quarantaine d'années peut paraître éblouissante de jeunesse… Celle-ci repoussa sur son nez des lunettes vintage à la John Lennon et regarda Isabelle et Barbara descendre de voiture.

Isabelle s'avança la première, déclina son nom et celui du sergent Havers, et toutes les deux sortirent leur carte de police. La fleuriste parut convenablement déroutée par le débarquement chez elle de ces deux fleurons de Scotland Yard. Elle déclina pourtant avec une grande amabilité son nom – Flora Bevans –, et ajouta :

— Je sais, c'est bizarre. Flora… À croire que mes parents étaient devins.

Isabelle lui expliqua que le vicaire leur avait indiqué cette adresse comme étant celle de Ian Druitt. Flora Bevans confirma, en précisant qu'en effet il louait une chambre chez elle. Elle-même faisait partie de la chorale de St. Laurence. C'était par une vieille dame de la paroisse – « vous savez comment elles se plaisent à jouer les entremetteuses » – qu'elle avait su que Ian, qui habitait alors au presbytère, avait peur de déranger le vicaire et sa femme avec sa musique et cherchait à se loger ailleurs.

— J'avais une chambre dont je ne faisais rien, et j'ai pensé que si jamais il faisait trop de bruit avec sa musique, j'enlèverais mes aides auditives… Et puis, ça mettait un peu de beurre dans les épinards, hein ? dit-elle avec franchise. Je lui ai donc proposé de venir visiter, il est venu et voilà, il a emménagé. Il n'y avait rien entre nous… Aucun petit séisme chimique dans notre cerveau amoureux. Mais c'était un mec super. Et avec lui, la salle de bains était aussi impeccable que dans les pages d'un magazine de déco. C'est rare chez un homme. Il n'y en a qu'une. De salle de bains. Nous partagions aussi la cuisine, et à part le fait qu'il claquait la porte trop fort quand il rentrait tard le soir, notre entente était parfaite.

— Il rentrait tard ? répétèrent Isabelle et Barbara en même temps.

— Ian était actif dans toutes les associations caritatives du pays. Les journées n'avaient pas assez d'heures pour lui.

— On nous a dit que la ville l'avait récompensé de ses efforts.

— Oh, oui. Et il était très fier de sa plaque. Je vous l'aurais volontiers montrée, mais sa famille a emporté toutes ses affaires, dès que l'enquête sur sa mort a été terminée. Pauvre Ian…

Elle dénoua son foulard et s'en servit pour s'essuyer le visage, alors qu'il ne faisait pas particulièrement chaud et qu'elle ne transpirait pas. Puis elle reprit :

— On ne peut s'empêcher de se sentir responsable, ou coupable… Ce suicide ! Je ne m'en serais pas doutée une minute. C'était un « homme de Dieu », et à ce titre il était supposé avoir plus de… quel est le mot déjà ? plus de ressources spirituelles. Ça a été un choc terrible. Un soir, il n'est pas rentré, mais comment imaginer qu'il avait été *arrêté* ? Quand j'ai appris pour quelle raison, j'ai été horrifiée à l'idée que j'avais peut-être hébergé sous mon toit un pédophile. Et puis pour la famille… J'étais désolée pour eux. Vous ne pouvez pas savoir dans quel désarroi ils étaient quand ils sont venus chercher ses affaires. C'est déjà affreux d'apprendre qu'un être qui vous est cher a commis un délit, mais quand il s'agit d'abus sexuels sur des enfants… Il y a de quoi vous anéantir.

Havers lui demanda :

— Et vous, personnellement, vous croyez qu'il était pédophile ?

— Oh, moi, qu'est-ce que j'en sais ? Lorsque je lis dans le journal qu'une femme ignore que son époux est un Peter Sutcliffe qui se balade avec un marteau couvert de sang dans le coffre de sa voiture, qu'est-ce que vous voulez qu'une logeuse sache ? C'est pas comme s'il avait commis quoi que ce soit chez moi, par pitié ! Mais je dois avouer que je ne vois pas comment Ian aurait trouvé le temps de faire ce dont on l'accuse. Maintenant que vous m'y faites penser…

Elle fronça les sourcils, hésitante.

— Oui ? l'encouragea Isabelle.

— J'ai toujours son agenda. Ça m'était totalement sorti de la tête. J'aurais dû le donner… Ian avait un emploi du temps de ministre. Il n'avait pas un instant à lui… Vous le voulez, sans doute ? Ou bien je l'envoie plutôt à son papa ? Il le laissait toujours à la cuisine, glissé sous le téléphone. Je l'ai rangé dans un tiroir, après sa mort. C'est pourquoi je n'y ai pas pensé.

Une nouvelle pièce au dossier, c'était peut-être une nouvelle piste, une perspective qui ne plaisait pas du tout à Ardery. Mais Barbara, exaspérante comme d'habitude, prit les devants et répondit à la fleuriste qu'elles étaient preneuses, merci beaucoup.

— Venez avec moi, dit Flora Bevans.

Elles la suivirent dans une entrée carrée aux murs ornés de photos de céramiques, sans doute les œuvres de la maîtresse de maison. Le raffinement de ces images témoignait d'un réel talent artistique, songea Isabelle, pour qui une urne pouvait à la rigueur servir de cache-pot à du lierre, et encore si celui-ci ne crevait pas parce qu'elle oubliait de l'arroser.

Flora les précéda dans une cuisine aussi bien équipée qu'immaculée. Elle ouvrit un tiroir et en sortit un agenda d'un modèle classique, avec une belle phrase imprimée en haut de chaque page. Havers se mit aussitôt à le feuilleter. De derrière la maison leur parvinrent des cris, des cris d'enfants à ne pas s'y tromper, entrecoupés de temps à autre par une grosse voix d'adulte les rappelant à l'ordre.

— La cour de récréation de l'école derrière le jardin, expliqua Flora. Ils vous cassent les oreilles trois fois par jour, mais on a une paix royale le week-end et pendant les vacances. Le quartier le plus calme de Ludlow, si vous voulez mon avis. Ian était d'accord avec moi.

Havers leva les yeux de l'agenda.

— C'est curieux, on n'entendait rien devant la maison.

— Heu… non, en effet. D'ailleurs ma chambre est sur la rue, et je n'entends rien. Celle qu'occupait Ian donne à l'arrière, il devait supporter le tapage, quand il était là.

— Peut-on jeter un œil ? demanda Havers, puis se tournant vers Isabelle, elle ajouta : On peut, chef ?

La commissaire fit signe que oui. Flora les accompagna à l'étage et leur dit qu'elles pouvaient rester autant de temps qu'elles voulaient – il n'y avait pas grand-chose à voir de toute façon – mais qu'elle, elle devait aller s'occuper de sa livraison. Pas la peine de fermer à clé quand elles s'en iraient, elle laissait toujours tout ouvert.

Dans la chambre du mort, Isabelle et Barbara firent deux découvertes. La première, c'était que, vu le vacarme, personne dans cette pièce ne pouvait être « tranquille » pendant la journée. La seconde, c'était que la fenêtre donnait sur la cour de l'école, où une centaine de garçons et de fillettes gambadaient sous le soleil printanier. Comme tous les gamins de sept ou huit ans quand on les réunit, ils faisaient un boucan d'enfer, les uns sautant à la corde, les autres jouant au ballon, d'autres à la marelle ; un petit groupe de garçons se bousculait pour faire éclater un ballon gonflé à l'hélium. Ils étaient surveillés par une femme qui n'avait pas l'air commode et portait autour du cou un sifflet de policier.

— Je me demande si c'est ce qui l'a décidé à louer cette chambre, murmura Barbara en rejoignant Isabelle à la fenêtre. Cette vue doit être charmante pour un pédophile.

Isabelle songeait pour sa part à ses fils. Ils avaient à peu près le même âge et jouaient avec la même énergie, le même enthousiasme. Dès le départ, elle avait su que, pour une femme comme elle, élever des jumeaux représenterait un double défi. Mais pas une seconde elle n'avait envisagé de les perdre. Pourtant cela ne l'avait pas arrêtée, alors qu'elle aurait dû savoir… C'était sa faute, mais aussi… c'était plus fort qu'elle.

— … Il aurait pu prendre son pied rien qu'en restant là, ni vu ni connu, continuait Barbara d'un ton méditatif. Ce n'est pas à négliger.

Isabelle redescendit sur terre.

— Quoi ? Qu'est-ce vous dites ?

— Vous savez bien, chef…

— Non, sergent. Je ne vous suis pas.

— Je… enfin… quoi… aller voir la veuve poignet. S'astiquer…

— Ah. Vous parlez de se masturber en regardant les enfants ?

— C'est l'endroit idéal, cette chambre. Flora est occupée par ses pots et ses plantes, il est souvent seul dans la maison, et voilà, on fait pleurer le p'tit jésus.

— Sergent Havers, employez-vous un langage aussi ordurier en présence de l'inspecteur Lynley ?

Barbara fit la grimace.

— Pardon, chef.

— J'imagine mal l'inspecteur s'exprimant de façon aussi vulgaire avec vous.

— Oui, chef, en effet, chef. Jamais ! Il est trop bien élevé, né avec une cuillère d'argent, et cætera. Il se ferait plutôt couper la langue. Mais quand bien même, un gentleman peut regarder en face les côtés…

— Je vois, la coupa Isabelle.

Elle connaissait assez bien Lynley – ils avaient eu une brève liaison – pour savoir qu'il avait beau être le parfait gentleman, une femme déterminée était capable de lui faire oublier sa bonne éducation. Et Isabelle ayant été très déterminée, elle l'avait ouï proférer des paroles dont le sergent n'avait pas idée, quoique pas aussi grossières que celles qu'elle venait d'entendre.

— C'est une possibilité, lâcha-t-elle finalement en se retournant vers la fenêtre. Nous savons toutes les deux, n'est-ce pas, que les actions des hommes sont imprévisibles.

Il n'y avait rien dans la chambre que des meubles : un lit, une commode, un bureau étroit avec un tiroir central, une chaise. Les tiroirs de la commode étaient vides, comme celui du bureau, et les murs étaient nus. Un petit trou au-dessus de la tête de lit indiquait qu'il y avait eu quelque chose de suspendu à cet endroit, et, compte tenu de l'aspect monacal de la pièce, Isabelle se figura qu'il s'était agi d'un crucifix.

La commissaire ne voyait pas ce que la chambre pouvait leur livrer de plus et n'avait qu'une envie : que cette escapade dans le Shropshire prenne fin le plus vite possible. Ce n'était manifestement pas le point de vue de Barbara Havers, laquelle, en descendant l'escalier, fit remarquer à sa chef :

— On devrait examiner tout ce fatras que vous a remis le papa. Ça pourrait nous éclairer sur ce qu'il y a dans l'agenda. Surtout si on trouve des papiers… Juste pour que tout colle bien, vous voyez, pour qu'on soit sûres qu'on n'est pas passées à côté de quelque chose.

Et elle ajouta au cas, probable, où la commissaire objecterait :

— Le papa n'en attend pas moins. Qu'en dites-vous ?

Isabelle hocha la tête. Havers n'avait pas tort concernant Druitt père. Et maintenant, il y avait, en plus, ce foutu agenda.

— De quelle manière devons-nous nous y prendre, sergent, à votre avis ?

— Pour les cartons ? On n'a qu'à faire l'inventaire…

Isabelle ne réagissant pas, le sergent ajouta :

— Je peux m'en charger seule, si vous avez autre chose en tête.

Ce qu'Isabelle avait en tête était un verre de vodka tonic, avec une minidose de tonic. Mais comme elle ne pouvait décemment pas se dérober à cette corvée, elle acquiesça.

— Rentrons à l'hôtel, proposa-t-elle, on mangera un morceau.

Tandis que Peace-on-Earth leur préparait des sandwichs plutôt mangeables, certains au jambon blanc, d'autres aux œufs, elles transportèrent les cartons dans le salon de l'hôtel, les alignèrent par terre et se mirent à déballer leur contenu. Isabelle commanda une vodka tonic et encouragea Havers à prendre ce qu'elle voulait. Le sergent, toutefois, paraissait décidée à rester sobre, l'eau gazeuse étant sa limite déclarée. En revanche, elle se laissa tenter par un gros paquet de chips pour accompagner les sandwichs.

Isabelle commença par déloger de son carton un lecteur de CD et une collection d'un goût éclectique, allant de la musique classique à la country. Il y avait aussi un iPod et un support fixe pour mieux diffuser les morceaux préférés du diacre.

À côté d'elle, Havers inventoriait les vêtements civils de Druitt. Comme il seyait à un homme d'Église, sa garde-robe se résumait à pas grand-chose. Le tout, dans des couleurs éteintes, était soigneusement plié. Glissée à l'intérieur d'un pull, elle trouva une croix de bois simple, sans Christ. D'un joli bois poli, la croix portait sur son revers une inscription – *Pour Ian, avec toute notre affection, maman et papa* –, plus une date, sans doute celle de son ordination. Au fond de la boîte, Havers tomba sur un répertoire avec des listes de prénoms féminins et masculins, avec adresses et numéros de téléphone, sûrement les enfants inscrits au centre de loisirs, suivis entre parenthèses par d'autres noms et patronymes, ceux de leurs parents. Et sous ce répertoire, il y avait un journal et un tas de prospectus pour un groupe appelé Hangdog Hillbillies[1]. Les flyers annonçaient des dates de concert et donnaient à voir des photos, à chaque fois différentes, des musiciens. Ian Druitt était l'un d'eux, à la « contrebassine ». Parmi les autres instruments, un banjo, un vieil égouttoir, des cuillères et une guitare. Les musiciens arboraient une allure débraillée, au diapason avec le nom de leur groupe. Le carton qu'Isabelle Ardery ouvrit ensuite contenait d'ailleurs – à en juger par les photos sur les

1. *Hangdog* : qui a l'air d'un chien battu. *Hillbillies* : pauvres péquenauds.

flyers – les costumes de scène de Ian : vieille salopette, bleu de travail délavé, boots éculés, tee-shirts élimés, chemises effilochées, couvre-chefs à divers stades d'avachissement.

Le journal, une fois déplié, se révéla être un autre exemplaire de celui qui annonçait la nomination du diacre comme « Homme de l'année ». Barbara lut l'article avec une attention qu'Isabelle n'avait pas jugé bon de lui dispenser. Elle lut tout haut, sans sauter une seule ligne, la liste de ses mérites : directeur du centre de loisirs de Ludlow, membre actif de l'association d'aide aux victimes, initiateur d'un programme de pasteurs des rues, chef de chœur de la chorale de St. Laurence. Il rendait aussi visite aux prisonniers, aux vieux et aux malades dans les maisons de repos.

— Punaise ! s'exclama Barbara. Avec tout ça, quand est-ce qu'il avait le temps de faire son boulot de diacre ?

— Peut-être que c'était justement « tout ça », son travail, dit Isabelle.

— Peut-être…

Toutes deux étaient aussi peu au fait l'une que l'autre des devoirs d'un diacre. Mais Havers était perplexe.

Isabelle la regarda plus attentivement. Son air ne lui disait rien qui vaille. Dès qu'elle se sentit observée, Havers changea d'expression.

— Pas de ça avec moi, lui lança Isabelle du ton d'une mère cherchant à s'imposer face à une ado.

— Quoi ?

— Si vous avez une idée, vous êtes priée de m'en faire part.

— Pardon, chef, je…

— Et arrêtez de vous excuser, sergent !

— Pardon.

Barbara mit sa main devant sa bouche. Isabelle lui jeta un coup d'œil exaspéré

— Accordons nos violons. Nous sommes ici pour tirer cette histoire au clair. Plus vite ce sera fait, plus vite nous rentrerons à Londres. Qu'avez-vous en tête ?

— Juste que ça semble un peu exagéré.

Havers indiqua le journal : l'article était suivi d'interviews de personnes reconnaissantes à Ian Druitt pour ce qu'il avait fait pour elles et de collaborateurs dans ses différentes activités. Évidemment, tous sans exception chantaient ses louanges, insistant sur sa bonne influence sur la jeunesse de Ludlow, sa générosité et sa profonde gentillesse.

— Trop, c'est louche, voilà ce que je pense, ajouta Havers.

— Q'insinuez-vous, exactement ?

— Eh bien… euh… c'est comme dans Shakespeare, vous savez.

Isabelle, qui était agenouillée devant un carton, s'assit sur ses talons et dévisagea Havers.

— Pourquoi ai-je l'impression que l'inspecteur Lynley a déteint sur vous ? Vous invoquez souvent Shakespeare dans vos enquêtes ?

Havers eut un petit rire.

— Il essaye de faire mon éducation. Bientôt, il attaquera Dickens. Mais pas avant que j'en sache un peu plus sur Shakespeare, surtout sur les passages où il y a du sang. Je veux dire, quand quelqu'un se fait trucider. *Hamlet*, je connais pas trop mal maintenant. Pour *Macbeth*, y a encore du boulot.

Isabelle la fixa un moment en silence, puis, notant une lueur pétillante au fond de ses yeux bleus, bougonna :

— Vous plaisantez, n'est-ce pas ?

— Ben… Un peu, oui.

— Je parie que vous connaissez par cœur votre *Macbeth*, sergent. Vous pouvez sans doute le citer dans votre sommeil.

— Sûrement pas. À part la tirade du poignard, et « Ne dors plus ! Macbeth a tué le sommeil ». Et aussi : « Va-t'en, tache damnée ! »

— Bon, soupira Isabelle. Revenons à nos moutons. Qu'est-ce qui est louche ?

Havers leva le journal.

— Pour moi, quand on en fait des tonnes côté charité et bénévolat, c'est qu'il y a une raison cachée. C'est une question d'apparences. Cet appel au 999 ? Le petit laïus sur l'hypocrisie ? Tout ce foin qu'ils ont fait autour de sa… son… je ne sais comment dire.

— Son altruisme ? Sa bonté sans limites ?

— Comme s'il obéissait à la lettre à tout ce que le bon Dieu lui ordonnait de faire. Comme s'il avait fait une liste et qu'il cochait toutes ses bonnes actions. Eh bien, mon opinion, c'est que c'est exagéré. Ce type devait avoir un péché secret…

Havers haussa un sourcil, puis reprit :

— Mettons que quelqu'un ait lu l'article et se soit dit : « Hé, minute papillon. Ça se passera pas comme ça, mon pote. » Et ce quelqu'un le dénonce parce qu'il peut pas supporter de voir un monstre encensé alors qu'il devrait être…

— Arrêté, termina Isabelle.

— Et l'Homme de l'année s'effondre…

— Je suis d'accord, sergent. Une volonté de dénonciation de l'hypocrisie n'est pas impossible. Mais il pourrait s'agir aussi d'une vengeance…

— Oui… Une vengeance par rapport à la pédophilie. À mon avis, cependant, les accusations seraient plus directes… T'as fait ça à mon gamin… ou, mieux encore, tu m'as fait ça quand j'avais dix ans, et tu vas me le payer…

Isabelle constata alors avec irritation que Havers avait l'air de boire du petit-lait. Si elle croyait que c'était elle qui menait la danse dans cette enquête, elle se trompait lourdement. Aussi la commissaire s'empressa-t-elle d'ajouter :

— Toutefois, sergent, il faut bien voir qu'une vengeance n'entraîne pas forcément le meurtre. Suffit que le pédophile soit discrédité et mis en examen. Vous imaginez le retentissement d'un procès et d'une condamnation.

— Oui, bien sûr, opina Havers sans paraître ébranlée. Il faut encore qu'on enquête là-dessus, dit-elle en agitant en l'air l'agenda. Voir si le contenu correspond bien à ce que raconte l'article de journal.

— Ce qui signifie ?

— Ce qui signifie qu'un hic est peut-être passé inaperçu parce que personne jusqu'ici n'a ouvert cet agenda. Et si nous voulons tenir Mr. Druitt à l'écart de ses avocats, nous devrions au moins vérifier.

LUDLOW
SHROPSHIRE

Barbara Havers, qui était montée quelques minutes dans sa chambre avant l'apéritif, avait l'impression d'avoir gagné une manche sur la commissaire. Et quand elle reprit l'examen de l'agenda du diacre, elle découvrit un détail nécessitant qu'on creuse un peu la chose.

En descendant au salon, toutefois, elle y trouva des clients fraîchement débarqués à Griffith Hall. La présence de ces nouveaux venus occupés à boire du champagne l'empêchait d'avoir une discussion sérieuse avec la commissaire pendant qu'elles grignotaient en buvant – Ardery une vodka martini, elle, un demi. Même pendant le repas à la salle à manger, elle dut se taire car leur conversation aurait pu être entendue.

En plus, le portable d'Ardery sonna trois fois, avant et pendant le dîner. La commissaire se borna à jeter un coup d'œil à l'écran pour voir qui appelait – deux fois avec une moue de dégoût – et laissa se déclencher son répondeur. Alors qu'elles prenaient le café, son téléphone carillonna pour la quatrième fois. « Hillier », souffla-t-elle à Barbara en se levant pour sortir.

Barbara se réjouit de ne pas avoir à parler à l'adjoint au préfet. Le connaissant, il allait leur demander de faire le siège de la police locale et de ne pas lâcher le morceau.

Profitant de l'absence de la commissaire, Barbara feuilleta le dossier de la police des polices, à la recherche des pages concernant ce qui à ses yeux était le noyau dur de l'enquête : qu'est-ce que Gary Ruddock, l'îlotier, fabriquait pendant que le diacre s'employait à se pendre ? et qu'avait-il fait en trouvant le corps sans vie de Druitt accroché à la poignée d'une porte ?

Elle constata que la version de Ruddock semblait bien établie : le propriétaire du Hart and Hind de Quality Square avait confirmé que, ce soir-là, son établissement s'était transformé en lieu de beuverie ; les autres pubs de la ville avaient bien reçu des appels de Ruddock les priant de ne pas servir les jeunes en état d'ébriété parce que la police ne serait pas en mesure d'intervenir en cas de problème ; et l'officier supérieur de l'îlotier – un sergent de la police de proximité – avait expliqué qu'une série de cambriolages les avait obligés à le désigner pour procéder à l'arrestation de Druitt. Quant aux ambulanciers venus à la suite de l'appel affolé de Gary Ruddock au 999, ils décrivaient la scène du drame de la façon suivante : Druitt allongé par terre sur le dos – le lien retiré de son cou – et Ruddock essayant désespérément de le ranimer et criant : « Réveille-toi, salopard ! Réveille-toi ! » Comme si le mort pouvait l'entendre ! Car, pour les secouristes, il n'avait fait aucun doute que l'homme au sol était décédé, ce qui ne les avait pas empêchés d'effectuer les gestes qui sauvent, y compris la pose d'un défibrillateur. En somme, le décès du diacre avait pour seul « témoin » l'auxiliaire Ruddock.

Tout ça était bien dommage… La mort, en effet, aurait pu être évitée si Ian Druitt avait été emmené directement à Shrewsbury où sa garde à vue aurait été gérée convenablement : on lui aurait retiré tout ce qui pouvait être considéré comme dangereux pour soi et les autres, on aurait vérifié l'état de la cellule, on aurait respecté son droit à être assisté d'un avocat dès le début de la procédure.

Là, rien de tout cela n'avait été fait. Et voilà pourquoi elle – Barbara Havers, de la Police métropolitaine – avait l'impression de flairer quelque chose de louche. Aussi, lorsque la commissaire revint après son appel téléphonique et demanda à Peace-on-Earth de lui servir un grand verre de porto, Barbara la pria de l'excuser, prétextant qu'elle souhaitait aller se reposer.

Une fois dans sa chambre, elle lâcha ses dossiers sur le lit monacal et téléphona à la réception afin de formuler une demande plutôt curieuse. Après un silence, elle s'entendit répondre qu'on déposerait à son intention un balai dans le hall d'entrée de l'hôtel, à condition qu'elle veuille bien patienter trente minutes, histoire que les clients aient fini leurs digestifs… Oui, elle pouvait tout à fait patienter. Elle raccrocha et employa le temps imparti à étudier son plan de la ville.

Pour commencer, elle devait sortir de l'hôtel sans se faire remarquer par la commissaire. Même si son projet était tout ce qu'il y a de plus raisonnable, elle préférait qu'Ardery n'en sache rien. Pas question qu'elle *interprète* son initiative comme une reprise regrettable de son ancienne habitude de n'en faire qu'à sa tête. Pour se prémunir contre ce danger, Barbara n'emporta que son paquet de Players, des allumettes et la clé de sa chambre. L'attirail de celle qui sort en griller une dehors…

La chance lui sourit. Il n'y avait personne dans le hall d'entrée, et le balai était là, appuyé contre le mur derrière un porte-manteau. Barbara s'en saisit et sortit dans la nuit. Le balai sur l'épaule, elle contourna Castle Square.

Comme la soirée était belle, elle n'était pas seule dans les rues. Des étudiants aux bras chargés de bouquins rentraient chez eux en bavardant par petits groupes. Quelques individus se promenaient sur le chemin de ronde au pied de la muraille du château. Un car à l'arrêt devant la salle des fêtes se remplissait lentement de vieillards que l'on aidait à monter à bord, sans doute après un spectacle. En revanche, il n'y avait pas de circulation automobile, à moins de compter un taxi solitaire garé en haut de Church Street.

Au cours de son entrevue avec Gary Ruddock, celui-ci avait parlé de faire pivoter la caméra de vidéosurveillance au moyen d'un balai, mais l'idée lui était sortie de la tête. À présent, Barbara avait l'intention de voir non seulement si cette idée tenait la route mais aussi de tester les deux caméras : la première sur la façade du poste de police, la seconde à l'arrière du bâtiment, pointée vers le parking.

En arrivant devant le poste, elle effectua une rapide reconnaissance des lieux. Comme lors de sa dernière visite nocturne, une pièce était éclairée, et une voiture de patrouille stationnait sur le parking. Sauf que, cette fois, il n'y avait personne dedans. Elle s'approcha du véhicule pour s'en assurer : les portières étaient verrouillées.

Elle se dirigea ensuite vers la caméra située au-dessus de la porte de derrière et se servit du balai pour essayer de la faire pivoter. Non, elle n'offrait aucune flexibilité. Barbara en déduisit qu'elle était équipée d'une lentille grand angle permettant de surveiller à la fois les marches et le parking.

Elle allait faire passer l'épreuve du balai à la première caméra et longeait le mur derrière la haie en mode « gentlewoman cambrioleuse » quand une voiture de police tourna le coin de la rue et entra dans le parking, disparaissant du champ visuel de Barbara. Le bruit du moteur se tut.

Barbara retourna sur ses pas et pointa la tête juste assez pour apercevoir la voiture garée en marche arrière contre le muret en brique, là où l'ombre d'un arbre remarquable par la profusion de son feuillage la dérobait aux regards. Elle scruta les ténèbres. Les minutes s'égrenèrent sans autre événement. Rien ne bougeait.

Elle était sur le point de quitter son poste d'observation quand la portière côté passager s'ouvrit, éclairant brièvement les occupants de l'habitacle. Gary Ruddock était au volant. Sa passagère devait avoir la vingtaine, les cheveux clairs et de taille plutôt plus petite que la moyenne. Les paroles qu'elle prononça en descendant du véhicule – « … ça, je m'en fous » – parvinrent à Barbara distinctes et parfaitement intelligibles. En revanche, la réplique de Gary Ruddock était inaudible. Mais ses propos la firent hésiter, et l'îlotier en profita pour sortir à son tour et lui faire face par-dessus le toit de la voiture. Ils se dévisagèrent sans un mot. Lui affichait une expression pleine de patience ; elle, impossible de savoir quelle tête elle faisait puisqu'elle était de dos. Au bout d'une quinzaine de secondes, la jeune femme remonta dans la voiture, imitée aussitôt par Gary Ruddock. Puis rien. Absolument rien.

Sauf que Barbara était pourvue d'assez d'imagination, et puis elle savait compter. Pour elle, un plus un plus deux faisaient quatre, le premier 1 étant la voiture, le deuxième 1 étant l'obscurité, et le 2 étant le nombre de personnages dans la course : Ruddock et sa compagne. Cela faisait quatre, oui, et trois possibilités : 1) une conversation dans le noir à propos des problèmes économiques de l'Angleterre, 2) des aveux de fautes nécessitant la couverture des ténèbres, et 3) ce qui se fait couramment dans une bagnole, la nuit, entre un homme et une femme.

Barbara songea alors que ce pouvait bien être ce à quoi Gary Ruddock avait été occupé au moment où le diacre s'était donné la mort. Auquel cas il aurait fait en sorte que personne ne l'apprenne. Ce n'était pas impossible du tout… Car Ruddock logeait chez un vieux bonhomme, et la jeune femme était sans doute en coloc ou vivait chez ses parents. En supposant qu'elle et Ruddock aient eu envie de mettre la saucisse dans le rouleau, ils auraient eu besoin d'intimité. Un des anciens bureaux du poste de police, malgré le mobilier inapproprié, aurait été idéal, mais avec le diacre attendant son transfert à Shrewsbury, cela aurait été trop risqué. Pourquoi ne pas le faire dans une voiture comme cela se fait depuis l'invention de ce moyen de locomotion ? Nécessité fait loi, n'est-ce pas ? On grimpe à l'arrière, on ôte juste ce qu'il faut de fringues, on se tortille en poussant et en grognant pendant cinq minutes, et voilà c'est terminé. Trois minutes de préparatifs, deux minutes de câlins, trente secondes pour se rhabiller, un saut pour ramener l'oiselle dans sa cage, et ni vu ni connu.

C'est à son retour que Ruddock aurait trouvé le diacre pendu à sa poignée de porte. Sans vie. Après quoi, il se serait précipité pour téléphoner à tous les pubs du coin pour couvrir son absence avant d'appeler le 999 et de jouer le rôle de celui qui essaye désespérément de réveiller un mort par suicide. Son désespoir aurait été d'autant plus sincère qu'il pouvait oublier sa carrière dans la police si jamais le pot aux roses était découvert.

Cela aurait pu se passer ainsi. Et si Ruddock avait la chance que les pubs n'aient pas noté l'heure exacte de ses appels et accréditent la fourchette proposée par les enquêteurs d'après l'heure établie de la mort de Druitt par le médecin légiste, alors l'îlotier s'en sortait les doigts dans le nez. Il lui suffisait de garantir que l'épisode dans le parking reste secret.

Barbara frissonna et se demanda combien de temps encore elle devrait rester planquée derrière la haie. Elle n'avait pas envie de moisir des heures ici, accroupie dans l'humidité, mais elle n'avait pas trop le choix si elle ne voulait pas être vue à l'avant du bâtiment quand Ruddock et sa passagère repartiraient.

Un quart d'heure après, Ruddock alluma le moteur, et la voiture s'éloigna dans la rue. Barbara soupira. Enfin ! Alors qu'elle s'avançait vers le perron et la caméra de vidéosurveillance, elle fut frappée par le faisceau lumineux d'un détecteur de mouvement.

En se plaçant sous la caméra, avec le manche du balai, elle parvint très facilement à modifier son orientation. À présent, elle ne filmait plus seulement l'escalier, le trottoir et un bout de la rue, mais aussi la porte d'entrée et l'interphone à sa gauche. Barbara était satisfaite. Cela signifiait que si on souhaitait passer un appel anonyme, il suffisait de procéder comme elle venait de le faire : se couler le long du mur derrière la haie depuis le parking, se coller à la façade de manière à rester indétectable et changer l'angle de vue de la caméra afin que son champ se réduise à l'escalier et au trottoir. Après quoi, on était tranquille pour passer son coup de fil sans être filmé.

Bien sûr, cela n'expliquait pas pourquoi cette personne n'avait pas rétabli la position d'origine de la caméra, mais à cette question il y avait plusieurs réponses envisageables. L'îlotier ou un officier en patrouille avait peut-être débarqué, et il avait fallu déguerpir en vitesse. Par la suite, le chambardement provoqué par le suicide de Druitt avait peut-être distrait la personne si jamais elle avait eu l'intention de rétablir la position de la caméra dans les jours suivants. Ou enfin la caméra n'avait jamais surveillé la porte d'entrée, mais seulement la rue et les marches du perron. La seule solution pour trouver la bonne réponse consistait à visionner les enregistrements.

Barbara décida de revoir les dossiers afin de vérifier qu'aucune mention n'avait été faite de ce problème. Et si tel était le cas, il ne lui restait plus qu'à convaincre la commissaire de lui permettre de visionner la bande non seulement à l'heure de l'appel, mais encore avant et après. C'était indéniablement la prochaine étape.

7 mai

LUDLOW
SHROPSHIRE

Sur le seuil du salon qu'elle s'apprêtait à quitter après avoir terminé son deuxième verre de porto, Isabelle fronça les sourcils. Pourquoi Barbara Havers sortait-elle dans la nuit avec un balai sur l'épaule ? Cette idiote était en train de prendre la tangente et de mener sa petite enquête à sa guise…

Alors que la porte se refermait dans le dos du sergent, le portable d'Isabelle sonna. Sherlock Wainwright. Son avocat… Comme elle n'avait aucune envie d'entendre son prêchi-prêcha sur la stratégie à adopter à l'égard de son ex-mari, elle laissa sa boîte vocale prendre le message et sortit à la suite de Havers.

La nuit était très calme. Elle respira d'abord le parfum subtil des fleurs sur le bord des balcons, puis une forte odeur de cannabis. Isabelle leva les yeux vers la fenêtre ouverte au-dessus d'elle d'où s'échappaient de la musique rap et une conversation entre deux hommes.

Havers tourna sur Castle Square, puis longea le côté sud de la place. Les réverbères éclairaient les vitrines des librairies, des boutiques de souvenirs et le magasin de vêtements vintage d'une association caritative. Il n'y avait personne dehors, mais on entendait un brouhaha de voix et de rires en provenance d'un lieu invisible, sans doute un pub. Havers ne se dirigea pas par là. Elle continua dans King Street jusqu'au Bull Ring, puis disparut dans ce qui ressemblait fort à un coupe-gorge.

Au fond, se dit Isabelle, Havers était peut-être juste sortie faire une promenade, et c'était contre les risques d'agression qu'elle s'était munie d'un balai… Alors que la commissaire hésitait à rentrer à l'hôtel, elle constata que le passage emprunté par Havers débouchait sur une rue où, pile à ce moment, passait une voiture de patrouille. Le poste de police ! Il ne devait pas être loin. C'était très probablement là-bas qu'allait Barbara.

Ah, mais quand cette femme infernale cesserait-elle de prendre des initiatives ? Immédiatement, Isabelle songea que, si elle était en route vers le poste de police avec un balai, c'est qu'elle avait l'intention de tester les caméras de vidéosurveillance. Suivant les résultats, cela risquait de prolonger leur séjour à Ludlow, mais d'un autre côté, il y avait de fortes chances pour qu'elle constate tout simplement qu'aucun nouvel élément ne venait contredire la thèse du suicide. Préférant éviter toute fatigue inutile, la commissaire décida donc de rentrer à l'hôtel.

Le lendemain matin, il lui fallut se résoudre à écouter le message de Sherlock Wainwright, ce qu'elle n'avait pu faire la veille au soir. Une petite préparation était nécessaire, laquelle consistait en trois bouchons de vodka versés précautionneusement dans le verre à dents de la salle de bains. Elle n'avait pas besoin d'une goutte de plus pour affronter l'adversité.

En fait, Wainwright se bornait à lui demander de le rappeler, parce qu'il avait une très bonne nouvelle : Robert Ardery proposait un compromis et lui, Sherlock, était persuadé qu'elle allait être très contente.

— Cest quoi, ce compromis ? lança-t-elle presque immédiatement lorsque son interlocuteur décrocha.

— Ah ! Je suis ravi que vous me rappeliez. Tenez, je vais vous le lire. L'avocat de votre mari me l'a envoyé…

— Ex-mari.

— Oui, pardon. Je vous ai téléphoné hier soir, juste après l'avoir reçu.

— J'étais déjà couchée.

— Pas de problème. Je ne vois aucune date fixant un délai pour la réponse. Je vous le lis, alors ?

Comme elle répondait qu'elle n'avait aucune envie d'écouter tout le baratin juridique, il lui résuma la situation en quelques mots : Robert Ardery proposait qu'elle puisse passer du temps seule avec ses fils lors de ses visites à Auckland. Il les autoriserait à passer tous les week-ends auprès d'elle dans n'importe quels maison, villa ou appartement qu'elle choisirait de louer… et même à son hôtel, si elle préférait. « Voilà », dit Wainwright, il devenait vraiment très arrangeant. Il était prêt, en outre, à la laisser emmener ses fils en vacances pendant trois jours, dans le lieu de villégiature de son choix. Il faudrait, bien entendu, que ce lieu reçoive son approbation préalable, mais les endroits ne manquaient pas… Bien entendu, ces virées devraient s'effectuer pendant les vacances des enfants. Par ailleurs, il tenait à les avoir avec lui pour Noël, mais si Isabelle avait envie de venir à cette période de l'année, elle était la bienvenue à leur table.

Wainwright conclut par :

— D'après ce que j'ai compris, vos fils sont enchantés. Pour ma part, j'ai jeté un coup d'œil à ce que la Nouvelle-Zélande offre en matière de destinations touristiques. La péninsule de Coromandel n'est pas loin d'Auckland, et il y a la baie des Îles…

— Non !

Un silence s'ensuivit, pendant lequel Isabelle entendit la clameur d'un poste de télévision que quelqu'un venait d'allumer. Puis le volume baissa tout aussi brusquement.

— Pourtant, dit l'avocat, c'est une énorme concession que vous fait M. Ardery. Un tribunal le verra sous cet angle, je peux vous l'affirmer.

— Un tribunal qui ne le connaît pas. Moi qui le connais, ma réponse est toujours la même : Non !

— Réfléchissez, je vous en prie. Dans deux ou trois ans, si tout se passe bien, vous pourrez vous montrer plus exigeante.

Isabelle serra les mâchoires pour ravaler le chapelet d'insultes qui menaçaient de jaillir du fond de son cœur.

— Cette conversation est terminée, maître. Je vous encourage à continuer à travailler sur ce qui était convenu entre nous.

— Mais puisque son propre avocat a…

Elle raccrocha. Dans cette affaire, il n'y avait qu'une seule issue tolérable : que ses fils restent dans le même pays qu'elle, un point c'est tout. Si elle devait traîner son ex-mari devant tous les tribunaux du royaume, elle n'hésiterait pas. Et si ce Sherlock Wainwright ne pigeait pas, eh bien, qu'il aille au diable !

De rage, elle composa le numéro de Bob. Ce fut sa femme qui répondit. Isabelle ne prit pas la peine de dire bonjour. Sandra savait très bien qui appelait à une heure aussi matinale.

— Passe-moi James et Laurence.

— Isabelle. Quelle joie de t'entendre. Je crains qu'ils ne soient en route pour l'école.

— Menteuse ! Il est sept heures du matin ! Passe-les-moi ou je te jure, Sandra…

— Pourquoi je te mentirais ? répliqua Sandra, outrée. Tu as le droit de leur parler. Je ne le conteste pas. Au fait, tu te rends compte de ce que tu leur fais, à tes gosses, en leur infligeant ces turpitudes hystérico-juridiques…

— Ces turpitudes, comme tu dis, c'est vous qui en êtes à l'origine en vous acharnant à me séparer d'eux.

— Si c'est comme ça que tu vois les choses… Tout tourne toujours autour de ta petite personne, n'est-ce pas ?

— Espèce de pu…

— Isabelle…

La voix de Bob. Cette salope lui avait passé le téléphone à point nommé.

— Tu comprends, ajouta-t-il, que je n'ai pas spécialement envie d'exposer les garçons à *ça*.

— Alors, tu as décidé que ce serait formidable pour eux de ne plus revoir leur mère ? Si ce n'est dans un hôtel à Auckland ? À près de vingt mille kilomètres ? C'est la belle idée que tu as sortie de ton chapeau ?

— Sois raisonnable, Isabelle, dit-il de son ton le plus onctueux. Il est évident qu'ils sont trop jeunes pour prendre l'avion jusqu'à Londres, si c'est ce que tu veux.

— Ce que je veux, c'est une injonction qui t'interdira de les emmener.

— Tu te berces d'illusions, ma chère. Ton avocat te l'a sûrement expliqué. Alors soit on continue à engraisser le pouvoir judiciaire, soit tu acceptes de regarder la réalité en face. À toi de décider.

— Je suis leur mère ! Je les ai mis au monde. Je les ai élevés jusqu'à ce qu'ils…

— N'épiloguons pas sur ce que tu appelles « élever »… Si tu acceptais une seconde de réfléchir, au lieu de trépigner comme une enragée…

S'ensuivit presque mot pour mot la proposition dont lui avait fait part Sherlock..

— Je fais au mieux pour arranger tout le monde, conclut-il.

— Pourquoi me détestes-tu autant, Bob ?

Avec un temps de retard, il répondit d'une voix un peu tremblante :

— Je ne te déteste pas, Isabelle. Je sais que c'est ce que tu crois, mais ton jugement est faussé… Toutes ces années d'alcoolisme… Isabelle, veux-tu te rappeler combien de fois je t'ai suppliée de te faire aider ?

Ses lèvres s'étaient pétrifiées. À peine put-elle prononcer :

— J'ai le droit d'avoir une relation avec mes fils. Ils ont le droit d'avoir une relation avec leur mère. Il existe un lien entre une mère et ses enfants qui ne doit pas être brisé.

— Ils *ont* une mère. Je ne voudrais pas te faire de la peine, Isabelle, mais…

— Ah, vraiment ? On ne dirait pas.

— Tu le sais aussi bien que moi : Sandra est leur mère depuis qu'ils ont deux ans. Tu es leur mère biologique, un point c'est tout. C'est toi qui as fait ce choix : tu as brisé tout lien avec eux hormis celui du sang. Maintenant, si ça te fait souffrir, tout ce que je peux te dire, c'est que tu aurais pu y penser au moment du divorce. Il ne faut pas me jeter la pierre, ce n'est pas moi qui l'ai voulu.

— Salaud ! s'écria-t-elle d'une voix étranglée. Tu n'auras jamais fini de me punir, n'est-ce pas ?

— Tu te punis toi-même, Isabelle. Et tu es la seule à savoir pourquoi. Moi, je n'en ai aucune idée.

— C'est maman ? C'est maman ?

Isabelle, entendant les petites voix de ses fils, se mit à crier :

— Ils sont là ! Sandra m'a menti ! Passe-les-moi, je veux leur parler !

— Tu n'es pas en état. Rappelle quand tu te seras calmée. Je vais raccrocher, là. On doit les emmener à l'école.

Elle contempla le portable muet dans sa main. La crise de nerfs la guettait. Il fallait qu'elle fasse quelque chose pour empêcher ses mains de trembler et arrêter ces horribles démangeaisons dans ses paumes. Et la seule chose pour l'instant qui fût à portée de main, c'était la bouteille de vodka. Elle la posa sur sa table de chevet et, sans la quitter des yeux, énuméra toutes les bonnes raisons qu'elle avait de l'ouvrir : le manque, la soif, le besoin de sécurité, de paix, d'oubli… Elle y aspirait comme aux caresses apaisantes d'un amoureux. Après l'épreuve de ces deux conversations téléphoniques, elle le méritait. Cette fois, elle ne se servit pas du bouchon pour doser. Elle but directement au goulot.

LUDLOW
SHROPSHIRE

En descendant dans la salle du petit déjeuner, Isabelle tomba sur Peace-on-Earth. Elle allait lui demander de lui apporter un pichet de café et un toast quand Barbara Havers fit irruption devant elle. Sans doute s'était-elle tenue embusquée dans le salon pour l'alpaguer au passage.

— Chef, je peux vous parler ?

Sans attendre sa réponse, elle piqua un sprint vers la sortie, l'invitant d'un regard à la suivre.

Isabelle ne put se défiler. Une fois dehors, Havers avança sur le trottoir désert. De l'autre côté de la rue, un jardinier tondait le gazon en bordure des remparts du château avec un engin qui faisait un bruit de jet au décollage. Il n'y avait personne d'autre, et Isabelle regrettait amèrement son café.

Havers serrait contre sa poitrine les dossiers de l'IPCC et de l'inspecteur Pajer. Elle se lança soudain dans un discours enflammé : elle avait un rapport à lui faire, commença-t-elle, et, d'après les nouveaux éléments mis au jour, il y avait encore du pain sur la planche avant de déclarer l'affaire classée.

— Je vous écoute, dit Isabelle en espérant que le discours serait bref.

C'était trop espérer. L'heure était venue de revisiter la question du suicide, annonça Havers, et cela à cause de plusieurs points omis jusque-là. Seule une des deux caméras de vidéosurveillance du poste de police pivotait, ce que la police des polices avait noté, de même qu'elle avait remarqué que la caméra fixe – à l'arrière du bâtiment – n'était pas en état de marche. Mais les conséquences de ces constats n'avaient pas été tirées. Car hier soir, alors qu'elle s'apprêtait à tester la caméra du perron, une voiture de patrouille s'était garée dans le parking. Avec Gary Ruddock au volant.

— Et pourquoi est-ce si important ? soupira Isabelle.

Le rugissement de la tondeuse lui faisait mal au crâne. Elle avait vraiment besoin de son café du matin.

L'important, continua Havers, c'était la scène dont elle avait été témoin : l'îlotier et une jeune femme descendant de la voiture, puis y remontant. Et, détail non négligeable, Ruddock avait pris soin de se garer dans l'endroit le plus obscur du parking.

— Autant que je sache, il n'y a qu'une seule raison qui pousse un type et une nana à rester dans une voiture dans le noir, chef.

— Mais vous venez de dire qu'ils étaient descendus de voiture.

— Dix secondes seulement. Si vous voulez mon avis, c'est ça que Gary Ruddock fricotait après avoir amené Ian Druitt au poste. Seulement, ça n'a pas été filmé pour la bonne raison que la caméra du parking ne marche pas.

— Vous prétendez que Ruddock a laissé Druitt seul au poste pour s'envoyer en l'air avec une jeune femme ? Comment aurait-il pu être aussi stupide ?

C'était la remarque qu'attendait apparemment le sergent pour sortir d'un dossier un plan touristique de la ville. Puis, faisant signe à Isabelle de la suivre, Barbara se dirigea vers le muret entre le parking de l'hôtel et la pelouse, confia les dossiers à Isabelle et déplia le plan.

— Regardez ça, chef.

L'impératif était inutile : qu'est-ce qu'Isabelle aurait pu faire d'autre ?

Havers posa le doigt sur la feuille.

— Là, c'est le poste de police… Et là, il y a un chemin direct au bord de la rivière qui y mène. N'importe qui peut le prendre, chef.

Elle montra à Isabelle une ligne courbe nommée Weeping Cross Lane qui joignait le nord de Temeside à Lower Galdeford Street, où était situé le poste de police, au coin de Townsend Close. Alors, s'il y avait des caméras de surveillance sur ce trajet…

Isabelle l'arrêta tout de suite.

— Vous êtes en train de dérailler, sergent.

Havers la regarda dans le blanc des yeux, mais elle continua :

— Mon petit doigt me dit que vous allez vouloir savoir s'il y a des caméras quelque part dans ces rues. Et s'il se trouve que oui, vous voudrez qu'on regarde les enregistrements effectués la nuit du suicide, si tant est qu'ils aient été conservés après tous ces mois. Pourquoi ?

— Parce qu'une jeune femme aurait pu…

— Sergent, si une jeune femme apparaît sur un enregistrement, rien ne vous permet d'en déduire qu'elle était en train de rejoindre Ruddock.

— Ah, mais il y a autre chose, chef.

Échangeant le plan contre un des dossiers, elle sortit un document trouvé dans les affaires de Druitt : la liste des noms, adresses et numéros de téléphone de tous ceux ayant un lien à divers titres avec le centre de loisirs. Une des adresses était justement Temeside, la rue qui longeait la rivière Teme. Le nom qui y était attaché était Finnegan Freeman.

— Vous voyez, dit Havers. Je suis partie de l'idée qu'une nana avait pu venir à pied retrouver Ruddock, ce qui m'a donné celle de consulter le plan. Et le fait que c'est très facile depuis Temeside m'a fait penser à la liste des enfants du centre, parce que ce nom me disait quelque chose. Temeside. Alors, voilà, ça m'a sauté aux yeux.

— Retour à la pédophilie, alors ? énonça Isabelle d'un ton qui reflétait une profonde lassitude. Et ceci serait la petite victime…

— Oh, non, pas la victime.

Havers tapota la liste, désignant le nom de Finnegan Freeman.

— Pendant mon entrevue avec le révérend Spencer, il m'a dit qu'il y avait toujours un jeune étudiant pour l'assister au centre. Je suppose que c'est lui, ce Finnegan Freeman, puisqu'il en a l'âge et que son nom n'est pas suivi de celui de ses parents. Et compte tenu que l'IPCC a seulement visionné les images du soir de la mort de Druitt…

— Qu'auraient-ils dû visionner d'autre puisqu'il est mort au poste ?

Isabelle, voyant que sa main qui tenait le plan tremblait, laissa retomber son bras le long de son corps.

— Ils n'ont pas visionné les enregistrements du soir de l'appel anonyme. Or, on peut supposer, bien évidemment, que la personne qui a fait cet appel souhaitait l'arrestation de Druitt. N'est-ce pas ?

Isabelle émit un geste magnanime l'encourageant à poursuivre.

— Et si l'auteur de l'appel voulait que le diacre se fasse arrêter et soit conduit dans ce poste désaffecté afin de lui faire la peau ? Et si cette personne avait tout prévu et savait que certains soirs Ruddock était en congé pour s'occuper du vieux monsieur avec qui il habite…

— Quel vieux monsieur ? Vous allez où comme ça, sergent ?

— Peu importe le vieux monsieur. C'est un type dont Ruddock a la charge en échange de sa chambre et d'un peu de pognon. Mais pour en revenir aux faits, chef, si une personne savait qu'à ses heures de loisir – sans doute inscrites dans son emploi du temps – Ruddock emmenait sa copine dans le parking pour tirer un coup ? Et si cette personne connaissait la copine ? Et si tous les deux s'étaient concertés pour qu'au moment où Druitt était conduit au poste, la copine s'arrange pour attirer Ruddock sur le parking, donnant le temps à l'auteur de l'appel anonyme de trucider Druitt ?

Isabelle écoutait comme hypnotisée, tant ce scénario lui paraissait compliqué. Finalement, elle laissa tomber un :

— Sergent.

Après avoir respiré calmement quelques secondes, elle reprit :

— Avec des « si », on refait l'histoire.

— C'est vrai, je sais, je comprends. Mais, chef, l'IPCC a omis d'enquêter là-dessus parce qu'ils ignoraient l'usage que Ruddock et sa copine font du parking.

Isabelle, puisant dans des réserves de patience qui étaient plus qu'épuisées, rétorqua :

— Non, ils ont omis de faire ça parce qu'ils étaient ici pour enquêter sur un *suicide* en garde à vue et que rien de ce qu'ils ont découvert – je dis bien, rien ! – ne peut faire soupçonner un *homicide*. Pourquoi vous ne pouvez pas vous fourrer ça dans le crâne, sergent ?

Havers se tut, même si une sorte de tic nerveux lui relevait un coin de la bouche. Un silence plutôt remarquable, de la part d'une subordonnée qui n'avait jamais eu l'air de croire que la discrétion faisait partie de ses devoirs de fonctionnaire. Elle se tourna vers l'hôtel comme si, de ce dernier, pouvait lui parvenir la confirmation de ses théories, puis vers le château médiéval, où, Dieu merci, la tondeuse était au repos.

— Sans vous manquer de respect, chef, quelquefois, quand il n'y a de preuve nulle part, c'est parce qu'on a raté un truc, un truc caché, à dessein ou non.

— Bon. Dites ce que vous avez sur le cœur, sergent.

— Les enregistrements du soir de l'appel anonyme n'ont jamais été visionnés. Et personne n'a interrogé le jeune Finnegan qui habite le voisinage. L'IPCC et l'inspecteur Pajer pourraient être passés à côté d'un truc important. Et c'est pour ça justement qu'on est là… Pour vérifier.

Putain, pensa Isabelle. À ce train-là, elles n'allaient jamais quitter Ludlow. Alors qu'il fallait qu'elle rentre à Londres afin de poursuivre Bob et Sandra… D'un autre côté, le sergent Havers avait raison. Peut-être tordait-elle les faits à sa convenance telle une contorsionniste chinoise, mais il était indéniable que l'on n'avait pas interrogé le dénommé Finnegan Freeman, ni regardé les images de vidéosurveillance du soir de la dénonciation.

Or Isabelle ne perdait pas de vue la menace de Clive Druitt de lancer sa meute d'avocats aux trousses de la police. Ils étaient tous dans les coulisses en train d'attendre pour voir ce qu'elles avaient déterré, Havers et elle. Et pour éviter un procès et la publicité pourrie dont les flics n'avaient vraiment pas besoin, Isabelle devait s'assurer qu'aucune toile d'araignée ne traînait dans les coins. Et des toiles d'araignée, il y en avait un paquet autour de cette foutue dénonciation de pédophilie.

La commissaire n'avait pas le choix. Elle était obligée d'accepter. Elles allaient regarder les enregistrements. Elles allaient parler à Finnegan Freeman. Mais le pire était encore à venir. Havers exhiba l'agenda de Druitt.

— Il y a ça aussi, claironna-t-elle.

ST. JULIAN'S WELL
LUDLOW
SHROPSHIRE

Rabiah Lomax sortait de la douche quand le téléphone se mit à sonner. Elle laissa sonner et s'enveloppa dans un drap de bain. Une grande serviette comme elle les aimait, moelleuse à souhait, chauffée par le sèche-serviettes et aussi blanche que l'âme d'une vierge. Un vrai nid douillet…

Le répondeur se déclencha, et elle entendit une voix féminine désincarnée dire : « … de la Police métropolitaine ». Elle se dirigea alors vers la chambre où se trouvait le téléphone fixe le plus proche.

— La Police métropolitaine ? lança-t-elle.

Elle avait décroché, persuadée que c'était une plaisanterie d'une de ses copines joggeuses. Pendant leur running matinal, tout à l'heure, elle leur avait avoué qu'elle en pinçait pour cet acteur noir merveilleusement sexy dont elle ne se rappelait jamais le nom compliqué. En ce moment, il jouait dans une série policière d'un réalisme cru…

— Votre coéquipier ne serait-il pas ce mec noir avec un drôle de nom ? poursuivit-elle. Ce serait gentil de me l'envoyer : j'ai été victime d'une agression et j'ai besoin de réconfort.

— Pardon ? rétorqua la voix. Ici la commissaire principale Isabelle Ardery de la Police métropolitaine. Qui est à l'appareil ?…

Rabiah, perplexe, resta muette une seconde : son interlocutrice n'avait pas la voix d'une de ses amies.

— Nous aimerions vous parler si votre nom de famille est Lomax, continua la femme.

— C'est à quel propos ?

— Je suppose que votre nom est Lomax ?

— Évidemment. Mais je n'ai pas bien saisi le vôtre.

La femme déclina de nouveau son nom et son grade. Puis ajouta qu'elle se présenterait à sa porte dans les dix minutes, si cela lui convenait…

Une visite de la police n'était jamais une perspective agréable, mais Rabiah n'avait pas vraiment le choix, si ? Elle répondit donc qu'une demi-heure lui conviendrait mieux, et puis, à la réflexion, comme elle devait encore s'habiller, se maquiller, etc., une heure serait parfait. La commissaire coupa la communication dès qu'elle eut obtenu son adresse.

Bien entendu, Rabiah n'avait pas besoin de tout ce temps pour se préparer : il lui fallut à peine dix minutes pour se maquiller et trente secondes pour se coiffer, et encore, parce qu'elle ne trouvait plus son peigne. En revanche, elle devait appeler son avocat – elle avait vu assez de séries à la télé pour savoir qu'il faut être stupide pour parler à des flics sans conseil juridique.

Elle ouvrit son carnet d'adresses et composa le numéro d'Aeschylus Kong – elle l'avait contacté un jour, des années plus tôt, uniquement parce que son nom lui plaisait. Qui pouvait résister à la tentation de faire la connaissance d'un homme avec un nom aussi intéressant ?

Lorsqu'elle expliqua à la secrétaire qu'elle allait avoir la visite de la police, celle-ci lui passa immédiatement l'avocat. La voix de ténor d'Aeschylus coula comme un baume dans son oreille.

— Rabiah, bonjour ! Vous avez pris la bonne décision en me téléphonant. C'est en effet très curieux. Je vous félicite d'avoir eu la sagesse de demander de l'aide afin de surmonter les difficultés…

Elle adorait son côté vieille Angleterre, et puis, les phrases qu'il prononçait lui semblaient être au croisement entre les préceptes de Confucius et les proverbes que l'on trouve dans les biscuits chinois. L'avocat lui promit d'être auprès d'elle :

— … dès que possible. En attendant, si jamais ils arrivent avant moi, surtout, ne dites rien.

— Je les fais entrer ou non ?

— Le pas de la porte serait préférable, mais il vaut mieux faire preuve de courtoisie en toutes occasions…

Confucius, songea Rabiah.

— Du moment, précisa-t-il, qu'ils comprennent qu'ils ne peuvent pas vous interroger en dehors de ma présence.

— Mais ça n'aura pas l'air louche ?

— Avez-vous quelque chose à cacher à la police ?

— À part le cadavre enterré dans mon jardin ?

Son interlocuteur s'esclaffa.

— Hum. Bon. S'ils arrivent avec des pelles, ne leur ouvrez pas.

Confucius…, mais aussi son sens de l'humour : ce type était adorable.

Rabiah retourna à la salle de bains pour terminer sa toilette. Après s'être enduit le visage d'une crème protectrice contre le soleil, elle appliqua quelques touches de blush et regagna sa chambre pour s'habiller. En général, quand elle n'avait pas à se faire belle, elle portait un survêtement. Et comme elle n'avait aucune intention de faire la coquette pour les flics, elle choisit sa tenue vert pomme et des sandales. En les enfilant, elle s'aperçut que son vernis était écaillé.

— Oh, merde, dit-elle en retournant à la salle de bains pour chercher le dissolvant.

Elle détestait les pieds négligés. D'ailleurs, elle avait besoin d'une pédicure. Elle téléphona donc à son esthéticienne et prit rendez-vous. Becky n'aimait pas que l'on mette du vernis de novembre à juin – elle disait qu'il fallait laisser les ongles respirer. Rabiah trouvait ça absurde, mais, n'ayant pas envie de discuter, elle mentit et demanda une manucure. Elle la convaincrait une fois sur place.

Rabiah s'employait à enlever le reste de vernis lorsqu'on sonna à la porte. Comme il était hors de question que des flics la voient avec les orteils dans cet état, elle les laissa sonner deux fois de plus. Puis elle se décida à ouvrir, et là, fut stupéfaite de découvrir une grande blonde s'apprêtant à sonner une quatrième fois. À côté d'elle se tenait une petite bonne femme qui ne devait pas dépasser le mètre soixante, et encore quand elle était en forme.

Ces deux nénettes auraient pu être n'importe qui, pensa Rabiah, vu qu'elles ne portaient pas d'uniforme. Mais à la télé non plus, les enquêteurs n'en portaient pas, n'est-ce pas ? Il n'y avait aucune raison que ce soit différent dans la vraie vie.

La plus grande prit la parole :

— Madame Lomax ? Je suis la commissaire principale Isabelle Ardery.

Elle lui montra une carte de police et indiqua d'un signe de tête sa coéquipière, une certaine Barbara

Havers. Rabiah ne saisit pas bien son grade, tant elle était captivée par le portrait de la commissaire sur sa carte de police : comment le photographe avait-il fait pour la vieillir de dix ans ?

Elle rendit sa carte à Ardery tout en se reprochant sa réaction antiféministe : alors qu'elle avait entendu une voix de femme au téléphone, elle avait pensé trouver sur son seuil un officier mâle et sa subordonnée. Ce n'était pourtant pas comme si elle n'avait pas vu toutes les saisons de *Suspect n° 1* !

— Merci d'avoir bien voulu nous recevoir, poursuivit la commissaire Ardery en faisant mine d'entrer.

Ce sans-gêne agaça tellement Rabiah qu'elle fut tentée de les laisser toutes les deux poireauter sur le paillasson. Mais elle était beaucoup trop bien élevée pour cela.

Elle les précéda donc au salon, où elle les informa que son avocat n'allait pas tarder. Les deux femmes la regardèrent d'un air stupéfait.

— C'est à cause de la télé, leur expliqua-t-elle. Je ne comprends pas pourquoi les gens ne font pas valoir leur droit à un avocat quand ils sont interrogés.

— C'est plus court, répliqua la petite flic.

— Comment ça ? demanda Rabiah.

— Les flics obtiennent des aveux ou une preuve ou un indice – enfin, quelque chose qui fait avancer l'enquête – plus vite s'il n'y a pas d'avocat.

— D'ailleurs, vous avez peut-être un indice qui nous aiderait ? lança Ardery, légèrement sarcastique.

— Comment voulez-vous que je vous donne un indice alors que je ne sais même pas de quoi il retourne ? Que voulez-vous boire, au fait ? Café, thé, eau minérale, jus de fruit ? J'ai du pamplemousse. J'ai un faible pour ce fruit sous toutes ses formes, mais, pour l'instant, j'ai surtout envie d'un café. Je n'ai pas encore pris mon petit déjeuner. Ce n'est pas grave, mais il me faut mon café.

— Le café prendra trop de temps, dit la commissaire. Pour moi, de l'eau minérale sera parfait.

La deuxième flic dit qu'elle prendrait la même chose, merci.

Rabiah terminait de préparer son plateau lorsque la sonnette retentit. Comme toujours, Aeschylus Kong lui serra la main tout en fléchissant légèrement le buste, la main gauche posée sur le côté droit de la poitrine. À croire que son cœur y avait migré pendant la nuit.

— Rabiah, si seulement tout le monde était aussi avisé que vous !

Elle lui indiqua le salon où se trouvaient ces dames et lui proposa un café.

Oui, du café serait épatant, noir avec un seul sucre. Elle retourna à la cuisine, le laissant se présenter sans son assistance.

En revenant au salon, Rabiah les trouva tous les trois encore debout, l'air aussi désœuvré que s'ils étaient dans une salle d'attente. Aeschylus regardait le jardin par la fenêtre, la dénommée Havers avait mis la main sur son scrapbook de danseuse de revue et le feuilletait, et la commissaire examinait une photo sur la cheminée. Elle la fit passer à Havers, laquelle, après avoir jeté un coup d'œil à sa chef, reposa la photo à sa place. C'était un cliché de *Volare Cantare*, le collectif de pilotes qui avait permis l'achat du planeur. Rabiah se demanda vaguement si leur planeur avait été volé…

Lorsque tout le monde eut reçu la boisson de son choix, Aeschylus proposa qu'ils s'asseyent.

— Vous souhaitez parler à ma cliente, dit-il en passant la main sur ses cheveux impeccablement coiffés.

— Oui. Nous avons été très étonnées à notre arrivée d'apprendre qu'elle avait besoin d'un avocat, dit Ardery.

— C'est sur mon conseil. Je donne ce conseil à tous mes clients. Une mesure de prudence qui ne doit en aucun cas être confondue avec un quelconque sentiment de culpabilité.

— Certes, répondit Ardery. Toutefois, je ne peux m'empêcher de trouver curieux que, sans connaître le but de notre visite, Mme Lomax juge nécessaire d'appeler son avocat.

Aeschylus ouvrit les mains, en un geste d'apaisement.

— Que peut-on faire pour vous, dites-moi ?

— Votre cliente est la seule Lomax dans l'annuaire. R. Lomax.

— R pour Rabiah, acquiesça Aeschylus. Les femmes devraient, par prudence, ne jamais faire mentionner leur prénom en entier dans l'annuaire. Je vous écoute, commissaire.

Havers sortit alors de son sac un calepin et un portemine. Rabiah se demanda ce qui pourrait valoir la peine d'être noté… Que pouvait-elle bien savoir de spécial ?

— Le nom de Ian Druitt vous dit-il quelque chose ? demanda Ardery en se tournant vers Rabiah.

Rabiah interrogea du regard Aeschylus, lequel fit oui de la tête.

— C'est le type qui est mort au poste de police il y a quelques mois.

— Vous vous en rappelez ? dit Havers en levant le nez de son calepin.

— On en a parlé pendant des jours dans les journaux et à la télé, expliqua Rabiah.

— Le connaissiez-vous personnellement ? s'enquit Ardery.

— Je ne suis pas pratiquante.

— Vous saviez donc qu'il était un homme d'Église.

Rabiah allait répliquer, quand Aeschylus lui frôla la main.

— Cette qualité était précisée dans les journaux, madame le commissaire. Et aux informations à la télé. Moi aussi, alors que je ne suis membre d'aucune congrégation, je savais que c'était un ecclésiastique. C'est de notoriété publique.

— Bien sûr, dit Ardery, mais ce qui ne l'est pas, c'est le contenu de l'agenda du défunt. Le nom de Lomax y figurait. Sergent ?

Havers feuilleta son calepin en arrière avant de tomber sur la bonne page.

— Du 28 janvier au 15 mars. Sept fois.

Rabiah réagit avec un temps de retard, semblant réfléchir à toutes les implications de cette information. Puis elle se jeta à l'eau :

— C'était à propos d'un problème familial. Ce n'est pas en sa qualité d'homme d'Église que je l'ai consulté. Comme je vous l'ai dit, je ne suis pas pratiquante.

— Puis-je savoir pour quelle raison vous l'avez consulté ? demanda Ardery.

— Pouvons-nous savoir pour quelle raison cela vous intéresse, s'enquit poliment Aeschylus.

— Le sergent et moi-même sommes ici suite à deux enquêtes sur le décès de M. Druitt.

Rabiah parut fort étonnée. Puis répondit :

— Voyez-vous, mes deux fils ont un problème de dépendance. L'un d'eux cherche à s'en sortir, l'autre non. Mais le premier a beaucoup de mal. Une de ses filles, celle du milieu, est morte il y a dix-huit mois des suites d'une longue maladie. Mon fils ne surmonte pas ce deuil et je voulais... j'avais besoin de parler de ça à quelqu'un. M. Druitt m'a été recommandé.

— Qui vous l'a recommandé ? interrogea la commissaire.

Rabiah ne répondit pas. C'était exactement ce qu'elle craignait. Les flics voulaient toujours en savoir plus !

À cet instant, un matou feula dehors, puis poussa un cri effroyable. Un deuxième joignit ses feulements au premier et une brève et tapageuse bagarre s'ensuivit. Rabiah se demanda si cela dérangerait la Met qu'elle sorte chasser ces sales bêtes de son jardin, mais personne d'autre ne semblait incommodé.

— Madame Lomax ? reprit la commissaire.

— J'essaye de me souvenir. Une personne de mon cours de danse de quadrille, je crois. Ou bien quelqu'un à l'entraînement.

— À l'entraînement de quoi ?

— Je fais du running.

— Et vous ne vous rappelez pas qui vous a recommandé Ian Druitt ?

— Vous n'arrivez pas à vous rappeler ? Pourquoi ?

Les deux flics avaient parlé en même temps. Aeschylus jugea le moment propice pour intervenir :

— La mémoire de ma cliente sur cette information ne servira en rien à vous éclairer sur les questionnements qui vous ont amenées ici. Elle vous a indiqué pourquoi son nom figurait sur l'agenda de M. Druitt, et, de mon côté, je peux vous confirmer le décès de sa petite-fille. Je ne vois vraiment aucune raison que vous l'importuniez avec le nom de la personne qui lui a dit que M. Druitt pouvait lui prêter une oreille attentive.

— Très bien, dit Ardery en se tournant vers Rabiah. Où ont eu lieu vos rendez-vous avec M. Druitt ?

Rabiah vit qu'Aeschylus allait de nouveau intervenir, mais comme elle craignait qu'il y ait plus d'inconvénient à ne pas répondre, elle déclara :

— Ce n'est pas compliqué, Aeschylus…

Puis, au bénéfice de la commissaire, elle compléta :

— Cela dépendait de nos emplois du temps. Parfois ici, plus souvent dans un café.

— Je ne vois pas… Le jour de la semaine et l'heure sont pourtant toujours les mêmes.

Là, Aeschylus s'interposa :

— Vous ne voyez pas… mais le lieu dépendait de ce qu'ils faisaient tous les deux ce jour-là avant ou après !

— Vous êtes très occupée ? dit Havers.

— Oui.

— Que faites-vous ?

Cette fois, Aeschylus se leva carrément.

— Cette question est sans rapport avec le sujet. Ma cliente vous a fourni les explications que vous demandiez, maintenant je dois vous prier de la laisser tranquille.

Ardery regarda Aeschylus dans le blanc des yeux, engageant un face-à-face muet. À l'issue de cette confrontation, elle finit par se tourner vers Rabiah.

— Je pense que vos informations sont suffisantes… Sergent Havers, avez-vous une carte sur vous ?

Un silence pesant s'installa pendant que le sergent brassait le contenu de son fourre-tout. D'un petit étui, elle délogea une carte de visite qu'elle tendit à sa supérieure hiérarchique, laquelle la présenta à Aeschylus Kong.

— Au cas où votre cliente se souviendrait de quelque chose de pertinent concernant ses rendez-vous avec M. Druitt…

— Mais qu'est-ce qui pourrait être pertinent ? s'enquit Rabiah, perplexe.

— Je vous en laisse juge, répliqua la commissaire.

ST. JULIAN'S WELL
LUDLOW
SHROPSHIRE

La photo exigeait une explication. Barbara s'attendait à ce que la commissaire mette le sujet sur le tapis dès la nanoseconde où Rabiah Lomax aurait refermé sa porte sur elles. Il y avait là quelque chose de très bizarre, et Ardery devait s'en rendre compte aussi bien qu'elle. Alors qu'elles se dirigeaient vers la voiture, Barbara lui glissa un coup d'œil. Comme Ardery ne prononçait pas un mot, Barbara se jeta à l'eau.

— C'est un curieux hasard, non, que l'on retombe sur ce planeur ?

Ardery déverrouilla la voiture et s'installa au volant.

— Vous parlez de la photo ? Je ne vois pas ce que ce hasard a de curieux.

Barbara, un peu vexée, se tut. Puis, alors qu'elles atteignaient les ruelles du centre historique de Ludlow, elle revint à l'assaut.

— C'est quand même étrange.

— On n'est pas à Londres, sergent. Il y a peu d'habitants. Le fait que Nancy Scannell et Rabiah Lomax posent sur la même photo avec un planeur n'a rien d'extraordinaire. C'est vous qui cherchez à en faire quelque chose de suspect.

— Il me semble que nous devrions examiner de plus près cette histoire, puisqu'elles connaissaient toutes les deux ce pauvre bougre.

— Nancy Scannell ne connaissait pas « ce pauvre bougre », Nancy Scannell a autopsié son cadavre. Si j'ai loupé un élément, je vous prie de me renseigner, parce que j'ai l'impression que vous suggérez une complicité entre le médecin légiste – qui aurait pu par conséquent nous fournir un faux compte rendu d'autopsie – et Rabiah Lomax…

— Le rapport de l'IPCC est muet sur Lomax, argua Barbara. Tout comme l'inspecteur Pajer.

— Pourquoi auraient-ils mentionné Lomax ? Ils n'avaient pas l'agenda, ils ne pouvaient pas savoir. Et même, il n'y a rien de suspect dans le fait que cette femme ait connu Druitt, décréta Ardery d'un ton irrité, mettant Barbara au défi de la contredire. L'inspecteur Pajer et l'IPCC ont enquêté sur un suicide pendant une garde à vue, sergent. Point final. Êtes-vous en train de soupçonner Rabiah Lomax et Nancy Scannell d'être, pour une raison mystérieuse, entrées dans le poste de police et d'avoir pendu Ian Druitt à une poignée de porte… ? Outre l'absence de mobile autant que de preuves, comment auraient-elles réussi un tour de force pareil ? Peut-être, pendant que vous y êtes, ont-elles en plus organisé cette série de cambriolages qui a tenu les officiers de la région si occupés qu'ils n'ont pu procéder à l'arrestation de Druitt ? Peut-être l'une d'elles a-t-elle déguisé sa voix pour passer l'appel l'accusant de pédophilie, après quoi elles ont refilé à l'îlotier une potion soporifique de fabrication artisanale et ont profité de son sommeil pour commettre leur forfait… ?

— Ruddock n'aurait jamais admis avoir dormi, c'est vrai. Ou bien il aurait pu ouvrir à quelqu'un et cette personne aurait tué le diacre pendant qu'il passait ses appels aux pubs.

— Vous imaginez maintenant une complicité à trois ? De mieux en mieux. Tout ça parce que vous êtes tombée sur une photo d'un groupe à côté d'un planeur ?

Barbara percevait parfaitement l'exaspération dans la voix de la commissaire. Elle aurait voulu lui expliquer sa méthode. Lynley et elle procédaient toujours ainsi, partant du principe qu'en matière criminelle rien n'est impossible. Même l'improbable. Même l'impensable. Même l'inexplicable. Lynley était un excellent enquêteur pour la bonne raison que tout, absolument tout, à tout instant, pouvait être remis en question. Il n'était pas le genre de flic à vouloir à tout prix coffrer un présumé coupable pour pouvoir rentrer chez lui à l'heure du dîner. En revanche, Barbara avait de plus en plus l'impression que la commissaire faisait partie de cette catégorie de poulets pressés. Seulement… si elle était si pressée, ce n'était pas de rentrer chez elle. Barbara avait déjà vu ça, et cela n'avait rien de réjouissant.

— Au fait, continua Ardery, vous avez abandonné votre théorie précédente sur une tierce personne venant tuer notre diacre pendant que l'îlotier se tape une donzelle dans sa voiture ?

— Chef, c'est seulement…

— Enfin, sergent, ça ne peut pas continuer comme ça. Je veux bien interroger ce… comment s'appelle-t-il déjà, cet individu ? Finnegan Freeman… Mais je n'irai pas plus loin. Je vous ai assez écoutée.

— C'est seulement que lorsque vous m'avez montré cette photo, j'ai pensé…

— Dois-je vous rappeler que c'est à force de « penser » que vous en êtes arrivée à la situation où vous êtes aujourd'hui ? riposta Ardery d'un ton sec.

Barbara ignora ce coup bas et fit amende honorable.

— Je suppose que j'ai peut-être tort et que je me fais des idées.

— Contente de l'entendre, opina Ardery.

— Mais il y a quand même cet appel anonyme.

Ardery lui jeta un regard noir.

— Oui ?

— Si nous voulons que ce type… Clive Druitt… soit totalement rassuré sur l'efficacité de la police, nous devons lui prouver que nous avons soulevé toutes les pierres. Il nous faut visionner l'enregistrement de l'appel fait par la caméra de vidéosurveillance.

Avant qu'Ardery trouve un argument à lui opposer, Barbara ajouta :

— Je peux m'en charger pendant que vous allez interroger Finnegan Freeman, chef. Ça prendra pas longtemps. Moins d'une heure, si vous voulez mon avis. Ensuite, on sera en mesure de dire que Clive Druitt n'a pas de dossier à mettre entre les mains de ses avocats.

Ardery se prit les tempes entre ses pouces. Elle était à court d'arguments.

— Entendu, sergent. L'enregistrement du soir de l'appel. Mais c'est tout. J'espère que c'est compris, sergent.

Barbara lui certifia que oui.

LUDLOW
SHROPSHIRE

En appelant Gary Ruddock sur son portable, Barbara apprit qu'il n'avait pas encore commencé sa journée de travail. Le vieux Rob avait fait une chute, lui dit-il, et il rentrait tout juste des urgences. Il serait au poste de police dans quarante-cinq minutes. Ce contretemps arrangeait en réalité Barbara, car il y avait un petit détail qu'elle n'avait pas mentionné à Ardery et qui nécessitait d'être tiré au clair.

De son point de vue – lequel faisait abstraction de celui de sa chef –, si quelqu'un avait expédié Ian Druitt dans l'autre monde, il s'agissait soit de l'îlotier pour des raisons inconnues, soit d'une personne – inconnue elle aussi – qui se serait glissée dans le poste de police pendant que l'îlotier était occupé ailleurs. Occupé sur le parking… Barbara pensait qu'il y avait un moyen d'avancer là-dessus. Aussi prit-elle sans tarder le chemin du poste désaffecté.

Elle jouait toujours avec la possibilité que quelqu'un – par exemple la petite amie de Ruddock venue se faire sauter à l'arrière de la voiture, ou alors le meurtrier décidé à étrangler sa victime – soit monté jusqu'au poste depuis la rivière en suivant la rue qu'elle avait indiquée à Ardery.

Arrivée à la hauteur du poste, elle continua un peu plus loin jusqu'à Weeping Cross Lane. Elle descendit la rue en regardant en l'air, à la recherche de caméras de vidéosurveillance. Il y avait un bon nombre de commerces dans le coin, des agences de location de voitures, des magasins de sport équestre. Huit d'entre eux étaient équipés de caméras, mais, malheureusement, aucune n'était pointée vers la rue. Barbara était fort déçue. D'un autre côté, cela signifiait que n'importe qui pouvait venir de la rivière sans se soucier d'être filmé.

En marchant jusqu'au bout de Weeping Cross Lane, elle se retrouva sur Temeside. Finnegan Freeman habitant par là, Barbara eut envie d'aller voir à quoi ressemblaient ses pénates. Elle vérifia l'adresse dans son calepin et, approchant de Ludford Bridge, aperçut la voiture d'Ardery se garant sur le trottoir devant la dernière maison de la rangée appelée Clifton Villas.

Barbara hésita. Ardery ne s'attendait pas à la voir faire irruption et elle n'avait pas envie de jouer les importunes. Aussi s'immobilisa-t-elle, plus ou moins cachée derrière un arbre. La commissaire ne descendit pas tout de suite de voiture. Alors qu'elle faisait face à Barbara, elle garda le front appuyé au volant une bonne minute avant d'ouvrir sa portière. Elle se passa la main dans les cheveux, consulta sa montre et se dirigea vers la porte d'entrée. Celle-ci étant abritée par un porche, la commissaire était désormais hors de vue.

Barbara se dirigea vers le poste de police et s'assit sur les marches derrière le bâtiment, songeuse. Elle aurait préféré ne pas voir ce qu'elle venait de voir sur Temeside. Déjà ce matin, Ardery n'était pas dans son assiette. Et ce n'était pas parce que Barbara l'avait privée de son petit déjeuner. Vu sa mine de déterrée, il aurait été surprenant qu'elle puisse avaler quoi que ce soit. Ce qui l'avait trahie, c'était sa main quand elle avait pris le plan. C'était la façon dont elle avait laissé son bras tomber le long de son corps en voyant qu'elle ne pouvait rien faire contre les tremblements. Barbara en avait déduit que la commissaire n'était pas au mieux et que cet état l'empêchait peut-être de remarquer certains détails importants.

Peu après, l'îlotier entra dans le parking au volant de sa voiture de patrouille. Il la salua d'un petit geste de la main, se gara puis se dirigea droit vers la porte de derrière, qu'il ouvrit avec sa clé. Elle l'informa de la mobilité de la caméra sur l'avant du bâtiment et entra à sa suite en terminant par :

— Ne me reste plus qu'à espérer qu'elle ait été dans une autre position le soir de l'appel anonyme au 999.

C'était vrai, mais il y avait aussi autre chose qui l'intéressait.

— Comment va le vieux Rob, sinon ?

— Quand je l'ai quitté, il réclamait son petit déjeuner complet avec saucisses, œufs, bacon, pommes de terre sautées. Il y a droit seulement une fois par semaine, et c'était ce matin. Mais sa chute ne m'a pas laissé le temps de le lui préparer. Pauvre vieux…

Ruddock la conduisit jusqu'à l'avant du poste au long du couloir pisseux. Les plafonniers projetaient leur lumière livide sur le lino et, songea-t-elle, sur ses propres cheveux qui avaient besoin d'un shampooing.

— On dirait que vous avez beaucoup d'affection pour cet homme.

— Un type de cet âge qui a encore autant de joie de vivre… Oui, il est très attachant.

— D'un autre côté, vivre avec un vieillard doit être contraignant parfois, non ?

— Que voulez-vous dire ?

Il ouvrit le petit bureau de la réception où se tenait jadis l'agent chargé d'accueillir les usagers. L'endroit était à peine plus grand qu'un réduit ; il y avait tout juste assez de place pour qu'ils s'y tiennent debout tous les deux. Sur la table trônait un vieil ordinateur. Ruddock l'alluma. La machine démarra en grondant et en soufflant.

— Eh bien, votre vie amoureuse, par exemple.

— Quoi, ma vie amoureuse ? fit-il en se tournant vers elle.

— Cela doit être compliqué de s'occuper d'un vieux quand on veut avoir du temps pour soi.

Il éclata de rire.

— Si seulement j'avais une vie amoureuse ! Avec ce que je gagne, il vaut mieux que je m'abstienne. Je pourrais tout juste offrir à une fille une bière et une pizza les jours de paye… C'est pourquoi j'évite de trop les approcher, les filles, je veux dire.

Barbara classa mentalement cette précision dans la catégorie « info non vérifiée intéressante ».

Derrière lui, l'écran s'alluma et, après qu'il eut pianoté sur le clavier, se divisa en deux. Un côté était noir.

— J'ai bien peur que la caméra de l'issue arrière soit en panne…, lâcha-t-il.

L'autre côté de l'écran montrait un bout de rue devant le poste, le trottoir, l'allée qui menait au perron et les marches du perron. Ruddock tapa de nouveau sur quelques touches et l'image s'anima : des voitures, des mères avec des poussettes, des joggeurs… À un moment donné, deux personnes montèrent les marches et rebroussèrent chemin en constatant que c'était fermé. Puis il figea l'image. C'était le soir en question. Il faisait nuit, ce qui n'avait rien d'étonnant pour un appel anonyme. Seulement, on ne voyait rien d'autre que la nuit immobile. Il était peu après minuit, et tout était tranquille : le bout de rue, le trottoir, l'allée et les marches.

Barbara ne s'était pas attendue à voir un masque Hannibal Lecter se lever vers la caméra tandis que l'homme, ou la femme, manipulait l'appareil pour éliminer la porte d'entrée de son champ visuel. Et de fait, il n'y en eut pas. Mais elle avait autre chose à vérifier. Elle demanda à Ruddock de continuer à reculer dans le temps. Finalement, l'image se brouilla et la porte d'entrée apparut. Quand elle lui demanda, à l'inverse, d'avancer très lentement, elle vit l'écran devenir noir pendant un très court instant. Lorsqu'il s'éclaira de nouveau, la portion d'espace enregistrée était telle qu'elle se présentait depuis l'appel anonyme, soit le chemin qui menait à la porte d'entrée plutôt que la porte d'entrée elle-même. Avant l'obscurcissement brutal de l'écran, toutefois, aussi loin qu'on pût remonter, le champ comprenait la porte, et l'interphone.

Elle voulut alors savoir combien de temps s'était écoulé entre le changement de position de la caméra et l'appel anonyme. Après avoir navigué dans le fil des images, Ruddock lui répondit :

— Six jours, sergent.

— Notre homme, ou notre femme, outre qu'il savait que la caméra pivotait, avait donc prévu son coup plusieurs jours à l'avance. De cette manière, toute personne visionnant l'enregistrement penserait que la caméra avait toujours été orientée vers la rue, et jamais vers la porte et l'interphone.

Elle montra du doigt l'arrêt sur image et ajouta :

— Et avec l'objectif dans cette position, il suffit de raser le mur pour l'atteindre, ni vu ni connu de l'œil de la caméra.

— Mais au moment où le type change son orientation, elle le filme, fit observer Ruddock. À moins que…

Décidément, ce gars-là avait oublié d'être bête. Pour bouger la caméra sans être pris, il suffisait de faire en sorte qu'elle ne soit pas en état de marche à ce moment-là. Et comme c'était une caméra connectée, la seule façon de s'y prendre, eh bien, c'était de l'intérieur du poste de police. En plus, il avait fallu faire très vite, de façon que le plan noir soit assez discret pour ne pas être perçu si jamais quelqu'un s'avisait de remonter jusque-là. Au jour et à l'heure de l'appel anonyme, on ne verrait que ce qu'on voyait aujourd'hui, c'est-à-dire l'allée menant à la porte d'entrée. Mais si l'on avait la bonne idée de remonter plusieurs jours encore en arrière, alors on retrouverait la position d'origine de la caméra, braquée sur la porte, ainsi que le plan noir correspondant au temps que cela avait pris de la modifier.

La consternation de Ruddock se peignait sur ses traits.

— Cet appel au 999 à propos de Druitt ? Il aurait pu être passé de n'importe où, vous savez, et rester anonyme malgré tout, dit Barbara. Il suffisait de prendre un téléphone public quelconque et de s'assurer qu'il n'y avait pas de caméra de vidéosurveillance dans les parages. A priori, cela ne semble pas compliqué.

— Alors pourquoi l'interphone du poste de police ? Pourquoi se donner tout ce mal ?

Elle le dévisagea sans un mot. Il soutint son regard en répondant lui-même à sa propre question d'une voix éteinte :

— Tout simplement, parce qu'en le passant de cet interphone, c'était un moyen de m'accuser.

— Bingo. Alors, à quoi ressemble la liste de vos ennemis ?

— Mince. J'aurais jamais pensé que j'en avais.

Elle songea à l'usage qu'il faisait du parking la nuit et faillit l'interroger sur la fille avec qui elle l'avait vu dans la voiture. Mais elle décida de laisser ce marron rôtir dans le feu pour l'instant, et déclara :

— D'après mon expérience, tout le monde en a au moins un.

Il se tourna vers l'écran et le plan noir qu'il examina attentivement.

— Ce que je trouve bizarre, c'est qu'il n'ait pas passé l'appel juste après avoir bougé la caméra. Il aurait aussi pu la remettre dans sa position initiale, non ?

— Possible qu'il ait été interrompu. Moi, je parierais plus volontiers sur sa volonté de faire en sorte qu'une personne remontant sur quelques jours soit persuadée que la caméra avait toujours été braquée sur la rue, le trottoir et l'escalier… Ou bien, c'est le truc habituel.

— C'est quoi, le truc habituel ?

Elle haussa les épaules.

— On ne pense jamais à tout quand on commet un crime.

LUDLOW
SHROPSHIRE

En posant les yeux sur Finnegan Freeman, Isabelle reçut un choc. Pourvu, se dit-elle, qu'il ne représente pas ce à quoi devait s'attendre la mère de deux garçons, peu importait qui en avait la garde. Il avait des dreadlocks d'un côté de la tête et le crâne rasé de l'autre. Et sur son cuir chevelu à découvert un tatouage représentant une femme sauvage hurlante, la bouche grande ouverte sur sa luette et des canines démesurées, dont une dégouttait du sang.

Le reste de sa personne n'était pas spécialement ragoûtant non plus. Bien que son habillement n'eût rien d'outrancier, son jean était en lambeaux et la trame de la flanelle de sa chemise était visible. Il avait aux pieds des sandales qui laissaient voir des ongles vernis noirs peu réjouissants pour les yeux. Autour de sa cheville droite, il portait une bande de cuir brodée de perles, et un nœud du même matériau formait une boucle d'oreille qui avait tout l'air d'une excroissance de son lobe. Au naturel, il aurait été un jeune homme tout à fait présentable, mais, en l'état, faisait plutôt penser à une créature peinte par Munch.

En se fiant au style des carreaux décoratifs du perron, Isabelle faisait remonter à l'époque edwardienne la maison où logeait Finnegan. La couleur verte des tournesols figurant sur les carreaux se retrouvait sur la porte, qui, toutefois, n'était pas en très bon état, ayant sans doute été malmenée au cours de nombreux déménagements et emménagements, et couverte de décalcomanies, en majorité appliquées par des fans du *Magicien d'Oz* et des Flying Monkeys.

Isabelle avait ouvert la porte quand on l'y avait invitée de l'intérieur par ces paroles :

« Qui que vous soyez, c'est pas fermé ! »

Son aimable hôte lisait un roman graphique en mangeant un burrito penché au-dessus d'une table basse vieille et moche. Le canapé tendu de chintz sur lequel il était assis n'aurait pas déparé le grenier d'une arrière-grand-mère. Le reste de l'ameublement consistait en trois poufs haricot, une chaise, une lampe à pied, une télé et un radiateur infrarouge dont le câble électrique était assez endommagé pour faire craindre un départ de feu au cas où l'envie viendrait à quelqu'un de l'allumer. D'ailleurs, personne n'avait l'air de s'y risquer vu le spectacle charbonneux qu'offraient la petite cheminée et ses alentours. Un panneau sur la tablette en interdisait l'usage mais, de toute évidence, les habitants de la maison n'en avaient cure.

Légèrement intriguée par l'accueil qui lui était fait, Isabelle demanda où elle pouvait trouver Finnegan Freeman.

— Qui veut lui parler et pourquoi ?

Lorsqu'elle l'eut informé que le « qui » était New Scotland Yard et le « pourquoi » Ian Druitt, il répondit :

— C'est moi… Ma mère vous a appelé ?

— Pourquoi votre mère appellerait-elle New Scotland Yard ?

— Elle guette le moment où je dépasserai les bornes. Ça lui servirait de prétexte pour m'embarquer à la maison.

— Vous dépassez souvent les bornes ?

Avec un énorme sourire, il enfourna une bouchée de burrito. La bouche pleine, il expliqua :

— Ça la fait flipper que je m'amuse. C'est bizarre, mais elle est comme ça.

Isabelle le rassura en lui disant que sa mère n'avait pas téléphoné au Yard et que, même si elle l'avait fait, ils n'étaient pas là pour poursuivre les jeunes dont les parents étaient mécontents.

— Je ne fais rien de mal, j'aime juste faire la fête. Pour elle, c'est de la révolte. Ha ! Je pourrais lui montrer, moi, ce que c'est que d'être révolté, mais elle aurait une attaque.

— Je vois.

Isabelle lui exposa brièvement le but de son enquête après celles de la police territoriale et de la police des polices.

Finnegan posa alors son burrito sur le torchon qui lui servait d'assiette et regarda la commissaire d'un air de la croire seulement à moitié. Isabelle eut l'étrange impression d'avoir devant elle un jeune homme plus avisé que ce que son apparence et ses mauvaises manières laissaient supposer.

— Qu'est-ce que j'ai à voir avec tout ça ?

— Votre nom figure en haut de la liste des enfants du centre de loisirs. Comme vous êtes le seul à y figurer sans vos parents, nous nous sommes dit que vous étiez le jeune étudiant qui assistait M. Druitt.

— Vous avez le flair d'un fin limier, ironisa-t-il.

— Donc, c'est bien vous. Que faisiez-vous au centre ?

Finnegan parut soudain se rappeler sa bonne éducation, car il se poussa sur le canapé et tapota le coussin déformé à côté de lui.

— Vous voulez vous poser ?

Comprenant qu'il l'invitait à s'asseoir, Isabelle prit place, pour le regretter aussitôt quand une odeur de chaussettes sales monta du sol. C'était curieux, d'ailleurs, puisqu'il était pieds nus.

— Je les aidais pour leurs devoirs, finit par répondre le jeune homme. Je les aidais à s'équiper pour le foot et tout ça. Je leur montrais comment se servir d'Internet. Quelquefois on sortait faire une randonnée. Et… je faisais des démonstrations.

— Des démonstrations ?

Il leva les deux mains en l'air. Isabelle nota qu'elles étaient petites pour sa taille.

— Du karaté. Les gosses adorent le karaté.

— Cela fait de vous quelqu'un de costaud.

Il lui adressa un regard voulant signifier qu'il n'était pas né de la dernière pluie.

— C'est pas un crime.

— Bien sûr que non…

Isabelle voulut ensuite en savoir plus sur la personnalité de Ian Druitt.

— Ce qu'il n'était pas, en tout cas, c'est un mec qui risque de se suicider. Je me tue à le dire à tout le monde, mais personne ne m'écoute.

— Je suis là pour ça, Finnegan.

— Finn.

— Pardon, Finn. Je suis là pour recueillir votre opinion sur les faits.

— Pourquoi ?

— Parce que vous travailliez avec lui au centre de loisirs.

— Vous voulez savoir s'il tripotait les petits, c'est ça ? S'il était prêt à se flinguer parce qu'il allait être grillé ?

— Dites-moi ce qui vous paraît important. Votre opinion m'intéresse.

— J'ai l'impression d'entendre ma mère.

— J'ai des enfants, je sais ce que c'est. Alors, votre opinion sur M. Druitt ?

— C'était un mec sympa. Il s'occupait vraiment bien des gosses du centre. Il faisait plus pour eux, je vous jure, cent fois plus que leurs parents. Je l'ai jamais vu, pas une seule fois, avoir un geste déplacé avec eux. À la limite – mais je n'en suis même pas sûr –, il aurait donné une petite tape affectueuse sur une épaule ou une tête. Mais il n'a jamais rien fait de douteux. Il était juste super sympa avec eux. C'était un mec génial.

— Je comprends.

— Tant mieux, marmonna-t-il.

— Mais l'abus sexuel d'enfants se concrétise généralement sur la durée. Il existe tout un jeu de séduction et de manipulation… L'enfant doit accepter la maltraitance comme faisant partie de la relation.

Finnegan, qui avait repris son burrito au terme de sa tirade, le jeta sur le torchon avec une telle violence que celui-ci glissa sur la table basse. Le burrito fut propulsé sur la moquette. Bon… une tache de plus ne ferait aucune différence, se dit Isabelle en songeant que personne n'avait passé l'aspirateur depuis deux générations et qu'on n'était pas à quelques reliefs près de haricots ou de fromage.

— Vous n'avez pas écouté ou quoi ?

— Si, bien sûr. Mais, Finnegan, c'est justement…

— Finn ! s'écria-t-il. C'est Finn Finn Finn !

— OK. Désolée. Finn. Mais c'est justement parce qu'il est tout ce que vous avez décrit – gentil, dévoué, généreux – qu'un pédophile peut passer inaperçu. S'il ne l'était pas, les familles de victimes, et même ses amis, ne lui feraient pas confiance pour s'occuper des enfants. Mais vous savez tout ça, bien sûr.

— Ce que je sais, c'est qu'il s'est toujours bien tenu avec ces gosses. S'il s'était mal conduit avec eux, ils seraient venus m'en parler.

— Et vous ?

Le jeune homme devint écarlate.

— J'ai jamais rien fait aux gosses ! Vous m'accusez de…

— Non, désolée, pas du tout. Ma question portait sur l'attitude de Druitt à votre égard, s'empressa de répliquer Isabelle.

Elle se demandait ce que Havers aurait pensé, inspirée par les connaissances shakespeariennes transmises par Lynley, des réactions de ce jeune homme – mi-voyou, mi-bourgeois –, à croire qu'il n'arrivait pas à décider à quel monde il appartenait.

De l'écarlate, ses joues virèrent au cramoisi.

— Vous n'avez rien compris. Il se pliait en quatre pour être gentil avec tout le monde, surtout avec les gamins qui étaient maltraités par les autres. Il avait été le souffre-douleur de ses camarades quand il était petit, et il expliquait aux gosses que ceux qui les persécutaient avaient besoin de se sentir supérieurs et que la seule façon de faire cesser les brimades, c'était de leur tenir tête, avec des paroles ou avec les poings.

— C'est pour ça que vous avez appris le karaté ?

— C'est mon père qui m'y a poussé. Moi aussi, j'ai été souffre-douleur. La première fois que je leur ai montré de quoi j'étais capable, ça a été fini. La pédophilie est une forme de persécution. Or Ian n'aurait jamais fait de mal à personne. Il savait trop bien ce que c'était.

— Voulez-vous dire qu'il avait été abusé quand il était enfant ? Vous aurait-il fait des confidences ?

— N'importe quoi ! cria Finnegan d'une voix qui grimpa dans les aigus.

— Quoi ? Les confidences ou l'abus sexuel ?

— Les deux ! Si vous croyez qu'il était de ces enfants abusés qui en grandissant deviennent à leur tour persécuteurs, vous avez tout faux ! Vous n'avez qu'à interroger les gosses. Vous verrez. Il leur a rien fait…

Alors qu'il reprenait son souffle, quelqu'un descendit bruyamment l'escalier. Une fille fit irruption sur le pas de la porte.

— Salut, Finn, je me casse…

Elle se figea à la vue d'Isabelle, et ajouta :

— Désolée, je savais pas que t'avais de la visite.

Isabelle haussa un sourcil : c'était difficile à croire, étant donné les hurlements de Finn…

La jeune fille entra dans le séjour comme si elle attendait poliment d'être présentée. Une étudiante sans doute. De longs cheveux dont le balayage blond n'avait pu être effectué que dans un salon de coiffure. Elle n'était pas grande, mais elle avait un joli corps tout en courbes féminines.

— Je suis Dena Donaldson, mais tout le monde m'appelle Ding.

— Attention, c'est un flic. Elle est venue de Scotland Yard spécialement pour me cuisiner.

Les deux femmes posèrent l'une sur l'autre le même regard inquisiteur.

— Vous n'êtes pas en uniforme ? dit Ding, comme si cela changeait tout.

— C'est une enquêtrice, l'informa Finnegan. Tu regardes la télé, non ? Ils n'ont jamais d'uniforme dans les séries. C'est pour Ian.

— M. Druitt ?

— Il y a un autre Ian dont un flic voudrait me parler ? T'as le cerveau embrumé ? Tu t'es murgée hier soir, ou quoi ?

En guise de réponse, la jeune fille décrocha son sac d'un coup d'épaule et le posa par terre. Elle portait une jupe rose fuchsia qu'elle lissa du plat des mains, soit parce qu'elle était nerveuse, soit parce qu'elle voulait qu'Isabelle la croie timide. Puis elle ajusta le foulard qu'elle avait autour de la taille et dont le motif de nuages et de fleurs mêlait la couleur de sa jupe avec le gris de son tee-shirt.

— Connaissiez-vous M. Druitt ? l'interrogea Isabelle.

La jeune fille prit un air stupéfait. Elle regarda tour à tour Finnegan et Isabelle.

— Que voulez-vous dire ?

— Eh bien… le connaissiez-vous personnellement ? Et si oui, comment l'avez-vous connu ?

— Je suis pas… Je ne… Si vous voulez dire que…

— Putain, Ding ! Vas-y, dis-le !

À entendre Finnegan, on pouvait penser qu'elle cherchait à gagner du temps.

— Je le connaissais par personne interposée, surtout par Finn.

— Par qui d'autre ?

Isabelle avait de nouveau la tête sur le point d'exploser. Il allait falloir y remédier bientôt.

— Oh ! En fait, seulement Finn. Je crois pas que Brutus le connaissait.

Ding croisa les bras sous ses seins, ce qui les rendait plus globuleux. Isabelle avait toujours trouvé ridicule ce genre de simagrées. Montrez vos loches, mesdames, et vous décrocherez la lune.

— Brutus ? Un autre coloc ?

— Bruce Castle. Tout le monde dit Brutus. C'est… une blague.

— On devrait plutôt l'appeler « demi-portion », expliqua Finnegan.

— Vous voulez dire qu'il est petit, de la taille d'un enfant ?

Finnegan prit la mouche.

— Ian n'a jamais rien fait à personne, pas plus ici qu'ailleurs ! Et puis Brutus n'aurait pas… Il ne laisse personne s'approcher de lui, si c'est à ça que vous pensez.

— Vous êtes au courant de l'accusation de pédophilie ? demanda Isabelle à Ding.

— Oui. Bon, oui, répondit Ding en lançant un regard nerveux à Finnegan. Tout le monde le sait. Je crois que c'est Finn qui m'en a parlé le premier. Ou bien j'ai entendu Finn en parler à sa mère au téléphone. Je me rappelle plus. C'est ça, Finn ? Ou bien je l'ai lu quelque part ?

— Comment veux-tu que je sache ? soupira Finn, soudain indifférent à tout, ou jouant la comédie de l'indifférence.

— Vous entendez ce que disent les autres dans la maison ? interrogea Isabelle, s'adressant toujours à la jeune fille.

— Oui, elle est pas grande… On n'a même pas à tendre l'oreille. C'est pour ça… Je veux dire, M. Druitt a jamais mis les pieds ici. On le connaissait pas vraiment. Je parle de Brutus et de moi. On le connaissait pas du tout, même. Pas comme Finn.

— Que voulez-vous insinuer ?

— Insinuer ? Mais rien du tout ! Juste qu'on n'a rien à dire sur M. Druitt, Brutus et moi. Je peux pas parler pour Finn.

Isabelle remarqua que Finn observait attentivement sa coloc, avec une expression pensive, limite hostile.

— T'avais pas rendez-vous quelque part, Ding ? Tu étais en train de te casser, non ?

Légèrement vexée, Ding ramassa son sac à dos et le remit sur ses épaules. Au bénéfice d'Isabelle, elle lança :

— J'espère que vous obtiendrez les informations dont vous avez besoin.

— De Finn ?

— Oui, oui, parce que, comme je vous ai dit…

— …Vous et Brutus ne connaissiez même pas Ian Druitt. C'est bien ça ?

LUDLOW
SHROPSHIRE

En montant sur son vélo, Ding avait l'intention d'aller à son cours de géographie, et elle l'aurait vraiment fait si elle n'avait pas eu les nerfs à fleur de peau après avoir trouvé cette flic de Scotland Yard dans le salon. Une très mauvaise surprise, et le dialogue avec cette femme n'avait pas été triste non plus. Bref, cet épisode avait mis sur pause ses bonnes intentions. Mais comme il valait mieux qu'elle donne l'impression d'être une étudiante sérieuse, elle commença par pédaler dans la direction de Lower Broad Street. Au virage suivant, elle aurait pu remonter Silk Mill Lane jusqu'à son amphi. Sauf qu'elle n'en fit rien. Une fois hors de vue de la maison, elle pénétra dans le parking du marchand de tapis d'Orient. Ainsi qu'à peu près tous ses concurrents en Angleterre, celui-ci annonçait une liquidation totale, pour cause de « fermeture prochaine du magasin ». Les lettres étaient à moitié effacées à force d'essuyer, année après année, les intempéries, mais les propriétaires ne semblaient pas penser que cela pouvait introduire un doute dans l'esprit des clients potentiels quant à l'imminence de leur fermeture.

Un tas de tapis s'amoncelaient devant la devanture. Ding descendit avec souplesse de son vélo et se mit à les retourner dans tous les sens comme si elle était à la recherche d'un tapis pour sa chambre d'étudiante. Il ne fallut pas plus d'une minute pour que surgisse le propriétaire du magasin, lequel n'était pas d'origine moyen-orientale mais écossaise, et affligé d'un accent de Glasgow pratiquement incompréhensible. À la limite, Ding aurait eu plus de chance de comprendre ce qu'il racontait s'il s'était exprimé en persan.

Elle lui dit qu'elle regardait ce qu'il avait en solde, et quand il lui baragouina ce qu'il lui baragouina, elle répondit par un :

— Pas maintenant, merci.

En fait, elle cherchait seulement à tuer le temps en attendant que la voie soit libre pour retourner chez elle.

Ding avait conscience que ses réponses aux questions de la flic avaient dû sonner faux. Dès que Finn lui avait expliqué qui était l'intruse, son cerveau avait pété un câble. Comment aurait-elle pu prévoir en descendant l'escalier la bouche en cœur qu'elle allait se cogner à Scotland Yard ?

Elle décida qu'il valait mieux faire traîner dix minutes de plus son inspection des tapis. Elle engagea donc une sorte de conversation avec l'Écossais. Elle n'avait aucune idée de ce qu'il était en train de lui dire, mais comme il gesticulait et caressait du plat de la main la surface de sa marchandise en faisant un boniment où revenaient, semblait-il, les mots « main » et « nœud », elle hochait la tête en répétant :

— Ah, oui, génial.

Heureusement, il ne paraissait pas attendre autre chose de sa part. Quand les dix minutes furent écoulées, elle se redressa avec un :

— Merci mille fois, monsieur.

Et elle poussa sa bicyclette jusqu'à la rue.

La voiture de flic n'était plus là. Ding n'avait donc plus rien à craindre. Elle mit à peine une minute pour atteindre la maison et laissa tomber son vélo sur la dalle de béton devant le perron. Une fois à l'intérieur, elle ferma la porte en faisant le moins de bruit possible et se dépêcha de gagner l'escalier. Toutes précautions inutiles. La voix de Finn l'interpella depuis le salon :

— Hep ! Toi !

Affalé sur le canapé hideux qu'ils avaient dégoté dans un des milliards de magasins caritatifs de Ludlow, il picorait un burrito et s'essuyait les doigts sur le tissu du siège.

— Tu sais, Finn, il y a des gens qui vont avoir envie de s'asseoir sur ce truc.

Elle voyait d'ici les grosses taches bien grasses de sauce aux haricots – si c'était bien ce qui composait les entrailles d'un burrito.

Il fit comme s'il n'avait rien entendu.

— Qu'est-ce qui t'a pris ?

— Quoi ?

— Ton baratin de merde sur « Brutus et moi, on ne sait rien ». Pourquoi tu lui as pas dit pendant que tu y étais qu'il fallait me tenir à l'œil ?

— Je sais pas de quoi tu parles.

— Ah, bon ?

Il inspecta le bout rongé du burrito, puis, décidant sans doute que c'était mangeable, mordit dedans. La bouche pleine, il ajouta :

— Chétait vraiment pas l'imprechion que ch'ai eue.

Quand il se leva, le coussin garda le relief en creux de ses fesses. Ding remarqua que le coussin voisin avait conservé la forme de celles de la flic. Il continua à mastiquer avec plus de bruit que nécessaire.

— C'est vrai, Ding, en ce moment, je sais pas à quoi tu carbures.

— À rien du tout.

Alors qu'elle s'élançait vers l'escalier, il lui bloqua avec agilité le passage.

— Lâche-moi, Finn.

— Quoi ? Je t'ai rien fait.

— Pousse-toi !

— D'accord, d'accord, mais dis-moi d'abord ce qui se passe.

— Rien. C'est juste que j'apprécie pas qu'on pense du mal de moi alors que j'ai rien fait.

— Surtout quand c'est une flic, pas vrai ? Je me demande bien pourquoi… Tu nous caches quelque chose ?

— Non !

— Bah, c'est pas l'effet que ça m'a fait.

— J'y peux rien, moi ! Allez, pousse-toi de là, p'tain !

Ding le bouscula et monta l'escalier en courant.

— Je suis pas complètement débile, tu sais, Ding.

Elle n'en entendit pas davantage, car elle se dépêcha de fermer la porte de sa chambre – de la fermer à clé. Sans prendre le temps de souffler, elle entreprit de vider sa penderie. Bien qu'elle fût pressée, elle ne jeta pas ses affaires par terre comme dans une scène de film où chaque geste est étudié pour montrer que le personnage est en proie à la panique. Après les avoir décrochées, elle les posait soigneusement sur le lit.

À cause de la situation financière de ses parents, cela faisait des années qu'elle était obligée de s'acheter elle-même ses fringues. Depuis ses douze ans, elle se débrouillait pour gagner un peu de sous en faisant du babysitting, en aidant dans les magasins, en arrachant les mauvaises herbes, en promenant des chiens, en arrosant des plantes, bref en prenant ce qui venait dans la limite du temps que lui laissaient ses études. Aussi chérissait-elle chaque paire de chaussures, chaque jupe, jean, pull et chemisier. Elle ne donnait jamais rien à moins que le vêtement ou l'accessoire soit usé jusqu'à la corde. Elle n'avait tout simplement pas les moyens.

Et voilà qu'à présent elle devait se débarrasser de deux pièces de sa garde-robe qu'elle adorait. Elles se trouvaient tout au fond de son placard sur le même cintre et, pour les atteindre, elle devait commencer par dégager ses vêtements d'hiver. Elle avait même accroché son manteau en laine rouge par-dessus. Elle étala le manteau sur le lit, le déboutonna et contempla la jupe et le haut. Sans s'accorder le temps de se rappeler le prix qu'elle les avait payés et de songer combien elle allait les regretter, elle sortit du bas du placard un sac en plastique.

Il lui était impossible de les fourrer ainsi dans un sac. Elle les plia délicatement, les glissa à l'intérieur et plia à son tour le sac pour qu'il tienne dans sa sacoche.

Pendant une seconde, elle fut tentée de se dire que c'était une précaution inutile, mais comment pouvait-elle en être sûre ?

LUDLOW
SHROPSHIRE

Barbara Havers savait qu'elle devait se rendre au central téléphonique de la police à Shrewsbury. Elle tenait absolument à écouter l'appel anonyme qui avait conduit Ian Druitt en garde à vue. Elle avait beau en avoir lu la transcription – à ce stade, elle la connaissait par cœur –, un détail aurait pu échapper aux enquêteurs précédents. La façon de prononcer un mot, par exemple, qui pourrait orienter l'investigation vers une des connaissances du diacre, ou un bruit de fond susceptible d'ouvrir une nouvelle piste.

Elle avait conscience d'outrepasser la mission que lui avait confiée la commissaire. Mais elle se disait que, par respect pour le mort, il ne fallait rien négliger.

Par l'autoroute 49, Shrewsbury se trouvait à moins de cinquante kilomètres de Ludlow. Barbara était persuadée qu'elle pouvait faire l'aller-retour dans les deux heures sans que personne s'aperçoive de son absence. Seulement, il aurait fallu que Gary Ruddock accepte de lui prêter sa voiture de patrouille. Il préféra malheureusement la conduire lui-même.

Ils étaient à une quinzaine de kilomètres de Ludlow quand le portable de Barbara sonna. Elle l'exhuma des profondeurs de son fourre-tout même si elle savait qui l'appelait et n'avait aucune intention de répondre. Elle dirait plus tard à Ardery qu'elle n'avait pas entendu la sonnerie. Au petit coin, on était loin de son téléphone… Il allait aussi falloir inventer quelque chose pour lui expliquer pourquoi elle ne l'avait pas rappelée, mais elle trouverait bien.

Cinq minutes plus tard, son portable sonna de nouveau. Cette fois, quand elle omit de répondre, Ruddock lui jeta un regard.

— Ah, les hommes, soupira-t-elle en levant les yeux au ciel.

Trente secondes plus tard, ce fut au tour du portable de Ruddock de sonner. Il répondit sans vérifier qui l'appelait, récitant d'une voix monocorde :

— Agent Ruddock, Ludlow.

Après un bref silence, il reprit d'un ton changé :

— Oui, bien sûr. Elle est là. Je l'emmène à Shrewsbury pour…

Barbara poussa un grognement. Ruddock lui passa son téléphone.

— Votre chef, précisa-t-il avec une petite moue d'excuse.

Barbara, entre-temps, s'était demandé d'où Ardery tenait le numéro de portable de Ruddock ; elle avait conclu qu'il avait sans doute suffi d'un coup de fil au quartier général de West Mercia. Sans laisser le temps à la commissaire de la réprimander pour n'avoir pas répondu à son appel, elle débita tout d'une traite :

— J'ai visionné les vidéos, chef, et je me suis dit que la prochaine étape devait être…

— Avez-vous reçu un ordre en ce sens ? Je me souviens parfaitement d'avoir prononcé les mots « point final ». Je ne vous ai jamais parlé d'une autre étape, sergent. Vous êtes en train de me faire craindre le pire quant à votre aptitude à comprendre de quelle manière se mène une enquête. Une enquête suit la voie hiérarchique, ne vous en déplaise : du haut vers le bas, sergent.

— Chef…

— Ruddock est prié de faire demi-tour immédiatement.

— C'est juste que…

— Il n'y a pas de « Chef, c'est juste que » qui tienne ! C'est moi qui donne les ordres ici. Et si vous vous êtes fourré dans la tête qu'il y avait une chance, si infime soit-elle, et de plus en plus infime à mesure que les minutes passent, que je donne mon accord à vos projets, il faut m'en parler. Est-ce clair, sergent ?

— Tout à fait clair.

Barbara avait le moral dans les chaussettes. Elle qui avait caressé l'idée absurde qu'Ardery et elle commençaient à s'entendre… Quelle bonne blague !

— Bien sûr, à vos ordres, chef.

— Je suis bien contente de vous l'entendre dire. Quand serez-vous là ?

— Nous sommes à une vingtaine de minutes de Ludlow.

— Je vous attends dans vingt-cinq minutes. Une discussion entre nous s'impose. C'est clair ?

— Comme de l'eau de roche.

Barbara avait honte : elle venait de se faire remonter les bretelles par son chef devant un îlotier. Surmontant sa frustration et son incapacité à se faire entendre d'Ardery, elle se sentit obligée de feindre qu'elles avaient au moins un terrain d'entente.

— Comment ça s'est passé avec Finnegan Freeman ? Vous avez du nouveau ?

— Non, rien de neuf. À le croire, Druitt était un saint… C'est un cas.

— Druitt ou Freeman ?

— Le second. Je plains ses parents.

— OK, dit Barbara. À tout de suite, chef.

Ruddock lui lança un coup d'œil.

— Alors, l'enquête avance ?

— C'est bien le diable si je le sais. Il faut faire demi-tour. Elle m'a donné vingt-cinq minutes pour me présenter au rapport. Sinon, l'un de nous va se transformer en citrouille.

LUDLOW
SHROPSHIRE

Grâce à la bonne volonté de l'îlotier qui ne lésina pas sur les coups d'accélérateur, ils arrivèrent en exactement vingt-deux minutes. Seulement, la place du château était tellement bondée autour des stands du marché qu'il ne pouvait pas la déposer devant Griffith Hall.

Ruddock eut un mal de chien à trouver à se garer. En plus de la foule qui inondait la place, des vendeurs à la sauvette avaient déballé leur bric-à-brac sur des couvertures à même le sol, barrant çà et là l'accès au marché.

— Merde, dit l'îlotier. Ceux-là, je suis forcé de les chasser deux fois par mois. Ils n'ont pas le droit de s'installer ici, mais ils reviennent comme des mouches.

Parmi les vendeurs clandestins, Barbara reconnut une silhouette familière. Le vieux vagabond avec son chien qu'elle avait croisé lors de sa première mission de reconnaissance.

— C'est qui, ce type, celui avec le berger allemand ?

— Vous voulez parler de Harry ?

— Je l'ai aperçu l'autre soir. Il dort à la belle étoile ?

— Oui. J'espère toujours qu'il changera de crémerie, mais il est bien incrusté. Il ne vous a pas embêtée, au moins ?

— Je ne lui ai même pas adressé la parole. Il est connu dans le coin ?

— Vous pouvez le dire, opina Ruddock avant de se diriger vers les marchands à la sauvette.

Barbara regretta d'avoir mentionné Harry quand elle vit qu'il fut le premier à être interpellé. L'îlotier s'accroupit devant lui et sembla lui parler poliment, mais Harry n'ayant pas l'air de vouloir coopérer, l'auxiliaire se mit à ramasser ses babioles et à les empiler au milieu de la couverture.

Barbara gagna rapidement Griffith Hall, en se préparant mentalement à son entrevue avec Ardery. Arrivée à la porte d'entrée, elle pensait avoir trouvé un moyen de s'attirer ses bonnes grâces.

La commissaire attendait à l'arrière du bâtiment, sur la terrasse dallée de pierre qui donnait sur une pelouse en pente et sur la rivière au loin. Assise à une table, elle pianotait sur son téléphone. Craignant qu'elle ne soit en train de dénoncer sa dernière incartade, et comme il n'y avait qu'une seule personne avec qui la commissaire aurait eu envie de partager son exaspération, Barbara se résolut à l'empêcher d'appuyer sur *envoyer*.

— Ah, chef ! Vous voilà !

Sur ces paroles, elle tira une chaise et s'y laissa choir.

— Vous aviez tout à fait raison. Je suis désolée. Je me laisse parfois embarquer par mes idées. Cela ne se reproduira pas.

— Cela se reproduira d'autant moins que nous n'avons strictement plus rien à faire ici.

Barbara essaya de se consoler en notant qu'elle avait employé la première personne du pluriel.

— J'aurais une dernière personne à interroger, chef. Si vous voulez bien… Un type que j'ai aperçu ici et là. Je connais maintenant son nom. Il n'est cité nulle part dans les rapports que nous avons.

Ardery posa son téléphone sur la table. Barbara s'autorisa une nanoseconde de soulagement à la pensée qu'elle avait retardé l'envoi du message au bureau de l'adjoint au préfet de police. Maintenant, il ne lui restait plus qu'à en faire oublier la raison première à Isabelle.

— Et qui pourrait bien être cet individu ?

— Il s'appelle Harry. Bon, je ne connais pas encore son nom de famille. Il se pourrait qu'il ait des informations susceptibles de corroborer ce que l'on sait sur Ian Druitt. Il se pourrait qu'il ait vu quelque chose…

— Êtes-vous en train de me dire que ce Harry Truc-Chose aurait pu surprendre Ian Druitt en train de peloter des petits enfants dans un lieu public ? Si c'est le cas, oubliez, sergent. Rien de ce que nous avons trouvé n'indique que Ian Druitt était un imbécile.

— Pourtant ce type, ce Harry… Il aurait pu voir un des petits monter dans sa voiture. Ou Druitt en prendre un par la main pour l'emmener…

— Comme il aurait pu voir le père Noël faire monter un nain sur son traîneau. Tout ce que nous avons, ce sont des conjectures qui vont dans les deux sens : oui, c'était un pédophile ; et non, il n'en était pas un. De toute façon, ce n'est pas pour ça que nous sommes ici.

— Avec tout le respect que je vous dois, chef, il n'y a jamais qu'une seule accusation qui ait été proférée contre Ian Druitt. Tous ceux à qui on a parlé se sont exclamés : « Jamais de la vie, vous êtes dingues ou quoi ? »

À cet instant, Peace-on-Earth fit irruption sur la terrasse pour demander si Mme Havers désirait quelque chose. Oui, elle désirait quelque chose : un pied-de-biche pour ouvrir le crâne d'Ardery et lui faire entendre raison ! Mais ce n'était sans doute pas au menu. La commissaire ne prenant rien, elle fit de même alors qu'elle aurait volontiers mordu dans un des croissants, petits pains et autres scones délicieusement chauds qui devaient attendre sagement en cuisine.

Ardery veilla à ce que le jeune homme fût retourné à l'intérieur pour reprendre :

— Pour la énième fois, sergent, le fait que Druitt ait ou non été un pédophile n'est pas notre affaire. Vous vous obstinez à orienter notre investigation sur ce terrain au lieu de vous cantonner à son suicide et aux enquêtes qui ont suivi. C'est ça qui nous intéresse : ce qui s'est passé pendant sa garde à vue et comment l'îlotier a procédé. À la rigueur, nous pourrions interroger son supérieur : lui demander ce qui lui a pris de donner l'ordre d'arrêter Druitt à un moment où aucun officier n'était disponible. Mais ce serait oublier l'appel anonyme. Le reste tient au désespoir d'un homme qui a préféré se tuer plutôt que de voir son nom traîné dans la boue.

— S'il s'est vraiment tué, dit Barbara. Car vous ne nierez pas, chef, que ce qui ressemble à un suicide pourrait très bien être un homicide.

Ardery ramassa son sac et prit son temps pour y ranger son portable, cherchant de toute évidence à tromper son impatience.

— Nous ne sommes pas ici pour ça. Combien de fois dois-je le répéter, sergent ? Bon, maintenant, pour ce qui est de votre Finnegan Freeman, je n'en ai rien tiré sinon qu'il jure que Druitt était innocent. J'ai aussi parlé avec sa coloc, une jeune écervelée qui n'avait qu'un mot à la bouche : le nom du troisième coloc, qui d'après elle ne sait rien non plus, un certain Brutus.

— Brutus ?

— Bruce Castle, en réalité, et là n'est pas la question. La question, c'est qu'à ce rythme on pourrait passer notre vie à enquêter, et je vous rappelle que nous n'avons ni le loisir ni les moyens de nous attarder plus longtemps.

— Je comprends, chef, je vous assure, mais c'est juste que…

— Ça suffit, sergent !

La commissaire fit mine de se lever.

Barbara, cependant, avait encore un argument à lui présenter. C'était un petit détail, mais dans une enquête, le diable a le chic pour se nicher dans ce genre de vétille.

— J'ai visionné les vidéos du poste de police avec Ruddock. L'IPCC a vu les images correspondant au moment où l'appel anonyme a été passé et celles du soir de la mort du diacre, mais personne n'a regardé ce que la caméra avait filmé plusieurs jours avant l'appel. Or, six jours avant, l'orientation de la caméra a été changée afin de permettre à l'auteur de l'appel anonyme de téléphoner sans être vu. S'ils ont loupé ce détail, ils ont pu en louper d'autres. C'est pourquoi ça vaudrait le coup d'écouter le message : c'est la raison pour laquelle j'allais à Shrewsbury.

— L'ont-ils écouté, ce message ? Ont-ils trouvé quoi que ce soit de suspect ? Oui à la première question. Non à la seconde. Qu'est-ce que vous espérez apprendre d'autre alors que vous avez la transcription ? Un chœur antique comme bruit de fond qui permettra d'épingler le corbeau ? Et même si on parvient à l'identifier, qu'est-ce que ça changera ?

— C'est vrai, je n'en sais rien. Reste que j'ai vu Ruddock l'autre soir dans le parking faire crac-crac avec…

— Stop ! Employez pour le moins un langage d'officier de police !

Barbara s'empressa de faire machine arrière.

— J'ai vu Ruddock en compagnie d'une petite amie… ce que, soit dit en passant, il prétend ne pas avoir. Dans une voiture de patrouille. Et il a fait la même chose le soir de notre arrivée ici, j'en suis sûre, même si sur le moment j'ai cru que c'était un officier qui s'accordait une petite sieste. Mais maintenant je suis persuadée que c'était Ruddock et une fille. J'ai vu le type basculer son siège en arrière. Il avait l'air très détendu, ce qui signifie, je suppose, qu'elle était en train de le…

En voyant la moue outrée de la commissaire, Barbara se reprit :

— De pratiquer une fellation.

— Et alors ? Vous pensez que pendant que l'îlotier prenait du bon temps sur le parking, quelqu'un s'est introduit dans le poste de police pour faire la peau à Druitt puis a disparu dans la nature sans laisser de traces ? Non, le pauvre homme s'est suicidé, l'autopsie le confirme, c'est comme ça. Quelquefois les gens veulent mourir pour des raisons qui nous échappent. Soit ils cachent une profonde dépression, soit une crise spirituelle, soit un traumatisme psychologique, le diagnostic d'une maladie grave, un tournant difficile de leur vie, ou tout simplement une instabilité mentale. Et lorsqu'un individu passe à l'acte, personne, et en premier lieu ses proches, ne veut l'admettre. Cela les obligerait à se remettre en question, et, croyez-moi, les gens préféreraient souvent mourir que de devoir se regarder tels qu'ils sont quand…

La commissaire laissa sa phrase en suspens.

— Quand quoi ?

Ardery se leva et cala sur son épaule la bandoulière de son sac.

— Rien. On n'a plus rien à faire ici, sergent. Soyez prête à prendre la route demain matin à la première heure.

LUDLOW
SHROPSHIRE

— Barbara.

La voix de Lynley au téléphone avait opté pour un ton raisonnable. Il l'avait écoutée jusqu'au bout sans l'interrompre et, à présent, rien qu'à son intonation, elle savait qu'il allait lui faire la leçon. Oh, comme elle détestait ça ! Elle aurait aimé l'entendre s'exclamer : « Bon sang ! Je m'en occupe tout de suite, sergent. » C'était naïf de sa part, évidemment. Pour commencer, ce n'était pas le style de l'inspecteur.

— Je n'ai pas besoin de vous rappeler pour quelle raison vous êtes de cette mission, n'est-ce pas ?

— Je sais, monsieur. Croyez-moi. La reine des abeilles me le rappelle assez souvent. Mais le truc, c'est que…

— Si le truc vous oblige à ne pas tenir compte des ordres, alors vous devez vous demander si c'est vraiment indispensable. Car j'ai bien l'impression que, dès lors que vous filerez à Shrewsbury avec l'îlotier…

— Mais, monsieur, c'est là-bas qu'ils centralisent les enreg…

— Combien de fois il faudra en discuter, Barbara ? Si vous continuez à n'en faire qu'à votre tête, vous savez où cela va vous mener.

Barbara entendit des bruits de fond derrière Lynley. La sonnerie d'un téléphone. Puis la subite irruption de Dorothea Harriman dans le bureau de la commissaire Ardery, qu'occupait temporairement l'inspecteur. « Monsieur le commissaire suppléant ?

— Dans cinq minutes, Dee », lui répondit Lynley.

Puis à Barbara, d'une voix plus posée :

— On ne va pas revenir là-dessus, sergent ?

Eh bien, si, justement, songea Barbara. Tout haut, elle répondit :

— Ardery se cramponne à notre ordre de mission. Ça l'aveugle au point qu'elle ne voit pas ce qu'il y a sous ses yeux.

— C'est-à-dire ? D'après ce que j'ai compris, elle remplit la tâche que lui a confiée Hillier. À moins qu'il ne se produise du nouveau, elle n'a rien à se reprocher. Il s'est produit du nouveau, sergent ? Quelque chose qui justifie votre appel ?

— Je ne sais pas, avoua Barbara. Si l'IPCC n'a pas vu que la caméra de vidéosurveillance avait été changée de position, elle a pu louper autre chose.

— Si tel était le cas, à mon avis, ce ne serait pas sur l'enregistrement de l'appel, Barbara. L'inspection générale l'a sûrement écouté à l'endroit, à l'envers et en travers. Ils ont sans nul doute interrogé tous les suspects.

— J'ai vu des choses qu'eux n'ont pas vues, monsieur, pour la bonne raison qu'elles se sont produites depuis qu'ils ont déposé leur rapport.

— Mais, Barbara…

Elle sentit chez Lynley l'impatience de l'homme débordé qui n'a pas envie de perdre son temps en vaines discussions.

— … vous n'avez été envoyée là-bas ni pour réenquêter, ni pour réinterpréter, ni pour réévaluer quoi que ce soit. Vous savez ce qui vous pend au nez, sergent, et si Isabelle vous dit…

— Isabelle, Isabelle !

Ce fut un cri du cœur…

— Oh, pardon, monsieur…

Elle aurait mieux fait de se fourrer une chaussette au fond de la gorge, pensa-t-elle, furieuse contre elle-même.

Comme il ne réagissait pas, elle lâcha la petite phrase qui motivait en réalité son appel à Lynley.

— Elle boit, inspecteur.

Silence à l'autre bout. Puis, finalement :

— Que voulez-vous dire par « boire » ?

— Comment ça ? Vous le savez parfaitement. Elle a un problème et elle cherche la solution dans l'alcool. Je suis désolée, mais c'est la pure et simple vérité.

— La vérité est rarement pure et jamais simple, murmura-t-il.

— Pardon ?

— Ça ne fait rien. Elle a droit de boire un verre hors service, Barbara.

— Je ne vous parle pas d'un verre au singulier, monsieur. Elle boit comme un trou. Je parie qu'elle a une bouteille planquée dans sa chambre, et ça ne stimule pas ses facultés mentales, je vous assure.

— C'est une accusation très grave.

— Ce n'est pas une accusation, c'est un fait !

— Vous a-t-elle donné des ordres invraisemblables ? A-t-elle refusé de regarder les dossiers ? Vous a-t-elle abandonnée toute la charge de l'enquête pour prendre quelques jours de congé ?

— Non. Mais…

— Moi, mon impression, Barbara, c'est que vous n'admettez pas qu'elle refuse de faire vos quatre volontés.

— Je veux juste…

— Il ne s'agit pas de ce que vous voulez ou ne voulez pas. Le problème, c'est que vous êtes en train de vous remettre dans la situation qui vous a valu d'être là où vous êtes.

— Je sais ! C'est pourquoi je vous ai appelé, monsieur.

— Barbara, vous savez que j'ai les mains liées.

— Mais…

— Quoi ?

Elle avait follement envie de répondre : « Vous avez été amants, vous avez donc de l'influence sur elle. Je vous en supplie, parlez-lui. » Mais elle s'en garda bien, car il y avait des limites à ne pas franchir, et une fois ces limites franchies, il n'y avait pas de retour en arrière possible. Aussi le laissa-t-elle poursuivre.

— Il n'y a pas de « mais » qui tienne. D'après tout ce que vous m'avez dit, Isabelle remplit la mission qui lui a été confiée.

Comme Barbara se taisait, il s'enquit :

— Vous êtes toujours là, sergent ?

— Hélas.

— Ce n'est pourtant pas compliqué, tenez-vous à carreau, et tout ira bien pour vous.

— C'est… qu'elle boit beaucoup trop, monsieur.

— Votre opinion ou un fait avéré ?

— Mon opinion.

— Et se pourrait-il que votre opinion soit biaisée par votre désir de la pousser dans la direction que vous voulez ?… Vous ne répondez pas ?… Barbara ?

Dans sa façon de prononcer son nom, il y avait tant de bonté que Barbara ne put s'empêcher d'être touchée. Lynley était vraiment un gentleman…

— Possible, monsieur.

— Vous voyez bien.

— Mais qu'est-ce que je fais alors ?

— Vous vous en tenez aux ordres afin de clore en beauté cette mission.

Elle soupira avec un certain désespoir. Ce qui déclencha un nouveau flot de compassion de la part de Lynley.

— Vous devez tenir le coup, Barbara. Vous détacher de tout ça. Vous suivez les ordres, c'est tout.

— Oui, monsieur, à vos ordres, monsieur.

Elle raccrocha et se laissa tomber à plat sur le lit étroit de la chambre monacale où cette maudite Isabelle l'avait flanquée. Ayant compté sur la compréhension et l'intervention en sa faveur de Lynley, elle était plus que déçue ; elle était dépitée. Dire qu'elle avait cru qu'il téléphonerait à la commissaire et lui glisserait à l'oreille un conseil d'ami, lequel conseil lui aurait permis, à elle, Barbara, de faire exactement ce qu'elle voulait. Elle s'était fourvoyée, c'était clair. Mais il aurait au moins pu se rendre compte que cette fois ce n'était pas elle qui sortait des clous, mais leur chef. Bon, elle n'avait plus qu'à se résoudre à faire feu de tout bois.

Elle se servit du téléphone de l'hôtel pour appeler la chambre d'Ardery et lui annoncer qu'elle ne descendrait pas à la salle à manger pour le dîner. Le prétexte invoqué ? Elle était morte de fatigue.

— Très bien, répondit sa chef. Soyez prête à partir de bonne heure demain : on rentre à Londres.

LUDLOW
SHROPSHIRE

Isabelle avait posé sa valise sur son lit, mais n'avait pas encore commencé à y ranger ses affaires. Elle attendait les glaçons commandés au room service : il n'était pas question qu'elle lève le petit doigt avant d'avoir bu son digestif. Cette fois, elle avait insisté pour avoir un vrai seau à glaçons, et non quatre malheureux cubes nageant au fond d'un bol à céréales. Il y avait bien quelque part dans cet hôtel un seau à champagne, avait-elle déclaré à l'ubiquiste Peace-on-Earth. Oui ? Eh bien, ça ferait l'affaire.

Elle avait déjà pris un digestif, au rez-de-chaussée, dans le salon/bar, et elle n'avait nulle envie de s'aventurer dehors. Le vin qu'elle avait bu au dîner ne lui avait fait aucun effet, pas plus que le brandy. Elle était totalement sobre. Une vodka tonic était exactement ce qu'il lui fallait.

Lorsque Peace-on-Earth se pointa avec le seau à glaçons, Isabelle le remercia et se dépêcha de refermer la porte. Après avoir préparé son cocktail, elle s'installa sur le canapé de sa suite. Et, tout en savourant sa boisson, elle songea à l'enquête et à ses divergences de vue avec cette toupie de Havers.

À ses yeux, aux questions posées par le sergent, on avait déjà trouvé les réponses. Et évidemment que la personne ayant passé l'appel anonyme avait changé l'angle de la caméra de vidéosurveillance. Elle n'avait pas envie d'être filmée, pardi !

Elles avaient déjà largement dépassé la mission que leur avait confiée l'adjoint au préfet. Elles avaient découvert dans l'agenda de Ian Druitt que Mrs. Lomax consultait le diacre, avaient interrogé Finnegan Freeman, le jeune étudiant qui donnait un coup de main au centre de loisirs, rencontré le révérend Spencer et bavardé avec Flora Bevans, la logeuse. Elles avaient été jusqu'à harceler le médecin légiste alors qu'elles avaient entre les mains son rapport d'autopsie. Il fallait arrêter les frais.

Elle vida son verre et se leva, peut-être un peu trop brusquement, car elle eut un léger vertige. Elle se promit de faire plus attention.

Son portable sonna au moment où elle s'apprêtait à s'atteler à sa valise. Elle jeta un coup d'œil au numéro qui s'affichait. Son énervement gravit un échelon supplémentaire. Elle en avait assez de Bob et de sa vie rêvée en Nouvelle-Zélande qui allait lui ravir encore plus radicalement ses fils. Elle décrocha et, d'une voix un peu pâteuse, lança :

— Qu'est-ce que tu veux maintenant ? Une livre de ma chair ?

— Ah ! répondit Sandra. Vodka… À moins que tu ne sois passée au whisky ?

Isabelle ouvrit la fenêtre et tendit son visage à la caresse de la petite brise fraîche.

— Qu'est-ce que tu veux ?

— Ça, c'est une question révélatrice, non ?

— Qu'est-ce que tu veux ? répéta Isabelle en appuyant sur chaque syllabe.

— Je m'attendais à ce que, voyant le numéro et l'heure, et entendant ma voix, tu t'inquiètes un peu. Tu te demandes s'il n'était pas arrivé quelque chose à un des garçons. Ou à Bob, d'ailleurs.

— Ah, vraiment ? Apparemment je ne suis pas encore une *jainte* comme toi. (Qu'est-ce qu'avaient ses « s » à se transformer en « j » ?)

— Pas une sainte, Isabelle, juste une *mère*.

(La salope !)

— Comment oses-tu dire ça alors que ton mari (elle articula ce mot avec mépris) a tout fait pour me priver de mes fils ?

— Tu ramènes toujours tout à toi, Isabelle. Et tu sais parfaitement que c'est le tribunal qui a pris cette décision.

— Ah, oui, bien sûr. Le tribunal. Forcément.

Isabelle traversa la pièce et contempla la nature morte que formaient la bouteille de vodka, le seau à glaçons et le tonic. Elle avait la bouche sèche. Mais elle ne craquerait pas.

— Qu'est-ce que tu veux, Sandra ? Vas-y, qu'on en finisse.

— Tu as la voix vachement pât…

— Je vais couper, je te préviens, puisque tu n'as pas l'air de m'entendre.

— Tu sais que tu ne peux pas gagner. Je voudrais que ce harcèlement cesse. Bob est dans tous ses états à cause de toi. Les garçons sont complètement chamboulés. Est-ce quc ça, au moins, ça te touche ?

— Et toi, ça ne te touche pas qu'une mère soit définitivement séparée de ses fils ? Oh, c'est vrai, Bob m'offre un *généreux* droit de visite. Il y a juste un hic, tout petit : pour en profiter, il faut que j'aille jusqu'en Nouvelle-Zélande.

— Contente de voir que tu apprécies sa générosité, Isabelle. Tu pourras les avoir à toi toute seule là-bas pendant les vacances. Que veux-tu de plus ? Quand est-ce que tu seras satisfaite ?

— Je tiens à ce que mes fils ne partent pas à l'autre bout du monde.

— Aucun tribunal de ce pays…

— Tu as déjà brandi cet argument !

— … ne va te permettre d'empêcher Bob d'obtenir de l'avancement.

— Il peut avancer jusqu'où ça lui plaît, jusqu'à la planète Mars si ça lui chante. Du moment qu'il n'emmène pas mes fils avec lui.

— *Ses* fils ! corrigea Sandra d'une voix sifflante. Qui, depuis le jour de votre séparation, habitent avec nous, et nous savons toutes les deux pourquoi. Alors ne m'oblige pas à te le rappeler. Au tribunal, cela ressortira obligatoirement : l'alcool, la maltraitance…

— Je ne les ai jamais maltraités !

— Combien de cuillères à café de vodka dans leurs biberons ? Ou étaient-ce des cuillères à soupe ?

— Ne me menace pas.

Sandra laissa échapper un de ces soupirs de femme raisonnable face à une folle.

— Je ne te menace pas, je te fais remarquer seulement que, dans un procès, tu risques le grand déballage.

— Bon, mettons que c'est sa parole contre la mienne.

— La parole d'une alcoolique, Isabelle, réfléchis cinq minutes. Est-ce que tu veux vraiment ce procès ? Ton avocat ne pourra pas te transformer d'un coup de baguette magique en mère poule, tu sais. Tu vas juste engraisser le système judiciaire.

— Passe-moi Bob !

— Il est avec les garçons. Je suppose que tu as vu que c'était l'heure de les coucher. Il les aide à se préparer.

— Ils ont neuf ans. Ils n'ont plus besoin qu'on les aide à se coucher.

— Si tu le dis… C'est vrai que tu as l'habitude, rétorqua Sandra, sarcastique. Trêve de plaisanteries, Isabelle, j'aimerais que tu soupèses ce que je viens de te dire : les sommes exorbitantes que tu vas payer à ton avocat pendant au moins dix ans ou la fin de ta carrière suite à ce qui transpirera au tribunal. À mon avis, tu dois être plus sensible au deuxième argument. Ta carrière a toujours primé sur James et Laurence.

Sur ce, Sandra lui raccrocha au nez.

Isabelle, frémissante de rage, la rappela. La boîte vocale lui réclama un message. Elle coupa. Elle rappela. De nouveau, elle tomba sur la messagerie. Elle rappela une troisième fois. Messagerie. Elle empoigna la bouteille de vodka et en versa une grande rasade dans son verre.

Son portable sonna. Elle répondit en hurlant :

— Écoute-moi bien, sale petite pétasse. Si tu crois que tu peux…

— Commissaire Ardery ?

Elle eut soudain le tournis. Cette voix… Ce ne pouvait être que celle de l'adjoint au préfet… Hillier. Elle s'écroula sur le lit.

— Oui, oui, désolée, je croyais… je pensais… (Allez, reprends-toi ! se dit-elle.) Juste une affaire de famille… La femme de mon ex-mari. Pardon. Je croyais que c'était elle qui appelait.

Un silence. Beaucoup trop long. Elle allait conclure qu'il avait raccroché, quand :

— Je viens de recevoir un appel de Quentin Walker.

Isabelle tenta de mettre une tête sur ce nom.

— Oui, monsieur ?

— Le député de Birmingham. Il a dû de nouveau tenir le crachoir à Clive Druitt. Il revient à l'attaque sur le thème des poursuites judiciaires. Il tient à ce qu'on prolonge l'enquête.

— Rien de ce que nous avons pu constater ne justifie une telle décision, répondit Isabelle. On pourrait à la rigueur accuser l'îlotier d'avoir manqué à son devoir, mais comme personne ne lui avait dit pour quelle raison il devait arrêter le vicaire… pardon, le diacre…

— Malgré tout, il faut que nous leur donnions quelque chose à se mettre sous la dent, au parlementaire et à Druitt. Une miette suffirait. N'importe quoi.

Isabelle essaya de réfléchir, mais une douleur sourde s'était logée derrière ses globes oculaires, et elle était prise d'une envie irrépressible de dormir et de sombrer dans un sommeil bercé de doux rêves. Elle appuya d'une main sur ses deux yeux.

— Vous êtes toujours là, commissaire ?

Elle dérivait, éprouvant une sensation de détente merveilleuse de tous ses muscles. Aucun souci ne venait plus troubler les eaux calmes de son esprit, et le bonheur était à portée de main, juste à la portée de sa main si seulement elle pouvait…

Elle redescendit sur terre, se dressa sur son séant.

— Oui, monsieur. Je réfléchissais. Nous tenons l'agenda du défunt, c'est un élément nouveau. Évidemment, ce n'est qu'une liste de rendez-vous. Nous pourrions bien sûr tout vérifier, mais ça prendrait du temps, et je ne pense pas que cela nous mènerait très loin. Jusqu'ici, tout converge pour confirmer un suicide. Havers a découvert que la caméra de vidéosurveillance…

Quand elle eut terminé, Hillier dit :

— Hum. Bon, je vois. Cela suffira peut-être. Vous me remettrez votre rapport dès votre retour à Londres. Nous le présenterons à Walker pour qu'il le transmette à Druitt père.

— Bien, monsieur.

Isabelle fit le salut militaire, et, s'apercevant soudain dans la glace, songea qu'elle avait dû se tirer les cheveux en parlant avec Sandra, car elle était toute décoiffée. En plus, ses cheveux avaient l'air sales. Quand avait-elle pris une douche la dernière fois ? Aucun souvenir…

— Et du côté de Havers ? interrogea Hillier. Vous avez quelque chose ?

Isabelle se leva pour se rapprocher du miroir. Ses pattes-d'oie semblaient plus marquées au coin de ses yeux.

— Rien du tout, monsieur. Elle était partie pour Shrewsbury écouter l'enregistrement de l'appel anonyme, mais je l'ai rappelée, étant donné que je l'avais seulement priée de regarder les vidéos de surveillance.

— Lui avez-vous donné un ordre auquel elle a désobéi ?

— Malheureusement, non. Pas à proprement parler.

Un nouveau silence. Elle se l'imaginait secouant la tête avec une mine dégoûtée. Mais elle ne pouvait pas nier que, hormis l'incident à propos de l'enregistrement, Havers marchait tout à fait droit.

— Donc, on ne peut pas faire grand-chose avec ça, vous êtes d'accord, commissaire ?

— Elle montre de la bonne volonté, monsieur. Elle téléphone sans doute chaque soir ou chaque matin à l'inspecteur Lynley pour recevoir un petit discours d'encouragement.

— Ah, oui, Lynley, dit Hillier d'un ton où perçait l'envie secrète d'envoyer aussi l'inspecteur à Berwick-upon-Tweed. Continuez ce bon travail, commissaire. Je veux vous voir dans mon bureau demain après-midi.

LUDLOW
SHROPSHIRE

Barbara attendit un bon moment avant de quitter l'hôtel. Elle avait son sac, elle avait ses clopes, et personne ne pouvait lui reprocher de sortir fumer ni même d'aller grappiller quelque chose à manger, puisqu'elle avait sauté le dîner.

Elle avait d'abord songé à pousser jusqu'à Lower Galdeford Street, où avec un peu de chance l'îlotier serait à l'œuvre avec sa jeune partenaire dans le parking du poste de police. L'ennui, c'est que la commissaire ne l'avait pas suivie sur la possibilité qu'un tiers ait été au courant de ces ébats clandestins. En outre, il avait admis dès le départ qu'il n'était pas dans la pièce où Ian Druitt s'était donné la mort. La raison qu'il invoquait cependant était beaucoup plus innocente que celle qu'elle soupçonnait, puisqu'il affirmait avoir effectué une série d'appels aux pubs de la ville.

Et bien sûr, d'après Nancy Scannell, le médecin légiste qui avait examiné le corps, il n'était pas possible qu'il s'agisse d'un meurtre déguisé en suicide. Toutefois, Barbara ne pouvait s'empêcher de se souvenir de la photo de groupe des propriétaires du planeur que Rabiah Lomax exposait sur sa cheminée. Cela voulait forcément dire quelque chose. Barbara le pressentait jusqu'à la plante de ses pieds.

Ainsi était-elle toujours sur la piste de la vérité dans cette affaire. Et ce soir, la piste la menait de l'autre côté de Castle Square, par un étroit passage qui débouchait sur Quality Square. Là, elle se glisserait dans le Hart and Hind pour boire une demi-pinte de bière et manger un sachet de chips, ou une pomme de terre en robe des champs s'il y en avait à la carte. Et surtout, elle comptait y trouver quelqu'un, pas forcément le tenancier, susceptible de confirmer qu'une « biture express » avait bien été à déplorer le soir de la mort de Druitt, au point que l'îlotier avait été obligé d'exiger la fermeture du bar. Elle n'était pas sûre de ce qu'elle ferait ensuite de cette information, mais au moins elle aurait avancé un pion.

Ruddock était un type plutôt sympa. Barbara ne tenait pas à ce qu'il perde son travail. Mais même un type sympa peut commettre une erreur – elle-même, qui était une femme sympa, en avait commis une flopée. En plus, elle avait le sentiment que Ruddock n'avait pas été totalement honnête sur la nature exacte de cette erreur.

Elle fonça droit sur le bar. Le pub était pour ainsi dire désert.

Il y avait deux barmen. Le plus vieux vint prendre sa commande. Une demi-pinte de Joule's Pale Ale, et s'ils avaient encore les pommes de terre au four qui figuraient sur l'ardoise, elle en voulait bien une. Il confessa que les pommes de terre avaient été tenues au chaud depuis midi et qu'elles n'étaient donc plus de toute première fraîcheur. Elle répliqua que cela lui était égal et que, s'il avait de quoi l'accompagner, ce serait encore mieux. Tout ce qu'il avait à lui proposer sortirait d'une boîte : que dirait-elle d'un peu de maïs doux avec du beurre ?

— Apportez-moi tout ça, je ne suis pas difficile.

Le regard dont il la gratifia suggérait qu'il l'avait déjà deviné.

Il lui servit sa demi-pinte puis disparut par une porte derrière le bar qui donnait sans doute sur la cuisine. À cet instant, deux personnes descendirent l'escalier situé dans le fond, au bout du bar. C'étaient un garçon et une fille – vu leur âge, sûrement des étudiants de première année. Le garçon présenta au plus jeune des barmen un porte-clés géant et deux billets de vingt livres, qui furent prestement placés dans une boîte derrière la caisse tandis que la clé retournait à ce qui était manifestement son crochet, derrière le bar. « Intéressant », songea Barbara.

Lorsque l'aîné des barmen revint avec sa commande, elle lui lança :

— C'est pour tromper le fisc, ou juste pour mettre un peu de beurre dans les épinards ?

— Quoi ?

— Deux tourtereaux d'âge assez tendre pour ne pas avoir d'autre endroit où s'aimer d'amour viennent de donner une clé avec de l'argent à votre collègue.

— Ah, dit-il avec un sourire en coin. Parfois, les jeunes ont besoin d'un peu d'intimité. Je suis là pour le leur fournir.

— Moyennant finance, donc…

— Il faut bien joindre les deux bouts, répliqua-t-il en la regardant soudain plus attentivement. Vous êtes le style observatrice.

— On n'a pas besoin d'être observateur pour voir ce qui est sous son nez.

Il fit sonner un rire bref.

— Ah, ça, c'est typique.

Sur ce, il tira une pinte qu'il fit glisser vers le bout du comptoir à l'intention d'une femme coiffée d'une choucroute noire qui lui donnait l'allure d'une rescapée des années 1960.

— Alors, comme ça, Georgie t'a encore fait des misères, ma pauvre Doreen ?

Elle éclata d'un rire qui tenait plutôt du hennissement, laissant apparaître une dentition à donner des palpitations à un orthodontiste.

— C'est toi qui le dis, Jack, riposta-t-elle en attrapant sa pinte avant de retourner à sa table.

Jack pêcha un linge humide derrière le bar et épongea les ronds laissés par des clients qui n'avaient pas encore découvert l'utilité des dessous-de-verre.

— Je vous connais pas, ou bien si ?

— Vous connaissez tous vos clients ?

— Oui, c'est bon pour le business, dit-il en lui tendant la main. Jack Korhonen.

— Barbara Havers.

La pomme de terre avait au moins la vertu d'être brûlante, et étant donné la dose plus que généreuse de beurre et le croquant sucré du maïs – plus une pincée de sel et de poivre, quelques gouttes de Brown Sauce et une noisette de moutarde –, Barbara n'eut aucun mal à tout engloutir.

— Je me suis renseignée à droite et à gauche, il paraît que c'est ici qu'il faut venir.

— Sûrement à cause de la proximité de la fac. Ça attire plus la clientèle que les danseuses nues qui se tortillent autour d'un poteau.

— Ce soir, y a pas affluence, on dirait.

— C'est la mi-semaine. Et puis, on va pas tarder à fermer.

Le jeune barman nettoyait les tables. Il fit glisser vers Jack un plateau rempli de verres sales.

— On dirait que c'est fini pour ce soir, dit-il en indiquant d'un coup d'œil les chambres à l'étage. Cent vingt livres. C'est pas Byzance.

— C'est peut-être le moment de changer les draps.

Ils s'esclaffèrent tous les deux. Puis Jack se tourna vers Barbara.

— Au fait, qu'est-ce qui vous amène ? Je vous imagine pas en vacances vu que vous êtes seule.

Barbara songea que cela pourrait très bien se produire, des vacances solitaires, si un jour elle avait le temps d'en prendre.

— Historienne amateur.

(Ludlow grouillait d'historiens amateurs.)

— Ah, l'histoire, c'est pas ça qui nous manque ici… Mais vous, c'est l'histoire de quoi ?

— Pardon ?

— L'histoire de l'univers, l'histoire d'Angleterre, l'histoire des Celtes, des Angles, des Saxons ? Quel genre ?

— Oh… la royauté, surtout les Plantagenêts.

— Ah, les castagneurs.

— C'est vrai qu'il y a eu pas mal de batailles.

— C'est lesquels qui vous intéressent ?

— Quelles batailles ?

— Non, quels Plantagenêts ?

Pour le coup, c'était une colle. Elle devait pourtant bien être capable d'en nommer un, un seul. Pourquoi pas Édouard ? Il y en avait eu des tripotées, des Édouard. L'ennui, c'est que Korhonen allait lui demander lequel, et là, ce serait la fin des haricots. Les Édouard n'étaient pas tous des Plantagenêts. Mettons Édouard VIII et cette femme dont il était amoureux. Il était quoi ? Un Windsor ? Et puis, au fond, y avait-il vraiment eu un Édouard VIII ? Ne confondait-elle pas avec Henri VIII, dont elle était sûre en revanche qu'il n'était pas un Plantagenêt, bâtard ou pas bâtard. Lynley, qui avait reçu les félicitations en histoire à Oxford, le lui avait assez répété. Ou se trompait-elle ? S'agissait-il d'Henri VII ? Oh, et puis flûte, pourquoi les dynasties ne pouvaient pas faire varier les prénoms ? Le roi Kevin, ce serait parfait.

— C'est bien ça mon problème, répondit-elle. Je n'arrive pas à me décider. Je vais visiter les ruines du château demain matin. J'y trouverai peut-être l'inspiration. Qui sait ?

— Ah. Édouard V, alors. Ou Édouard IV puisqu'il a dû y passer une partie de son enfance, avant d'être roi. Mary Tudor aussi.

Saperlipopette ! Elle devait absolument sortir de ce bourbier si elle voulait rester crédible.

— Vous savez quoi ? Je vais mettre un crack en histoire à contribution pour qu'il me débrouille cette affaire. Vous n'en connaîtriez pas un, par hasard ?

— Vous voulez dire un prof ? Moi, je suis là seulement pour leur servir à boire, j'en sais pas plus sur eux. On est tous égaux devant une pinte. Qu'on soit un hooligan ou une tête couronnée, tout le monde aime s'en jeter une derrière la cravate. Certains un peu trop, d'ailleurs.

— Vous faites référence à la fameuse « biture express » qui semble faire partie intégrante de la vie estudiantine ?

Soudain méfiant, il se mit à essuyer de nouveau le bar, puis il s'attaqua aux robinets.

— Il y en a de temps en temps, c'est vrai. Mais en général, tout se passe bien.

— Pas comme dans les grandes villes, hein ?

— On se débrouille pour que ça dérape pas. D'ailleurs, quand il y a des débordements, j'ai de la chance, ici, sur Quality Square. Il se trouve toujours une bonne âme pour appeler les flics ou venir à ma rescousse. Les autres pubs de Ludlow sont obligés de se débrouiller tout seuls. Pendant un temps, on a eu des pasteurs de rue. Des bénévoles au grand cœur qui arpentaient Ludlow pour ramasser les jeunes vomissant dans les caniveaux et les raccompagner chez eux. Mais depuis que ça a capoté, on assiste à un retour du chacun pour soi.

Il commença à enlever les verres sales du plateau. Barbara ne savait pas de quelle manière s'y prendre pour obtenir de lui l'information dont elle avait besoin… Le soir de la mort de Druitt, Gary Ruddock avait-il bien, oui ou non, téléphoné pour le prier de fermer le bar à cause d'une beuverie de ce style ? Ce qu'elle voulait éviter surtout, c'était que sa curiosité à ce sujet revînt aux oreilles de l'îlotier.

Elle était sur le point de se jeter à l'eau, quand Jack Korhonen s'exclama :

— Voilà justement l'homme de l'art !

Barbara se retourna pour voir Gary Ruddock qui entrait dans le pub. Apparemment, c'était un habitué, car Korhonen l'accueillit d'un :

— Vous êtes en retard, ce soir.

Ruddock se planta devant le bar.

— Je n'ai pas réussi à emmener Rob aux toilettes à temps. Il a fallu lui donner une douche.

— Ah, soupira le tenancier. Je ne pourrais pas faire ce que vous faites…

Ruddock se tourna vers Barbara.

— Votre chef s'est calmée ?

— Vous vous connaissez, tous les deux ? s'étonna Korhonen.

— Barbara Havers, de Scotland Yard.

— Ah, bon ? dit Korhonen avec un sourire qui s'élargissait de seconde en seconde. Voilà un détail qui n'a pas été mentionné. Non, nous avons surtout causé Plantagenêt.

— Ça, c'est du lourd, opina Gary Ruddock.

Barbara décida que le moment était venu de prendre la tangente. Pouvait-elle avoir l'addition ?

— Pour Scotland Yard ? La maison l'offre à madame. Revenez quand vous aurez choisi votre Plantagenêt, hein ? Je pourrai peut-être vous aider…

Elle bafouilla un remerciement, puis informa Ruddock :

— Nous rentrons à Londres demain. Merci de votre aide.

— Si je peux faire autre chose ?

— Hum… non. Si ce n'est que j'aimerais écouter l'enregistrement de cet appel.

— Ah, oui, ça…

Ruddock hocha la tête d'un air pensif, puis ajouta :

— Je peux m'arranger pour vous le faire envoyer.

— C'est quoi, cette histoire ? intervint Korhonen.

— Tu sais… l'appel anonyme au 999 au sujet de ce type, Ian Druitt. Le diacre, le…

— Oui, oui, bien sûr…

— Le sergent et moi étions en route pour Shrewsbury pour aller écouter l'enregistrement quand elle a reçu un coup de fil de sa commissaire…

Se tournant de nouveau vers Barbara, il opina :

— Je peux essayer.

— Merci. Je vous en suis très reconnaissante.

En sortant du pub, elle se dit qu'elle s'était démenée pour rien. Bon, elle avait eu confirmation d'une part que des jeunes s'adonnaient à des excès de boisson inconsidérés, et d'autre part que Gary Ruddock était celui qui intervenait dans ces cas-là pour y mettre le holà. Sinon, il y avait une chance, très mince, pour que ce dernier lui procure l'enregistrement de l'appel anonyme.

Dehors, sur la terrasse du bar, les tables, les chaises et les parasols pliés brillaient sous l'éclairage extérieur. Une courte allée débouchait sur Quality Square. Pas étonnant, se dit-elle, que les riverains aient du mal à supporter le tapage nocturne lorsque les jeunes faisaient la bringue.

Barbara rejoignit la rue principale par le passage puis marcha jusqu'à Castle Square. Elle aperçut alors un berger allemand couché sur le trottoir, devant une crémerie. Dans l'entrée obscure de la boutique, elle distingua un tas de couvertures. Le tas bougea un peu. Un bras émergea. Harry – puisque c'était son chien – ne dormait pas, donc, et Barbara se dit qu'elle serait trop bête de ne pas profiter de l'occasion pour avoir une petite conversation avec lui.

Le molosse leva la tête à son approche et poussa un grognement sourd.

— T'excite pas, Sweet Pea[1]...

Harry changea de position. Comme l'espace ménagé par le renfoncement était trop étroit pour s'y allonger, il était assis adossé à la porte. Il tapota sur le sol à côté de son sac de couchage – vieux et d'une propreté douteuse – et braqua le faisceau d'une torche électrique sur le visage de Barbara. Voyant la lumière, le chien fit mine de se lever.

— Stop !

Barbara se figea, n'ayant pas la moindre envie d'avoir maille à partir avec un chien qui paraissait sorti d'un documentaire sur les nazis.

— Oh, désolé, dit Harry. Je parlais à ma chienne, pas à vous. Sweet Pea s'inquiète beaucoup trop pour moi. Couché, Sweet Pea. Cette dame ne me veut pas de mal, tu sais.

La voix de cet homme... C'était sidérant. Barbara avait l'impression d'avoir devant elle un présentateur télé. Le genre d'accent que l'on ne pratiquait plus guère à une époque où chacun tenait à exposer fièrement ses origines. Barbara ne s'était attendue à rien de spécial,

1. Petit nom tendre, qui pourrait se traduire par « Chaton ».

mais certes pas à un échantillon parfait de l'anglais de la BBC.

— Vous êtes Harry…

— Et à qui ai-je l'honneur ?

— Barbara Havers. New Scotland Yard.

— Ah. Voilà des mots que je ne pensais pas entendre un jour.

Il posa la torche et commença à se dégager de ses couvertures. Elle le pria de ne surtout pas se lever pour elle. Mais s'il voulait bien bavarder un moment…

— Volontiers, du moment que cela ne concerne pas la campagne gouvernementale pour se débarrasser des sans-abri.

— Il y a vraiment une campagne ?

— Je n'en ai pas la moindre idée. Mais la politique étant ce qu'elle est, ce n'est pas à exclure. Certaines personnes, surtout les hommes politiques, je ne sais pas pourquoi, sont perturbées par la vue d'individus dormant à la belle étoile dans les centres des villes. C'est pourquoi je me suis longtemps cantonné à la campagne. En périphérie des villages.

— Mais plus maintenant ?

— Pardon ?

— Vous ne dormez plus dans les champs ?

— Hélas, je suis trop vieux, j'ai besoin de mon petit confort, dit-il en indiquant d'un geste l'alcôve où il s'était niché. En plus, ma sœur tient absolument à pouvoir me contacter en cas d'urgence, même si je n'ai toujours pas compris à quel genre d'urgence elle fait allusion. Bon, si vous me le permettez, je vais me lever. À force d'avoir le nez en l'air pour vous regarder, je vais attraper un torticolis.

Sans attendre sa permission, il se dégagea de son sac de couchage, épousseta ses vêtements, prit sa torche et se mit debout. Il était grand et maigre. En le voyant de près, Barbara se rendit compte qu'il était rasé de frais et que ses cheveux, quoique grisonnants, étaient propres. Il éteignit sa torche.

— J'économise la batterie, expliqua-t-il. Et vous me paraissez inoffensive.

— Vous me flattez. Où pouvons-nous aller pour parler ?

À la faible lumière du réverbère placé à une vingtaine de mètres d'eux, elle le vit sourire.

— Je suis claustrophobe. Je regrette, il faudra que ce soit dehors.

— C'est pour ça que vous dormez dans la rue ? Une chambre aux fenêtres grandes ouvertes, ça ne vous irait pas ?

— Hélas, non. Jadis, si, cela suffisait, c'est exact. Vous êtes une enquêtrice perspicace, Barbara Havers. Regardez toutes les informations que vous avez glanées, en quelques minutes à peine. Quel est votre grade ? Cela me permettrait d'éviter de me montrer trop familier avec vous…

— Sergent. Mais appelez-moi par mon prénom… Barbara…

— Ce serait contraire à mon éducation, sergent Havers. Je me présente : Henry Rochester. Harry, ainsi que cela vous est arrivé aux oreilles. Que puis-je pour vous ?

— Je vous ai aperçu ici et là en ville, M. Rochester. Au marché, entre autres, où vous étiez en train de vendre des choses.

— Harry, je vous prie.

— Harry, si vous voulez, mais dans ce cas, c'est Barbara.

— Entendu, Barbara. C'est vrai, je me balade pas mal, surtout dans le centre. L'atmosphère me plaît. On y est cerné par la grande histoire. Je peux presque entendre le bruit des sabots des chevaux des York galopant vers le château.

Les York ? Barbara n'allait sûrement pas s'engager de nouveau sur ce terrain mouvant. Elle répliqua néanmoins :

— Vous êtes historien ?

— Je l'ai été. Mais cela, c'était au temps où il me suffisait de laisser la fenêtre ouverte : je pouvais donner mes cours. J'étais prof d'histoire.

— Dur de laisser tomber, non ?

— J'en suis arrivé à la conclusion qu'accepter l'adversité comme quelque chose de naturel est le plus sûr moyen d'obtenir le contentement. Mes besoins sont modestes, et, quand ils se manifestent à mon attention, le confort moderne y pourvoit gentiment, ma banque me donnant accès à mon compte par le truchement de distributeurs automatiques. Grâce à la fascination de mon père pour les différentes manières de se sécher les mains dans les toilettes publiques, nous avons, ma sœur et moi, hérité d'une jolie fortune, si vous voulez bien me pardonner ma vulgarité, car on ne devrait jamais parler d'argent. Catherine préférerait, bien sûr, que je vive autrement, mais elle a appris à garder pour elle ses inquiétudes. Ainsi ai-je la chance de pouvoir mener une vie dépouillée et libre.

— Et au grand air.

— Et au grand air.

— Les intempéries ne vous gênent pas ? L'hiver non plus ?

— Je suis plutôt robuste. Mais je connais quelqu'un à Ludlow qui tient à ma disposition un espace sous sa maison, où je peux m'abriter si nécessaire. J'y range aussi mes affaires d'hiver. Les manteaux, gros sacs de couchage, etc. Vous savez, je suis très heureux.

Sur Castle Square, plusieurs bancs accueillaient le promeneur désireux de prendre un instant de repos en admirant les remparts. Harry et Barbara s'installèrent sur l'un d'eux. Sweet Pea se coucha aux pieds de son maître.

— Puis-je vous demander ce qui vous a amenée à Ludlow ?

— La mort en garde à vue d'un homme dans le poste de police en mars dernier. En avez-vous entendu parler ?

Barbara en doutait, supposant qu'il ne lisait pas souvent le journal et regardait encore moins la télé.

— Oh, oui. Pauvre homme.

— Vous connaissiez Ian Druitt ?

Barbara sortit son paquet de clopes et lui en offrit une. Il déclina, précisant qu'il avait arrêté de fumer. Puis il changea d'idée, et admit qu'une seule ne pouvait pas lui faire de mal, n'est-ce pas ? Barbara lui fit observer que le temps qu'il passait à respirer de l'air pur devait compenser l'effet nocif du tabac. Puis :

— Vous connaissiez Ian Druitt, alors ?

— Nous ne nous sommes parlé qu'une seule fois. C'était la nuit, il m'avait proposé un anorak dont je n'avais pas besoin. Mais je le voyais par-ci, par-là.

Je vois tout le monde par-ci, par-là, en somme. Certains que je connais, d'autres que je ne fais que reconnaître.

— Quand vous dormez, personne ne vient jamais vous demander de circuler ?

— Vous faites allusion à la police ? Non, cela ne s'est jamais produit. Vous savez sans doute que la police dans notre ville est réduite à sa portion congrue en la personne d'un îlotier. Ruddock.

— En effet, et lui, vous le connaissez ?

— Comme il est chargé du maintien de l'ordre, je sais qui il est. En revanche, je n'irai pas jusqu'à prétendre le connaître.

— Il vous réveille, il vous oblige à changer de place ?

— Seulement de temps en temps lorsque quelqu'un se plaint. Je fais de mon mieux pour éviter les mauvais coucheurs, mais il arrive que je me trompe. Les restaurateurs, en particulier, n'apprécient pas que l'on vienne dormir sur le pas de leur porte, même après l'heure de la fermeture.

— Il y a d'autres endroits comme ça, à éviter ?

— Les écoles élémentaires ne sont pas très accueillantes non plus. Mais je pense que M. Ruddock me considère comme un vagabond inoffensif. En général, il me lance au passage un « Salut, Harry, j'espère que vous ne faites pas de bêtises ! », mais c'est tout. Sauf quand je déniche des bricoles à vendre sur le marché. Cela déplaît au plus haut point à l'agent Ruddock, au motif que je n'ai pas de licence…

Barbara tira sur sa clope en hochant la tête.

— Je l'ai vu à l'œuvre avec vous aujourd'hui. Mais pourquoi vendre à la sauvette si vous n'avez pas besoin d'argent ?

Harry répandit un peu de cendre sur les pavés, tira une dernière bouffée puis écrasa son mégot sous sa chaussure, le ramassa et le glissa dans sa poche.

— Je déteste le gâchis, dit-il. C'est incroyable ce que les gens peuvent jeter. Je récupère, je remets en circulation. Parfois, l'agent Ruddock me fait une fleur et ferme les yeux. Mais c'est rare. Avec lui, tout le monde est logé à la même enseigne. Il fait dégager, un point c'est tout.

— D'après ce que vous me dites, il semble qu'il ne brutalise jamais personne.

— Peut-être que si, mais moi, jamais. À mon avis, c'est un brave type qui fait un métier ennuyeux.

— Ennuyeux ?

— Disons, qui a l'air ennuyeux… Faire des rondes, vérifier que les portes des magasins n'ont pas été forcées, ramasser des étudiants ivres morts et les ramener chez eux si nécessaire, conduire une voiture, etc. Rien de bien excitant.

— Est-ce que par hasard vous l'auriez aperçu le soir de la mort de Ian Druitt ? Il l'a arrêté à l'église. C'était en mars.

Harry se gratta la tête.

— Les nuits se succèdent si semblables les unes aux autres que j'ai peine à les distinguer. Auriez-vous un détail qui me permettrait de le faire ?

Barbara réfléchit. Harry Rochester avait raison, bien sûr. À moins d'être une de ces personnes obsessionnelles que la moindre perturbation dérange, personne ne se rappelle une soirée comme une autre.

— Si je vous disais que, ce soir-là, des jeunes se payaient une biture terrible ? L'agent Ruddock n'a pas pu s'en occuper. Il est donc possible que la fête se soit prolongée plus tard que d'habitude.

— Hélas, la consommation excessive d'alcool est une réalité déplorable à Ludlow. Cela se produit plusieurs fois par mois. L'agent Ruddock intervient à bon escient. Mais je vous avoue que je ne me suis jamais aperçu de son absence.

— Il a dû s'en occuper par téléphone.

Après un silence, Harry marmonna :

— En général, il s'en charge en personne.

— Que fait-il exactement ?

— Je ne sais pas trop. Il les oblige sans doute à sortir des pubs, et une fois qu'ils sont dans la rue, il les force à circuler. Ce que j'ai vu de mes yeux, toutefois, c'est que parfois il les fait monter dans sa voiture pour les ramener chez eux. Enfin, je suppose que c'est là où il les conduit. Il pourrait aussi les emmener au poste… pour… comment dit-on… en cellule de dégrisement ? Je n'en sais rien… Mais quand on parle du loup… Vous allez pouvoir lui poser la question directement.

Barbara, tournée vers Harry, n'avait pas vu Gary Ruddock émerger du passage de Quality Square. De loin, il les salua de la main, mais ne fit pas mine d'approcher.

— Vous deux, pas de bêtises ! leur lança-t-il.

Il monta dans sa voiture, garée devant West Mercia College, démarra et prit par Dinham Street, un itinéraire le conduisant sans doute à ses pénates, supposa Barbara, perplexe. Elle ne pouvait s'empêcher de se demander ce qui avait incité Ruddock à sortir ce soir dans Ludlow désert, et ce, après avoir aidé le vieux Rob à prendre sa douche.

8 mai

VICTORIA
LONDRES

Isabelle Ardery s'armait de patience en attendant le retour de déjeuner de l'adjoint au préfet de police. D'après Judi-avec-un-i, sir David avait rendez-vous à Marylebone avec un membre d'un groupe d'influence : ils devaient discuter de choses graves. Judi ne se montra pas encline à lui en révéler davantage. En revanche, elle ne lui cacha pas qu'il était atrocement en retard. Les embouteillages, sûrement, comme d'habitude. Elle avait pourtant conseillé à sir David de prendre le métro. Mais Isabelle connaissait David aussi bien qu'elle et elle se doutait que…

Oui, Isabelle imaginait mal David Hillier s'abaissant à descendre dans l'Underground pour faire le trajet aller-retour de St. James Park à Baker Street avec un changement à la clé. Pas question. Il préférait mille fois se faire conduire par son chauffeur, même si cela devait le mettre en retard.

La commissaire avait des démangeaisons dans tout le corps. Elle savait exactement ce qu'il lui aurait fallu pour calmer ses nerfs avant sa réunion avec son supérieur hiérarchique, mais elle n'avait d'autre choix que de compter sur la force de sa volonté. L'appel inattendu de David Hillier la veille au soir pouvait avoir discrédité son sérieux professionnel. Il fallait qu'elle se rattrape. En se réveillant ce matin dans le Shropshire, elle avait pris une bonne résolution.

Pour commencer, elle s'était saisie de la bouteille de vodka dont il restait un fond, en avait bu la moitié et versé l'autre moitié dans le lavabo. Puis elle avait jeté la bouteille en se disant : « Jamais plus. » Elle avait honte, elle était allée trop loin. Sa non-maîtrise d'elle-même au téléphone sonnait comme un coup de semonce.

Peu de temps après, Peace-on-Earth lui avait monté le café qu'elle avait commandé. Elle l'avait bu tout en s'habillant, de sorte que, lorsqu'elle avait retrouvé Barbara Havers à la réception où celle-ci déposait sa clé, elle se sentait d'attaque.

Le sergent l'avait accueillie d'un « Il y a du nouveau, chef ».

« Attendez que nous ayons atteint l'autoroute pour m'en faire part, sergent. »

Havers avait hésité, puis s'était résignée à se taire. Mais elles n'avaient pas plus tôt débouché de la bretelle sur la M5 que Barbara s'était transformée en moulin à paroles. Comme elles n'avaient rien mangé au petit déjeuner, Isabelle avait espéré qu'elle tiendrait sa langue au moins jusqu'à un Welcome Break. Et voilà que cette toupie débitait son laïus, à croire qu'elle avait, elle aussi, bu une cafetière entière au saut du lit.

Elle ne lui épargna aucun détail, y compris la confirmation de faits qui n'avaient pas besoin d'être confirmés. Une fois de plus, Havers était sortie en douce déambuler dans la ville, au beau milieu de la nuit. Son excuse – « J'avais faim, chef, et le resto de l'hôtel était fermé » – lui paraissait plus que lamentable, grotesque.

Vu sa vitesse d'élocution, tout juste moins rapide que la lumière, Havers de toute évidence cherchait à éviter d'être interrompue. En effet, Ludlow avait à déplorer des « bitures express ». En effet, l'îlotier était souvent amené à disperser les jeunes fêtards. Et… « ce qui mérite d'être noté, chef », un témoin l'avait vu embarquer des jeunes dans sa voiture afin de les conduire… où ça ? Chez leurs parents, au poste, chez eux, ou… Dieu sait où. Ce témoin s'était avéré être un « adepte de la vie au grand air », un certain Harry Rochester.

Isabelle avait réussi à l'interrompre une première fois :

« Vous avez bien fait de vérifier la déposition de l'îlotier, mais je ne vois pas où vous voulez en venir, sergent.

— Voilà : ce que Harry ne peut pas confirmer, c'est que des jeunes aient fait la fête le soir de l'arrestation de Druitt. »

Si elle n'avait pas été au volant, Isabelle aurait fermé les yeux. En l'occurrence, elle avait vu se rapprocher la pancarte annonçant le Welcome Break et avait remercié le ciel.

« Nous allons faire une halte petit déjeuner, sergent. »

Comme Havers ne semblait pas décidée pour autant à cesser de parler, elle avait ajouté :

« Si vous voulez bien, on reprendra cette conversation quand on aura quelque chose dans le ventre. »

Sa fougue oratoire n'avait pas coupé l'appétit du sergent. Alors que les vitrines du Caffè Nero proposaient des aliments sains – fruits, yaourts et mélanges de graines –, Havers avait commandé un petit déjeuner anglais complet œufs brouillés aqueux, saucisses, tomates grillées, haricots, champignons, toasts tartinés de beurre. Le tout arrosé d'une énorme quantité de thé avec beaucoup de lait et encore plus de sucre. Pour sa part, Isabelle avait choisi un *latte* et une banane.

Entre deux bouchées, Havers avait continué son exposé :

« En fait, chef, la police des polices n'a jamais interrogé Harry Rochester. Ils ne savaient même pas qu'il était impliqué.

— Je ne vois pas en quoi il serait impliqué, sergent. »

Isabelle avait pris l'habitude de boire ses *latte* avec une paille. Infiniment plus commode que ces couvercles en pastique qui refusaient de s'ajuster au bord du gobelet. Elle avait aspiré un peu de café… malheureusement tiédasse. Soupir. Devait-elle le ramener au comptoir ? La barbe. Comme le sergent Havers.

« Si je vous ai bien comprise, M. Rochester s'est borné à confirmer que oui, il y a consommation excessive d'alcool chez les jeunes de Ludlow.

— Justement, il ne se souvient pas d'une biture express ce soir-là.

— Dois-je vous rappeler que ce qu'un sans-abri se rappelle ou pas nous importe peu, pour la simple raison qu'il est un sans-abri.

— Harry n'est pas un SDF, avait protesté Havers en agitant en l'air sa fourchette piquée d'un bout de saucisse pour appuyer ses paroles. Il dort dehors, c'est vrai. Mais c'est parce qu'il est claustrophobe.

— N'empêche, qu'un claustrophobe logeant sur le pas des portes n'ait pas le souvenir d'une biture un soir il y a deux mois…

— Pourtant, dans le dossier de l'IPCC, il est écrit noir sur blanc que le tenancier du Hart and Hind a confirmé pour cette histoire de jeunes et de biture. Or, voilà ce que j'ai trouvé, chef : le type a un petit business clandestin sur lequel il souhaite, sans aucun doute, que la police ferme les yeux. Des chambres qu'il loue à l'heure à des étudiants… J'en ai déduit qu'il est susceptible de dire tout ce que Ruddock lui demande de dire, non ? Et les autres pubs auxquels Ruddock a téléphoné, me direz-vous ? Si on réfléchit une minute, ils ne pouvaient pas savoir si des jeunes se soûlaient à Quality Square. Ruddock leur a dit ce qu'il voulait…

— Sergent, stop ! »

Pour la énième fois, Isabelle avait expliqué au sergent en quoi consistait leur mission à Ludlow. Puis elle avait ajouté :

« Maintenant, il ne nous reste plus qu'à pondre un rapport pour Hillier qui le transmettra à Quentin Walker, avant de nous remettre au travail sérieusement. J'espère que c'est clair, sergent.

— Oui, mais…

— J'espère d'ailleurs que vous prévoyez de vous y mettre dès notre arrivée à Victoria Street. »

Havers avait esquivé son regard en baissant les yeux.

« Oui, chef.

— Bien. »

Isabelle était passée voir ce à quoi Havers occupait son temps avant de filer au Tower Block. Le sergent travaillait d'arrache-pied. Bon, tant mieux. À elle maintenant d'affronter l'adjoint au préfet.

Enfin, ce dernier fit son apparition. Il avait vingt minutes de retard sur l'heure convenue et un autre rendez-vous planifié dix minutes plus tard.

En sortant de l'ascenseur, il était au téléphone sur son portable.

— C'est la journée des parents, Laura, pas des grands-parents. S'il te plaît, dis à Catherine que son père a d'autres chats à fouetter que de regarder des mamans faire une course de crêpes… Je rigole bien sûr… Non, je ne pourrai pas venir… Chérie, non. À ce soir… Bien sûr !

Il fourra son portable dans sa veste et dit à Isabelle :

— Sept petits-enfants, ça en fait six de trop. Alors, vous avez ce rapport, commissaire ?

Il lui ouvrit la porte de son bureau et lui fit signe d'entrer tout en lançant à Judi-avec-un-i :

— Annulez Stanwood. Reportez-le à la semaine prochaine. À la première heure.

Puis il suivit Isabelle et referma derrière lui. Du fait qu'il ne lui avait offert ni café, ni thé, ni verre d'eau, Isabelle en avait déduit qu'il ne lui accorderait que quelques minutes.

— Le sergent Havers est en train d'y mettre la touche finale, monsieur. Je vous le ferai parvenir en fin de journée. Au plus tard demain matin.

— Dans ce cas, que faites-vous ici, commissaire ?

Isabelle rassembla son courage. Elle devait se montrer désolée sans pour autant avoir l'air de se rabaisser.

— Je voulais m'excuser pour hier soir.

Il ne l'avait pas priée de s'asseoir, et lui-même restait debout. Il la regardait simplement, et il la laissait le regarder. C'était un homme massif, à l'abondante chevelure grise, le visage toujours un peu rouge, assez séduisant sans être beau. Il cherchait manifestement à l'intimider. Mais elle était résolue à faire face.

— Hum. Qu'est-ce que vous aviez, hier soir ?

— J'avais pris un somnifère. Mon ex-mari et moi devons régler un conflit entre nous, et j'ai parfois du mal à dormir. Vous m'avez réveillée. Je suis confuse, vraiment.

Il resta mutique. Elle se figura qu'il était en train de se remémorer les horreurs qu'elle lui avait sorties la veille en le prenant pour Sandra.

— Comme je dors, ajouta-t-elle, je ne contrôle pas les effets… Et vous m'avez réveillée. J'espère que vous ne m'en tiendrez pas rigueur, monsieur.

Toujours ce fichu silence… Indéchiffrable. Mais elle était déterminée à ne pas se démonter. Isabelle Jacqueline Ardery avait la conscience tranquille, un point c'est tout.

Quand il sortit de son mutisme, ce fut pour lui demander sèchement :

— Qu'est-ce qu'on a pour Walker ? Il faut qu'il puisse dire quelque chose à Druitt père. Alors ?

— Dès que le sergent Havers aura terminé, je verrai ce qu'elle a fait. Si jamais ce n'est pas satisfaisant, elle y retravaillera. J'ai eu une entrevue avec M. Druitt. C'est un homme qui m'a paru très raisonnable. Bien sûr, il est effondré par la mort de son fils, comme vous pouvez l'imaginer. Mais le fait est que personne ne peut connaître les pensées secrètes d'autrui, même d'un fils, surtout d'un fils adulte. À mon avis, il finira par faire face à la réalité.

— C'est-à-dire ?

— Même si son fils n'était pas un pédophile, il avait sûrement une bonne raison de se tuer. Laquelle ? Ni lui ni personne ne le saura sans doute jamais. En tout cas, les enquêtes de l'inspecteur Pajer et de l'IPCC sont inattaquables. Si M. Druitt continue à être mécontent, nous sommes prêts à soumettre la nôtre au service des poursuites judiciaires de la Couronne. D'ailleurs, je pense que c'est la meilleure solution. Ainsi tout le monde tombera d'accord et M. Druitt devra renoncer à son idée de procès

L'adjoint au préfet ne l'avait pas quittée des yeux. Un regard insistant, plus qu'il n'était nécessaire, songea Isabelle. Hillier et elle étaient pourtant dans le même camp, non ?

Isabelle décida de s'en tenir là. Elle n'en dirait pas davantage pour le moment.

— Excellent, lâcha finalement Hillier. Je suis tout à fait d'accord avec vous.

— Merci, monsieur. Et vraiment, je suis désolée pour…

— Vous en prenez souvent ?

La brutalité de la question la prit au dépourvu.

— Pardon ?

— Des somnifères. Vous en prenez souvent ?

— Presque jamais, monsieur.

— Bien. N'en prenez pas plus surtout. Nous n'avons pas envie de vous perdre parce que vous avez dépassé la dose.

Sur ce, il alla s'asseoir à son bureau, ce qui signifiait que l'entretien était terminé. Elle le remercia et avait déjà la main sur la poignée de la porte quand il reprit :

— Continuez avec le sergent Havers, si vous voulez bien. À un moment ou à un autre, elle merdera.

— Oui, monsieur.

— Et laissez-lui les coudées franches.

VICTORIA
LONDRES

Le retour à Londres s'était révélé moins pénible que Barbara ne l'avait anticipé vu le cauchemar qu'avait été le voyage à l'aller. En plus, se lever tôt n'était plus un problème pour elle depuis que, sur les conseils de l'inspecteur Lynley, elle se faisait réveiller au son de *L'Ouverture solennelle 1812*. Rien de mieux que les coups de canon pour la catapulter hors de son lit. Elle était dans sa minuscule salle de douche quand on avait toqué à la porte. Peace-on-Earth, avec du café sur un plateau. Il venait d'en monter à « son amie » et avait pensé qu'elle aussi devait en avoir besoin. « Offert par la maison », avait-il précisé. Il avait l'air aussi gentil qu'un garçon aux lobes d'oreilles géants puisse l'être à cinq heures et demie du matin.

Partir le ventre vide, sans petit-déjeuner, cela avait été un coup dur, en revanche. Heureusement, la halte dans un Welcome Break décidée par Isabelle Ardery l'avait réconciliée avec la vie. Et elle en avait eu sacrément besoin, parce que dès leur arrivée à Victoria Street, sa chef lui avait commandé un rapport détaillé destiné à être présenté à l'adjoint au préfet. Dernier délai : seize heures. Et Ardery le lirait dans la foulée. Ensuite seulement, Barbara pourrait rentrer chez elle.

En d'autres termes, la commissaire ne la lâcherait pas tant que le rapport – un type de document qui devait répondre à tout un tas de chinoiseries administratives – ne serait pas parfait.

Barbara avait bien essayé pour la énième fois de la persuader qu'il faudrait, avant de conclure leur enquête, écouter l'enregistrement de l'appel au 999. À quoi Ardery avait répliqué :

« J'en ai assez, sergent, de vous entendre radoter à propos de cet appel. Vous ne m'avez pas cité une seule raison valable.

— C'est juste une intuition, chef. »

Barbara avait soupiré et s'était mise au travail. Elle savait que si elle ne déposait pas le rapport sur son bureau à l'heure pile, la commissaire Ardery, trois minutes plus tard, se présenterait à son poste pour lui réclamer des comptes.

Barbara était donc à l'œuvre quand son portable se manifesta. C'était Gary Ruddock. Il avait réussi à lui obtenir « son » enregistrement. Il l'avait envoyé en pièce jointe à son adresse mail. L'avait-elle écouté ?

— Ah, non. Je sue sang et eau sur mon rapport. Merci, Gary. J'espère que vous n'avez pas eu trop de mal.

— Un peu seulement. Vous me direz si vous trouvez quelque chose ?

Elle s'accorda une pause pour visiter sa boîte mail, espérant qu'Ardery ne jaillirait pas devant elle d'un instant à l'autre, comme à la foire une cible dans un jeu de tir. Elle lut d'abord le message de l'îlotier. *Voaci se que vous voulié. Vous trouveré peutètre quekchoz. Dite moi si vous voulé aute choz.*

Bon sang de bonsoir ! Pas étonnant que le pauvre bougre n'ait pas pu grimper plus haut qu'auxiliaire de police. C'était déjà un exploit qu'il soit arrivé jusque-là.

Avant d'ouvrir le fichier joint, elle chercha des écouteurs dans les tiroirs de son bureau. Elle n'en avait pas, évidemment. Heureusement, Winston Nkata était là, et toujours équipé pour toutes les circonstances. Il lui lança les siens.

Elle n'avait pas besoin de relire la transcription, puisqu'elle la connaissait par cœur. De toute façon, comme l'avait prédit Ardery, elle était totalement fidèle à l'enregistrement. Impossible de reconnaître une voix, puisque le message avait été chuchoté, ce qui n'était pas une surprise non plus. Mais elle qui avait espéré tomber sur un détail révélateur – quelque chose qui lui permettrait de dire « eurêka ! » ou même « tiens, c'est curieux » –, elle devait admettre qu'elle ne voyait, ou plutôt n'entendait rien. Les « s » chuintaient, mais cela pouvait être un effet acoustique causé par les efforts du corbeau pour déguiser sa voix. En somme, n'importe qui, en passant par un balayeur de rue ou Dracula, pouvait avoir passé cet appel…

Mais…

Alors qu'elle allait fermer l'application, ses yeux tombèrent sur la date de l'appel : dix-neuf jours avant l'arrestation du diacre. Ce détail n'avait été mentionné nulle part, et pourtant il était parlant. Au cours de ces dix-neuf jours, il avait bien dû se passer des choses, et notamment la surveillance des faits et gestes de Ian Druitt de manière à rassembler assez de preuves pour le placer en garde à vue. Si tel était le cas, pourquoi n'y avait-il aucune trace d'investigation ?

C'était du nouveau, et c'était du lourd ! Il fallait absolument qu'elle en fît part à la commissaire. Ce détail éclairait sous un autre jour ce qui s'était passé à Ludlow, même s'il n'innocentait pas le diacre quant à l'accusation de pédophilie.

Dorothea Harriman interrompit ses réflexions.

— Sergent Havers ! Comment ça s'est passé ?

La secrétaire était vêtue d'une de ses petites robes d'été – sans doute pour faire venir la belle saison.

— Je suis restée dans les clous. Enfin, plus ou moins. Mais ce n'est pas moi qui vais me dénoncer.

Dorothea fit claquer un stiletto.

— Je vous parle de vos exercices, sergent ! Vous m'aviez promis de vous entraîner chaque soir.

— Ah oui, oui. Bien sûr que je l'ai fait. Comme un bon petit soldat, mentit Barbara.

— Parfait. Il ne nous reste que deux semaines avant l'audition pour les performances solo et à plusieurs.

Barbara la regardant avec des yeux de merlan frit, elle précisa :

— Le récital ? En juillet ? Vous et moi pourrions faire un duo. Et aussi un trio avec l'une des musulmanes, non ? Je pensais à Umaymah, qu'en dites-vous ? C'est la plus sérieuse, et sur une musique de Cole Porter…

Le moment était sacrément venu de se défiler, se dit Barbara. Jamais de la vie elle n'accepterait de faire des claquettes devant un public, plutôt crever ! Alors que Dee continuait à babiller, elle l'interrompit :

— Hé, Dee, vous savez, je suis beaucoup moins bonne que vous deux. Je me donne zéro moins dix. Alors que vous et Umaymah, vous feriez un duo fabuleux.

— Que me chantez-vous là, sergent ? Pour ce que je prévois, vous avez tout à fait le niveau. Si nous nous servons de la chanson de Cole Porter… « Anything Goes ». Vous connaissez, bien sûr ?

— Si Buddy Holly ne l'a pas chantée, non, je regrette.

— Bon, ce n'est pas grave. Vous allez adorer. Et si vous êtes inquiète au sujet de danser avec Umaymah, on peut laisser Kaz décider. Je viens vous chercher vers dix-sept heures trente ?

Barbara avait oublié le cours de claquettes ce soir. Heureusement, elle n'avait pas sa tenue, si ce n'est les chaussures, qu'elle avait consciencieusement mises dans sa valise pour aller à Ludlow.

— Je n'ai pas ma tenue, Dee.

Dorothea agita ses doigts en l'air.

— Aucun problème, sergent. J'ai un justaucorps de rechange. Et vous ne me ferez pas croire que vous ne tenez pas dedans. Regardez la ligne que vous avez maintenant, sergent Havers. Vous avez tellement minci… on vous reconnaît à peine. Lequel préférez-vous ? Le rouge ou le noir ?

— Le rouge, soupira Barbara. Il ira avec mes chaussures.

Dorothea, satisfaite, s'en fut sur ses stilettos. Barbara formula intérieurement le souhait qu'elle fasse un faux pas et se déchire un ménisque.

Mais il aurait fallu qu'elle ait une chance de pendue.

VICTORIA
LONDRES

Thomas Lynley allait quitter Scotland Yard pour rentrer chez lui, quand Barbara Havers se matérialisa à côté de la Healey Elliott dans le parking du sous-sol. Elle tenait serrée contre sa poitrine une enveloppe en papier Kraft, et, d'après l'expression peinte sur son visage, il était facile de déduire que son rapport avait été rejeté.

Il baissa sa vitre.

— C'est pas bon, je suppose.

— Non. Mais la bonne nouvelle, c'est que je vais couper au cours de claquettes.

— Si vous le dites. Bon, venez vous asseoir à côté de moi, sergent.

— Ardery dit que je ne vais nulle part…

— Moi non plus, apparemment. Mais au moins on pourra discuter confortablement.

Lynley coupa le moteur de la Healey Elliott et ouvrit la portière, côté passager. Quand elle fut installée, il demanda :

— Qu'est-ce qui n'allait pas ?

Il avait suivi l'affaire, bien sûr. Il lui avait même apporté un sandwich et une tasse de thé sur le coup de quinze heures trente. Depuis son arrivée ce matin, Barbara n'avait pas décollé de son poste de travail, même pas pour s'en griller une dans l'escalier de secours.

— L'IPCC a loupé quelque chose, monsieur. Je l'ai noté dans le rapport. Elle m'a ordonné de couper tout ce qui y fait référence.

— Qu'est-ce que c'est ?

— Un problème chronologique : dix-neuf jours exactement, qui ne figurent nulle part. Dix-neuf jours qui séparent l'appel anonyme au 999 de la garde à vue de Druitt. Soit ils n'y ont pas accordé d'importance, soit ils n'ont rien remarqué.

— Selon vous ?

— Ils n'ont rien remarqué. Moi-même, j'ai failli passer à côté. À mon avis, pendant ces dix-neuf jours, quelqu'un dans le Shropshire a mené une enquête sur les mœurs du diacre. Mais si je mentionne cette éventualité dans le rapport et que Druitt père s'aperçoit qu'il lui manque un élément, il va être furieux. Et Hillier ne sera pas ravi non plus.

— Je vois.

— De deux choses l'une : soit je lui obéis et j'ôte cette information du rapport, soit je la laisse et je l'envoie comme ça au père du défunt ou à son député. Si je prends la première option… eh bien, vous savez ce que ça signifie… Il n'y a pas mille façons de dire *dissimulation* de preuves…

— Seigneur !

— Il n'est pas disponible pour le moment. Mais vous, si, monsieur. Que dois-je faire ?

Lynley n'en savait rien. Barbara analysait la situation aussi bien que lui. Si elle coupait ce qu'Isabelle lui avait demandé de couper, non seulement elle commettrait un délit en étouffant une affaire, mais elle irait à l'encontre de ses propres convictions. D'un autre côté, si elle court-circuitait son chef pour envoyer le rapport tel quel directement au père de Ian Druitt ou au parlementaire, elle pouvait dire adieu à Scotland Yard, et à la police en général.

— Vous savez que je ne peux pas vous dicter votre conduite, sergent.

— Je sais.

— En revanche, je peux vous fournir un sujet de réflexion : qu'est-ce que cet élément supplémentaire va apporter au père de ce malheureux ?

— Vous voulez dire qu'il aura la confirmation que son fils était bien un pédophile ?

— Je ne sais pas, mais encore une question, sergent : comment avez-vous obtenu cette information ?

Elle lui fit un petit topo.

— Isabelle vous a demandé d'écouter cet enregistrement ?

Havers fit non de la tête.

— Elle m'a dit... Elle m'a ordonné de n'en rien faire, monsieur, puisque nous avions la transcription. Mais quand Ruddock me l'a envoyé, j'ai pensé que je pouvais prendre cinq minutes pour l'écouter.

— Autrement dit, vous avez désobéi aux ordres.

Havers répliqua par un silence. Deux hommes passèrent derrière la Healey Elliott. Lynley reconnut l'inspecteur Philip Hale et Winston Nkata. Tous deux étaient en pleine discussion et ne remarquèrent pas leur présence. Ce n'était pas plus mal...

— Je sais que les apparences sont contre moi, finit par dire Barbara. Mais...

— Il n'y a pas de « mais » qui tienne, sergent. Il y a seulement les ordres que vous avez reçus.

Elle hocha la tête, mais l'observa du coin de l'œil, comme si elle attendait de sa part quelque chose, un signe.

— Elle n'a pas arrêté de me répéter – de me seriner – que ceci et cela ne faisaient pas partie de notre ordre de mission.

— Et c'était la vérité ?

— Sans doute.

— Eh bien, voilà, conclut-il.

Après le départ de Havers, toutefois, l'inspecteur resta un petit moment dans la Healey Elliott toujours à l'arrêt. Il avait besoin de réfléchir. Au bout d'un moment, il téléphona à Daidre Trahair pour la prévenir qu'il serait en retard. Puis il descendit de voiture et se dirigea vers les ascenseurs.

Il trouva Isabelle dans son bureau, occupée à rassembler un tas de papiers pour les glisser directement dans un tiroir. Elle était sur le départ.

— Ah. Inspecteur. Elle a fait appel à vous. Bien sûr… forcément ! Je vais vous faire économiser de la salive. Il n'est pas question que vous me persuadiez de quoi que ce soit. J'ai exigé le rapport sur mon bureau demain matin à la première heure, quitte à ce qu'elle y passe la nuit. Alors, si vous comptez intercéder en sa faveur, je vous rappelle qu'elle est sous mes ordres. C'est ainsi que le système marche.

— Et moi, quels sont mes ordres, chef ?

— De vous mêler de ce qui vous regarde.

Elle se leva et fourra des dossiers dans son cartable en cuir. Avec ses hauts talons, elle était aussi grande que lui, et ils purent se regarder dans le blanc des yeux.

— Je sais, poursuivit-elle, que ce n'est pas votre *modus operandi*, mais au cas où ça le deviendrait, je peux être plus claire, si vous voulez.

— Ce qui concerne Barbara me concerne aussi. Cela fait un bon nombre d'années que nous faisons équipe, et je souhaite que cela continue. Je n'ai pas envie de la voir mutée dans le Nord pour avoir omis d'obéir à un ordre exigeant qu'elle dissimule une preuve.

— Franchement, Tommy. Peut-on avoir une conversation où vous ne me prenez pas de haut ? J'ai l'impression d'avoir devant moi le doyen de l'université d'Oxford, ma parole. Bon, bon, je sais pourquoi vous prenez ce ton avec moi. Mais je vous le demande : qu'est-ce que vous gagnez à instaurer entre nous une différence de classe ?

Lynley connaissait assez bien Isabelle – au bureau comme à la ville – pour savoir qu'elle essayait de se dérober.

— Barbara est convaincue que si elle inclut dans son rapport un élément important qui a été omis, volontairement ou non, sinon coupé dans le rapport de l'IPCC…

— Tommy, êtes-vous sérieusement en train d'accuser la police des polices de s'être tiré une balle dans le pied en falsifiant une enquête ? Comme je me suis tuée à le répéter au sergent Havers, l'IPCC a examiné les circonstances entourant la mort de M. Druitt, point final. Ils n'avaient pas à investiguer sur les raisons de son arrestation, et par conséquent, nous non plus. Le sergent refuse de se ranger à ce point de vue. Pour l'heure, je le mets sur le compte du fait qu'elle a plus l'habitude d'enquêter sur des crimes de sang que sur la procédure suivie par l'IPCC. À la rigueur, on peut voir les choses sous cet angle. Qu'en pensez-vous ?

Il devait bien admettre qu'elle était habile débatteuse. Mais il n'allait pas entrer dans son petit jeu.

— N'est-ce pas dans l'intérêt de tous de trouver la vérité ?

— De quelle vérité s'agit-il ? Le sergent Havers et moi-même avons déjà outrepassé notre devoir. Nous avons interrogé la logeuse du défunt, étudié son agenda, parlé à une femme qui a eu six rendez-vous avec lui juste avant sa mort. Moi-même, j'ai interrogé un jeune étudiant qui l'assistait au centre de loisirs. Le sergent a interrogé un tenancier de pub et un vagabond, qui ont été témoins de ces bitures express telles que celle qui occupait l'îlotier le soir du drame. Barbara a lu et relu tous les rapports, nous avons dérangé le médecin légiste qui a pratiqué l'autopsie, et… Vous voulez que je poursuive ? Parce que ce que vous avancez…

— Je n'avance rien du tout, Isabelle.

— … c'est que, à moins de prouver un fait – la pédophilie du défunt – impossible à prouver parce qu'il n'y a ni témoin ni preuve, l'enquête est nulle et non avenue. Je ne suis pas d'accord, voyez-vous. Et ne m'appelez pas Isabelle, s'il vous plaît. Maintenant, si cela ne vous dérange pas, la journée a été atrocement longue et je voudrais rentrer chez moi.

Il resta un moment silencieux, hésitant encore à aborder le point principal qui l'avait amené jusqu'ici. Puis il alla fermer la porte du bureau.

— Notre entretien est terminé, inspecteur.

Il lui lança alors de ce ton familier et amical qui avait été le leur à une époque :

— Elle s'est aperçue que tu en as usé et abusé à Ludlow. Elle m'en a parlé au téléphone pendant votre séjour.

Isabelle demeura mutique. Mais à la façon dont elle appuya ses mains contre ses cuisses à en avoir les ongles blancs, Lynley vit que Barbara ne s'était pas trompée.

— Tu sais où cela va te mener, ajouta-t-il. D'ailleurs, tu vois bien où cela t'a déjà menée.

— Pour commencer, inspecteur, articula-t-elle d'une voix glaciale, vous vous prenez pour qui ? Ce que je bois, le peu d'alcool que je consomme, ne regarde que moi. Ensuite, je n'avais jamais vu en Havers une moucharde ; c'est très vilain de cafter sur ses collègues de la police. Dans sa situation actuelle, ça la dessert grandement et ce n'est pas bon pour son avenir.

— C'est la raison pour laquelle elle ne s'en est ouverte qu'à moi, et à moi seul. On peut s'asseoir une minute, chef ?

Il indiqua les deux fauteuils devant son bureau.

— Non. Je crois que je me suis bien fait comprendre. Nous n'avons plus rien à nous dire, inspecteur. Si le sergent se laisse aller à des suppositions me concernant et se permet de les communiquer à n'importe qui…

— Chef…

— Je suppose qu'elle ne vous a pas dit par contre qu'elle-même avait bu un peu trop ?

— Bon sang, Isabelle, est-ce qu'elle avait le choix ? Vous l'avez muselée avec vos menaces de mutation dans le Nord. Elle a eu peur de refuser ce que vous lui offriez. Et vous le savez parfaitement.

— Et vous, vous devez savoir que si Barbara Havers est sur la touche, elle n'a à s'en prendre qu'à elle-même.

— Très bien. C'est vrai. L'année dernière, elle est allée trop loin. Ah ! je connais vos astuces pour éviter un sujet, vous inventez autre chose pour mettre votre interlocuteur sur la défensive.

— Si Barbara Havers est obligée de se défendre…

— Je ne vous parle pas de Barbara Havers !

Lynley regretta aussitôt d'avoir réagi aussi vivement. Rien ne servait de hausser la voix face à une personne dépendante. Son frère avait été le premier à le lui démontrer. S'enjoignant au calme, il reprit :

— Isabelle.

— Ne m'appe…

— Isabelle. Tu risques de tout perdre. Ce n'est sûrement pas ce que tu veux. Tu as déjà gâché ton mariage, perdu la ga…

— Plus un mot ! Je vous interdis !

— … la garde de tes fils, et si tu continues dans cette voie, tu perdras ton travail. À force de batailler sur tous les fronts, tu perds le fil…

Si seulement elle acceptait de s'asseoir. Il aurait voulu pouvoir lui prendre la main afin de lui montrer qu'il compatissait. Le simple contact d'une main amicale avait des chances de l'émouvoir, peut-être…

— Pour le moment, continua-t-il, tu refuses de l'admettre, parce que si tu l'admettais, tu serais obligée de prendre le taureau par les cornes. Et prendre le taureau par les cornes, ce n'est pas engager un avocat pour se battre contre les moulins.

Une veine battait à la tempe d'Isabelle. Puis :

— Il y a des choses que je regrette dans ma vie, inspecteur, et l'une des principales est ce qui s'est passé entre nous. Je ne sais pas ce qui m'a fait perdre la tête à l'époque. Bien sûr, vous êtes un amant formidable, des tas de femmes ont dû vous le dire, mais que vous profitiez de ce moment de faiblesse qui a été le mien pour m'accuser de… À quoi faut-il que je m'attende ? À ce que vous me menaciez d'aller cafter à Hillier ?

— Vous voyez, vous cherchez à retourner la situation contre moi en me rappelant que nous avons eu une liaison et que vous le regrettez. Moi, je vous dirais que, si cela n'a pas été la meilleure idée du monde, nous étions tous les deux dans une période de notre vie où nous nous sentions vulnérables et où nous avions besoin de ça.

— Je n'ai jamais été vulnérable, inspecteur, et encore moins face à vous et aux charmes de votre élégante personne.

— Bon, j'ai compris, pensez ce que vous voulez. Mais je ne suis pas ici pour discuter de notre histoire. Je suis ici parce que vous buvez trop. Et vous ne buvez plus pour fuir ce je-ne-sais-quoi qui vous a poussée à boire en premier lieu. Vous buvez parce que c'est plus fort que vous. Vous croyez que vous maîtrisez votre consommation, mais c'est un leurre. Vous devez admettre, après ce qui s'est passé à Ludlow, que vous avez besoin d'aide.

— Pas de la vôtre en tout cas.

— Je ne me porte pas volontaire, rassurez-vous. Mais je refuse de vous laisser détruire les gens autour de vous. Buvez tant que vous voulez, ça ne me regarde pas, mais ne touchez pas à Barbara Havers. Si vous procédez à sa mutation parce que vous êtes vexée, Isabelle, je ferai quelque chose qui ne vous plaira pas du tout.

Il se détourna pour sortir, mais ils n'en avaient pas fini.

— Comment osez-vous me menacer, inspecteur ?

Il pivota sur lui-même alors qu'elle enchaînait :

— Savez-vous ce que vos paroles pourraient vous coûter ? Vous n'imaginez pas combien Hillier serait ravi d'être débarrassé de vous en même temps que de Havers. Vous croyez peut-être que vos quartiers de noblesse vermoulus vous protègent ? À la première occasion, Hillier vous cherchera noise. Et pas seulement parce qu'il vous envie votre belle maison londonienne et votre château délabré. Non, c'est surtout qu'il aspire à décrocher un titre d'un rang supérieur à celui, ridicule, de « chevalier » qui est le sien, et il pense que vous – qui êtes son supérieur dans ce monde de dupes – pourriez freiner son ascension. L'empêcher de devenir… quoi ?… baronnet ?

— Isabelle, écoutez-moi…

— Je n'écouterai rien du tout, inspecteur. Gardez vos conseils pour vous. Et vous feriez mieux de prendre au sérieux mon avertissement : ce que vous venez de faire, là, tout de suite, c'est exactement ce que Hillier appelle de ses vœux : un acte d'insubordination qui rendra impossible votre maintien dans les forces de police de la Met. Il suffit que je porte plainte contre vous… Il suffit d'un mot de ma part.

Lynley était sidéré de voir combien les mains d'Isabelle tremblaient. Signe d'un alcoolisme chronique – elle était en manque. Elle avait l'air tellement mal qu'il fut tenté de lui conseiller de sortir la petite bouteille de vodka qu'elle cachait dans son tiroir.

Il se borna à planter son regard dans le sien.

— Isabelle… Chef. Je m'adresse à vous en tant que collègue et ami, j'espère. Vous souffrez. Vous avez peur. Mais nous aussi, nous avons peur pour vous. Nous ne pensons qu'à vous aider. Moi le premier, et vous le savez. Vous ne pouvez pas continuer à boire pour tenir le coup. Vous mettez en péril tout ce à quoi vous tenez…

Il attendit une minute pour voir si elle réagissait. Comme elle restait de marbre, il la salua d'un signe de tête et sortit en fermant doucement la porte derrière lui. Toutefois, il ne s'éloigna pas tout de suite. Quelques secondes plus tard, il entendit le bruit d'un tiroir qui s'ouvrait. Il savait lequel c'était, car il avait à plusieurs reprises occupé ce bureau, récemment pendant le séjour d'Ardery à Ludlow, mais surtout à l'époque où il assurait l'intérim après le départ à la retraite de son ancien supérieur, Malcolm Webberly.

C'était le tiroir du bas à droite. Il fallait le secouer un peu pour le débloquer, et c'est ce que fit sans doute Isabelle. Il tendit l'oreille et perçut le bruit d'une bouteille frappant le plateau du bureau. Puis, quelques instants plus tard, un deuxième bruit identique. Bien entendu, Isabelle se débarrasserait des flacons vides en les glissant dans son cartable.

Lynley baissa les yeux sur ses chaussures et hésita un instant avant de diriger ses pas vers le poste de travail de Barbara Havers.

Deuxième partie

« Rien n'est plus convaincant que le mensonge que l'on se fait à soi-même. »

Raymond Teller,
de Penn & Teller

15 mai

WANDSWORTH
LONDRES

Isabelle avait dormi sur le canapé du séjour, d'où un réveil douloureux. Mal au dos, nuque raide, migraine. Elle n'avait pas été tirée du sommeil par son réveil ni par la télé qui hurlait à tue-tête depuis des heures, mais par une soif terrible et une envie pressante d'aller aux toilettes.

En se levant, elle constata qu'cllc portait toujours ses vêtements de la veille, ceux qu'elle avait mis pour aller diner avec ses fils à Maidstone. Un dîner qui avait eu lieu dans un Pizza Hut, parce qu'elle avait eu la bêtise de laisser le choix à James et Laurence. Elle qui s'était figuré un repas dans un restaurant élégant, en compagnie de ses fils tirés à quatre épingles, elle n'avait pas prévu la queue, les tables en plastique, les chaises collantes, l'éclairage cru et surtout la dispute quand il s'était agi de choisir entre la pizza Suprême et celle avec seulement des olives et des champignons. Elle n'avait pas non plus envisagé la présence de Bob et Sandra, attablés assez loin pour ne pas espionner leur conversation, mais tout de même assez près pour les voir.

Un dîner au restaurant avec ses fils, c'était la moindre des compensations, avait argumenté Isabelle en faisant remarquer à Bob qu'il avait gagné sur toute la ligne. Il partait, et elle, elle perdait ses enfants. Elle voulait discuter avec les jumeaux de l'avenir de leurs relations avec leur vraie mère.

Au tribunal, l'affaire n'avait pas traîné. Un coup de fil de l'avocat de Bob à Sherlock Wainwright avait suffi pour lui ôter tout espoir d'obtenir quoi que ce soit. Bob avait d'ailleurs été très habile, ayant attendu la dernière minute pour lui dire : « Tu ne me laisses pas le choix, Isabelle. » Ce salaud avait fourni à son avocat des pièces qu'il avait jusqu'ici gardées pour lui. En recevant ces nouveaux arguments, Sherlock Wainwright était monté sur ses grands chevaux : Isabelle lui avait caché les véritables raisons de son divorce…

Du ton qu'emploierait un proviseur avec un élève indiscipliné, il lui avait dit : « Vous n'obtiendrez jamais mieux que ce que vous propose votre ex-mari, et si cela ne vous plaît pas, cherchez-vous un autre avocat. Mais je vous préviens, votre affaire est indéfendable. Je vous conseille vivement d'accepter ces conditions. Ce que vous économiserez en frais de procédure vous permettra d'acheter un billet pour la Nouvelle-Zélande. »

Isabelle savait que Bob avait gagné. Aussi avait-elle finalement cédé. Car que lui restait-il d'autre que cette carrière qu'il menaçait de faire voler en éclats si elle ne se pliait pas à ses conditions ? Tout ce qu'elle avait demandé en échange de sa capitulation, c'était de pouvoir dîner en tête à tête avec les jumeaux. Et c'est ainsi qu'ils avaient tous atterri au Pizza Hut de Maidstone.

Elle savait comment ça s'était passé. « Demandez à votre maman qu'elle vous emmène dans votre restaurant préféré », leur avait-il dit sans nul doute. Il connaissait en effet leurs goûts en la matière, et chez Pizza Hut, il n'y aurait ni vin ni bière, et certainement pas de vodka.

En dépit de la familiarité du lieu, les garçons s'étaient montrés nerveux. Laurence se trémoussait sans cesse, à croire que son slip était trop petit pour lui, et James n'arrêtait pas de jeter des regards suppliants du côté de Bob et Sandra. Isabelle avait fait tout son possible pour entretenir une conversation sur ce qu'ils feraient ensemble quand elle viendrait leur rendre visite en Nouvelle-Zélande, sur leur future école, sur ce qu'ils savaient à propos du pays où ils allaient vivre. Savaient-ils, par exemple, qu'il n'existait pas d'animaux dangereux là-bas ? Quoiqu'il y eût beaucoup d'opossums. Avaient-ils vu des photos de cette bête ? On pouvait aussi nager avec les dauphins, et il y avait une plage où l'on pouvait creuser un trou dans le sable qui se remplissait à une source d'eau chaude. Tout ça n'était-il pas excitant ?

Laurence répondait à toutes les questions, tandis que son frère, la tête basse, coulait des regards malheureux à Bob et Sandra. Au bout d'un moment, Isabelle, exaspérée, avait donné une claque sur la table et l'avait prié de la regarder, *elle*. Il avait éclaté en sanglots, et Sandra s'était crue autorisée à accourir vers eux avec des « Oh, mon chéri, maman est là ». Puis elle lui avait dit qu'elle allait le ramener tout de suite à la maison. Isabelle avait senti la moutarde – plutôt le raifort – lui monter au nez. Mais elle avait été assez sage pour s'abstenir de protester. Elle savait bien qui, au bout du compte, payerait les pots cassés.

Sandra était partie avec James toujours sanglotant, mais Bob était resté : il craignait probablement qu'elle fasse aussi pleurer Laurence. Ce dernier lui avait toutefois expliqué que James « avait peur de se retrouver le dernier de la classe en Nouvelle-Zélande et que les autres se moquent de lui parce qu'il était nul ». Isabelle l'ayant contredit sur ce point, Laurence avait répliqué : « Si, maman, il est nul, c'est comme ça. »

Laurence n'avait pas voulu de dessert, et le repas avait pris fin très vite. Elle voyait bien qu'il avait hâte de rentrer auprès de James. En d'autres circonstances, elle aurait été touchée par tant de solidarité fraternelle entre ses enfants. Seulement, à la seconde où Laurence avait repoussé son assiette pour montrer qu'il avait fini, Bob s'était matérialisé à côté d'eux en s'exclamant gaiement : « On y va, alors ? » Et à l'offre d'Isabelle de les ramener en voiture, il avait répondu par un : « On prendra un taxi, merci. »

Laurence avait précédé son père à la porte. Bob avait alors eu la délicatesse de dire à Isabelle : « Désolé pour tout à l'heure. Sandra est une incorrigible mère poule. Je n'ai pas pu l'arrêter. »

Isabelle ayant du mal à avaler les excuses d'un homme qui était en train de faire son malheur, elle avait répliqué :

« C'est donc ainsi que tu conçois l'avenir ?

— De quoi tu parles ?

— Je ne verrai jamais tranquillement mes enfants. Vous vous débrouillerez toujours pour que je sois un personnage secondaire dans leur vie : pas une mère, mais une quasi-inconnue qui vient de temps en temps déranger leurs habitudes. »

Bob s'était tourné vers Laurence. Le gamin se tenait devant la porte et les regardait avec inquiétude, comme s'il craignait qu'ils n'en viennent aux mains. Bob lui avait alors jeté à la figure : « Tu n'admettras donc jamais que tout ça, c'est ta faute, Isabelle ? »

Puis il avait rejoint Laurence et posé une main sur l'épaule frêle de leur fils. Ils étaient sortis dans la rue et Bob avait hélé un taxi. Isabelle, quant à elle, était rentrée à Londres avec l'impression qu'une invisible harpie lui avait dévoré les entrailles. Et elle s'était dit que, après cette soirée désastreuse, elle méritait une compensation. Elle avait sorti la vodka du congélateur, s'en était versé trois doigts qu'elle avait arrosés de jus de canneberge, puis avait transporté son verre et la bouteille au salon. Elle avait allumé la télévision, zappé jusqu'à tomber sur un drame en costumes où se pavanaient des messieurs en tricorne tandis que de misérables mineurs aux visages noircis suaient dans des galeries souterraines. Elle s'était rincé l'œil sur les superbes pectoraux d'un faucheur au torse nu. Vautrée sur le canapé, elle avait regardé défiler toutes ces images sans les voir, et sûrement sans penser. Au final, elle avait bu jusqu'à l'extinction des feux.

Le poste braillait toujours lorsqu'elle s'était réveillée. Elle chercha la télécommande et la trouva… dans un de ses escarpins. Elle coupa le son du bulletin météo et se dirigea d'un pas chancelant vers la salle de bains. En voyant dans la glace ses cheveux en bataille, son maquillage coulé et surtout ses yeux injectés de sang, elle fit la grimace. D'une main, elle commença à se déshabiller tandis que l'autre partait en quête de son collyre. Elle constata alors que ses mains tremblaient tellement qu'elle ne parviendrait pas à se mettre des gouttes dans les yeux. Bon, une bonne douche s'imposait.

Sous le jet d'eau chaude, la question de l'heure lui vint à l'esprit, et elle se reprocha de ne pas avoir vérifié. Écourtant sa douche – en général elle savourait ce petit moment zen –, elle se mit en quête de sa montre. Ce ne fut pas une mince affaire, puisqu'elle finit par mettre la main dessus dans le congélateur, où logeait habituellement la vodka. La bouteille de vodka, elle, était posée sur la table basse du salon. S'efforçant de ne pas regarder dans cette direction, elle s'en fut dans sa chambre, où elle s'habilla.

De retour dans la salle de bains, elle examina son reflet dans le miroir et conclut qu'avec un peu de poudre et de blush elle aurait de nouveau l'air convenable. Sauf pour les yeux… Il fallait qu'elle mette ces fichues gouttes. L'ennui, c'est que ses mains tremblaient toujours.

Elle se résigna alors à prendre un gorgeon. Cela la remettrait d'aplomb, et de toute façon elle en avait besoin pour attaquer ce qui promettait d'être une rude journée au bureau. Et après tout, elle le méritait, n'est-ce pas ? Elle n'avait rien bu pendant le dîner avec James et Laurence.

CHALK FARM
LONDRES

Après ces plantureux petits déjeuners à vous boucher les artères que Peace-on-Earth lui avait servis à Ludlow, c'est avec un immense soulagement que Barbara Havers retrouvait ses Pop-Tarts. Les œufs à eux seuls présentaient un risque majeur. Auquel il fallait ajouter le bacon, les toasts, les couches de beurre, de confiture, les champignons, les haricots… C'était un miracle qu'elle ait survécu assez longtemps pour insérer dans son grille-pain une Pop-Tart chocolat caramel. Elle fit tremper un sachet PG Tips dans un grand mug, puis ajouta un nuage de lait et deux morceaux de sucre. Et là-dessus, sans une once de mauvaise conscience, elle alluma sa première clope de la journée et savoura quelques instants de pur bonheur. Sauf que tout cela n'allait pas suffire à la réveiller vraiment. Pas après sa soirée de la veille : un dîner avec Kaz et Dorothea après le cours de claquettes.

Lorsque Barbara avait compris que Kaz avait l'intention de les accompagner, elle avait essayé de trouver un prétexte pour s'esquiver. N'était-ce pas ce que le savoir-vivre exigeait d'elle ? Après tout, Dorothea s'était pointée habillée en Catwoman, avec un décolleté, Oh là là !, très sexy – un choix de costume qui avait sans nul doute pour but d'émoustiller leur professeur.

Pourtant, Dorothea avait tenu absolument à ce que Barbara reste, déclarant qu'elles formaient une équipe toutes les deux et ne pouvaient donc pas se séparer. En l'occurrence, pour sortir au restaurant. Avec Kaz.

Il s'avéra que Dorothea cachait une arrière-pensée : l'audition pour le récital de danse de juillet. Elle avait été sélectionnée pour faire un duo avec la talentueuse et déterminée Umaymah – ce qui n'était pas une surprise – tandis que Barbara avait été reléguée à un numéro à plusieurs dont elle comptait d'ailleurs bien se défiler. En apprenant ces résultats, elle avait fait de son mieux pour cacher son soulagement. D'un air grave, elle avait déclaré à Dorothea : « C'est mieux ainsi. » Mais Dorothea ne l'entendait pas de cette oreille.

D'où ce dîner. D'où l'agumentaire de Dorothea selon lequel la « chorégraphie » qu'elle avait mise au point serait jugée trop sensuelle par le mari d'Umaymah, sans parler de son père, de ses frères et de ses cousins. Barbara lui avait lancé un regard interrogateur – « Quelle chorégraphie ? » –, que Dorothea avait ignoré pour mieux gratifier leur professeur d'un sourire enjôleur.

À deux reprises, Barbara avait tenté de s'éclipser. Manifestement, en tout cas du point de vue de Kaz, elle était la cinquième roue du carrosse. Mais chaque fois, Dorothea l'en avait empêchée. Si bien que Barbara avait fini par lui faire remarquer que si elle ne la laissait pas aller au petit coin, cela finirait par mettre tout le monde dans l'embarras. Une fois sortie de l'encoignure où Dorothea l'avait coincée entre elle et Kaz, elle s'était sauvée. Et avant de descendre dans la bouche de métro, elle avait envoyé un SMS à qui de droit, *J'ai un affaissement de la voûte plantaire. En plus, Kaz veut vous avoir pour lui tout seul. Soyez sage.*

Bref, avec tout ça, elle était rentrée chez elle beaucoup plus tard qu'elle ne l'aurait voulu. Une fois couchée, elle n'avait pas réussi à s'endormir, poursuivie par la crainte d'avoir à se trémousser en claquettes face à un public hilare. En désespoir de cause, elle avait ouvert son vieux dictionnaire des citations à la section Shakespeare et cherché tout ce qui avait trait au meurtre. Jusqu'ici, elle s'était cantonnée aux tragédies, surtout *Othello*. Dire que, chez Shakespeare, « prendre par la gorge le chien circoncis » signifiait poignarder quelqu'un. Qui, de nos jours, s'exprimerait ainsi ? À force de méditer cette question, Barbara s'était finalement assoupie. Mais quand les canons de *L'Ouverture solennelle 1812* la firent bondir de son lit, il lui sembla qu'une minute à peine s'était passée.

Elle essuyait les miettes de sa deuxième Pop-Tart sur son assiette lorsque son portable carillonna. Il était sur la table à côté du canapé qui, la nuit, se dépliait pour lui permettre de se lover dans les bras de Morphée. Elle le fixa comme si par la simple force de sa volonté elle avait pu l'empêcher de jouer les premières mesures de *La Quatrième Dimension*. Il finit par se taire… pour reprendre aussitôt. Barbara se leva à regret.

La voix essoufflée de Dorothea Harriman haleta à son oreille :

— Sergent Havers ?

— Si vous vous attendiez à quelqu'un d'autre, je suis désolée de vous décevoir. Alors, la terre a tremblé ?

Dorothea chuchota :

— Je vous préviens. Elle est en pétard.

— Qui ça ?

— Ben. La chef ! Elle veut vous voir de toute urgence.

— Vous savez pourquoi ?

— C'est à propos de l'adjoint au préfet de police. C'est tout ce que je sais. Et, entre vous et moi, je préfère ne pas en savoir plus.

Après avoir raccroché, Barbara poussa un juron, soupira et glissa une troisième Pop-Tart dans le grille-pain.

VICTORIA
LONDRES

Il n'y avait pas moyen de se rendre rapidement de Chalk Farm à Victoria Street. Barbara avait le choix entre pester dans les embouteillages ou subir les aléas de la Northern Line. Mais au moins, en métro, elle économiserait le péage urbain. Aussi parcourut-elle la distance entre Eton Villas et la station Chalk Farm en fonçant comme une coureuse de marathon.

L'attente fut interminable. Sur le quai, la foule grossissait à vue d'œil. Dans le métro, ce fut pire : la masse compacte des voyageurs aurait fait les délices d'un terroriste. Entassés mais s'ignorant royalement, les uns essayaient de texter, les autres de lire le journal ou d'écouter de la musique par le biais de minuscules écouteurs. Et quelqu'un quelque part mangeait un sandwich au thon.

Plus d'une heure s'était écoulée quand Barbara émergea hors de la station St. James's Park. Elle fonça tête baissée vers le monolithe gris de New Scotland Yard. Et là, elle trépigna en attendant de se soumettre au supplice de la sécurité : file d'attente en serpentin, passage du portique, fouille. Chaque année, ils inventaient de nouveaux trucs.

Elle remontait le couloir au pas de charge lorsque la commissaire ouvrit la porte de son bureau en lançant sèchement à Dorothea :

— Je croyais vous avoir dit qu'elle devait venir directement me voir. Où est-elle ?

Avisant soudain Barbara, elle aboya un :

— Entrez !

Puis elle pivota sur ses talons.

Barbara échangea un regard avec Dorothea, laquelle lui murmura au passage :

— L'adjoint au préfet de police l'attendait dans son bureau ce matin. Ça a bardé.

Merde ! pensa Barbara.

Elle entra dans le bureau en s'attendant à moitié à se trouver confrontée à Hillier à son plus *hillieresque*. Mais la commissaire était seule, debout derrière son bureau. Elle glapit :

— Fermez cette putain de porte !

Barbara ne se le fit pas dire deux fois.

Ardery ramassa un dossier.

— Asseyez-vous.

Comme Barbara s'installait tout au bord du fauteuil devant le bureau, la commissaire dut juger qu'elle ne risquait pas de manquer sa cible, car elle lui jeta le dossier sur les genoux.

— C'est terminé pour vous. Signez !

— Que… quoi ? bredouilla Barbara.

— Signez et débarrassez-moi le plancher. Vous pouvez vider votre bureau, mais je vous préviens, si vous emportez même un trombone qui ne vous appartient pas…

— Chef ! Expliquez-moi !

— Ne prononcez pas un mot de plus. Signez et bénissez le ciel que ce soit une mutation dans le Nord, et pas la porte, car c'est tout ce que vous méritez. Aucune force de police au monde ne vous rembaucherait, même pas pour passer la serpillière. Vous comprenez ce que je vous dis ?

— Hein ! Non… je…

Barbara se doutait qu'une catastrophe avait eu lieu, mais laquelle ?

— Je… j'ai fait tout ce que vous vouliez et vous avez même dit que… Je n'ai pas… (Barbara ne trouvait plus ses mots tant elle était secouée.) Si vous voulez que je signe, il faut me donner une explication. Je sais que Hillier était dans votre bureau ce matin, alors je sais que…

— Vous êtes sourde ou quoi ? cria Ardery.

Elle ouvrit d'un geste brutal le tiroir du milieu de son bureau, dont elle tira une poignée de stylos qui prirent la même direction que le dossier, à savoir les genoux de Barbara.

— Vous avez dépassé les bornes, cette fois ! Mais ce sera la dernière…

— Mais qu'est-ce que j'ai fait ? Je n'ai rien…

— J'ai dit : signez !

Isabelle contourna son bureau et se pencha pour ramasser un stylo par terre. Puis elle se saisit de la main de Barbara et l'obligea à fermer les doigts sur l'ustensile. Dans le même mouvement, elle poussa la chaise contre la table.

— Signez, je vous dis ! Ou avez-vous l'intention de désobéir aux ordres, une fois de plus ? Parce que madame Je-sais-tout, vous croyez que vous avez toujours raison, et quand on vous demande quelque chose et que vous n'êtes pas d'accord, eh bien, vous n'en faites qu'à votre tête. Maintenant, signez !

— Mais vous ne… Arrêtez !

Barbara la repoussa et fit mine de se lever. Isabelle la plaqua violemment sur la chaise en beuglant :

— J'en ai assez de vous ! Tout le monde ici en a assez de vous ! Vous croyez que vous pouvez soumettre la police métropolitaine au complet à un examen au microscope et que personne ne s'apercevra de rien ? Êtes-vous à ce point stupide ?

— Au microscope ? Comment… ?

Une voix grave fit soudain vibrer l'air dans la pièce.

— Laissez-la tranquille, Isabelle. Elle n'a rien fait.

Elles se tournèrent de conserve pour regarder l'inspecteur Lynley.

Ardery hurla :

— Qui vous a donné le droit d'entrer sans frapper ? Sortez d'ici immédiatement ! Sinon, je vous ferai…

— Ce n'est pas Barbara, dit Lynley avec ce calme olympien qui était sa marque de fabrique. Elle ne sait pas de quoi vous êtes en train de lui parler.

— Ne prenez pas sa défense !

— Vous pourriez la torturer qu'elle n'en saurait pas plus, chef. C'est moi qui l'ai envoyé.

— Envoyé quoi ? souffla Barbara. Où ? Quoi ?

— Le premier rapport. Celui que la commissaire voulait que vous expurgiez. Je l'ai envoyé à Clive Druitt, dont je n'ai eu aucun mal à trouver l'adresse. Je suppose qu'il est allé trouver son député et que celui-ci a eu une entrevue avec Hillier, avec pour résultat que nous sommes accusés soit d'étouffer une affaire, soit d'être des imbéciles heureux. De ces conclusions, quelle est la préférable, à votre avis, chef ?

Isabelle répliqua d'une voix glaciale :

— Vous n'êtes qu'un salaud, Lynley ! Pour qui vous prenez-vous ? Savez-vous au moins ce que vous avez fait ?

L'inspecteur se tourna vers Barbara.

— Il vaut peut-être mieux que vous nous laissiez, sergent.

— Ne bougez pas d'ici ! Je n'en ai pas fini avec vous !

Lynley, qui jusqu'ici était resté sur le pas de la porte, s'avança dans la pièce, le regard planté dans celui d'Ardery. Avec l'électricité qu'il y avait dans l'air, se dit Barbara, on aurait pu faire marcher un frigo pendant un mois.

— Je vous répète, dit Lynley, qu'elle n'est pas au courant. Elle m'a fait lire le rapport. Les coupes que vous aviez demandées la troublaient, et elle voulait mon opinion. Je la lui ai donnée.

— Ah, vraiment. Et quelle a bien pu être l'opinion de son excellence lord Asherton ?

— Il m'a conseillé de vous obéir, chef, s'empressa de glisser Barbara. J'ai effectué les coupes. Vous avez lu mon deuxième rapport, n'est-ce pas ? J'avais supprimé les…

— Sortez ! Tous les deux ! Dehors !

Comme Ardery s'apprêtait à faire le tour de son bureau, Barbara décida qu'il était inutile de s'attarder plus longtemps. Elle bondit sur ses pieds et *pfft !*, dérapa sur un des stylos que lui avait jetés sa supérieure. Lynley la rattrapa par le bras. Elle se dirigea vers la sortie de la façon la plus digne possible tandis que, derrière elle, Lynley disait :

— Soyez raisonnable, Isabelle. Vous ne pouvez pas…

— Vous ne savez pas ce que vous avez fait, Lynley ! Mais peu vous importe, n'est-ce pas ? Rien ne compte à vos yeux que votre point de vue, espèce de traître… espèce d'aristocrate pourri !

À travers la porte close, Barbara ne comprit pas la réponse de Lynley, laquelle lui parvenait sous la forme d'un murmure indécodable. En revanche, la formulation de la réplique suivante d'Ardery, hurlée à tue-tête, ne fit aucun doute :

— Allez ! Osez un peu me coller ça sur le dos ! Vous, vous n'hésitez pas à vous mêler de la vie des autres parce que votre propre vie… votre vie minable…

Un autre murmure de la part de Lynley, suivi de :

— Je refuse de vous écouter plus longtemps, vous m'avez entendue ? Vous êtes devenu sourd ou quoi ? J'ai dit : Dehors !

Barbara fila comme un dard. En chemin, elle constata que Dorothea avait elle aussi jugé plus prudent de prendre la tangente.

VICTORIA
LONDRES

Elle se réfugia d'abord aux toilettes. Son cœur battait si fort qu'elle l'entendait cogner à ses tympans. Elle avait besoin de cinq minutes pour se remettre. Ou d'une matinée entière. Le temps qu'il faudrait. Elle mourait d'envie d'en griller une, mais c'était un risque qu'elle n'était pas prête à courir, pas aujourd'hui. Un autre jour, elle aurait peut-être allumé une clope et soufflé la fumée dans la cuvette en tirant la chasse dans l'espoir, vain, que son crime passerait inaperçu. Mais là, ce serait du suicide professionnel. Elle se borna donc à ouvrir le robinet et à regarder l'eau couler dans le lavabo, résistant à la tentation de flanquer sa tête sous le jet.

Ce que Lynley avait fait était stupéfiant. Ce n'était pas la première fois qu'il mettait volontairement sa tête sur le billot, mais jamais il ne s'y était pris de façon aussi détournée. La dissimulation, ce n'était pas son style. Il était plutôt du genre à jeter le gant à l'adversaire devant la terre entière : sans doute ne pouvait-il pas déroger à son titre – « noblesse oblige » –, comme dans les films de cape et d'épée. Barbara n'osait imaginer la réaction de l'adjoint au préfet de police quand il apprendrait que c'était l'inspecteur Lynley qui avait envoyé le premier rapport, non expurgé, à Clive Druitt. Il n'était pas impossible qu'il ait une attaque.

Le temps qu'elle se ressaisisse et regagne son poste de travail, le département au complet était en effervescence. Lynley était le flegme incarné ; il était retourné à son bureau, dont la porte était restée grande ouverte. Barbara interrogea du regard le sergent Winston Nkata, lequel se borna à pencher la tête de côté en haussant les épaules. Elle s'en fut trouver Lynley.

Il était sur le point d'attraper son téléphone, mais laissa son geste en suspens en la voyant debout sur le seuil de son bureau. Il eut un haussement élégant de sourcils et, avec sa douceur coutumière, lui demanda :

— Oui, sergent ?

— Monsieur, si je… Pourquoi avoir fait ça ? Cela pourrait… Je veux dire… Ce n'est pas comme…

Il ébaucha un fin sourire.

— Que vous arrive-t-il, sergent ? Vous avez perdu votre langue ?

— Bon, bah : pourquoi, quoi ?

Il leva la main puis l'abaissa. Le geste typique d'une personne née dans la pourpre, songea Barbara, que l'on pouvait traduire par : Qu'aurais-je pu faire d'autre ? Eh bien, selon elle, plusieurs autres options auraient été envisageables. Elle se permit donc d'insister :

— Inspecteur…

— Tout finit tôt ou tard par sortir au grand jour, sergent. C'est ainsi. Isabelle le sait aussi bien que moi. Croyez-moi. Elle le sait parfaitement.

Barbara opina. Elle comprenait. Il ne faisait pas seulement allusion aux deux rapports dissemblables.

VICTORIA
LONDRES

Il était midi passé lorsque Lynley reçut le coup de fil attendu. Curieux que cela ait pris aussi longtemps… Il aurait dû être appelé dans les quelques minutes qui avaient suivi la tempête par Judi MacIntosh, la messagère des « hautes sphères » de Tower Block, autrement dit, une sorte d'ange Gabriel, sans la trompette.

Dans les faits, l'adjoint au préfet de police avait commencé par être convoqué par son supérieur hiérarchique. D'après Judi, qui servait de secrétaire à l'un comme à l'autre et avait fait part de cette information à Lynley dans un chuchotement de confessionnal, un long conciliabule s'était tenu à portes closes. Après quoi Hillier était réapparu et avait aboyé : « Judi ! Appelez-moi Lynley ! Qu'il se présente dans mon bureau tout de suite ! » S'étant dit que sir David avait besoin d'une bonne heure pour décompresser, Judi avait estimé préférable de prétendre que Lynley était pour le moment absent de Victoria Block. Et c'est seulement maintenant qu'elle l'appelait. Pouvait-il être dans le bureau de Hillier… assez rapidement ? Lynley répondit qu'il venait immédiatement.

En chemin, quelques hypothèses se formèrent dans son esprit. Isabelle avait sans doute averti Hillier. Comme elle devait sentir monter la pression, elle avait voulu partager cet « effet cocotte-minute ». Et Hillier, la gueule écumante, allait lui sauter à la gorge… Bon, il devait arrêter avec les métaphores. La meilleure stratégie pour elle consistait évidemment à remonter à la source de la boulette…

En fait, Lynlcy nc reprochait même pas à Isabelle d'avoir obligé Havers à expurger de leur rapport officiel cet élément concernant un décalage temporel de dix-neuf jours (et une éventuelle investigation), non mentionné dans les précédents rapports. Elle s'était contentée de suivre à la lettre son ordre de mission. Sauf qu'en l'occurrence, de l'avis de Lynley, ce nouvel élément pouvait avoir eu un lien avec la mort en garde à vue du malheureux diacre.

Lorsqu'il pénétra dans le bureau de l'adjoint au préfet, ce dernier lui indiqua d'un signe un fauteuil.

— Éclairez ma lanterne, inspecteur. J'essaye de me retrouver dans ce foutu merdier où on patauge depuis quelques semaines. Je suis curieux de connaître votre opinion.

Hillier n'était pas du style à consulter ses subalternes. Il avait plutôt tendance à vous assener sa version des faits et à vous imposer sa solution. Aussi Lynley se douta que, quelle que soit sa réponse, Hillier avait déjà pris sa décision. La difficulté consistait à deviner laquelle, et, ce qui l'inquiétait, ce n'était pas tant de recevoir un blâme, mais cette épée de Damoclès suspendue au-dessus de la tête de Barbara.

— On vous aura dit que c'est moi qui ai envoyé à Clive Druitt le premier rapport non expurgé rédigé par le sergent Havers.

— Holmes, vous m'étonnerez toujours, laissa tomber sèchement Hillier.

— J'étais d'accord avec le sergent.

— Seriez-vous en train de me dire que c'est elle qui a eu l'idée de le lui envoyer ?

— Pas du tout. Elle ne l'a même pas évoquée. Elle était troublée par l'ordre de pratiquer ces coupes et m'a demandé conseil, un point c'est tout. J'ai lu les deux rapports. Il m'a paru évident que ce décalage de dix-neuf jours entre l'appel anonyme et l'arrestation devait être investigué.

— Vraiment ? dit Hillier d'un ton qui laissait supposer un manque de discernement de la part de Lynley. Pourquoi ne pas s'en être ouvert à votre supérieure hiérarchique directe ?

Comme Lynley ne répondit pas tout de suite, Hillier croisa les mains sur son bureau, exposant des ongles manucurés et une chevalière en or, et fixa sur l'inspecteur un regard lointain. Le silence feutré rappela à

Lynley celui qui règne dans les églises. Soudain, une alarme de voiture se déclencha dans la rue.

— Parce que l'ordre émanait d'elle, monsieur. Elle n'avait pas laissé le choix au sergent Havers. Un homme est mort pendant sa garde à vue…

— Il ne vous a pas traversé l'esprit que je suis déjà amplement au courant ? le coupa Hillier.

— … et il m'est apparu que le père de cet homme avait le droit de savoir ce qui s'était passé dans le moindre détail.

Lynley aurait pu insister sur le fait que le détail en question n'avait rien de négligeable, et que c'était justement pour cette raison que la commissaire avait refusé qu'il figure au rapport. Mais il ne voulut pas aggraver les choses pour Isabelle.

Hillier se leva brusquement pour lui tourner le dos et regarder par la fenêtre.

— Elle a merdé dans les grandes largeurs, n'est-ce pas ?

— Je ne suis pas d'accord. Elle a seulement cherché à être exhaustive dans l'éventualité où l'affaire aurait été portée devant les…

— Je ne vous parle pas de Havers, même si cette fille est la reine des embrouilles. Ah ! on l'a vue à l'œuvre ! Non, je vous parle d'Ardery. Elle est carrément à l'ouest. Il va falloir que nous la mettions devant ses responsabilités.

Lynley se prit à espérer que ce « nous » était un pluriel de majesté, ou du moins de politicien. Il se tut, attendant la suite.

— Quel imbécile j'ai été de lui donner le statut de commissaire principale ! Elle est indéboulonnable… Si je voulais la virer maintenant, ce serait un véritable cauchemar. Ah ! si j'avais Malcolm sous la main, je l'étranglerais.

Lynley n'avait aucun mal à suivre le cheminement des pensées de son interlocuteur. Malcolm n'était autre que Malcolm Webberly, qui avait occupé le poste de commissaire avant Isabelle Ardery. Sa démission brutale à la suite d'un accident de la route avec délit de fuite et le refus de Lynley de prendre sa place avaient déterminé leurs situations respectives actuelles. Lynley éprouva une sourde angoisse en songeant qu'il avait peut-être compromis celle d'Isabelle.

— Elle n'avait pas tort sur le fond, dit-il tout haut.

Hillier se retourna, mais du fait qu'il était éclairé à contre-jour, Lynley ne parvint pas à déchiffrer son expression.

— Qui ça ?

— La commissaire Ardery.

— Vous ne pouvez pas gagner sur tous les tableaux, inspecteur : soit c'est vous qui vous êtes mis en tort en envoyant le rapport non expurgé, soit c'est Ardery, en ordonnant à Havers de le réviser. Soyez logique, s'il vous plaît.

— C'est une question de point de vue, répliqua Lynley.

— Vous croyez toujours avoir réponse à tout, n'est-ce pas ? À cause de vous, un parlementaire a déposé une plainte au Home Office nous menaçant de Dieu sait quel infernal procès. J'ai réussi à lui arracher dix jours de sursis… Mais après ça… si nous n'avons rien de satisfaisant à présenter… des têtes vont tomber. Vous voyez où je veux en venir ?

— Qu'entendez-vous par « satisfaisant » ?

— Je dis qu'il va falloir mettre la main à la pâte, inspecteur. Vous croyiez peut-être pouvoir vous en tirer comme ça ?

Lynley aimait de moins en moins ce qu'il entendait. Mais il savait qu'il le méritait. Il tenta néanmoins une esquive.

— Mes vacances ont déjà été reportées parce…

Hillier lui rit au nez.

— Vous voulez que je me soucie de vos vacances, peut-être ?… Vous allez vous rendre sur-le-champ dans le Shropshire, inspecteur Lynley. Vous allez me remettre ce tas de merde dans sa brouette, dussiez-vous vous servir d'une petite cuillère.

Il marqua une pause. Puis :

— Je me suis bien fait comprendre, inspecteur ? Vous prendrez avec vous le sergent Havers. Si, à vous deux, vous ne parvenez pas à un résultat probant dans les huit jours, plus une journée de voyage et une journée pour rédiger votre rapport, ce qui vous attend ne vous plaira pas du tout, je peux vous l'assurer. Et ce qui attend la commissaire Ardery, non plus. On est bien d'accord ?

Comme si Lynley avait le choix.

— Oui, monsieur.

— Je suis ravi de l'entendre. Maintenant, je ne vous retiens pas, et je ne veux plus avoir de vos nouvelles avant la résolution de cette affaire.

16 mai

LUDLOW
SHROPSHIRE

Il n'y avait pas une seule chose dans sa vie qui ne fût pas fissurée. Elle se sentait semblable à un petit miroir qu'un jet de caillou a fendillé à partir du point d'impact en un réseau de fines lézardes. Ding était si désespérée qu'il lui arrivait de ne pas se lever le matin. Et la conviction d'avoir été l'agente de son propre malheur ne lui laissait même pas la possibilité de puiser du réconfort à faire retomber la faute sur autrui.

Elle avait démontré à Brutus qu'il n'était pas le seul à entretenir des « amitiés avec privilèges ». Elle le lui avait prouvé avec Finn. Elle était soûle, et lui défoncé, et le tout avait été une baise nulle. Mais – comme elle l'avait espéré – Brutus était tombé sur Finn sortant de sa chambre le lendemain matin, et le « Moi aussi, Brutus ! » que Finn lui avait lancé n'avait pas nécessité d'explication : Finn était à poil et avait mimé un déhanchement lubrique. Au cas où Brutus n'aurait toujours pas compris, il avait ajouté : « Ding est super au pieu. Je me demande pourquoi tu vas voir ailleurs… »

Le soir même, Brutus s'était ramené avec Allison Franklin. Il avait dû la forcer à monter l'escalier, tant elle gloussait bêtement, chuchotait, faisait des manières, tout ça alors qu'elle avait jeté un coup d'œil triomphant dans le salon où Ding tentait de se débarrasser de la neige sur l'écran du téléviseur qu'elle avait rapporté plusieurs mois auparavant de Cardew Hall. Finn était soi-disant en train de l'aider, c'est-à-dire qu'il pestait contre les filles et la technologie. « Laisse-moi m'en occuper, bon Dieu de merde, Ding. »

Ding avait entendu la porte d'entrée, puis la voix essoufflée d'Allison Franklin. « Je peux pas, Bruce. Vraiment. Elle est là, non ? » Ding avait feint de ne rien avoir entendu, mais Finn avait gueulé : « Mettez en sourdine, les amoureux, et on fera pareil. »

Au moment où Brutus passait devant le salon, leurs regards s'étaient croisés. Celui de Brutus était sans expression. Ding s'était composé un visage indifférent. Après quoi, ils étaient montés… pour ne redescendre que le lendemain matin.

Pour elle, bizarrement, ç'avait été un supplice. La seule solution était de se changer les idées. Et la seule distraction à sa portée fut celle qui, chaque soir, venait frapper à sa porte depuis leur première nuit ensemble. Elle le laissa entrer, deux fois, trois fois, et lui fit des choses qui lui donnaient envie de revenir.

La troisième fois, Brutus la prit à part. La scène se déroula dehors, sur Castle Square. Elle était en route pour un cours, de sorte que Brutus disposait de très peu de temps pour lui dire ce qu'il avait sur le cœur.

— Il faut que je te parle, OK ? commença-t-il. T'as pas besoin d'en faire plus, Ding, j'ai pigé.

— Pigé quoi ? Je sais pas de quoi tu parles. Si c'est au sujet de Finn et moi…

— Il n'y a pas de Finn et toi. C'est pas comme toi et moi.

— T'as un putain de culot, toi, tu sais.

— Allez, Ding. Ce que tu fais avec Finn… Ça te ressemble pas.

Elle eut envie de lui flanquer des coups de pied dans les tibias, comme une gamine de huit ans. Brutus la connaissait mieux que personne, et rien que pour cela, elle le haïssait.

— Finn et moi, on est des « amis avec des privilèges », comme tu dis. Et c'est pas tes oignons.

— Fais pas l'idiote, Ding. Je sais parfaitement ce que tu cherches à faire. Je baise avec Allison, alors tu baises avec Finn. Tu le regarderais même pas, si Allison et moi…

— Ah, bon ! C'est ce que tu crois ? Parce que tu lis dans mes pensées, maintenant ? Ou alors tu supportes pas l'idée que les autres ont droit à la même chose que toi ?

— Je reconnais ce droit à tout le monde, répliqua-t-il en se lissant les cheveux avec les doigts.

Comme d'habitude, il était stylé à la façon d'un mannequin homme. Pas étonnant qu'il tombe les filles comme des mouches.

— C'est juste que… C'est pas que je te kiffe pas, Ding. Je te trouve vraiment super cool. Mais l'exclusivité… Je me tue à te dire que c'est pas mon genre de m'engager. J'ai besoin de plus.

— Oh, ça, j'ai bien compris. Eh bien, tu vois, c'est pas mon genre non plus de m'engager. Je l'ai découvert grâce à toi, d'ailleurs. C'est trop classe de répandre le bonheur autour de soi. Dire que je n'aurais jamais trouvé ça toute seule si tu ne m'avais pas fait avaler cette couleuvre avec ta grosse vache d'Allison. Oups ! Pardon, c'est plutôt elle qui avale…

— Arrête, tu me dégoûtes. Tu vois, tu n'es plus toi-même. Allez, on fait la paix.

— Tu sais pas *qui* je suis ! s'exclama-t-elle. Tu dis que tu veux la paix, mais en fait, tout ce que tu veux, c'est me faire perdre mon temps à t'attendre. Un beau jour, peut-être, quand t'en auras marre de la grosse vache, tu daigneras revenir vers moi ; ça t'épargnera d'avoir à ramener cette greluche à Temeside, puisque moi, je suis déjà sur place.

— Tu racontes n'importe quoi. C'est pas vrai.

Mais comme Brutus rougissait, Ding sut qu'elle n'avait pas tapé très loin.

— Qu'est-ce qui est pas vrai, Brutus ? Non, ne réponds pas, je sais c'est quoi, ton problème. Ton problème, c'est plus de convaincre Allison de venir dans ton lit, c'est plutôt de t'en débarrasser maintenant que tu l'as bien sautée. C'est ça, non ?

Elle rit. Un rire qui même à son oreille avait des stridences hystériques, mais au moins elle pouvait se féliciter d'avoir raison.

— Oh, mon pauvre Brutus, reprit-elle. C'est un vrai cauchemar ! Elle s'attend à passer la nuit avec toi, et toi tu veux qu'elle se casse mais t'oses pas lui dire…

Il ne répondit rien, se contentant de la regarder fixement.

— Tu piges vraiment pas ce que ça signifie, Ding.

— Quoi ? De quoi tu parles ?

— Que je sois resté.

— Où ça ?

— Avec toi. Dans ta chambre. Toute la nuit. Au lit. Je suis resté parce que tu n'es pas comme les autres. Je suis resté parce que je tiens à toi. *Je tiens à toi.*

Sa voix… Il y avait quelque chose qui clochait. Ding le perçut nettement, quelque chose qui s'apparentait à de la panique. Enfin, elle comprit. Elle comprit pour quelle raison il avait voulu lui parler, ici, à Castle Square. Elle sut ce qu'il voulait d'elle et pourquoi il mentait.

Elle ne décoléra pas de la journée. Et d'ailleurs, seule la colère pouvait lui donner la force de faire ce qu'elle avait l'intention de faire. En rentrant à Temeside, elle alla droit dans sa chambre et sortit de son placard ce qu'elle n'avait pas réussi à jeter neuf jours auparavant. Elle avait tenu les deux vêtements en l'air au-dessus du tas d'ordures, mais n'avait pas pu les lâcher. Pourtant, ce n'était pas faute de le vouloir. Elle savait bien que c'était un mal nécessaire. Mais à l'instant fatidique, elle n'avait pas pu. Et elle s'était dit que les cacher revenait au même. Un jour, elle serait sûrement en mesure de les réintégrer dans sa garde-robe, non ?

Elle sortit du sac en plastique la jupe et le haut à paillettes qu'elle étala amoureusement sur son lit. Puis elle patienta.

Le retour de Brutus ne fut pas particulièrement discret. Il ramenait une fois de plus cette naze d'Allison. Tous deux roucoulèrent dans le couloir – c'étaient pas des gloussements aujourd'hui – puis elle entendit la porte de la chambre de Brutus se refermer. C'était le moment qu'elle attendait.

Elle ramassa ses précieux vêtements, entra dans la chambre du jeune homme sans frapper et les lança à l'intérieur en disant :

— Je t'ai assez couvert, Brutus ! Maintenant, fais ce que tu veux avec ça !

Sauf que ce n'était pas Allison Franklin qui était avec lui, mais Francie Adamucci. Les yeux brillants, elle était à genoux, les mains sur la braguette de Brutus.

— Ding ! s'écria Francie dans un éclat de rire sans suspendre l'activité de ses doigts. Tu te joins à nous ?

HINDLIP
HEREFORDSHIRE

La visite au quartier général de West Mercia débuta à l'identique. Barbara et Lynley subirent d'abord une attente interminable au poste de contrôle à l'entrée du parc. Puis ils traversèrent les grandes pelouses sous le regard d'une ribambelle de caméras de vidéosurveillance. Là, une nouvelle péripétie se glissa dans le scénario originel : il fallut que Lynley trouvât à se garer le plus loin possible des autres véhicules. Barbara savait de quoi il retournait : l'inspecteur cherchait à préserver de toute éraflure la carrosserie lustrée couleur cuivre, tendrement polie à la main, de son auto. Après quoi, le processus reprit son cours habituel. Ils durent patienter à l'accueil, le chief constable Wyatt tenant à faire sentir à la Met qu'elle était aussi malvenue que la dernière fois.

Au bout de dix minutes, toutefois, Lynley mit un terme à ce désagrément. Se présentant devant le gigantesque comptoir de la réception, il interpella une employée.

— Bien, on a compris. Maintenant, le sergent connaissant le chemin, vous pouvez annoncer au chief constable que nous montons dans son bureau, à moins que vous ne préfériez que nous lui fassions la surprise. À vous de voir. Sergent… ?

Il indiqua l'escalier d'un mouvement du menton.

Barbara le précéda d'un pas élastique. Derrière eux, des éclats de voix furent suivis d'une brève conversation téléphonique, puis l'employée leur lança :

— Vous pouvez y aller ! Le chief constable vous attend !

Ils étaient déjà sur le palier.

Barbara piqua droit sur la majestueuse porte à deux battants. L'un d'eux était ouvert. Le CC Patrick Wyatt s'avança à leur rencontre avec un visage de marbre.

— Voyez-vous…

Lynley ne lui laissa pas le temps de poursuivre.

— On est d'accord, chief constable, vous n'avez pas le temps de nous recevoir, et nous n'avons pas le temps de nous attarder. C'est comme vous voulez, on passe tout de suite aux choses sérieuses ou on discutaille pour savoir lequel d'entre nous est en droit d'être le plus vexé ?

Oh là là, se dit Barbara. « La Voix » ! Lynley y avait rarement recours, sachant qu'il n'avait en général rien à gagner à fournir la preuve auditive de son appartenance à la caste supérieure. Mais, parfois, « La Voix », était un mal nécessaire. Son interlocuteur en resta bouche bée. Lynley enchaîna :

— Nous ne sommes pas ici pour nuire à l'image de votre service, monsieur, et nous ne venons pas vous importuner pour le plaisir, croyez-moi. L'IPCC a omis un détail au cours de son enquête à Ludlow, nous sommes là pour tirer cette affaire au clair. Notre présence n'a rien à voir avec un quelconque laxisme de vos services.

Barbara songea que ce n'était pas tout à fait vrai, mais le discours de Lynley parachevait ce que « La Voix » avait amorcé : le désarmement partiel du chef de la police territoriale de West Mercia.

— Je vous écoute, dit Wyatt sans les inviter pour autant à pénétrer plus loin dans la pièce.

Son visage, surtout autour des yeux, avait toutefois perdu son côté minéral.

— Je peux ? dit Lynley sans attendre l'autorisation de fermer la porte mais s'abstenant de demander à s'asseoir au cas où il essuierait un refus.

Barbara prit bonne note de la nature de ce concours où c'était à qui pisserait le plus loin. Elle se garda bien quant à elle de toute initiative en ce sens, sachant que, dans ce bureau, elle était comme un éléphant dans un magasin de porcelaines.

Ils avaient besoin de savoir, dit Lynley à Wyatt, qui avait fait quoi pendant les dix-neuf jours entre l'appel anonyme dénonçant Druitt et l'arrestation de celui-ci à l'église St. Laurence. Il y avait eu largement le temps de vérifier si l'accusation de pédophilie était fondée, et pourtant, rien dans le rapport de la police des polices n'y faisait la moindre allusion. Que savait le chief constable à ce sujet ?

Wyatt ne put cacher sa perplexité. Il leur avoua que si l'IPCC avait été muette à ce sujet, c'était qu'il n'y avait pas eu d'enquête. Au cas où l'appel aurait dénoncé, mettons, un meurtre quelconque, il en aurait été autrement. Mais en l'occurrence, cette dénonciation d'un membre respecté de l'Église qui venait d'être récompensé par la ville… L'officier en service au central avait tout de suite pensé qu'il s'agissait d'un canular inspiré par la jalousie ou la rancune.

— Vous êtes en train de me dire, chief constable, que la pédophilie ne doit pas être prise au sérieux ?

— Bien sûr que non. Mais en l'absence de toute rumeur autre que cet unique appel qui, je vous le précise en passant, a été passé au mauvais central, que vouliez-vous que nous fassions ?

Wyatt admit néanmoins qu'ils auraient pu demander tout de suite à un flic du commissariat de Shrewsbury de l'interroger. Mais à quoi cela aurait-il servi ? Druitt aurait nié tout en bloc. Après, bien entendu, si on avait eu assez d'hommes disponibles, on aurait pu mener une enquête auprès de tous ceux, hommes, femmes et enfants, qui avaient été en contact avec le diacre au cours des nombreuses années de son apostolat.

— Le problème, voyez-vous, c'est qu'on manque dramatiquement d'effectifs, conclut Wyatt. Nous n'avons en tout et pour tout qu'une seule équipe d'enquêteurs dans la région pour couvrir les agressions, les viols et tous les crimes violents. Il faut bien nous en contenter. J'espère que, dans ces conditions, vous comprendrez que cet appel anonyme figurait en bas de leur liste.

Ils étaient d'accord, en effet, c'était logique. Mais pourquoi, si aucune investigation n'avait été menée, avoir ordonné l'arrestation de Druitt dix-neuf jours plus tard ? Si Lynley suivait la logique du chief constable, Druitt n'aurait pas dû être arrêté du tout.

— Il y a sûrement eu un incident supplémentaire motivant la procédure, ajouta l'inspecteur. Et cet élément qui manquait, c'est justement ce que le sergent ici présent a appris de l'auxiliaire de police à Ludlow…

Barbara ne résista pas à préciser :

— Gary Ruddock…

Wyatt lui jeta un regard noir, mais elle enchaîna sans se démonter :

— … dit avoir reçu l'ordre de son sergent. Mais voilà, ce sergent a dû recevoir l'ordre de quelqu'un, surtout s'il n'y a jamais eu d'enquête.

— Savez-vous, chief constable, qui a donné cet ordre à l'îlotier ? insista Lynley.

— Je vous ai dit tout ce que je savais, inspecteur. Pour le reste, il faudra vous adresser au sergent de l'îlotier. Je n'ai pas la moindre idée de ce qui a motivé sa décision.

Son nom ?

Sergent Geraldine Gunderson. S'ils voulaient savoir où la trouver, ils n'avaient qu'à demander à la réception.

MUCH WENLOCK
SHROPSHIRE

À la sortie du QG, Havers alluma une cigarette qu'elle fuma avec la même volonté de s'en délecter qu'une condamnée à mort avant son exécution.

— Plus ça va, moins cette histoire me paraît compréhensible, dit-elle dans un nuage de fumée. Dix-neuf jours sans investigation, et le type est arrêté. Si vous voulez mon avis, il y a quelqu'un qui en sait long, et ce quelqu'un est assis quelque part dans les bureaux derrière nous… En tout cas, personne n'a envie de voir la Met fourrer son nez là-dedans.

— Certes, approuva Lynley. Je n'aimerais pas être à la place du chief constable. Les coupes budgétaires sont déjà la croix et la bannière. Alors, avec en plus sur le dos une mort en garde à vue et Scotland Yard qui les empêche de classer l'affaire…

Ils restèrent debout de chaque côté de la voiture pour permettre à Havers de terminer sa clope.

— Je vous trouve bien philosophe, monsieur, surtout compte tenu que vous avez vous-même été privé pour la deuxième fois de vos vacances en Cornouailles.

Lynley regarda par-dessus l'épaule de Havers les élèves de l'académie de police en tenue de combat de rue, une vision pas tellement rassurante au demeurant.

— Oh, ça, de toute façon, cela ne s'annonçait pas comme des vacances de rêve.

— Tout n'est pas rose côté cœur ?

— Je ne sais pas pourquoi, mais Daidre devient une vraie anguille quand il s'agit de notre vie de couple.

Havers jeta son mégot par terre et l'écrasa avec son pied.

— Que pensez-vous qu'elle craint en vous accompagnant, que vous tentiez de la jeter au fond d'une de ces mines abandonnées que vous autres aristos avez saignées jusqu'à la dernière veine ?

— C'est une éventualité, dit Lynley avec un petit sourire malicieux.

Il déverrouilla la voiture.

— Hum, m'est avis que vous n'êtes pas au bout de vos peines, monsieur.

— Je reste optimiste.

— C'est une de vos qualités. Mais puis-je vous dire le fond de ma pensée ?

— Vous le ferez que je le veuille ou non, sergent.

— Tout le monde n'a pas envie de finir ses jours au fin fond des Cornouailles dans un château ancestral de trois cents chambres.

— À Howenstow, on est loin du compte, Barbara.

— Peut-être, mais je parie que vous avez une grande galerie monstrueuse avec, sur les murs, plusieurs siècles de Lynley qui ont l'air de puer des pieds.

— Je ne dirais pas « monstrueuse ».

— Ha ! Je savais bien que vous aviez une grande galerie !

Lynley lui coula un regard réprobateur. Puis :

— Je ne comprends pas… Ce n'est pas comme si je la demandais en mariage. Mais nous sommes ensemble depuis plus d'un an, je pensais que Daidre aimerait faire la connaissance de ma mère. Et des autres aussi, bien sûr.

— Quels autres ? Le majordome et les souillons ?

— Nous n'avons qu'une femme de ménage au château, sergent, et encore elle ne vient pas tous les jours. En plus du majordome, s'entend. Lequel a près de cent cinquante ans ; personne ne se rappelle qui l'a engagé. Le mettre dehors maintenant pour ménager les susceptibilités républicaines relèverait de la cruauté pure et simple.

— Très drôle, monsieur. Vous pouvez toujours plaisanter, mais Daidre, elle, elle pense que c'est un test. Que vous voulez voir si elle sait laquelle des vingt-cinq fourchettes doit servir pour manger les saucisses et la purée. Quand bien même vous ne laisseriez pas une saucisse-purée polluer votre porcelaine fine, n'est-ce pas ?

— Certes non.

— Alors ? Vous allez faire quoi ? Continuer à galérer ?

— Galérer est apparemment ce que je sais faire de mieux.

Ils sortirent du QG de West Mercia et Havers ouvrit sur ses genoux l'imposant atlas routier A-Z que Lynley préférait à toute autre méthode de navigation. Il pouvait ainsi se faire une idée du pays qu'il traversait, un plaisir qu'aucun GPS n'aurait été en mesure de lui procurer. Havers râla un peu, doucement, mais finit par s'y retrouver. Et les pilota jusqu'à la petite ville de Much Wenlock sans commettre la moindre erreur. Les choses se corsèrent toutefois au centre-ville de Kidderminster, où elle fit faire à Lynley trois fois le tour du rond-point, pour la simple raison qu'elle ne parvenait pas à lire assez vite les panneaux.

Much Wenlock était une petite ville pittoresque : les édifices médiévaux à colombages attiraient le photographe autant que les sirènes le marin, surtout le Guildhall aux énormes piliers en chêne. Le rez-de-chaussée de cette bâtisse abritait jadis la prison où se pratiquait une justice expéditive, comme en témoignait la présence lugubre d'un pilori.

L'adresse du sergent Geraldine Gunderson se révéla d'une clarté douteuse – ce qui était compréhensible, après tout, dans une agglomération si petite, où le facteur connaissait tout le monde. Il comprenait un « 3 », un nom de lieu, « The Farmhouse », et une précision, « Nr the Priory ». Le prieuré n'était en théorie pas compliqué à trouver, puisque c'était une ruine et que les monuments historiques sont en général bien indiqués à l'usage des curieux. Seulement, même en suivant les flèches, la noble bâtisse restait cachée par un mur en pierre et par de hautes futaies de tilleuls, hêtres et cèdres qui auraient sans doute dérouté Cromwell lui-même. Un peu plus loin, après avoir roulé sur une petite route si étroite que Lynley frémit pour les ailes de sa Healey Elliott, ils tombèrent sur un panneau « The Farmhouse » : une grande longère ancienne, à colombages, saucissonnée en plusieurs logements de taille respectable. Et, fort heureusement, numérotés. Ne restait plus qu'à garer la pièce de musée loin du passage éventuel d'un tracteur.

Ce tour de force accompli, la suite se déroula sans accrocs. Havers maugréa juste un peu à propos des deux cent cinquante mètres à pied qu'il leur fallut parcourir pour gagner la tranche de la longère occupée par le sergent Gunderson. Le numéro 3 semblait le plus vétuste, surtout parce que le jardin en friche avait depuis longtemps capitulé devant la glycine que rien ni personne n'avait empêché d'étrangler les autres plantes qui osaient prendre racine. Sur la porte, le heurtoir n'était plus qu'un bout de ferraille rouillée. Pas de sonnette. Ils frappèrent.

Une grande femme leur ouvrit. Elle avait l'air très stressée.

— Vous êtes Scotland Yard, je suppose. Entrez, suivez-moi. J'étais en train de…

Elle leur laissa le soin de fermer la porte et les précéda dans un couloir dallé de pierre, lequel déboucha sur une salle à manger. Au milieu de la pièce, la table accueillait une énorme pièce d'étoffe vert fluo attachée à une forme oblongue en grillage. Une paire de ciseaux, une agrafeuse et un rouleau de Scotch avaient apparemment déjà joué leur rôle dans la découpe d'un morceau de polystyrène qui rappelait une fraise élisabéthaine. Ladite fraise était recouverte de papier bulle, et le tissu jaune à pois roses plié à côté allait sans doute compléter l'emballage.

— Comme vous voyez, dit-elle, je suis archinulle en couture. Ma fille a eu la bonne idée de lever la main quand sa maîtresse a demandé qui pourrait jouer la chenille qui fume. Un de ces foutus goûters « collecte de fonds » qu'ils ont l'art de nous concocter dès qu'on a le dos tourné. Tenez-vous bien : les serveurs seront déguisés en personnages d'*Alice au pays des merveilles*… Bref, j'ai de la chance que Miriam ne m'ait pas enrôlée également pour confectionner les gâteaux. Je suis encore plus nulle en pâtisserie qu'en couture. D'un autre côté, notez bien, j'aurais pu les acheter. Alors qu'un costume de chenille, je vous le demande… ? Le narguilé, ça, je l'ai dégoté facilement. Sur Internet…

— Vous êtes bien le sergent Gunderson ? s'enquit Lynley.

— Ah, désolée. Oui, bien sûr. Mais appelez-moi Gerry.

Elle déclara qu'elle était ravie de leur visite, laquelle lui permettait de s'accorder une récréation, surtout qu'elle avait peur de faire un coup de sang au retour de sa fille aînée. Elle leur proposa un jus de citron pressé, les prévenant que c'était « assez acide, parce qu'elle sucrait peu », mais Lynley ainsi que Havers se déclarèrent partants.

Gunderson suggéra ensuite qu'ils aillent dehors, « derrière la baraque », ajoutant qu'il faisait beau, et qu'à condition de ne pas faire attention aux poules, autant en profiter. Comme ils acquiesçaient de nouveau, elle leur fit traverser une cuisine propre et bien tenue dont une porte s'ouvrait sur l'extérieur. Sept poules picoraient le sol, deux autres étaient juchées sur une table ronde en bois entourée de chaises duvetées de lichen.

Leur hôtesse dut lire dans leurs pensées.

— Ne vous inquiétez pas. Ça n'adhérera pas à vos vêtements, pas à cette époque de l'année. Ça me plaît plutôt. (Elle parlait du lichen.)

Elle chassa les poules, puis dit à Havers et Lynley qu'elle revenait dans une minute. En attendant, qu'ils profitent donc… de la vue. Lynley se demanda de quelle vue il s'agissait : les poules, le lichen, l'état du jardin ravagé par la volaille, ou la colline envahie par un bois de charmes laissé à l'abandon.

Gunderson ne fut pas absente assez longtemps pour qu'il se décide. Elle reparut avec une plaque de four qui lui tenait lieu de plateau. Dessus, il y avait la fameuse citronnade.

Lynley détailla leur hôtesse alors qu'elle posait les rafraîchissements sur la table. Si ce n'est un accent des Midlands pur sucre, elle n'avait rien de britannique : la peau mate, les cheveux noirs aile de corbeau, les yeux marron foncé. Son nez rappelait un portrait d'aristocrate italienne.

Elle s'écroula sur une chaise et les observa alors qu'ils buvaient une première gorgée.

— Alors ? C'est buvable ?

— Pas mal du tout, apprécia Havers.

Gunderson parut contente. Lynley trempa ses lèvres et constata avec soulagement qu'il s'agissait plutôt d'une eau légèrement citronnée. Après quoi, il expliqua la raison de leur visite.

— Oh, mon Dieu, je sais, je sais, lâcha Gunderson. Vous n'avez pas besoin de me rappeler les faits.

— Oui ?

— Je n'oublierai jamais cette nuit de mars où nous étions tous sur les routes, inspecteur.

— Appelez-moi Thomas.

— Thomas.

— Que pouvez-vous nous en dire ?

Havers sortit son calepin et son crayon. Lynley constata qu'elle avait adopté le porte-mine cher à Nkata. Il était impressionné.

Gunderson confirma que les officiers de patrouille de Shrewsbury avaient été occupés par une série de cambriolages et n'avaient donc pas pu procéder à l'arrestation de Ian Druitt. Elle leur assura qu'elle ignorait tout d'une quelconque investigation au sujet de l'accusation de pédophilie. Elle l'avait appris seulement après qu'il fut mort en garde à vue. Le fait que « ce merdier » avait été déclenché par un coup de fil anonyme était dingue. Comment une telle horreur avait-elle pu se produire ?

Et elle ajouta :

— C'est un peu ma faute. Je l'ai dit à mon supérieur.

— Comment cela ? demanda Havers.

— Mon mari est hospitalisé. Cancer du côlon. Il va s'en tirer, mais ça a été l'enfer. Je n'ai pas toujours la tête à ce que je fais, je l'avoue. J'ai accompli mon devoir, bien sûr, en transmettant l'ordre à l'îlotier. Mais je n'ai posé aucune question sur la raison de cette arrestation. Comme vous, sûrement, j'obéis aux ordres quand on me les donne.

Lynley préféra ne pas la détromper. Elle avait pourtant devant elle, en la personne de Havers, le seul officier de la Met à avoir ignoré ostensiblement un ordre par le passé.

— Qui vous a donné cet ordre, sergent Gunderson ?

— Le quartier général.

Havers et Lynley échangèrent un regard. L'expression de Barbara constituait en soi une histoire sans paroles. Jusqu'ici, il n'y avait pas eu un seul indice pointant vers le QG de West Mercia.

— Qui exactement ?

— L'adjointe au chief constable.

— Une femme ? s'étonna Havers.

— Nous avons eu un entretien avec le chief constable, dit Lynley. Il ne nous a pas parlé de son adjointe.

Gunderson but une rasade de citronnade.

— Ça, je ne peux pas vous dire. Tout ce que je sais, c'est qu'elle m'a téléphoné et m'a demandé d'appeler l'îlotier de Ludlow pour qu'il emmène un individu du nom de Ian Druitt au poste en attendant que les officiers de Shrewsbury viennent le chercher.

— Pouvez-vous nous indiquer son nom ?

— Freeman. Clover Freeman. C'est elle qui m'a donné l'ordre.

MUCH WENLOCK
SHROPSHIRE

— Il y a un truc qui cloche.

Havers venait de marquer une halte devant la porte de Geraldine Gunderson et de faire le geste tristement habituel qui consistait à sortir de son sac en bandoulière un paquet de Players. Elle alluma une cigarette.

Lynley se retint de lui demander pour la énième fois quand elle comptait arrêter, car il commençait à se faire du souci pour sa santé. Il savait d'avance ce qu'elle lui rétorquerait : l'ancien fumeur joue tout autant la vertu que l'ancien athée qui a « trouvé Jésus ».

— Quel truc cloche, à part les talents de couturière du sergent ?

Ils traversèrent la petite jungle du jardin en friche sans récolter une seule égratignure. Dans l'allée étroite, des *kirr-ik kirr-ik* grincèrent au-dessus de leurs têtes, signe qu'il y avait des perdrix dans les parages. Havers tira sur sa cigarette.

— C'est vrai qu'elle a du boulot devant elle. Ça ne ressemblait pas du tout à une chenille.

— Au fait, sergent.

— Eh bien, c'est une drôle de coïncidence, non ? L'adjointe au chief constable ? Clover Freeman ?

— Oui. Clover Freeman.

— Il y a une autre personne du nom de Freeman que la chef et moi avons croisée dans le coin, monsieur. Enfin, c'est Ardery qui l'a vue.

Elle aspira longuement la fumée. Lynley se dit qu'elle aurait vraiment besoin de suivre un programme stop-tabac.

— Qui est l'autre ?

— Un étudiant, Finnegan Freeman. Il assistait Druitt au centre de loisirs. Autant que je sache, quand Ardery l'a interrogé, il n'a rien dit concernant un parent dans la police.

— Ce n'est peut-être pas la même famille. Il y a beaucoup de Freeman.

— C'est vrai. C'est pas comme « Stravinsky ».

Lynley haussa un sourcil.

— Sergent, votre culture m'impressionne.

— Je pourrais pas vous chanter une seule note. Je ne sais pas d'où ça m'est venu.

— Hélas. Mais revenons à Finnegan Freeman. Que faut-il en penser ?

— Mettons que sa mère et cette adjointe soient une seule et même personne, ou bien c'est juste sa tante, ou même sa grand-mère, il me semble qu'il aurait dû le mentionner à la commissaire. Adjointe du chief constable, elle a plus de barrettes à ses épaules qu'Ardery, et pas qu'un peu. Vous voyez, un flic de Londres débarque chez lui pour l'interroger. Pourquoi ne pas faire valoir qu'il a cet atout dans sa manche ?

— À quoi cela lui servirait-il ?

— À remettre Ardery à sa place. À la rendre mal à l'aise. À l'amadouer, que sais-je ? Vous ne trouvez pas ça bizarre, vous ?

Elle se tut et regarda le bout de sa cigarette qu'elle faisait rouler entre ses doigts.

— Mais si cela se trouve, fit valoir Lynley, ils n'ont aucun lien familial.

— C'est vrai. À moins que… il lui en ait parlé et que, pour une raison ou une autre, elle ne m'ait rien dit.

Lynley connaissait assez bien Havers pour comprendre le sous-entendu.

— Vous pensez, sergent, qu'elle voulait rentrer à Londres et se doutait que ce nouvel élément compliquerait les choses ? Ç'aurait été comme donner un os à ronger à une meute de chiens, si j'ose dire.

— Une comparaison débectante monsieur, dit Barbara.

— Pardon, cela m'a échappé. Mais c'était plus une métaphore qu'une comparaison. Quant à la commissaire Ardery, écarter délibérément un élément qui pourrait être crucial… ?

— C'est possible, non ? Si elle m'avait mise au courant, je me serais transformée en écureuil secouant les noisettes d'un arbre.

Elle lui jeta un coup d'œil avant de soupirer :

— Je sais. Je sais. Les écureuils ne gaulent pas les noisettes. Mais vous voyez où je veux en venir.

Ils s'adossèrent à la Healey Elliott pour laisser à Havers le temps de terminer sa cigarette. D'un côté de la voiture s'élevait une haie plus grande que Lynley. De l'autre, sous un ciel bleu foncé parcouru de nuages blancs, s'étendait un champ de blé ondulant sous une petite brise. Les épis étaient tous à la même hauteur, comme si le bon Dieu s'était appliqué à les tailler par souci de perfectionnisme.

Havers jeta son mégot par terre et lui régla son sort avec le bout de sa chaussure.

— Je me demande quel pot aux roses on va découvrir… Bon, mettons que le jeune Finnegan et notre Clover Freeman, c'est la même famille. Elle aurait pu apprendre quelque chose d'inquiétant qui aurait donné du poids à l'accusation de pédophilie. Elle aurait voulu creuser un peu plus et pour ça il fallait avoir le diacre sous la main pour l'interroger. On peut aussi imaginer qu'elle avait hâte de régler le problème parce qu'elle craignait des retombées désagréables pour son neveu-petit-fils-petit-cousin, que sais-je, qui travaillait avec le diacre ?

— Ou alors, le neveu-petit-fils est le corbeau, répliqua Lynley avant de démarrer.

— Tout à fait. Il aura vu un truc… Ou un des gosses du centre de loisirs lui aura fait une confidence. Le gars n'arrive pas à le croire, mais il vérifie et là, il s'aperçoit que l'enfant a dit vrai. Mais comme tous les jeunes, il ne veut pas être pris pour un cafardeur, et donc, il se sert de l'interphone du poste de police pour alerter les autorités, anonymement. Il espère que la police va mettre le holà, mais voilà qu'il ne se passe rien… Que fait-il alors ? Il prévient sa tante ou sa grand-mère ou sa grande-cousine, qui, elle, intervient. Enfin.

— Cela paraît logique, à première vue.

— Sauf que la chef a dit qu'il était fou de rage quand elle a évoqué l'accusation de pédophilie. Évidemment, c'était peut-être de la comédie. Il voulait peut-être cacher le fait qu'il avait cafardé sur le diacre.

Lynley manœuvra en trois temps pour faire demi-tour au bout du chemin et retourna sur la route, où il prit la direction de la bourgade. Le moment était venu, décida-t-il, de rendre visite à Clover Freeman pour entendre un autre son de cloche.

Havers téléphona au QG de West Mercia. L'adjointe au chief constable n'était plus au bureau. Barbara parvint à soutirer son numéro de portable à la secrétaire en lui expliquant qu'ils avaient besoin de lui parler de toute urgence, étant donné qu'ils s'étaient aperçus qu'elle était impliquée dans l'affaire de la mort de Ian Druitt… Ces cinq derniers mots avaient été le sésame.

— Bravo, murmura Lynley en se garant en face de l'imposant édifice à colombages du Guildhall.

Sur le trottoir, une femme armée d'une perche à selfie et d'un grand sourire s'apprêtait à gâcher une jolie image du bâtiment le plus photographié de Much Wenlock.

L'inspecteur écouta d'une oreille la conversation de Havers avec la dénommée Clover Freeman, laquelle paraissait estimer qu'une entrevue avec la Met pouvait attendre le lendemain, puisqu'elle était en train de rentrer chez elle. Le sergent Havers se montrait d'une courtoisie remarquable avec ses « Non, madame »,

« C'est indispensable, madame », « Nous pouvons nous déplacer, madame ». Au terme de cette négociation, elles tombèrent d'accord sur un rendez-vous au domicile de l'adjointe, après le dîner qu'ils prendraient tôt, puisqu'ils étaient attendus vers huit heures et demie. Si madame l'adjointe au chief constable voulait bien lui envoyer son adresse par SMS… ? Merci, madame.

Après avoir coupé, Havers dit à Lynley :

— Elle nous attend, mais ça ne lui fait pas plaisir.

— C'est aussi mon impression.

WORCESTER
HEREFORDSHIRE

Au retour de sa randonnée avec les Rambling Rogues[1], Trevor Freeman inspecta ses chaussures de trekking. Ça n'allait pas du tout. Elles étaient beaucoup trop propres.

À ses chaussures comme à ses bâtons de marche, il fit subir le traitement adéquat dans le jardin derrière la maison. Attrapant le tuyau d'arrosage, il inonda un bout de plate-bande – qui n'avait de plate-bande que le nom puisque ce n'était qu'une bande de terre retournée contre la palissade. Là, il obtint une belle flaque de boue, qu'il remua avec un bâton avant d'y laisser tomber ses godillots. Encore un petit touillage, et quand ils furent suffisamment sales, il retourna dans l'entrée de la maison, où il disposa chaussures et bâtons bien en vue.

1. Les fripouilles en vadrouille.

Il se mit ensuite en quête de son portable. Il ne l'avait pas emporté, pour la simple raison que les Rambling Rogues interdisaient les téléphones portables. Seul l'animateur avait droit au sien, évidemment, en cas d'urgence – si jamais un des membres du groupe tombait foudroyé par une crise cardiaque ou une attaque, il aurait été idiot qu'il pousse son dernier soupir faute de moyen de communication pour appeler les secours.

Son portable était sur le plan de travail. Il avait loupé quatre appels, dont trois de Clover. Le quatrième de Gaz Ruddock. Trevor écouta le premier message de sa femme et resta bouche bée : pouvait-il téléphoner à Gaz et l'inviter à dîner demain soir ? Trevor écouta le deuxième : avait-il réussi à joindre Gaz ? Venait-il dîner ? Et le troisième : pourquoi ne la rappelait-il pas ?

Tout cela était très étrange, et un peu troublant. Pourquoi Clover n'avait-elle pas téléphoné directement à Gaz Ruddock si elle voulait l'inviter à dîner ?

Tout en ruminant cette question, il sortit du frigo de l'eau pétillante. Il but la bouteille entière au goulot, puis appela le numéro de l'auxiliaire de police de Ludlow. Gaz était en train de faire des courses, il achetait des fournitures de bureau et des ingrédients pour préparer les spaghettis à la bolognaise de ce soir. Sans laisser à Trevor le temps de lancer l'invitation de Clover, il enchaîna :

— Scotland Yard est de retour. Mon sergent m'a averti cet après-midi. À propos du suicide de Druitt. Tu étais au courant, Trev ?

Quelle drôle de question, songea Trevor. Si ce jeune blanc-bec n'avait pas été viré après la mort de Druitt, c'était uniquement parce que Clover avait intercédé pour lui auprès de la hiérarchie – elle l'avait déjà pris sous son aile quand il était à l'école de police. Gaz devait quand même se douter que Clover lui avait tout raconté à lui, Trevor, son mari.

— Évidemment, je suis au courant.

— Oh, je ne voulais pas parler de… tu sais… la mort ? Mais tu savais que Scotland Yard était de retour ? Clo te l'a pas dit ? Je me demande juste pourquoi elle m'a pas appelé.

— Je n'en sais rien. Je ne l'ai pas vue. Elle t'appellera tout à l'heure quand elle sera là.

— Ce serait sympa. C'est juste que…

— Tu t'inquiètes. Je comprends.

— Il paraît qu'il va peut-être y avoir un procès.

— Inutile de tirer des plans sur la comète, Gaz. Au fait, tu ne voudrais pas venir dîner demain soir, avec nous ?

Après ce coup de fil, Trevor fouilla dans le frigo avec pour objectif de préparer un frichti – c'était lui le cuisinier dans la famille ; forcément quand on est marié à une flic aux horaires de dingue. Il reniflait une plaque de tofu en se demandant si le tofu, ça se périme, quand son portable sonna.

Clover.

— Je vous attends depuis un bail, m'dame Freeman. J'espérais pouvoir vous présenter une petite gâterie…

Tout ce qu'elle trouva à répondre, ce fut :

— Tu as eu Gaz ? Pourquoi tu m'as pas rappelée ?

— Qu'est-ce que t'as, tout d'un coup, avec Gaz ? Au fait, il a l'air de se ronger les sangs à la perspective de voir débarquer de nouveau Scotland Yard.

— Ils sont déjà là… Wyatt est fou de rage ! Le pauvre. Quelle histoire de merde, soupira-t-elle. Bon, ça m'a mise de mauvais poil, tout ça. J'arrive. Tu veux que je m'arrête chez le traiteur ? Ou tu as fait des courses ?

Des plats tout prêts, voilà qui serait idéal, mais il se doutait qu'elle était crevée et n'avait qu'une envie : rentrer directement à la maison.

— C'est pas la peine. J'ai de quoi nous préparer…

Son regard parcourut les étagères du réfrigérateur. Le céleri avait l'air aussi ramollo que la bite d'un eunuque, les poivrons n'avaient pas meilleure mine, et l'oignon était en train de virer au gris violacé.

— … un bon petit dîner, et aussi autre chose…

— Ah, vraiment ? On verra pour « l'autre chose ». J'ai une sale journée dans les pattes.

Trevor mit à cuire du riz complet : une bonne quantité, étant donné que le reste du repas promettait d'être minimaliste. Après quoi, il s'occupa du vin. Vu son état de fatigue, Clover allait avoir besoin d'un grand verre de ce breuvage réconfortant. Dans le placard sous l'escalier, il dégota une bouteille de tempranillo. Suivant le principe que le vin devait s'oxygéner, il remplit généreusement deux grands verres ballons puis, à la réflexion, décida que le breuvage n'avait pas forcément besoin de tant d'oxygène que ça.

Il but à petites gorgées tout en émincant les bouts de légumes encore consommables. Il s'était acheté un wok électrique, mais n'avait pas encore pris le temps d'apprendre à s'en servir. Une grande poêle ferait aussi bien l'affaire. Il allait peler une gousse d'ail quand il entendit une portière de voiture claquer devant la maison. Se munissant du verre de vin de Clover, il se dépêcha d'aller ouvrir.

Elle était vêtue sans ostentation, comme toujours lorsqu'elle était en service : chignon bas serré, uniforme sans un pli même en fin de journée, et, pour seuls bijoux, des clous d'oreilles en or et son alliance. Elle avait l'air crevée, certes, mais aux yeux de Trevor, elle était magnifique.

Il constata avec satisfaction qu'elle inspectait ses chaussures de trekking contre le mur. Puis elle leva les yeux et il en profita pour lui tendre son verre.

— Combien de kilomètres ?

— Dix-neuf, répondit-il.

— Arrête ton char, Trev. Quand les poules auront des dents, oui…

Mais elle l'embrassa quand même, là, sur le pas de la porte. Elle fit durer le baiser, et il se garda bien d'y mettre fin.

— Vas-y, pelote-moi un peu, dit-elle contre sa bouche. Les voisins sont sûrement en mal de distractions.

Il ne demandait pas mieux.

— Tu sais, tu es toujours le meilleur animal à deux pattes, mon chéri.

Dans un éclat de rire, et en passant la main entre ses jambes, elle ajouta :

— Mmm… À trois pattes.

Trevor en conclut qu'un passage par la chambre avant de se mettre à table serait tout indiqué. Clo avait besoin de se détendre. À peine venait-il de commencer les premières manœuvres – lui caresser le bout du sein gauche – qu'elle se dégagea en disant :

— Ça sent pas le brûlé ?

— Merde ! Faut que j'y aille, là. Ça sera prêt dans pas longtemps, chérie. Désolé, pour la troisième patte…

— C'est pas plus mal. Je suis morte.

— Plus tard ?

— On verra. Mais tu ferais mieux… (Elle renifla l'air.) Tu fais cuire du riz ?

— Mes félicitations.

Le fond de la casserole était brûlé, mais le reste paraissait mangeable. Trevor entreprit de faire revenir le tofu et songea que Clover était peut-être en train de passer quelque chose de plus confortable et surtout de plus sexy. Quelque chose pouvant être effeuillé rapidement..

Elle redescendit de la chambre, son verre de vin à la main, et se resservit du tempranillo. Elle lui tendit la bouteille en l'interrogeant du regard. Il fit non de la tête. Un verre et demi avait suffi à lui procurer une agréable ivresse.

Elle s'assit à la table. Il l'avait rarement vue aussi nerveuse : elle pliait et dépliait les serviettes en papier, elle alignait assiettes et couverts.

— C'est grave ? s'enquit-il.

— Cette histoire avec Scotland Yard ? Je ne suis pas encore assez soûle pour en parler.

Elle souleva son verre mais se borna à étudier la robe grenat du vin espagnol.

— Bon, avoue, Trev : tu n'as pas fait dix-neuf kilomètres…

Il n'avait jamais été un bon menteur.

— Non.

— Où es-tu allé, alors ? Au pub ?

— J'étais avec les Rambling Rogues. Mais aujourd'hui… on a eu le droit de choisir un itinéraire court.

— De combien ?

Il jugea opportun de se détourner sous prétexte de s'occuper du tofu. Mais quand elle prononça son nom de ce ton qui signifiait : « Gare à toi si tu mens », il répondit :

— Cinq.

— Pour l'amour du ciel, Trev ! T'es propriétaire d'une salle de sport, et tu trouves même pas le temps de faire un peu d'exercice.

— Je sais. Et j'ai l'intention de m'y mettre. Tu ne vas quand même pas t'inquiéter pour moi. Je suis en forme. J'ai renoncé aux chips et à la bière.

— Ah, ces dents de poule…

Ils se taquinèrent ainsi tout au long du repas, assis à la table nichée dans l'alcôve d'une fenêtre en baie donnant sur le jardin derrière la maison. Leur gazon, en ce mois de mai, aurait dû être vert et touffu, mais ils n'avaient jamais le temps de s'en occuper vraiment. Cette année, ils avaient semé de grosses poignées de semences ici et là, et en effet, ici et là, des fleurs avantagées par la sélection naturelle théorisée par Darwin pointaient leur nez.

— Et Scotland Yard ?

— Je te dis, je suis pas assez soûle. Raconte-moi plutôt ta journée.

Il se passait rarement quelque chose d'intéressant dans un club de fitness. Spinning, yoga bikram, natation, Zumba, muscu. De temps à autre, un vieux y allait trop fort et il fallait appeler une ambulance. Ou un de ses employés dépassait les bornes et il devait mettre les points sur les i, du style : « Pas touche à la jeune accouchée qui vient se refaire des abdos. »

— Rien de spécial à signaler, Clo. Je me suis promené avec les Rogues, j'ai vu beaucoup d'arbres, effrayé quelques chevreuils, compté les pies et les lapins. À part établir les fiches de paye et bavarder avec Gaz… Au fait, tu devrais peut-être l'appeler pour le rassurer…

Trevor regarda sa femme. Elle était très belle avec ses cheveux lâchés. Mais elle avait à peine touché à son assiette…

— Je ne sais pas ce que je peux faire de plus pour lui, répondit-elle. Le problème, de toute façon, va être Finnegan.

Trevor fronça les sourcils. Elle précisa :

— Ils vont vouloir lui reparler, ceux de la Met.

— Parce qu'il était copain avec Druitt ?

— Je ne dirais pas ça. Ian Druitt était quelqu'un que Finnegan *croyait* connaître. Et il n'en démord pas.

— Mais qu'en sais-tu, toi, Clo ?

— Les gens ne sont pas toujours ce qu'ils ont l'air d'être… C'est ça que Finnegan ne comprend pas. Moi, je côtoie depuis longtemps le côté sombre de l'humanité.

— Je ne te contredirai pas sur ce point. En revanche, Finn était plutôt investi dans ce centre. Pour une fois qu'il prenait quelque chose à cœur. Il devait savoir ce qu'il s'y passait, non ?

— Il a su ce qu'on a bien voulu lui montrer. Cet acharnement qu'il met à défendre Druitt ! C'est de la folie, Trev. Seigneur ! Si seulement il n'avait jamais rencontré cet homme.

Trevor leva les yeux de son assiette mais ne dit rien. Les paroles étaient inutiles.

— Oui, bon, je sais, reprit-elle. C'est moi qui tenais à ce qu'il contribue au bien commun. J'en avais fait une condition pour financer sa prépa à Ludlow. J'ai approuvé son choix du centre de loisirs. D'accord, d'accord. Mais il devait juste donner quelques heures de son temps, pas se passionner…

— Il ne s'est pas vraiment passionné.

— Oh, je ne sais plus. En tout cas, c'est parti en couille. Tout ce que je voulais, c'était l'occuper pour l'empêcher de… tu sais… boire, se défoncer, baiser… Regarde un peu où on en est maintenant. Alors que tout ce que je veux, c'est qu'il ne termine pas en taule.

Trevor s'abstint de tout commentaire en espérant que, devant son silence, Clover prenne conscience de ce qu'elle était en train de dire sur leur fils. Car si, en effet, Finnegan avait été difficile dès le berceau, il n'avait rien d'un criminel. Rebelle, d'accord. Ingérable, d'accord. Hostile, quelquefois. Mais il ne ferait jamais rien de mal.

Au bout d'un moment, elle articula d'une voix brisée :

— Entendu. Je comprends ton point de vue. Il ne s'agit pas de Finnegan. Et j'avoue que je déraille. C'est à cause de toute cette pression, Trev. Si nos équipes de West Mercia sont investiguées, c'est que nous le sommes tous, Gaz Ruddock en première ligne. Je cherche en fait à éviter que Finnegan foute le bordel avec ses discours enflammés à propos de Druitt… J'ai pas envie que ça tourne mal.

— Pour qui, exactement ? s'enquit Trevor prudemment.

L'affaire paraissait plus sensible qu'il ne l'avait cru avant cette conversation.

— Pour Gaz, sans doute. Cela fait… quoi… ? la quatrième fois qu'on enquête sur lui. Il risque d'être viré.

— C'est possible. Mais c'est son problème, non ?

— C'est injuste de lui imposer ça encore une fois !

— Juste ou injuste… Franchement, Clover, j'ignorais que ce qui pouvait arriver à Gaz Ruddock te tenait tellement à cœur.

— Tu sais pourquoi ? Je l'ai pris sous mon aile, ce type, il est un peu mon protégé. Il a du mérite… Et il n'avait jamais trahi ma confiance… jusqu'à cette malheureuse affaire. Je n'ai pas envie qu'il perde son poste, et en plus…

Devant son hésitation, Trevor émit deux hypothèses : soit elle venait de se rendre compte de quelque chose, soit elle allait dire quelque chose qu'il valait mieux qu'elle taise.

— En plus quoi ?

Elle ne répondit pas. Elle s'était fermée comme une huître. Les yeux baissés sur son verre, elle en fit tourner le pied entre ses doigts. Elle but une gorgée.

— Clover ! Quoi ?

— Bon, c'est juste que, s'il passe pour un mauvais élément, c'est pas bon pour moi. Dans ma situation, je ne peux pas me permettre ce genre de mauvaise presse.

— C'est tout ?

— Qu'est-ce que tu veux qu'il y ait d'autre ?

Ce fut au tour de Trevor d'hésiter – il s'aventurait sur un terrain glissant.

— Qu'est-ce que Gaz Ruddock est pour toi, exactement, Clover ?

Elle le fixa longuement avec des yeux ronds, puis :

— Où veux-tu en venir ?

— Nulle part. Est-il plus pour toi qu'un jeune collègue qui te paraît avoir du « mérite » ?

— Je t'ai déjà expliqué…

— Pas vraiment.

— Tu insinues quoi, exactement ?

— Je te pose simplement une question. Tu as l'air toute retournée à cause de lui, c'est normal que je m'interroge. Tu ne trouves pas ?

— Ah, bon ? On ne voit pas les choses sous le même angle, dit-elle en posant sa serviette sur la table et ses couverts croisés sur son assiette. Il est inutile de continuer à discuter. Les officiers de Scotland Yard ne vont pas tarder à débarquer. Tu pourras leur faire part de tes… préoccupations.

WORCESTER
HEREFORDSHIRE

L'adjointe au chief constable habitait un quartier résidentiel de maisons en brique avec garage et pelouses bordées de massifs de fleurs. La pelouse devant la maison des Freeman avait une petite particularité : son aspect négligé.

Ce fut un homme qui leur ouvrit. Il se présenta : Trevor Freeman, le mari. Une belle tête au crâne rasé camouflant une calvitie importante. Presque aussi grand que Lynley, avec toutefois ce ventre que certains messieurs après la quarantaine ont du mal à perdre. Freeman devait plutôt avoir la cinquantaine. En tout cas, il n'avait pas l'âge d'être le grand-père d'un étudiant. Si bien que son épouse devait être la mère ou la tante.

Clover, leur annonça justement le maître de maison, était en train de préparer du café. S'ils voulaient bien s'installer au salon… elle arrivait tout de suite. Il leur désigna une porte ouverte donnant sur une cheminée où un faux feu de charbon électrique était éteint. À côté, un énorme téléviseur à écran plat diffusait sans le son le film culte *Withnail et moi*.

Trevor leur emboîta le pas. La première chose qui les frappa en entrant dans la pièce fut la présence d'un mur entier recouvert de photos de famille. Les Freeman avaient apparemment un fils unique dont les clichés à des âges divers étaient artistement placés autour d'une photo centrale figurant un couple de jeunes mariés d'une vingtaine d'années : Trevor avec des cheveux bouclés, et son épouse, radieuse comme il se doit. Par une de ces associations fulgurantes auxquelles on ne s'attend pas, Lynley vit passer devant lui le souvenir de son propre mariage. Helen et lui… L'émotion qu'il avait ressentie alors. Il n'avait dit oui que parce qu'il avait eu peur de la détourner de lui et de la perdre dans les bras d'un autre, puis il l'avait perdue quand même. Cette dernière pensée lui était insupportable.

Il entendit Havers dire :

— C'est votre fils ?

— Oui. C'est Finn.

— Joli garçon, commenta le sergent.

— Oui, mais ça, c'était avant qu'il se rase la moitié de la tête et se fasse tatouer le crâne.

— Aïe ! compatit Havers. Il pourra toujours se laisser repousser les cheveux…

Trevor se frictionna la tête en disant :

— À moins qu'il n'hérite de son papa.

Havers regarda les autres photos.

— Il est enfant unique ?

— Nous voulions d'autres enfants, mais ce n'est pas arrivé.

— Quel âge a-t-il ?

— Dix-neuf ans. Il habite Ludlow. Il est à la fac là-bas.

Une voix féminine vint sonner à leurs oreilles.

— Nous espérons qu'il deviendra un type formidable. Je suis Clover Freeman, la mère. Bonjour, inspecteur, sergent.

L'adjointe au chief constable était debout sur le seuil. Son mari se précipita pour lui prendre son plateau, lequel accueillait une cafetière à piston, des mugs et tout l'attirail de l'amateur de café. Elle serra la main d'abord à Lynley, puis à Havers, lesquels se présentèrent tour à tour. Elle les invita à s'asseoir, puis servit le café. Il n'y avait pas de quatrième tasse, une absence qui s'expliqua lorsqu'elle dit à son mari :

— Trev, si tu as quelque chose d'autre à faire… Ta présence n'est pas nécessaire.

Se tournant vers Lynley, elle ajouta :

— N'est-ce pas, inspecteur ?

— Vous n'êtes pas là pour Finn ? demanda Trevor comme si la réponse allait décider de son envie de partir ou non.

— Pas que je sache, répondit Lynley d'un ton chaleureux. J'aurais des raisons ?

— Aucune, affirma Clover.

— Dans ce cas, je vous laisse, dit Trevor.

Ils l'entendirent gravir l'escalier. Peu après, le bruit tonitruant d'une émission de télé retentit, puis le son fut baissé.

Cela donna le temps à Lynley d'étudier attentivement Clover Freeman, maintenant qu'il était établi qu'elle était bien la mère de ce Finnegan qu'Isabelle avait interrogé. Elle n'était pas grande, mais semblait en excellente forme physique : son débardeur laissait voir les bras et les épaules de quelqu'un qui fait de la musculation. Un legging mi-mollet complétait le tableau d'une sportive très svelte, aux muscles fermes.

— Que puis-je pour vous ? Mon chef m'a informée de votre visite au QG. Je regrette de ne pas avoir été présente lors de votre entrevue avec lui.

Lynley fit signe à Havers afin qu'elle prenne la parole.

— Notre commissaire a vu votre fils pendant notre premier séjour. Il ne lui a pas dit que sa mère était dans la police. Il ne lui a pas dit non plus que c'était sa mère qui avait donné l'ordre de conduire son pote Ian Druitt au poste.

Clover Freeman regarda tour à tour le sergent et l'inspecteur, puis fixa son attention sur le sergent.

— Vous attendez un commentaire de ma part ?

— Nous nous efforçons de mieux comprendre les liens entre les personnes qui sont mêlées à cette affaire, répondit Lynley.

— Par exemple, ce qui vous lie, vous, votre fils, Ian Druitt, Geraldine Gunderson, et je suppose qu'il faut ajouter Gary Ruddock… C'est ce lien-là qui nous intrigue le plus.

— Et pourquoi donc ?

Havers haussa les épaules.

— C'est juste qu'on ne s'attendait pas à tomber dessus.

L'adjointe au chief constable remua son café.

— Je vois… Eh bien, j'ai bien sûr un lien avec mon fils, qui en avait un avec M. Druitt. Personnellement, je ne l'ai jamais rencontré. Pour le reste, il y a la procédure…

Lynley, voyant qu'il était inutile de poursuivre dans cette voie, intervint :

— Nous sommes de retour dans le Shropshire parce que le sergent Havers a découvert que dix-neuf jours s'étaient écoulés entre l'appel anonyme et la mort de Ian Druitt. Les précédents rapports, dont celui de l'IPCC, n'en font pas mention. Le chief constable nous a affirmé qu'il n'y a pas eu d'investigation suite à l'accusation de pédophilie. Puisque vous êtes celle qui a finalement tranché en donnant l'ordre de l'arrêter, nous espérions que vous pourriez nous exposer vos raisons.

Elle avait écouté Lynley avec attention.

— C'est bien simple. Jusqu'à ce jour-là, j'avais ignoré l'existence de l'appel anonyme.

— Comment l'avez-vous appris ? dit Havers tout en prenant des notes sur son calepin.

L'adjointe y jeta un regard perplexe – voire soucieux.

— Au centre d'entraînement. Il y avait une réunion – le centre se trouve dans le parc du QG. Le bruit a circulé… Un diacre, pédophile.

— Vous rappelez-vous les mots exacts que vous avez entendus ? s'enquit Lynley.

— Désolée. On avait un ordre du jour chargé. Je me suis aperçue que beaucoup de gens en parlaient, voilà tout. J'aimerais être plus précise, désolée.

— Pourquoi avez-vous fait embarquer Druitt dans ce cas ? dit Havers. Ce n'est pas la procédure quand il y a juste une dénonciation. Bien sûr, s'il y avait une enquête en cours, on comprendrait. Mais en l'occurrence, nenni.

— C'est vrai. Mais la pédophilie… Je ne pouvais pas laisser passer… Ni en tant qu'officier de police ni en tant que mère.

— Alors vous avez téléphoné à Gunderson pour lui demander de le coffrer.

— Pas tout à fait. Je l'ai priée d'organiser son arrestation.

— Combien de temps après avoir eu vent de l'appel anonyme ? voulut savoir Lynley.

— Le soir même. J'ai ordonné à Gunderson de trouver quelqu'un pour amener Druitt au poste, c'est tout… Mais la Met a déjà examiné les circonstances de cette arrestation et de ses suites lors de sa précédente visite, non ?

— Voulez-vous bien nous rafraîchir la mémoire ? demanda poliment Lynley.

L'expression de l'adjointe au chief constable s'altéra, l'espace d'un instant seulement, mais c'était assez pour un œil observateur. Lynley avait bien vu qu'elle n'était pas dupe : leur mémoire n'était pas du tout défaillante, ils cherchaient seulement à la cuisiner.

— Par exemple, dit-il, pourquoi ne pas avoir téléphoné au commissariat de Shrewsbury pour qu'ils s'en occupent directement ?

— Mais je l'ai fait ! Personne n'était disponible. J'ai appelé Gerry Gunderson. Elle est responsable de nos îlotiers dans ce district. Je lui ai demandé de mettre celui de Ludlow sur le coup.

— Pourquoi tant de précipitation ?

— C'est vrai. Je regrette. Mais c'est à cause de Finnegan, vous voyez… (Elle désigna de la tête le mur de photos.) Il travaillait avec M. Druitt. Si jamais il… En fait, je ne voulais pas qu'il continue à fréquenter cet individu. Je tenais d'abord à interroger M. Druitt. Voir ce qu'il en était réellement.

Elle but une gorgée et reposa son mug sur la table. Manifestement, elle n'était pas fière de ce qu'elle avait fait.

— J'ai agi sur une impulsion, je n'aurais pas dû, inspecteur. J'étais inquiète pour mon fils, voyez-vous… (Elle se tourna vers le vestibule et l'escalier.) Trevor se ferait un plaisir de vous dire que ce n'est pas la première fois que j'interviens pour le protéger. Seulement, cette fois, ça s'est terminé par un drame.

— D'après Gary Ruddock, intervint Havers, il a laissé M. Druitt seul parce qu'il y avait des troubles en ville.

— Il ne vous a pas dit qu'il a quitté le poste, si ?

— Non, non. Mais il a laissé M. Druitt tout seul dans une pièce.

— Oui, c'est aussi ce que j'avais compris. C'était une histoire de beuverie. Mais vous devez déjà savoir tout cela.

— C'est le délai des dix-neuf jours qui nous amène chez vous, lui rappela Lynley.

— Ça et Clive Druitt, compléta Havers. Le père du défunt. Personne, pas plus chez vous que chez nous, n'a envie de la mauvaise pub que représenterait un procès.

— Je suis vraiment tellement désolée. C'est moi seule qui suis responsable du mauvais timing. Je le sais bien, croyez-moi. Si je pouvais retourner en arrière…

— On le voudrait tous, marmonna Havers.

LUDLOW
SHROPSHIRE

Clover Freeman ne partait avec un bon point aux yeux de Barbara. Cette femme avait plus de dix ans de plus qu'elle, et elle ressemblait à une athlète prête à participer aux jeux Olympiques. C'était louche, et Barbara était encline à la soupçonner du pire, alors qu'en vérité sa seule faute consistait à s'occuper de sa forme dans la salle de gym équipée des machines dernier cri que Barbara avait entr'aperçues dans la véranda vitrée qui prolongeait le salon. Et en plus, elle était sans doute végétarienne, la garce.

Barbara ne jugea pas utile de faire part de ces réflexions bienveillantes à l'inspecteur tandis qu'ils reprenaient le chemin du Shropshire et de Griffith Hall, leur hôtel. De toute façon, elle avait déjà assez à cogiter. Et à dire : elle expliqua à Lynley que le fait que Clover Freeman soit, de son propre aveu, un parent surprotecteur, pouvait laisser envisager deux cas de figure : 1) l'adjointe au chief constable avait cherché à éloigner Finnegan de Druitt, ou 2) elle craignait que Finnegan lui-même soit compromis.

— Il pourrait avoir observé Druitt un moment, puis décidé lui aussi de peloter les enfants, dit-elle.

Lynley lui lançant un de ses regards acérés, elle se rattrapa :

— Pardon, monsieur.

Puis, après avoir tourné et retourné la chose dans sa tête, elle ajouta :

— Et si c'était lui le pédophile ? Il est pris sur le fait et comme il ne veut pas d'ennuis, il passe un appel au central pour accuser Druitt. Ce n'est pas compliqué pour lui, il habite tout près.

Au bout de quelques minutes de silence et – supposait-elle – de méditation, Lynley déclara :

— C'est possible, même si ce serait moche.

Ils roulèrent de nouveau en silence. La nuit tombait. Au nord de Londres – ils n'étaient pas tellement plus au nord, mais quand même –, les jours paraissaient plus longs. Il faut dire qu'il n'y avait pas d'immeubles pour faire de l'ombre, seulement un paysage de bocage et de collines, parsemé de bois.

Finalement, Lynley articula :

— Cette histoire de pédophilie, Barbara…

Il laissa sa phrase en suspens. Il paraissait hésiter. Puis il reprit :

— J'ai connu un type d'Eton qui avait ces tendances.

— Un de vos profs ?

— Non, un ancien condisciple. Il prétendait n'avoir jamais rien fait, mais il possédait des photos. Elles étaient bien cachées, mais au cours de l'enquête, je suis tombé dessus.

Il jeta un coup d'œil du côté de Barbara. Il semblait tout à la fois gêné et troublé.

— Bon sang ! s'exclama-t-elle. John Corntel[1] ! Vous l'avez *couvert* ! Il doit se balader quelque part dans la nature. Depuis, il est peut-être passé à l'acte au lieu de se contenter de regarder…

— Je sais. Je ne suis pas fier. On est restés en contact. Il jure qu'il n'y pense même plus, mais Dieu seul sait, n'est-ce pas ?

— C'est quoi que vous me faites, là ? Des confessions ?

— Cette histoire m'a donné un bon nombre d'insomnies, Barbara. Je suis conscient de ma responsabilité. Pour ça, comme pour d'autres choses.

Elle savait à quoi il faisait référence : Helen et sa mort tragique. Il n'avait rien à se reprocher pourtant. Mais Barbara n'eut pas envie de le rassurer sur ce point : ce qu'il venait de lui révéler sur sa manière de traiter l'affaire John Corntel était un grave manquement à l'éthique professionnelle. Elle n'en revenait pas. Cela l'obligeait subitement à avoir de lui une vision moins idéalisée. Il n'était qu'un être humain faillible après tout. Et d'ailleurs… c'était bien ainsi que lui la voyait, elle, Barbara.

Lynley se concentrait sur la route. À Leominster, il fallait faire gaffe de ne pas se tromper.

---

1. *Cérémonies barbares*, Elizabeth George, éditions des Presses de la Cité, 1993 ; Pocket n° 4206.

— Tout cela m'a mis dans la tête cette histoire de photos. Y avait-il quoi que ce soit dans les affaires de Druitt susceptible d'indiquer ce genre de tendances ?

— Des images d'enfants nus ? Non, rien. Mais la pornographie infantile ne se trouve-t-elle pas surtout sur Internet ?

— En effet. Ian Druitt possédait-il un ordinateur ? Une tablette ?

— S'il en avait, on ne les a pas trouvés. Mais comme il ne devait pas rouler sur l'or, ça ne nous a pas étonnées.

— Et Clive Druitt ?

— Il ne nous a rien donné. Bien sûr, il a très bien pu garder l'ordi de son fils pour s'en servir lui-même. D'un autre côté, il est loin d'être fauché, lui. Il a les moyens de s'en acheter aussi souvent qu'il veut. Pourquoi aurait-il conservé celui de Ian ?

— Pour éviter que des éléments compromettants ne tombent dans les mains de la police ? suggéra Lynley.

— Il aurait fallu qu'il se doute de quelque chose…

— Et sa logeuse ? J'oublie son nom ? Elle a peut-être un ordi…

— Flora Bevans. Oui, c'est possible qu'elle ait un ordinateur. Mais…

— Et Ian Druitt aurait aussi pu se servir de son portable.

— Euh… non, pas vraiment.

— Mon Dieu, ne me dites pas qu'il n'avait même pas un portable ? (Lynley s'engagea sur la A49 qui les mènerait tout droit à Ludlow.) Ça n'a pas de sens. Il n'habitait pas le presbytère. Le vicaire avait besoin de pouvoir l'appeler. Même s'il y avait un fixe chez sa logeuse, ce n'était pas pratique. Cela l'aurait obligé à repasser par chez lui pour voir s'il avait des messages. Non, il doit y avoir un portable quelque part. Nous devons le trouver.

Barbara était tout à fait d'accord avec ce raisonnement et s'en voulut de ne pas avoir posé cette question pourtant élémentaire.

— Il faudrait demander à M. Spencer, inspecteur. Le vicaire. Il n'a pas d'intérêts en jeu dans cette affaire. Il nous dira la vérité.

— Nous l'interrogerons demain matin.

Il était tard quand ils arrivèrent à Griffith Hall. Lynley dut manœuvrer pour faire entrer sa grosse automobile par l'étroit portail, puis pour se garer le plus à l'écart possible des autres véhicules et des passants – et de leurs doigts baladeurs sur la carrosserie. Ils prirent leurs valises et, une minute plus tard, Peace-on-Earth accueillait très aimablement le retour de Barbara et se présentait, lui et ses extenseurs de lobes d'oreilles, à l'inspecteur Lynley.

— Je vous ai donné les mêmes chambres, leur annonça-t-il. (Puis, se tournant vers Barbara :) Je peux monter avec vous si vous ne vous souvenez pas du chemin… ? Ou si vous voulez que je vous porte votre valise ?

Barbara avait envie de rétorquer qu'elle aurait eu du mal à oublier où se trouvait sa suite impériale. Mais elle se contenta d'un :

— Je vais me débrouiller toute seule, merci. Suivez-moi, inspecteur.

Sur ces paroles, elle se dirigea vers l'escalier. Ils passèrent d'abord par sa chambre à elle.

— Ah, fit Lynley en entrant et en posant sa valise.

— Oh non, inspecteur, c'est la mienne, celle-ci. Vous, vous avez l'autre.

— Ça m'ira très bien, sergent. C'est seulement pour dormir.

— Vous êtes sûr ? Je veux dire… la commissaire Ardery avait une chambre plus… grande. Celle-ci… Franchement, je crois qu'elle cherchait à me mettre sur le gril.

— Quand c'est la Met qui paye, nous souffrons tous, sergent. Je peux vous aider avec votre valise ?

— Non, non, merci. Une fois là-bas, c'est très compliqué de revenir avec les couloirs, les escaliers, les portes coupe-feu. Mais… vous êtes sûr et certain que vous voulez rester ici ?

— Les chambres peuvent-elles vraiment être si différentes que cela ?

— C'est vrai.

17 mai

LUDLOW
SHROPSHIRE

Lorsque Barbara vit la petite grimace que faisait l'inspecteur Lynley en se levant de la table du petit déjeuner, elle comprit qu'elle aurait dû insister. La veille au soir, après avoir visité la suite – quel autre mot employer ? – qu'Ardery avait occupée lors de leur précédent séjour, elle était revenue dare-dare trouver Lynley, sa valise à la main. Bien sûr, les pénates d'Ardery lui plaisaient énormément. Mais jamais elle n'aurait les moyens de s'offrir un luxe pareil qui, de toute façon, ne correspondait pas à son statut.

Lynley avait entre les doigts une brosse à dents avec sa dose de dentifrice. Son dentiste, s'était dit Barbara, aurait été fier de lui.

« Sergent ? Que se passe-t-il ?

— Nous devons échanger… Je parle de nos chambres.

— Vraiment ? Mais pour quelle raison ?

— Vous comprendrez quand vous la verrez. Vous n'avez pas défait votre valise, j'espère ? Enfin, à part la brosse à dents. Et le fil dentaire, sans doute, car je me doute que vous soignez votre hygiène buccale.

— Je suis ravi que vous l'ayez remarqué.

— Bon. Alors, prenez vos affaires, je vais vous ouvrir la route. »

Elle avait posé sa valise à elle et l'avait poussée du bout du pied dans la chambre.

« Vous ne m'avez pas expliqué pourquoi, sergent ?

— Parce que l'autre est plus… luxueuse. Elle convient mieux à votre… excellence.

— Ne soyez pas ridicule, sergent. Nous ne faisons qu'y dormir l'un comme l'autre. Du moins, en ce qui me concerne. Vous avez peut-être rendez-vous avec un beau ténébreux en chaussures de claquettes dont Dee Harriman m'aurait caché l'existence. Et dans ce cas, restez où vous êtes. On se retrouve demain matin. Bonne nuit, sergent. »

Elle s'était dit alors qu'il allait le regretter et, à présent, cette petite grimace de douleur confirmait ses craintes. Il refusa cependant d'aborder le sujet, concentré peut-être sur leur prochaine mission : aller interroger le vicaire.

M. Spencer sortait de St. Laurence probablement après la messe matinale. Une modeste troupe de femmes âgées l'escortaient, chacune tenant à la main un petit livre relié. Un tableau qui en disait long sur la cote de popularité de l'Église, songea Barbara.

Tout en disant au revoir à ces dames de la paroisse, Christopher Spencer avisa du coin de l'œil Barbara et

Lynley, puis les rejoignit de l'autre côté de la grille en fer forgé du parvis.

— Sergent Havers, lança-t-il de loin d'un ton amical. Vous êtes toujours en ville ou vous êtes revenue ?

Barbara était contente qu'il se souvienne de son nom, même si, par nécessité de mémoriser celui de ses ouailles, il avait sans doute mis au point un système mémoriel.

— Revenue.

Elle présenta Lynley, et ajouta :

— Nous aimerions parler un peu avec vous, si vous avez le temps.

— Bien sûr. Voulez-vous m'accompagner au presbytère ? Je ne pourrai vous offrir que du café, malheureusement. Même si je dois bien avoir des biscuits d'une relative fraîcheur…

Barbara comme Lynley marmonnèrent qu'ils n'avaient besoin de rien.

— Ce ne sera pas long, précisa-t-elle à Spencer.

— Allons dans l'église, alors, proposa-t-il. On sera tranquilles. La messe à cette heure-ci n'a plus beaucoup de succès. Ni celle du dimanche, hélas, sauf quand, à la suite d'une attaque terroriste, tout le monde se précipite dans la maison de Dieu.

Il les précéda dans le déambulatoire pour les conduire à « la chapelle St. John » – celle-là même que Barbara avait remarquée pour son splendide vitrail rescapé des soubresauts de la grande histoire.

— Je suppose que c'est toujours le décès de Ian qui est cause de votre venue. Que puis-je vous apprendre que je n'aie déjà dit ?

— En fait, expliqua Lynley, tout n'a pas été éclairci. Nous allons continuer à fureter à droite et à gauche.

— Et vous commencez par fureter ici ?

— Nous avons déjà pas mal fureté hier.

— Quelqu'un vous aura parlé de moi ?

— Pas d'inquiétude, révérend. Nous avons seulement quelques questions supplémentaires à vous poser.

— Je suis à votre disposition.

Lynley le remercia avec sa courtoisie coutumière, puis fit un signe de tête à Barbara afin qu'elle prît sa relève.

— Lors de mon premier séjour dans votre région, le père de M. Druitt a confié ses affaires à ma chef. Nous les avons inspectées et n'avons rien trouvé d'anormal, si vous voyez ce que je veux dire.

— Les effets d'un homme de Dieu, je suppose, opina Spencer en remontant ses lunettes sur son nez, lesquelles s'empressèrent de glisser.

— Oui, confirma Barbara. Toutefois, Ian a habité quelque temps avec vous et votre femme. A-t-il laissé des choses ici ?

— Oh, il n'est pas resté longtemps. Mais je peux vous garantir que ni Constance ni moi n'avons rien gardé qui lui appartienne. Nous aurions remarqué tout de suite s'il avait oublié quelque chose. Nous le lui aurions rendu. Quant à nos enfants et petits-enfants…

Barbara le rassura en lui disant qu'ils ne soupçonnaient pas sa progéniture de kleptomanie.

— Nous nous demandions juste si vous l'auriez vu avec certains objets absents de notre inventaire.

— Quel genre d'objets ?

— Un téléphone portable, un ordinateur, une tablette…

Spencer hocha la tête avant de répondre :

— Quand Ian était avec nous, il se servait de l'ordinateur du presbytère. C'est une grosse bête… Je veux dire, une vieille bécane, mais elle marche et cela nous suffit. J'imagine qu'il l'utilisait pour son courriel… En tout cas, il n'a jamais rien eu à lui, ici.

— Même pas un téléphone portable ?

— Oh, désolé. Si, en fait. Un de ces téléphones impossibles… un smartphone.

Barbara jeta un coup d'œil à Lynley. Bingo !

— Hum… Auriez-vous une idée de l'endroit où on pourrait le trouver ? Il n'est apparu nulle part.

Spencer regarda tour à tour Barbara et Lynley.

— C'est curieux, en effet. À moins qu'il ait été égaré… Ou que la police le lui ait confisqué ? Je me rappelle très bien que Ian prenait soin de l'avoir toujours avec lui. Il était tellement sollicité par toutes sortes de personnes en difficulté… Il l'avait sûrement avec lui ce soir-là, le soir où il a été arrêté.

Ils restèrent un moment silencieux. Puis Lynley reprit :

— Si ma mémoire est bonne, il a été arrêté dans cette église. Il était en train de s'habiller ou de se déshabiller avant ou après avoir… dirigé la prière, non ?

Spencer sourit.

— Bien sûr. Dans la sacristie. Cela se pourrait, en effet. Il l'aura éteint et posé machinalement. Pour éviter qu'il ne sonne dans l'église. Venez avec moi, je vous prie.

Ils remontèrent le déambulatoire, au bout duquel Spencer poussa une lourde porte en chêne. La lumière crue des plafonniers inonda une pièce dont les quatre murs accueillaient une longue série de placards en bois, un meuble de sacristie vitré et un chasublier à tiroirs.

— Bien, dit Spencer. Il est peut-être quelque part par ici. Je suggère plutôt dans les tiroirs. Là où sont rangés les soutanes, les surplis et les chasubles. Les soutanes ont des poches, mais je ne pense pas qu'il aurait glissé son téléphone dans son aube pour diriger la prière. Voyons…

Il commença par les grands tiroirs. L'attention de Barbara fut attirée par la blancheur immaculée des surplis soigneusement étalés. Après quoi, Spencer ouvrit les plus petits, sur le côté. Tout était impeccablement rangé : les étoles, les bougies, des brochures sur l'histoire de l'église, des cartes postales et… un téléphone portable et un trousseau de clés.

— Et voilà, mes amis ! lança le révérend. C'est sûrement à Ian, parce que ce n'est pas à moi. Et ces clés sont sans doute celles de sa voiture.

Bien sûr, songea Barbara en réprimant l'envie de se frapper le front. Ian Druitt avait forcément une voiture ! Il devait se rendre un peu partout dans la région pour ses différents rendez-vous. Comment avait-elle fait pour ne pas y penser avant ? Furieuse contre elle-même, elle se tourna vers Lynley pour évaluer son degré d'irritation, mais il avait seulement l'air pensif.

— Sauriez-vous où se trouve cette voiture, révérend ? s'enquit-il.

Spencer tira sur sa lèvre supérieure d'un air songeur.

— Le stationnement est limité autour de l'église. Riverains, livraisons… même si, çà et là, on trouve de quoi se garer durant deux heures. Ian, je crois, préférait le parking public. Deux heures, ce n'était pas suffisant, voyez-vous… (Il marqua une nouvelle pause.) Il y en a deux qui lui auraient convenu. Celui qui est derrière West Mercia College, à deux pas de Castle Square. L'autre près de la bibliothèque, de l'autre côté de Corve Street… pas loin du Bull Ring. C'est à quelques minutes à pied de l'église. Cependant… (La figure du vicaire s'allongea.) L'ennui, c'est qu'après tout ce temps elle a sûrement été emmenée à la fourrière. Par ici, ils ne mettent pas de sabot, ils enlèvent carrément.

— Son père aurait pu venir la chercher… s'il possède un double de la clé ? suggéra Lynley.

— C'est possible. À condition de savoir où elle est garée…

— Il ne vous a pas posé la question ?

Spencer fit non de la tête.

— Vous êtes les seuls.

— Savez-vous quel modèle de voiture il conduisait ? demanda Barbara.

— Oh, je suis désolé. Je suis nul pour tout ce qui touche à ce domaine. Elle est bleue, c'est tout ce que je peux vous en dire. Bleue, et pas toute neuve.

LUDLOW
SHROPSHIRE

Avant de prendre congé du vicaire, Lynley l'avertit qu'ils allaient peut-être venir le priver pour quelques jours de sa « vieille bécane » – l'ordinateur du presbytère – afin de la faire examiner par un technicien de la police scientifique. Il n'était pas à exclure en effet que Ian Druitt y ait laissé des traces… Spencer tiqua au mot *traces*, mais s'abstint de demander des précisions.

Le téléphone était mort : leur premier objectif fut donc de trouver un chargeur. Lynley ayant émis la supposition que l'hôtel en avait tout un tas à la disposition des clients tête en l'air, ils prirent la direction de Castle Square.

À cette heure, le marché battait son plein. Apparemment, c'étaient les fringues, le linge de maison et la petite brocante qui étaient à l'honneur aujourd'hui. Lynley, qui avait d'abord été étonné de voir que Barbara semblait intéressée, comprit mieux pourquoi lorsqu'elle s'exclama :

— Ma parole, inspecteur… c'est Harry !

Elle le conduisit non pas vers un stand mais vers un bout de trottoir, où cinq individus avaient disposé quelques objets sur des couvertures.

Harry était le quinquagénaire avec le berger allemand. Ses vêtements, quoique chiffonnés, étaient propres : un pantalon trop court et un polo à la poche poitrine brodée d'un *St. Andrews*. Il avait aux pieds des sandales Birkenstock et sur la tête un vieux chapeau de paille. Dès qu'il aperçut Barbara, il ôta ce dernier, se leva et la salua d'une grande flexion du buste, chapeau bas. Sa chienne battit vigoureusement de la queue.

— Bonjour, Harry ! lui lança Havers. Combien de temps comptez-vous tenir aujourd'hui avant que l'îlotier vienne vous déloger ?

— Ce n'est pas faute d'essayer d'amadouer l'agent Ruddock, répliqua l'homme d'une voix aux intonations suaves et racées.

Une voix si proche de « La Voix » que Lynley en resta bouche bée.

— Cette mésentente n'a de cesse de me désoler, poursuivit-il. Je ne cherche pas à l'embêter pourtant.

— Alors pourquoi vendre à la sauvette ?

— Le gâchis pratiqué par notre société moderne me révolte.

Lynley baissa les yeux sur sa marchandise. Des ciseaux à raisin en argent terni, deux laisses de chien en cuir, quatre tasses en porcelaine sans soucoupes, deux microplaques de laboratoire, une règle à calcul très usée, un rapporteur, une boussole et une Swatch. Il y avait aussi trois cardigans, bien pliés.

— En plus, continua Harry, c'est l'occasion de converser avec les passants, ce qui est très plaisant. C'est bien plus efficace que de jouer de la flûte assis devant une boutique, voyez-vous. Les gens évitent ceux qui dorment dans la rue. Ils craignent sans doute qu'on ne leur demande quelque chose. Et, bien sûr, Sweet Pea ne m'aide pas beaucoup de ce point de vue. À part vous, sergent, personne n'est jamais venu me parler quand j'étais couché dans mon renfoncement. Si je puis me permettre, qui est ce lord qui vous accompagne aujourd'hui ?

— L'inspecteur Lynley. Il est de Scotland Yard, comme moi.

— Peut-on savoir ce qui vous amène, l'inspecteur et vous-même ?

— Nous cherchons un chargeur de téléphone. Nous avons mis la main sur le portable de Ian Druitt.

— Ah, bon ? Cela est-il une découverte majeure ?

— Nous le saurons quand nous l'aurons rechargé. Vous n'en auriez pas un, par hasard ?

— Un téléphone, si, si. Cela fait déjà un bout de temps que j'ai cédé devant la panique de ma sœur concernant mes habitudes vagabondes. Mais je n'ai pas de chargeur, n'ayant pas accès à l'électricité. Mon banquier le recharge pour moi.

Avec Harry, Lynley n'était pas au bout de ses surprises. Mais Havers enchaîna sans ciller :

— Rien de spécial à nous signaler, sinon ? Quelque beuverie ayant mal tourné ? Des émeutes sur la place ? Des crémiers en grève ?

Machinalement, Harry souleva le bas de son polo, découvrant un ventre mou et blanc, qu'il gratta d'un air distrait.

— C'est les préparatifs du festival Shakespeare dans le parc du château, mais je ne pense pas que cela vous intéresse, même si quelqu'un s'est cassé la jambe hier sur le plateau. Une trappe qui n'avait pas été bien fermée. Voyons, quoi d'autre… Ah. Il y a deux jours, un car de touristes est tombé en panne devant la salle de concert, et trente-huit vieilles dames en twin-set et chaussures de marche ont poireauté trois heures sur le trottoir en attendant un deuxième car. On penserait a priori qu'à leur âge et avec leur expérience de la vie elles se montreraient patientes. Eh bien, elles ont agité leurs cannes et il y en a même une qui a menacé quelqu'un avec son déambulateur. L'agent Ruddock est intervenu pour les calmer. Sinon, on risquait, si je puis me permettre l'expression, une « émeute de cheveux mauves ».

— Depuis mon départ, Ruddock a-t-il fait circuler des jeunes en état d'ébriété au Hart and Hind ? interrogea Havers.

— Pas que je sache, mais tout est possible avec les jeunes, de nos jours.

— Il n'a donc fait monter personne dans sa voiture de patrouille ?

Harry la fixa un instant, puis se tourna vers Lynley, lequel put apprécier son regard franc et intelligent.

— J'espère que ce pauvre garçon n'a pas d'ennuis. Il est plutôt correct, même s'il ne nous laisse pas faire nos petites affaires en paix, dit-il en indiquant d'un geste les autres vendeurs à la sauvette. Ce sont les ordres du maire et du conseil municipal, que voulez-vous. On ne peut pas lui reprocher d'obéir aux ordres, n'est-ce pas ?

Lynley ne voyait pas très bien où Havers voulait en venir. Mais après encore une minute de bavardage, elle tendit sa carte à Harry en lui demandant de l'appeler si jamais il voyait quelque chose, ou se souvenait de quelque chose, ou pensait à quelque chose…

Alors qu'ils se dirigeaient vers Griffith Hall, elle dit à Lynley :

— Harry m'a raconté avoir vu plusieurs fois Ruddock en train de faire monter dans sa voiture de patrouille des jeunes ivres morts pour les ramener chez eux ou les emmener Dieu sait où. Et moi, je l'ai vu de mes propres yeux avec une jeune femme dans sa voiture, la nuit. Il prétend ne pas avoir de petite amie, je vous parle de Ruddock… Comme je l'ai dit à la chef, si le soir où Druitt est mort il était sur le parking avec une gonzesse, n'importe qui a pu entrer dans le poste et tuer Druitt. Évidemment, Ruddock ne voudrait pas que ça se sache… ce qu'il fabriquait sur le parking, s'entend.

À la réception, un jeune homme qui n'était pas Peace-on-Earth, aussi incroyable que cela pût paraître, les arrêta d'un geste de la main.

— Vous avez un message, dit-il à Barbara.

Il lui tendit une feuille de papier pliée en deux.

— L'îlotier est passé nous faire une petite visite, annonça-t-elle à Lynley. Si nous avons besoin de quoi que ce soit, il suffit de lui téléphoner.

Elle leva les yeux et ajouta :

— Vous voulez sûrement le rencontrer, monsieur.

— En effet.

Le réceptionniste reprit la parole :

— Il y a aussi un gentleman au salon pour vous. Je lui ai dit que j'ignorais à quelle heure vous rentriez, mais il a tenu à vous attendre.

Le gentleman en question se révéla être Clive Druitt. Il prenait un café à une table. En les voyant s'approcher, il se leva.

— Vous êtes les officiers de la Met ? Mon député m'a annoncé votre arrivée.

Il avait apporté les affaires de son fils, au cas où ils voudraient les revoir. « Cette femme », comme il appelait Ardery – Lynley vit Barbara se hérisser – lui avait affirmé qu'elle et un sergent avaient tout bien examiné, mais il se méfiait d'elle – quand elle était passée chez lui, son haleine… Bon, ce n'était pas la peine de s'appesantir. Elle n'était plus sur l'affaire, n'est-ce pas ?

La réponse de Lynley – « Pas tout à fait » – ne rassura qu'à moitié le père du défunt. Seulement, Lynley ne souhaitait pas entendre parler de l'haleine d'Isabelle, sachant sur quel terrain cela les mènerait, Havers et lui. Il préféra remercier Clive Druitt de s'être déplacé et lui demanda si son fils avait été en possession d'un ordinateur ou d'une tablette.

— Ian ? dit Clive Druitt avec un rire bref. Vous rêvez. Il était nul pour tout ce qui est high-tech. Il a eu un ordinateur, il y a des années de cela, mais il l'a foutu en l'air le jour où il a voulu effacer des applications dont il n'avait pas l'usage.

— Pas de boîte mail, ni de comptes sur des réseaux sociaux, Facebook, LinkedIn, etc. ? s'enquit Havers.

— Tout ça, on peut le faire sur son téléphone, sergent. Au fait, je n'ai pas trouvé son portable dans ses affaires. J'aimerais bien savoir où il est passé.

— Nous venons de le récupérer, l'informa Lynley.

Peace-on-Earth se matérialisa soudain, proposant du café, de l'eau pétillante, du jus d'orange…

— Un peu d'aide pour transporter ces boîtes dans ma chambre ne serait pas de refus, dit Lynley.

— Il vaudrait mieux les mettre dans la mienne, inspecteur. Il y a plus dc place, si on veut faire un nouvel inventaire.

— J'espère bien que vous ferez un nouvel inventaire ! s'exclama Clive Druitt. Je compte sur vous pour tout revoir de A à Z. Plus question de cacher la poussière sous le tapis.

— Je ne pense pas que cela se soit produit, rétorqua Lynley.

Et, avant que Druitt puisse ergoter, l'inspecteur lui demanda de lui indiquer les dates de naissance de tous les Druitt ainsi que leurs numéros de téléphone, expliquant qu'il s'agissait de trouver le code pour débloquer le portable de Ian.

Druitt voulant savoir quand il souhaitait qu'il lui transmette ces renseignements, Lynley lui répondit poliment :

— Tout de suite, monsieur.

Havers sortit son calepin et son porte-mine, l'expression de son visage reflétant l'intérêt passionné qu'elle éprouvait pour ce qu'il allait leur révéler. Il fallut que Druitt père téléphone à son épouse, car il ne semblait connaître que la date de naissance de son premier enfant, et encore, il n'était pas sûr. Heureusement, sa femme avait une meilleure mémoire des chiffres. Havers prit bonne note. Clive Druitt écouta ensuite ce que sa femme avait à ajouter et, se tournant vers Havers, l'informa que Ian était très attaché à sa grand-tante Uma. Et il lui indiqua les dates importantes de la vie d'Uma.

Une fois sa conversation téléphonique terminée, il lança d'un ton sec à Lynley :

— Qu'est-ce que vous cherchez dans le téléphone de Ian ?

— C'est la procédure. Nous ferons expertiser la carte SIM, mais si nous pouvons activer le code PIN, ce sera plus rapide.

— Mon fils était un garçon irréprochable. Celui qui prétend le contraire est un menteur.

Il attrapa à côté de lui une grande enveloppe matelassée, qu'il tendit à Lynley. Ce dernier jeta un coup d'œil à l'intérieur : portefeuille, bible, livre de la prière commune, carnet d'adresses, liasse de factures payées après sa mort par son père. Havers fabriqua un reçu avec une page de son calepin. Le bout de papier à la main, Druitt se leva en déclarant :

— S'il y a autre chose que je puisse faire pour vous…

Oui, il y avait encore une chose, répondit Lynley. Ils essayaient de localiser la voiture de Ian. Ils étaient en possession des clés mais ne connaissaient ni la marque, ni le modèle, ni l'année. À moins que M. Druitt ait lui-même récupéré la voiture de son fils ?

Non, il n'avait pas la voiture. Mais il leur donna tous les renseignements demandés : une Hillman, 1962, bleu pâle. La rouille avait attaqué les ailes et les garde-boue. Des stickers d'époque ornaient la vitre arrière, souvenirs de concerts, des Kinks surtout, mais aussi des Stones. Il ne connaissait pas le numéro d'immatriculation, en revanche.

Pêchant sa propre clé de voiture dans sa poche, il conclut :

— Quelqu'un a tué Ian. Je vous jure que mon fils a été assassiné.

Avec toute la douceur possible, Lynley rétorqua :

— C'est très dur, vous savez, de déguiser un meurtre par pendaison en suicide.

— Quelqu'un, pourtant, a réussi à le faire.

LUDLOW
SHROPSHIRE

Brutus ne s'était pas donné la peine de trouver une excuse. Ce qui rendait la chose pire encore. Certes, elle baisait avec Finn, et, oui, Finn était leur coloc. Mais ce n'était pas comme si Finn et Brutus étaient des amis.

Alors que Ding savait que Brutus avait *choisi* Francie. Il l'avait sans doute draguée en se lançant un défi à lui-même : « Voyons si cette fille canon aux gros nichons veut bien se laisser sauter. » En même temps, il avait dû se dire : « Si tu le prends aussi mal, Ding, tant pis pour toi ! » C'était du Brutus tout craché.

Et totalement injuste, parce qu'il aurait au moins pu le faire chez Francie, ou dans la voiture de Francie, ou bien au bord de la Teme. OK, Brutus tenait à lui donner une leçon, mais, s'il s'attaquait à ses amies à elle, il allait le regretter.

Il fallait qu'elle parle à Francie. Ce n'était pas compliqué. Francie, en dehors des moments où elle s'envoyait en l'air, menait une existence routinière. Aussi, une fois que Ding aurait décoléré et chassé le souvenir de Francie à genoux entre les jambes de Brutus, elle savait où la trouver : à l'atelier modèle vivant.

À l'arrière de Palmer's Hall, sur Mill Street – une des trois rues où étaient situés les bâtiments de la fac –, on trouvait des ateliers d'arts plastiques, des studios de photo, un laboratoire d'impression et des espaces dédiés à la sociologie des médias. Dans l'atelier de dessin de nus, le bas des fenêtres était occulté, ainsi que la vitre de la porte, afin de préserver les modèles des regards indiscrets.

Lorsque Ding poussa la porte, la prof se rua vers elle paumes en avant, un signal gestuel universel signifiant « Stop ». Ding déclara à cette matrone vêtue d'une blouse blanche couverte de taches de peinture et de fusain qu'elle devait de toute urgence parler à Francie Adamucci.

— Elle est occupée. Attendez la fin du cours. Et attendez dehors, s'il vous plaît.

— C'est important. Cela lui sera égal.

— À moi, non.

Le modèle vivant debout au milieu de la pièce dans le plus simple appareil s'exprima :

— Laissez-la entrer, Mrs. Maxwell ! C'est une amie.

En prononçant ces mots, elle conserva sa pose – un léger déhanché – et resta totalement immobile. Il faut dire qu'elle avait une couronne de fleurs sur la tête et un panier de fruits en équilibre sur la hanche. Et elle voulait prouver à la prof que l'intrusion de Ding ne la dérangeait pas.

— Bon. Si elle ne vous distrait pas…

— Tu vas me distraire, Ding ?

Ding promit à la prof de ne pas s'attarder. Toutefois, alors qu'elle avançait dans la salle, au milieu des apprentis artistes qui dessinaient, elle se dit que le moment était en fait mal choisi pour une discussion à cœur ouvert. En plus, c'était flippant de voir Francie nue. Elle était vraiment trop belle. Ding était plutôt bien roulée, elle aussi, mais pas de façon si voluptueuse.

Contrairement à la mode chez les filles de son âge, Francie n'était pas une adepte de l'épilation maillot, ticket de métro, filet ou total. En revanche, elle taillait sa touffe en forme de bouclier. Pas question d'avoir l'air d'une petite fille, ni d'un mannequin lingerie, ni d'une star du porno. C'était une manière de dire aux mecs que, s'ils n'aimaient pas les vraies femmes, ils n'avaient qu'à aller se faire voir ailleurs. Elle n'allait pas massacrer sa pilosité rien que pour satisfaire leurs fantasmes. Mais… des poils aux jambes ? Sous les bras ? Aux orteils ? Ah, non, non, pas de ça. Il y avait une limite à tout.

Ding s'approcha de la plate-forme où Francie tenait la pose et lui demanda d'une voix égale :

— Je veux juste savoir qui a pris l'initiative ? Toi ou lui ?

Francie ne fit pas semblant de ne pas comprendre.

— Ça compte pour des prunes, Ding. Brutus est trop chou, mais c'est pas… tu vois… Il a, quoi ? Si ça se trouve, il a même pas dix-huit ans ? Qu'est-ce que j'en ai à foutre d'un mec aussi jeune ?

— Mais tu m'as pas dit…

— Dit quoi ?

— Qui a pris l'initiative ?

— Ah, laisse-moi réfléchir.

Sans bouger la tête, Francie fronça les sourcils comme si elle essayait de se rappeler ce qui s'était passé.

— C'est que… je ne suis pas sûre.

— Tu pousses pas un peu, là ?

— Tu me connais, non ?

Ding se taisant, Francie soupira :

— Bon. Il faisait du kayak…

— Seul ?

— Il avait une nana lambda avec lui.

— Qui ressemblait à quoi ?

— Je sais pas. Je t'ai dit qu'elle était lambda. En fait, je les ai à peine regardés. Elle était peut-être du style épaules tombantes. Ah, oui. Sa coupe de cheveux… atroce. Elle portait un débardeur… ça je m'en rappelle. Et un short de sport épouvantablement moche, d'après ce que j'ai vu quand elle est sortie du kayak. Il lui faisait une mégapoche sur le cul. Et une couleur de purée de petits pois pourris.

Ding leva les yeux au ciel.

— Vas-y, abrège.

— Je traversais Ludford Bridge quand j'ai entendu quelqu'un m'appeler. Et c'est là que je les ai vus : Brutus et Poche-sur-le-cul, donc. Elle avait des lunettes avec des verres qui foncent au soleil. Et, ah, oui, un truc autour du cou, comme une médaille olympique.

— Allison Franklin, conclut Ding en estimant le portrait ressemblant.

— Bon, je m'en fous. Mais voilà, j'ai lancé à Brutus un compliment du genre : « T'es tout en muscles, toi, eh, belle gueule. »

— Est-ce que ça t'arrive, des fois, de pas avoir envie de baiser ?

— Oh là là. Ça voulait rien dire de spécial.

Francie lui jeta un coup d'œil et bougea imperceptiblement la tête, ce qui lui valut les remontrances muettes mais éloquentes de Mrs. Maxwell.

— C'était histoire de dire quelque chose. Mais il l'a pris sérieusement. Brutus, quoi. Il m'a demandé de l'attendre… soi-disant pour causer biologie.

— N'importe quoi… T'as pas pris l'option biologie, et lui non plus.

— Voilà pourquoi j'ai pensé qu'il voulait quelque chose. Probablement que je l'aide à se débarrasser de cette nana. On le comprend, avec un short qui lui faisait ce cul… Et d'ailleurs, une fois hors du kayak, Brutus l'a bécotée un peu, puis lui a tapoté les fesses, histoire de lui montrer qu'elle était sa chose. Tu sais comment sont les mecs… Bref, elle s'est cassée et on s'est mis à la biologie, enfin, façon de parler.

Ding commençait à avoir chaud. La température de la pièce était élevée pour le confort du modèle qui posait nu – les mamelons de Francie étaient malgré tout dressés. Certains élèves suaient à grosses gouttes derrière leurs chevalets.

— Alors, c'était son idée ou ton idée ? demanda Ding en haussant la voix.

Francie, cette fois, tourna franchement la tête vers la prof pour réclamer un break : le panier de fruits devenait trop lourd, dit-elle. Cinq minutes ? Dix ?

Mrs. Maxwell lui en accorda cinq. Francie posa son panier et descendit de la plate-forme. Elle aurait pu couvrir sa nudité d'une blouse légère, mais elle préféra rester en tenue d'Ève. Elle entraîna Ding de l'autre côté de la pièce, où étaient rangés les toiles, des carnets à dessin et tout un bric-à-brac.

— Écoute, dit Francie, tu as toujours prétendu qu'entre Brutus et toi il n'y avait pas d'exclusivité. Alors j'ai pensé que c'était sans importance.

— Qui a pris l'initiative ? rétorqua sèchement Ding, refusant de lâcher son fil.

— Sans doute tous les deux, Ding…

— Raconte-moi ce qui s'est passé. En détail.

Francie se déhancha et machinalement se gratta les poils pubiens.

— Je crois que je lui ai demandé où il voulait en venir avec son truc de biologie. Il a répondu qu'il avait envie de quelque chose de différent. Et puis il m'a souri… Il faut avouer qu'il a un sourire craquant même s'il est trop jeune et tout ça… Bon, je lui ai dit : Différent de quelle façon ? Et il m'a répondu par le même sourire et a ramené ses cheveux en arrière avec son air de…

— Je sais comment il fait, la coupa Ding. Et après ?

— On est allés chez vous. On s'est roulé un bedo, et une pelle. C'est tout.

— Tu me prends pour une conne, Francie, lança Ding d'une voix forte.

Trois élèves mâles levèrent les yeux. Elle reprit en chuchotant :

— Je t'ai vue à genoux, et me dis pas que tu priais pour la paix dans le monde.

— Ben, oui, bien sûr, j'allais lui tailler une pipe. Mais c'était pas sérieux. C'est juste qu'on était là, et que Brutus étant Brutus, ça m'a paru évident…

Francie se tut en voyant que son amie avait les larmes aux yeux. Ding, de son côté, se maudissait intérieurement de s'être laissé emporter par ses émotions.

— Ding, arrête ! C'est pas comme si votre couple était exclusif, si ? Moi, ça voulait rien dire. On s'est amusés un peu, c'était que du sexe, quoi. Vingt minutes pas plus.

— Tu… (Ding avait les lèvres gercées à mort.) Tu veux dire qu'après, quand j'ai claqué la porte, vous avez… continué ? Vous aviez été pris en flag, mais vous vous en foutiez ?

— Pourquoi pas ? On était montés dans sa chambre pour ça… Je sais pas, moi. Dingie, tu m'avais pourtant raconté plein de trucs sur tes histoires à Cardew Hall. Le livreur avec ses pots à confiture pour ta mère ? Et l'autre à l'arrière de l'église à Pâques ? Et celui qui refaisait le toit des écuries ? C'était du bidon ?

— Ça n'a rien à voir. Tu me connais… et Brutus et moi, on vit ensemble, Francie.

— Colocs peut-être, mais pas *ensemble*. Et puis, je croyais vraiment pas que ça te dérangerait. Sinon, tu crois que je l'aurais fait ? Et on ne l'a pas fait jusqu'au bout comme ça. Pas dans ma bouche, je veux dire. J'ai été obligée de…

— Arrête ! cria Ding en se bouchant les oreilles.

— Je suis désolée, chérie ! Si j'avais su combien tu tenais à lui…

— Je tiens pas à lui. Enfin, *plus*.

Francie, voyant Mrs. Maxwell se diriger vers elle d'un pas autoritaire, débita la suite tout d'une traite :

— C'était rien de spécial, je t'assure, et puis je t'avais proposé de le faire à trois, ça m'a traversé l'esprit, tu vois, mais quand j'ai vu ta tête j'ai compris que tu flippais. Mais je voyais pas pourquoi vu tous ces mecs que tu te tapes à Cardew Hall… Il n'y a pas d'autres mecs finalement, Ding ? Il n'y a que Brutus ? S'il n'y a que lui pour toi, je veux bien être frappée par la foudre. J'ai jamais voulu te faire de la peine. Je suis conne, c'est tout.

— Mesdemoiselles, si vous voulez bien mettre un terme à ce tête-à-tête…

La voix de Mrs. Maxwell était orageuse.

— Ding. Dingie…

Ding n'en entendit pas plus, car elle sortit précipitamment de la salle. Elle ne pouvait plus retenir ses larmes. Elle ne savait pas pourquoi elle pleurait et préféra ne pas s'appesantir sur la question. Car elle n'avait pas menti à Francie au sujet de ces mecs à Cardew Hall et de tout ce qu'elle avait fait avec eux. D'un autre côté, Brutus avait toujours représenté un truc spécial pour elle, un « plus ». Seulement elle savait quel genre de mec il était… Ce qu'elle ne savait pas, en revanche, c'était ce qu'elle devait faire.

LUDLOW
SHROPSHIRE

Lynley partit en quête de la Hillman de Ian Druitt pendant que Havers s'occupait de son portable, munie de la liste des dates d'anniversaire et des numéros de téléphone de tous les membres de la famille Druitt, ceux de tante Uma compris. La réception de l'hôtel, comme espéré, leur avait fourni un chargeur.

Lynley décida de démarrer ses recherches par les environs de St. Laurence, au cas où le diacre aurait réussi par quelque miracle à se garer non loin de l'église, à une place de stationnement libre, gratuite et illimitée.

En sortant de l'hôtel, il trouva la place noire de monde. Trois cars de touristes venaient de déposer leur chargement en haut de Mill Street, et une marée humaine avait submergé le marché et ses stands de brocante.

Au lieu de fendre la foule, Lynley préféra contourner Castle Square. Il traverserait à l'autre bout. Sur le trottoir, il aperçut Harry Rochester et ses collègues vendeurs à la sauvette sur le point d'être chassés par un auxiliaire de police. Gary Ruddock, sans doute, se dit Lynley. Un solide gaillard d'un mètre quatre-vingts au moins, au visage rond et à la taille épaisse quoique dépourvue de bedaine. La trentaine, à première vue. Harry Rochester et lui discutaient, apparemment sans animosité.

Lynley estima néanmoins qu'il valait mieux les éviter et s'engagea rapidement dans une petite rue pavée – si étroite qu'on se demandait s'il pouvait y circuler autre chose que des charrettes –, laquelle déboucha sur College Street, pile en face de l'église. Il y avait des places de parking, mais, comme l'avait bien dit M. Spencer, elles étaient réservées aux riverains et les visiteurs ne pouvaient y stationner que deux heures s'ils ne voulaient pas retrouver leur véhicule à la fourrière.

La rue, bordée de maisons en briques rouges et stuc, se prolongeait vers Linney Street, où les immeubles donnaient sur la Corve, un petit affluent de la Teme. Là aussi, la signalisation était claire sur les restrictions en matière de stationnement et les désagréments qu'on encourait à passer outre. A priori, si Ian Druitt s'était garé dans les environs de l'église, sa voiture aurait été enlevée le soir même de sa mort.

Avant d'appeler le numéro indiqué par les panneaux, Lynley tint à visiter le parking derrière West Mercia College. D'après le plan de la ville, l'on y accédait par le nord de Castle Square. Une petite promenade agréable par beau temps.

En abordant la place, Lynley constata que les vendeurs délictueux avaient disparu. Mais il reconnut l'îlotier devant une camionnette blanche, dont s'échappaient d'appétissants fumets de saucisses grillées. Ruddock était en train d'expliquer au propriétaire de la camionnette qu'il fallait déplacer le chevalet qui servait d'enseigne à son restaurant ambulant, car il bloquait l'accès à l'entrée de West Mercia College. Lorsque l'îlotier s'éloigna, le panneau fut déplacé, même si c'était manifestement à contrecœur.

Lynley se détourna pour se diriger vers le parking derrière les bâtiments de la fac. Le stationnement y était autorisé, et payable à la journée. La Hillman de Druitt, s'il l'avait garée là, aurait été enlevée comme dans la rue. Mais Lynley voulut quand même vérifier. Dix minutes, c'est tout ce qu'il lui fallut pour faire le tour du parking. Il y avait pas mal de voitures – vu leur allure, en majorité celles des étudiants –, mais aucune n'était aussi vieille que la Hillman 1962, quoique un combi Volkswagen atteignît presque cet âge vénérable.

Le numéro de téléphone du service de la fourrière figurait sur plusieurs panneaux. Plutôt que de pousser son exploration jusqu'au parking de la bibliothèque, Lynley décida qu'il n'avait de toute façon rien à perdre à passer un coup de fil. La réceptionniste le fit attendre une éternité, pendant laquelle il observa deux étudiants échanger quelques billets contre un minuscule sachet en plastique contenant sans nul doute quelque substance illicite. Finalement, il obtint le renseignement qu'il voulait : Oui, ils avaient bien une Hillman 1962. Était-il le propriétaire ?

Non, la police, répondit Lynley. Le propriétaire était mort, et ils réquisitionnaient son véhicule.

Qui allait régler l'amende ? voulut savoir l'employée. Il faudrait en effet s'acquitter des frais de remorquage et de gardiennage. Lynley lui assura qu'il réglerait la note. C'était plus facile que d'entamer une procédure pour décrocher un bon de sortie gracieux.

La fourrière se trouvait à trois kilomètres au nord-est de Ludlow sur l'A4117, au-delà de Rockgreen. Lynley appela donc un taxi et se posta en haut de Mill Street. Le chauffeur s'avéra être une grand-mère qui écoutait une station de radio rock and roll… Dieu merci, « soft ». Extrêmement soft même.

Alors qu'ils roulaient dans les ruelles, Lynley eut l'impression que la petite ville se transformait en labyrinthe inextricable et qu'ils tournaient en rond, mais la grand-mère lui expliqua qu'il n'y avait pas de chemin direct pour aller à Rockgreen. Aussi fut-il bien obligé de subir un flot de chansons guimauves, « Where the Boys Are », « Judy's Turn to Cry », « Johnny Angel ».

On ne pouvait pas manquer la fourrière : un éléphant rose géant en gardait l'entrée. Lynley paya la course tout en se demandant comment il avait fait pour réchapper à ce vague à l'âme adolescent. Il faut dire qu'il avait eu d'autres problèmes à seize ans : un père mourant, une mère qui couchait avec l'oncologue, un petit frère en perdition, et son propre chagrin.

Il se dirigea sans hésiter vers la caravane qui semblait servir à la fois de bureau et de logis aux propriétaires des lieux : un couple de septuagénaires. Ils portaient tous deux une combinaison de mécanicien avec leur nom brodé sur la poche poitrine : *Totalement Roger* pour lui, et *Absolument Lucinda* pour elle. Lynley sortit sa carte de police. Le nom de Ian Druitt ne disait rien au couple, mais le fait que l'inspecteur Lynley était de Scotland Yard, si. Ils voulurent savoir : « Qu'est-ce qu'il a fait, ce gars-là ? » (Roger) et « Vous l'aviez coffré pour quoi ? » (Lucinda). Ils refusèrent pourtant de se séparer du véhicule tant que l'inspecteur ne leur apportait pas la preuve formelle qu'il était autorisé à le récupérer. Lynley n'en revenait pas : qu'est-ce qu'ils croyaient faire avec cette vieille caisse ? Il finit par conclure que les deux vieux voyaient là une excellente occasion de faire tourner la police en bourrique. Le plus simple fut donc de leur expliquer qu'il pouvait sans problème se procurer un mandat, mais que, dans ce cas, ils ne pourraient plus réclamer un seul penny pour les deux mois de gardiennage.

Cela ne fit pas un pli. « Absolument Lucinda » s'empressa d'accepter la carte bancaire qu'il lui tendait, puis « Totalement Roger » le guida jusqu'à la Hillman.

Une fois seul, Lynley examina la voiture. Pneus usés jusqu'à la corde, vilaine bosse à l'aile droite. À part ça, elle correspondait à la description de Clive Druitt : vieille, rouillée du côté des garde-boue et décorée de stickers des années 1960 sur la vitre arrière. De toute évidence, le premier propriétaire avait été un amateur de concerts.

Lynley déverrouilla la portière. L'intérieur était aussi vintage que le reste, et aurait nécessité quelques réparations. Le tissu du siège du conducteur était déchiré sur les bords, et le haut de la banquette arrière, grillé par le soleil.

Lynley s'installa derrière le volant et tourna la clé de contact. La Hillman, dépourvue de la panoplie électronique qui pompe les batteries, démarra au quart de tour. Il roula jusqu'à un endroit plus spacieux du parking, coupa le moteur et descendit de voiture pour compléter son inspection.

Dans le coffre, il découvrit des outils pour changer une roue (mais pas de roue de secours), une collection de couvertures en laine mangées aux mites, et cinq bidons d'huile de moteur laissant supposer que la Hillman en consommait une quantité anormale. Ian Druitt n'était pas ce qu'on appelle un mécanicien soigneux. Trois autres bidons, vides, auraient dû être jetés depuis longtemps. Fourré au fond du coffre, un vieux pull recouvrait un rouleau collant anti-peluche duveté d'une couche épaisse de poils d'animaux. Sa présence s'expliquait néanmoins aisément quand on lisait l'étiquette des deux pièges cages où figuraient les mots *SOS Chats Libres* plus un numéro de téléphone.

Il n'y avait rien d'autre, hormis de la poussière et un peu de terre. Lynley passa à l'inspection de l'habitacle. Ian Druitt, apparemment, se servait de sa voiture comme d'un bureau itinérant. Sur la banquette arrière, des chemises en papier Kraft étaient rangées dans une boîte en carton. Rien ne semblait classé. Des factures de garagistes, des flyers pour les Hangdog Hillbillies (le groupe de musiciens fantaisistes auquel, d'après Havers, il avait appartenu), les pages Web imprimées des programmes des pasteurs des rues dans les grandes et moyennes villes du Royaume-Uni, des prospectus sur des associations d'aide aux victimes. Il y avait aussi de quoi retracer sur dix ans ses dépenses en essence, avec la date, le montant et le kilométrage le jour de l'achat. Des sermons prononcés par des prélats anglicans côtoyaient un recueil des poésies de William Butler Yeats, avec un marque-page à « La Seconde Venue ». Sous le carton, un atlas routier d'au moins vingt ans, aux pages tout écornées, témoignait de l'intense usage qu'on en avait fait. Lynley le feuilleta mais ne remarqua rien de spécial ; aucun X marquant un lieu de prédilection du diacre.

Bizarrement, le plancher à l'arrière du véhicule accueillait une bassine en fer-blanc et un manche à balai dont la brosse avait été remplacée par une grosse corde. Lynley resta un moment interloqué, puis conclut qu'il avait sous les yeux une « contrebassine ».

Il ouvrit la boîte à gants. Druitt portait des lunettes de vue : elles étaient soigneusement rangées dans un étui en cuir. D'autres documents prouvaient qu'il était bien le propriétaire de la Hillman et que celle-ci était assurée. Une carte d'adhérent au Royal Automobile Club avait été poussée tout au fond, et une brochure du National Trust indiquait que Ian s'était sans doute intéressé à l'histoire religieuse, architecturale et aristocratique du pays. La trouvaille la plus intéressante, cependant, fut celle témoignant d'une activité sexuelle probable, du moins possible : un paquet de préservatifs. Lynley l'ouvrit : sur les vingt, il en manquait dix.

LUDLOW
SHROPSHIRE

Au bout d'une heure passée à tenter de débloquer le téléphone portable de Ian Druitt, Barbara fut forcée d'admettre que la Grande-Bretagne serait tombée sous la botte nazie si on l'avait enrôlée à Bletchley Park. Elle avait essayé toutes les dates d'anniversaire, avait tapé les chiffres à l'endroit et à l'envers, les avait même mélangés – une idée malencontreuse, qui n'avait réussi qu'à l'embrouiller davantage. Ensuite, elle était passée aux adresses que Clive Druitt lui avait procurées. Toujours rien. En plus, pour empêcher ce satané portable de se bloquer, elle devait l'éteindre entre deux essais. Finalement, elle avait jeté l'éponge.

Elle s'était alors concentrée sur l'agenda de Ian Druitt, avec l'intention de téléphoner à toutes les personnes qui avaient eu un rendez-vous avec lui au cours des jours et des semaines précédant sa mort. L'ennui, c'est que les noms ne figuraient pas tous dans l'annuaire. Sans doute certaines personnes étaient-elles domiciliées ailleurs dans le Shropshire, ou bien tout simplement sur liste rouge. Celles qu'elle parvint à joindre, toutefois, n'hésitèrent pas à lui parler de leurs relations avec le diacre. Barbara collecta ce faisant quantité de détails qui allaient leur permettre de mieux connaître les allées et venues de Druitt.

Lorsque Lynley revint de la fourrière, elle était dehors, tout au bout du parking de l'hôtel, en train de s'octroyer une pause cibiche. Elle ne dissimula pas son amusement en voyant l'inspecteur au volant de la Hillman bringuebalante. Si ce n'est les rares fois où elle avait réussi à le persuader de monter dans sa Mini, il ne posait jamais ses fesses dans des poubelles de ce genre. L'idée qu'il puisse risquer de salir son costume sur mesure dans la vieille caisse de Druitt la réjouissait.

Il gara la Hillman non loin d'elle.

— Eh bien, lança-t-elle. Elle est en pire état que la mienne, cette voiture.

— Ça dépend des points de vue. Dans celle-ci, il n'y a pas de papiers gras à l'intérieur. Le diacre prenait ses repas ailleurs.

— Ou il se servait des poubelles.

— Possible.

Lynley sortit quelques objets du véhicule.

— Avez-vous trouvé des éléments de preuve ?

— D'une vie bien remplie, oui. Pas grand-chose d'autre.

Il ajouta qu'il la laissait à son vice. Il l'attendrait au salon.

Après avoir biberonné hâtivement la fin de sa clope, Barbara le rejoignit à l'intérieur, où elle le trouva occupé à disposer des dossiers sur une table basse.

Peace-on-Earth tournicotant autour de lui, dévoré de curiosité, Lynley en profita pour lui dire qu'une tasse de thé serait la bienvenue, du Lapsang souchong, s'il en avait, sinon de l'Assam.

— Du Earl Grey ? lâcha Peace-on-Earth.

— Parfait.

Au bénéfice de Havers, Lynley ajouta :

— Sergent ? Du Earl Grey ? À moins que cela ne gâche les effets toxiques de votre cigarette ?

— Très drôle, inspecteur. Je préfère les PG Tips, dit-elle à Peace-on-Earth. Mais d'accord pour le Earl Grey si vous n'avez que ça.

Une fois le jeune homme hors de portée de voix, Lynley s'enquit des progrès concernant le smartphone. Barbara lui avoua que, de ce côté-là, elle avait pédalé dans la choucroute. En revanche, l'examen de l'agenda en parallèle avec l'annuaire téléphonique avait donné plus de résultats.

Elle repêcha le calepin qu'elle avait enfoui dans son sac pour s'adonner à son vice, l'ouvrit, cueillit un brin de tabac sur sa langue et se lança. Elle avait parlé aux parents de deux petits inscrits au centre de loisirs qui avaient eu des rendez-vous avec Druitt – à la demande de ce dernier.

— Ils l'adoraient, visiblement. Considèrent qu'il n'a fait que s'occuper magnifiquement d'eux : aide aux devoirs, sports en plein air, etc.

Barbara avait aussi parlé avec une femme de Birmingham, qui avait organisé dans cette ville un programme de pasteurs des rues intervenant la nuit pour aider les jeunes en difficulté.

— Maintenant, ils ont un endroit où se réfugier pour se remettre de leurs excès – alcools, drogues…

Les « pasteurs » circulent dans les rues, les rassemblent et les emmènent dans ce centre où on leur sert de la soupe, du café, du thé, des sandwichs… Le diacre voulait instaurer un système similaire ici, à Ludlow. Je suppose que Gary Ruddock aurait été mis à contribution. Il faudra l'interroger sur ce point… parce que, jusqu'à nouvel ordre, c'est lui qui fait les rondes et veille à la sécurité. Il devait être ravi à la perspective de recevoir des renforts.

Havers cita ensuite un nom, MacMurra, qui apparaissait plusieurs fois dans l'agenda. Declan MacMurra, avait-elle découvert. Avec le diacre ils causaient « chats ».

— Recueillir, stériliser et relâcher ? énonça Lynley. Il y a des pièges cages dans le coffre de Druitt.

— Ceux de MacMurra, l'informa Barbara. Il m'a demandé si je savais où ils étaient, au téléphone.

Elle avait aussi trouvé des prénoms sans patronyme : Randy, Blake et Stu. En fait, les autres musiciens du groupe des Hangdog Hillbillies. Elle l'avait compris en regardant dans un des cartons apportés par Druitt père. Sur un flyer, il était précisé : Randy au banjo, Blake à la guitare, Stu aux percussions. Pas de noms de famille, mais elle finirait bien par les trouver, à moins qu'ils aillent tous les deux assister à un de leurs concerts.

Spencer, ils savaient qui c'était. Druitt l'avait noté à l'heure du dîner, trois fois. Deux autres noms correspondaient à des individus auxquels il avait rendu visite dans la cellule de garde à vue du commissariat de Shrewsbury.

Lynley ramassa une des chemises en papier Kraft qu'il avait sorties de la boîte trouvée dans le coffre de la Hillman.

— Il avait pas mal de littérature sur le contrôle de la garde à vue par des intervenants extérieurs.

— Oui. Druitt était un bénévole tous azimuts. C'est en tout cas ce qu'on m'a dit lors de mon premier séjour.

— D'autres noms, encore ?

— Ceux de trois paroissiens grabataires auxquels il rendait visite. L'un d'eux était hospitalisé à l'époque. Et aussi quatre victimes d'agression. Rien de très sérieux, sauf pour une blessure à la tête.

Lynley lui tendait justement le prospectus d'une association d'aide aux victimes.

— C'est curieux, commenta-t-il.

— Quoi ?

— Même pour un homme de Dieu, ce bénévolat à outrance semble excessif.

— C'est aussi la réflexion qu'on s'est faite, la chef et moi.

Après une pause, elle ajouta :

— D'après M. Spencer, Druitt n'était pas arrivé à obtenir l'examen qui lui aurait permis de devenir un vrai prêtre. Il l'a présenté cinq fois, et à chaque fois il a raté, à cause du trac. C'est possible que tout ça, dit-elle en indiquant les dossiers étalés devant eux, c'était une façon de compenser.

Lynley approuva de la tête, mais resta néanmoins songeur.

— Il y avait aussi des préservatifs dans la voiture. Une boîte de vingt. Mais il n'en restait plus que dix. Que faut-il en penser, à votre avis, sergent ?

— Il aurait pu en avoir une réserve à distribuer. Aux jeunes par exemple… Ça collerait au profil, non ?

— D'autres hypothèses ?

— Il aurait pu avoir une tendre amie. Mais c'est bizarre.

— Qu'il ait eu une amie ?

— Non. Que nous ne soyons pas tombés sur elle. Qu'on n'ait rien entendu à ce sujet, pas un murmure. Ah, mais j'oubliais, dit-elle en levant l'agenda du diacre, il y a encore une certaine Lomax. Une femme.

— Vous pensez que les préservatifs… ?

— Non. À moins qu'il ait aimé les vieilles. La chef et moi, on l'a rencontrée. Elle doit avoir dans les soixante-dix ans.

— Alors pour quelle raison vous intéresse-t-elle ?

— Son nom revient sept fois dans l'agenda. Elle nous a affirmé, à la chef et moi, qu'elle avait besoin de parler avec Druitt parce que sa famille traversait une crise et qu'elle n'arrivait pas à s'en sortir seule.

— Est-ce si étonnant que cela ? En tant que diacre, il avait un rôle de directeur de conscience.

— En effet, mais cette nénette n'est pas croyante – c'est elle qui nous l'a dit – et elle s'est montrée très vague sur les raisons qui l'ont poussée à lui demander conseil. En plus, monsieur, ce n'était pas son style… à Druitt : tous ceux avec qui j'ai discuté ont chanté ses louanges mais personne, absolument personne, n'allait le voir pour le consulter sur ses problèmes, spirituels ou autres. Et cette dame Lomax ? Vous voulez savoir ? Eh bien, elle nous a reçues en présence de son avocat ! À mon avis, il y a là quelque chose qui nécessite un deuxième examen.

— Allons examiner, alors, sergent.

ST. JULIAN'S WELL
LUDLOW
SHROPSHIRE

Rabiah Lomax ouvrit la porte au sergent Malfringué dont elle avait oublié le nom, et à son nouveau compagnon, M. Bienhabillé. Un costume tout à la fois élégant et décontracté, à croire qu'un majordome l'avait porté pendant un an pour le « roder ». Elle songea d'abord à appeler Aeschylus sur-le-champ, mais n'en fit rien. Elle avait d'autres problèmes à régler ce soir, en priorité organiser une réunion avec les membres du Comité d'entretien et de réparation. Convoquer Aeschylus reviendrait à attendre Aeschylus. Elle aurait plus vite fait de recevoir ces deux flics et de se débrouiller toute seule avant de leur souhaiter bon vent.

Le sergent Malfringué ouvrit les hostilités par un :

— Mrs. Lomax, peut-on vous parler cinq minutes, s'il vous plaît ? Je vous présente l'inspecteur Lynley. Pardon de revenir vous importuner. Nous aimerions que vous confirmiez quelques bricoles. Voulez-vous appeler votre avocat ?

Ça, ça n'était pas banal, se dit Rabiah tout en continuant à se creuser les méninges pour retrouver le nom de cette pécore. Depuis quand les flics vous invitaient-ils à vous faire assister d'un avocat au début d'une entrevue ? Ça se passait pas comme ça à la télé, en tout cas.

— Je suis désolée, sergent, je n'arrive pas à me rappeler votre nom.

— Barbara Havers. Peut-on vous parler, alors ?

— S'est-il passé quelque chose ?

— Pourquoi ? Il aurait dû se passer quelque chose ?

— Je n'en sais rien, moi. Je n'ai rien d'autre à ajouter à propos de M. Druitt. C'est toujours pour cette histoire que vous êtes là ?

D'une voix au timbre aussi distingué que son costume était bien coupé, l'inspecteur déclara :

— Le sergent Havers et moi-même avons pour mission d'enquêter sur un élément lié à la mort de M. Druitt.

— Vous ne l'avez pas déjà fait ? Je ne vois pas ce que je pourrais vous dire de plus que ce que j'ai déjà dit…

— Vous nous avez communiqué de précieuses informations, c'est vrai, acquiesça le sergent Havers. Mais il y a du nouveau, et c'est ce qui nous amène. Peut-on entrer ?

Machinalement, Rabiah jeta un coup d'œil derrière elle.

— Oui, s'il le faut absolument.

Elle n'essaya même pas de rendre son ton affable.

Elle ne leur offrit rien à boire et fit même la grimace lorsque le sergent Havers lui demanda un verre d'eau. En plus, le deuxième policier l'imita, ce que Rabiah trouva louche : était-ce un truc entre eux qui avait une signification particulière ? Elle eut envie de leur répondre que, s'ils avaient soif, il y avait des bouteilles d'eau dans les magasins, mais elle se ravisa. Ce serait partir du mauvais pied. Aussi s'en fut-elle chercher de l'eau – deux verres à moitié pleins – avant de les retrouver au salon, où elle surprit le sergent en train de reposer une photo encadrée sur la cheminée. Un coup d'œil lui suffit à identifier laquelle : la même que la dernière fois, à savoir leur collectif de pilotes debout devant le planeur.

— Tenez, dit Rabiah en leur tendant à chacun un verre.

Ni l'un ni l'autre n'y trempa même ses lèvres. Elle avait vu juste, donc : ils cherchaient juste à l'éloigner quelques secondes pour fouiner à leur guise…

— Que puis-je pour vous, cette fois ? dit-elle.

L'inspecteur fit un signe à sa subalterne. Un signe presque imperceptible, mais Rabiah avait l'œil.

— Bien, dit le sergent. Nous avons potassé l'agenda de M. Druitt. Nous n'avons pas encore pris contact avec toutes les personnes qui figurent là-dedans… Il était sacrément occupé, ce diacre-là. Mais on commence à voir se dessiner un profil et, à ce sujet, on aurait plusieurs questions à vous poser.

— Cela m'étonnerait que je puisse vous aider, sergent.

— Peut-être bien que oui, peut-être bien que non, en effet. Il s'avère que M. Druitt contribuait à une quantité astronomique d'associations de bénévoles. Il s'avère en outre que les gens qu'il voyait régulièrement… je vous parle des noms qui figurent dans son agenda… avaient un lien avec ces activités. (Elle se mit à compter sur ses doigts, Rabiah se demandant où elle voulait en venir.) Les gosses du centre de loisirs et leurs parents, un programme de pasteurs de rues, un groupe de soutien aux victimes d'agression, une association de visiteurs de prison qui vont vérifier si les cellules des détenus sont bien propres, la chorale de la paroisse, le réseau d'information de son quartier… On a aussi des rendez-vous avec le maire et trois conseillers municipaux.

Rabiah essaya d'avoir l'air intéressée. Un peu de sueur mouilla son front à la racine des cheveux.

— D'accord, dit-elle. Mais je ne vois toujours pas en quoi cela me concerne, ni ce que vous faites ici.

— Eh bien, je vais vous le dire. Lorsque nous sommes venues vous voir, la commissaire Ardery et moi, vous nous avez dit que vous aviez eu tous ces rendez-vous avec le diacre pour discuter d'un problème familial.

— Tout à fait.

— Bien. Mais ce qui est curieux, c'est que M. Druitt ne recevait jamais personne en dehors de ses activités liées à des associations ou à son travail.

— Qu'insinuez-vous ? s'enquit Rabiah d'une voix faible.

Elle s'en voulut aussitôt de son manque de résolution. Ça n'allait pas du tout.

— Je dis juste que vous et M. Druitt avez discuté de vos problèmes familiaux. Sept fois, qui plus est.

Hum. Le moment était venu de trouver une explication plausible. Rabiah regretta amèrement de ne pas avoir noté ce qu'elle leur avait raconté la première fois. Elle n'avait plus qu'à compter sur son aptitude à bluffer.

— M. Druitt et moi avons parlé de mon fils aîné.

— Ainsi, M. Druitt aura fait une exception pour vous, insista le sergent, puisque vous êtes la seule personne pour qui il a assumé une fonction de directeur de conscience.

— Eh bien, oui, il a fait une exception pour moi.

Un silence s'ensuivit, et Rabiah comprit qu'ils attendaient la suite. Suite qu'elle était déterminée à garder pour elle.

— Vous voulez savoir autre chose, peut-être ?

— Je me demande ce qui rendait le cas de votre fils si spécial, dit Barbara.

Cette toupie, songea Rabiah, n'avait qu'à consulter les notes qu'elle avait prises lors de sa première visite. Mais comme elle voulait surtout qu'ils débarrassent tous les deux le plancher, elle répondit :

— Je vous le répète, un problème familial.

— Il y en a de toutes natures, répliqua Havers, à la fois respectueuse et pressante. Quel problème exactement ?

— Je ne crois pas que cela regarde la police.

— Oh, cela ne nous regarde pas du tout, sauf, bien sûr, que le type à qui vous en avez parlé est mort.

— Insinuez-vous qu'il existe un lien entre les deux ? Puisque je vous dis que nous avons discuté de mon fils, David.

— Celui dont la fille est décédée ?

— Non, ça c'est Tim.

Elle n'avait pas plus tôt prononcé ces mots qu'elle comprit sa bévue.

Le sergent hocha la tête.

Ah. La dernière fois, vous nous aviez dit que c'était celui qui avait perdu sa fille dont vous aviez parlé. Un problème de dépendance, je crois. Drogue ? Alcool ?

— Mes deux fils ont des problèmes, sergent. Même si l'un s'en sort mieux que l'autre. J'ai sans doute parlé des deux avec M. Druitt. La fille de Tim est morte. Et la femme et les enfants de David sont partis. Ce n'est pas parce que les enfants sont adultes qu'on ne s'en occupe plus. Vous le découvrirez peut-être, un jour…

Elle se leva et mit ses mains sur ses hanches.

— Y a-t-il autre chose en quoi je puis vous être utile ?

Le sergent se tourna vers l'inspecteur. Il était demeuré silencieux et attentif. Très attentif… Malgré une petite cicatrice à la lèvre supérieure, il était beau, calme et grave. C'était ainsi que Rabiah concevait l'homme idéal : on le regarde, on l'admire, on flirte un peu avec lui, et il ne vous ennuie pas avec ses opinions.

Il prononça alors sa première phrase depuis qu'il avait mis le pied dans la maison :

— Rien d'autre, pour l'instant.

ST. JULIAN'S WELL
LUDLOW
SHROPSHIRE

Havers avait pris le mors aux dents. Lynley le voyait à deux signes qui ne trompaient pas. Le premier était sa démarche, qui était passée d'une espèce de sautillement à un pas de charge et qui la voyait arc-boutée contre le vent alors qu'il ne soufflait pas la moindre brise. Le second était la tête qu'elle faisait, cette expression aisément décodable en un triomphant « J'ai gagné ! » ou, du moins, « Je sais maintenant ce qu'il faut faire pour remporter la partie ».

— Vous avez vu, hein, monsieur ?

Elle parlait à voix basse en jetant des coups d'œil autour d'elle, comme si elle craignait la proximité d'un enregistreur.

— Oui. Mais je ne vois pas où nous mène ce qui n'est après tout qu'une coïncidence.

Elle s'arrêta au milieu de la rue.

— Sauf que ce n'en est pas une, monsieur.

Il jeta un regard en arrière à la maison de Rabiah Lomax : un intérieur bien tenu, sans rien de suspect, sans doute semblable à tous ceux du quartier.

— Sergent… Rabiah Lomax et Clover Freeman posent ensemble sur une photo de groupe avec une dizaine d'autres personnes devant un planeur. Je suppose qu'il faut en déduire qu'il s'agit d'un club sportif, non ?

— Ce n'est pas ça, monsieur, on s'en fiche de Rabiah Lomax. Elle n'est pas en cause. C'est l'autre !

— Clover Freeman ?

— Non. Nancy Scannell.

— Qui ça ?

— Nancy Scannell, monsieur. Elle est sur la photo. *Avec* Clover Freeman. *Et* Mrs. Lomax. Or c'est le médecin légiste qui a pratiqué l'autopsie de Ian Druitt. C'est elle qui a conclu à un suicide. Vous voyez maintenant ?

Ce que Lynley voyait fort bien, c'est que Havers était survoltée. Pour sa part, l'adhésion, si on pouvait l'appeler ainsi, de Nancy Scannell au même collectif de pilotes que Clover Freeman ne l'étonnait guère. C'était plutôt la présence de la dénommée Rabiah Lomax qui était une drôle de coïncidence.

— Barbara, réfléchissez un peu, lui dit-il. Il ne faut pas chercher midi à quatorze heures. Il est logique que deux personnes qui sont amenées à travailler ensemble se découvrent des affinités en matière de hobbies. Y a-t-il un club dans le coin ?

— Vers le Long Mynd, oui. Quand on y est allées, la chef et moi… c'était pour interroger Nancy Scannell. C'est là qu'elle nous avait donné rendez-vous, elle devait aider à faire décoller un de ces machins. Un planeur… Elles sont propriétaires à plusieurs. C'est une coïncidence qui n'est pas due au hasard, monsieur.

— Vous vous trompez, sergent. Je suis persuadé qu'il n'y a qu'un seul club de vol à voile dans tout le Shropshire. Il y a donc de très fortes chances que ces deux femmes – que leurs métiers respectifs rapprochent – se retrouvent dans cet aéroclub. Elles ont aussi bien pu se rencontrer à l'aéroclub, d'ailleurs. Ou elles auront lu quelque part la même petite annonce proposant l'achat collectif d'un planeur. Elles auront discuté entre elles de ce projet. À moins qu'elles n'en aient eu l'idée chacune de son côté, pour s'apercevoir à la première réunion qu'elles étaient toutes les deux passionnées par le pilotage. Voilà ce que j'en pense. Vous avez donc le choix entre une multitude d'explications, dont aucune ne cache rien de suspect.

— Mais c'est que…

— Mettons que c'est intéressant et digne d'être noté, car cela pourrait nous être utile par la suite. En attendant, ne vous fixez pas là-dessus, sergent.

Comme elle ne semblait pas disposée à capituler, il poursuivit :

— Vérifiez votre téléphone, Barbara. Voyons si Ruddock s'est manifesté.

Ils avaient appelé l'îlotier en sortant de l'hôtel, mais étaient tombés sur sa messagerie.

— Rien encore, répondit-elle. Donc vous ne pensez pas que nous devrions…

— N'allons pas trop vite, sergent. Chaque chose en son temps.

— Le temps, inspecteur, n'est-ce pas justement ce qui nous manque ?

— Nous n'en sommes pas encore réduits au désespoir, Barbara.

Elle avait l'air convaincue du contraire.

18 mai

WORCESTER
HEREFORDSHIRE

Trevor Freeman se réveilla avec la sensation d'émerger d'un sommeil artificiel. Il avait en effet dormi comme un homme placé en hibernation pour un interminable voyage intergalactique. D'ailleurs, pendant quelques secondes, il regretta ne pas se trouver dans un de ces astronefs de science-fiction, tant étaient pénibles les images qui lui venaient à l'esprit, tous ces souvenirs dont il se serait volontiers passé. Cependant, plus il tentait de les repousser, plus ils s'imposaient. Trevor savait bien où ils puisaient leur origine : deux bribes de conversation entendues la veille au soir, le reste étant le résultat de ses propres insatiables appétits libidineux.

Gaz Ruddock avait dîné chez eux. La conversation que Trevor avait eue peu avant avec Clover au sujet de l'îlotier, plus les manœuvres de Clover pour convier le jeune homme à leur table, tout cela avait éveillé ses soupçons. Il était dès lors devenu hypersensible à tout, aussi bien pendant le repas qu'après. Au menu, des steaks, des pommes de terre, une salade et du pudding, qu'ils avaient mangés sur la terrasse. Et d'un bout à l'autre, chaque parole, chaque geste, chaque changement d'intonation, chaque regard lui avait paru chargé de sens.

La tenue de Clover n'avait rien arrangé. Elle s'habillait d'ordinaire de manière discrètement sexy, mais là, pour une raison ou pour une autre, elle avait oublié la discrétion et opté pour un pantalon court qui exposait les plus jolies chevilles du monde, des sandales – dont l'une se balançait à son gros orteil – et un tee-shirt qui dégageait ses épaules. Surtout, elle avait omis le soutien-gorge – peut-être pour signifier qu'elle n'avait pas eu beaucoup de temps pour s'apprêter. Résultat : ses tétons pointaient à travers le coton. Il aurait fallu être aveugle pour ne pas les voir.

Bien entendu, elle avait procédé avec ruse pour en arriver là. À son retour du travail, elle était venue lui dire dans la cuisine qu'elle montait passer quelque chose de plus confortable. Puis elle l'avait appelé : « Trev, tu peux venir m'aider ? » Comme il n'y avait rien de plus à faire qu'attendre la fin de la cuisson des pommes de terre et préparer une salade, il n'avait pas hésité à se porter à son secours.

Il l'avait trouvée dans leur chambre, déguisée en bonne sœur. C'était donc cela le colis qu'il avait découvert sur leur paillasson tout à l'heure ! Sur le lit était étalée la soutane de curé à son intention, sûrement pour qu'ils puissent jouer au prêtre séduit par une religieuse. À moins qu'elle ne préfère le rôle de la pieuse nonne pervertie par un curé pendant la prière. Ce dernier scénario paraissait plus probable, vu qu'elle avait traîné l'ottomane devant la commode en guise de prie-Dieu et qu'elle était déjà à genoux, égrenant un rosaire entre ses doigts.

Elle avait alors tourné vers lui un visage de madone et tendu une main gracieuse en disant : « Mon père, voulez-vous entendre ma confession ? »

Évidemment, il ne s'était pas demandé s'il était sage de jouer à ce petit jeu. Seulement, il restait un obstacle à ne pas négliger : le facteur temps.

« Ce serait avec plaisir », avait-il répondu. Mais quand, d'un coup d'œil vers le lit, elle avait ajouté : « Mettez votre soutane, mon père », il avait marmonné : « Hélas, vous avez oublié, ma sœur… Gaz vient dîner. »

En un éclair, elle était redevenue Clover. « Merde ! Ça m'était sorti de la tête. » Puis elle avait ri. « Bon, il faut que je me dépêche, alors. Je croyais passer une joyeuse soirée avec ce coquin de prêtre. Tant pis. Viens par ici, mon chéri. Regarde la surprise que sœur Marie du Rosaire t'a réservée.

« C'est toi, la coquine.

— Toujours. Venez voir là, père Freeman. »

Il avait éclaté de rire.

« Clover, enfin ! On n'a pas le temps.

— Mais si. Tu serais étonné par ce que je peux faire en… »

On avait sonné à la porte. « Vingt secondes, c'est impossible, même pour toi, ma chatte. Il faudra que ça attende, mais ce n'est que partie remise. » Il l'avait embrassée en lui faisant une petite caresse entre les jambes, mais avait esquivé ses doigts qui cherchaient à se poser sur sa braguette. Puis il était descendu ouvrir à Gaz, car c'était bien lui.

La perspective de cette mise en scène érotique aurait pu suffire à lui occuper l'esprit pendant tout le dîner s'il n'avait surpris une conversation entre Gaz et Clover. « On peut toujours essayer si... », disait le premier, avant de s'interrompre brusquement quand Trevor était réapparu avec les cafés. Gaz avait changé de sujet, le félicitant pour le barbecue.

Mais Trevor n'avait pas lâché le sujet. « Qu'est-ce que vous allez essayer, vous deux ? avait-il demandé avec une amabilité forcée.

— C'est cette histoire de Scotland Yard, avait répondu Clover. Tu sais comment il est quand on le pousse dans ses retranchements.

— Qui ça ?

— Finnegan. Qui veux-tu d'autre ?

— Je ne sais pas. C'est à toi de me le dire. »

Clover avait trahi un léger étonnement, mais elle avait néanmoins expliqué : « Si la Met tient à le réinterroger, ils ne vont pas y aller mollo. J'aimerais être présente. Ou si je n'y suis pas, au moins Gaz... »

Il aurait voulu pouvoir l'accuser d'avoir esquivé la vraie question, celle qui était sous-entendue, mais il devait admettre que sa réponse était logique. Sur le moment, il avait conclu que c'était son désir insatiable pour Clover qui expliquait qu'il soupçonne les autres de la même chose. Et il aurait sans doute continué à faire taire son inquiétude s'il n'y avait eu ce doux « au revoir » chuchoté de Clover à Gaz. « On parlera plus tard », avait-elle ajouté. Une petite phrase qui avait suscité des tas d'interrogations... De quoi allaient-ils parler ? Pourquoi ces cachotteries ? Pour quelle raison souhaitaient-ils ne pas être entendus par lui... le mari ?

Puis, quand elle avait fermé la porte sur Gaz, elle s'était tournée vers lui et avait paru déconcertée de le voir debout aussi près d'elle. Sans lui donner le temps de la questionner, elle s'était excusée d'un « Mon chéri, il faut que je fasse un saut là-haut », et elle s'était sauvée.

À partir de là, Clover avait eu la haute main sur la situation. Il terminait de rassembler les accessoires du barbecue quand elle l'avait rejoint sur la terrasse. Avec son habit de religieuse… Alors qu'elle avançait vers lui, il avait remarqué qu'elle n'était vêtue que du voile et de la cornette. Quant au rosaire, elle en avait ceint sa taille.

Sa première pensée avait été : « Zut ! les voisins… ! » Il avait inspecté à toute vitesse les fenêtres qui donnaient sur leur jardin. Mais avant qu'il puisse protester, elle s'était collée contre lui en murmurant : « Sœur Marie du Rosaire a un petit cadeau spécial pour toi. »

Même s'il sentait venir un coup de chaud au bas-ventre, il avait prétexté : « Je suis crevé, Clover. Ce sera pour un autre soir.

— Pas question », avait-elle dit en descendant sa braguette.

Il avait fait remarquer que Gaz était resté plus longtemps que prévu.

D'une voix pleine d'onction, elle avait prononcé : « Tu sais que Dieu est tout-puissant et que sa volonté doit être faite avant toutes choses.

— Obligatoirement ? avait-il soufflé tandis que les doigts frais de Clover entraient en contact avec sa chair.

— Obligatoirement, avait-elle dit en hissant ses fesses au bord de la table et en écartant les cuisses. Allez, viens… Que la volonté de Dieu soit faite. »

Elle avait été faite, bien sûr. Ce dont il n'avait dans le fond jamais douté, sachant que le corps désirant de Clover le laissait aussi démuni qu'un poisson hors de l'eau avec un hameçon planté dans le palais. Et la volonté de Dieu avait aussi été faite après la vaisselle, et encore après dans la chambre, où elle l'avait attendu sur l'ottomane, en religieuse à genoux. Cette fois, elle avait revêtu l'habit complet et s'était mise à trembler de peur en voyant cet inconnu qui s'introduisait dans sa cellule.

Il avait été trop content – con comme il était – de se couler dans la peau d'une brute prenant à la hussarde une vierge effarouchée dont les frileux « Mais qui êtes-vous ? Que faites-vous ici ? » lui indiquaient la marche à suivre. Après, ils s'étaient tous les deux écroulés sur le lit, épuisés.

C'était de cette manière qu'elle le tenait. Elle le connaissait mieux que personne et, surtout, elle savait qu'il n'était qu'un gamin fou d'amour pour elle. Et pourquoi ? À cause de ces jeux sexuels déments…

Trevor força son esprit à chasser toutes ces idées noires et revint au présent. Ayant mis les pieds hors du lit, il constata qu'il était encore tôt. Une odeur déplaisante lui fit plisser le nez : c'était lui qui sentait mauvais. Mais, au lieu de prendre une douche, il enfila sa tenue de running et descendit l'escalier. De la véranda lui parvint le bruit du vélo d'appartement de Clover. Elle pédalait à une allure que lui-même aurait été bien incapable de soutenir.

Encore une facette de sa personnalité qui lui apparaissait sous un nouveau jour depuis quelque temps : sa volonté farouche de garder la forme. Au départ, c'était juste qu'elle ne voulait pas avoir le même destin que son père, qu'une vie sédentaire due à son métier de psychanalyste, plus l'alcool et la cigarette avaient tué à cinquante-quatre ans. Elle ne voulait pas finir comme lui. Aussi, quand il l'avait rencontrée, Trevor avait admiré sa discipline – lui-même étant à l'époque un fana de muscu et non pas seulement un employeur de coachs, fanas de muscu. Mais aujourd'hui, il voyait sa détermination d'un autre œil. Elle tenait à garder la ligne, à rester jeune, ferme et tonique aux endroits où il faut. Et pas forcément pour son bénéfice à lui.

En entrant dans la salle de gym, il regarda sa propre image qui se reflétait dans les vitres encore obscures à cette heure, l'image d'un homme hagard au bas du visage légèrement affaissé. Clover ne l'avait pas vu tant elle était concentrée sur son exercice. Elle transpirait à grosses gouttes sur les serviettes qu'elle avait étalées sous la bicyclette, et elle avait des écouteurs plantés dans les oreilles.

Il passa devant elle pour s'asseoir sur le banc de musculation. Quand elle leva les yeux, il lut de l'étonnement dans son regard – d'habitude, il n'était jamais debout avant sept heures. Elle ôta ses écouteurs sans pour autant ralentir son rythme de pédalage : Clover possédait un cœur de femme de vingt ans.

Une sonnerie signala fort à propos la fin de l'entraînement. Elle entama la phase de récupération, en respirant fort et en pédalant doucement.

— Tu es matinal. Je ne t'ai pas réveillé, au moins ?

— Tu rigoles. J'ai dormi comme un loir. À croire que tu m'avais donné quelque chose.

— Eh bien, oui. Ça a eu l'air de te plaire autant qu'à moi d'ailleurs. T'en reveux ?

Il savait ce qu'elle attendait de lui : qu'il se lève et aille glisser sa main en haut de sa cuisse. Mais s'il cédait, elle obtiendrait exactement ce qu'elle voulait : qu'il se dise qu'elle était une femme exceptionnelle et lui, un sacré veinard qui ne connaissait pas sa chance et n'avait qu'à profiter de son bonheur au lieu de créer des emmerdements. Quoique, à la réflexion, si vite après leurs ébats de cette nuit, elle obéissait peut-être à une pulsion et lui, son mari, ne représentait qu'un moyen commode de l'assouvir.

Trevor vit à son expression qu'elle avait perçu son trouble. Elle parut réfléchir, puis reprit la parole la première, sans doute pour garder l'avantage.

— J'ai un aveu à te faire, chéri.

Il fut aussitôt sur ses gardes.

— Quel genre d'aveu ?

— Hier, ce qu'on a fait tous les deux. J'avais envie de toi. Mais il n'y avait pas que ça.

Trevor fut parcouru d'un frisson glacé : ainsi il n'avait pas eu tort en la soupçonnant de mijoter quelque chose. Comme il manifestait sa perplexité, elle déclara :

— Je n'avais pas envie de parler de Finnegan avec toi hier soir.

Il fronça les sourcils.

— Finn ? Qu'est-ce qui te tracasse à son sujet ?

Elle attrapa sa bouteille d'eau et en but la moitié.

— Tu ne vas pas être content.

— Je suis tout ouïe.

Elle respira un grand coup.

— J'ai passé un arrangement avec Gaz. Tu n'étais pas censé être au courant, mais je me rends compte… En fait, j'ai vu hier soir que tu te doutais de quelque chose. Trev… Toi et moi… On n'a jamais été d'accord en ce qui concerne Finn. En ce moment, il est installé à Ludlow où il jouit de toutes sortes de libertés qu'il n'avait pas ici. Et puis, ce projet d'aller passer Noël en Espagne chez ses grands-parents… Tu vois, il fallait faire quelque chose… Tu sais comment il est, Trevor.

Ce que Trevor savait, c'était qu'elle n'avait pas coutume de se justifier. Ce qu'elle se préparait à lui annoncer n'allait sûrement pas lui plaire du tout.

— Arrête de tourner autour du pot.

Elle avait cessé de pédaler, mais ne faisait pas mine de descendre du vélo.

— J'ai demandé à Gaz de garder l'œil ouvert.

— Qu'est-ce que ça veut dire ?

— Je lui ai demandé de veiller sur Finnegan et de me prévenir si jamais il… il faisait une connerie. Tu sais comment il est. Ce côté rebelle qu'il a ? Et vu qu'il est libre de boire autant qu'il veut et de fumer du cannabis… Tu ne crois quand même pas qu'il s'en prive ? Et s'il n'y avait que ça, mais avec toutes ces nouvelles drogues… Bref, j'étais très inquiète. Et comme j'avais vu Gaz à l'œuvre à l'école de police et qu'il me paraissait disposé à faire tout ce qu'un officier supérieur lui demanderait… Je me suis dit qu'il accepterait de surveiller de loin Finnegan… De loin et, quand cela s'impose, de plus près.

Trevor la regarda droit dans les yeux sans prononcer un mot. Elle le fixa intensément comme si elle essayait de lire dans ses pensées. Elle dut aboutir à une conclusion, car elle ne tarda pas à enchaîner :

— J'aurais dû t'en parler avant, c'est vrai, mais j'étais sûre que tu désapprouverais. Je croyais que Gaz serait en mesure de le surveiller sans attirer l'attention. Finnegan ne devait se douter de rien, ni toi d'ailleurs. Gaz aurait juste paru amical. Mais avec cette affaire Ian Druitt, c'est devenu un sac de nœuds… Je ne veux pas d'embrouilles entre toi et moi, Trev. C'est pourquoi je te fais cet aveu.

Chaque fois qu'il était question des rapports entre Clover et leur fils, Trevor avait l'estomac noué par l'angoisse.

— Le vrai problème, ce n'est pas Finn, dit-il. C'est ton incapacité à accepter de ne pas savoir ce qu'il fera, ou ne fera pas. Pourtant, il t'a montré suffisamment de fois ce qui se passe quand tu prends ce chemin-là ! Clover, c'était une très mauvaise idée.

— Mon chéri, c'est entendu, j'aurais dû t'en parler quand il est parti pour Ludlow, mais je savais que tu aurais été contre.

— Bien sûr, parce que tu n'arrêtes pas de lui mettre des bâtons dans les roues et, ce faisant, tu le pousses exactement vers ce que tu veux tellement éviter : l'alcool, les drogues…

— Je ne suis pas d'accord avec toi, Trev. De toute façon, toi et moi, on ne s'y prend jamais de la même façon. Ce n'est pas nouveau.

— Mon Dieu, Clover, dit-il en se frictionnant le visage puis la peau lisse de son crâne. En tant que parents, on a des leçons à tirer de nos erreurs passées. Soit on les ignore, soit on en tient compte. Qu'est-ce que tu penses obtenir avec tes manigances ?

— Mes manigances ? Quelles manigances ? Je croirais entendre mon père. Sauf qu'il n'a rien à voir là-dedans. Ni le tien, d'ailleurs. Ni ta mère, ni tes frères et sœurs réunis autour de la table et jouant à la famille heureuse… Parce que c'est bien ce que tu voulais, une grande famille unie, et je suis *désolée* de ne pas avoir pu te la donner.

Voilà une manœuvre plus ou moins habile, pensa-t-il. Il ne se laisserait pas piéger.

— Bien sûr, je te l'accorde, ils n'ont rien à voir là-dedans. Il s'agit seulement de nous deux, de notre point de vue sur Finn, et maintenant du rôle de Gaz Ruddock dans cette histoire.

— Quelle histoire ? J'ai demandé à Gaz de garder un œil sur lui, un point c'est tout.

— Vraiment ? Rien de plus ? Et tu prétends que tu as sollicité Gaz sans aucune relation préalable avec lui ?

— Si je l'ai « sollicité », comme tu dis, c'est que Gaz passe sa vie dans les rues de Ludlow. Il est bien placé pour voir ce qu'il s'y passe. Il entend les ragots. Ça ne lui était pas difficile de me rassurer sur Finn. Tout ça est tellement nouveau pour lui : la vie d'étudiant, loin de ses parents, avec les autres, tout ce qu'il faut faire pour s'intégrer. J'étais inquiète, je le suis toujours et, franchement, je ne comprends pas comment tu fais pour ne pas l'être. En réalité, tu ne t'es jamais senti concerné.

— De mieux en mieux… Le rôle d'une mère n'est pas de surveiller son enfant comme du lait sur le feu. Tu l'élèves dans du coton.

— Mais non ! Pas du tout ! Qu'est-ce que tu racontes ?

Agacée, elle descendit de sa bicyclette, ramassa une serviette et se frictionna énergiquement.

— Pourquoi refuses-tu d'admettre que je fais ce que je peux pour lui ? Oh, et puis merde ! Je ne vais pas continuer à discuter comme si j'étais une espèce de débile mentale qui ne peut s'empêcher d'intervenir dans la vie de son fils. Si tu penses que c'est ton devoir de père de dire à Finnegan ce que sa mère a organisé pour son bien, vas-y, je t'en prie.

Sur ces paroles, elle ramassa la deuxième serviette, sa bouteille d'eau et le planta là. Après le vélo, en général, elle faisait des exercices avec les haltères, mais ce matin, elle décida visiblement de s'en passer.

Trevor, lui, avait besoin de son café et se rendit à la cuisine. Ce n'est qu'en entendant le bruit de la douche à l'étage qu'il s'aperçut que Clover s'était débrouillée pour esquiver le sujet qu'il avait eu l'intention d'aborder avec elle. En lui parlant de Finnegan, elle était sûre de son stratagème.

C'était une femme d'une habileté diabolique ! Quand il apprenait jamais quoi que ce soit, c'était parce qu'elle l'avait décidé d'avance.

LUDLOW
SHROPSHIRE

Lynley sortait de la douche quand il entendit son portable sonner. Daidre, se dit-il, plein d'espoir. Mais non, c'était Isabelle. Comme il ne se sentait pas tellement d'attaque pour ce que la commissaire avait sans doute à lui dire à sept heures du matin, il laissa se déclencher la messagerie et retourna dans le réduit qui tenait lieu de salle de bains.

Suivant sa tendance naturelle à se comporter en gentleman, il avait laissé à Barbara Havers la chambre préalablement occupée par Isabelle. Mais il ne s'était pas attendu à avoir aussi mal au dos – au milieu de la nuit, il avait finalement mis le matelas par terre. Quant à la douche, elle était plus étroite qu'une cabine téléphonique. Et le miroir ovale au-dessus du lavabo était minuscule. À la rigueur, il aurait plus vite fait de se raser devant l'antique écran de télévision, à condition qu'il soit éteint, que les rideaux soient tirés et que le plafonnier dispense sa faible lumière. Bon, sauf qu'il n'y distinguerait sans doute qu'un visage flou.

Il essuyait la buée sur le miroir lorsque son portable sonna de nouveau. Pour la deuxième fois, il retourna dans la chambre. Daidre ! C'était elle ! Enfin !

— Salut, Tommy. Je devrais sans doute commencer par demander si Barbara fait bien ses exercices de claquettes.

— Je lui ai donné la grande chambre, alors elle a la place de gigoter en tout cas. Qu'elle en ait la volonté, c'est à voir.

— Dois-je téléphoner à Dorothea pour qu'elle la remotive ?

— À mon avis, le mieux, c'est de ménager une surprise à Dee. Quand elle verra les claquettes de Barbara étinceler… Bon, si ça étincelle, des claquettes. Je n'en sais rien. Quoi qu'il en soit, je suis curieux de voir ça.

— Tu es très cruel.

— « Il faut que je sois cruel, pour être humain. » Bon… Ophélie n'a pas trop apprécié… Comment vas-tu, ma chérie ? Tu es au zoo ou encore chez toi ?

Une pause. C'était le « ma chérie » qui avait provoqué ce silence. Heureusement, la question qui avait suivi lui permit de répondre.

— À la maison. Mais je crois que je vais être obligée d'aller en Cornouailles.

Quelle ironie ! songea Lynley, tout en sachant qu'elle n'avait sûrement pas l'intention d'aller à Howenstow serrer la pince à sa mère.

— Il s'est passé quelque chose ?

— Oui.

Il l'entendit soupirer. Où se tenait-elle en cet instant ? Sans doute dans la cuisine qu'elle avait rénovée elle-même. Debout devant la porte-fenêtre donnant sur le jardin envahi par les mauvaises herbes. Elle se serait préparé un cappuccino, sans sucre. La tasse serait posée sur l'îlot central. Elle serait habillée non pas pour aller à son travail, mais pour le trajet en voiture jusqu'en Cornouailles. Une tenue confortable… Ses cheveux blonds tirés en arrière. Les verres de ses lunettes fraîchement lavés, débarrassés des souillures de la veille récoltées auprès des gros animaux qu'elle soignait au zoo.

— Gwynder a téléphoné hier soir. C'est le moment d'y aller, si je veux lui dire au revoir.

— Et tu veux lui dire au revoir ?

— Ben non, pas vraiment. Je lui ai dit au revoir il y a si longtemps que… disons que cela n'a pas grand sens aujourd'hui.

— Je comprends.

— Le plus dur pour moi, c'est que je ne sais pas à quoi tiennent mes réticences à la voir une dernière fois. À mon amertume, à ma colère, ou à une absence totale de chagrin.

— Peut-être tout cela à la fois. Ou peut-être est-ce juste normal que tu n'aies pas envie d'y aller. Puisqu'elle n'a pas été une mère pour toi. Elle t'a mise au monde, et c'est à peu près tout. Idem pour ton frère et ta sœur.

— J'aimerais tellement être comme Gwynder. Voir en notre mère une personne qui a fait de son mieux. Mais voilà, je n'ai jamais réussi à y croire.

— Personne qui connaît ton histoire ne te contredirait, et encore moins te reprocherait de ne pas y aller.

— Mais c'est elle qui m'a donné mon nom[1]. Je te parle de mon vrai nom, Tommy. Comme si elle avait prévu de quelle manière les choses tourneraient.

— Edrek, je sais.

Un nom qui, dans le dialecte de la région, signifiait « regret ». Tout ça, elle l'avait laissé derrière elle – sa naissance sur une aire de repos en Cornouailles, sa petite enfance passée dans une caravane au bord d'une rivière où son père croyait pouvoir nourrir sa famille avec le métal tiré du cours d'eau… La page avait été tournée sur ce passé le jour où la fratrie avait été retirée de la garde des parents. La négligence était criante : pas de scolarité, pas de suivi médical, la crasse, les vêtements dégoûtants, les cheveux infestés de parasites, jusqu'à leurs dents cariées qui pourrissaient dans leur bouche.

Lynley aurait voulu dire à Daidre qu'elle ne leur devait rien, même si sa mère était mourante. Mais il y avait son nom – Edrek – et ce qu'elle risquait d'éprouver si jamais elle ne faisait pas ce dernier effort pour larguer les malheurs passés.

— J'aimerais tellement que tu sois avec moi, dit-elle.

---

1. *Le Rouge du péché*, Elizabeth George, Presses de la Cité, 2008 ; Pocket n° 14012.

— Hélas, je fais un piètre psy.

— Peut-être, mais ta présence me suffit, Tommy.

— Ah, si je pouvais… En ce moment je suis carrément coincé. Et si je ne débrouille pas cette affaire, je vais me retrouver en train de faire des rondes à Penzance. Ou à Berwick-upon-Tweed avec Barbara. Je suis vraiment désolé de ne pouvoir t'accompagner. Je t'assure que je serai avec toi en pensée. Mais tu sais, toutes ces choses qui nous empêchent de vivre pleinement… Quand l'occasion se présente, autant leur tordre le cou une bonne fois pour toutes. Ce n'est peut-être pas très agréable à entendre, mais c'est ce que je pense… J'espère que tu ne regrettes pas de m'avoir téléphoné.

Elle ne répondit pas. Le silence se prolongea un moment.

— Daidre ?

— Oui, oui. Je suis toujours là. Je n'étais pas décidée.

— À y aller ?

— Non. J'y vais, c'est sûr.

— À quoi alors ?

— Je me demandais si j'allais regretter de t'avoir téléphoné, Tommy.

— Et… ?

— Non. Je veux dire, je ne regrette pas de t'avoir appelé. Quelle que soit l'issue de cette histoire.

Pendant un long moment après ce coup de fil, Lynley resta songeur, assis sur l'unique chaise devant la table étroite qui tenait lieu de bureau. Il interrogeait son cœur, dont les battements réguliers amplifiaient une question qui le taraudait : comment s'engager en amour après avoir perdu une femme qu'on adorait ?

Il avait toujours son portable à la main lorsque celui-ci se mit à sonner. Cette fois il décrocha sans regarder qui l'appelait.

Sa supérieure hiérarchique attaqua sans préambule :

— Il y a encore du nouveau, alors ?

Il répondit avec une certaine brusquerie, ce qu'il n'aurait sans doute pas fait si Daidre ne venait pas de lui déclarer qu'elle aurait aimé qu'il l'accompagne en Cornouailles.

— Ian Druitt avait un portable. Et une voiture. Nous avons retrouvé les deux. Nous avons aussi découvert que l'adjointe au chief constable de West Mercia est la mère du garçon que vous avez interrogé. Elle et le médecin légiste qui a fait l'autopsie de Druitt appartiennent au même collectif de planeur. Et… Ah, c'est elle, cette adjointe, Clover Freeman, qui a téléphoné au sergent de l'îlotier pour lui donner l'ordre de mettre Ian Druitt en garde à vue. Suffisamment d'éléments, je pense, pour vous montrer que Barbara était sur la bonne voie quand elle a pondu ce rapport que vous l'avez obligée à expurger…

Le silence clairement dubitatif à l'autre bout du fil hérissa Lynley.

— À quoi pensiez-vous, commissaire, en exigeant de Barbara qu'elle effectue ces coupes ? Vous aviez pour mission…

— Vous n'allez quand même pas m'apprendre mon métier, inspecteur !

— … pour mission de vérifier que l'inspection générale n'avait pas omis quelque élément dans un décès pendant une garde à vue, et c'est exactement ce à quoi Barbara s'était attelée. Dix-neuf jours séparent la dénonciation par un appel anonyme de l'arrestation elle-même, et pendant ce temps, aucune investigation n'a eu lieu, ce qui signifie qu'il n'y avait aucune raison de le coffrer. C'est ce que Barbara voulait faire remarquer. Alors pourquoi l'en avoir empêchée ?

— Nous étions à Ludlow pour examiner ce qu'avait fait l'inspection générale après la mort de Druitt, pas ce qui s'était passé avant !

— Vous êtes devenue folle ou quoi ?

— Comment osez-vous me parler sur ce ton, inspecteur ? Pour qui vous prenez-vous…

— Vos chevaux ne sont pas encore assez grands, Isabelle. Je vous conseille d'en descendre. Et pendant qu'on y est, il faut que je vous dise que Clive Druitt est venu nous voir à l'hôtel : il sait que vous aviez bu lorsque vous lui avez rendu visite. Comme il m'en a parlé, je ne vois pas pourquoi il ne l'aurait pas dit à son député. Et ce que le député a fait de cette information…

Nouveau silence. Puis elle chuchota presque :

— Alors ça, c'est un peu fort… Vous osez…

Il n'avait aucune intention de retirer ce qu'il venait de dire. En même temps, il compatissait. Il était malheureusement familier des affres de la dépendance.

— Isabelle, écoutez-moi. Vous n'êtes pas la première, ni la dernière. Si c'était facile, les gens dans votre situation s'arrêteraient de boire avant de perdre absolument tout. Vous avez perdu vos fils, vous avez gâché votre mariage, et il est possible que vous soyez sur le point de perdre votre travail. Vous en avez conscience, peut-être. Mais vous êtes dans les griffes du monstre et, à moins de vous en débarrasser, vous allez mourir. Comprenez-vous ce que je vous dis, Isabelle ?

— Ne soyez pas aussi mélodramatique, Tommy. Je n'en suis pas là. Vous me croyez au bord de l'abîme, vous avez tort.

Il leva les yeux au ciel. Il était inutile d'insister… S'il se basait sur ce qui s'était passé avec son frère, il savait que la seule personne capable de convaincre Isabelle Ardery était Isabelle Ardery. Et cela n'arriverait que le jour où elle en aurait assez de fiche sa vie en l'air. Autant changer de sujet, donc.

— Nous voyons l'îlotier ce matin, en principe. Barbara lui a laissé un message hier, mais à part le mot qu'il lui a déposé à la réception, nous n'avons plus eu de nouvelles de lui. Nous voulons aussi revoir Finnegan Freeman. Qu'avez-vous pensé de lui ?

— Il joue à la petite frappe, et je dois dire que son accent prolo est presque convaincant, et il a la sale habitude de parler la bouche pleine… de burrito. En tout cas, il a pris fait et cause pour Ian Druitt.

— Intéressant, n'est-ce pas ? D'un côté, le fils connaissait bien Druitt, de l'autre, c'est sa mère qui le fait arrêter. Bizarre, non ?

La commissaire ne répondit pas. Lynley sut alors qu'elle mesurait enfin l'ampleur de sa faute. Elle avait eu tellement hâte d'en finir avec Ludlow… Elle brisa elle-même le silence en disant :

— Barbara avait raison. Je vois ça maintenant.

Elle admettait ses torts. C'était la première fois que Lynley voyait une lueur briller pour elle à l'horizon.

Ils raccrochèrent.

La journée pouvait commencer.

LUDLOW
SHROPSHIRE

Rabiah Lomax courait chaque matin : c'était la meilleure façon qu'elle avait trouvée pour aborder la journée avec les idées claires. Une habitude acquise pendant les années éprouvantes où ses fils étaient adolescents. Debout avant l'aube, sillonnant les rues désertes, elle parvenait à oublier ses angoisses à propos de l'abus d'alcool de David – qui prétendait « tester ses limites » – et des « expériences » de Tim avec le cannabis. Elle se disait que c'était du temps pour elle et qu'il lui en resterait bien assez pour essayer de résoudre les problèmes de ses fils.

En sortant de chez elle le lendemain de la deuxième visite des policiers de Scotland Yard, elle n'emprunta pas son parcours habituel qui passait par Breadwalk, un sentier haut perché qui suivait le cours de la Teme, ombragé par de vieux tilleuls et des aulnes et qui offrait une jolie vue sur la mosaïque pittoresque des vieux toits. Ce matin, en effet, elle voulait absolument inclure Temeside dans son itinéraire. Aussi prit-elle cette direction à partir de St. Julian's Well.

En fait, elle voulait voir à quoi ressemblait la maison où vivait Dena Donaldson. La veille au soir, elle avait eu sa petite-fille au téléphone, et elle avait été stupéfaite d'entendre celle-ci prononcer le nom de Ding.

Rabiah n'aimait pas mentir. Mentir vous emmenait toujours dans des complications sans fin. Elle avait malheureusement fait une entorse à cette règle de conduite lors de la première visite de Scotland Yard, pour la bonne raison que, pour le coup, cela lui avait paru tellement plus simple. Mais maintenant qu'elle avait menti pour la deuxième fois à la police, elle risquait de se fourvoyer dans un labyrinthe semé d'embûches imprévisibles.

Après le départ des policiers, elle avait bien réfléchi mais n'avait pas trouvé d'autre moyen que d'appeler Missa. La première fois, elle s'en était abstenue, ne jugeant pas nécessaire de la consulter. En outre, cela faisait un moment que, dans cette famille, l'on préférait ne pas trop parler des choses… Rabiah jouait le jeu, espérant que tout s'arrangerait un jour et se disant que, de toute façon, elle n'avait pas à s'immiscer dans la vie de ses fils, de leurs épouses et de leurs enfants.

La veille, cependant, elle avait révisé sa politique de non-ingérence. Quand il avait été assez tard dans la soirée pour imaginer que sa petite-fille était seule dans sa chambre, hors de portée de voix de ses parents, Rabiah avait composé son numéro de portable.

Elle était allée droit au but.

« Raconte-moi tes rendez-vous avec Ian Druitt, Missa. »

Le silence à l'autre bout du fil lui avait paru interminable. Rabiah percevait juste la voix d'un crooner des années 1940, laquelle devait provenir d'un documentaire à la télé. Puis le son avait été coupé et Missa avait répondu :

« De quoi tu parles, Granny ?

— J'ai reçu deux fois la visite d'enquêteurs de Scotland Yard au sujet de Ian Druitt. J'aimerais autant éviter une troisième entrevue, même si je soupçonne que ce ne sera pas possible.

— Des policiers de Londres ?

— Exactement. La première fois, j'avais convoqué Aeschylus, mon avocat. Mais cette fois, j'étais seule.

Ils sont à la recherche d'une certaine Lomax qui a eu des rendez-vous avec le diacre de St. Laurence – Ian Druitt, donc ; je suppose que tu sais qu'il s'agit de lui – et j'ai dit que j'étais cette Lomax…

— Pourquoi tu as dit ça ? Tu le connaissais ?

— Et maintenant, je ne suis pas tranquille du tout. Je déteste ne pas savoir où j'en suis. Alors ? C'était à quel sujet, ces rendez-vous avec M. Druitt ? Si je dois continuer à raconter des bobards, autant que je sache de quoi il retourne. »

Un deuxième silence, dont la longueur pouvait laisser supposer que la réponse de Missa ne serait pas vraiment sincère.

« Granny, je n'ai jamais eu de rendez-vous avec M. Druitt.

— Ah bon. Alors pourquoi notre nom revient-il sept fois dans son agenda ?

— Sept fois ? Je n'avais aucune raison de voir un diacre même une seule fois, alors sept… Quelqu'un a dû se servir de notre nom.

— Mais pour quelle raison, mon Dieu ?

— Il doit bien y en avoir une, répondit Missa. Pour ne pas être découvert, par exemple… »

Après une pause, elle avait ajouté :

« Granny, c'est sûrement Ding.

— Mais pourquoi…

— Elle voulait sans doute lui demander comment s'y prendre avec Brutus. Bruce Castle ? C'est son… enfin, en quelque sorte, son petit ami. Ils n'arrêtent pas de se disputer. En tout cas, c'était comme ça quand j'étais à Ludlow. Ou bien elle voulait parler à M. Druitt de ce qu'elle devait changer dans sa vie. Je ne crois pas qu'elle ait eu de mauvaises intentions. Je veux dire : elle ne voulait pas nous causer des ennuis.

— Je n'aime pas qu'on se serve de notre nom, quelle que soit la raison. Je vais aller voir Ding. »

Missa s'était dépêchée de dire :

« Granny, je t'en supplie, ne fais pas ça.

— Et pourquoi pas ?

— Elle a tellement de problèmes à cause de Brutus. Il la trompe et la fait souffrir. Là, elle a enfin le courage de rompre… Je ne voudrais pas que cette histoire d'usurpation d'identité la fasse changer d'idée. Tu comprends ? »

Non, elle n'avait pas compris. Elle voulait bien ne pas se mêler des affaires de ses fils, mais il était hors de question qu'elle laisse quelqu'un qui n'était pas de la famille leur causer des ennuis avec les autorités.

Toujours en courant, Rabiah traversa la rivière dont les eaux miroitaient sous les premières lueurs de l'aube. Un cygne qui se lissait les plumes se dressa soudain pour déployer ses ailes. Devant la taille et l'envergure de l'oiseau, Rabiah resta stupéfaite : un cygne qui semblait si doux, si placide, si docile. Et d'un seul coup, le voilà qui se transformait en créature effrayante.

Des fenêtres commençaient à s'allumer au long de Temeside. Mais la maison où habitait Dena Donaldson était encore plongée dans le noir. Rabiah s'arrêta de courir quelques instants et songea à Ding. Dans un sens, la jeune fille lui faisait pitié, avec ce petit ami qui la traitait mal. Mais d'un autre côté, elle refusait de faire ce que lui demandait Missa. Rabiah était décidée à parler à Dena Donaldson. Elle était tout sauf ravie que le nom de Lomax paraisse sept fois dans l'agenda d'un mort.

LUDLOW
SHROPSHIRE

Ding n'avait pas fermé l'œil de la nuit. À la suite de sa conversation avec Francie Adamucci, elle avait beaucoup réfléchi à la question suivante : pourquoi flipper autant à propos de Brutus au prétexte qu'il couchait avec d'autres nanas, alors que depuis cinq ans, elle, Dena Donaldson, se tapait tous les mecs de Much Wenlock ? Il y avait dans sa réaction quelque chose de profondément illogique. Ce qu'elle considérait comme son identité – qui elle était vraiment – ne collait pas avec la réalité, qui était en passe de faire d'elle la Marie-couche-toi-là du Shropshire. Cela n'avait pourtant jamais été son ambition.

La veille encore, elle avait déconné. Elle était sortie seule. Elle s'était dit qu'elle avait besoin d'un break après avoir planché sur une dissertation sans réussir à pondre une seule ligne. Une bonne marche, et les idées lui viendraient.

Seulement, sa « bonne marche » l'avait menée directement au Hart and Hind, où elle n'avait pas mis les pieds – seule, s'entend – depuis qu'elle s'était sauvée de la chambre numéro 2 pour échapper à Jack Korhonen. Elle aurait pu se contenter d'une pinte, c'est tout, mais les choses ne s'étaient pas passées comme ça. Alors qu'elle s'approchait du bar, Jack avait dit à son neveu : « Laisse, je m'en charge, Peter. Occupe-toi des verres. » Et le neveu était parti débarrasser les tables.

Jack s'était tourné vers elle. « Cette fois, t'as intérêt à être claire. On n'a pas envie de se payer un nouveau malentendu, hein ?

— Je sais pas de quoi vous parlez.

— Bon, je vais le formuler autrement. Tu es ici pour boire ou pour baiser ?

— Je ne supporte pas la vulgarité.

— Ah, bon. Dommage… La vulgarité et moi, on est comme les deux doigts de la main. T'es sûre, pour toi ? Parce que, tu vois, la première fois que je t'ai vue ici… il y a des mois de ça… je me suis dit, ah, voilà une gonzesse pour moi. Une vraie bombe, celle-là. Suffit que je patiente quelques semaines et elle me fera signe.

— Quelques semaines ?

— Ouais, c'est vrai. Ça a pris plus de temps, mais ça revient au même. T'es chaude, ma poule.

— Vous, vous n'êtes pas un gentleman.

— Et toi, qu'est-ce que tu es ? C'est un gentleman que tu cherches en venant ici, ou quelque chose de plus excitant ? Ou alors, t'es qu'une petite allumeuse, et pour le reste, t'es pas trop bien dans ta tête.

— Je suis très bien dans ma tête, au contraire.

— Vraiment ? M'est avis que ce que je vois de toi colle pas trop avec l'idée que tu te fais de toi-même.

— Puisque je vous dis que ma tête va très bien.

— Bon, comme tu voudras. Mais à ta place, je chercherais à le prouver. Regarde, les filles de ton âge, la plupart du temps, elles ne savent même pas ce qu'elles font. Elles se retrouvent ensuite dans des situations qu'elles n'avaient pas prévues… Et tout d'un coup, elles se rendent compte que l'image qu'elles se faisaient d'elles-mêmes ne correspond pas à la réalité. Après, c'est la débandade… »

Ding savait pertinemment à quoi il faisait allusion. Mais hier était hier, et aujourd'hui…

« Pensez ce que vous voulez, Jack Korhonen. Mais donnez-moi une clé. On va régler ça. »

Jack s'était tourné vers son neveu, lequel – à la consternation de Ding – s'était rapproché pour ne pas perdre une miette de leur conversation.

« Qu'est-ce que t'en penses, Peter, mon gars ? Je donne une deuxième chance à cette donzelle ?

— Si tu veux pas, moi, je veux bien », avait répliqué Peter en hissant une bassine pleine de verres sur le bar.

L'oncle avait plongé la main derrière le comptoir puis tendu la clé à Ding.

« Cinq minutes, ma biche. Sois prête, cette fois. »

C'était ainsi qu'elle s'était retrouvée complètement nue, debout le dos à la fenêtre, face à la pièce obscure. Sans aucune appréhension… Quand il s'agissait de se prouver à elle-même qu'elle était capable de relever un défi, Dena Donaldson n'avait pas froid aux yeux.

Jack était entré ; elle s'était avancée à sa rencontre et avait empoigné une mèche de ses cheveux longs pour rapprocher sa bouche de la sienne. Elle avait touché son sexe. Déjà dur. Bien, s'était-elle dit. Elle allait faire en sorte qu'il le soit encore plus. Elle était décidée à le faire hurler s'il le fallait, à lui faire découvrir des choses dont il ne se doutait même pas…

Elle était rentrée chez elle tout endolorie. Mission accomplie : si on avait interrogé Jack, il aurait confirmé sans nul doute que Dena Donaldson n'était pas une allumeuse. Alors qu'elle montait l'escalier d'un pas chancelant, elle songeait au sommeil comateux qui la cueillerait dès qu'elle serait couchée. Mais, finalement, le sommeil n'avait pas été au rendez-vous, et une question l'avait taraudée sans répit : qu'est-ce qui va pas chez toi, Ding ? Elle pouvait toujours baiser jusqu'à ce qu'elle explose, elle ne trouverait pas la réponse.

Elle finit par s'arracher à sa torpeur et à s'asseoir au bord de son lit. Elle était en train d'envisager une douche et peut-être d'assister à un cours, quand son portable sonna.

Elle décrocha sans regarder qui l'appelait. Toutefois, en reconnaissant la voix de son interlocutrice, elle regretta de ne pas avoir laissé le répondeur faire son travail.

— Ici Greta Yates, la conseillère d'orientation. Si vous voulez bien passer me voir, Dena. Enfin, à la condition que vous ayez envie de continuer avec nous au West Mercia College. Est-ce votre intention ?

Elle n'en avait nulle envie, mais elle avait encore moins envie d'être renvoyée. Oui, oui, bien sûr, avait-elle donc répondu. Quand Mrs. Yates pouvait-elle la recevoir ?

LUDLOW
SHROPSHIRE

Barbara avait dit à Lynley que rien n'était plus simple que d'aller à pied jusqu'au poste de police, mais il avait tenu à prendre sa voiture. Qui savait où les mènerait leur conversation avec Gary Ruddock ? Mettons qu'ils aient besoin d'aller voir quelqu'un d'autre ou de chercher quelque chose, ce serait bien commode d'être prêts à prendre la route.

Ils quittèrent l'hôtel à huit heures et demie et Barbara le pilota à l'aide de son plan. En voiture, le chemin n'étant pas le même qu'à pied, ils passèrent devant chez Finnegan Freeman. Elle expliqua à Lynley que le poste de police était aisément accessible à pied ou à vélo depuis là.

Contrairement à la commissaire, Lynley hocha la tête en disant :

— Bon boulot, Barbara. Ce détail pourrait bien s'avérer utile.

L'îlotier les attendait, adossé à sa voiture de patrouille sur le parking du poste de police, au coin de Townsend Close et Lower Galdeford. Il les salua en levant un gobelet de café en polystyrène.

— Je suppose que vous voulez visiter, dit-il en indiquant le bâtiment désert et après s'être présenté à Lynley.

Lynley confirma qu'un coup d'œil à l'intérieur serait nécessaire. Ruddock déclara qu'il n'y avait pas de problème. La porte d'entrée était ouverte, et Barbara pouvait lui montrer le bureau en question. L'inspecteur préférait sans nul doute ne pas avoir de tiers dans les pattes.

Barbara lui fut reconnaissante de sa discrétion : cela leur permettrait, à Lynley et à elle, d'échanger plus librement leurs réflexions. Ils entrèrent donc dans le bâtiment pendant que Ruddock s'asseyait sur les marches de derrière et perchait sur son nez des lunettes noires, histoire de profiter du soleil de ce début de journée qui s'annonçait magnifique.

Barbara mena Lynley dans la pièce où était mort le diacre. Ce qu'il y avait à examiner se résumait à pas grand-chose : un fauteuil à roulettes rangé sous le bureau, un panneau d'affichage nu, des bouts d'adhésif encore collés aux murs où avaient dû être affichées des cartes de la région, un placard servant de penderie et la poignée de porte du placard qui avait joué un rôle capital dans le drame. Elle fit part à l'inspecteur de ce que leur avait rapporté le Dr Scannell sur la façon dont Ian Druitt se serait suicidé : en comprimant sa veine jugulaire, il avait provoqué un œdème cérébral ayant entraîné la mort. Tout en l'écoutant, Lynley observait son environnement. Il tira le fauteuil de sous le bureau, puis le remit à sa place. Il marcha de-ci de-là, examina la poussière sur le rebord de la fenêtre et les traces sur le lino.

Barbara lui montra ensuite l'ancien réfectoire, les écrans de vidéosurveillance derrière le comptoir de l'accueil, les ordinateurs dont se servaient les officiers de patrouille qui faisaient halte dans ce poste désaffecté et les bureaux où un intrus aurait pu se tenir tapi en attendant son heure. Elle l'emmena aussi dehors pour lui montrer avec quelle facilité on pouvait changer l'orientation des caméras qui surveillaient l'entrée principale.

Une fois leur inspection terminée, ils rejoignirent Gary Ruddock à l'arrière du bâtiment. Dès qu'il les aperçut, celui-ci se leva et épousseta l'arrière de son pantalon.

— Alors, ça vous aide ?

— Tout peut nous aider, opina Lynley en s'adossant au mur de brique pour contempler le parking.

Barbara était curieuse de voir comment l'inspecteur engagerait la discussion avec Ruddock. Elle n'eut pas à patienter longtemps.

— J'ai jeté un coup d'œil à la voiture de Druitt. Vous le connaissiez bien ?

— Pas vraiment. On se saluait en se croisant dans la rue, un petit bonjour, ce genre de chose. Et, bien sûr, je savais qu'il travaillait à St. Laurence.

— C'est tout ?

— Oui.

Ruddock fit comme Lynley : il s'adossa au mur et contempla le parking, puis il demanda :

— Y a-t-il quelque chose que j'aurais dû savoir sur lui ? Auriez-vous... trouvé des trucs dans sa voiture ?

— Bizarre que vous me demandiez ça. Pourquoi ?

— Oh, c'est pas que je pense qu'il vendait de la drogue, oh, non. Mais... la pédophilie, vous voyez...

— Ah, vous pensez à des photos pornographiques ? Non, il n'y avait rien de tel. Cependant... j'ai trouvé des préservatifs dans sa boîte à gants. J'ai peut-être des idées préconçues sur les hommes d'Église, mais étant donné qu'il n'était pas marié, je ne m'attendais pas à ça. En plus, personne ne nous a parlé d'une liaison amoureuse qu'il aurait pu avoir...

Il les distribuait sans doute aux jeunes, suggéra Ruddock. Il en côtoyait beaucoup, à l'église et ailleurs.

— Il connaissait ce garçon... Freeman, intervint Barbara. Il travaillait avec lui au centre de loisirs. Vous étiez au courant de ça, Gary ?

— Oui... D'ailleurs, les préservatifs étaient peut-être pour lui. Ou pour d'autres garçons de son âge. Je vois bien un diacre se préoccupant de ça.

— Cela me paraît logique, en effet, acquiesça Lynley.

— Quel âge a le jeune Freeman ? demanda Barbara. Dix-huit ans ? Dix-neuf ? J'imagine que Druitt aurait pu s'apercevoir qu'il ne prenait pas de précautions avec sa ou ses petites amies. Et qu'il cherchait à éviter les grossesses non désirées…

Ruddock répliqua par un silence. Ce que Barbara trouva étrange. En plus, il avait des lunettes noires sur le nez. Elle ne voyait pas s'il était en train de réfléchir ou s'il cherchait à esquiver. Dans les deux cas de figure, rien ne justifiait cette absence de réponse… sauf à considérer qu'il ne souhaitait pas que la police s'intéresse à Finnegan Freeman, étant donné que le garçon était proche du défunt et que sa mère était une haut gradée de la police territoriale dont dépendait Ruddock en qualité d'îlotier.

— Cela pourrait aussi nous indiquer, reprit-elle, que les accusations prononcées contre Druitt étaient finalement fondées. Qu'il abusait des petits enfants qu'on lui confiait mais utilisait un préservatif pour que ça reste propre, si vous voyez ce que je veux dire.

— C'est une possibilité, approuva Lynley. Aussi déplaisant que soit le tableau que vous venez de brosser, sergent.

— C'est vrai que cet appel l'accusait de pédophilie, finit par prononcer Ruddock.

— D'un autre côté, si je réfléchis, lâcha Lynley, je conçois mal un pédophile qui joue avec les bambins mettant une capote. À mon avis, il est plus probable qu'il les donnait à des jeunes, ou s'en servait lui-même parce qu'il avait une liaison… Et dans ce cas, j'aimerais bien savoir avec qui.

— Mais… Puis-je poser une question ?

Comme Lynley lui faisait signe que oui, il continua :

— À quoi ça mène, vous croyez ? Cette histoire de préservatifs ?

— Où ça nous mène ? Sans doute nulle part, répondit Lynley. Mais, à défaut d'autre piste, mieux vaut ne pas lâcher un fil quand nous en tenons un.

BURWAY
SHROPSHIRE

Ainsi Lynley et Barbara décidèrent-ils d'aller rendre visite à Flora Bevans. La logeuse du diacre pourrait peut-être leur en apprendre davantage sur les raisons qui avaient poussé Druitt à garder des préservatifs dans sa boîte à gants.

Pendant que Lynley conduisait, Barbara feuilleta ses notes sur les conversations avec les individus dont les noms figuraient dans l'agenda et qu'elle avait réussi à localiser. Personne, absolument personne, n'avait même évoqué l'hypothèse que le diacre ait eu d'autres amours que le Père et le Fils. Sauf… qu'elle n'avait posé directement la question à aucun d'eux. Il faudrait sans doute les recontacter.

La camionnette de Flora Bevans était garée dans l'allée devant la maison. Barbara appuya lourdement sur la sonnette. La porte s'ouvrit sur la fleuriste, son portable collé à son oreille, et un doigt levé pour signaler à ses visiteurs qu'elle était à eux dans une minute. À la vue de Barbara, toutefois, elle eut l'air stupéfaite et dit dans son téléphone :

— Une seconde, madame, s'il vous plaît.

Puis, à Barbara :

— Je ne pensais pas vous revoir, sergent !

— Je vous présente l'inspecteur Lynley. Peut-on vous parler une minute ?

Flora leur ouvrit en grand.

— Entrez, entrez. Je prends juste une commande.

Elle se dirigea vers l'arrière de la maison, enchaînant :

— Vous comprenez, c'est une urne de plus grande taille qu'on ne pourrait le croire. Si elle est finalement trop volumineuse pour l'endroit où vous voulez la placer…

Dans le vestibule, Lynley murmura à Barbara :

— Une crémation ?

Elle fronça les sourcils.

— Pardon ?

Il fit un petit hochement de tête.

— Des urnes…

— Oh, non, pas des urnes funéraires. Ce sont des pots pour des plantes. Des pots géants. Pour mettre au bord des escaliers, je suppose. Ou pour le jardin.

À cet instant, Flora Bevans revint vers eux.

— Désolée. On m'a persuadée de faire la décoration d'un mariage. Mes pots et mes urnes resteront dans le jardin, après. Du coup, les couleurs que j'ai choisies doivent recevoir l'approbation de la mariée, l'approbation de la mère de la mariée dont c'est le jardin, et aussi l'approbation de la belle-mère qui, apparemment, a déjà choisi les bouquets dont les coloris ne doivent pas jurer avec ce que je propose. Et en plus, il faut tenir compte de la robe de la demoiselle d'honneur, qui est fuchsia, je vous dis pas. Quelle idée, même pour un mariage en été, mais c'est comme ça. Bien. Mais vous revoilà, sergent, et j'ai l'impression que ce n'est pas pour me commander des urnes pour votre terrasse. Désolée, mais pouvez-vous me rappeler votre nom ?

Barbara se représenta, et présenta Lynley.

— C'est encore à propos de ce pauvre Ian, bien sûr. Vous voulez revoir sa chambre ?

— Eh bien… à vrai dire, nous venons vous parler de préservatifs.

— Mon Dieu ! Mais entrez, voyons. Quelle est cette histoire de préservatifs ?

Elle les mena jusqu'au salon.

— Je vous en prie, asseyez-vous. Vous pouvez flanquer les magazines par terre, inspecteur. Puis-je vous offrir quelque chose à boire ? Du thé, du café, de l'eau ? Oh ! Je n'avais pas vu que Jeffrey était là. Pardonnez-moi. Je vais le déplacer.

Le dénommé Jeffrey se révéla être un chat dont la fourrure imitait si parfaitement le tissu du canapé que Barbara avait failli s'asseoir sur lui. Flora le prit dans ses bras. Il protesta vaguement, mais sembla lui pardonner très vite et se roula en boule pour reprendre sa sieste quand elle le posa sur la plate-forme d'un arbre à chat gigantesque.

Barbara et Lynley refusèrent tous les deux son offre de rafraîchissement. Une fois qu'ils furent tous assis, Flora reprit :

— Je ne sais pas ce que je peux faire pour vous. Des préservatifs. Mon Dieu, vous me faites rougir.

— On les a trouvés dans la voiture de Ian Druitt.

— Ah, bon ? Il avait une double vie ?

— Ou il était prudent, fit observer Barbara.

— Oui, bien sûr.

— Il en avait sous la main, en tout cas, dit Lynley. Et quelqu'un s'en est servi. Puisqu'il en manquait dans la boîte… Cependant, nous voudrions en savoir plus.

Cette remarque parut plonger Flora dans de profondes réflexions.

— Ce que l'inspecteur aimerait savoir, intervint Barbara, c'est si Ian Druitt et vous… ?

— Oh là là, non, quelle idée ! Je vous l'ai dit la dernière fois, il n'y avait rien du tout entre nous. Je doute qu'il voyait en moi autre chose que sa logeuse. Et de mon côté, ce n'était vraiment pas le genre d'homme qui me plaît… Bon, c'est pas qu'il était désagréable ou quoi. Il était même très charmant. Mais le courant ne passait pas entre nous, et puis coucher avec son locataire, cela ne peut que mener à des complications. Du style : est-ce qu'il continuera à payer son loyer rubis sur l'ongle ? Est-ce une aventure d'un soir ou va-t-on remettre ça ? Alors, si Ian se promenait avec des préservatifs, je n'en étais pas la… hum… bénéficiaire.

— Pensez-vous qu'il y avait une ou un autre « bénéficiaire » ? interrogea Lynley.

— Bah, ce n'est pas facile à dire. Ian connaissait tellement de monde. Non seulement dans la paroisse, mais partout, du fait de ses multiples activités caritatives. Sincèrement, cela aurait pu être n'importe qui.

— Homme ou femme ? demanda Lynley.

— Alors, là, je n'en ai aucune idée ! Tout ce que je peux vous dire, c'est que s'il fréquentait quelqu'un, c'était dans le plus grand secret, car rien ne transpirait. Il n'a jamais lâché de nom ou reçu de coup de fil, ni de lettre, ni même une carte postale. Et quand j'ai emballé ses affaires après sa mort, pauvre homme, j'aurais pu trouver quelque chose… une fleur séchée qui tombe d'un livre, un billet de théâtre, un ticket de cinéma, que sais-je ? Mais non, rien.

— Et s'il s'était agi d'une femme mariée ? suggéra Lynley. Cela expliquerait sa discrétion.

— Peut-être, en effet, mais encore une fois, inspecteur, je n'ai rien vu, rien entendu…

— Ou une mineure ? avança Barbara.

— Ouille. Ce ne serait pas joli joli. Un homme d'Église et une jeune fille… Mais vous savez, je me suis toujours sentie tout à fait à l'aise et tranquille avec lui.

— Personne ne dit qu'il était engagé dans des actes de nature délictuelle, la rassura Lynley.

— Sauf pour l'accusation de pédophilie, lui rappela Barbara.

— Oui, bien sûr.

— Oh, ça, c'est insupportable, lâcha la fleuriste. Je n'y crois pas une seconde. Ian n'a pas pu faire une chose pareille. Comme vous voyez, la maison n'est pas grande. S'il y avait eu quoi que ce soit de louche, je crois que je l'aurais senti. Pour moi, c'était un homme de Dieu. Point à la ligne.

Avec un soupir, elle fit claquer ses mains sur ses cuisses et se mit debout.

— Désolée de ne pouvoir vous être plus utile. Vous avez fait tout ce chemin pour rien.

Barbara fouilla dans son sac pour en extraire une carte de visite qu'elle tendit à Flora en récitant la phrase rituelle. « Si jamais il vous revient à l'esprit un détail quelconque… » Dans le vestibule, elle se frappa soudain le front. Mais si, bien sûr ! Flora Bevans pouvait leur être utile pour autre chose ! Ian Druitt connaissait-il sa date d'anniversaire à elle ?

— Quelle drôle de question. Mais oui, il la connaissait.

Barbara prit note de la date et ferma d'un coup sec son calepin.

— Merci, dit-elle. Je me rappellerai de vous envoyer mes vœux.

À peine étaient-ils dans la rue qu'elle essaya différentes combinaisons sur le portable de Ian Druitt. Elle leva des yeux brillants et sourit :

— Bingo !

BROMFIELD
SHROPSHIRE

Ils prirent la direction de Bromfield, où une petite route au coin du bureau de poste les mena à cet édifice qui se rencontre dans tous les villages anglais : le pub. Le trajet prit en tout huit minutes, dont deux auraient pu être économisées si Lynley n'avait pas loupé le tournant après la poste, été obligé de reculer dans un chemin de terre et de manœuvrer pour faire demi-tour. Pendant ce temps, Havers tripotait le portable de Druitt, qui, bien entendu, n'avait pas servi depuis le soir de sa mort.

Finalement, elle déclara :

— Une vraie mine d'or, monsieur. Bénis soient les smartphones. Comme dit la chanson, « We're in the Money ». C'était quoi déjà, cette chanson ?

— Où avez-vous pu l'entendre surtout ? fit remarquer Lynley. Ce n'est pas du rock and roll des années 1950…

— Peut-être, mais on peut faire des claquettes dessus.

— Au fait, Daidre m'a demandé où vous en étiez. Avec les claquettes, je veux dire.

— Daidre ? Saperlipopette, mais que… ?

— Elle est d'une nature curieuse, sergent, voilà tout. Moi aussi, d'ailleurs. Alors, où en êtes-vous ? Je vous pose la question, car chaque jour je redoute un coup de fil de Dee Harriman. Il faut absolument que j'aie quelque chose à lui mettre sous la dent pour rester dans ses bonnes grâces.

— Dites-lui que je suis impec pour le shuffle avec le talon, mais que, pour l'irlandaise, c'est la cata. Il vaudrait mieux qu'elle prenne Umaymah comme partenaire pour le grand soir si elle ne veut pas se retrouver avec de l'œuf sur ses chaussures.

— Vous me rappellerez la date, sergent Havers.

— Dans vos rêves, inspecteur Lynley.

Le pub se révéla servir non seulement de débit de boisson, mais aussi de salle de réunion pour un club de tricoteurs. Ces messieurs suivaient les instructions d'un retraité qui semblait avoir bourlingué sur toutes les mers, tant il avait la peau tannée. Ils œuvraient visiblement sur un projet commun : une chaussette d'une longueur excessive ou une écharpe plutôt courte. Difficile à dire, quoique les couleurs choisies évoquassent quelque chose de militaire. La leçon s'accompagnait de joyeuses libations.

Lynley et Havers s'assirent à une table. Le sergent agita en l'air le portable du diacre.

— Saviez-vous que ces charmants gadgets gardent en mémoire tous vos appels pendant deux mois sans que vous ayez besoin de le réclamer ? Les appels entrants, les appels sortants, les appels manqués… Maintenant, monsieur, si vous voulez bien user de votre accent de client de pub campagnard et me chercher une limonade au bar, je vais m'occuper de dépiauter l'animal.

— Rien qu'une limonade, Barbara ?

— Je ne dirais pas non à un bon truc à grignoter. Des chips au vinaigre, par exemple. Ou des fritons de porc. Ce serait vachement sympa.

Lynley tressaillit ostensiblement, mais obtempéra. Quand il revint avec la commande, Barbara avait eu le temps de passer en revue les quatre premières semaines d'appels. En se servant de ses notes, elle comparait les numéros à ceux qu'elle avait repérés grâce à l'agenda.

— Merci, inspecteur ! Vous pouvez piocher dans mes chips si vous voulez.

— Merci, non.

— Si vous aviez la gentillesse de m'ouvrir le paquet…

Il s'exécuta, et elle renversa carrément le contenu sur la table, ne se préoccupant nullement des microbes, bactéries, maladies vénériennes et reliefs de repas qui traînaient là. Puis elle se mit à piocher dans le tas. À ce stade, songea Lynley, Havers devait posséder un système immunitaire défiant la science.

Tout en mastiquant, elle lui fit part de ses découvertes.

— On a M. Spencer bien sûr, une femme vigile de quartier à qui j'ai parlé au téléphone, Flora Bevans, les deux victimes d'agression qui sont dans son agenda, son papa et le type qui dirige l'association des chats libres. Il y a aussi les numéros que je n'ai pas dans mes notes, bien sûr. Je les appellerai pour voir ce qu'il en est dès que j'en aurai terminé avec les deux mois d'appels archivés.

Lynley hocha la tête en touillant dans sa tasse une cuillerée de sucre d'aspect douteux, sans doute aggloméré par des cuillères humides.

— C'est tout bon, donc ?

— Pas vraiment. Il y a un numéro qui manque, et un numéro qui ne devrait pas être là.

— Ah, bon ? Dites…

Elle enfourna une poignée de chips et fit descendre le tout avec une rasade de limonade.

— D'abord, il semble n'y avoir aucun appel de Rabiah Lomax, ni entrant ni sortant. C'est curieux, je trouve, étant donné qu'elle a eu tous ces rendez-vous avec Druitt…

— Elle a pu l'appeler avant les deux mois d'archivage, Barbara. Et si elle avait fixé un premier rendez-vous, elle n'aurait pas eu besoin de le rappeler, n'est-ce pas ?

— Oui, à condition qu'elle fixe le rendez-vous suivant à la fin de chacune de leurs rencontres. Elle peut aussi nous avoir menti.

— Il est vrai qu'un des inconvénients de notre métier, c'est que les gens mentent. Et le numéro en trop ?

— Gary Ruddock.

— Ah, oui ?

— Au cours des semaines que j'ai examinées, Druitt l'a appelé cinq fois. Et reçu trois appels de lui.

— Vraiment ?

— C'est un élément que nous devons garder sous le coude, étant donné que Ruddock a prétendu connaître à peine Ian Druitt. (Elle enfourna une deuxième poignée de chips et se mit à jouer des mandibules.) J'ai oublié de vous dire aussi, monsieur, que j'avais trouvé bizarre que Ruddock ne pipe pas mot quand on lui a parlé du jeune Freeman. Je me demande s'il espérait qu'on n'insisterait pas.

— Oui, en effet. C'est possible…

— Ouais. Et pour revenir à cette histoire de téléphone, c'est louche. Un seul appel entre Druitt et lui… ? OK, ça peut se faire. Mais huit ? Et il nous dit rien ? C'est gros comme une maison.

— N'oublions pas toutefois que Druitt était un membre actif de l'association d'aide aux victimes d'agression. Ruddock a pu le mettre en contact avec des victimes.

— Sauf qu'il aurait fallu qu'il y ait une hausse phénoménale des statistiques à Ludlow. Oui, parce que je vous ai pas dit, mais ces appels entrants et sortants ont eu lieu en l'espace de quoi… ? (Elle consulta le téléphone.) Onze jours exactement.

Lynley hocha pensivement la tête.

— C'était peut-être à propos de ce garçon… Finnegan.

— La commissaire a trouvé que c'était un « cas ». Il aurait pu mijoter un mauvais coup et Druitt aurait été au courant. Ou Ruddock était au courant et avait demandé à Druitt de le surveiller.

— Trafic de drogue, cambriolage, agressions, graffiti, rixes…

— On sait qu'il fait du karaté.

— Il casse des pastèques avec l'index ?

Elle leva les yeux au ciel.

— Je ne sais pas, monsieur. En tout cas, il y a des trucs pas nets. Des détails suspects qui n'arrêtent pas de me trotter dans la tête, y compris datant de mon séjour avec la commissaire.

— Pouvez-vous être plus précise, sergent ?

Elle fit comme si elle cochait une liste imaginaire sur la table.

— La caméra de vidéosurveillance devant le poste désaffecté que l'on a éteinte juste le temps de changer son orientation. La possibilité que Ruddock ait reçu une petite amie dans la voiture de patrouille le soir de la mort de Druitt. Ruddock qui soutient mordicus qu'il n'a aucune liaison d'aucune sorte alors que je sais ce que j'ai vu sur le parking. Ruddock laissant Druitt seul pour donner des coups de fil aux pubs de Ludlow. Et maintenant, Ruddock ne mentionnant pas ses conversations téléphoniques avec Druitt. Et ce n'est sans doute qu'un début. Gary Ruddock ne nous a pas encore livré tout ce qu'il sait, monsieur. Si vous voulez mon avis, il va falloir lui arracher quelques ongles.

— Vous avez probablement raison. Mais pour l'instant, on ne pourra lui en arracher qu'un.

— Ah ?

— Son portable. Il pourrait nous apprendre bien des choses.

Havers réfléchit quelques secondes avant de rétorquer :

— Ça va nous prendre des jours, non, de demander ses relevés d'appels à l'opérateur téléphonique ? Et encore, si on arrive à obtenir un mandat alors qu'on n'a pas de motif valable. Et même *avec* un mandat, il faudra attendre je ne sais combien de temps pour les obtenir.

— Je ne dis pas le contraire. Et je dois avouer que je pensais à une action plus directe… et plus créative. Puisque l'îlotier s'est montré tellement disposé à nous aider dans notre enquête, je propose que l'on prenne son offre au pied de la lettre.

Havers lui jeta un coup d'œil effaré.

— Vous voulez qu'on lui demande de nous filer son portable ?

— Exactement. Comment pourrait-il nous refuser ça ? Si nous abordons le sujet assez habilement, cela lui paraîtra inévitable. Si cela se trouve, il nous le proposera peut-être de lui-même.

Encore une fois, Barbara s'accorda quelques instants de réflexion. Puis :

— Vous êtes vachement ficelle, parfois, inspecteur.

— « Ficelle » est mon deuxième prénom, sergent.

— Bon, eh bien, je suis partante.

Elle ferma son calepin et le fourra dans son sac, accompagné de son portable. Après quoi, elle ramassa les miettes de chips au vinaigre sur la table pour les faire tomber dans le creux de sa main.

L'espace d'un instant, Lynley, horrifié, crut qu'elle allait les avaler. Barbara, croisant son regard, lui sourit.

— J'ai des limites, inspecteur.

Lynley laissa échapper un soupir de soulagement.

— Mais là, elles ne sont pas encore atteintes, ajouta-t-elle.

Sur ce, elle lécha les miettes sur sa paume.

LUDLOW
SHROPSHIRE

Barbara approuvait la méthode préconisée par Lynley afin de mettre la main sur le portable de Gary Ruddock. L'îlotier ignorait qu'ils étaient en possession du smartphone du défunt, ce qui jouait en leur faveur. Restait à voir si le portable de Ruddock éclaircirait les zones d'ombre qui entouraient le personnage…

Au téléphone, l'îlotier parut un peu étonné que les enquêteurs de Scotland Yard souhaitent le revoir. Il se montra toutefois très coopératif. Il informa Barbara qu'il se trouvait dans le parc à caravanes, à l'entrée de la zone commerciale de Ludlow. Un véhicule avait été cambriolé. Pouvaient-ils l'y retrouver ? C'était sur l'A49. Ou, s'ils préféraient, ils pouvaient se donner rendez-vous plus tard au poste. Malheureusement, celui-ci était fermé à clé. Sinon, il leur aurait proposé de l'attendre à l'intérieur.

Ils optèrent pour la deuxième proposition, et Ruddock promit d'être là aussi vite que possible. Dans une heure environ.

Pendant le trajet de retour vers Ludlow, Barbara entreprit d'appeler les numéros figurant sur la liste d'appels de Druitt, une occupation qu'elle prolongea quand ils furent garés sur le parking du poste de police. Elle avait déjà parlé aux directrices de trois écoles primaires, qui toutes avaient recommandé chaleureusement aux parents le centre de loisirs géré par le diacre. Celui-ci avait aussi passé pas mal de coups de fil afin d'organiser le transport des enfants pour voir un spectacle de gymnastique artistique. Il avait communiqué avec l'organiste de St. Laurence. Un des membres de la chorale avait réclamé un changement dans le choix des morceaux. Barbara avait par ailleurs identifié des appels à son père, sa mère et trois de ses frères et sœurs à propos de l'organisation de la fête d'anniversaire de sa grand-mère paternelle qui allait sur ses quatre-vingt-quinze ans. À plusieurs reprises, elle était tombée sur des répondeurs et avait laissé des messages demandant qu'on la rappelle.

Lorsqu'elle eut terminé ce travail de fourmi, Lynley lui fit part de son plan pour inciter Gary Ruddock à leur confier son téléphone portable. Aussi, quand l'îlotier débarqua, ils étaient prêts à se livrer à leur petit numéro.

Alors que Ruddock les rejoignait sur le parking, Barbara l'accueillit avec un :

— Peut-on s'asseoir quelque part pour papoter, Gary ? On a quelques détails à éclaircir, l'inspecteur et moi.

— Bien sûr, dit Ruddock, je suis à votre disposition.

Il les conduisit dans l'ancien réfectoire et les pria de patienter une minute pendant qu'il allait chercher un troisième siège. Il revint en poussant devant lui un fauteuil de bureau à roulettes.

Lynley lui annonça tout de go qu'ils tenaient le smartphone de Ian Druitt. Le diacre l'avait laissé dans la sacristie de St. Laurence, le soir de son arrestation.

Ruddock hocha la tête. Il attendait la suite.

— On l'a chargé, intervint Barbara, et une fois qu'on a trouvé ce fichu code pour le débloquer…

— Grâce aux efforts du sergent, opina Lynley.

— Merci, monsieur. Je fais de mon mieux… Bon, une fois que ce machin a bien voulu marcher, on a récupéré la liste de ses appels.

— Comme le téléphone n'avait pas servi depuis mars, ils avaient été conservés sur les deux mois précédant la mort du diacre.

Ruddock leur réserva alors une première surprise en déclarant :

— Vous avez dû trouver les miens alors. On a pas mal communiqué entre nous.

— J'ai reconnu votre numéro, en effet, lui dit Barbara. Des appels entrants et sortants.

— J'imagine que vous voulez savoir de quoi on a parlé, Druitt et moi.

Il regarda tour à tour Barbara et Lynley, puis de nouveau Barbara.

— Oui, confirma-t-elle.

— Je peux voir le téléphone ? (Il tendit la main. Barbara le lui donna.) Ça remonte à pas mal de temps maintenant.

Il hocha pensivement la tête. Sans doute se demandait-il ce qu'il pouvait leur dire et ce qu'il valait mieux taire.

— Cela n'avait rien à voir avec ce qui s'est passé ensuite... Il m'appelait pour me parler de Finn Freeman.

— Le fils de l'adjointe au chief constable ? dit Lynley.

— Duitt avait des inquiétudes à son sujet. À vrai dire, tout le monde en a. Il s'est fait ce look... Et il n'est pas toujours aimable. C'est de la comédie, mais ça fait peur aux gens. Je pense que Druitt était plus circonspect avec lui qu'il ne l'aurait été avec un autre garçon qui lui aurait donné un coup de main au centre de loisirs.

— Il craignait des dérapages ?

— Peut-être bien. En tout cas, il voulait savoir si Finn avait eu des ennuis en ville. À part ses excès de boisson, non, et c'est ce que je lui ai dit.

— Mais par la suite il vous a rappelé. Peut-on supposer qu'il n'était pas rassuré ?

— Si je me souviens bien, il disait qu'il avait cette intuition que quelque chose n'allait pas ; il cherchait peut-être à en savoir plus pour mieux comprendre le gamin. Je n'avais pas grand-chose à lui apprendre. Finn fume du cannabis de temps en temps, mais pas plus que les autres. Il boit aussi, trop, mais il n'a jamais été arrêté. C'est ce que j'ai dit à Druitt. Son dernier appel, je pense, c'était pour me demander le numéro de téléphone de ses parents. Il a refusé de me dire de quoi il s'agissait, juste qu'il avait besoin de leur parler. Il savait que la mère de Finn était officier de police ; je suppose que Finn le lui aura dit ou l'aura dit aux gosses… En tout cas, il souhaitait la contacter sans que cela arrive aux oreilles de Finn.

— On appelle les parents quand il s'est produit quelque chose de grave, fit remarquer Lynley. A-t-il fait allusion à quoi que ce soit qui aurait pu vous donner une idée…

— Tout ce qu'il a dit, c'est : « Je ne suis pas sûr. » Il ne voulait pas qu'on pense du mal de ce garçon à tort. Mais j'ai eu l'impression qu'il avait peur que les agissements de Finn… n'aient une influence sur les enfants du centre de loisirs. Il espérait probablement que les parents lui fournissent certaines informations.

— Quel genre d'informations ?

— Aucune idée. Ça aurait pu être n'importe quoi, je suppose. Avait-il fait des siennes auparavant ?

Gardait-il des séquelles d'une blessure qu'il s'était faite petit garçon ? Avait-il des troubles mentaux ? Bon, ce que je vous dis là, c'est ce qui me passe par la tête. Parce que je n'en sais strictement rien.

— Le nom de Finn Freeman revient régulièrement dans cette affaire, dit Lynley.

— Style tous les chemins mènent à Rome, enchérit Barbara.

— Je suis désolé, j'aimerais pouvoir vous en dire plus.

— Reconnaissez-vous certains numéros sur la liste des appels de Druitt ? demanda Lynley en désignant du menton le téléphone que Ruddock avait dans la main.

L'îlotier jeta un coup d'œil, affichant d'avance une moue négative :

— En fait, je suis incapable de reconnaître un numéro. Sur mon téléphone, je sélectionne le nom et j'appuie sur la touche. Je me rappelle même pas mon propre numéro, alors celui des autres… Je mélange les chiffres, voyez-vous. Je les inverse…

Ruddock avait informé Barbara de sa dyslexie dès le départ, elle s'en souvenait bien. Elle adressa à Lynley un imperceptible hochement de tête. Le silence se prolongea. Lynley et elle firent semblant d'être plongés dans une profonde réflexion. Barbara, bras croisés, lèvres serrées, contemplait l'hideux lino gris. Lynley, le front plissé et l'index posé sur la cicatrice qui barrait sa lèvre supérieure, regardait par la fenêtre.

Au bout d'une trentaine de secondes, Lynley lança :

— Il y a un point sur lequel vous pourriez peut-être nous apporter quelque éclaircissement, monsieur.

— Si je peux, avec plaisir.

— C’est en rapport avec le soir où Ian Druitt est mort. Vous avez déclaré à mon sergent que vous aviez passé un certain temps loin de la pièce où il était séquestré pour appeler des pubs. A priori, il y avait du grabuge dehors… ce qu’on appelle une « biture express » ? Et pendant que vous passiez ces appels, M. Druitt s’est pendu.

— Je suis vraiment désolé, c’est atroce, c’est…

— Oui, oui, nous savons. Toutefois, étant donné le nombre de pubs à Ludlow et le temps qu’il faut pour les appeler tous pour leur demander de fermer pour la nuit…

— Il n’y en a pas tant que ça, rétorqua Ruddock.

— Hum… Alors qu’est-ce qui vous a pris tout ce temps ? s’enquit Lynley. Barbara ?

Elle feuilleta son calepin.

— Près de quatre-vingt-dix minutes, monsieur.

— Oui. De sorte qu’on voudrait bien savoir s’il ne s’est pas passé autre chose pendant tout ce temps.

— Rien.

Les joues de Ruddock avaient pris des couleurs.

Cette fois, ce fut Barbara qui mena :

— Gary, lors de mon premier séjour ici, à Ludlow, je suis passée un soir au poste. Il était… quoi ? Vers les vingt-deux heures trente ? Les lumières étaient éteintes dans le bâtiment, mais il y avait une voiture de patrouille sur le parking.

— Il y en a presque toujours une de nuit.

— Cette voiture était garée le plus loin possible du poste. Et… une jeune femme en est descendue. Après quoi, vous en êtes descendu à votre tour. Puis vous vous êtes regardés tous les deux pendant un certain temps sans rien dire. Et vous êtes remontés dans la voiture. Et vous y êtes restés.

Ruddock resta mutique. Il se tenait parfaitement immobile.

— Un homme et une femme dans une voiture garée dans les ténèbres, un soir de nuit noire. À quoi ça vous fait penser, Gary ?

Il ouvrit la bouche pour répliquer, mais Barbara ne se laissa pas interrompre.

— Vous m'avez affirmé il y a peu n'avoir personne dans votre vie qui puisse être qualifié de petite amie. Si c'est le cas…

— Il fallait bien que je vous mente !

Le rouge de ses joues gagnait son cou et la totalité de son visage comme une brûlure géante.

— Si j'avais dit la vérité, vous auriez été l'interroger. Je suis désolé… Je sais que tout est ma faute. Ce qui est arrivé au diacre, c'est entièrement ma faute, mais je ne pouvais pas vous livrer… dans ma situation, personne…

Ce discours décousu nécessitait quelques mises au point. Barbara jeta un coup d'œil à Lynley. Celui-ci reprit :

— Ainsi, le soir du décès de Druitt, outre les appels aux pubs, vous avez aussi…

— Baisé, compléta Barbara, connaissant l'habitude de Lynley d'avoir recours à des expressions édulcorées, plus seyantes à un gentleman. Vous n'avez pas pu résister… cette jeune femme… dans la voiture de patrouille…

Ruddock esquiva son regard.

— On avait rendez-vous. Elle et moi. Avant que je reçoive l'ordre d'embarquer Druitt. Et même là, on ne m'avait rien dit sur le motif de son arrestation.

L'accusation de pédophilie et tout ça. On m'a juste dit de l'emmener au poste où il devait attendre les officiers de patrouille. Alors je croyais… Bon, je ne m'attendais pas une seconde à ce qui est arrivé.

— Vous l'avez laissé sans surveillance…

Lynley attendit que Ruddock confirme d'un signe de tête, puis ajouta :

— Ce qui lui a donné le temps de se pendre.

— Ou a donné le temps à un tiers de déguiser sa mort en suicide, lâcha Barbara.

Ruddock se tourna vivement vers elle, offusqué, mais elle poursuivit :

— Vous voyez où cela nous mène, pas vrai, Gary ? Vous et cette donzelle, forniquant comme des furets, pendant que quelqu'un qui vous connaissait, vous et la femme anonyme, et savait ce à quoi vous étiez tous les deux occupés…

— Non ! s'écria Ruddock. C'est pas possible ! Ça peut pas s'être passé de cette façon !

— Vous comprendrez néanmoins que nous avons besoin du nom de cette jeune femme, dit Lynley.

— On coche des cases, Gary, enchérit Barbara. On en a une pour elle, et il faut qu'on la coche.

— Elle n'a rien à voir avec tout ça ! protesta-t-il. Elle ne connaît pas… Elle ne connaissait pas Druitt !

— Peut-être, mais elle devra nous le confirmer elle-même, dit Lynley.

— Et puis elle vous procurera un alibi, Gary, dit Barbara.

Leur stratagème avait fonctionné : Ruddock se figea, conscient de se trouver au bord d'un gouffre. Il avait le choix : soit plonger, soit reculer.

— Je ne peux pas la mêler à ça, lâcha-t-il d'une voix rauque. Elle est mariée. Ce qui s'est passé est ma faute. Manquement au devoir. Elle n'y est pour rien.

— Dans ce cas, il va nous falloir votre portable, Gary, rétorqua Barbara. Nous devons la retrouver, vous comprenez, n'est-ce pas ? Ce sera plus facile si vous nous le confiez. Ce ne sera pas officiel. Cela restera entre nous. Parce que si nous devons obtenir un mandat afin de vous persuader, tout le monde le saura, hein ?

L'objectif était atteint. L'îlotier voulait-il que ses ébats avec madame X se sachent, voulait-il que ses supérieurs hiérarchiques soient mis au courant ? Barbara et Lynley misaient sur l'instinct de préservation de Gary Ruddock.

Et… Ruddock leur tendit son portable.

— Vous vous doutez que si elle figure parmi vos appels, nous allons la trouver, dit Lynley. De sorte que si vous souhaitez nous faire part de quelque chose avant que nous n'examinions le contenu de votre téléphone…

— Vous ne la trouverez pas.

— C'est à voir, lâcha Lynley. Y a-t-il quelqu'un à propos de qui vous auriez une information à nous donner ou préférez-vous que nous trouvions tout seuls ?

Ruddock réfléchit, les yeux sur la fenêtre. Lorsqu'il se tourna de nouveau vers eux, il leur fut impossible de savoir s'il avait décidé de mentir ou s'il réfléchissait aux implications de ce qu'il s'apprêtait à leur déclarer :

— Vous allez voir que j'ai eu pas mal de conversations avec Trevor Freeman.

— Le mari de l'adjointe au chief constable ?

— Oui. Il m'a demandé de garder un œil sur Finn. Ce n'est pas un garçon facile. Trev pensait que…

je serais une sorte de grand frère pour lui… En fait, Trev et Clo…

— Clo… ? Vous me paraissez intime avec l'adjointe au chief constable, Gary, fit observer Barbara. C'est un officier très gradé…

Elle s'imaginait mal appelant la commissaire « Isa » ou donnant du « Dave » à sir David Hillier.

— C'est juste que… Clo m'a pris sous son aile. Elle m'a présenté à sa famille, en particulier à Finn. On est potes tous les deux, Finn et moi.

— Pigé, dit Barbara.

Puis, se tournant vers Lynley, elle ajouta :

— Monsieur ?

— Je crois que nous avons ce qu'il nous faut, dit-il en se levant. Mais c'est tout de même surprenant.

— Quoi ? fit Ruddock.

— Que tant d'éléments convergent vers ce jeune homme. Finnegan Freeman.

Ils le laissèrent sur ces paroles, emportant son portable. En remontant dans la Healey Elliott, Barbara déclara :

— Je parie qu'il est en train de foncer vers le fixe pour téléphoner à tous ceux dont il connaît le numéro par cœur. Euh… s'il en connaît par cœur…

— Vous savez, Barbara, il ne serait pas le seul à ne plus connaître aucun numéro. Les technologies modernes nous empêchent de nous servir de notre cerveau. Pourquoi mémoriser un numéro de téléphone, pourquoi même le noter dans un carnet d'adresses ou un agenda quand il suffit de taper les premières lettres d'un nom sur son smartphone, et…

— Hop ! Ça se fait tout seul, termina pour lui Havers.

— C'est ainsi que la technologie nous rend tous idiots.

Barbara lui jeta un regard dubitatif.

— Inspecteur, comment allez-vous faire pour vivre dans les années qui viennent ?

— Helen me posait souvent cette question, sourit-il. Cependant, étant donné qu'elle n'a jamais réussi à faire marcher le micro-ondes, je suppose qu'elle m'aurait pardonné.

Abaissant la vitre de la Healey Elliott, Lynley enchaîna :

— Puis-je vous demander, sergent ? Avez-vous gobé son histoire à propos de Trevor Freeman ?

— Et du fiston, Finnegan ? Qu'il lui demande de garder un œil sur lui ?

— Oui…

— Il est fort possible que ce gamin ait besoin qu'on le surveille, monsieur. N'oubliez pas ce qu'a dit la chef. Il paraît que c'est un cas.

— Alors ce cas, comme vous dites, mérite qu'on le juge sur pièce.

WORCESTER
HEREFORDSHIRE

Trevor Freeman admettait volontiers que sa relation de couple avait démarré comme un cliché. Clo était alors une jeune constable au sein d'un commissariat de la ville de Worcester, fraîche émoulue de l'école, ambitionnant de grimper les échelons de la hiérarchie.

Ayant aussi l'intention de rester au top de sa forme, elle avait engagé un coach. Il avait été cet heureux homme.

Trevor l'avait trouvée captivante. Trop souvent, au bout de quelques semaines d'entraînement intense, les femmes aussi bien que les hommes commençaient à se trouver des excuses, à mollir. Mais pas Clover. Elle se pointait à la salle de gym où il travaillait à l'époque, elle faisait ses exercices, elle grognait, elle suait, ne se préoccupant nullement de quoi elle avait l'air. Aux yeux de Trevor, cela l'avait rendue intrigante au plus haut point.

Il l'avait draguée, l'invitant à boire un café après une séance, ou un pot au pub, lui proposant même de dîner un soir. Mais il n'essuyait que des refus. Il était sur le point de renoncer quand sa belle-sœur l'avait invité à prendre un verre chez elle : y serait également une femme qui, à son avis, avait des chances de lui plaire – elle l'avait rencontrée à l'occasion d'une course caritative.

Il y était allé ; elle était là. Clover. La femme que sa belle-sœur trouvait idéale pour lui, parce qu'ils avaient, disait-elle, les mêmes intérêts. Stupéfaits de se retrouver nez à nez, ils avaient ri de bon cœur. Et, enfin, Clover avait accepté de dîner avec lui après le cocktail.

Au restaurant, toutefois, elle avait mis un bémol à ses espoirs, niant qu'il existait entre eux la moindre attirance physique et déclarant, avant même qu'ils étudient la carte : « Ça n'ira pas loin entre nous. J'ai déjà donné, et on ne m'y reprendra plus. Je préfère vous le dire tout de suite, histoire que l'on sache tous les deux à quoi s'en tenir. »

Ce mode de communication « sans fard » l'avait plutôt rassuré. Il témoignait d'une franchise peu commune, d'une honnêteté qui s'était confirmée tout au long des années de leur mariage. À présent, cependant, il y avait ce Gaz Ruddock. À présent, il y avait ce « On parlera plus tard… » qu'il avait entendu et qu'il aurait dû tirer au clair plutôt que de se laisser emporter par son désir sexuel.

Il était dans son bureau de Freeman Athletics, en train de ruminer, quand son téléphone fixe sonna. Il hésita. Il était sur le point de descendre dans la salle des appareils de musculation, ayant remarqué que Boyd, un de ses coachs, devenait trop intime avec une cliente vulnérable – une quinquagénaire qui avait perdu vingt-cinq kilos en peu de temps. Trevor craignait qu'elle n'ait du mal à résister aux avances d'un jeune étalon comme Boyd. Il savait très bien s'y prendre, le salopard.

Il jeta un coup d'œil à l'écran. Sa ligne privée. Clover ou Finn…

Mais non, c'était Gaz.

— J'essaye d'avoir Clo, mais elle ne répond pas à son portable et elle n'est pas à son bureau. Peux-tu lui transmettre un message, Trev ?

L'occasion était trop belle. Trevor sauta dessus.

— Ce message est-il en rapport avec ce que Clover et toi aviez l'intention de discuter « plus tard » ?

Un silence précéda la réponse de Gaz :

— Hein ? De quoi tu parles ?

— Hier soir. Au moment où tu es parti.

Deuxième silence. Trevor se figura que Gaz s'escrimait à trouver une explication plausible.

— Oh, ça… C'était à propos de Scotland Yard. C'est la raison de mon appel. Ils sont venus deux fois aujourd'hui, il faut que je le dise à Clo.

— Alors il ne s'agit pas de ce dont vous vouliez parler plus tard ? insista Trevor.

Il avait l'intention de pousser le jeune homme dans ses retranchements. Clover savait certes se rendre insaisissable quand elle avait un truc à cacher, mais Gaz Ruddock n'était pas de la même trempe.

— Écoute, dit Gaz. C'est… à propos de Finn. Clo m'a demandé de… de l'embaucher en quelque sorte… maintenant qu'il ne travaille plus au centre de loisirs… Bon, le centre rouvrira sûrement d'une façon ou d'une autre, mais ça demande pas mal de réorganisation ou il faudrait peut-être que l'église engage un nouveau diacre. Alors, en attendant, Clo aimerait que Finn s'occupe à quelque chose pendant ses heures de loisir.

— Je suis au courant de votre arrangement, Gaz, répliqua Trevor.

— Euh… Comment ça ? Quel arrangement ?

— Ce que vous avez arrangé entre vous, Clover et toi, cet automne… Tu surveilles Finn et tu lui rends des rapports. C'est pour ça que tu appelles ? Tu as des informations à lui transmettre sur mon fils ?

Gaz laissa échapper un soupir. Un soupir de soulagement, sembla-t-il à Trevor.

— Pas seulement. Mais je t'avoue que je suis content que tu sois au courant… Je suppose qu'elle te l'a dit hier soir. J'ai bien vu que tu avais flairé quelque chose.

— Tu as bien vu, en effet. Peux-tu d'ailleurs m'expliquer ce qu'il y a d'autre ?

— Pardon ?

— Tu as très bien compris, Gaz. Je voudrais savoir pourquoi tu m'appelles, moi, au lieu de laisser un message sur le portable de ma femme. Mon petit doigt me dit que c'est pour paraître innocent.

— Quoi ? Je comprends rien à ce que tu racontes…

Trevor regarda de nouveau par la vitre de son bureau. Boyd et sa cliente étaient à présent tous les deux à cheval sur un banc, en face l'un de l'autre, jambes écartées. Décidément, il fallait qu'il remette les idées de Boyd en place afin qu'il oublie ce qu'il avait derrière la tête. Mais pour l'heure, il avait un problème plus grave à régler. Tout en vrillant du regard le crâne de Boyd dans l'espoir d'obtenir son attention, il dit tout haut :

— « On parlera plus tard… » Ça te rappelle quelque chose, Gaz ? Je veux la vérité, et je n'en démordrai pas. Ne compte pas sur moi pour transmettre quoi que ce soit à ma femme avant.

— Trev, dit Gaz d'un ton presque suppliant. Je te jure que je ne vois pas à quoi tu peux penser. J'appelle seulement parce que je me suis dit que Clo serait intéressée de savoir que Scotland Yard m'a interrogé au sujet de Druitt… Comme Druitt et Finn se connaissaient bien.

— Merde ! Gaz ! Arrête de me chanter toujours la même chanson. Qu'est-ce que c'est que cette histoire ?

— C'est juste que Clo m'a demandé de…

Puis Gaz marqua une longue pause. Quand il reprit la parole, il débita tout d'une traite :

— Trev, écoute. Druitt m'a téléphoné plusieurs fois à propos de Finn. Je l'avais dit à Clo. Je l'ai aussi dit aux flics de Scotland Yard. J'ai été obligé, parce qu'ils ont son portable… celui de Druitt… et ils ont vu qu'il m'avait appelé et voulaient savoir pourquoi. Et maintenant, ils m'ont pris le mien, ce qui explique aussi pourquoi je voudrais que tu passes le message à Clo.

— Ton portable ? Mais pourquoi diable ?
— Ils vérifient tout.
— Tout ?
— Clo s'est servie quelquefois de ton portable pour m'appeler à propos de Finn. C'est ce que j'ai déduit en voyant combien de fois ton numéro apparaissait, ce que je n'avais jamais remarqué jusque-là. Alors, voilà…

Une nouvelle pause. Trevor eut la nette impression que son interlocuteur rassemblait son courage. Puis :

— J'ai fini par leur avouer… aux enquêteurs de la Met… que je gardais un œil sur Finn… sur ta demande, à toi. Puisque c'était ton numéro qui apparaissait… Je leur ai dit que tu m'appelais pour savoir où ton fils en était. Du coup, attends-toi à ce qu'ils viennent t'interroger. Je leur ai donné la raison de tes appels, mais ils vont chercher à vérifier. Je les connais. Voilà. J'espère que tu voudras bien leur déclarer que c'est toi qui m'as demandé de surveiller Finn. Sinon, Clo va se retrouver sur la sellette, et à quoi ça servirait ?

Protéger Clover… C'était donc ça. C'était l'objectif de Gaz en lui passant ce coup de fil. Et pourquoi tenait-il tant à protéger Clover ? Sa femme à lui, Trevor ? Il y avait anguille sous roche. Il promit donc à Gaz de voir ce qu'il pourrait faire, mais il n'avait aucune intention d'obtempérer avant d'avoir obligé sa femme à s'expliquer.

HINDLIP
HEREFORDSHIRE

Avant de partir pour Hindlip, Trevor consulta sur son portable l'historique des appels passés, reçus et manqués. Il n'y avait pas moyen de savoir combien de temps avaient duré ces conversations entre Clover et Gaz – la durée des appels n'avait pas été archivée. En revanche, il vit qu'il y en avait eu six durant la première visite des enquêteurs de Scotland Yard, certains tard le soir, d'autres tôt le matin. Forcément. Son portable n'était pas à la disposition de son épouse aux autres heures de la journée.

En arrivant dans le bâtiment principal du quartier général de la police de West Mercia, Trevor fut informé par la secrétaire de Clover que celle-ci n'était pas dans son bureau : elle se trouvait au centre de formation des auxiliaires, où elle animait un débat sur les enjeux de la sécurité au niveau local. Voulait-il aller écouter la fin de la discussion ? s'enquit la secrétaire. Ou préférait-il attendre ici ?

Trevor préféra se rendre sur place. Il avait délibérément choisi de venir lui demander des explications à son travail. Clover était passée championne en matière de dérobade, et lui se laissait trop aisément mener par le bout du nez. Il voulait la confronter sur un terrain où elle ne pourrait pas tirer parti de sa part animale.

Le centre de formation était situé derrière la chapelle, dans le prolongement du bâtiment principal. Cette extension n'avait pas le charme de l'ancienne demeure où le chief constable, son adjointe et les chefs de section avaient leurs bureaux. Pour y accéder, il suffisait de pousser la porte. Et une fois à l'intérieur, il n'y avait plus qu'à trouver la salle où les élèves ingurgitaient sans broncher les sages préceptes des officiers.

Trevor se plaça debout au fond de la salle. Il pencha la tête de côté pour manifester son intérêt pour ce que disait sa femme. Elle jeta un coup d'œil dans sa direction et se contenta d'ébaucher un petit sourire. Elle était étonnée, bien sûr, et, la connaissant, elle avait déjà compris qu'il y avait de l'eau dans le gaz.

La réunion se termina assez rapidement, et les auxiliaires de police en formation se levèrent pour partir. Au bout de quelques minutes, il ne resta plus que Clover, occupée à fourrer ses affaires dans une mallette.

Trevor la rejoignit à l'avant de la salle et alla droit au but :

— Tu t'es servie de mon portable pour appeler Gaz. Je ne m'en serais même pas aperçu s'il ne m'avait pas averti. Il a été obligé de donner son téléphone aux enquêteurs de Londres.

— Tu ne dis plus bonjour ? Quelle bonne surprise, Trev. Je lève les yeux et qui vois-je ? Mon séduisant mari qui boit mes paroles. Tu es là depuis longtemps ? Tu as dû te barber.

— Gaz m'a demandé quelque chose, j'ai pensé qu'il valait mieux t'en parler dès que possible. Il voudrait que je dise à Scotland Yard que c'est moi qui l'ai prié de surveiller Finn. Il voudrait que je dise que les appels entre mon portable et le sien concernaient la conduite de notre fils. En d'autres termes, il me demande de mentir. Car si je réponds aux flics de Londres que j'ignore pourquoi il y a eu tous ces appels entre moi et Gaz, ils vont vouloir savoir qui d'autre a l'occasion de se servir de mon portable. Tu me suis, Clover ?

Elle caressa la couture de sa mallette du bout d'un ongle manucuré. La réponse qu'elle formula était à mille lieues de ce à quoi il s'attendait.

— Je sais ce qui se passe dans ton esprit, Trev. « Comme c'est malin de sa part de se servir de mon portable pour prendre ses rendez-vous amoureux… Car, enfin, qui va vérifier le journal de ses propres appels ? » C'est à ça que tu penses, n'est-ce pas ? À une scène torride où je caresse les magnifiques pectoraux de Gaz, où nous sommes tous les deux enlacés, nus, brûlant d'un désir qui nous pousse à copuler là où on peut ?

Elle attendait qu'il s'engage sur ce sujet et qu'il nie, évidemment. Et alors la petite phrase – « On parlera plus tard » – tomberait dans les oubliettes, comme le reste, escamotée, éludée, bottée en touche. Cherchant à esquiver le vif du sujet – où, semblait-il, Finn occupait une place centrale –, elle lui tendait cette image dont le pouvoir hypnotique viendrait se substituer à son intention première en l'entraînant dans une discussion oiseuse. Du Clover Freeman tout craché.

— Si tu espères que je vais mentir à la police lorsque les flics de Scotland Yard viendront sonner à notre porte, Clo, tu vas devoir compléter le tableau que, pour le moment, je ne fais qu'entrevoir.

Elle resta un moment mutique. Dehors, des chiens se mirent à aboyer. Sans doute l'heure de la soupe, pensa-t-il.

— Bien, dit-elle enfin. Puisque tu insistes. Je ne vais pas y aller par quatre chemins. C'est ce que tu veux, n'est-ce pas ?… Bien. Ian Druitt avait des reproches à faire à Finnegan. Inquiet, il avait fini par appeler Gaz, sachant que Gaz et Finnegan avaient des relations amicales.

— Quels reproches ?

— Le genre qui commence par « C'est un gentil garçon, mais je discerne chez lui quelque chose que je préférerais ne pas voir ». Gaz m'a appelée tout de suite. Il fallait décider d'une marche à suivre.

— À propos de quoi ? Arrête de tourner autour du pot, Clover.

— Finnegan et l'alcool, Finnegan et le cannabis, Finnegan et son langage, et enfin… Finnegan ne se conduisant pas comme il faut avec les enfants.

— C'est quoi cette embrouille ? Tu veux dire que Finn faisait boire de la bière aux enfants ? Qu'il leur vendait du cannabis ? Qu'il les pervertissait… Attends… (Ce qui venait de lui traverser l'esprit lui coupa le souffle.) Finn aurait *fait* quelque chose aux gamins ? C'est ça ?

— Je ne sais pas si c'est *ça*. Je me borne à te transmettre les informations que j'ai eues. Tu voulais savoir, tu sais.

— J'y crois pas.

— Moi non plus, je n'y ai pas cru.

— Mais tu y crois aujourd'hui ?

— Arrête. C'était ce qui préoccupait Druitt. C'est pour ça que nous avons communiqué, Gaz et moi. Je n'ai pas besoin de te rappeler que je l'avais chargé de surveiller Finnegan. Alors quand Druitt lui a fait comprendre que Finnegan se livrait à des activités qui risquaient d'avoir des répercussions graves… Alcool, drogue, délits sexuels… je ne sais pas. Je l'ignore toujours. Mais il n'était pas question que je laisse faire… Il n'était pas question que Finnegan ait des ennuis. *Surtout* que c'était moi qui l'avais encouragé à prendre ce boulot avec les enfants. Pour moi, ce qui s'est passé, c'est que Finnegan a été le témoin d'un geste déplacé de Druitt à l'égard d'un gamin, que Druitt s'en est rendu compte et l'a signalé, lui, Finnegan, pour se prémunir contre les attaques. Il a dénoncé Finnegan à Gaz avant que Finnegan puisse le dénoncer, lui.

— Et après ?

— Gaz m'en a parlé. J'ai tout fait pour éloigner Finnegan de Druitt le plus vite possible, mais, tu le connais, il est têtu comme une mule. Il a refusé de quitter le centre de loisirs, arguant que tout allait parfaitement avec les gosses, qu'il leur faisait des démonstrations de karaté, etc., et que Druitt était un chic type. Il a donc fallu que je lui dise au moins une partie de la vérité, ce que… Finnegan étant Finnegan… il n'a pas cru une seconde.

— Quelle partie de la vérité ?

— Juste que Druitt avait confié à Gaz qu'il était inquiet de voir comment Finn s'y prenait aves les petits. Je suis restée vague exprès.

— Mais pourquoi, Clover ? Pourquoi rester vague ? Pourquoi ne pas lui dire quelles accusations étaient portées contre lui, qu'au moins il puisse se défendre ?

— Tu entends ce que tu dis, Trev ? À ton avis, comment Finn s'y serait pris pour se défendre, pour reprendre ton expression ? J'avais peur qu'il se fâche et que son sale caractère joue contre lui.

— Donc tu as pensé…

— Donc j'ai juste pensé qu'il fallait éloigner notre fils de ce Ian Druitt et de son centre de loisirs. Mais après ça, Druitt a reçu une médaille ou je ne sais quelle connerie et quelqu'un a passé un appel anonyme l'accusant d'abus sexuels sur enfants et…

— Mon Dieu, tu crois que c'est Finn le corbeau. Qu'il se serait vengé de Druitt parce qu'il avait parlé à Gaz.

— Je ne crois rien du tout, encore une fois, Trev. Je sais que dalle ! Mais quand j'ai écouté l'appel au 999, je me suis rendu compte qu'on ne pouvait pas laisser passer ça. C'est pour cette raison que Druitt a été arrêté. Il fallait le cuisiner.

Trevor était de plus en plus horrifié à mesure que Clo parlait. Les pièces du puzzle commençaient à s'emboîter, et ce qu'il découvrait avait des allures de mauvais rêve.

— Donc Druitt devait être éliminé, lâcha-t-il.

Elle se prit la tête à deux mains.

— Mais tu me prends pour qui ? Bien sûr que non ! Pas éliminé, pas du tout. Mais il fallait investiguer sur ce qui se passait dans ce centre de loisirs, sinon c'était Finnegan qui allait se retrouver sur la sellette. Et tu sais comment il est quand on le contrarie, combien ses réactions peuvent être violentes. Quand il explose, il n'écoute plus, il perd la faculté de penser. Je ne voulais pas qu'il se retrouve dans une situation ingérable pour lui, je ne le veux toujours pas d'ailleurs. Je ne veux prendre aucun risque !

Sur ces paroles, elle attrapa sa mallette et fit mine de quitter la salle. Manifestement, en ce qui la concernait, la discussion était close.

Mais elle ne l'était pas du tout pour Trevor.

— Qu'est-ce que tu insinues encore ? fulmina-t-il. À quel risque tu fais allusion ?

— Il ne faut pas que Scotland Yard l'interroge. Pas parce qu'il a fait quelque chose de mal, mais parce qu'il…

— … croira que c'est toi qui les lui envoies.

Trevor était sidéré par ce qu'elle lui disait. Et ça en disait long sur sa façon d'aborder la vérité et le mensonge, le crime et ses conséquences. Il s'exclama :

— Bon sang, Clover ! Il ne s'agit pas de ce que Finn pense de toi ! Il s'agit d'un crime. Si Finn n'a rien fait, il n'a pas à s'inquiéter.

— Qu'est-ce que tu peux être naïf, Trev.

Elle se dirigea d'une démarche martiale vers la sortie. Là, elle pivota sur elle-même pour lui faire face.

— Tu n'as aucune idée de la façon dont travaille la police, alors laisse-moi éclairer ta lanterne. S'ils interrogent Finnegan et que Finnegan commet la moindre bourde, ils ne le lâcheront plus. Ce sera facile pour eux de passer des soupçons de Druitt à l'égard de Finn au suicide de Druitt et de déduire que ce n'était pas du tout un suicide. C'était un homicide, et ils ont le suspect idéal sous la main, parce qu'il avait un mobile, et de là, ils iront l'accuser d'avoir prémédité l'assassinat. Tu peux comprendre ça, Trevor ?

— Tu crois que Finn aurait pu faire une chose pareille, vraiment ? lâcha Trevor, qui parvenait à peine à articuler tant il était consterné par le raisonnement de Clover. Tu crois que Finn…

— Je ne crois rien du tout ! Je n'ai pas tous les éléments. Je ne les ai jamais eus. Tout ce que je sais, c'est que Finnegan a passé du temps avec ces enfants. Donc tu vois le tableau ? Je suis sa mère… et mon premier devoir est de veiller sur lui. Quand il s'agit de Finnegan, tout le reste passe au second plan pour moi.

Trevor laissa le silence accueillir cette dernière remarque. En la rejoignant à la porte, il sortit son portable de sa poche et l'agita en disant :

— Juste pour vérifier que je suis bien à la page, tu veux donc que je mente à la police sur les appels à Gaz. Que je raconte que Gaz et moi, on complotait pour protéger Finn, que c'était moi qui avais demandé à Gaz de le chouchouter et que Gaz m'avait régulièrement appelé pour m'informer de l'état de notre petit Finn. C'est ça que tu veux, Clover ?

Elle le fixa d'un air qui ne faisait aucun doute sur la réponse. Il reprit :

— Vous êtes vraiment trop cons si vous pensez que la Met va avaler ça et se casser sans demander à parler avec Finn.

— Alors raconte-leur ce que tu veux. Raconte-leur tout ce que je viens de te dire. Qu'ils connaissent mes intentions : empêcher Finnegan de gâcher sa vie par son entêtement. Après quoi, tu pourras prier pour que, face à eux, ton fils soit capable de résister.

19 mai

LUDLOW
SHROPSHIRE

Ding avait envisagé – mais seulement un bref instant – de ne pas se rendre au rendez-vous avec la conseillère d'orientation. En vérité, elle ne voyait pas ce qu'il pouvait en sortir de positif. Elle avait perdu toute motivation pour les cours et n'assistait même plus aux TD. Un de ses profs l'avait plusieurs fois rappelée à l'ordre. Ce con, il l'avait même vertement sermonnée. De sorte qu'elle ne s'étonnait pas que Greta Yates l'ait convoquée dans son bureau. Ce qui était plus surprenant, c'était que le prof ait attendu tout ce temps pour la signaler.

Tandis qu'elle se dirigeait d'un bon pas vers Castle Square pour cet entretien, Ding ruminait toutes ces considérations.

Elle était fatiguée. Ces temps-ci, les mauvaises nuits se succédaient. La veille, après avoir fait plaisir à Finn et fumé un bedo avec lui, elle avait jeté son partenaire hors de sa chambre en fermant la porte à clé. « Hé !

Fais pas ta garce ! », avait-il protesté. Il s'attendait sans doute à ce qu'elle le remercie pour la weed en lui faisant, encore une fois, une gorge profonde… Allongée dans son lit, elle avait longtemps attendu le sommeil. Et lorsque celui-ci s'était pointé, vers les trois heures du matin, ses voix intérieures stridentes avaient été remplacées par des rêves tordus.

Greta Yates se révéla être une femme éléphantesque qui respirait avec un bruit rauque et dont la voix donnait l'impression qu'elle n'arrivait pas à capter assez d'oxygène. Le simple trajet de son bureau à la salle où attendait Ding l'avait essoufflée au point que sa figure était devenue toute rouge. Ding craignit même qu'elle n'ait du sang qui lui gicle par les yeux. La grosse Greta se tassa dans son fauteuil et sortit une boîte de mouchoirs en papier d'un tiroir de son bureau. Elle posa la boîte sur une pile de dossiers dont la hauteur impressionnante incita Ding à se demander si c'était le signe qu'elle travaillait beaucoup ou plutôt qu'elle était bordélique.

Toujours est-il que les mouchoirs en papier étaient destinés à l'usage de leur propriétaire. Mrs. Yates en utilisa deux pour s'éponger le visage. Puis elle croisa les mains – exposant une énorme émeraude, qui était soit du toc, soit le signe extérieur d'une fortune familiale balaise – et jaugea Ding du regard. Elle ne tarda pas à arriver à une conclusion :

— On fait trop la fête ou est-ce à cause d'un garçon ? Je vois qu'on ne vit plus chez ses parents. Est-ce la première fois ?

Ding nota le pluriel associé au mot « parent ». Son excuse était toute trouvée. Ce n'était pas la vérité, mais ce n'était pas non plus un mensonge. Pleurer ne lui coûta aucun effort ; les larmes se mirent à couler toutes seules à mesure qu'elle expliquait.

C'était son père, dit-elle en sentant son menton trembloter. C'était un accident. Un accident domestique. Ils habitaient dans cette vieille maison vétuste à moitié en ruine, près de Much Wenlock, et toute la famille mettait la main à la pâte pour la rendre plus vivable. Pour sa part, elle y allait chaque week-end pour les aider. Et donc, alors qu'ils étaient en train de refaire l'installation électrique, son père était à l'étage…

Là, Ding hésita un long moment. C'était exactement ce qu'il fallait pour tenir l'autre grosse en haleine tout en la préparant à l'issue fatale.

Son père n'avait pas survécu au choc électrique, expliqua-t-elle finalement. Ding savait que cette histoire était fausse, et pourtant c'était cette histoire que sa mère racontait toujours. Mais Ding savait. Un jour, elle avait demandé : « Mais, maman, qu'est-ce qu'il faisait, papa ? »

Mrs. Yates fut aussitôt la compassion personnifiée.

— Oh, je suis désolée. Quand ce malheur est-il arrivé ? Pourquoi votre professeur de TD n'en a-t-il pas été informé ?

C'était arrivé quatorze années auparavant, mais Ding n'allait quand même pas le lui dire.

— Vers Pâques.

— En avez-vous parlé à quelqu'un ?

Ding fit non de la tête.

— On n'est pas bavards dans la famille.

— Pourtant, vous devez bien vous rendre compte des conséquences sur vos résultats.

Évidemment, soupira Ding. Mais pour l'instant, c'était trop dur. C'était trop à vif. Elle n'avait pas la force d'en parler, même si, en effet, elle ne parvenait plus à se concentrer et que son travail en pâtissait.

— Je suis là pour vous, lui dit Greta Yates. Si vous avez besoin de parler, ma porte est toujours ouverte.

Vu tout ce qui s'empilait sur son bureau, Ding doutait que Mrs. Yates ait le temps de dispenser autre chose que quelques tapes dans le dos, des conseils bidon et des avertissements qui l'étaient moins concernant les suites inévitables d'un absentéisme chronique. Et puis de toute façon, qu'est-ce que cela pouvait faire, puisque tout le monde mentait – elle la première – et qu'il n'y avait personne vers qui se tourner pour puiser un peu de réconfort ?

Aussi Ding remercia-t-elle la conseillère d'orientation, lui expliquant qu'elle était consciente d'avoir décroché, mais qu'elle sentait que cette période touchait à sa fin. Elle allait mieux. C'était sans doute l'arrivée du printemps, la saison de l'espoir, de la renaissance, du renouveau, blablabla.

— Serez-vous capable de reprendre des habitudes de travail ? s'enquit Mrs. Yates d'une voix qui, pour chaleureuse qu'elle parût, n'en était pas moins autoritaire.

Oui, lui assura Ding. Dena Donaldson en était capable.

— Parfois, conclut-elle, c'est encore terrible, mais je pense que le plus dur est derrière moi.

Et elle avait envie de croire à ce qu'elle disait tout en sachant très bien que ce n'était qu'un mensonge de plus.

LUDLOW
SHROPSHIRE

Plutôt que d'indiquer à Lynley le chemin le plus direct pour aller à Temeside depuis l'hôtel, Havers le fit passer d'abord par le poste de police désaffecté. Elle voulait lui montrer quelque chose, lui dit-elle. Elle le pilota jusqu'à Broad Street qu'ils descendirent jusqu'à la Teme. De là, ils roulèrent vers l'est sur Temeside, puis Havers le fit bifurquer à gauche sur Weeping Cross Lane. Ils étaient à moins d'une minute en voiture du poste. Elle lui indiqua les commerces de part et d'autre, lui faisant remarquer qu'ils étaient tous suffisamment en retrait de la rue pour qu'un individu circulant à pied, en voiture, à vélo, en roller ou sur un âne n'ait pas à craindre d'être filmé par une caméra de surveillance.

— En d'autres termes, conclut-elle tandis que Lynley tournait dans Townsend Close, on peut faire le trajet jusqu'au poste de police ni vu ni connu. J'ai fait le parcours à pied, monsieur. Et je m'étais fait cette réflexion. C'est un détail à noter, non ?

— D'autant plus à noter que nous savons maintenant ce que Ruddock faisait dans le parking, le soir de la mort de Druitt.

— Personne n'aurait tiqué en voyant quelqu'un à pied ou à vélo sur ce trajet. C'est le chemin que prendrait n'importe qui pour se rendre au centre-ville, à la gare, au Tesco… Et ensuite, quoi de plus simple que de passer inaperçu devant la voiture de patrouille et d'entrer dans le bâtiment. Après ça, il suffisait de faire quelques mètres dans le couloir et on était dans le bureau où était enfermé Druitt.

Lynley tourna la tête pour regarder le parking du poste de police.

— C'est possible, en effet, sergent… Bon, allons-y. Voyons ce que Finnegan Freeman peut nous apprendre.

Après une pause, il ajouta :

— Et il y a un autre poisson que nous devrions titiller.

— Lequel, monsieur ?

— Le lien entre la chef Freeman et l'auxiliaire Ruddock.

Ils reprirent en sens inverse Lower Galdeford, puis descendirent Weeping Cross Lane jusqu'à la rivière.

— Si Trevor Freeman se permet de demander à Ruddock un service concernant son fils Finnegan, cela signifie que Ruddock connaît bien Trevor. Pourquoi pas aussi l'adjointe au chief constable ? Ils entretiennent peut-être des relations extra-professionnelles.

— Des amants ? Oui, peut-être, dit Havers. Elle a vingt ans de plus que lui environ, mais quand vous verrez dans quelle forme elle est, vous comprendrez que ces années-là comptent pour pas grand-chose. Ce qui fait que oui, je la vois bien nue…

— Dans les bras d'un jeune auxiliaire de police…

— On ne peut pas rayer cette possibilité de la liste. Et si elle se servait du téléphone de son mari pour ses rendez-vous ?

— Comme vous dites, sergent, rien ne doit être négligé.

Au bout de Weeping Cross Lane, la maison de Finnegan Freeman était à quelques centaines de mètres sur Temeside. Ils durent se garer un peu plus loin, à moitié sur le trottoir.

Ils sonnèrent. La porte s'ouvrit sur un jeune homme vêtu si élégamment qu'on l'aurait facilement pris pour un mannequin sorti d'une prise de vue pour un magazine. À côté de lui se tenait une jeune fille au visage encadré par d'abondantes boucles brunes. Ils se tenaient par la main, à croire qu'ils étaient sur le point de sortir.

— Oh, pardon, dit justement le jeune homme. Nous sortions. Je peux quelque chose pour vous ?

Lynley leur montra sa carte de Scotland Yard et présenta le sergent Havers. Devançant toute explication sur le motif de leur présence, il s'exclama :

— Vous voulez voir Finn, sans doute.

— Qu'est-ce qui vous fait dire ça ? s'étonna Lynley.

— Des flics, c'est forcément pour lui.

— Et vous êtes ?

— Bruce Castle. J'habite aussi ici. Voici Monica.

— Monica Jordan, précisa-t-elle.

— Elle n'habite pas ici. Mais venez, entrez. Je vais prévenir Finn.

Il laissa la porte grande ouverte, se posta au bas de l'escalier et hurla :

— Freeman ! Les poulets pour toi, encore !

À l'adresse de Lynley, avec un haussement d'épaules d'excuse, il ajouta :

— Désolé. Ça m'est sorti spontanément. Surdose de séries.

Puis, renversant derechef la tête en arrière, il cria :

— Freeman ! Mégaconnard ! Descends de ton baisodrome !

Monica fut secouée d'un rire nerveux.

Aucune réponse ne leur parvint. Soit Finn Freeman dormait comme un sonneur, soit il n'était pas là. Castle se tourna vers eux.

— Vous voulez peut-être que… Je ne sais pas… que je lui transmette un message ? Je peux lui demander de vous appeler. Ou je peux vous appeler, moi, s'il émerge un jour.

Lynley lui tendit sa carte de visite. Havers fit de même, pour la bonne forme. Castle glissa les deux cartes dans la poche poitrine de sa chemise et leur indiqua qu'ils pouvaient l'attendre là s'ils le souhaitaient. Ou ils pouvaient revenir. Ils pourraient même surprendre Finn.

— On ferme jamais à clé, les informa-t-il. Passez le matin de préférence. Et de bonne heure, vous aurez de meilleures chances de le trouver.

Puis il s'en fut, entraînant Monica et laissant la porte grande ouverte.

— Si on retournait les meubles ? lâcha Havers.

Mais en entrant dans la salle de séjour, elle soupira :

— Ouille. Si on peut parler de meubles. Mazette ! Comment ils font pour vivre comme ça ? C'est une vraie poubelle là-dedans.

— Les jeunes trouvent toujours le moyen de rebondir. Venez, sergent, nous repasserons. Comme nous l'a conseillé M. Castle, je propose demain matin à la première heure.

Ils fermèrent la porte en sortant. Lynley vérifia les dires de Bruce Castle. Eh bien, oui. La porte s'ouvrait sans clé. Cela jouerait en leur faveur s'ils voulaient tirer Finnegan Freeman de son lit aux aurores.

LUDLOW
SHROPSHIRE

Ding aperçut Brutus. Elle ne connaissait pas la fille aux boucles brunes qui était avec lui, mais rien qu'à sa tête de conne, ça se voyait que c'était une fille facile. Curieusement, Ding s'en fichait. En comparaison de la perspective d'avoir à affronter une deuxième fois Greta Yates et donc de devoir inventer une autre série de mensonges plausibles, la vision de Brutus sortant de chez eux en traînant derrière lui une meuf lambda la laissait froide.

Brutus, à tous les coups, était sûr et certain qu'elle flippait. Non seulement ça, mais aussi qu'elle allait lui faire une scène. Eh bien, non, pas du tout…

— Rassure-moi, lui lança-t-elle d'un ton désinvolte. Finn est allé à une conférence ?

Puis elle se tourna vers la brune :

— Moi, c'est Dena. J'occupe la chambre à côté de celle de Brutus.

— Monica.

Elle avait de belles dents, presque trop parfaites : elle avait sûrement fréquenté l'orthodontiste.

Visiblement, Brutus était déconcerté par son amabilité.

— C'est à cette heure que tu rentres, Ding ?

— J'ai été bavarder avec la conseillère d'orientation, répondit-elle en se passant la main dans les cheveux. Je suis crevée. Il faut que je dorme. Dis-moi qu'il n'y a personne à la maison.

— Il n'y a personne.

— Sauf la police, Bru, intervint Monica. Ils sont toujours là…

Puis, regardant derrière elle, elle s'exclama :

— Oh ! Les voilà ! Ils en ont eu marre d'attendre.

— Encore des keufs pour Finn, expliqua Brutus en regardant attentivement Ding comme s'il tentait de déchiffrer ce que cachait son changement d'attitude à son égard. Tu es sûre que ça va, Ding ?

Ça allait, oui, plus ou moins. Une chose était sûre, toutefois : elle n'avait pas envie de parler à des flics. Il y en avait deux : un blond habillé un peu à la manière de Brutus si ce dernier avait eu une tête et vingt ans de plus, et une bonne femme fringuée comme l'as de pique dont les cheveux courts en bataille avaient autant besoin d'un coup de peigne que les siens.

— C'est qui ? demanda-t-elle à Brutus.

En guise de réponse, il sortit de sa poche deux cartes de visite et les lui tendit.

— Si tu peux les donner à Finn quand tu le verras. Je ne sais pas ce qu'ils lui veulent, mais c'est sans doute au sujet de Druitt.

Ding prit les cartes. Scotland Yard, encore !

— OK. Si je vois Finn, je lui dirai.

— Pourquoi tu le verrais pas ? dit Brutus, soudain soupçonneux.

Comme c'est étrange, pensa Ding. Il croit toujours que je joue la comédie.

— Pour le moment, j'ai envie de voir personne, rétorqua-t-elle.

Les flics la regardaient – ils avaient peut-être remarqué que Brutus lui avait refilé leurs cartes. Ils en déduiraient sans doute qu'elle connaissait Finn Freeman et qu'à ce titre elle méritait d'être abordée. Sauf qu'il n'était pas question qu'elle leur parle. Elle les avait évités lors de leur premier séjour, et elle avait bien l'intention de se défiler aussi cette fois-ci.

Elle réfléchissait au meilleur moyen de leur échapper quand une voiture ralentit à côté d'elle, puis klaxonna. C'était Rabiah Lomax. Elle lui fit un petit signe de la main, se gara non loin du barrage et appela :

— Dena ! Une minute, s'il te plaît !

Évidemment, ses cris attirèrent l'attention des flics. Ils se tournèrent vers Mrs. Lomax, qui fit claquer sa portière. Ensuite, ils se tournèrent vers elle. Puis ils se regardèrent.

La suite, supposa Ding, ne serait pas agréable.

LUDLOW
SHROPSHIRE

Rabiah repéra les officiers de Scotland Yard juste après avoir hélé Ding. Elle n'avait pas le temps de se perdre en conjectures sur les raisons de leur présence devant la maison de la jeune fille, ni sur ce qu'ils allaient conclure de sa présence à elle au même endroit. La seule chose qui la motivait pour l'instant était d'empêcher Dena Donaldson de décamper.

Car la jeune fille avait envie de se sauver, ça se voyait à ses mimiques qui faisaient penser à un personnage de dessin animé : un bref regard à la ronde, une torsion du buste pour regarder Ludford Bridge derrière elle, les jambes fléchies, pied en avant, prête à piquer un sprint. Rabiah cria de nouveau :

— Il faut qu'on parle, Ding ! Viens ! Quant à vous, inspecteur, sergent, lança-t-elle au bénéfice de Lynley et Barbara qui traversaient la rue pour la rejoindre, je suis trop occupée pour vous accorder un entretien. Mon avocat s'appelle Aeschylus Kong. Il est dans l'annuaire. Téléphonez-lui, je vous en prie.

Ding ne fit pas mine de venir dans sa direction. Les enquêteurs, eux, continuèrent sur leur lancée. Lorsqu'ils furent devant elle, Rabiah râla un bon coup :

— Tout le monde peut avoir des problèmes familiaux, pourquoi n'arrivez-vous pas à comprendre ça, c'est incroyable…

Puis, à l'adresse de Ding :

— Tu m'as entendue, Ding. Rentre chez toi et attends-moi. Et si jamais tu essayes de te tirer, compte sur moi pour te rattraper !

Apparemment, Ding prit la menace au sérieux. Elle savait que Rabiah était une championne de marathon alors qu'elle-même n'était sans doute pas capable de courir plus de cent mètres sans s'arrêter pour reprendre son souffle. Elle s'éloigna donc en direction de la maison, sans regarder ni Rabiah ni les flics.

L'homme – Rabiah se rappelait son nom, Lynley – lui dit :

— Cela ne vous prendra qu'une minute ou deux, madame, je vous le garantis.

La femme – zut, comment s'appelait-elle déjà ? – renchérit :

— Nous avons le téléphone portable de Ian Druitt. D'après le journal des appels, vous n'avez pas échangé un seul coup de fil avec lui. Pourtant, vous nous avez bien dit l'avoir rencontré sept fois ?

— Qu'est-ce que c'est que ça encore ? Vous voyez bien que je n'ai pas le temps pour ces sornettes.

— Des rendez-vous, cela s'arrange à l'avance, insista Lynley. Comment vous êtes-vous débrouillée pour vous passer du téléphone ?

— Quelle question ! Je ne sais pas quel numéro j'ai appelé pour lui parler. Si ça se trouve, c'était le presbytère. Je n'ai pas le numéro de son portable.

— Vous êtes donc en train de nous dire…

— Que j'ai un problème familial à régler et que c'est prioritaire. Maintenant, si vous voulez, appelez Aeschylus Kong. Votre sergent a déjà fait sa connaissance.

Sur ce, elle traversa la rue à une vitesse fulgurante et s'engouffra dans la maison sans frapper.

Ding l'attendait dans une espèce de salle de séjour, une pièce à peine meublée dans laquelle le ménage n'avait pas été fait depuis la rentrée universitaire. Personne n'y avait passé l'aspirateur ni même ramassé les bouts de croûte de pizza, les pots de yaourt vides, les sachets de chips déchirés… Une odeur de chaussettes et de slips de garçon fit froncer le nez à Rabiah. Comment Ding supportait-elle de vivre dans un dépotoir pareil ?

La jeune fille était assise dans un canapé qui était une véritable infection et couvert de taches innommables. Les genoux serrés et les pieds écartés, elle ressemblait à une écolière qui a peur d'être grondée.

— Qu'est-ce qu'il se passe, tu vas me le dire ? lâcha Rabiah. J'ai parlé avec Missa.

Ding toucha sa lèvre supérieure avec sa langue.

— Ah. C'est à propos de Missa ?

— Tu sais très bien que c'est à propos de Missa. Alors je te le redemande : qu'est-ce qu'il se passe ?

Ding hocha la tête d'un air égaré.

— Je vous assure, je ne sais pas ce que vous voulez dire.

— Bien, je vais être plus explicite. J'ai des flics qui fourrent le nez dans mes affaires. Missa prétend que c'est à cause d'une certaine D-e-n-a. Je ne t'ai pas collée dans leurs pattes tout à l'heure, parce que je tiens à connaître la vérité. Soit Missa ment, soit c'est toi, soit c'est toutes les deux. Dans tous les cas, pour moi, ça ne fait pas un pli. Soit tu me parles, soit tu leur parles à eux. Décide-toi vite avant que je perde patience.

Ding posa une main sur le tissu dégoûtant.

— Et sur quoi on mentirait ?

— Le diacre. Celui qui est mort. Il se trouve que mon nom de famille revient pas mal de fois dans son agenda et que la police est curieuse.

— C'est pour ça qu'ils veulent vous voir ?

— N'essaye pas de détourner la conversation, Ding. Tu as rencontré Ian Druitt sept fois. Pas en ton nom, mais au nôtre. C'est ça le sujet dont je veux qu'on discute toutes les deux avant que tu en discutes, toi, avec la police, qui après ça, me foutra une paix royale.

— Ah, bah, non.

— Comment ça, non ? Tu devrais plutôt me remercier de ne pas t'avoir dénoncée il y a trois minutes, là, dehors.

— Je ne disais pas non à ça… Je disais : non, je me suis jamais servie de votre nom. J'ai jamais parlé au diacre. Je savais même pas qui c'était, ce type. Si Missa vous a raconté ça…

Elle laissa sa phrase en suspens. Rabiah la termina à sa place :

— Missa a menti. C'est ce que je dois comprendre ? Et pour quelle raison elle mentirait ?

— J'en sais rien. Je sais même pas de quoi elle parlait avec le diacre.

— Tu me prends pour une demeurée, ma parole ! Je sais comment ça marche entre copines. Toi et Missa, vous étiez « meilleures amies », d'après ce que je sais. Or des « meilleures amies » n'ont pas de secrets l'une pour l'autre. Et puis en plus, tout d'un coup, voilà Missa qui veut quitter Ludlow, et *pfft*, elle s'en va. Je comprends maintenant qu'elle avait une bonne raison de vouloir partir, et cette raison, je l'ai en face de moi, et j'attends qu'elle me dise quelles magouilles elle tramait.

— Mais c'est faux ! protesta Ding. J'ai jamais rien fait. Je vois pas pourquoi on m'accuse…

Brusquement, elle fondit en larmes.

— C'est le flip total, lâcha-t-elle… Et là maintenant y a Monica, et chaque soir il en veut toujours plus, c'est comme si c'était pas possible que ça s'arrête un jour même si je le voulais.

Rabiah savait identifier une crise d'hystérie. Elle fut horrifiée.

— Mon petit, mais qu'est-ce qu'il y a ?

— Demandez à Missa, elle vous le dira. Si quelqu'un ment, c'est elle.

LUDLOW
SHROPSHIRE

Barbara Havers hésita. Elle n'était pas certaine d'avoir bien vu. Elle devait donc faire très attention à la façon dont elle allait transmettre l'information à Lynley. Non que l'inspecteur ait l'habitude d'agir de façon impulsive, mais il fallait bien admettre qu'une fausse manœuvre pouvait coûter cher à l'enquête.

Aussi, lorsque Lynley lui lança :

— Encore une coïncidence intéressante, sergent.

Elle répliqua :

— Comment ça ?

Il tourna vers elle un visage étonné, s'arrêtant presque. Ils étaient en train de se diriger vers la Healy Elliott en longeant la rivière.

— Vous ne trouvez pas curieux que Rabiah Lomax se soit pointée au domicile de Finnegan Freeman ?

— Ah, oui.

— Qu'en pensez-vous ? Elle n'est pas venue pour l'enrôler chez les scouts, tout de même.

— Ce que j'en pense, c'est qu'il y a trop de coïncidences pour que c'en soit, justement, des coïncidences.

— Je suis assez d'accord.

— Il va falloir la revoir.

— Hum… Oui. Sauf que comme elle nous colle son avocat, cela va être dur de lui soutirer des informations. Avez-vous entendu ce qu'elle a dit à cette jeune fille ?

Barbara acquiesça. Il venait de lui fournir l'entrée en matière qu'elle attendait.

— À ce sujet, il y a un truc que je dois vous dire.

Ils s'arrêtèrent pour observer une famille de cygnes. Barbara en profita pour sortir ses Players et allumer une cigarette. Lynley se plaça sous le vent.

Elle inhala une longue bouffée, puis débita :

— Cette fille avec qui parlait Mrs. Lomax… Ding, comme elle l'a appelée. Je ne peux pas être à cent pour cent sûre, parce que c'était il y a dix jours et qu'il faisait noir. Mais cette demoiselle Ding…

— Qu'est-ce qui vous dérange chez elle, à part son nom ? Ça me fait penser à ma mère. Elle s'appelle Dorothy mais tout le monde l'a toujours appelée Daze. Je n'ai jamais pensé à demander pourquoi.

— Évidemment, puisque vous l'appelez maman. Ou mère. Ou mater. Ou je ne sais comment vous vous adressez à vos *madres*... Bref, cette fille, Ding ? Je l'ai déjà vue. Ailleurs.

— Rien d'extraordinaire à cela, sergent. Le centre de Ludlow n'est pas si grand. À moins que ce ne soit le lieu et l'heure qui retiennent votre attention… Où l'avez-vous vue ?

— Sur le parking de la station de police désaffectée.

Lynley, qui observait toujours les cygnes, se tourna vers elle.

— Ah, bon ?

— C'est elle que j'ai vue sortir de la voiture de patrouille de Gary Ruddock. Il faisait nuit et tout, alors je ne peux pas mettre ma main au feu, mais elle lui ressemble vraiment.

Lynley regarda ensuite la maison dans laquelle avaient disparu la jeune fille et Rabiah Lomax. Il avait l'air de réfléchir.

— Chaque fois qu'il est question de sa vie amoureuse, ça part en vrille, reprit Barbara avec fébrilité. Au départ, il n'en avait pas. Puis il a parlé d'une femme mariée qu'il se devait de protéger. Et maintenant, voilà qu'on tombe sur cette fille. Et on la voit entrer dans une maison qui est aussi la maison de Finnegan Freeman et depuis laquelle on est très vite rendu au poste de police. Cette histoire est comparable au poisson : au bout d'un certain temps, ça pue.

— C'est certain que ça ne sent pas la rose, approuva Lynley. D'un autre côté, il faisait nuit et vous n'avez fait qu'apercevoir la jeune femme.

— En plus il était stationné dans le coin le plus sombre du parking. Je vous l'accorde, je peux me tromper. Sauf que quand elle est descendue de voiture, la lumière à l'intérieur s'est allumée, forcément. Après, c'est lui qui est sorti. Il lui a dit quelque chose et elle est remontée dans la voiture. C'est comme si elle avait d'abord décidé de le laisser en plan mais que, suite à cette petite phrase qu'il a prononcée, elle avait changé d'avis. Ils sont tous les deux remontés dans la voiture et après ça…

— Ce qu'il faudrait savoir, dit Lynley, c'est si Ruddock ment pour la femme mariée ou s'il a plusieurs partenaires en même temps. Mais dans les deux cas, le fait qu'il vous ait déclaré au début qu'il n'y avait personne dans sa vie jette le doute sur ses dires… Comment ce sujet est-il venu sur le tapis, au fait, sergent ?

Barbara eut à peine à faire un effort de mémoire.

— Un tatouage. Sur son poignet, en lettres capitales. C-A-T. Je lui ai demandé s'il aimait les chats, mais il a répondu que c'était le nom de sa mère, qu'il avait grandi dans une secte en Irlande où les bébés étaient enlevés à leur mère pour être élevés séparément. Ces tatouages garantissaient qu'une fois adultes, les garçons ne couchent pas avec leur génitrice. Ou avec leur sœur. Ça m'a donné froid dans le dos, cette histoire. J'aurais peut-être dû vérifier, mais je ne voulais pas… Bon, il fallait que j'obéisse aux ordres de la chef…

Lynley l'avait écoutée sans manifester le moindre étonnement. Tournant le dos à la rivière, il s'adossa au muret et croisa les bras.

— Pauvre Œdipe. Si seulement il avait eu un tatouage semblable, cela lui aurait épargné pas mal d'ennuis. Mais, bien sûr, ses parents pensaient s'être débarrassés définitivement de lui, n'est-ce pas ?

Barbara avait l'habitude des réflexions historico-littéraires de l'inspecteur. Cela se passait de commentaire. Elle lâcha son mégot par terre et l'écrasa avec son talon. Il regarda le mégot éteint, puis leva les yeux sur elle avec un soupir. Elle se baissa pour le ramasser et le déchira afin de libérer les brins de tabac dans le vent.

— Ce que je pense, monsieur, c'est que si l'îlotier couche avec cette fille, une tierce personne doit être au courant.

— Comment en êtes-vous arrivée à cette conclusion ?

— C'est bien simple. Si je les ai vus ensemble, il est fort à parier que quelqu'un d'autre les a vus aussi. À un moment donné ou à un autre, ici ou là. Il faut que nous trouvions cette personne, monsieur, et j'ai ma petite idée…

BLISTS HILL VICTORIAN TOWN
SHROPSHIRE

Le réseau autoroutier était peu développé dans le Shropshire. Conséquence, les paysages avaient conservé leur beauté, mais il fallait parfois faire de sacrés détours pour aller d'un endroit à l'autre. Blists Hill Victorian Town était située à quelques kilomètres à l'ouest du village d'Ironbridge, lequel était régulièrement inondé par les crues de la Severn. Blists Hill ne pâtissait pas de cet inconvénient, car la commune était perchée sur des hauteurs que l'on gagnait en traversant un bois touffu de chênes, châtaigniers et platanes dont les frais feuillages printaniers pommelaient la route de taches de soleil. Grâce à l'esprit d'entreprise d'un individu qui avait imaginé comment exploiter une ancienne forge et une mine désaffectée, reliées au fleuve par un ingénieux canal incliné, Blists Hill était devenue un musée en plein air, à la fois attraction touristique et outil pédagogique. Y était en effet reconstituée une ville de la fin du XIXe siècle.

C'est là que Rabiah se rendit après avoir parlé à Ding. Cela faisait des années qu'elle n'y avait pas mis les pieds. Dès les abords de la petite ville, alors qu'elle trouvait difficilement une place pour se garer, elle constata que l'endroit n'avait rien perdu de sa popularité auprès des vacanciers, retraités et enseignants, lesquels étaient ravis de pouvoir illustrer de manière vivante ce qu'ils racontaient en classe à leurs élèves.

Rabiah se plaça dans la file d'attente pour prendre le billet qui lui permettrait d'entrer dans la ville. Elle aurait pu évidemment téléphoner à sa petite-fille pour lui demander une invitation, mais elle comptait sur l'effet de surprise. Elle se délesta donc de la somme rondelette exigée – avaient-ils jamais entendu parler de réductions pour le troisième âge ? – et prit le plan offert gracieusement même si elle n'en avait pas vraiment besoin.

Rabiah savait où trouver Missa. En dépit des supplications de sa mère qui souhaitait qu'elle reprenne ses études à West Mercia College, Missa avait refusé tout net d'y retourner. Finalement, elle n'était pas faite pour les études supérieures, avait-elle décrété.

« Elle estime pouvoir faire une belle carrière dans la fabrication de chandelles, avait ironisé d'un ton sarcastique Yasmina au téléphone. Tu ne pourrais pas essayer de lui faire entendre raison, Rabiah ? »

Au moins, c'était un cran au-dessus d'un fish & chips… Mais Rabiah s'était abstenue d'en faire la remarque à voix haute, se doutant que sa plaisanterie ne serait pas appréciée. Elle avait tenté de rassurer sa belle-fille en lui disant que les jeunes traversaient tous des phases de ce genre. Sauf que Yasmina ne l'avait pas crue, naturellement, puisque elle-même n'avait jamais traversé d'autre phase que celle qui l'avait menée droit sur son objectif : la médecine pédiatrique. Certes, sa grossesse, qui n'était pas prévue, avait ralenti le processus, mais sans plus. Il lui semblait dès lors inconcevable que sa propre fille souhaite passer sa vie à enduire des mèches de suif.

« Je ne sais pas ce qui lui est arrivé, avait repris Yasmina. Elle prétend que ça n'a rien à voir avec Justin, mais je ne la crois pas. Il a dû se passer quelque chose entre eux. Il lui aura dit Dieu sait quoi. Il l'aura menacée de… Oh, et puis flûte. Si tu pouvais la raisonner… Timothy et moi avons tout essayé. »

Rabiah n'avait pas eu plus de résultats. Il faut dire qu'à l'époque elle ne savait rien de rien. Alors qu'aujourd'hui elle savait une chose : on lui cachait la vérité.

Blists Hill proposant des démonstrations de savoir-faire traditionnels tels qu'ils étaient pratiqués à l'époque victorienne, un certain nombre d'artisans y exerçaient leur art dans des bâtiments spécialement aménagés. C'est ainsi que l'on pouvait voir comment travaillaient le ferronnier, le forgeron, le maréchal-ferrant, le batteur d'étain, le taillandier, le potier, le bourrelier ainsi que l'épicier, le boulanger, le boucher et jusqu'au banquier. Parmi ces ateliers, il y avait celui du fabricant de chandelles, à mi-chemin de la rue principale.

La boutique était éclairée uniquement par la lumière du jour, qui entrait par les deux fenêtres et la porte ouverte. Rabiah se plaça derrière la dizaine de visiteurs qui écoutaient l'exposé de Missa. Elle en était à la préparation de la mèche, que l'on suspendait à un plateau pour la tremper dans un bac de suif liquide, après quoi on la retirait pour la laisser sécher, puis on la trempait une deuxième, une troisième et une quatrième fois, et au bout du compte on finissait par obtenir une chandelle. S'il existait une activité plus ennuyeuse, pensa Rabiah, elle aurait bien voulu la connaître.

Elle se faufila dans le petit attroupement de manière que Missa ne puisse pas ne pas la voir quand elle aurait fini sa démonstration. Sa petite-fille portait un costume d'époque – une grande robe protégée par un tablier en coton épais. Elle était à présent en train de préciser que la fabrication des chandelles était une activité réservée aux hommes, les femmes étant cantonnées au ménage et au maternage, quoiqu'elles fussent aussi parfois institutrices ou vendeuses. Lorsqu'un enfant leva la main pour demander « Je peux poser une question ? », Missa leva les yeux et vit sa grand-mère. Un grand sourire illumina son visage. Rabiah sourit en retour, puis tapota sa montre à son poignet et mima quelqu'un buvant une tasse de thé. Missa acquiesça de la tête.

Avant de se rendre à la buvette, Rabiah passa par l'atelier du forgeron. Justin Goodayle, le petit ami de Missa, y terminait de fabriquer un fer à cheval. Autour de la forge ronflante étaient disposés les outils permettant de travailler à chaud les morceaux de métal. Aux murs étaient accrochés les objets façonnés : des fers à cheval, bien sûr, mais aussi des râteaux, des bêches, des pelles, des fourches.

Rabiah attendit que le public vide les lieux pour aborder Justin. Comme Missa, il eut l'air ravi de la voir.

— Je fais un break, justement, dit-il en retirant son lourd tablier de cuir et ses lunettes de protection, ces dernières étant une concession aux consignes de sécurité contemporaines.

Sa chemise en flanelle avait de gros cernes sous les bras, et son front ruisselait tellement de sueur que celle-ci coulait en filet sur ses joues et dans sa barbe bien taillée. Il tira un mouchoir de sa poche et s'épongea le visage.

Une fois de plus, Rabiah fut frappée par la beauté de Justin. Il avait laissé pousser ses cheveux bruns et s'était fait un catogan, sans doute pour ressembler à un forgeron de jadis. Avec ses yeux marron débordant de gentillesse, sa haute taille, ses biscoteaux et ses pectoraux, il devait avoir beaucoup de succès auprès des filles.

— Tu permettrais à une vieille dame de t'inviter à prendre le thé ?

— Je ne vois aucune vieille dame ici, mais si ma charmante interlocutrice me le propose, je suis partant.

— Flatteur, va. Je parie que tu ne serais pas non plus contre un scone.

— Ou une grosse part de gâteau.

Ils se sourirent. Après avoir fermé la forge en suivant bien toutes les consignes de sécurité, il lui offrit galamment le bras. La buvette était en face de la foire victorienne. Une fois munis de leurs plateaux – thé pour chacun et tranche de quatre-quarts au citron pour Justin –, ils s'installèrent à une table d'où l'on avait une bonne vue sur les stands de jeu. Pour dix pence victoriens – la monnaie symbolique que l'on achetait à l'entrée du « parc » –, les enfants tentaient là leur chance pour gagner des berlingots, des sacs de billes et des figurines en plâtre bariolées.

— Alors, dit Rabiah en levant sa tasse de thé. Tu es content d'avoir retrouvé ta Missa ?

— C'est sûr, répondit Justin en attaquant sa pâtisserie.

— Ça doit t'arranger qu'elle ait abandonné ses études pour mener une vie plus authentique.

Justin lui jeta un coup d'œil.

— Cela ne me déplaisait pas qu'elle aille à l'université. Mais je dois avouer que oui, je suis plutôt content. Elle était déjà décidée à arrêter en décembre, mais sa mère avait réussi à la persuader de continuer…

— Oui. Le problème, c'est que nous ne comprenions pas pourquoi elle voulait laisser tomber.

— Elle n'arrivait pas à suivre en sciences. C'est pas toujours facile, hein ? Et puis, je vois pas ce qu'un cours en sciences aurait pu lui apporter ? Je serai toujours là pour elle, et il y aura nos enfants, elle voudra rester à la maison pour s'en occuper.

— Votre avenir semble tout tracé, commenta Rabiah. Missa ne m'a rien dit de tout ça. Ses parents sont au courant ?

— De quoi ?

— Ben, toi et Missa, votre progéniture… ?

— Oh, ça, non, pas encore. Mais on est ensemble depuis tellement longtemps, Missa et moi, que ses parents seront pas étonnés, vous croyez pas ? En attendant, je fais des économies. Je voudrais qu'on puisse avoir notre propre maison. Pas avant le mariage, bien sûr. On ferait pas ça. Missa ne voudrait pas… Bon, elle n'est pas pour ce genre de choses. Avant le mariage, je veux dire. Sa mère l'a bien briefée. Croyez pas que je désapprouve. Pas du tout. Mais Yasmina… Le Dr Lomax… l'a convaincue. Mais vous êtes sûrement au courant ? En tout cas, Missa ne veut rien faire avant.

Il fallut à Rabiah quelques secondes pour comprendre. Justin ne s'exprimait pas toujours avec clarté.

— Tu veux parler des relations sexuelles avant le mariage, à cause de ce qui est arrivé à Yasmina et mon Tim ?

Justin fit une petite moue.

— Missa dit que la nuit de noces doit être spéciale. Et qu'un mariage en blanc est un mariage en blanc.

Il plissa les yeux contre le soleil tout en regardant un jeune couple qui passait devant eux, la main fourrée chacun dans la poche arrière du jean de l'autre. Ils marquèrent une halte pour s'embrasser.

— Ça me plaît pas trop, vous savez. J'ai le sang chaud, et quelquefois avec Missa… Mais il n'en est pas question. Et je peux attendre.

— Il y a d'autres filles qui ne demandent que ça. En attendant, je veux dire. Des aventures sans lendemain ?

Justin parut consterné.

— Vous voulez dire… Histoire de… me soulager ? Oh, mais je ferais jamais ça ! Je tromperais jamais Missa. En plus, maintenant qu'elle est rentrée, on n'a plus à attendre longtemps. J'ai des économies, et je fais un peu d'argent par ailleurs.

— Tu as un deuxième job ?

— Je monte ma propre entreprise. C'est encore un peu tôt pour en parler, mais c'est le genre de boulot que je sais faire.

Il leva les mains, exposant des callosités et des cicatrices de brûlure qu'il devait sans doute à la forge.

— C'est mes meilleurs outils. Tant qu'ils fonctionnent, c'est bon.

Une voix fraîche les interrompit :

— Granny, c'est génial que tu sois là !

Missa s'assit. Elle avait acheté une crêpe. Après avoir déposé un baiser sur la tête de sa grand-mère, elle s'assit et coupa sa crêpe en deux pour en refiler la moitié à Justin.

— Quelle journée ! Ces gosses, j'ai passé mon temps à les empêcher d'approcher du bac à suif bouillant. Et toi, Justin, ça a été ?

— Comme d'habitude. Ils tentent tous de mettre les mains dans le fourneau…

Il termina sa pâtisserie et son thé, tira de sa poche sa montre-bracelet, se leva, enveloppa sa part de crêpe dans sa serviette en papier et lança à Missa :

— La demie ?

Missa comprit le message.

— Granny, tu vas voir maman et papa, n'est-ce pas ? Et Sati ? Si tu veux, je peux venir avec toi. Si tu attends l'heure de la fermeture, on ira ensemble.

Mais Rabiah, estimant qu'elle avait besoin d'être seule avec Yasmina, répondit :

— Je ne vais pas m'attarder ici, ma chérie. À mon âge, il y a une limite à ce qu'on peut supporter de l'époque victorienne. Reste avec Justin, va.

Le jeune homme parut enchanté. Il se pencha pour embrasser Missa, et elle lui présenta sa joue. Après un instant d'hésitation, il l'embrassa sur la bouche. Puis il salua Rabiah d'un hochement de tête et se dirigea vers la sortie. Non sans avoir, nota Rabiah, attiré les regards admiratifs de la fille à la caisse et de deux jeunes clientes costumées qui prenaient le thé. Missa sembla ne rien remarquer.

— Qu'est-ce que tu es venue faire ici ? demanda-t-elle à sa grand-mère avec un sourire tendre.

— Te voir, uniquement.

— C'est vrai ?

Missa leva les mains et lissa derrière ses oreilles ses cheveux coupés au carré. Des cheveux noirs et brillants qui respiraient la santé, constata Rabiah avec un soulagement qu'elle aurait eu du mal à expliquer.

— Tu voulais me voir pour quoi ? interrogea la jeune fille, ajoutant précipitamment : À part que je suis ravie, évidemment.

Mais elle se méfiait, manifestement. Sa grand-mère n'avait pas fait tout ce chemin depuis Ludlow pour parler avec elle de la pluie et du beau temps. Et ce qu'elle avait à lui dire n'allait sans doute pas lui plaire.

— Justin t'adore toujours autant.

Dehors, un manège de chevaux de bois s'était mis à tourner sur une musique d'orgue de Barbarie. Missa joua un peu avec sa demi-crêpe, mais ne mordit pas dedans.

— Hum, se borna-t-elle à répliquer.

— Il m'a parlé des économies qu'il fait et dans quelle intention. Et aussi d'une entreprise qu'il est en train de monter, si j'ai bien compris, avec ses mains. Tout ça a pour objectif l'achat d'une maison, non ?

— Tu ne croyais quand même pas qu'il allait rester toute sa vie avec ses parents pour s'occuper d'eux ? Quand je pense que son père n'arrêtait pas de répéter : « Justie est notre gros bêta. Il sera notre bâton de vieillesse. » N'importe qui aurait été blessé de s'entendre traiter de *gros bêta*... Non, Justin veut une vie à lui.

— Une vie à lui, ah, ça, je ne doute pas une seconde qu'il l'aura. Tu es au courant de cette entreprise secrète ?

— Je sais qu'il économise, rien de plus.

— Tu devrais peut-être lui poser la question. En discuter avec lui…

— Bien, mais pourquoi tu es venue, Granny ?

— Ding et moi, on a eu une petite conversation tout à l'heure. Après deux visites de Scotland Yard, il fallait que je la voie avant de lui envoyer la meute.

Missa soutint son regard avec cette belle expression franche qui la caractérisait.

— Qu'est-ce qu'elle t'a dit ?

— Je l'ai prise au dépourvu. C'est ce que j'avais de mieux à faire, au cas où tu lui aurais téléphoné après que je t'ai eue au bout du fil. Je lui ai demandé pourquoi elle s'était fait passer pour quelqu'un de notre famille auprès de Druitt. Si tu l'avais prévenue, elle aurait eu le temps d'inventer quelque chose pour justifier ses sept rendez-vous avec le diacre. Je dois t'avouer que je l'aurais crue tout de suite si elle m'avait raconté qu'étant donné la nature de ses confidences elle ne voulait pas que l'on puisse remonter jusqu'à elle. Mais ce n'est pas du tout ce qu'elle m'a dit. Elle m'a juré qu'elle n'avait pas vu Druitt. Et lorsque je l'ai un peu bousculée… eh bien, elle s'est effondrée.

— Comment ça ?

— Une crise d'hystérie, quasiment… En fin de compte, elle a seulement pu me dire de voir avec toi. Et donc, me voilà. Il faut que tu saches que lorsque je l'ai abordée dans la rue, il s'est trouvé, malencontreusement, que les enquêteurs de Scotland Yard y étaient aussi. Que faisaient-ils là ? Aucune idée. Mais il est probable que Ding est maintenant dans leur collimateur. La dernière fois que je leur ai parlé, ils voulaient savoir pourquoi mon numéro de téléphone ne figurait pas dans le journal des appels de Druitt. Je leur ai joué une comédie qui devrait me valoir une nomination aux Baftas[1], mais comme ils m'ont vue avec Ding… Bref, Missa, qu'as-tu à me dire ? Et je te conseille d'opter pour la vérité.

Sur ces paroles, Rabiah se tut et attendit. Sept rendez-vous avec un homme d'Église avant de décider

1. British Academy of Film and Television Arts Awards.

de laisser tomber ses études, cela laissait subodorer un problème grave. Sa petite-fille avait déjà voulu rentrer chez elle en décembre, mais sa mère l'en avait empêchée. Rabiah elle-même avait jugé que c'était de la folie furieuse. Tout comme ses professeurs et ses camarades de West Mercia College. Mais une fois que Missa avait à contrecœur réintégré la fac après les vacances de Noël, il paraissait logique qu'elle ait cherché à discuter de son problème avec une personne « neutre », et un religieux ne correspondait-il pas idéalement au profil ? En plus, elle devait considérer qu'elle avait le droit de prendre sa décision seule, sans intervention familiale. Qui aurait pu le lui reprocher ?

— M. Druitt m'a téléphoné.

Décidément, Rabiah allait de surprise en surprise.

— C'est le diacre qui t'a téléphoné ?

— On lui avait dit que j'avais l'intention d'abandonner mes études. Sans doute mon prof de TD. Il n'était pas d'accord. Comme tout le monde.

— Druitt n'était pas d'accord ?

— Non, mon prof. Il trouvait que c'était une décision précipitée.

— Alors il t'a collé un prêtre sur le dos ?

— Oui, il pensait que je ferais mieux la part des choses si j'avais un guide spirituel… Tu sais, un directeur de conscience ?

— Et comme tu es ici aujourd'hui, M. Druitt t'a, je suppose, soutenue dans ton projet. C'est ça ?

Rabiah s'efforçait de garder un ton ferme, car elle n'oubliait pas que le diacre s'était suicidé et que sa petite-fille avait quitté la ville peu après le drame.

— La police va finir par arriver jusqu'à toi, Missa, ajouta-t-elle.

— Je croyais que tu leur avais dit que c'était toi qui avais eu ces rendez-vous avec M. Druitt.

— C'est vrai. Mais le mensonge a fait long feu, et Ding n'a pas l'air disposée à mentir pour toi. Ils vont l'interroger maintenant qu'ils m'ont vue avec elle.

— Bon, oui, tu as raison. Mais je ne vois pas quel lien tout ça peut avoir avec son suicide.

— Ils vont te questionner sur la nature de tes relations avec lui. Tu sais ce que tu leur diras ?

Missa froissa sa serviette en papier dans son poing.

— La nature de mes relations avec lui ?

— S'est-il passé quelque chose entre vous deux ?

— Comment ça ? Qu'est-ce qui aurait pu se passer ?

— Missa, je ne sais pas… Mais les circonstances de son décès font l'objet d'une enquête. C'est normal que les flics posent des questions.

— Ça n'a rien à voir avec moi. On a juste parlé de la fac.

— Eh bien, tu n'auras qu'à leur dire ça. Mais ce que je voudrais bien savoir, moi, c'est pourquoi tu ne m'as pas donné cette réponse quand je t'ai téléphoné ?

Un silence s'ensuivit. Missa parut soudain encore plus tendue.

— S'il y a autre chose, reprit Rabiah d'une voix qui dissimulait de moins en moins son impatience, il faut que tu en parles à la police… au cas où ils viennent t'interroger.

— Il n'y a rien d'autre. C'est juste que je suis une adulte maintenant. Je suis ce que je suis, et je n'ai pas envie de me justifier chaque fois que je décide quelque chose. Voilà, je peux pas t'expliquer mieux, Granny.

Là-dessus, Missa se leva, déclarant qu'elle devait retourner travailler. Tout allait bien, sa grand-mère ne devait pas se faire de souci. Si les flics voulaient l'interroger, elle leur dirait tout ce qu'elle savait.

— M. Druitt n'a rien fait d'autre que m'aider à prendre ma décision. J'avais besoin d'une oreille attentive, et il a été cette oreille.

COALBROOKDALE
SHROPSHIRE

Chaque jour, à la clinique, Yasmina Lomax faisait de son mieux pour ne pas laisser ses regards s'orienter vers la baie vitrée qui la séparait de la pharmacie où travaillait son mari. Elle était en général trop occupée par ses petits patients et leurs parents pour surveiller Timothy au cas où il subtiliserait des opiacés. Elle aurait dû pouvoir se dire que, depuis la naissance de Missa, il avait réussi à se sevrer de l'alcool et qu'elle était tranquille de ce côté-là. Elle aurait dû aussi pouvoir se dire qu'avec le temps ils finiraient par retrouver une vraie vie de couple. S'ils n'y arrivaient pas, elle n'osait imaginer à quoi ressemblerait leur avenir. Déjà avant la mort de Janna, cela avait été si difficile.

Ils étaient tombés amoureux bien trop jeunes. Elle était sans expérience, avec des parents dont le mariage arrangé avait été une réussite et qui étaient convaincus que leur fille se plierait elle aussi aux usages de la tradition, pour son plus grand bien. Au départ, Yasmina avait été docile. Elle les avait accompagnés en Inde. Là-bas, une cousine lui avait confié qu'elle avait été mariée à un veuf qui, ayant déjà tué une épouse à force de la violer et de la battre, lui appliquait à présent le même traitement. Les parents de Yasmina avaient tenté de la rassurer. La situation de sa cousine était rarissime... Et puis, ils avaient promis de toute façon d'attendre qu'elle ait terminé ses études pour lui trouver un mari. Yasmina n'y avait donc plus vraiment pensé.

À l'université, elle n'avait pas cherché un amoureux. Ses études seules comptaient pour elle. D'ailleurs, elle était en train de travailler quand elle avait rencontré pour la première fois Timothy Lomax, avec ses drôles d'oreilles légèrement décollées et ce sourire merveilleux qui le rendait totalement irrésistible.

Il sortait d'une soirée étudiante. Assise dans un café, une tasse de ce breuvage froid à côté d'elle, elle révisait. Il lui avait avoué qu'il était ivre, ajoutant que sinon il n'aurait jamais eu le courage de l'aborder. « Tu es très belle. Et la beauté, à un type ordinaire dans mon genre, ça fait peur. »

Sur le moment, elle n'avait pas eu la présence d'esprit de lui demander s'il faisait ce compliment à toutes les filles qui lui tapaient dans l'œil, mais elle s'était souvent posé la question par la suite. De toute façon, il était trop tard, puisqu'elle était tombée amoureuse. Elle avait connu cet état d'exaltation où le cerveau cesse de fonctionner pour céder les commandes au corps et où, dans l'urgence de satisfaire son désir, l'on oublie toute considération pour l'avenir. Et, ne connaissant pas d'autre mot pour qualifier cette forme d'obsession où l'attirance sexuelle occupe toutes les pensées, elle l'avait appelée « amour ». C'était ce mot-là qui était employé au cinéma, non ?

Ils avaient eu de la chance pendant quatre mois, puis, au quatrième, elle était tombée enceinte. Ils utilisaient des préservatifs, mais aucune méthode n'est efficace à cent pour cent. Surtout qu'une fois, une seule fois, le désir ayant supplanté la raison et n'ayant pas de capote sous la main, ils s'étaient dit qu'ils ne prenaient pas de risque s'ils n'allaient pas jusqu'au bout.

S'en était suivi un clash familial. Entre Yasmina et ses parents, les liens étaient rompus. Heureusement, les naissances de Missa, puis de Janna et Sati avaient adouci cette perte. De même que la bonté de Rabiah, laquelle les avait aidés à traverser ces périodes éprouvantes où les enfants étaient petits tandis qu'ils débutaient leurs carrières respectives.

D'un certain point de vue, cependant, les choses avaient plutôt mal tourné. Yasmina était trop occupée par ses consultations et par l'éducation de ses filles pour mesurer la distance qui s'élargissait entre elle et son mari. Elle se rassurait en se disant qu'elle faisait de son mieux, puisque, même fatiguée à l'extrême, elle se forçait à faire l'amour avec lui sous prétexte que c'était son devoir conjugal. Après tout, on lui avait appris pendant sa jeunesse que le destin d'une femme s'inscrivait dans deux chromosomes X qui faisaient d'elle justement ça : une femme. À ce titre, elle acceptait d'être celle qui préparait les repas, faisait le ménage, donnait leur bain aux enfants, faisait les courses hebdomadaires, repassait les chemises de son mari. Et quand il lui serrait la cuisse dans le noir ou la réveillait aux petites heures en lui caressant les seins, elle se pliait à son désir en espérant que ce serait vite fini pour pouvoir se rendormir. C'était assez, se disait-elle. Timothy devrait s'en satisfaire, elle ne pouvait pas lui donner plus.

Et puis, il y avait eu Janna. Et le monde autour d'elle s'était un peu plus écroulé à cause d'un enfant gravement malade. Il y avait eu cette pensée : Dieu la punissait de ne pas être une bonne mère. Ni une bonne épouse. D'ailleurs, elle n'était bonne à rien.

Tous les faux-semblants qui avaient permis à leur couple de tenir avaient fait long feu devant ce qui grossissait telle une pieuvre monstrueuse sous le crâne de leur fille. Que Timothy ne croie nullement en l'idée d'une punition divine n'avait pas allégé l'angoisse de Yasmina. Il refusait de l'écouter lorsqu'elle s'accusait d'avoir, elle, médecin pédiatre, négligé la santé de leur fille. Puis il avait refusé de l'écouter tout court.

C'était pendant la maladie de Janna qu'il avait commencé à prendre des opiacés. Il disait avoir besoin de dormir, sauf qu'ils savaient tous les deux que c'était parce qu'il ne pouvait affronter le chagrin immense qui les attendait à la mort de leur enfant. Le diagnostic ne laissait aucun doute, même si l'équipe médicale avait tout fait pour se montrer encourageante. Cinq ans si on combattait agressivement la tumeur. Dix-huit mois sinon. Aucun espoir de rémission, quel que soit l'état de santé du malade au moment où se déclarait le cancer. Désolés, vraiment désolés.

On pense qu'après la perte d'un enfant on peut reprendre le fil d'une vie presque identique à celle que l'on menait avant la maladie. Peut-être certaines personnes ont-elles cette force, mais cela ne s'était pas passé comme ça pour Yasmina. Elle avait fait de son mieux, pourtant. Par amour pour les deux enfants qui lui restaient. Elle avait continué à être une mère, et une pédiatre, attentive et active. Pour son mari, toutefois, ses batteries étaient épuisées.

Et maintenant, Missa… Le changement qui s'était produit en elle prouvait qu'il y a plus d'une manière de perdre un enfant. Mais le chagrin avait endurci la résolution de Yasmina de ne pas accepter ce que Missa était en train de se faire à elle-même. Elle voyait parfaitement ce que l'avenir lui réservait si elle, Yasmina, sa mère, ne faisait rien pour la forcer à révéler les vraies raisons de ce revirement.

Timothy s'y opposait. « Elle a besoin de trouver son chemin toute seule, et tu auras beau t'acharner, tu n'arriveras pas à le trouver à sa place. » Mais si aucune mesure n'était prise pour l'arrêter sur ce « chemin », Yasmina savait comment ça allait finir, elle en avait chaque jour l'illustration sous les yeux à la clinique : une mère trop jeune avec un énorme ventre, un petit morveux dans une poussette et un autre accroché à sa jupe. « C'est ça qui l'attend si elle se met avec Justin Goodayle, avait-elle dit à son mari. Tu refuses de l'admettre parce que tu aimes bien ce garçon. Moi aussi, je l'aime bien, mais pas en tant que mari pour notre fille. » Ce à quoi il avait répliqué : « Continue dans cette voie, Yas, et tu peux être sûre qu'elle l'épousera. »

Pourtant, tout ce que voulait Yasmina pour ses filles, c'était qu'elles puissent réussir une bonne carrière sans avoir à endurer ce qui avait rendu son parcours si éprouvant : l'éloignement de ses parents et une maternité non désirée. A priori, elle n'avait pas à se faire de souci de ce côté-là... Mais qu'en savait-elle, après tout ? Si ça se trouve, Missa était tombée enceinte à Ludlow, elle avait avorté, elle pleurait son bébé... Si ça se trouve, elle était encore enceinte, déjà à plusieurs semaines de grossesse...

Yasmina était consciente de passer trop de temps à ruminer. En sortant de la clinique, elle fit une halte au supermarché de Buildwas Road, où elle poussa son chariot dans les allées avec l'espoir de dénicher de quoi faire un repas sans effort.

Les Lomax habitaient non loin du supermarché, sur New Road. Une robuste maison en brique avec des fenêtres à double vitrage, derrière laquelle s'élevait une colline buissonneuse. La rue étroite montait en pente douce vers l'église, en surplomb d'une artère plus passante qui portait le nom de Wharfage. Celle-ci longeait le fleuve et reliait deux villages voisins, Coalbrookdale et Ironbridge. De chez les Lomax, on donnait sur Wharfage et la Severn.

Ils possédaient ce luxe qui avait pour nom « garage ». À son arrivée, Yasmina constata que la voiture de sa belle-mère lui en barrait l'accès. Elle se gara le plus à l'écart possible de la chaussée, puis attrapa les sacs de supermarché sur la banquette arrière. En entrant dans la maison, elle n'était pas dans la meilleure des humeurs.

Rabiah, assise à la table de la cuisine avec Sati, aidait sa petite-fille à faire ses devoirs. Encore une autre cause d'irritation...

— Elle doit les faire toute seule, maman, fit-elle remarquer à sa belle-mère.

Rabiah répondit gentiment :

— Yasmina, je sais ce qu'il te faut : un bon bain bien chaud et une tasse de thé. Je me charge de tout ici. Mets de la mousse…

— C'est pas le programme, non : je dois pour ma part préparer le dîner, et Sati, elle, doit faire ses devoirs toute seule.

Rabiah se leva et tapota affectueusement l'épaule de Yasmina avant de lui prendre ses sacs.

— Elle ne peut pas les faire si elle ne comprend pas les consignes. À quoi ça sert d'avoir une grand-mère ancienne prof de math si je ne peux pas l'aider ?

— En plus, elle m'explique juste, plaida Sati. Tu permets bien à Missa de m'expliquer des choses.

— Parce que je peux compter sur Missa pour ne pas te donner la réponse, répondit Yasmina. Il va falloir que tu me montres tout ça, et je ne veux pas voir l'écriture de ta grand-mère dans ton cahier.

— Allez, Yasmina, va te préparer, lui dit Rabiah, pas vexée pour deux sous. Je vais faire le thé. Ah, qu'est-ce que tu nous apportes là ? De l'agneau. Parfait pour des kebabs. Quelle chance, puisque c'est le seul plat que je sais cuisiner.

— Et l'oie à Noël, Granny, lui rappela Sati. Et le roastbeef. Et de la dinde.

— Les repas de fête ne sont pas compliqués, dit Rabiah. C'est le quotidien qui est trop pour moi. Voilà pourquoi je me contente de soupe à la tomate avec des mouillettes. Et une soupe de lentilles de temps en temps quand j'ai envie de faire des folies. Bon, mais finis ton problème et tu pourras m'aider pendant que ta mère va prendre un bon bain. Je suis sérieuse, Yasmina. Je te monterai ton thé et si je ne te trouve pas dans la baignoire au milieu d'une montagne de mousse… tu auras de mes nouvelles.

Yasmina céda. Après tout, pourquoi ne pas laisser sa belle-mère préparer des kebabs ? En plus, un bain chaud lui ferait du bien. Un bain, une tasse de thé et le silence…

Mais le silence était trop demander. Peu après qu'elle se fut plongée dans l'eau moussante, on toqua à la porte, et Rabiah entra non pas avec un mug, mais avec deux.

— Ah, fit Yasmina sans chercher à dissimuler sa lassitude. C'est bien ce que je craignais.

— Tu ne pensais quand même pas que j'étais passée uniquement pour aider Sati à faire ses maths. Il faut qu'on parle… Les flics de Londres sont revenus à Ludlow pour leur enquête sur la mort du diacre, tu sais, celui qui s'est suicidé en garde à vue.

Yasmina but une gorgée de thé. Il n'était pas assez fort, ce qui était typique de Rabiah. Sa belle-mère était incapable de faire du thé et vous donnait à boire une eau bouillie à peine teintée. La seule solution, pour elle, était d'avoir sous la main une boîte de Yorkshire Tea. De l'eau bouillante, un bon trempage et vous aviez un thé tellement puissant que vos dents risquaient d'y perdre leur émail.

— Tu es venue jusqu'ici pour me parler des flics de Londres ? s'étonna Yasmina. Oui, je me rappelle le diacre. Ça a fait un de ces foins !

— Le problème, ma chère, c'est que notre nom se trouve mêlé à cette histoire. *Lomax* revient sept fois dans l'agenda du diacre. Comme il n'y a que moi et Missa à Ludlow, j'en ai déduit qu'il s'agissait de Missa.

T'a-t-elle jamais dit qu'elle le voyait ? Régulièrement, en plus… Quoi qu'il en soit, c'est la deuxième visite que me paye Scotland Yard. Il y a fort à parier que c'est grave. Pour le moment, je les ai envoyés paître, mais ils vont revenir à la charge.

Seule une pudeur naturelle empêcha Yasmina de sortir du bain – Rabiah avait bien calculé son coup en lui suggérant de s'accorder un moment de farniente… Yasmina regarda le noble visage lisse de Rabiah, ses grands yeux au regard franc, son corps souple de coureuse de marathon. Une seule pensée lui trottait dans la tête : Missa lui mentait depuis des mois. Chaque fois qu'elle croyait avoir sondé le cœur de sa fille aînée, elle s'apercevait peu après qu'elle n'avait toujours rien compris.

— Tu as parlé avec Missa ? s'enquit-elle.

— Je me suis arrêtée chez les Victoriens avant de venir ici. J'ai parlé avec Justin, puis avec Missa. Au fait, il m'a déclaré qu'il n'avait jamais été opposé à ce qu'elle aille à l'université. J'ai l'impression qu'il pensait que son soutien au plan de carrière de Missa était ton… quel est déjà ce mot quasi religieux ?… Ah, oui, ton *imprimatur* pour leur union future.

— Et Missa ? Qu'est-ce qu'elle t'a dit ?

— À propos de ces rendez-vous avec le prêtre ? Au début, que c'était son amie Ding qui s'était servie de notre nom. Mais vu que je n'étais pas dupe de ce mensonge, elle m'a dit que quelqu'un avait parlé au diacre de sa décision d'arrêter ses études. Elle pense que ce quelqu'un est son prof de TD. T'as une idée sur la question ?

Yasmina se doutait que Rabiah allait désapprouver.

— Disons que j'ai eu un entretien avec ce prof. Missa changeait sans cesse son histoire. Il fallait que je sache.

— Quelle histoire ? Sa décision de tout laisser tomber ?

— D'abord, elle m'a raconté que c'était à cause de Sati, parce que Sati avait besoin d'elle à la maison après la... après ce qui est arrivé à Janna...

Yasmina ne pouvait toujours pas se résoudre à prononcer les mots terribles. Elle tenta de dissimuler son émotion en s'occupant les mains. Elle posa sa tasse sur le rebord de la baignoire et attrapa la savonnette comme si elle avait l'intention de faire sa toilette.

— Ça, c'était à Noël. Timothy et moi avons réussi à la persuader de retourner à la fac de Ludlow à la rentrée de janvier. Puis elle a prétendu que quelque chose avait disjoncté dans son cerveau. Qu'elle n'arrivait plus à se concentrer. Elle disait qu'elle devenait dyslexique, ou qu'elle souffrait d'un trouble du déficit de l'attention. Qu'elle ne parvenait plus à suivre dans les matières scientifiques. Je lui ai expliqué qu'à moins d'avoir eu un traumatisme crânien on ne pouvait pas développer ce genre de symptômes. Elle n'a rien voulu entendre, bien entendu. Elle voulait rentrer à la maison, elle n'en démordait pas. C'est là que j'ai pris contact avec son prof de TD. Je sais, je sais, Missa aurait été furieuse si elle avait su. Mais voilà, elle lui avait déjà fait part de ses intentions et il était consterné à l'idée qu'elle laisse tomber ses études.

Rabiah se leva pour attraper une serviette propre sur la pile. Elle la lui tendit en disant :

— Et qu'a-t-il fait après ça ? Passé un coup de fil au prêtre ?

— Apparemment, il a alerté la conseillère d'orientation. Et moi aussi, du coup. Je craignais qu'elle ne tarde trop à convoquer Missa. Je lui ai laissé un premier message, puis un deuxième. Mais elle ne m'a jamais rappelée.

Rabiah hocha la tête.

— Tim est au courant ?

Yasmina détestait les insinuations concernant son couple, surtout de la part de sa belle-mère.

— Je n'ai pas de secrets pour Timothy… Même si lui en a de plus en plus pour moi, Rabiah.

Rabiah, au lieu de l'affectueux « maman » habituel… Cela sonnait à la manière d'un avertissement.

— Je crois qu'il est inutile de discuter des problèmes de Tim, répondit Rabiah. Il est la proie d'une addiction… Et il doit y faire face lui-même, tu ne peux rien faire pour le guérir.

— Crois-moi, c'est bien pire qu'une rechute dans l'alcool cette fois. Mais tout va très bien, n'est-ce pas ? On va continuer comme ça jusqu'au jour où un client de la pharmacie se mettra à compter ses cachets et à poser des questions.

Devant l'expression horrifiée de Rabiah, elle fit machine arrière :

— Pardon, maman, je suis désolée. Mais ta question… Si, si, je vais te répondre. J'ai dit à Timothy que j'allais téléphoner au prof de TD de Missa. Il m'a accusée de me mêler de ce qui ne me regardait pas. Et quand Missa est revenue ici en mars, il a rejeté la faute sur moi. Je lui aurais forcé la main. Si je l'avais laissée trouver « toute seule sa propre voie », cela se serait passé autrement. Tout se serait arrangé.

— Hum… C'est un vrai conte de fées qu'il nous écrit là.

— Il y croit dur comme fer.

ALLINGTON
KENT

La route du Kent était aussi chargée que l'avait craint Isabelle Ardery, étant donné l'heure de la journée et la proximité de Londres. Mais c'était trop pour ce que ses nerfs pouvaient supporter…

Elle s'arrêta sur une aire de repos et essaya de se calmer. Par des respirations profondes, elle espérait pouvoir libérer son esprit de ces pensées qui allaient dans tous les sens : son enquête à Ludlow, son mariage, sa vie même… Tout tournait au fiasco le plus total, n'était plus qu'un immense gâchis. Totalement immobile, elle tenta de se rassembler suffisamment pour ne pas laisser le cri qui lui montait dans le corps arriver jusqu'à ses cordes vocales. Elle agrippa le volant et regarda défiler les voitures.

Si seulement elle avait pris le train. Il aurait été bondé, certes, mais au moins elle aurait atteint Maidstone sans crise d'angoisse. Si Bob la voyait dans cet état, il était capable de revenir sur sa décision de la laisser voir les garçons seule – seule, mais uniquement dans le jardin derrière la maison. Déjà que, la dernière fois, James avait été « déboussolé » – c'était le terme employé par Bob.

Avant de quitter la Met, Isabelle s'était accordé un fortifiant. Puis elle s'était enfermée dans les toilettes où elle s'était brossé les dents, complétant par du fil dentaire, un rinçage de bouche et un gargarisme, opération qu'elle avait renouvelée jusqu'à ne plus sentir qu'une odeur mentholée quand elle soufflait au creux de ses mains en coupe. Dans la voiture, elle avait sucé des pastilles de menthe. Mais cette circulation infernale avait réussi à miner ses forces. Assise derrière son volant, au bord de la route, elle sentait renaître le manque, l'envie abjecte, l'incapacité grandissante de penser à autre chose.

Elle en avait sous la main. Là, dans la boîte à gants. Elle avait aussi sa brosse à dents et sa panoplie au complet. Ce qui signifiait qu'elle pourrait…

Mais non ! Elle résisterait à la tentation ! Elle guetta un intervalle entre deux voitures et s'inséra dans la circulation. Vingt minutes plus tard, toutefois, elle ralentit en voyant un panneau annonçant une aire de repos. Elle suivit la bretelle jusqu'au parking, se gara et sortit son portable pour appeler Bob. La conversation fut brève, et il se montra très compréhensif. Elle lui dit que le trafic était plus dense que prévu et qu'elle arriverait en retard à Allington. Pas de problème, lui répondit-il. Elle n'y était pour rien, n'est-ce pas ?

Elle contempla un moment la façade du restauroute. C'était un assez grand bâtiment, elle pourrait s'y restaurer, boire un café… En son for intérieur, néanmoins, elle s'avouait que rien que l'idée de nourriture, ou de thé et de café, lui tapait sur le système. Pour calmer ses nerfs, il n'y avait vraiment qu'un seul remède, et ce remède était dans la voiture… Quoi ? Une petite bouteille de vodka… ou deux plutôt… Trois ? Non, non, elle n'en était pas là. Deux suffiraient amplement pour faire cesser les tremblements. Les garçons auraient peur de voir ses mains trembler autant. Elle les leva devant elle.

Son affaire faite, elle passa par les toilettes dames du restauroute, où elle répéta le rituel brossage de dents et gargarisme. L'haleine convenablement rafraîchie, elle s'acheta pour tout dîner un muffin, qu'elle mangea en retournant à sa voiture. Elle se sentait requinquée.

Bob et Sandra habitaient non loin de la rivière Medway. En se garant devant leur grande maison moderne aux murs décorés de céramiques, elle s'efforça de ne pas la comparer à son appartement en sous-sol au sud de la Tamise, entre la prison de Wandsworth et le cimetière. Eux étaient à côté d'un verger, un grand charme leur procurait de l'ombre, et le jardin de derrière donnait sur la rivière.

L'allée dallée balayée avec soin était bordée de part et d'autre de parterres de primevères jaunes, blanches et roses. Sur le perron, elle vérifia son haleine et se recoiffa avec ses doigts. Ce faisant, elle s'aperçut qu'elle avait perdu une boucle d'oreille, ce qui était curieux, étant donné qu'elle avait les oreilles percées. Elle ôta l'autre avant de tirer la cloche suspendue au-dessus d'un pot en fer forgé contenant une fougère incroyablement luxuriante.

Laurence ouvrit la porte.

— Maman ! s'exclama-t-il. Maman est là, James !

Son père fit aussitôt irruption derrière lui.

— Ah, te voilà.

Bob fit de son mieux – elle le voyait bien – pour ne pas guetter chez elle des symptômes d'ébriété.

Sandra apparut à son tour. Laurence appela de nouveau son frère. Finalement, James pointa la tête par la porte de la salle à manger.

— Viens dire bonsoir à ta maman, mon chéri, lui lança gentiment Sandra.

Tout en prononçant ces paroles, elle tendit la main à James qui se colla à elle. Passant un bras autour de ses frêles épaules, elle se pencha pour lui murmurer quelque chose que nul ne pouvait entendre.

Isabelle ravala son indignation. Elle brûlait de lui reprendre son fils – *son* fils, oui – et de lui chuchoter des choses à l'oreille, quoiqu'elle ne sût pas quoi exactement. Tout haut, elle lui dit :

— Bonjour, James, on va aller bavarder dans le jardin. Tu viens ?

Comme il ne répondait pas, elle se força à ne rien ressentir.

— Bon. Si tu décides de venir, je serai dehors avec Laurence.

Bob regarda tour à tour sa femme et Isabelle avant d'indiquer à cette dernière :

— C'est par là.

Comme si elle avait oublié où était le jardin… Mais elle le suivit docilement, tenant par la main Laurence, à qui elle demanda :

— Alors ? Tu as hâte d'aller vivre en Nouvelle-Zélande ?

En traversant le salon, elle avait vu les cartons. Sandra ne tarderait pas à y ranger avec délectation sa porcelaine Spode, tout en se félicitant d'avoir enfin réussi à s'approprier les enfants d'Isabelle.

Bob les mena, à travers la belle pelouse manucurée, sous la tonnelle couverte de vigne. Isabelle se fit la remarque qu'ils allaient pouvoir les surveiller de l'intérieur de la maison. Encore une humiliation à supporter en silence. Bob n'avait décidément aucun scrupule…

— Génial, dit-elle cependant. Merci, Bob.

Elle eut la surprise de l'entendre répondre :

— Je vais voir si je peux t'envoyer James.

Et il retourna à la maison.

Laurence se montra intarissable sur la Nouvelle-Zélande et sur sa future école, qui serait aussi celle de James.

— On va pas avoir de grandes vacances, lui expliqua-t-il. Je veux dire, cette année, parce que tu vois, maman, c'est le monde à l'envers là-bas. Ils ont leurs vacances d'été en hiver. Parce que tu vois, notre hiver, c'est leur été. Et quand on arrivera, ce sera la fin de leurs vacances. Donc on aura pas de vacances !

— Mais votre école a l'air géniale, non ?

— Papa dit qu'elle est super et tout, répondit Laurence en se tournant à moitié pour regarder la maison. Mais je sais pas pour James, maman. Il fait des histoires. Encore plus que d'habitude. C'est un vrai bébé.

— Quelquefois, ce qui est facile pour une personne ne l'est pas pour une autre, c'est comme ça.

— Moi, je crois qu'il fait l'imbécile !

Laurence flanqua un coup de pied à la table.

La porte-fenêtre se rouvrit, laissant le passage à Sandra. Elle était chargée d'un plateau et James marchait derrière elle, la tête tellement basse que ses cheveux tombaient comme un rideau devant son visage. Sandra s'exclama gaiement :

— Je me suis dit qu'une glace vous ferait plaisir par ce beau temps !

Isabelle observa le contenu des trois bols : de grosses boules de glace à la fraise, nappées de sauce chocolat noisette et piquées chacune d'une cerise. Sandra avait même pensé à y enfoncer une gaufrette. Était-ce une façon d'encourager James à rester avec elle et son frère ? Apparemment oui, puisque Sandra chuchota à l'adresse d'Isabelle :

— Ça aidera.

Puis, se tournant vers James, elle lança à voix haute :

— Tiens, James. Mange avant que ça fonde.

Le youpi ! de Laurence avait probablement eu son petit effet également. James s'assit – sur la chaise la plus éloignée d'elle – et entama sa glace avec sa cuillère serrée dans son poing. Isabelle se mordit la lèvre pour s'empêcher de le reprendre. Elle savait, pour l'avoir vu à l'œuvre, qu'il avait de bonnes manières à table quand il le voulait. Il cherchait seulement à la provoquer. Isabelle se borna donc à manger à son tour sa glace, la déclarant délicieuse, et attendant que Sandra les laisse seuls.

— Tu es content de partir, toi aussi, James ? lui demanda-t-elle alors. La Nouvelle-Zélande, ça va être une aventure formidable. Laurence me dit que vous allez manquer les grandes vacances cette année, mais après, vous aurez Noël pendant l'été. Ce sera rigolo, non ? Vous irez à la plage. Vous ferez des barbecues…

James ne la regardait plus jamais en face. Il avait toujours été plus réservé que son frère, mais depuis quelque temps, il était tellement fuyant qu'Isabelle avait l'impression qu'il la punissait pour quelque chose, et cela lui semblait injuste.

— James, tu es fâché contre moi ? Dis-moi… Ou il y a autre chose ? C'est l'idée d'aller vivre de l'autre côté du monde… ?

À cet instant surgit de nulle part un gros chien noir, oreilles au vent, qui se rua vers eux en battant de la queue et se mit à faire des bonds avec des aboiements joyeux. Il paraissait particulièrement intéressé par les bols. Surtout celui de James.

James hurla. Un cri qui laissait penser que King Kong lui-même avait débarqué de sa jungle. Puis il se mit à courir vers la rivière. Le chien comprit – à tort – qu'il voulait jouer et s'élança à sa poursuite.

— Non ! Non ! Papa ! Maman ! Maaaman !

Bob sortit comme un dard de la maison en criant :

— Oliver te fera pas de mal ! James ! Stop ! Il veut juste jouer.

Mais James continua de courir. Ayant atteint le bord de la rivière, il remonta vers le verger. Isabelle voyait qu'il était complètement terrorisé. À son tour, elle se leva dans l'intention d'intervenir.

Sandra la devança, courant les bras grands ouverts et hurlant :

— Bob, attrape ce maudit cabot !

Et à Isabelle :

— On s'en occupe. Ne bouge pas ! Ah, voilà M. Horton qui vient chercher son chien.

À ce stade, Oliver, qui avait réussi à coincer James contre un arbre, s'était accroupi sur ses pattes avant, le derrière relevé, dans cette posture que n'importe qui aurait interprétée comme un appel au jeu. N'importe qui sauf James.

— Maman ! Maman ! couinait-il.

Il était roulé en boule à la façon d'un hérisson qui se croit en danger. Isabelle l'entendait sangloter à l'autre bout du jardin.

— Oh, je suis désolé, dit M. Horton. Il a suffi que j'entrouvre la porte et *pfft !* il a filé. On travaille jour et nuit à le dresser mais… Oliver ! Ici ! Viens !

Bob avait attrapé le chien par son collier et le confia à son maître.

Entre-temps, Sandra avait pris James dans ses bras. Elle lui chuchotait des paroles rassurantes en lui caressant les cheveux. À croire qu'il avait deux ans, se dit Isabelle.

Laurence, lui, n'avait pas bougé, continuant à déguster sa glace et suivant la scène comme s'il regardait une émission de télé. Lorsque Isabelle se rassit à côté de lui, il lui fit remarquer :

— Ça arrive tout le temps. Quand il nous voit, Oliver veut jouer. James comprend pas. Il est con.

— Laurence, c'est pas gentil ce que tu dis là.

— James, t'es qu'un con ! cria Laurence.

— Ça suffit, Laurence, tais-toi, ordonna son père.

— Mais c'est vrai, protesta le gamin. Maman (un « maman » qui s'adressait à Isabelle), c'est vrai, il regarde même sous son lit le soir pour voir s'il y a pas des monstres. Alors que je suis là avec lui dans la chambre ! Moi, est-ce que je regarde sous mon lit ?

Mais lui, il est bête. Faut être super con pour avoir peur d'un con de chien !

— Tais-toi ! dit Bob. Je ne le répéterai pas.

Sandra crut alors bon de proposer :

— Bob, je ne devrais pas…

— Non, lui répondit-il.

Puis, à James :

— James, le chien est parti. Je vais te poser sur ta chaise à côté de ta mère et de ton frère. Tu peux terminer ta glace à la fraise. M. Horton ne laissera plus Oliver s'échapper.

— Et si t'en veux pas, je la mangerai, ta glace, précisa Laurence. D'ailleurs…

Joignant le geste à la parole, Laurence fit glisser le bol de son frère devant lui et y plongea sa cuillère.

— Laurence ! Pas de ça ! s'exclama Isabelle sans se demander si c'était bien judicieux d'intervenir. Tu n'es pas ton frère, alors tu ne peux pas savoir ce qui se passe dans sa tête. Et je ne veux plus entendre ce mot injurieux dans ta bouche. Cette glace est à James, rends-lui son bol !

Un silence accueillit cette tirade. Laurence abasourdi laissa sa cuillère en suspens au-dessus du bol, James leva la tête de l'épaule de son père, Bob la fixait d'un air sidéré, et Sandra avait la bouche ouverte.

Isabelle craignit d'avoir été trop loin, mais elle constata que Bob ébauchait finalement un petit sourire, tandis que Laurence repoussait le bol vers la place qu'avait occupée son frère. Bob déposa James sur sa chaise, embrassa le haut de sa tête et, prenant Sandra par le bras, se dirigea vers la maison, laissant Isabelle seule avec les enfants.

— Je t'ai parlé un peu durement, Laurence. Mais ce n'est pas bien de taquiner comme ça ton frère. Ce n'est pas juste. Et j'ajouterai que ce n'est pas chic de ta part.

Laurence regarda tour à tour sa mère et son frère.

— Pardon, maman.

— Ce n'est pas à moi que tu devrais demander pardon.

— Pardon, James. Mais si tu pouvais… Oh, et puis, je suis désolé.

James avait les yeux baissés sur sa glace, mais ne faisait pas mine de vouloir la manger. Qu'est-ce qui pouvait bien occuper les pensées d'un garçon de neuf ans après une frayeur pareille ? Une chose était sûre, ses fils avaient beau être des vrais jumeaux, ils avaient des caractères tout à fait différents. Sauf que, si James Ardery était un enfant peureux, c'était peut-être en partie à cause d'elle.

— Tu n'as pas à avoir honte d'avoir peur, James, reprit-elle. Des chiens, des monstres sous les lits ou dans les armoires, des serpents dans les buissons…

Il ne réagit pas, ne leva même pas les yeux. Laurence fit entendre un reniflement de mépris. Elle continua :

— Mais pour ne plus avoir peur, il faut regarder en face ce qui te fait peur. C'est la seule façon de ne plus avoir peur. Sinon, à force de te laisser avoir par ta peur, elle t'empêche de faire ce que tu as envie de faire, et c'est de pire en pire, ta peur devient un truc énorme. Tu sais pourquoi je sais ça, James ?

James fit non de la tête.

— Parce que dans ma vie à moi, mon chéri, je ne suis pas arrivée à regarder mes peurs en face. C'est pour cette raison que vous habitez avec papa et Sandra, et pas avec moi. J'ai profité de la première occasion venue pour me sauver d'ici, de Maidstone, pour aller à Londres. Et maintenant, après toutes ces années où j'ai fui mes propres peurs, je sais de quoi je parle. Si tu ne domines pas tes peurs, elles restent avec toi et tu ne t'en débarrasses jamais.

— Pourtant tu es un flic ! protesta Laurence. Les flics ont jamais peur. Pour être flic, il faut pas avoir peur, non ?

— Oui, si tu parles de la peur que peuvent te faire des gens méchants, mais dans mon cas, c'est plus compliqué que ça… J'ai peur de *qui* je deviendrais si je faisais face à mes peurs.

Laurence fronça les sourcils. James leva les yeux. Ils étaient tous les deux perplexes, mais James, manifestement, réfléchissait.

— Est-ce que tu as peur d'avoir peur, maman ? demanda-t-il alors.

Isabelle prit le mince poignet de son fils dans sa main, étonnée par sa fragilité.

— Exactement. Et vu que je n'ai pas eu le courage de regarder ma peur en face, j'ai bu de l'alcool pour oublier que j'avais peur.

— Comme un médicament ?

— Comme une potion magique plutôt. Je buvais de la vodka, et même quand ton père me suppliait d'arrêter, c'était plus fort que moi. J'avais trop peur pour ne plus boire. C'est ainsi que je l'ai perdu, votre papa, et que je vous ai perdus, mes chéris, et maintenant je vais vous perdre encore plus. Ça me fait une peine immense. Mais j'ai eu plus peur de ma propre peur que de perdre tous ceux que j'aimais, tout ce qui faisait ma joie de vivre, toutes les personnes avec qui j'aurais pu être heureuse. Il ne faut pas que tu fasses comme moi, James. Et toi non plus, Laurence.

— Laurence n'a jamais peur, décréta James.

— En fait, si… j'ai peur, murmura Laurence en touillant le reste de glace fondue.

— De quoi ? demanda James, incrédule.

— De partir d'ici et de ne jamais revenir et…

Ses lèvres tremblaient alors qu'il fouettait à présent rageusement la crème au fond du bol.

— Et de quoi d'autre ? insista James.

— Et de ne jamais revoir maman.

Laurence fondit en larmes.

Isabelle eut l'impression que ses poumons explosaient. Elle voulut dire quelque chose. Mais aucun son ne sortit de sa bouche.

20 mai

WANDSWORTH
LONDRES

De quoi avait-elle eu le plus peur ? Pas de perdre son mari en tout cas, persuadée qu'elle avait été qu'il ne pourrait pas, comme beaucoup d'hommes, se débrouiller seul. Première grave erreur de jugement… Elle n'avait pas non plus eu peur de perdre ses enfants : elle était leur mère, elle leur donnait à manger, elle changeait leurs couches en dépit du dégoût que cela lui inspirait, elle leur donnait leur bain, elle veillait à écarter tout objet dangereux de leurs petites mains, elle avait installé une barrière de sécurité pour les empêcher de tomber dans l'escalier. Pas plus qu'elle n'avait eu peur de perdre son travail, car malgré tout ce qui se passait à la maison, elle avait toujours gardé une attitude professionnelle inattaquable. Non. Ces choses-là ne lui avaient pas fait peur. Ce dont elle avait eu vraiment peur, c'était de manquer de vodka.

Sur le chemin du retour après cette entrevue avec ses fils, Isabelle avait éprouvé la sensation terrible d'avoir fait elle-même son propre malheur. Et d'être responsable des peurs de James et Laurence. Responsable de leur chagrin. Responsable de leur angoisse à la perspective de quitter leur maison natale pour un pays lointain où il leur faudrait s'adapter à un nouvel environnement, une nouvelle école, de nouveaux camarades de classe, un nouveau calendrier où l'hiver était l'été et l'été était l'hiver.

Ne supportant pas l'idée de rentrer chez elle, dans cet appartement en sous-sol où régnerait un silence témoin de son lamentable échec, Isabelle gara sa voiture et prit le chemin de Trinity Road. Elle avait l'intention de marcher jusqu'à tomber d'épuisement.

Elle n'avait pas prévu de faire une halte dans un magasin de spiritueux. Elle n'en avait d'ailleurs pas cherché. Mais quand elle était tombée dessus, moins de quinze minutes après le début de sa promenade, elle s'était dit qu'elle devait s'acheter de l'eau. Elle avait soif, et, si elle devait marcher plusieurs heures, il fallait qu'elle veille à rester hydratée. Aussi entra-t-elle dans le magasin, gardant dans sa ligne de mire la vitrine réfrigérée tout au fond. Elle ne voulait voir qu'une seule chose : les bouteilles d'eau minérale.

Elle attrapa une bouteille dans la vitrine et, avec l'impression d'être héroïque, la transporta jusqu'à la caisse. Elle était en train de chercher son porte-monnaie dans son sac quand la caissière s'exclama :

— Oh, bonsoir, madame ! Je suis votre voisine d'en face. Vous êtes dans la police, n'est-ce pas ? C'est ce que ma mère m'a dit. Elle en sait long sur tout ce qui se passe dans le quartier, je vous assure. J'ai une maman curieuse comme une chouette.

Isabelle fut bien obligée de lever les yeux. La caissière était une jeune fille d'une vingtaine d'années avec, bien en évidence sur le cou, un tatouage de crabe !... Et, bien en évidence derrière elle, des rangées de bouteilles de spiritueux sur des étagères. Isabelle sourit machinalement et répondit qu'en effet elle était fonctionnaire de police mais qu'elle ne se rappelait pas avoir eu l'honneur de rencontrer sa maman. La fille éclata de rire.

— Oh, ça, c'est pas étonnant, vu qu'elle passe sa vie derrière ses rideaux... Ce sera quatre-vingt-dix pence, à moins que vous ne vouliez autre chose.

Et c'est ainsi qu'Isabelle acheta deux bouteilles de vodka Grey Goose. Et décida que sa petite promenade avait assez duré. Elle rentra chez elle, casa une bouteille dans le freezer et ouvrit la seconde.

Elle fut réveillée par une alarme de voiture qui s'était déclenchée quelque part dans le quartier. D'abord, elle crut qu'on était encore le soir, à cause de l'éclairage de rue. Puis elle vit son verre renversé sur la table basse devant le canapé où elle était allongée. Son verre et la bouteille de Grey Goose, qu'elle aurait pourtant juré avoir laissée à la cuisine, mais qui était couchée à présent dans une flaque de la vodka la plus chère du monde.

Dieu que sa bouche était sèche ! Elle avait horriblement soif. Elle fit basculer ses jambes sur le côté pour se lever et se rendit compte qu'elle avait non seulement ôté son pantalon, mais aussi sa culotte, laquelle était restée accrochée en haut de sa cuisse.

L'espace d'un instant, elle se demanda si elle avait ouvert à quelqu'un pendant la nuit. Puis elle se rappela vaguement avoir été aux toilettes et trouvé plus simple d'abandonner son pantalon sur le sol de la salle de bains avant de se diriger, titubant et riant toute seule, vers la cuisine pour se préparer un énième verre. Mais comment avait-elle pu devenir aussi soûle en si peu de temps ? Depuis qu'elle était rentrée, il s'était passé quoi… une heure ?

Elle regarda sa montre. Cinq heures… Elle fronça les sourcils. Soit sa montre s'était arrêtée – mais ce n'était pas le cas puisque la grande aiguille trottait –, soit le temps marchait à l'envers… Soit on était déjà le matin du lendemain. Quoi qu'il en soit, il fallait qu'elle dorme encore deux heures. Mais avant de se recoucher, elle devait téléphoner à la Met et laisser un message à Dorothea Harriman. Elle lui dirait qu'elle était souffrante. Après tout, elle avait sacrément mal au crâne et, de toute façon, n'est-ce pas, elle n'avait pas pris de journée de congé maladie depuis… Depuis quand, impossible de se le rappeler, mais elle aurait été étonnée que la secrétaire de département tienne les comptes.

LUDLOW
SHROPSHIRE

Étant donné l'heure matinale, Lynley fut impressionné de tomber sur Barbara Havers. Elle l'attendait dehors. Et visiblement, elle avait décidé la veille au soir que ses cheveux avaient besoin d'une coupe. À la désapprobation qu'elle lut dans son regard, elle répliqua :

— Je n'avais pas de deuxième miroir pour voir derrière et sur les côtés.

— Ah, je comprends. Mais ne vous inquiétez pas : l'asymétrie a son charme.

Elle désigna d'un geste les ruines du château de l'autre côté de la rue.

— Vous avez remarqué, monsieur, combien nous autres Anglais aimons les vieilles pierres ? Je parie qu'on est le seul pays au monde à avoir des émissions à la télé sur des tas de cailloux.

— Havers, vous m'étonnez. Vos goûts en matière télévisuelle auraient-ils changé ?

— Pas vraiment. C'est juste que j'ai mis des piles neuves dans la télécommande.

— Ah, mes espoirs sont déçus.

— Oh, mais je ne suis pas totalement ignare, monsieur : je sais que ce tas de cailloux-là est en rapport avec les Plantagenêts. Lors de mon premier séjour ici, Harry m'a parlé des York qui sortaient à cheval du château, et je sais que les York sont une branche de la famille Plantagenêt. Il a pas dit laquelle. Et je lui ai pas demandé vu que j'avais déjà fait un salmigondis dans ma tête avec les Edouard… Quand je m'étais fait passer pour une historienne auprès de Jack Korhonen, vous savez, le tenancier du bar…

— Oh, des Edouard, il y en a eu un sacré nombre, car Ludlow est passé d'une branche à l'autre de cette famille comme une balle de tennis. En fin de compte, la ville a terminé dans le giron de l'Usurpateur. Ainsi que tout le reste, y compris le privilège d'écrire le scénario.

— Hein ?

— Henri Tudor. L'histoire est écrite par les gagnants, sergent. Bon. On y va ?

À part la petite camionnette du laitier vaquant à ses livraisons, pas un véhicule ne circulait à cette heure matinale. Il leur fallut quelques minutes seulement pour gagner le domicile de Finnegan Freeman. Lynley sonna quand même à la porte. Personne ne répondant, il donna du poing contre le battant. Toujours rien. Il essaya la poignée.

Ce n'était pas fermé à clé. À l'intérieur régnait un grand silence imprégné d'une odeur de brûlé à laquelle se mêlaient des relents soufrés. Ils ne furent pas longs à repérer, posée sur la dernière marche du bas de l'escalier, une poêle où nageaient des bouts d'œufs brouillés nappés de Fairy Liquid.

Havers se dirigea vers l'arrière de la maison et dénicha la cuisine. Elle hocha la tête, paraissant déçue que personne ne soit en train de préparer le bacon et les toasts. Elle leva le doigt et disparut dans la pièce. Lynley entendit des bruits de portes de placard. Connaissant Havers, tout était possible, y compris qu'elle se mît à confectionner un petit déjeuner, mais elle ne tarda pas à ressortir, armée de deux couvercles de casserole.

Lynley comprit tout de suite. Après avoir vérifié d'un coup d'œil que le salon était vide, ils empruntèrent l'escalier, veillant à ne pas renverser la poêle.

À l'étage, il ne semblait pas y avoir âme qui vive non plus. Trois chambres et une salle de bains. La première porte était fermée à clé, la deuxième non. Lynley l'ouvrit doucement, avisa la silhouette étalée sur le lit et sourit lorsque Havers chuchota à côté de lui :

— Pas exactement le prince charmant.

Assurément, Finnegan endormi n'offrait pas un tableau idyllique. La bouche ouverte, il ronflait un peu, et son slip aurait eu besoin de tremper une journée entière dans de la lessive javellisée.

Lynley sur les talons, Havers traversa la chambre sur la pointe des pieds. Non seulement il faisait chaud dans cette pièce dont la fenêtre était fermée, mais ça sentait la sueur et la flatulence. Lynley regarda Havers se mettre en position. Elle lui rendit son regard en haussant les sourcils. Il acquiesça de la tête. Elle frappa les couvercles l'un contre l'autre en criant :

— Debout ! Debout ! Debout !

L'effet ne se fit pas attendre. Finnegan roula sur lui-même hors du lit et bondit sur ses pieds en posture de karaté.

— Iiii-yah ! hurla-t-il.

Il changea de posture, plutôt pathétique dans son slip sale.

Havers baissa pudiquement les paupières.

— Bon sang, vous pouvez pas vous habiller ?

Lynley avait sorti sa carte de police.

— Inspecteur Thomas Lynley, New Scotland Yard. On a sonné… Au fait, votre porte d'entrée n'est pas fermée à clé.

— Vous devriez faire plus attention, enchérit Havers. Pas qu'il y ait l'air d'avoir grand-chose à voler, mais qui sait, vous pourriez en rentrant chez vous retrouver Boucles d'or dans votre plumard.

Finnegan se redressa de sa position à moitié accroupie.

— C'est elle qui vous envoie ! C'est elle ! répéta-t-il.

— Boucles d'or ? dit Havers. Oh, pas du tout. Nous sommes nos propres maîtres, l'inspecteur et moi. Mais je suppose que, par « elle », vous voulez parler de votre maman, l'adjointe au chief constable… Eh bien, non, elle n'a envoyé personne chez vous. Euh… dites, vous voulez pas vous habiller ?

— Je n'irai nulle part avec vous !

— On veut juste papoter, Finn. Alors on peut le faire ici avec vous en slip, tous les trois assis sur le lit comme les trois petits singes, ou bien on peut descendre à la cuisine ou dans le séjour. La cuisine conviendrait mieux, à mon avis, vous devez avoir besoin d'une bonne tasse de thé, et je serai ravie de vous en préparer une.

— Laissez-moi tranquille, alors, pour m'habiller.

— Je reste avec lui, sergent, dit Lynley. Si vous aviez la gentillesse d'aller remettre à leur place ces couvercles de casserole et de remplir la bouilloire… ?

Après le départ de Havers, Lynley prit la chaise dans un coin de la chambre et la plaça devant la porte, qu'il ferma. Il s'assit.

— Faut que je pisse, dit Finn.

— Habillez-vous d'abord, s'il vous plaît. Ne nous compliquez pas plus les choses, Finnegan.

— Finn, rectifia le garçon.

— Finn, très bien. Vous voulez que je vous choisisse votre tenue ?

— Non, je crois pas, lâcha-t-il en ramassant une brassée de vêtements qui traînaient par terre.

Une fois qu'il eut enfilé son jean et son tee-shirt, il s'avança vers Lynley.

— Vous pouvez vous pousser ?

Lynley se leva, mais le suivit à la salle de bains. Dans le couloir, Finn claironna :

— Les keufs sont là ! Planquez le butin !

Il urina énergiquement en émettant un chapelet de pets et ne se lava pas les mains. Lynley prit mentalement note de ne pas lui serrer la main en partant.

En passant devant lui, Finn le bouscula à moitié.

— Vous enfreignez la loi, vous croyez que je le sais pas. Je connais mes droits. Vous pouvez pas entrer chez les gens comme ça. Vous avez pénétré par effraction chez moi. C'est… Qu'est-ce que vous foutez le soir ? Vous regardez la télé pour voir de quelle manière s'y prennent les flics des séries ? Vous croyez que vous pouvez intimider les gens impunément ? Eh bien, vous vous trompez. Je connais la procédure, moi !

— Tant mieux pour vous. On va à la cuisine ?

Une porte s'ouvrit. Bruce Castle. Lynley avait retenu son nom. Derrière lui se profilait la même jeune fille que la veille : Monica-qui-habite-pas-ici. Elle se mordillait l'index.

— Freeman, lâcha Bruce, qu'est-ce qu'ils ont après toi ? T'as tous les keufs du royaume au cul ou quoi ? Ça commence à être chiant, ce bordel.

Va te faire foutre, toi et ta pouffiasse ! Où est Ding ? s'exclama Finn en se mettant à tambouriner contre la porte de la troisième chambre. T'es avec un type, Ding ? Il est meilleur que Brucie et moi ?

Lynley prit fermement le garçon par le bras.

— Ça suffit, Finnegan.

Le garçon leva son bras et se libéra d'une secousse.

— C'est Finn, je vous ai déjà dit. Et me touchez pas, sinon je vous pète la clavicule.

— Quel intéressant choix anatomique, fit remarquer Lynley. Vous êtes prêt à boire votre thé, maintenant ?

Finn lui lança ce que Lynley supposa être son regard le plus assassin, puis descendit l'escalier à pas d'éléphant. À la cuisine, Havers avait réussi à réunir trois mugs et une boîte de PG Tips.

— Le lait est tourné, mais j'ai trouvé un truc qui ressemble à du sucre.

— Je vous ai pas invités à prendre le thé ! dit Finn. Je connais mes droits. Vous pouvez pas vous servir comme ça de…

— On se servira tous du même sachet, trancha Havers. Je pourrais aussi aller remplir la bouilloire chez les voisins, mais je pense pas que vous aimeriez qu'on s'éternise. Alors pourquoi on s'installe pas tous tranquillement ?

Il s'écroula sur une des trois chaises disposées n'importe comment autour de la table dans un coin de la pièce. Au-dessus était accroché un tableau avec un calendrier des corvées à remplir par les colocs. De toute évidence, aucun d'eux n'en tenait compte. L'évier débordait de vaisselle sale, la cuisinière ressemblait à une paillasse après une expérience de chimie ratée, les portes des placards bâillaient et le plan de travail disparaissait sous les boîtes de conserve, les emballages en carton, etc.

Havers procéda à la préparation du thé avec un seul sachet. Elle posa les mugs sur la table.

— Du sucre ! lança Finn.

Havers lui présenta un bol d'une matière grisâtre et solide, dont il parvint à extraire des petits bouts en piochant avec sa cuillère.

— Alors, qu'est-ce que vous voulez ? lâcha Finn. (Curieusement, il buvait son thé sans faire de bruit, constata Lynley. L'inspecteur s'était attendu à des *slurp* bien sonores.) Je vous accorde cinq minutes chrono. J'ai un cours et vous pouvez pas me le faire louper. Je suis pas idiot, je connais mes…

— Oui, vos droits, compléta Lynley. Entendu. Nous ne vous retiendrons pas, quoique mon petit doigt me souffle qu'il n'y a pas de cours si matinaux.

— Le monde appartient à ceux qui se lèvent tôt, commenta Havers.

— Qu'est-ce que vous voulez, à la fin ? geignit Finn. C'est elle qui vous envoie, hein ?

— Encore votre mère ? dit Havers. Vous pouvez pas l'oublier un peu.

— Qui d'autre alors ?

— Pourquoi nous aurait-elle envoyés ? s'enquit Lynley.

— Vous n'avez qu'à le lui demander. Comme si je pouvais deviner.

— Votre mère n'a rien à voir avec notre présence ici. Ce n'est pas ainsi que cela fonctionne. Nous voulons vous interroger sur Ian Druitt.

— Pourquoi il faut tout le temps que je réponde à vos questions sur Ian ? J'ai dit tout ce que j'avais à dire, point barre. C'était un mec super sympa et il a jamais touché à un cheveu des gosses. Ça m'étonne pas que celui qui l'a accusé ait voulu rester anonyme, parce qu'il aurait jamais osé raconter un bobard pareil à visage découvert.

— Vous pensez donc que l'appel a été passé par un homme ? Intéressant, dit Havers.

— Quoi ? Vous croyez que c'est moi, ce taré ? Je saurais même pas qui appeler.

— Pourtant, votre mère est flic. Et vous connaissez la procédure…

— Je vous l'ai dit, j'ai jamais pensé du mal de Ian, et j'en pense toujours pas et j'en penserai jamais.

— Et si c'était Ian qui pensait du mal de vous ? avança Havers.

Le garçon but une gorgée de thé, cette fois en faisant du bruit.

— Il y avait un souci à votre sujet, enchérit Lynley.

— En fait, M. Druitt voulait en parler à vos parents, ajouta Havers.

— C'est pas possible ! Ian connaissait même pas mes vieux.

— C'est vrai, opina Havers. Il a d'ailleurs cherché à se procurer leur numéro de téléphone.

— Qui vous a raconté cette connerie ?

Havers leva les mains en l'air.

— Je ne peux pas le divulguer. Mais je peux vous garantir, et l'inspecteur aussi, qu'il souhaitait leur parler de vous.

— N'importe quoi ! Si Ian avait eu quelque chose à me reprocher, il m'en aurait parlé directement. C'était le genre du bonhomme. Et il n'avait rien à redire sur moi, parce que je faisais le boulot très bien. J'aidais les gosses à se servir d'Internet et tout ça. J'organisais des jeux en équipes et tout…

— C'est tout à fait louable… Mais il se trouve que Ian Druitt n'était pas préoccupé par ce qu'il vous avait demandé de faire, mais par quelque chose qu'il ne vous avait justement pas demandé de faire.

— Comme quoi ? Vendre de la daube aux gosses ? Les faire fumer de la beuh ? Leur refiler des extas ?

Pourquoi pas les faire entrer dans les maisons par les trappes pour chiens pour faire des cambriolages ?

— Quelles bonnes idées que voilà ! commenta Havers. Laquelle avait votre préférence ?

— M. Druitt a utilisé le mot *influence*, précisa Lynley. Il était, paraît-il, inquiet de l'influence que vous aviez sur les enfants.

Finn se tut. Dehors, les oiseaux s'étaient mis à gazouiller et quelqu'un faisait rugir son moteur au point mort. Finn regarda tour à tour Havers et Lynley, se tassa davantage sur sa chaise et, prenant son mug entre ses mains, déclara :

— Pourquoi vous dites pas carrément où vous voulez en venir ?

— Nous nous demandons si M. Druitt n'a pas souhaité parler à vos parents justement de vos relations avec les enfants.

— Et après ?

— Vous vous contentiez peut-être de jouer au grand frère avec une bande de gamins qui vous voyaient comme un super héros, dit Havers. Mais vous aviez aussi peut-être avec eux le genre de relations qu'il vaut mieux avoir en cachette. Si jamais quelqu'un vous avait surpris, vous étiez dans de beaux draps.

— De quoi vous me parlez, là ?

— Vous voyez, Finn, nous sommes devant tout un ensemble de faits et d'indices qui tissent une toile d'araignée, et au milieu de cette toile se trouve une araignée qui se met à vous ressembler drôlement.

— Nous avons aussi appris que votre père a demandé à l'îlotier de Ludlow de vous surveiller, ajouta Lynley. Votre père, donc, doit être inquiet pour vous.

— Jamais de la vie.

Finn se passa un bout de langue grisâtre sur les lèvres. Tout d'un coup, il ne crânait plus du tout.

— Jamais de la vie *quoi* ? Essayez de voir les choses de notre point de vue, reprit Havers en esquissant un geste vers la rue. Rien n'est plus facile que de remonter ni vu ni connu Weeping Cross Lane jusqu'au poste de police désaffecté. Surtout de nuit. On peut se glisser sur le parking sans être filmé par une caméra de surveillance, puisque celle de la porte de derrière est en panne. On peut même entrer sans être vu. Et si, en plus, Gary Ruddock est occupé avec sa copine dans la voiture de patrouille…

— Gaz a pas de copine. Il s'en plaint assez.

— On peut faire tout ce qu'on veut là-dedans, et bien sûr téléphoner au central de la police…

— Puisque je vous ai dit que cet appel anonyme, c'est des conneries.

— … Ou même se débarrasser de M. Druitt qui a vu quelque chose qu'il n'aurait pas dû voir.

— N'importe quoi ! C'est qui qui vous a raconté des bobards pareils ? Gaz ? Si c'est lui, il ment. Ou Ian mentait. Ou un gamin m'aimait pas, je sais pas pourquoi. Bien, maintenant cassez-vous, j'ai plus rien à vous dire. Vous avez pigé ? Vous avez contre moi que des mensonges. Du début à la fin.

Il se leva, et les pieds de sa chaise raclèrent sur le linoléum, y laissant des traces qui ne disparaîtraient pas de sitôt. Après quoi, il alla ouvrir la porte d'entrée et hurla :

— Hors d'ici ! Je vois clair dans votre jeu ! Sortez !

Comme ni Lynley ni Havers ne semblaient vouloir bouger du seuil de la cuisine, il fit claquer à toutes forces la porte d'entrée, monta l'escalier et fit subir le même traitement à la porte de sa chambre.

— Ça, c'est de la rébellion, déclara Havers.

Ils s'apprêtaient à quitter les lieux quand un bruit de pas résonna au-dessus de leurs têtes. Et soudain, une voix féminine :

— Finn ? Ils sont partis ?

Un bruit de quelqu'un qui gratte à une porte, puis :

— Tu es là, Finn ? Qu'est-ce qu'ils voulaient ?

Havers regarda Lynley, qui fit de la main un signe : on attend. Silence. La fille descendit l'escalier. Quand elle les vit, elle se pétrifia dans sa fine chemise de nuit en coton pudiquement ras du cou. Dena Donaldson. Elle fit mine de remonter.

— On voudrait vous parler, Dena, dit Lynley.

— Pourquoi ?

— Nous sommes curieux.

— De quoi ?

— Rabiah Lomax.

Elle regarda Havers, puis se tourna de nouveau vers Lynley.

— J'ai rien fait de mal. Je vois pas ce qui m'oblige à vous parler.

— Vous n'êtes obligée à rien. Nous demandons, vous pouvez refuser.

— Mais si vous refusez, on se posera des questions.

— Nos indicateurs pointent vers cette maison, expliqua Lynley. Vous pourriez peut-être nous aider à débrouiller certaines choses…

Dena descendit les dernières marches. Elle n'était pas grande, nota Lynley, mais bien faite, et plutôt jolie fille, même si pour le moment une vilaine moue crispait ses traits.

— Bon, qu'est-ce que vous voulez savoir ?

— D'abord, vos relations avec Rabiah Lomax ?

— Pourquoi ?

— Son nom a été cité plusieurs fois dans cet imbroglio.

— Ça n'a rien à voir avec moi.

— Vraiment ?

— Je connais juste Missa. Sa petite-fille. Mrs. Lomax est passée me voir hier pour me donner un message de sa part, de la part de Missa.

— Bizarre qu'elle ne vous ait pas tout simplement téléphoné, fit observer Havers.

— Missa m'avait emprunté un collier. Sa grand-mère me l'a rapporté.

— C'était un message ou un collier, alors ? demanda Lynley.

— Quoi ? Ça peut pas être les deux ?

— Et ce message ? dit Havers.

Dena pencha la tête de côté.

— Ça vous regarde pas. Et je crois pas que ça ait quoi que ce soit à voir avec la raison qui vous amène. Elle avait un copain, elle a cassé avec lui et maintenant ils sont de nouveau ensemble. Je vous en dirai pas plus.

— Et vous ? interrogea Havers. Vous avez un copain ?

— Pas en ce moment.

— Pas même Gary Ruddock ?

— Qui ?

— L'îlotier. Je vous ai vue un soir avec lui au poste de police…

Dena les regarda tour à tour.

— Je connais pas ce mec. Tout ce que je sais, c'est qu'il rapplique au Hart and Hind chaque fois que quelqu'un râle à cause du bruit, parce que dans le coin, ils vont tous se coucher avec les poules. Mais c'est impossible que vous m'ayez vue dans la voiture de patrouille. OK ? Bien, j'ai répondu à toutes vos questions. Maintenant, si je peux remonter me préparer, j'ai un…

— Un cours, compléta Havers. C'est un vrai nid de forts en thème dans cette maison, ma parole.

Ils la suivirent des yeux tandis qu'elle gravissait l'escalier, entendirent une porte se fermer, puis un bruit d'eau : une baignoire qui se remplissait.

Havers se tourna vers Lynley.

— J'en mettrais ma main au feu, monsieur, c'est bien la fille qui était avec Ruddock.

— Vous ne pouvez pas être sûre, sergent. C'était la nuit. Le coin le plus sombre…

— C'est vrai, mais il y a une chose…

Il lui trouvait la mine spécialement réjouie.

— Quoi donc ?

— Je n'ai pas parlé de voiture, et encore moins de voiture de patrouille. C'est elle qui l'a dit.

Lynley leva les yeux vers l'étage, hochant pensivement la tête.

— Il faudrait que quelqu'un confirme.

— Exact. Je sais qui pourrait le faire. Il faut juste le trouver.

WORCESTER
HEREFORDSHIRE

Trevor Freeman se demanda qui l'appelait à une heure aussi matinale. Il n'était même pas six heures et demie. Mais quand il vit le nom s'afficher sur le cadran de son portable, son sang ne fit qu'un tour. Repoussant ses couvertures, il s'empara de son téléphone.

— Finn ? Ça va ?

Son conduit auditif fut aussitôt agressé par des cris mêlés de sanglots.

— Si tu veux que je comprenne, il faut que tu te calmes. Que s'est-il passé ? Tu as eu un accident ? Finn, respire un grand coup. Tu es assis ? Non ? Assieds-toi. Trouve de quoi. Assis ! Je suis là. Ressaisis-toi.

Il attendit. Il y eut des bruits : reniflements, respiration entrecoupée, comme quelqu'un qui a couru trop vite, puis son fils se mit à raconter. Un récit décousu, qu'il lâcha par bribes, mais que Trevor n'eut pas trop de mal à reconstituer : New Scotland Yard, les mêmes enquêteurs que ceux qui étaient venus à Worcester pour interroger Clover, des couvercles de casserole, un réveil brutal, puis toutes les questions et, enfin, l'accusation.

Trevor eut l'impression que des griffes se refermaient sur ses poumons. Il parvint cependant à calmer suffisamment son angoisse pour rassurer Finn, ce qui consistait pour l'essentiel à lui dire qu'il allait prendre les choses en main.

— Papa, il a menti. Il a menti !

Trevor ne savait pas s'il voulait parler de Gaz Ruddock ou de Ian Druitt.

— Je m'en occupe, Finn. De ton côté, tu ne bouges pas, surtout. Tu as compris ?

— Ce truc avec les gosses... J'ai seulement fait ce qu'on me demandait... J'aurais jamais... Pourquoi quelqu'un aurait dit... Et maintenant ils croient... Ils se sont fourré dans la tête que je suis allé au poste de police... J'ai rien fait, merde, rien du tout !

— Je m'en charge. Toi, tu attends que je te rappelle.

— Tu parles, j'ai envie de...

En coupant la communication, Trevor sentit que les griffes à l'intérieur de lui s'attaquaient à présent à ses intestins. Il entendit la radio mise tout bas dans la cuisine au rez-de-chaussée. Les premières nouvelles de la journée. Elle n'était pas encore partie. À six heures vingt-cinq, bien sûr, elle était toujours là. Avant de franchir la porte de leur chambre, il s'aperçut qu'il était nu et chercha son caleçon par terre. À cet instant, le bruit de la radio cessa et, quelques secondes plus tard, la porte d'entrée se referma.

Il se rua à la fenêtre. Il la vit s'éloigner de dos et n'eut pas le réflexe de taper au carreau avant qu'il ne soit trop tard. Elle était déjà montée dans sa voiture. Il enfila son caleçon et dévala l'escalier, mais le temps qu'il ouvre la porte d'entrée, elle était partie – par souci obsessionnel de la sécurité, elle fermait toujours à double tour, et en plus la clé n'était pas à son crochet...

Elle l'avait cachée exprès ! Elle savait ce qui leur pendait au nez, et elle n'avait pas l'intention de faire face aux conséquences du séisme qu'elle avait provoqué.

Il brassa le contenu du tiroir de la console de l'entrée. Pas de clé. Il se rua dans la cuisine, déplaça les objets sur le plan de travail. Pas de clé. Enfin, il la trouva dans le panier des serviettes en papier. Il était prêt à jurer qu'il ne l'avait pas mise là ; c'était elle… Il se précipita dehors et courut à sa voiture garée dans la rue.

Tandis qu'il démarrait, il fut affolé non seulement par le tremblement de ses mains, mais aussi par celui de ses genoux et de ses bras. Il tremblait à la façon d'un petit gamin qui a peur du noir. Il tremblait de désespoir, si une telle chose était possible.

Trevor savait quelle route elle empruntait : la plus courte, comme la plupart des gens qui se rendent au bureau tous les jours. Et donc, l'A38.

En s'insérant dans la circulation, il mit ses warnings et klaxonna, comme pour accélérer le mouvement. Heureusement, il y avait une section de route à quatre voies. Il passa sur la voie express et appuya à fond sur l'accélérateur. Il la rattrapa huit kilomètres plus loin, car, contrairement à lui, elle conduisait de manière raisonnable. Il lui fit de grands signes, et elle s'arrêta non pas sur une aire de repos, mais sur un terre-plein bordé de peupliers. Ils sortirent tous les deux de leur voiture, lui avec son portable à la main, qu'il agita pour le lui montrer. Elle le regarda d'un air étonné. Il avait oublié qu'il était en caleçon… Ses couilles se recroquevillèrent dans la brise frisquette.

— J'ai le mien dans mon sac, Trev. C'est sûrement le tien. Tu aurais dû m'appeler.

— C'est la cata ! s'exclama-t-il. Je ne sais pas ce que vous avez fabriqué tous les deux, mais ça tourne mal.

Elle devint blême.

— Qu'est-ce qui se passe ? Tu me fais peur.

— Je te parle de notre fils. Il vient de m'appeler. Il est dans un état !

— Il est… Il a… ?

— Ces deux flics de Londres se sont matérialisés dans sa chambre comme deux créatures d'outre-tombe. Il était profondément endormi. Ils l'ont réveillé et ils l'ont cuisiné.

— Mon Dieu.

Elle fixait le téléphone dans le poing de Trevor. Puis elle leva les yeux vers le défilé de véhicules. Ils étaient beaucoup trop proches de la chaussée. Elle le tira par le bras entre les deux voitures.

— Qu'est-ce qu'il t'a dit ? Où est-il ? Il n'a pas été interpellé, si ?

— Quand j'ai réussi à comprendre ce qu'il disait entre ses cris et ses pleurs…

— Il est chez lui, n'est-ce pas ? Ils ne l'ont pas emmené ?

— Ils l'ont interrogé sur ce qu'il fabriquait avec les gamins de ce putain de centre de loisirs où tu as voulu absolument qu'il fasse son devoir civique. Tes flics de Londres…

— Ils n'ont rien à voir avec moi.

— … ont apparemment conclu que Druitt s'inquiétait de ce que Finn fricotait avec les petits. Alors, tu vas me dire maintenant : étais-tu au courant ?

— Au courant de quoi ? Que la Met allait…

— On se fout de la Met ! Tu savais que les appels de Druitt à Gaz concernaient le comportement de Finn avec les enfants ?

— J'ai essayé de t'expliquer, Trevor. C'est à cause de la Met. Je sais comment ils raisonnent et je sais comment ils travaillent. La première fois qu'ils sont venus, j'ai dit à Finnegan de ne pas répondre à leurs questions sans la présence d'une tierce personne, mais il n'en fait qu'à sa tête et voilà où ça nous mène. C'est exactement ce que je craignais.

— Quoi ? Que les flics accusent notre fils d'être coupable d'abus sexuels sur des enfants ?

— Bien sûr que non ! Mais Finn n'a pas voulu m'écouter, il s'est cru plus malin que tout le monde, parce qu'il pensait que c'était Druitt qui était accusé de pédophilie. D'ailleurs, c'était le cas, et la police des polices avait conclu son enquête dans ce sens. Je pensais qu'on en avait fini. Et voilà qu'ils sont revenus…

— Il est convaincu que c'est toi et Gaz qui l'avez piégé. Pourquoi pense-t-il une chose pareille, Clover ?

— Ne sois pas ridicule, Trev. Tiens, tu grelottes. Si on doit continuer à discuter, autant le faire au chaud dans une voiture.

— Ne recommence pas.

— Pas quoi ?

— À m'embobiner. Tu le sais très bien, tu te défiles à chaque fois.

Elle leva les mains et mima le geste de s'arracher les cheveux comme pour implorer une aide divine.

— Trevor, pour quelle raison voudrais-tu que j'envoie Scotland Yard chez Finn ? J'ai passé ma vie à faire tout ce que je pouvais pour le protéger contre son inconscience. Tu crois que, brusquement, je me suis dit que ça ne valait pas le coup qu'on se donne tant de mal et que je l'ai balancé aux flics ?

— Non, mais je pense que c'est un subterfuge que tu as imaginé. Surtout si tu as la preuve qu'en fait il n'a rien à se reprocher. Donc, quoi qu'il lui arrive à court terme, dans le long terme, il n'a pas de souci à se faire, et toi non plus.

Elle inspira une longue bouffée d'air. Soit elle s'enjoignait au calme, soit elle jouait encore la comédie.

— Dis-moi carrément ce que tu as derrière la tête, lâcha-t-elle.

— Il y a des choses que tu préfères garder secrètes… même de moi… Et c'est un bon moyen d'y parvenir.

— Des choses ? Quelles choses ?

— À toi de me le dire, Clover. J'en ai marre que tu me prennes pour un con.

— Parce que tu crois ça ?

— Oui.

Elle s'avança et colla presque son visage contre le sien.

— Écoute-moi bien, Trev. Je ne voulais pas qu'il aille à West Mercia College, mais j'ai accepté. Je ne voulais pas qu'il soit en coloc, mais j'ai accepté. En effet, je n'étais pas sûre qu'il soit capable de se prendre en charge, mais j'ai dit amen à ce qu'il voulait, lui, et à ce que tu voulais, toi. Et maintenant, regarde où on en est. J'aimerais que pour une fois, Trevor, tu te rendes compte que ce qui arrive n'a rien à voir avec mes relations avec notre fils ou mes relations avec quiconque. Et si tu persistes à m'accuser de me mêler de la vie de Finnegan, réfléchis un peu à ton attitude à toi vis-à-vis de mes relations avec lui. Ça remonte à loin, on n'était déjà pas d'accord sur la méthode pour changer sa couche. On a été en conflit sur son éducation depuis le jour de sa naissance. Et regarde où ça nous a menés. Maintenant, je vais voir ce que je peux faire pour arranger tout ça… Mais tu admettras qu'on est au moins d'accord sur une chose…

— Laquelle ?

— Il n'y a pas le moindre filet de preuve que Finnegan se soit mal conduit. Quant au reste, ajouta-t-elle en faisant un geste de va-et-vient entre eux deux, on avisera plus tard.

Sur ce, elle retourna à sa voiture. Comme elle avait laissé le moteur en marche, elle disparut vite, le laissant planté là. Qui avait marqué le plus de points ? Il n'aurait su dire…

LUDLOW
SHROPSHIRE

Barbara Havers s'était attendue à devoir sillonner le centre de Ludlow pour localiser Harry Rochester. Quelle ne fut pas sa stupéfaction de le voir traverser le Ludford Bridge alors que Lynley et elle allaient bifurquer dans Broad Street pour gagner le quartier historique. Elle le montra du doigt à Lynley, lequel se gara le long du trottoir.

— À vous de jouer, sergent. Je ne pense pas que cela nécessite qu'on soit deux.

Havers héla Harry. Il la salua gaiement de sa main qui tenait une flûte.

— C'est pas un peu tôt pour vous, Barbara ?

— Pour vous aussi, non ? Vous avez une minute ?

— Mais bien sûr.

Ils se rejoignirent sur le pont, côté Ludlow. Barbara dit bonjour à Sweet Pea, le berger allemand, qui restait sagement aux pieds de son maître tout en manifestant son plaisir de revoir Havers par des battements joyeux de la queue.

— Vous êtes déjà au boulot à cette heure ? s'enquit Harry.

— On avait quelque chose à faire qui n'attendait pas. Et vous, d'où vous venez comme ça ? Vous faites une petite promenade matinale, tous les deux, Sweet Pea et vous ?

— Oui et non. On a passé la nuit au bord de la rivière.

— Vous vous êtes fait expulser du centre-ville ?

— Oh non. Quand le temps se met au beau, Pea et moi, on aime dormir dans un cadre bucolique. Il y a un endroit sur Breadwalk avec une jolie vue sur le château. En plus, comme c'est à l'écart du sentier, je peux y laisser mes affaires pendant la journée. Le soir, je dors sur place ou bien je descends au bord de l'eau. De ce côté de la rivière, bien sûr ; l'autre rive est trop escarpée. (Il indiqua d'un geste la direction du Charlton Arms.) Vous connaissez Breadwalk ? (Il était parti pour tailler une bavette.) Les gens y font de la marche, du vélo, du jogging, promènent leur chien. C'est un chemin idéal entre Dinham Street et ici.

— Un raccourci ?

— Tout à fait. Et il a une histoire fascinante. Autrefois, voyez-vous, les ouvriers étaient payés en miches de pain[1] plutôt qu'en monnaie sonnante et trébuchante. C'était une façon d'éviter qu'ils boivent leur salaire avant de rentrer chez eux et qu'ils n'aient plus rien à mettre sur la table. Ce n'était pas une mauvaise idée, quand on y pense, vu ce goût singulier des hommes pour les boissons enivrantes.

— Mais c'est un peu embêtant si on veut mettre de l'argent de côté pour sa retraite.

— Oui, c'est un problème, quoique je doute que ces gens vivaient assez longtemps pour qu'on puisse évoquer leurs retraites. Voulez-vous nous accompagner, sergent ? Pea et moi remontons vers Castle Square.

— Vous avez quelque chose à vendre ?

— Hélas, rien aujourd'hui. Mais c'est le jour du marché, et, voyez-vous, on a un petit creux. Surtout qu'il y a le camion du marchand de saucisses… le péché mignon de Pea. C'est encore un peu tôt, mais je voudrais faire un saut au Spar, où on a déposé pour moi à la caisse quelques produits cosmétiques. J'y prendrai aussi le *Guardian*, même si les nouvelles datent de la veille et sont toujours mauvaises. À se demander si ça vaut la peine de les lire… Mais de temps en temps, on a besoin de s'informer, n'est-ce pas ? Comme aujourd'hui.

— Une prémonition ?

— J'espère que non, les prémonitions concernent en général les catastrophes : tremblement de terre, tsunami, ouragan, tornade, villes entières englouties… Êtes-vous avec l'inspecteur ?

— Il est resté près de la voiture. Vous voulez qu'on vous dépose sur la place ?

---

1. *Bread* en anglais signifie pain. *Walk*, allée ou sentier.

— Oh non, merci. Je ne pourrais pas supporter d'être enfermé dans une voiture. J'arrive tout juste à tenir trente secondes à l'intérieur du Spar pour payer mes emplettes. Qu'est-ce que je peux faire pour vous, Barbara ? Je vous pose la question, car, même si je suis ravi de bavarder avec vous, je sais que la police a toujours des arrière-pensées.

— Ça se voit que vous n'êtes pas né de la dernière pluie. En fait, il s'agit de l'îlotier.

Barbara rappela à Harry ses propos concernant les jeunes qui se voyaient embarqués dans la voiture de patrouille de l'auxiliaire de police au cœur de la nuit. Pourrait-il en identifier certains s'il les revoyait ?

Harry répondit que rien n'était moins sûr. Ces embarquements avaient lieu de nuit, et il ne distinguait que des silhouettes. En plus, il y avait énormément de jeunes vers Castle Square, vu que l'entrée de West Mercia College était par là. Aussi Harry se jugeait-il incapable d'affirmer que tel ou tel était avec Gary Ruddock tel ou tel soir.

— Mais vous voulez bien essayer ? insista Havers.

— Je veux bien vous appeler si jamais je reconnais l'un d'eux dans la rue.

Barbara lui expliqua qu'elle avait en tête quelque chose d'un peu différent. Maintenant que la météo semblait au beau fixe – même si l'Angleterre était ce qu'elle était –, accepterait-il de les rejoindre ce soir même, l'inspecteur et elle, au Hart and Hind ?

Il était tout à fait d'accord, à condition de les retrouver dehors et du moment qu'il pouvait garder Sweet Pea avec lui.

— Pas de problème, répondit Barbara. Cela nous ira très bien.

Ils s'accordèrent sur une heure, puis Barbara remonta vers la voiture. Lynley l'attendait dehors et paraissait plongé dans la contemplation du barrage. Une cane colvert et ses canetons nageaient de-ci de-là.

— Un homme matinal, commenta Lynley.

— Il dit qu'il aime bien changer de crémerie quand il fait beau.

Lynley acquiesça, mais il avait l'air songeur.

— C'est bon à savoir. Cela fait de lui un témoin idéal.

— C'est aussi mon avis, monsieur.

Tandis qu'elle informait Lynley de ce qu'elle avait arrangé avec Harry Rochester – le Hart and Hind, ce soir, dans l'espoir qu'il reconnaîtrait quelqu'un –, son portable sonna. Il lui fallut fouillasser un peu pour le déloger de son sac.

C'était Flora Bevans, une autre lève-tôt. Une pensée était venue à la fleuriste, et elle souhaitait en faire part à la police.

— Toute nouvelle information nous sera utile, répondit Barbara.

— Ça a rapport avec ma sœur, en fait. Comme vous êtes en ville… Je suppose que vous l'êtes…

— On est au Ludford Bridge, on admire les canards.

— Ah, oui, c'est beau, ce pont, et la vue sur la rivière.

— Et votre sœur… ?

— Ça date de quelques mois. Greta m'a appelée pour me demander si Ian serait disposé à parler avec une de ses étudiantes ou étudiants, je ne me rappelle plus si c'était un garçon ou une fille. Peut-être que je l'ai jamais su, d'ailleurs. En tout cas, ça semblait assez urgent.

— Greta est enseignante ?

— Oh, pardon. J'ai oublié de vous préciser. Elle est conseillère d'orientation à West Mercia College, la seule de toute la fac, en fait.

— Alors il s'agissait… d'un problème dont elle ne pouvait pas s'occuper elle-même ? C'était au-delà de ses compétences ?

— À mon avis, c'était plutôt une question de temps. Elle a trop de travail. Elle est tout à fait compétente, mais elle ne peut pas tout gérer… Je ne sais pas combien il y a d'étudiants à West Mercia, mais cela doit se monter à plusieurs centaines, non ? D'un autre côté, si ce garçon ou cette fille traversait une crise spirituelle, Ian aurait été plus qualifié, étant donné que Greta a tourné le dos à la religion à l'adolescence. Bon, je me suis juste dit qu'il fallait que je vous en parle puisqu'elle avait fait appel à Ian. Voulez-vous son numéro de téléphone ?

Barbara la remercia chaleureusement, ajoutant que, si jamais autre chose lui revenait, elle ne devait pas hésiter à la rappeler, vingt-quatre heures sur vingt-quatre.

Puis elle raccrocha et communiqua l'information à Lynley.

— On l'appelle après le petit déjeuner ? dit-il.

Le cœur et l'estomac de Barbara se réjouirent.

— Vous savez comme je suis, monsieur. Je dis jamais non quand il s'agit de gastronomie.

ST. JULIAN'S WELL
LUDLOW
SHROPSHIRE

Quand elle s'était portée candidate, Rabiah Lomax n'avait pas imaginé que la présidence du comité d'entretien et de réparation de *Volare, Cantare* lui prendrait autant de temps. En théorie, la beauté d'un planeur, en comparaison d'un avion à moteur, c'était qu'il n'y avait pratiquement pas d'entretien, non ? Sauf qu'elle n'avait pas plus tôt endossé cette responsabilité que, oups !, une pilote avait oublié de sortir le train d'atterrissage. Qui allait payer pour les dégâts occasionnés ? Aucun débat à ce jour n'avait été aussi passionné au sein de l'association. Il y avait ceux qui pensaient que la pilote devait assumer son erreur. Alors que d'autres jugeaient cela injuste, leurs cotisations pouvant quand même financer autre chose que le vin et les cacahuètes de leur réunion mensuelle à Church Stretton. Et puis, à quoi ça servait alors d'être assurés ? Pour un troisième groupe, il fallait songer à acheter un nouveau planeur. N'y avait-il pas chaque année des améliorations en termes de sécurité ? Leur aéronef commençait à ressembler à une antiquité, et ils avaient tout intérêt à sauter sur l'occasion pour acquérir un appareil dernier cri. Ainsi le comité avait-il été chargé de proposer différentes solutions.

C'était l'objet de la réunion d'aujourd'hui. Rabiah se félicita d'avoir exigé un rendez-vous matinal. Il y avait du pugilat dans l'air, en particulier entre Dennis

Crook et Ngaio Marsh Stewart (dont la mère avait dû en pincer pour Roderick Alleyn[1]).

— Attention, mon cher…, lâcha justement Ngaio.

Une petite phrase annonçant que ce qui allait suivre ne serait pas agréable. C'est alors qu'on sonna à la porte. Rabiah se leva en s'excusant de devoir s'absenter une minute, soulagée en son for intérieur d'échapper à l'ambiance plombée. Toutefois, quand elle vit qui se tenait sur le seuil, elle fut tout aussi soulagée d'avoir un bon prétexte pour ne pas les laisser entrer.

— Désolée, mais je suis occupée… Une réunion pour notre collectif de planeur, et c'est moi qui préside.

— Nous attendrons, répliqua l'inspecteur Lynley.

— Et nous serons ravis de vous écouter, enchérit le sergent Havers.

— Malheureusement, je n'ai pas assez de sièges. Et le sujet n'a rien de passionnant, je vous le garantis. Nous discutons de savoir s'il faut réparer notre planeur ou en acheter un neuf.

— Tout à fait dans mes cordes, dit Havers. Et vous, monsieur ?

— Très intéressant, en effet.

— Je vous téléphonerai quand nous aurons fini.

— Nous pourrions attendre à la cuisine, ou dans le jardin. Ou vous pourriez sortir quelques minutes, nous pouvons tout à fait nous entretenir avec vous dans la rue.

Et Barbara ajouta, d'un ton légèrement moins amical :

---

1. Allusion à Ngaio Marsh (1895-1982), auteure de romans policiers néo-zélandaise, créatrice du personnage de l'inspecteur Roderick Alleyn de Scotland Yard.

— Nous avons communiqué avec Greta Yates, la conseillère d'orientation de West Mercia College. Il s'avère qu'elle avait mis Ian Druitt… le diacre ? Vous vous souvenez de lui, bien sûr… en contact avec une jeune fille du nom de Melissa. Melissa Lomax. Et donc, l'inspecteur et moi, nous nous sommes dit que, de deux choses l'une, soit c'était une incroyable coïncidence que deux Lomax se soient confiées à un type décédé peu après en garde à vue dans un poste de police, soit il y avait une des deux Lomax qui racontait des salades aux flics. Aux flics qui essayent de comprendre ce qui est arrivé à ce pauvre type.

— Pourriez-vous éclaircir ce mystère, madame ? reprit Lynley. Mrs. Yates a eu la gentillesse de nous donner l'adresse et le numéro de téléphone de Melissa Lomax…

— Autrement dit, on peut facilement la retrouver, traduisit le sergent.

— Mais nous avons pensé que vous aimeriez nous parler avant.

— Vous n'êtes pas obligée, bien sûr, mais nous allons de surprise en surprise, voyez-vous. Dena Donaldson a aussi un lien avec votre petite-fille et nous nous demandons où tout cela nous mène. Au fait, saviez-vous que le numéro de Melissa figure deux fois dans le journal d'appels de M. Druitt. Je l'ai appelée, mais je tombe toujours sur la messagerie. Melissa, car je suppose que c'est elle, ne m'a pas rappelée.

Au nom de Greta Yates, Rabiah avait eu un drôle de petit frisson à l'arrière des genoux. Toutefois, elle était déterminée à ne pas se laisser impressionner. Ce qu'il fallait, c'était gagner du temps. Elle essaya de se défiler en invoquant la réunion du comité – ils avaient des questions compliquées à régler, cela allait leur prendre des heures ; elle promettait de les rappeler.

— Comme nous vous l'avons dit, cela ne nous dérange pas de patienter, répondit Lynley. Et vous, vous pourriez peut-être trouver deux secondes pour téléphoner à votre avocat.

— Servir des salades aux poulets est plutôt déconseillé, expliqua Havers.

Rabiah n'avait pas le choix.

— Bon. Si vous voulez bien attendre à la cuisine… Et si vous voulez bien ne pas dire aux autres que vous êtes de la police.

— Pas de problème pour moi, répliqua Havers. Et vous, monsieur ? Vous réussirez à vous faire passer pour le couvreur ? Ou le plombier, puisqu'on sera à la cuisine ?

— Si seulement j'avais pensé à me munir de ma clé à molette.

Rabiah les conduisit hâtivement à l'intérieur, puis rejoignit le groupe de discussion, lequel, en son absence, avait décidé que la seule façon de trancher était de soumettre les propositions à un vote lors d'une assemblée générale extraordinaire de l'association, les factions ne parvenant pas à trouver un compromis.

Lorsqu'elle referma la porte sur le dernier membre du comité, Rabiah savait ce qu'elle allait répondre à la police. Elle retourna à la cuisine et fut d'abord interloquée de voir l'inspecteur se lever à son apparition : une galanterie pareille, elle croyait que cela n'existait plus. Puis elle débita d'une traite :

— La première fois, j'ai cherché avant tout à protéger ma petite-fille. Sa vie, la vie de toute notre famille, a été bouleversée récemment. La petite sœur de Missa est morte il y a un an, après une longue maladie. En décembre, Missa nous a fait part de son souhait de quitter West Mercia College pour rentrer chez elle et rester avec son autre jeune sœur, Sati. Sati était ravie, bien sûr, mais c'était la seule parmi nous. On a réussi, pendant les vacances de Noël, à la persuader de retourner à la fac. On voyait bien que quelque chose ne tournait pas rond, mais aucun de nous ne savait qu'elle voyait M. Druitt. Je l'ignorais lors de votre première visite. C'est vous qui me l'avez appris, en fait. Mais je voulais parler avec elle avant que vous l'interrogiez. Je suis sûre que vous auriez fait la même chose à ma place.

— Peut-être voyait-elle le diacre pour une raison autre que son dilemme concernant ses études ? suggéra Lynley.

— Depuis la mort de Janna, la vie est dure pour nous tous, et avant, elle l'était déjà, difficile. Missa avait les meilleures raisons du monde pour chercher un soutien auprès d'une personne compétente.

— C'est Greta Yates qui a sollicité Druitt pour votre petit-fille, souligna Havers. Votre petite-fille n'a rien cherché du tout.

— Quoi qu'il en soit, soupira Rabiah, Missa l'a vu plusieurs fois, d'accord. Et après ? Quel lien peut-il y avoir avec la mort de M. Druitt ?

— Nous aimerions pouvoir vous répondre, dit Lynley.

— Nous y travaillons, lui assura Havers. On suit le fil et on constate que vous êtes tous liés d'une façon ou d'une autre. Nous vous parlons de Ian Druitt et hop ! vous voilà avec Dena Donaldson. Dena vit dans la même maison que Finnegan Freeman, qui était l'assistant de Ian Druitt auprès des enfants du centre de loisirs. Ian Druitt voyait régulièrement votre petite-fille et hop ! celle-ci se trouve comme par hasard être une bonne amie de Dena Donaldson.

— Un nombre de coïncidences remarquable, vous avouerez, dit Lynley.

— Je peux facilement vous expliquer mon rôle là-dedans, s'empressa de déclarer Rabiah, qui transpirait à présent sous les bras. J'ai voulu dissiper un malentendu avec Dena. Je croyais qu'elle s'était servie de notre nom pour rencontrer Ian Druitt.

— Et qu'est-ce qui a pu vous faire croire ça ? demanda Havers.

— Cela m'a semblé logique. Missa et elle sont très proches.

Lynley l'observait attentivement. Elle se fit la remarque qu'il avait les yeux marron, ce qui était plutôt rare chez les blonds. Un silence crispé s'installa. Puis Lynley émit une hypothèse :

— Serait-il concevable que votre petite-fille ait vu le diacre pour une autre raison que celle invoquée ?

Mon Dieu, que cet homme s'exprimait avec courtoisie, pensa Rabiah.

— Nous ne sommes pas religieux dans la famille, si c'est à ça que vous pensez. Je ne peux pas m'imaginer Missa discutant avec lui de Jésus, de la trinité et de la vie après la mort.

— Il y avait des préservatifs dans la voiture de M. Druitt. Le paquet était à moitié vide.

— Vous suggérez que Missa et le diacre… Non… C'est impensable. Missa a un petit ami à Ironbridge, et même si elle n'en avait pas, elle tient à rester vierge jusqu'au mariage. C'est vieux jeu, je sais, mais c'est comme ça.

— Une fille se fait parfois de drôles d'idées, opina Havers. Je veux dire, elle veut rester pure ou je ne sais quoi… puis un jour, un mâle la fait changer d'avis.

— Elle aurait trouvé le diacre irrésistible et aurait décidé de perdre sa virginité avec lui ? Cela m'étonnerait !

— Il va falloir qu'on lui parle, intervint Lynley. Vous comprenez, n'est-ce pas ?

Rabiah ne comprenait que trop bien. Mais la famille était déjà sens dessus dessous, et…

— Je vous en prie, tenta-t-elle. Missa n'a rien à voir avec la mort de ce pauvre homme… Comment puis-je vous en persuader ?

Bien entendu, elle connaissait d'avance la réponse à sa question.

LUDLOW
SHROPSHIRE

Yasmina Lomax était persuadée que, si sa fille avait des problèmes, c'était parce qu'elle avait perdu sa sœur, qu'elle avait vue mourir à petit feu. La lente dissolution du mariage de ses parents n'avait rien arrangé…

Il n'était nullement étonnant qu'elle ait voulu changer de vie. Seulement, elle s'y prenait de manière négative.

Ce matin encore, Yasmina avait essayé de lui parler, mais elle n'était arrivée à rien. Elle s'était levée tôt – se félicitant pour une fois que Timothy fût trop dans les vapes pour entendre son réveil – et s'était rendue tout droit dans la chambre de sa fille. Ayant ouvert doucement la porte, elle était restée debout sur le seuil, à contempler la forme endormie de Missa et cette chambre à laquelle la jeune fille n'avait apporté aucune modification depuis qu'elle était petite : ses livres d'enfant préférés bien rangés sur les étagères, les poupées placées sur la commode, l'ours en peluche qui avait été baptisé du nom idiot de Eeshy Beeshy pour des raisons oubliées depuis longtemps, la boîte à bijoux qui s'ouvrait sur une petite ballerine dansant sur l'air de « La chanson de Lara », laquelle chanson mettait en garde contre les dangers de l'amour passion…

Yasmina avait soulevé le couvercle de la boîte, laissant s'échapper des notes frêles, et Missa avait bougé.

« Maman ? Quelle heure est-il ? »

Yasmina s'était retournée. « Il faut qu'on parle, chérie. Viens boire ton thé avec moi à la cuisine. »

Missa avait roulé sur le dos et regardé tellement longtemps le plafond que Yasmina s'était demandé si elle allait lui répondre. Puis, tout d'un coup, Missa s'était dressée sur son séant et avait bu une gorgée du verre d'eau posé sur la table de chevet. « Ici, je préfère », avait-elle dit.

Yasmina avait tiré la chaise de bureau pour s'asseoir à côté du lit. « Ta grand-mère m'a informée de la visite de policiers venus de Londres. Elle m'a aussi informée de la conversation que vous avez eue toutes les deux. (Là, il avait semblé à Yasmina que les traits de Missa se durcissaient.) En général, quand on se pose des questions sur ses études, on ne va pas consulter un prêtre, Missa. Alors, est-ce que tu pourrais, s'il te plaît, me dire ce qui se passe vraiment ? »

Missa avait détourné les yeux vers la fenêtre derrière laquelle les oiseaux entamaient leur gazouillis matinal.

Comme elle demeurait muette, Yasmina avait continué : « Je ne comprends pas pourquoi tu ne veux plus rien me dire. Il t'est arrivé quelque chose. C'est évident. Ce ne sont pas tes problèmes à la fac qui t'ont amenée à voir ce prêtre. Mais pourquoi…

— Dis-moi plutôt ce que tu crois qui est arrivé ! Parce que tout ce que je constate, moi, c'est que tu n'acceptes pas que je ne te ressemble pas. Je veux autre chose dans la vie, et toi, tu ne le supportes pas. »

Yasmina avait eu un mouvement de recul, comme si elle avait reçu une gifle.

« Ce n'est pas vrai.

— Ah bon ? Pourquoi tu reviens tout le temps à la charge, alors ? Je t'ai déjà dit mille fois que je ne veux pas ce que tu as prévu pour moi.

— Dis-moi ce que tu veux…

— Et pourquoi je te le redirais ? Tu as déjà oublié ? Bien, mais ce sera la dernière fois. Ce que je veux, c'est me marier, avoir des enfants, mener une vie simple auprès de l'homme que j'aime. Mais toi, vu que tu ne peux pas concevoir que je veuille être femme au foyer, tu penses qu'il y a quelque chose derrière. Alors que mon seul problème, en fait, c'était que je n'avais pas assez de courage pour refuser le destin que tu avais tracé pour moi. Voilà pourquoi j'ai eu ces entretiens avec M. Druitt.

— Tu voyais M. Druitt pour rassembler assez de courage pour parler à ta mère ? Et rien que pour ça, il a fallu que tu le rencontres sept fois ?

— Oui ! D'ailleurs, tu vois bien comment tu réagis. Tu me cherches une motivation profonde que je n'ai pas du tout. Je t'ai donné mes raisons en décembre, mais tu as refusé de m'entendre.

— Ce n'est pas vrai.

— D'accord, tu as entendu, mais tu n'as pas écouté. Tu m'as dit seulement que c'était trop tôt, qu'il fallait que je persévère. Que même si je ne voulais pas poursuivre un deuxième cycle à l'université, il fallait que je termine celui-ci. Tu te rappelles ? Et j'y suis retournée, non ? Parce que je fais toujours ce que tu veux, voilà pourquoi. C'est pour ça que j'ai vu le diacre, parce que lui, au moins, il m'écoutait et il n'essayait pas de me forcer à être ce que je ne suis pas.

— Qui es-tu exactement ?

— Eh bien, voilà ! On est de retour au même point.

— Je t'écoute, Missa, je fais de mon mieux pour comprendre. Je voudrais savoir comment j'ai pu être assez nulle pour que tu éprouves le besoin d'aller chercher un diacre… Parce que tu as bien été le chercher ?

— Quelle différence ça fait ? Non. C'est lui qui est venu à moi, et je lui en suis reconnaissante, parce qu'il m'a beaucoup aidée. Il m'a aidée à me trouver. Maintenant, si tu veux bien me laisser tranquille. »

Missa avait remonté ses couvertures sur sa tête et lui avait tourné le dos.

Yasmina était sortie de la chambre. Mais elle n'en resterait pas là, et c'est animée de l'énergie du désespoir qu'elle avait pris sa voiture pour se rendre à Ludlow. Après s'être garée dans Broad Street, elle avait continué à pied jusqu'à Castle Square. Contournant les étals du marché, elle était passée sous l'arche ornée des lettres WEST MERCIA COLLEGE. Ces dernières scintillaient sous le soleil éclatant de cette belle journée de printemps.

La conseillère d'orientation, Greta Yates, n'était pas dans son bureau. Elle était « en réunion », mais Yasmina pouvait l'attendre si elle le souhaitait, même s'il n'était pas sûr que Mrs. Yates ait le temps de la recevoir, tant son planning était chargé. Yasmina décida de tenter sa chance. L'affaire était grave, expliqua-t-elle.

Quarante minutes s'écoulèrent. Lorsque Greta Yates fit son apparition, Yasmina se surprit à la regarder de son œil de médecin, et ce qu'elle voyait était une femme que tuaient à petit feu l'hypertension, le surpoids et un diabète de type 2. Elle respirait fort, son visage était empourpré et son front brillant de transpiration.

Une fois dans son bureau, Yasmina ajouta à la liste de ses maux une surcharge de travail. On aurait dit que des cambrioleurs pris en flagrant délit avaient déversé leur butin sur la table d'où avaient glissé au sol tout un tas de dossiers, manuscrits, brochures en tout genre, livres… Greta Yates extirpa de ce fatras une boîte de mouchoirs en papier, s'essuya le visage, puis dit à Yasmina :

— Comme c'est étrange, c'est la deuxième fois qu'on vient me voir aujourd'hui à propos de votre fille, madame Lomax.

Dérogeant à son habitude, Yasmina s'abstint de lui préciser que c'était « docteur », et non « madame ». Le fait que quelqu'un souhaitait avoir des renseignements sur Missa lui paraissait trop important.

— Qui était-ce ?

— Deux officiers de Scotland Yard.

Yasmina tenta de deviner : Rabiah avait-elle changé d'avis et révélé l'existence des rendez-vous de Missa avec M. Druitt ou bien la police avait-elle d'autres raisons d'interroger la conseillère d'orientation sur sa fille ? Luttant contre l'angoisse qui lui serrait la gorge, Yasmina se composa une expression étonnée.

— Qu'est-ce que la police voulait savoir sur Missa ? J'espère qu'elle n'a pas d'ennuis ?

Greta Yates agita en l'air une main dodue ornée d'une pierre verte d'une taille impressionnante.

— Ciel ! Non, pas du tout. Voyez-vous, j'avais demandé à ma sœur de transmettre un message à M. Druitt.

Cette fois, la stupéfaction de Yasmina ne fut pas feinte.

— Un message au sujet de Missa ?

— Oui. Je l'ai appelé à l'aide, avoua la conseillère avec un geste circulaire pour indiquer les monticules de papiers. Son prof de TD m'avait priée de la convoquer parce qu'il avait noté une baisse dans ses résultats. Elle avait bien travaillé pendant le premier trimestre, et soudain… elle avait décroché. Son prof avait eu un entretien avec elle et il souhaitait que je la reçoive parce qu'elle lui avait déclaré vouloir laisser tomber ses études. Mais il lui semblait que quelque chose ne tournait pas rond. Vu son âge, il supposait que c'était une histoire de garçon et qu'elle serait plus disposée à se confier à une femme.

— C'est Missa qui lui a dit ça ?

— Non, non. Tout ce qu'elle lui a dit, c'était qu'elle voulait arrêter la fac. Mais cela lui a paru bizarre.

— Et à vous, qu'est-ce qu'elle vous a dit, alors ?

— Justement… Si nous vivions dans un monde parfait, j'aurais pu la recevoir moi-même, puisque c'est pour ça que j'ai été formée, mais le monde étant ce qu'il est, j'ai à peine le temps de surnager dans toute cette paperasse de malheur… Je vous dis ça en toute confidentialité, bien sûr.

Alors que Yasmina allait répliquer, elle indiqua encore une fois les dossiers en ajoutant :

— Je savais que ma sœur avait ce locataire, M. Druitt, un diacre. Et qu'il était versé dans l'aide sociale. J'ai donc demandé à Flora s'il serait disposé à prêter une oreille attentive à votre fille. Il m'a appelée et je lui ai donné le numéro de téléphone de Missa. D'après la police, ils se sont vus plusieurs fois.

— Missa ne fait que répéter qu'elle n'est pas faite pour les études. Mais je ne la crois pas.

Greta afficha une mine compatissante.

— Je comprends votre inquiétude, madame Lomax. La plupart des parents auraient la même réaction que vous. Mais ce que j'ai appris en travaillant avec les jeunes, c'est que vient un moment où l'intervention parentale est plus une entrave qu'une aide.

— Il est mort, vous savez. Le prêtre… C'est pour ça que la police de Londres est ici.

— Je l'ai appris par Flora, ma sœur. Il paraît que ce serait un suicide.

Greta se tut, fixa un long moment sur le mur son tableau de bord recouvert de post-it, puis demanda :

— Vous ne pensez tout de même pas que votre fille a quelque chose à voir avec ça ?

— Je ne sais pas quoi penser. Elle refuse de communiquer. Quand je lui parle, elle se ferme comme une huître. Je ne la reconnais plus. Et je ne vois pas du tout ce qui a pu provoquer un tel changement chez elle.

Tandis qu'elle faisait cet aveu, Yasmina sentit l'angoisse revenir au galop. Missa, la fac, un prêtre mort, l'avenir, le passé, la mort de Janna, l'addiction de Timothy… Tout se mêlait dans son esprit fébrile. Elle en était arrivée au point où elle avait besoin d'une aide extérieure.

Comme si elle lisait dans ses pensées, Greta répliqua :

— Il va falloir faire quelque chose, vous avez raison. Pouvez-vous amener Missa ici, à Ludlow ?

— Elle refusera. En ce moment, avec moi…

— Bien sûr, mais quelqu'un d'autre que vous pourrait l'accompagner.

Yasmina réfléchit. Il y avait bien quelqu'un, mais il faudrait le persuader d'agir à l'encontre de son propre intérêt. Greta continua :

— Si vous pouvez me l'envoyer, je la recevrai, je vous le promets. Si quelque chose l'a dégoûtée de la fac, je saurai le découvrir. Et dans le meilleur des cas, je pourrai lui proposer de revenir finir son trimestre avant de reprendre à la rentrée en automne.

La conseillère d'orientation se pencha en avant et croisa les mains pour montrer combien elle était de bonne volonté.

— Mais vous devez tenir compte, madame Lomax, du fait que certains jeunes ont parfois besoin de plus de temps que les autres pour acquérir cette maturité qui permet de mieux voir où on va et d'appréhender les conséquences à long terme de leurs décisions. Arrêtez-moi si je dis une bêtise, mais il me semble qu'il vous a été difficile de lui accorder ce temps.

— Oui. Vous avez tout à fait raison.

— Alors il ne vous reste plus qu'à trouver une personne susceptible de la convaincre de venir me voir. Laissez faire cette personne. Et ensuite… je sais combien c'est dur… soyez patiente. Ça finira par s'arranger.

WORCESTER
HEREFORDSHIRE

Pour la première fois depuis des lustres, Trevor Freeman non seulement avait eu besoin de faire du sport, mais surtout en avait eu envie. Et il lui faudrait une sacrée séance pour chasser de ses pensées l'appel de son fils, la conversation avec sa femme et la décision qu'il lui restait à prendre.

En arrivant à Freeman Athletics, il s'était dirigé droit vers le tapis de course. Ensuite, il était passé au banc de musculation, et de là, aux appareils de fitness, vélo elliptique et rameur. Puis il était retourné sur le tapis de course, ruisselant littéralement de sueur. À un moment donné, une coach avait murmuré quelque chose à sa cliente et s'était approchée de lui pour lui conseiller d'arrêter avant la crise cardiaque. Là, il s'était dit qu'un infarctus entraînerait une visite aux urgences et avec un peu de chance une hospitalisation, ce qui, au fond, n'était pas une mauvaise idée.

C'est alors que la police débarqua. Il n'en revenait pas. Comment avaient-ils réussi à le traquer jusqu'ici ? À moins qu'ils aient été sonner à la maison et, ne le trouvant pas, aient interrogé les voisins. Ils auraient aussi pu lui téléphoner. Pourquoi faire tout ce chemin jusqu'à Worcester ?

Lorsqu'il croisa leurs regards – observateurs, scrutateurs, inquisiteurs –, il comprit. Ce n'était pas le genre à se contenter d'un appel téléphonique. Ils tenaient à pouvoir décoder ses moindres battements de cils.

Il les conduisit à son bureau. Sachant qu'il devait puer comme un bouc, il prit soin de fermer la porte. S'ils voulaient le cuisiner, grand bien leur fasse, mais ils allaient devoir supporter son odeur.

À l'officier mâle, il lança :

— J'ai reçu un coup de fil de mon fils. Si vous remettez ça avec lui hors ma présence, je porterai plainte contre vous auprès de vos supérieurs. Qu'est-ce que c'est que ces méthodes ? Se ruer dans la chambre d'un gamin qui dort et lui faire la peur de sa vie, c'est inadmissible !

— On a eu du mal à le trouver chez lui, fit remarquer l'homme.

Lynley, c'était son nom. La femme – un sergent, si sa mémoire était bonne – ajouta :

— On a pourtant sonné et frappé. Vous devriez lui dire de verrouiller la porte le soir avant de se coucher. Dieu sait qui finira par se glisser dans sa chambre si on continue à entrer là-dedans comme dans un moulin.

— Doit-on comprendre que Finnegan était embêté après notre petite visite ? ironisa Lynley.

— Votre « petite visite » ? Mais qu'est-ce que vous croyez ?

— Et c'est vous qu'il a appelé, pas sa maman ? interrogea le sergent. C'est curieux, non, vu qu'elle est flic ? Curieux aussi qu'il ait pas appelé l'îlotier, puisque celui-ci habite dans le coin.

— Trouvez curieux ce que vous voulez, ce n'est pas mon problème.

— C'est qu'on se demande, l'inspecteur et moi, quels sont les liens de l'îlotier en question avec la famille Freeman ?

— C'est un brave garçon. Ma femme l'a soutenu, le soutient toujours. Après tout, c'est son boulot. De toute façon, je ne vois pas le rapport avec votre intrusion de ce matin.

— Je ne dirais pas de l'îlotier que c'est un « garçon »… Et vous, inspecteur ?

— Il est un peu trop vieux pour cette dénomination, en effet, approuva Lynley.

— Qu'est-ce que ça peut faire quel âge il a ? riposta Trevor.

Il s'enjoignit au calme. Il ne voyait toujours pas ce qu'ils lui voulaient et était furieux contre lui-même de s'être placé si vite sur la défensive, alors qu'il avait escompté les mettre en garde, eux.

— Le centre de formation des auxiliaires de police se trouve au QG de West Mercia, où ma femme travaille, reprit-il. C'est par son intermédiaire que Finn et moi avons fait la connaissance de Gaz Ruddock.

— Elle l'a invité chez vous ? s'enquit Havers.

— Ma femme souhaitait que notre fils le rencontre. Elle pensait que Gaz aurait une bonne influence. Un peu comme un grand frère. Finn est fils unique. C'est de là que c'est parti.

— Pour aller où ?

— Quoi ?

— Vous m'avez très bien comprise.

— Eh bien, vous avez déjà la réponse. Je ne voudrais pas vous faire perdre votre temps.

Ce fut Lynley qui répondit :

— Notre temps ne serait pas perdu si vous acceptiez de vous prêter au jeu.

— On essaye juste de faire la lumière sur des faits qui nous semblent plutôt embrouillés, précisa le sergent.

— L'îlotier nous a dit que vous aviez, vous et votre femme, mis votre fils sous surveillance.

— L'idée est venue de Clover, mais elle ne voulait pas demander elle-même à Gaz. Elle avait l'impression qu'il ne pourrait pas refuser si c'était elle, à cause de leurs positions.

— À quelles positions faites-vous allusion ? demanda le sergent.

Trevor se félicita d'avoir le visage déjà particulièrement rouge suite à sa séance d'entraînement, car le double sens ne lui avait pas échappé.

— Elle est largement plus gradée que Gaz. Elle ne voulait pas que ça ressemble à un ordre. C'est moi, donc, qui ai été chargé de lui demander ce service.

Et voilà, songea-t-il. C'était fait. Il avait menti comme elle l'en avait prié. Il n'osa pas penser à ce que cela révélait sur ses relations avec sa femme.

— Pourquoi ?

— Je viens de vous le dire.

Havers intervint :

— On ne veut pas savoir pourquoi c'est vous qui aviez fait cette demande, mais pour quelle raison vous et votre femme avez jugé nécessaire de le surveiller. Quelque chose a dû vous alerter.

— C'était plutôt par mesure de précaution. Finn a toujours été difficile, et sa mère craignait qu'il ne jouisse d'une trop grande liberté à Ludlow. C'est pour ça aussi qu'elle a cherché à occuper ses heures de loisir.

— À son âge, c'est plutôt vexant, fit remarquer Lynley.

— Quoi ?

— Ce que veut dire l'inspecteur, clarifia encore une fois Havers, c'est qu'un jeune homme de l'âge de Finn n'apprécie pas trop que sa mère se mêle de son emploi du temps et le fasse surveiller.

— Ce n'est pas vraiment de la surveillance, Gaz garde juste l'œil ouvert.

— C'est aussi ce qu'était censé faire Ian Druitt ? s'enquit Lynley.

Trevor eut la désagréable impression d'être en train de se faire manipuler. Il riposta :

— À propos des conneries que vous avez sorties à Finn ce matin… les prétendues « inquiétudes » que Druitt aurait eues le concernant. Où avez-vous été pêcher ça ? C'est n'importe quoi.

— Quoi ? Que M. Druitt ait eu des inquiétudes ou qu'il les ait exprimées ?

— Les deux. Finn est un gentil garçon. Personne ne vous dira le contraire.

— De toute évidence M. Druitt voulait justement vous dire le contraire, répliqua Havers. Il essayait de vous joindre pour vous en faire part.

— Il ne m'a pas contacté, je ne sais pas de quoi vous parlez.

Lynley hocha la tête d'un air pensif.

— Justement… Nous supposons que M. Druitt est mort avant de pouvoir vous joindre.

MUCH WENLOCK
SHROPSHIRE

Cardew Hall n'étant pas ouvert au public avant le 1er juin, Ding était sûre que personne chez elle ne s'attendait à la voir, ce qui était exactement ce qu'elle voulait. Si cela avait été possible, elle aurait même préféré qu'on ne la voie pas du tout. Pourquoi ? Elle n'aurait su le formuler, mais elle le sentait dans toutes les fibres de son corps.

Le manoir de sa famille et son parc représentaient pour elle une sorte de vortex, parce que c'était là et à Much Wenlock qu'elle avait commencé à le faire avec tous les garçons qui le voulaient bien. Pendant longtemps, elle s'était dit que c'était pour rire, qu'elle ne le faisait que pour avoir de bonnes histoires à raconter aux copines, ou parce qu'elle avait le feu au cul. Mais en vérité, ses motivations étaient autres. En vérité, elle ne savait pas pourquoi elle le faisait, sauf que ça lui donnait l'impression de cracher à la gueule des mecs et que ça, elle avait tout le temps envie de le faire. Pour quelle raison avait-elle cette envie, non seulement de cracher, mais aussi de griffer, de mordre, de frapper dès qu'on prenait possession de son corps… ?

Il fallait qu'elle se pose la question, qu'elle réfléchisse, qu'elle sonde son âme. C'était même la question la plus importante pour elle. Sinon, sa vie sexuelle entamée il y a des années ne la mènerait nulle part. C'est pourquoi, après avoir, pour tenir sa promesse faite à Greta Yates, suivi deux cours dans la journée, elle avait pris le bus qui la déposait non loin de Cardew Hall.

Sa mère devait se trouver dans la vieille cuisine en train de préparer des confitures et des chutneys Cardew Hall, qu'elle proposerait à l'achat aux visiteurs en fin de parcours. Son beau-père devait être tout aussi occupé, à vérifier qu'aucune ampoule n'était grillée dans les pièces ouvertes à la visite, à faire disparaître les moutons de poussière négligés par les femmes de ménage, à cirer les meubles qui avaient perdu leur lustre. Si elle s'y prenait assez discrètement, elle pourrait avoir l'endroit plus ou moins pour elle toute seule et prendre le temps d'investiguer, de cogiter, de méditer…

Depuis l'arrêt du bus, il lui fallut marcher vingt minutes pour atteindre l'entrée du parc du manoir. La nature était exubérante, les parterres de fleurs étaient multicolores. Primevères et iris composaient un tableau jaune et violet qui faisait oublier l'austérité de la pierre sèche des murs d'enceinte.

De l'allée centrale, on voyait le toit d'ardoises de St. James, l'église du village qui appartenait au manoir. Jadis, en se dirigeant vers leurs bancs au premier rang de la nef, les ancêtres de Ding, du haut de leur immense fortune, condescendaient à saluer leurs domestiques, ces pauvres bougres. Les bancs étaient encore aujourd'hui marqués du nom de sa famille. Pas celui de Donaldson, forcément, puisque le manoir leur venait du côté de sa mère, et non de son père.

Son père… Ding retint un moment son souffle tandis qu'une pensée informulée émergeait à la frange de sa conscience. Le regard fixé sur le clocher de l'église, elle tenta de rendre cette pensée explicite. Elle ne réussit qu'à ressentir un grand vide qu'accompagnait comme un frisson sous la peau ; quelque chose d'apparenté à… quoi ? De la peur ? Oui, c'était bien de la peur.

Elle contourna en toute hâte le manoir pour entrer par l'arrière, par la porte du sous-sol et les vieilles marches en pierre creusées par un usage séculaire.

Elle foula les dalles dans la lumière blafarde du couloir éclairé par des ampoules nues pendant au bout de leur fil. Quand le mur ne disparaissait pas sous les toiles d'araignée, les poutres de colombage paraissaient grisâtres, mais il suffisait de passer son doigt sur la couche de poussière, et elles devenaient noires : ces poutres étaient faites de ce même bois de chêne dur qui à l'époque constituait la matière première des navires.

Le couloir menait jusque dans le ventre de Cardew Hall, des pièces que le public ne voyait jamais : la cuisine, le cellier, l'office, la cave à vin, le garde-manger et la blanchisserie, où autrefois des jeunes filles, destinées depuis leur naissance à la fonction de servantes, s'abîmaient les mains.

Ding marqua une halte dans la pénombre et tendit l'oreille. La radio était allumée à la cuisine. Sa mère s'y trouvait bien, ce que lui confirma le parfum des fruits. Parfait, se dit-elle. Étant occupée, elle n'allait pas l'embêter.

Puis elle entendit son beau-père. Il parlait soit à sa mère, soit au téléphone. Rien que le son de sa voix provoqua chez elle la réaction habituelle. Pourquoi ? Elle n'en savait rien. Mais chaque fois, elle sentait bouillonner en elle une colère sourde.

Elle ne comprenait pas pourquoi elle réagissait ainsi, Stephen s'étant toujours montré gentil avec elle. Elle en avait assez de toutes ces choses en elle qui échappaient à son entendement. Il fallait que ça change, si elle voulait cesser de mener cette vie-là. Et si elle était décidée à changer, c'était à cause de ce qui lui était arrivé avec Jack Korhonen : elle ne l'avait jamais fait avec un type assez vieux pour être son père.

Au bout du couloir, elle gravit les marches menant à la porte matelassée dont la feutrine verte tombait en lambeaux, à croire qu'elle avait été grignotée par des souris, ce qui n'était pas impossible, après tout… Des bouts de feutre, ça faisait des petits nids tout doux. Et les souris, ce n'était pas ça qui manquait à Cardew Hall, ni d'ailleurs les nichées d'oiseaux dans les cheminées… Une image fit soudain irruption dans son esprit : un nid de poils dont émergeait un pénis. Mais pourquoi ce souvenir s'imposait-il soudain avec une telle évidence ? Et pourquoi se forçait-elle à l'évoquer, comme elle s'était forcée à regarder ce sexe dressé, à le toucher, à le prendre dans sa bouche parce que c'était ce qu'il voulait, n'est-ce pas, c'est ce qu'ils veulent tous, et en fin de compte tout revient toujours à ça : le phallus est au centre de… Oh, et puis, merde, merde, merde… Qu'est-ce qui ne tournait pas rond chez elle ?

Elle monta la volée d'escalier suivante, plus large que la première, entre des murs lambrissés où des portraits d'ancêtres étaient éclairés par une unique fenêtre. Puis elle enfila un corridor sombre et se retrouva devant une grande porte. Fermée à clé, parce que personne ne voulait y entrer, tout comme personne ne voulait se rappeler… Se rappeler quoi ? elle ne savait pas. En revanche, ce qu'elle savait à cet instant, c'était que, toute tremblante qu'elle fût, elle devait entrer dans cette chambre.

La clé… Elle se revit accroupie dans un coin obscur, après le départ de la police, observant sa mère qui tournait la clé dans la serrure puis la cachait en haut d'un buffet gallois si énorme que, même sur la pointe des pieds, sa mère était tout juste parvenue à la faire glisser sur le sommet du meuble. Elle s'était sans doute dit alors que Ding ne la trouverait jamais, sauf que Ding avait vu ce qu'elle avait vu et qu'elle se rappelait où était passée la clé. Elle se rappelait aussi que sa mère n'avait pas versé une seule larme, pas une seule. Comment était-ce possible ?

Le meuble massif était toujours là. Rien ne changeait jamais de place à Cardew Hall. Mais Ding n'était pas bien grande, et elle avait beau s'étirer, le sommet resta hors d'atteinte. Elle se rendit dans la chambre de sa mère et de son beau-père, où elle emprunta un de ces tabourets à franges que les gens apportaient à l'émission de télé *Antiques Roadshow* pour s'entendre dire qu'ils valaient seulement vingt-cinq livres.

Elle le tira dans le couloir jusqu'au buffet, se jucha dessus et tâtonna à l'aveuglette dans la poussière duveteuse, procédant des côtés vers le centre, jusqu'à ce que ses doigts rencontrent un objet métallique.

En descendant du tabouret avec la clé serrée dans son poing, elle eut soudain horriblement mal au ventre. Pourtant, il fallait qu'elle aille jusqu'au bout. Ce qui l'attendait derrière ce battant de porte était quelque chose de terrible. Mais il était indispensable qu'elle sache ce que c'était. Le seul et unique moyen de s'expliquer pourquoi elle était comme elle était consistait à ouvrir cette porte et à pénétrer dans l'espace au-delà.

La clé était brûlante au creux de sa paume. Vite, elle l'inséra dans la serrure. Son cœur cognait, elle ferma les yeux, non pour s'empêcher de voir, mais pour retenir ses larmes. C'est stupide, se disait-elle. Ce n'est qu'une chambre. Que s'attendait-elle à découvrir à l'intérieur ? Des squelettes dansant la java ? Jack l'Éventreur ? Un esprit frappeur qui déplaçait les meubles ?

Le souffle suspendu, elle s'aperçut qu'elle tremblait tellement qu'il n'était pas certain que ses jambes continuent à la porter si elle avançait. Les yeux grands ouverts, les bras le long du corps, un pas après l'autre, elle sentit d'abord du parquet sous ses pieds, puis le contact moelleux d'un tapis persan.

À part que ça puait le renfermé et la poussière, c'était une chambre comme une autre. Elle distinguait la forme des meubles dans la pénombre – les lourds rideaux étaient tirés. Mais plus elle scrutait le mobilier, plus sa respiration devenait haletante : commode, fauteuil, armoire, lit à baldaquin, coiffeuse… Soudain elle sut qu'elle n'aurait pas dû, à l'époque, entrer dans cette chambre, et pourtant elle l'avait fait. Pourquoi ? *Pourquoi ?* Était-ce à cause du chien ? Oui, il y avait eu un chien. Il était, non pas dans la chambre, mais dans le couloir, où il n'aurait pas dû être. Il n'avait pas le droit de monter. Quand elle avait voulu s'approcher de lui pour le ramener en bas parce que *personne* ne devait déranger son père quand il était dans cette pièce, l'animal avait montré les dents, ce qu'il ne faisait jamais d'habitude. Voilà pourquoi elle avait ouvert la porte, parce qu'elle savait que le chien avait besoin, absolument besoin, d'entrer dans cette chambre. Mais qu'y avait-il à propos de cette chambre ?

— Ding ! Mon Dieu ! J'ai entendu du bruit.

La jeune fille pivota sur ses talons. Sa mère était debout sur le seuil, la main sur la bouche. En voyant son expression, Ding sut que c'était là, tout près oui, au bord, tout au bord de sa mémoire.

Sa mère tendit une main.

— Tu m'as fait une de ces frousses. Qu'est-ce que tu fais là ? Sors de là tout de suite.

Oui ! Ce geste, ce geste et ces mots, *qu'est-ce que tu fais là, sors de là tout de suite.* Ça lui revenait d'un seul coup.

— Ce n'était pas un accident, lâcha-t-elle. Tu m'as dit que c'était un accident. Tu m'as dit qu'il bricolait et qu'il réparait un truc électrique et que c'était à cause du fil, tu pensais que j'allais croire…

Il lui semblait qu'un flot de bile venait de jaillir de sa bouche et que ce flot allait les noyer toutes les deux.

— Tu m'as menti ! cria-t-elle. Tu m'as menti tu m'as menti…

— Ding, sors de là. Maintenant. S'il te plaît.

Derrière sa mère, dans le couloir, son beau-père apparut, et alors elle se rappela le vieux camarade d'école de son père, son meilleur ami. Il avait été là, lui aussi, au moment où c'était arrivé… Pourquoi avait-il été là ? Que faisait-il là ? Pourquoi était-il venu ?

— Tu l'as tué ! hurla-t-elle. Je me rappelle ! Il était…

Un regard circulaire, puis elle vit ce qu'elle cherchait et montra du doigt une des colonnes du lit. Une colonne large et sculptée de ce même bois de chêne qui avait servi à la construction du manoir. C'était à cette colonne qu'il s'était pendu.

— Ce fil électrique… Ce fil… Il était autour de son cou et il était… maman, il était nu et il était *mort*.

Sa mère fit un pas en avant et entra finalement dans la pièce en se retournant à moitié et en disant à son mari :

— Stephen, laisse-moi m…

— Mentir, sanglota Ding, Stephen, laisse-moi mentir, c'est ce que tu veux dire. Stephen, laisse-moi faire en sorte qu'elle ne soupçonne jamais ce que j'ai fait, ce qu'on a fait… Parce que vous l'avez fait tous les deux, vous l'avez prémédité, vous vouliez être tous les deux…

— Arrête, Ding !

— Il faut qu'elle sache ce qui s'est passé, intervint alors Stephen.

— Oui, d'accord, je sais. Maintenant, laisse-nous. Ding, sors d'ici.

Oh, elle voulait bien sortir, elle allait le faire d'ailleurs. Et la voilà franchissant la porte en bousculant sa mère et son beau-père, se précipitant vers la galerie, l'escalier, le vaste hall d'entrée au rez-de-chaussée et enfin le jardin, le grand air… Oui, il fallait absolument qu'elle se sauve. Seulement sa mère continuait à l'appeler, à lui dire stop, arrête, arrête de courir. Mais elle refusait de l'écouter, elle ne voulait pas s'arrêter. Elle arriva à l'église et au cimetière, mais la route était dans la direction opposée et c'était vers la route qu'elle voulait aller pour prendre le bus, pour rentrer à…

— Il s'est tué, Dena ! Il ne voulait pas se tuer. C'était un accident. Mais il s'est tué.

La jeune fille pivota sur elle-même.

— Tu mens ! Tu ne sais faire que ça, mentir mentir mentir. Je te déteste !

Elle s'effondra dans les hautes herbes, devant une pierre tombale si ancienne que les mots gravés s'étaient effacés et qu'il ne restait que ce bout de granit pour témoigner de la présence d'un mort six pieds sous terre. Lorsque sa mère s'assit à côté d'elle, Ding n'essaya même pas de se lever.

Au début, sa mère resta silencieuse. Elle paraissait attendre. Ding supposa qu'elle attendait que lui vienne du courage. Ou était-ce le calme nécessaire à des explications ? Puis :

Ding, tu avais à peine quatre ans. Je ne pouvais pas expliquer à une petite fille de quatre ans ce que son père faisait dans cette chambre et comment il avait provoqué sa propre mort. Comment aurais-tu pu comprendre qu'il se servait de cette chambre… quand l'envie lui en prenait… pour de l'autoérotisme… Tu sais ce que c'est ? Sans doute. De nos jours, les jeunes savent des choses dont on n'avait aucune idée avant cette putain de société de l'information. J'ignorais ce qu'il fabriquait là, dans cette pièce. Tout ce que je savais, c'était que, lorsque la porte était fermée, nous n'avions pas le droit d'entrer. Il disait qu'il lisait et avait besoin d'être tranquille pendant une heure ou deux. Un moment de détente. Avant, c'est-à-dire avant ta naissance, je l'avais surpris une fois, mais pas dans cette chambre – c'était avant que j'hérite de la maison. Il m'avait dit qu'il avait lu un truc à ce sujet dans un roman et qu'il avait eu envie d'essayer, par curiosité, mais qu'il s'était rendu compte que c'était dangereux. Il m'avait juré de ne jamais recommencer. Il mentait, bien sûr. Tu as raison là-dessus, Dena, les gens mentent. Et moi, je t'ai menti parce que je n'aurais jamais pu expliquer à une petite fille de quatre ans qui venait de découvrir son père mort, nu, pendu, que… C'était plus fort que lui… Il ne pensait qu'à lui et à son plaisir, jamais à nous. Et voilà qu'on le retrouve un samedi après-midi avec un fil électrique autour du cou, pendu au lit à baldaquin, le visage convulsé et les yeux… ses yeux… et oui tu as tout à fait raison, je ne voulais surtout pas que tu te rappelles comment il était mort et encore moins pourquoi.

Ding avait mis ses mains devant sa bouche. Sa mère pleurait. Le passé resurgissait par bribes d'images extrêmement floues, indistinctes : des uniformes de policier, quelqu'un transportant… quoi ? un sac en plastique ? Des silhouettes passant dans la galerie, la tenue noire d'un prêtre, une civière que l'on roule, de nouveau le sac, immense, noir, avec une fermeture Éclair dans le sens de la longueur, les aboiements du chien déboussolé par l'agitation, sa mère sanglotant, des voix posant des questions, d'autres y répondant, une femme entrant dans sa chambre et s'asseyant au bord de son lit, sûrement une pédiatre, et elle disait à quelqu'un derrière elle « Quand les enfants sont si petits », et à Ding : « Voyons si on peut t'aider à dormir un peu, ma puce. » Parce que c'était un cauchemar, forcément, dont elle venait de se réveiller et bientôt tout redeviendrait comme avant, comme si rien n'était arrivé.

Ding comprenait à présent. Pas les raisons de son père, ni pourquoi sa mère avait continué à lui mentir année après année, mais pourquoi elle se conduisait comme elle le faisait…

COALBROOKDALE
SHROPSHIRE

Lorsque Yasmina se présenta à la pharmacie, en fin d'après-midi, elle trouva Timothy en train de préparer une ordonnance d'antibiotiques pour un vieux monsieur que lui avait envoyé le pharmacien de Broseley qui n'avait plus le médicament en stock. Puis il lui expliqua la posologie. Et lorsqu'il fut certain que le vieux monsieur avait compris, il lui serra l'épaule en disant :

— Vous ferez bien ce que je vous ai dit, hein ?

Ce à quoi il lui fut répondu, d'une grosse voix bourrue :

— Ben oui ! Sinon vous me tirerez les oreilles.

Timothy le raccompagna jusqu'à la porte, puis se tourna vers Yasmina.

— Tu as fait l'école buissonnière, aujourd'hui ? lui lança-t-il en la gratifiant de ce sourire qui l'avait charmée au début de leur histoire. Où étais-tu passée ? Cinéma ? Soldes ?

— À Ludlow.

Le beau sourire s'évanouit, remplacé par une expression inquiète.

— C'est maman ? Il lui est arrivé quelque chose ?

— Je suis allée à la fac.

— Yasmina…

En dépit du reproche qu'elle perçut dans son intonation, il paraissait résigné. Après avoir fermé à clé la porte de la pharmacie, il retira le bac à monnaie de la caisse enregistreuse et le posa sur le comptoir. Puis il ajouta :

— Tu n'arriveras à rien de cette manière.

— Tu ne sais même pas ce que j'ai fait…

Il prit les billets sur le plateau et attrapa sous le comptoir le petit sac en cuir zippé où il rangeait l'argent.

— Tu me prends pour un imbécile. Si tu es allée à la fac, c'est pour Missa.

— Bien sûr, ça oui.

Elle passa la main sur le comptoir et constata qu'il y avait toujours de la poussière. Pourquoi Tim ne donnait-il pas des instructions précises à la femme de ménage ? Elle allait être obligée de s'en mêler…

— Yasmina, tu te rends pas compte qu'à force de t'immiscer dans sa vie tu vas finir par la perdre ? C'est pourtant une règle élémentaire en psychologie.

— Je veux seulement l'empêcher de s'enliser dans une existence qu'elle détestera plus tard.

Timothy soupira. Il rangeait maintenant les opiacés dans un bac en plastique qu'il irait ensuite déposer, en même temps que l'argent, dans le coffre-fort du magasin.

— C'est justement ça, le problème. Tu te comportes comme si tu pouvais prédire l'avenir alors que tu n'y vois rien dans le présent.

— Mon rôle en tant que mère est de l'aider à s'épanouir, figure-toi. Et si tu refuses de reconnaître tes devoirs de père, eh bien, tu m'obliges à tout prendre en charge.

Il s'abstint d'abord de relever l'accusation. Puis :

— Je ne pense pas que mon devoir de père soit de forcer Missa à mener une vie qui lui déplaît.

— Tu sembles oublier qu'elle *voulait* faire des études supérieures. Elle avait des projets de carrière et maintenant... plus rien. Tu ne trouves pas ça bizarre ?

— Non, parce que je ne partage pas ton point de vue déjà au départ.

Il disparut dans l'arrière-boutique. Quand il revint, il avait enlevé sa blouse de laboratoire. Il s'approcha d'elle. Cela faisait des mois qu'elle ne l'avait pas regardé d'aussi près. Elle ne s'était pas rendu compte combien il avait mauvaise mine, combien ces dernières années l'avaient vieilli. Ses cheveux grisonnaient, ses yeux avaient perdu leur éclat. Son regard n'exprimait plus que sa hâte de piquer dans la réserve de la pharmacie de quoi se procurer l'oubli. Il n'avait pas envie de se disputer avec elle, mais il avança néanmoins :

— Missa a des projets, tu as tort. Ce ne sont pas les mêmes que l'année dernière, mais elle en a. Tu refuses juste de l'accepter.

— Personne ne fait un revirement pareil sans une raison grave.

— Elle a changé de projet de vie, c'est indéniable. Mais c'est juste qu'elle a testé la fac, et que ça ne lui a pas plu. Manifestement. Et elle a décidé de suivre sa propre voie, c'est ce qu'elle nous a expliqué dès le mois de décembre.

— Tu es donc tellement camé que tu ne vois même plus ce qui se passe sous tes yeux ?

Tim croisa les bras.

— Yasmina…

Elle vit les muscles de ses avant-bras se contracter.

— Eh bien, si, chéri, on va en parler. Tous les soirs, tu t'abrutis avec ces foutus comprimés que tu voles ici. Tu te drogues pour ne pas penser à Janna, et ce faisant, tu ne vois pas ce qui se passe sous ton nez. Tu…

— Assez ! s'exclama-t-il en levant la main.

— … n'as pas le courage de traverser cet enfer que moi, je vis. Quand tu me regardes, Timothy, qu'est-ce que tu vois ? Un pédiatre qui n'a pas vu, qui n'a pas su voir, qui n'a pas pu envisager que son enfant puisse être aussi gravement malade… ? C'est fou ce que j'aimerais pouvoir oublier, moi aussi. Mais si je me droguais, que se passerait-il ? Ta fille aînée est en train de se détruire, Tim. Réveille-toi ! Dire que tu souhaites qu'elle trouve elle-même sa voie, cela revient à fermer les yeux, à te défiler de tes responsabilités de père.

Silence. Comme il se retournait pour éteindre le plafonnier, elle reprit :

— J'ai vu Greta Yates, la conseillère d'orientation de West Mercia. D'après elle, Missa n'aura aucun mal à rattraper si elle décide de finir son année, mais elle a besoin de comprendre ce qui s'est passé pour pouvoir l'aider.

— Tu n'écoutes donc jamais ce que je te dis ?

— Si toi et moi, on pouvait présenter un front uni devant Missa pour l'encourager à retourner voir cette conseillère… C'est tout ce que je te demande.

— C'est déjà trop.

— J'ai appelé Justin. Je pense qu'il sera d'accord pour conduire Missa à Ludlow si on lui présente bien la chose. Mais j'aurais souhaité que tu viennes avec moi. J'y vais, là…

— Tu ne peux pas changer le cours des choses, Yasmina. Je ne te suivrai pas dans cette folie…

Il ne restait plus à Yasmina qu'à poursuivre son combat toute seule.

Lorsqu'elle avait téléphoné à Justin depuis Ludlow, il lui avait fixé rendez-vous – bizarrement – au Jackfield Tile Museum, implanté dans le hameau de Jackfield, de l'autre côté de la Severn par rapport à Ironbridge. Un ensemble de bâtiments industriels construits derrière une rangée de maisons, au sommet d'une colline boisée qui les mettait à l'abri des crues périodiques du fleuve. On y fabriquait toujours des carreaux de porcelaine décorés à la main dans la tradition victorienne.

Certains corps de bâtiment étaient désaffectés. Justin Goodayle l'attendait devant l'un d'eux. Il était en compagnie d'une jeune femme dont la blouse éclaboussée de taches de peinture laissait supposer qu'elle participait à la fabrication des carreaux. Elle bavardait avec Justin, flirtant manifestement avec lui. De son côté, il semblait totalement indifférent à ses charmes. Il ne voyait ni son sourire, ni la manière sensuelle qu'elle avait de lui effleurer le bras ou de secouer les mèches auburn qui dépassaient de son fichu.

Justin salua gaiement Yasmina et lui présenta la jeune femme : Heather Hawkes. Des fossettes apparurent sur les joues de Heather quand elle sourit.

— Bon, je dois filer, lança-t-elle. Réfléchis, Justin. Missa est invitée aussi.

— Je lui dirai. Mais elle n'aime pas trop quand il y a du monde.

— Alors viens seul.

— Peut-être. On verra.

Satisfaite, Heather se dirigea vers les ateliers de peinture de la fabrique de carreaux.

— En voilà une qui sait ce qu'elle veut, commenta Yasmina.

Justin se fendit de son bon sourire plein de franchise – il n'avait pas compris le sous-entendu.

— Elle serait ravie de t'avoir à elle toute seule, insista Yasmina.

— Oh, je ne crois pas, docteur Lomax. Missa et moi, on était à l'école avec sa sœur. On connaît Heather depuis la maternelle. Venez. J'ai quelque chose à vous montrer.

Il se dirigea vers l'immense porte à double battant de l'immeuble en brique, tira de la poche de son jean un trousseau de clés et en inséra une dans la serrure ancienne en laiton. Il ouvrit les deux battants afin que l'on puisse mieux voir à l'intérieur.

De la lumière du jour tombait d'une verrière au plafond, et Justin alluma des tubes de néon dont l'un éclairait un vieil établi. Au-dessus étaient accrochés des outils et au fond, contre le mur, s'alignaient des boîtes de conserve étiquetées remplies de vis et de clous. Des rouleaux de papier étaient couchés dans un coin, certains attachés par des élastiques. Au sol gisaient différentes scies électriques. Sur le mur opposé à l'établi, des étagères accueillaient pots de peinture, pinceaux et rouleaux.

Une odeur de sciure de bois et de peinture fraîche chatouilla les narines de Yasmina. Le centre du vaste espace était occupé par une espèce d'abri de jardin sophistiqué. Des murs peints en bleu et une porte-fenêtre servant de porte d'entrée soulignée de blanc. Un treillage était en attente d'une glycine ou d'un rosier grimpant.

— Alors, qu'est-ce que vous en dites ?

Son enthousiasme le faisait paraître encore plus jeune qu'il n'était.

— C'est extraordinaire, dit Yasmina, abasourdie, en se demandant toutefois qui allait vouloir ranger sa tondeuse dans une construction aussi coquette.

— Venez voir à l'intérieur, dit-il en passant devant elle pour ouvrir la porte-fenêtre. C'est mon prototype.

Un lit à deux places soigneusement fait, une petite table et deux chaises. Une bouilloire électrique était posée sur la table sous un égouttoir à vaisselle. Le tout était éclairé par une suspension en étain et deux spots muraux, un de chaque côté du lit.

C'était un travail splendide.

— C'est magnifique, Justin ! Et c'est quoi, exactement, un abri de jardin ?

— Oh, mais non, docteur Lomax, c'est pour le *glamping*, même si on peut aussi s'en servir autrement.

— Le *glamping* ?

Elle admira la tête de lit en fer forgé blanc, qui s'harmonisait subtilement avec les murs peints d'une nuance très pâle de jaune. Le couvre-lit avait un motif floral dans les mêmes teintes.

— C'est extraordinaire, Justin. Je ne me serais pas doutée…

Elle laissa sa phrase en suspens. Elle n'allait quand même pas lui avouer qu'elle l'avait toujours considéré comme un bon à rien.

— Le *glamping*, reprit-il, c'est du camping glamour, luxueux quoi. Imaginez. Vous débarquez dans le champ d'un fermier de la région des Lacs. Jusqu'ici, vous aviez soit une caravane plutôt moche, soit une tente qu'il faut monter, qu'il pleuve ou qu'il vente. Imaginez votre tente renversée par une tempête. Ce sont des choses qui arrivent. Alors que ça… le *pod*. Ça s'appelle un *pod de glamping*… En général, ils sont montés sur des roues pour que l'on ne puisse pas accuser les propriétaires qui les louent d'avoir construit en dur sur des terrains agricoles inconstructibles.

— C'est un genre de cabanon mobile, alors ?

Justin continua à lui expliquer avec passion les multiples usages de son pod. On pouvait y installer l'électricité et l'eau courante. Et il était assez grand pour accueillir deux adultes et – avec l'option lits de camp pliants – deux enfants.

— Une de mes clientes en a fait un atelier de peinture, une autre un pavillon de thé… une dame qui a un grand jardin. On peut aussi les adapter en cabane de plage… sauf qu'ils sont un peu trop beaux, comme vous voyez… ou en refuge contre le mauvais temps. Un monsieur de Shrewsbury m'en a commandé un pour ranger son matériel de pêche à la mouche. Celui-là d'ailleurs, je l'ai construit en colombages. Tenez, je vais vous montrer.

Elle le suivit devant l'établi. Il déploya un des rouleaux sans élastique et le cala en posant à chaque coin de la feuille une ancienne boîte de conserve lestée de clous. C'était un dessin fouillé d'un pod ressemblant à une grange miniature, pourvu d'une porte fermière dont le vantail du haut était ouvert.

— Je ne me doutais pas que tu avais un tel talent, avoua Yasmina. Je savais que tu étais un très habile forgeron, mais un travail de charpentier de cette qualité… C'est très impressionnant.

Il baissa modestement la tête, touché par le compliment.

— J'ai des idées qui sont à la portée de ce que mes mains sont capables de faire. Maman dit toujours que ce qu'il faut dans la vie, c'est cultiver ses talents. C'est ce que j'essaie de faire. Mes frères et sœurs sont des intellectuels. « Justie est notre gros bêta », disait mon père, mais maman lui répondait qu'il suffisait que je trouve ma voie et qu'alors il verrait…

— Depuis combien de temps tu fabriques ces pods ?

— Trois ans, presque. J'économise pour Missa et moi. Une fois que j'aurai assez…

Il prit soudain un air timide et souffla :

— Vous savez bien.

Yasmina se saisit sans hésiter de cette perche qu'il lui tendait.

— Missa peut aussi contribuer à votre future vie commune, Justin.

— Bien sûr. Nous voulons fonder une famille. Trois enfants. Trois, c'est un bon chiffre. On en a discuté, tous les deux. Enfin, disons qu'on s'est demandé quel serait le meilleur moment. Maintenant que Missa est de retour à Blists Hill, que je commence à vendre mes pods et qu'il y a aussi la forge, ce ne sera pas un problème. Maman est d'accord. Elle dit qu'autant avoir des enfants quand on est jeune et qu'on a la force de leur courir après. Et puis, quand ils seront grands et indépendants, on aura encore la vie devant nous pour faire tout ce qu'on a envie. Missa trouve que maman a raison.

Il s'exprimait avec une telle candeur que Yasmina préféra changer de tactique, si ce n'est d'objectif. Elle considérait en effet qu'un mariage précoce serait une erreur colossale. Bien entendu, elle ne pouvait le lui dire de façon abrupte, d'autant qu'elle avait besoin de son aide.

Elle fit semblant de réfléchir, puis opina :

— Je peux comprendre, en effet…

Le sourire de Justin s'épanouit. Elle continua :

— … mais avant de vous engager, il faudrait veiller à ce que vous ayez tous les deux un avenir professionnel. Comme ça, s'il arrive quoi que ce soit à l'un de vous, vous aurez quand même de quoi vivre.

Le sourire de Justin s'effaça.

— Un avenir professionnel ? répéta-t-il.

— Toi, tu as la forge et maintenant cette entreprise, mais Missa elle aussi doit avoir un métier.

— Oh, elle se chargera de la comptabilité. En plus, c'est quelque chose qu'elle pourra faire pendant que les petits font la sieste, ou quand ils seront à l'école. Comme ça, ils auront une maman à la maison.

— Mais s'il t'arrive quelque chose, à toi ? Missa ne saura pas construire tes pods. Et la forge ? Qui la fera marcher ? Elle pourra fabriquer des bougies, bien sûr, mais est-ce que cela fera bouillir la marmite ?

Justin avait l'air perplexe.

— Mais pourquoi aurait-elle besoin de travailler ? Tant que j'ai mes mains…

— Justement, qui sait ce qui peut arriver. Une maladie, un accident…

Justin baissa les yeux sur ses mains. Il resta si longtemps silencieux que Yasmina supposa qu'il prenait la mesure des risques.

— Vous voulez qu'elle retourne à la fac et poursuive ses études, c'est ça ?

Heureusement, ses réflexes étaient rapides. Sans ciller, elle répliqua :

— Il y a une conseillère d'orientation à West Mercia qui aimerait parler à Missa. Je l'ai vue tout à l'heure. Elle dit que lorsqu'une étudiante souhaite abandonner ses études, elle doit fournir une explication, ce que n'a pas fait Missa. Mrs. Yates veut seulement s'assurer que Missa n'a pas agi sur un coup de tête qu'elle regrettera par la suite.

Il leva les yeux, mais son regard demeura indéchiffrable. Quel dommage, pensa Yasmina, qu'il manque l'étincelle de l'intelligence à un aussi beau garçon.

— Vous voulez que je la persuade d'aller voir cette conseillère ?

— Oui, Justin. Et je voudrais non seulement que tu l'y conduises, mais aussi que tu restes avec elle pendant l'entretien. Tu vois, je suis convaincue que Missa mérite mieux que de tenir ta comptabilité ou de faire des bougies. Et je pense que tu es d'accord avec moi.

Lentement, il enroula sa feuille de papier et la rangea avec les autres.

— Elle ne voudra pas.

— S'il y a quelqu'un qui peut la raisonner, c'est toi. Elle t'écoutera si tu la prends par le bon côté.

— Le bon côté ?

Yasmina avait une réponse toute prête à cette question.

— Dis-lui que je n'arrête pas de te harceler à ce sujet et que tu en as marre. Dis-lui que le seul moyen de me convaincre d'accepter sa décision est qu'elle aille voir la conseillère d'orientation. Dis-lui qu'il doit y avoir un témoin à cette conversation, et que tu es prêt à assister à l'entretien avec cette dame.

Devant l'expression embarrassée du jeune homme, Yasmina douta soudain qu'il fût capable de jouer cette comédie.

— Pendant ce rendez-vous, tu dois garder en tête qu'il faut que Missa soit en mesure de gagner sa vie, pour sa famille, pour ses enfants. Et une fois qu'elle aura accepté de reprendre ses études, je veux que vous fixiez une date.

— Une date ?

— Une date de mariage, mon cher Justin. Dès qu'elle aura son diplôme. Un beau mariage, et vous partirez en lune de miel, et quand vous rentrerez, une maison vous attendra où vous pourrez fonder une famille.

Il secoua la tête.

— J'ai des économies, mais une maison, un voyage… il faudra attendre.

Elle posa sa main sur son avant-bras.

— Tu ne comprends pas, Justin. La maison et la lune de miel seront nos cadeaux de mariage, à son père et à moi.

Son visage se décomposa.

— Oh, non, je ne pourrai jamais accepter, docteur Lomax. Ce ne serait pas bien. C'est moi l'homme et elle… Je baisserais dans son estime. Ah, non, non, non.

Elle serra son bras et lui sourit avec tendresse, une tendresse qu'elle ressentait vraiment.

— Rien ne pourra jamais te faire perdre l'estime de Missa. Mais toi et moi devons penser au futur, à votre bonheur futur. Alors… puis-je téléphoner à cette conseillère, Greta Yates, pour prendre un rendez-vous ?

— Missa ne voudra pas.

— On verra. Tu veux bien essayer ?

Après quelques instants de réflexion, il dit :

— Quand ça ?

— Ta conversation avec Missa ou le rendez-vous à Ludlow ?

— Les deux.

— Dès que possible.

QUALITY SQUARE
LUDLOW
SHROPSHIRE

Tandis qu'ils approchaient de Castle Square, Barbara songea qu'il y avait toujours le risque que Dena Donaldson ne se pointe pas au Hart and Hind ce soir. Tant pis, ils verraient bien. Au pire, Harry Rochester se serait déplacé pour rien.

Ce dernier n'était pas encore arrivé lorsqu'ils atteignirent le pub. Comme il faisait beau, la terrasse était bondée. Autour d'une table, de nombreux jeunes étaient rassemblés pour une partie d'échecs d'un genre particulier. Une équipe de garçons contre une équipe de filles. Chaque fois qu'une pièce était prise, celui ou celle qui l'avait perdue devait ôter un vêtement. Les filles avaient l'air d'être en bonne voie de déshabiller les garçons.

Barbara se faufila à l'intérieur de l'établissement. Étant donné qu'il y avait moins de monde dedans que dehors, il lui fallut moins de vingt secondes pour repérer Dena Donaldson, en train de boire une pinte avec un pote. Parfait. Son pari avait marché. Si Harry reconnaissait Dena comme étant une des jeunes qu'il avait vues monter avec Gaz Ruddock dans la voiture de patrouille, ils auraient avancé d'un grand pas vers la vérité.

Barbara retourna dehors et constata que Harry était arrivé avec Sweet Pea et s'entretenait avec l'inspecteur. Il trimballait aussi son paquetage : Scotland Yard ayant réclamé sa présence au centre de la ville à une heure tardive, il était allé chercher sa literie de l'autre côté de la rivière et comptait profiter du « confort du mobilier urbain » de Ludlow.

— Bon, allons à l'intérieur, lança-t-elle à l'intention de ses deux compagnons. Harry, regardez bien les jeunes filles qui s'y trouvent pour voir si vous en reconnaissez une qui était avec Ruddock.

— À l'intérieur ? répéta Harry. Mais c'est impossible…

Barbara n'avait pas oublié la claustrophobie de Harry, mais c'était l'histoire de quelques secondes, non ?

— Pourtant, vous m'avez dit que vous alliez voir votre banquier ?

— Je l'appelle sur mon portable et on se donne rendez-vous sur le trottoir. Je n'ai pas mis les pieds à l'intérieur d'un bâtiment depuis des années. Sauf au Spar où ils me préparent mes courses pour que je puisse les réceptionner à la caisse.

— Et quand vous avez la grippe ? Vous n'allez pas voir le docteur ?

— J'ai la chance d'avoir une santé de fer.

— Mais nous avons besoin que vous…

Lynley trancha :

— Qu'à cela ne tienne. Nous attendrons qu'elles sortent. (Il tira d'une poche sa montre de gousset, objet d'un autre âge qui parut intéresser Harry.) Ça ferme bientôt, ajouta-t-il. Ce ne sera pas long.

Ils trouvèrent à s'asseoir un peu à l'écart, placés de façon à voir tous ceux qui sortaient. Tandis qu'elle observait les joueurs d'échecs, Barbara se fit la réflexion que les garçons avaient manqué de prévoyance : ils étaient venus avec trop peu de vêtements sur le dos. Deux d'entre eux étaient déjà en slip, alors qu'il n'y avait pas encore un seul centimètre de chair visible dans le camp des filles. Que se passerait-il si jamais quelqu'un s'exclamait « Échec au roi ! » ? Elle n'était pas sûre de vouloir rester jusque-là pour le savoir.

Elle se faisait du souci pour rien, toutefois, car, au moment où elle tourna la tête vers la porte, Dena Donaldson émergea. Barbara jeta un coup d'œil à Lynley. Dena étant seule, Harry ne pouvait pas la manquer. La jeune fille passa dans la lumière qui tombait des guirlandes lumineuses suspendues au-dessus des têtes. Une amie l'appela, puis la rattrapa. Toutes deux s'en furent vers Quality Square en bavardant.

— Ah, fit Harry. Oui, je l'ai vue avec l'îlotier, celle-là.

Parfait, se dit Barbara.

— Laquelle ? interrogea Lynley.

— La blonde.

— Elles le sont toutes les deux, blondes, Harry, lui fit remarquer Barbara.

— Oh, désolé, bien sûr. La grande.

— Mais…

— Vous êtes sûr ? s'enquit Lynley.

— Autant qu'on peut l'être quand on voit des gens de nuit.

Barbara se retint de prendre Harry par les épaules et de le secouer. Ce n'était pas du tout ce qu'elle avait espéré.

— L'autre fille ? insista-t-elle. L'autre blonde ? La plus petite ? Vous avez bien regardé son visage ?

— En effet. Et je l'ai aperçue ici et là. Cela ne vous renseigne pas beaucoup. J'ai aperçu un peu tout le monde à Ludlow… ici ou là.

— Mais pas en compagnie de Gary Ruddock ?

Il fit non de la tête.

— Avec des étudiants et d'autres filles, mais pas avec Ruddock, non, répondit-il en la fixant d'un air navré. Je suis désolé, ce n'est pas faute de vouloir vous aider.

— Vous nous êtes d'une aide précieuse au contraire, lui assura Lynley en se levant. Sergent ? C'est le moment d'y aller, je crois. On va laisser M. Rochester trouver un endroit pour la nuit.

Barbara bondit sur ses pieds. Ils devaient prendre en filature la grande blonde et ne pas la perdre de vue.

LUDLOW
SHROPSHIRE

Lynley et Barbara n'eurent même pas le temps de se mettre en route. Moins d'une minute après avoir disparu avec Dena dans Quality Street, la grande blonde revint et entra dans le pub.

— Sergent, dit alors Lynley, vous allez devoir m'attendre dehors, le gérant du pub sait que vous êtes flic…

L'inspecteur repéra tout de suite la grande blonde. Elle était au bar, où elle cherchait manifestement à se faire offrir un verre par le propriétaire des lieux. Ce dernier ne semblait pas avoir l'intention de céder si facilement. Lynley s'approcha.

— Pardon, mademoiselle, dit-il à la fille d'un ton engageant. Qu'est-ce que vous buvez ?

Elle se tourna vers lui et le regarda des pieds à la tête.

— Waouh ! Pas mal ! Je buvais de la bière, mais je serais pas contre un gin tonic.

Lynley adressa un hochement de tête au gérant du pub, lequel émit un bruit désapprobateur laissant supposer qu'il avait déjà vu la blonde se livrer à ce petit manège.

— Vous ne buvez rien ? lança la fille à Lynley en baissant les paupières.

Était-ce pour montrer la longueur de ses cils ? se demanda l'inspecteur, qui n'aurait su dire s'ils étaient vrais ou faux.

— J'aime pas trop boire seule. Au fait, je m'appelle Francie. Et vous ?

— Thomas Lynley.

Et, baissant la voix, il ajouta :

— De New Scotland Yard. Je voudrais vous parler.

Une lueur moqueuse s'alluma dans les yeux de la jeune fille.

— Je ne vois pas quelle loi j'ai bien pu enfreindre récemment. Mais vous pouvez m'arrêter si vous voulez, dit-elle en lui tendant ses poignets. Ou puis-je vous être autrement agréable ?

Puis, se tournant vers l'homme de l'autre côté du bar, elle ajouta :

— Jack, tu crois que les menottes m'iraient ? Ce monsieur de Scotland Yard veut m'embarquer. T'es jaloux ?

Jack planta son regard dans celui de Lynley.

— Encore de la volaille ? Vous êtes de la même basse-cour que la spécialiste des Plantagenêts ?

— Ah, vous avez déjà une petite amie ? dit Francie. Quel dommage.

Jack posa devant elle un verre de gin avec deux glaçons, une rondelle de citron vert et une canette. Elle ouvrit la canette, versa un peu de tonic dans le verre, but une grande rasade et sourit.

— Je suis prête, monsieur l'agent… C'est quand vous voulez.

Son verre à la main, elle se dirigea vers la sortie. Elle attendit que Lynley lui emboîte le pas. Dehors, Barbara

Havers se joignit à eux. Francie la toisa comme elle l'avait fait avec Lynley, puis regarda l'inspecteur avec un sourire en coin.

— Alors, vous voulez qu'on ait notre petit tête-à-tête où ça ?

Lynley préférait éviter que Gary Ruddock les aperçoive. Ses rondes pouvaient fort bien l'amener dans le coin. Il interrogea Havers du regard.

— St. Laurence n'est pas loin, monsieur. Il y a le cimetière.

Francie s'exclama :

— Ça va pas ? Vous voulez m'interroger dans un cimetière ? Ils font quoi les flics, dans un cimetière ?

— En général, ils déterrent des cadavres, l'informa Havers. Mais ce soir, je crois qu'on va passer sur le chapitre de l'exhumation. Si vous préférez, on peut papoter ailleurs, du moment qu'on ne nous voie pas. Vous habitez chez vos parents ? Seule ? En coloc ?

— Le cimetière me va, répondit sèchement la jeune fille, laissant deviner où elle vivait.

Ses parents seraient sûrement curieux de savoir pourquoi leur fille ramenait chez eux deux enquêteurs de Scotland Yard.

Il ne faisait pas tellement sombre dans le cimetière, mais c'était très tranquille. Havers fonça tout droit vers un grand if qui ménageait un coin d'ombre entre deux réverbères. Francie la suivit, son verre à la main. Lynley fermait la marche.

— Bien, alors, qu'est-ce que vous voulez que je vous dise ? soupira Francie en s'adossant au tronc et en bombant sa généreuse poitrine.

Ils voulaient qu'elle leur parle de Dena Donaldson.

— Pourquoi ? Elle a des emmerdes ?

L'air plus intéressée qu'inquiète, elle but une gorgée de gin tonic en observant Lynley par-dessus le rebord du verre.

— Qu'est-ce qui vous fait sauter tout de suite à cette conclusion ? demanda-t-il.

— Quelle autre raison attire la police ? Elle ne veut quand même pas s'engager chez vous ?

— Vous êtes perspicace…

— Nous lui avons déjà parlé, dit Havers. Nous voudrions confirmer ce qu'elle nous a dit.

— On vous a vue avec elle, on a pensé qu'on pourrait débuter par vous.

— Quoi ? Qu'est-ce qu'elle vous a dit ?

Comme ils restaient silencieux, elle se déhancha et posa sa main sur sa taille.

— Quoi ? répéta-t-elle. Elle aurait inventé un truc bizarre sur moi ? Parce que si vous tenez tellement à savoir, elle a flippé grave en me voyant faire une pipe à Brutus. Avant, elle et moi, on était des super bonnes copines. Je lui ai expliqué pourtant que *jamais* j'aurais été avec Brutus si j'avais su qu'elle pensait être dans une relation *sérieuse* avec lui. Et comment j'aurais pu le deviner, vu que tout le monde sait qu'elle se tape un max de mecs. Alors, moi, je me disais, quoi, un plan cul de plus… Je lui ai tout expliqué, tout ça. Mais elle refuse de comprendre. Je lui ai juré que ça se reproduirait pas. Mais je sais pas… Si elle se met à vouloir me causer des emmerdes avec la police… Ça m'étonnerait pas trop, elle est tellement mal lunée en ce moment.

— En somme, soupira Barbara, il s'agit d'une histoire entre vous, Brutus, Dena et diverses pièces détachées de votre anatomie ?

— Même si votre triangle amoureux est touchant, ce n'est pas à ce sujet que nous voulions vous interroger, mademoiselle. Nous voudrions en savoir un peu plus sur ce qui se passe entre l'îlotier et vous. Dena a déclaré que…

— Quoi ? Que je lui faisais des pipes aussi, à celui-là ? Elle veut ma perte ou quoi ? Tout ça à cause de Brutus. Ce connard de Brutus. Ou est-ce Ruddock qu'elle cherche à enfoncer ? Ah ! Ça, il y aurait pas mal de filles qui seraient ravies.

— Pour quelle raison ? interrogea Lynley.

Francie but une gorgée en le fixant d'un air méfiant.

— Vous n'avez qu'à enquêter si vous voulez une réponse. Vous me transformerez pas en moucharde en tout cas. Déjà que j'ai pas trop la cote. Vous avez mieux à faire que de me traîner dans un putain de cimetière au milieu de la nuit.

— Le problème, dit Havers, c'est qu'on vous a identifiée.

— Identifiée comme quoi ?

— Comme une jeune femme qui est montée dans la voiture de patrouille de l'îlotier.

— Et qui a bien pu me voir, je me demande ? Et quand ? Bon, ça ne fait rien. De toute façon, c'est faux.

— D'après notre témoin, Ruddock vous a emmenée quelque part.

— Votre témoin a dit que j'avais été *arrêtée* ? Moi qui ai jamais fait que marcher droit. Vous pouvez vérifier sur vos ordis ou vos iPhones ou sur ce que vous voulez. Frances Adamucci. A-d-a-m-u-c-c-i. Deuxième prénom Sophia.

— Personne n'a parlé d'arrestation, fit remarquer Lynley.

— Aucune arrestation n'est à l'ordre du jour, ni la vôtre, ni celle de votre ange gardien, ni celle de l'archevêque de Canterbury.

— Ce que nous avons cru comprendre, reprit Lynley, c'est que l'agent Ruddock est devenu expert à mettre le holà aux abus de boisson dans cette ville. Il lui arrive ainsi de faire monter des jeunes ivres morts dans sa voiture de patrouille pour les emmener on ne sait où. Nous savons aussi qu'il a une liaison qu'il préfère garder secrète, et cette liaison nous intéresse beaucoup maintenant qu'un homme placé par lui en garde à vue a été retrouvé mort. Dans quelle catégorie de relations avec l'îlotier vous classez-vous ?

— Vous m'accusez d'avoir tué quelqu'un ?

— Cela ne fait pas partie des catégories évoquées précédemment, répondit Havers.

Francie tapa du pied. Lynley nota qu'elle faisait en sorte de ne pas renverser son gin tonic.

— Je n'ai pas à me placer dans une catégorie ou à me coller une étiquette sur le front !

— Vous finirez au contraire par être bien contente de nous répondre, rien que pour vous disculper.

— Me disculper de quoi ?

— Complicité de meurtre.

— N'importe quoi ! Mais c'est dingue, ça ! Ding a pété un câble ou quoi…

— Ding n'est pas notre source, dit Lynley. Elle ne nous a rien dit sur vous et l'îlotier.

— Alors qui ?

— C'est une information que nous ne pouvons pas divulguer. Mais je peux vous préciser en revanche que c'est ce soir même que vous avez été identifiée comme une jeune fille qui est montée dans la voiture de patrouille. J'ajouterai que cela nous a étonnés.

— Ben non. Je ne suis jamais montée avec lui, sauf le jour où il nous a ramenées chez nous.

— C'est qui « nous » ? intervint Havers.

— Chelsea et moi, et on a toujours été ensemble ce soir-là, on s'est pas quittées toutes les deux. Alors ce que vous a raconté cette personne est faux, archi-faux, ou bien elle a besoin de lunettes, ou bien elle me cherche des poux.

— Et pourquoi vous chercherait-elle des poux ?

— Parce que j'ai fait un pompier à son copain, par exemple. C'est ce qui s'est passé avec Ding, vous vous rappelez ? Alors si ça vient d'elle… Je vous le répète, je ne savais même pas que c'était son petit ami ! Seulement qu'elle baisait avec lui de temps en temps. Comme tout le monde. Sans prise de tête, vous comprenez. Et si ça vient pas de Ding, vous feriez bien de remonter à la source parce que moi je vous dis qu'on vous fait marcher et sûrement pour de bonnes raisons. Vous feriez mieux de creuser un peu plus loin au lieu de me cuisiner dans un putain de cimetière ! Demandez donc aux gens au Hart and Hind si j'ai jamais été seule avec Ruddock. Demandez à ceux qui picolent en terrasse. Demandez aux piétons dans les rues, demandez à n'importe qui. Pourquoi vous vous concentrez pas plutôt sur Ruddock au lieu de me harceler ?

Quand elle se tut après cette tirade, Lynley se pencha légèrement vers elle.

— Soyez plus explicite, mademoiselle. Y a-t-il quelque chose concernant l'îlotier que nous devrions savoir ?

— Adressez-vous à quelqu'un d'autre. À Ding, par exemple. Ou directement à lui. Moi, je vous dirai plus rien.

Sur ces paroles, elle décolla son dos de l'arbre et décampa. Havers la regarda s'éloigner, puis se tourna vers Lynley :

— Sur l'échelle de la véhémence, notre petit oiseau obtient un bon score.

— Je ne sais pas si nous devons la croire ou non.

— En tout cas, nous devrions retourner voir Harry Rochester. Soit il faut qu'il paye une visite à son ophtalmo, soit il mijote un truc.

— Seigneur, souffla Lynley. Cette enquête n'a donc pas de fin ?

— Vous préférez que j'y aille seule ?

L'inspecteur fit non de la tête.

— Les renseignements dont on a besoin sur M. Rochester ne sont sûrement pas disponibles ici, à Ludlow. Je téléphonerai à Londres demain matin.

21 mai

IRONBRIDGE
SHROPSHIRE

Comme d'habitude, Yasmina fut la première levée. La lueur du jour filtrait à travers les rideaux fermés tandis que les cris haut perchés des pipits des arbres proclamaient leur retour saisonnier dans la colline boisée derrière la maison. Si leurs gazouillis étaient gracieux, ils se terminaient par des notes aiguës qui vous vrillaient les tympans et faisaient office de réveil.

Timothy, quant à lui, n'en avait cure. À une époque, il s'était mis des bouchons d'oreilles afin de ne pas entendre le chœur des oiseaux. Mais depuis qu'il prenait des « somnifères », il n'avait plus besoin de ces protections auditives. D'ailleurs, si Yasmina ne le secouait pas, il lui arrivait de dormir jusqu'à quatorze heures.

Ce matin, pour une fois, son état comateux ne la dérangeait pas. Maintenant qu'elle avait convaincu Justin Goodayle de contribuer à sa campagne pour ramener Missa sur les bancs de la fac, elle était de bien meilleure humeur.

Elle descendit l'escalier dans la maison silencieuse avec l'intention de prendre son thé à la table de la cuisine qui avait vue sur les bois. Sur le versant de la colline, un pan de roche touché par les premiers rayons du soleil était parsemé de fleurs roses, comme un nuage féerique au milieu des frondaisons vert tendre. Un spectacle d'autant plus fascinant qu'il était éphémère. Yasmina chérissait cette minute de contemplation…

— Bonjour, maman.

Yasmina tourna vivement la tête vers le salon. Missa était assise dans une bergère à côté de laquelle se trouvaient deux valises. Trois grands cartons étaient posés un peu plus loin. Le logo d'une marque de céréales les habillait, et la première pensée qui vint à l'esprit de Yasmina fut que Missa ne mangeait jamais de céréales au petit déjeuner, leur préférant du yaourt et des fruits.

Ensuite elle se prit à songer vaguement que Missa avait décidé de retourner à Ludlow. Elle envisagea aussi l'éventualité que sa fille ait parlé à Greta Yates sans l'en avertir, et qu'elle était résolue à rattraper son retard chez sa grand-mère, afin d'être prête pour les examens de fin d'année.

Yasmina tenta de feindre la surprise, ce qui n'était pas compliqué étant donné qu'elle ne s'était pas attendue à une issue si rapide. Mais la seconde d'après, elle observa mieux l'expression de sa fille. Non pas sombre, mais figée, à croire que ses traits s'étaient pétrifiés au cours des heures passées dans ce fauteuil.

Yasmina ébaucha un geste.

— Mon Dieu, mais qu'est-ce que tu fais là, ma chérie ?

— J'attends Justin. On a parlé hier soir.

Yasmina sentit un courant d'air sur ses chevilles et se demanda si elle n'avait pas laissé la fenêtre de la cuisine ouverte cette nuit.

— Je ne suis pas sûre que…

Elle laissa sa phrase en suspens, ne sachant tout d'un coup plus ce qu'elle voulait dire.

— On a parlé avec ses parents. À sa mère, en fait. C'est Justin qui lui a parlé. C'était le plus dur. Son père est toujours d'accord pour tout, mais les mères… Elles peuvent se montrer difficiles. N'est-ce pas ?

Yasmina se demanda ce que les parents de Justin avaient à voir avec le retour de Missa à Ludlow, mais elle ne posa pas de questions. Elle se contenta de bredouiller :

— Je ne comprends pas. Ces cartons… tes valises… tu pars ?

Missa ne répondit pas et Yasmina eut la sensation d'être l'objet d'une observation intense de la part de sa fille. C'était une force invisible qui ruisselait de Missa, glissant sur le tapis, se dirigeant vers elle, Yasmina. Il fallait qu'elle l'arrête, ou du moins qu'elle dévie son cours. Mais les mots restaient coincés dans sa gorge.

— Tu ne connais pas vraiment Justin, lâcha Missa. Tu crois que si. Je sais pourquoi. Il a l'air si… tu utiliserais le mot « simple », non ? Simple dans ses pensées, simple dans ses actions…

— Ce n'est pas vrai, Missa, Justin est un garçon absolument charmant.

— Ne parlons pas de ça, dit Missa d'un ton soudain plus agressif. Il m'a tout raconté. Ton plan ridicule… Tu tiens tant que ça à ce que je reprenne des études ? Et tu croyais que Justin était de la terre glaise que tu peux façonner comme il te plaît. Mais Justin, maman, c'est du fer. Et mieux que ça encore, c'est quelqu'un de *vrai*. Il te l'a toujours montré, mais toi tu as seulement vu un *garçon simple*. Tu pensais pouvoir te servir de lui…

— Missa, non, pas du tout !

— … et que je ne m'en douterais pas. Ce que tu avais négligé, c'était que la vérité passe avant ses désirs, ou, dans le cas présent, avant ce que tu as eu le culot de lui faire miroiter.

Yasmina aurait voulu que sa fille se taise. Il y avait une drôle d'odeur, se dit-elle. Chimique, médicinale. Elle nota mentalement qu'elle devrait en parler à la femme de ménage. Leur maison sentait la piscine. Tout haut, elle dit :

— Je ne sais pas de quoi tu parles, Missa.

— Oh là là, maman ! Arrête ton cinéma. Justin m'a expliqué hier soir ton plan tordu. Il a commencé par ce que tu voulais qu'il me dise : que tu le tannais pour qu'il me persuade de reprendre mes études et que le seul moyen pour qu'il ne t'ait plus sur le dos était que j'aille voir la conseillère d'orientation, qu'il me conduirait à Ludlow et tout ça. Seulement, tu vois, il n'a pas pu mentir. Il savait que, dès que je monterais dans la voiture, son visage le trahirait. Alors il m'a tout raconté.

— Missa, tu dois pourtant te rendre compte de l'importance de…

La jeune fille se leva brusquement.

— Non ! s'écria-t-elle d'une voix incroyablement puissante.

Elle allait réveiller Sati, songea Yasmina.

— S'il te plaît, chérie, reparlons de tout ça quand tu…

— On ne parlera plus, maman. Parler avec toi revient à t'écouter parler… Eh bien, c'est fini. Fini ! Fini !

— Arrête de crier, Missa. Tu vas réveiller ta sœur. Ou ton père.

— Et ça, ça te serait intolérable, n'est-ce pas, maman ? Ils verraient clair dans ton jeu. Ils te verraient telle que tu es, ils comprendraient qu'il n'y a qu'une seule chose qui compte pour toi : les apparences. Et une fois qu'ils auront vu ça, ce sera fini pour toi, comme ce sera fini pour cette famille. Seulement tu es aveugle ou tu ne veux pas l'admettre, je ne sais pas. En tout cas, moi, j'en ai fini avec tout ça, avec ce simulacre de famille ! OK ? Tu m'entends, maman ? Tu m'entends vraiment ?

Elle se saisit d'une photo encadrée sur la table à côté de la bergère et la jeta violemment sur le sol, où le verre se fracassa.

— Je refuse de faire partie de cette putain de mascarade ! C'est fini ! Fini ! Je…

— Tais-toi tout de suite, Missa ! Tu es complètement hystérique.

— C'est fini ! Fini !

Elle cria.

Sati dévala l'escalier. Elle regarda Yasmina et Missa qui se tenaient face à face, puis ses yeux tombèrent sur les valises et les cartons, et elle se mit à hurler.

— Missa, non ! Non ! Non ! Je veux partir ! Je veux m'en aller avec toi ! S'il te plaît !

Elle courut vers Missa, mais Yasmina l'attrapa par le bras.

— Sati, remonte dans ta chambre. Tout de suite !

Elle poussa sa fille cadette vers l'escalier.

— Arrête ! cria Missa. Laisse-la tranquille !

— Missa…, gémit Sati.

— Ne t'inquiète pas, lui lança sa sœur. Je reviendrai te chercher. Ce ne sera pas long, Sati.

Yasmina pivota vers sa fille aînée.

— Sati n'ira nulle part, et toi non plus. Va dans ta chambre ! Remonte ces valises. On s'occupera du reste quand ton père…

— Tu ne comprends vraiment rien, maman ! Tu ne connais même pas ta fille, et tu ne me connaîtras jamais parce que… parce que…

Elle pleurait à présent. Ses sanglots déchirants révélaient un abîme d'angoisse qui donna froid dans le dos à Yasmina.

— Missa, pour l'amour du ciel…

Mais sa fille passa devant elle.

À l'instant même, la sonnette retentit. C'était Justin, bien sûr. Missa, comme il fallait s'y attendre, se jeta dans ses bras. Et lui, de sa voix calme et vibrante, lui dit :

— Pleure pas, Missa. Tout va bien. Mes parents sont d'accord.

— Elle reste ici, décréta Yasmina d'un ton autoritaire.

Il n'en fallut pas davantage pour précipiter Missa hors de la maison. Elle courut dans la rue vers la voiture de Justin.

Justin resta planté là, manifestement déchiré entre l'envie d'aller réconforter Missa et celle de prendre ses affaires.

— Docteur Lomax… J'ai pas pu. Il fallait que je lui dise. Et, vous savez, elle s'en fiche… du mariage, de la maison, de la lune de miel.

En rougissant, il ajouta :

— Ça signifie pas qu'on va pas se marier. On se mariera, bien sûr. C'est ce qu'on veut tous les deux. Le reste attendra. Pas de souci. Maman a préparé la chambre de mes sœurs pour Missa. Elles sont parties depuis longtemps, et…

Il eut la bonté de ne pas faire de remarque sur les larmes qui ruisselaient sur les joues de Yasmina, se bornant à lui tapoter affectueusement l'épaule en allant prendre les deux valises. Il reviendrait dans une minute pour les cartons…

Deux minutes plus tard, Yasmina se retrouva seule au salon. Elle devait s'occuper de Sati, qu'elle entendait sangloter à l'étage. Quand elle atteignit le palier, elle s'aperçut que sa fille n'était pas dans sa chambre mais au chevet de son père.

— Maman, il veut pas se réveiller ! Papa ! Papa !

Yasmina écarta Sati d'un geste brusque.

— Va dans ta chambre.

— Mais il… Qu'est-ce qu'il a ? Maman ? Qu'est-ce qu'il a ?

Timothy était livide. Sa respiration était bruyante. Yasmina le secoua. Pas de réaction. Elle cria son nom, tandis que, derrière elle, Sati s'écroulait par terre en pleurant :

— Non… noooon…

Yasmina rabattit les couvertures et se mit à cheval sur les hanches de Tim. Avec son poing, elle lui massa la poitrine, se servant du poids de son corps pour rendre le massage le plus vigoureux possible.

— Maman, qu'est-ce qu'il a ? Je vais appeler le 999. J'appelle le 999 ?

— Non ! s'écria Yasmina. Attends !

Puis à son mari :

— Timothy, je t'en supplie. Timothy ! Timothy !

Il ne fallait surtout pas qu'il aille aux urgences. À l'hôpital, ils découvriraient son addiction et en déduiraient qu'il volait des médicaments à la pharmacie.

— Ça va aller, ma chérie. Il a juste du mal… Mais tout va bien. Regarde. Sati, regarde. Il se réveille…

Les paupières de Tim papillonnèrent. Il ouvrit les yeux et les referma aussitôt. Elle le gifla. Fort. Il rouvrit les yeux. Elle l'obligea à s'asseoir, puis à se mettre debout.

— Tu vois, Sati ? Il va bien. Il a pris un cachet hier soir pour dormir, je l'emmène à la salle de bains. Laisse-nous, tu veux ?

Sati était bouleversée. Yasmina sentit la colère décupler ses forces. Elle aurait presque pu porter Timothy elle-même jusqu'à la salle de bains. Mais ce ne fut pas nécessaire.

— Sati, ma chérie, dit-il sans relever la tête. Ça va. Laisse-nous…

La petite fille sortit à reculons dans le couloir, les poings serrés sous le menton. Avant de fermer la porte de la salle de bains, Yasmina lui jeta un coup d'œil.

— Je suis désolée, Sati chérie, je suis tellement désolée.

LUDLOW
SHROPSHIRE

La veille au soir, alors qu'ils rentraient à pied du cimetière, Lynley avait écouté Barbara attentivement. Quand il était question d'enquêtes policières, elle n'affirmait rien à la légère.

« Le problème, monsieur, c'est qu'elle est trop grande.

— Vous parlez de Francie ? Francie A-d-a-m-u-c-c-i ?

— Oui. Elles sont toutes les deux blondes et elles ont toutes les deux le style étudiante ayant besoin d'une coupe de cheveux… Bon, d'accord, je sais. Qui suis-je pour critiquer ? Mais vous savez ce que je veux dire. Toutes ces gamines… on dirait des rescapées des années 1960. Il ne leur manque que les couronnes de fleurs et un billet pour San Francisco. Mais bon, à part leur blondeur, elles n'ont aucun point commun. La fille que j'ai vue avec Ruddock était de petite taille, j'en suis sûre, à cause de la portière… puisqu'elle était debout à côté. Et cette fille, Francie… ? Elle est grande, élancée, avec une poitrine… De quoi donner des complexes à n'importe quelle femme. Bon, je sais qu'il faisait noir, mais quand l'éclairage intérieur de la voiture s'est allumé, j'ai vu les traits de la gamine, et ce n'était pas Francie. »

Havers avait indiqué du pouce la direction d'où ils venaient, ajoutant :

« Et n'oubliez pas que la petite Ding a parlé d'elle-même d'une voiture de patrouille, alors que je n'avais rien dit.

— Oui, oui, je me rappelle, sergent.

— C'est forcément révélateur. Quelqu'un ne nous dit pas tout. Il va falloir réinterroger Harry Rochester et tirer au clair l'histoire avec cette Francie A-d-a-m et cætera. Qu'en pensez-vous, monsieur ? »

Lynley craignait quant à lui qu'il ne leur restât plus beaucoup de temps avant que Hillier réclame des résultats. Or il n'avait aucune envie de plonger dans le chaudron qui était en train de bouillonner au Home Office…

« Ce n'est pas seulement *quelqu'un* qui ne nous dit pas tout, avait-il répliqué. C'est pas mal de monde. Sergent, je crois le moment venu de faire appel aux compétences de Nkata. »

Le lendemain matin de bonne heure, Lynley était sûr de trouver le sergent à son bureau. En entendant son accent particulier, évoquant à la fois l'Afrique de l'Ouest, les Caraïbes et Brixton, il sourit.

— Puis-je solliciter votre génie de l'informatique, Winston ? Notre enquête patauge à souhait.

Winston Nkata se déclara aimablement prêt à les aider.

Lynley lui fournit une liste de noms, le premier étant Harry Rochester, le dernier Christopher Spencer, qu'il avait inclus en désespoir de cause. Nkata siffla entre ses dents.

— Ça va prendre un moment, inspecteur. Je dois chercher quoi exactement ?

— Tout ce qui semble louche. Si vous en repérez un qui a éternué sans se couvrir la bouche, il nous intéresse. C'est possible pour aujourd'hui ?

— J'ai pas mal d'autres recherches à faire, mais je vais vous caser dès…

Il ne termina pas sa phrase, interrompu manifestement par une personne entrée dans son bureau, et à qui il répondit :

— Oui, c'est lui.

Puis, dans le téléphone :

— Dee Harriman veut vous dire un mot, inspecteur.

La voix de Dee carillonna à l'oreille de Lynley.

— C'est la divine providence qui vous a fait appeler, inspecteur Lynley !

Il répliqua avec un sourire :

— Autant que je puisse en juger à son épuisement le matin, Barbara fait ses exercices tous les soirs, Dee. Ou bien avant son petit déjeuner. J'avoue ne pas lui avoir demandé l'heure exacte où elle communique avec l'esprit de Ginger Rogers… Vous voudrez bien m'indiquer la date de votre spectacle que je la note dans mon agenda. En dépit de ses réticences, je compte bien y assister.

— Je serais ravie, mais si vous plaisantez…

— Plaisanter alors que j'ai l'occasion de voir le sergent Havers faire des claquettes, vous êtes folle, Dee !

Elle rit.

— Cela va être un spectacle formidable, inspecteur. Elle va nous éblouir, je le sais. Mais ce n'était pas pour ça que je voulais vous parler.

— Ah ! De quoi s'agit-il ?

Un silence. Puis Dee se mit à chuchoter et Lynley eut l'impression qu'elle s'éloignait du bureau de Nkata.

— Elle s'est de nouveau portée pâle. Elle qui n'est jamais malade, inspecteur. Qu'est-ce que je fais ?

— La commissaire Ardery ?

— Qui d'autre ?

— Elle a le droit d'être malade, Dee, répliqua-t-il d'un ton faussement désinvolte alors que ses doigts se resserraient sur son portable.

— Mais que dois-je faire ? Vous ne m'avez pas répondu.

— Vous lui avez parlé de vive voix ?

— Elle a laissé un message… Et si vous lui téléphoniez, inspecteur Lynley ? Je suis inquiète, voyez-vous. Si vous entendiez sa voix. Il me semble… Bon, est-ce que c'est correct de vous dire ce que je pense ?

— Dites toujours.

— Je sais que vous savez parce que la porte de son bureau ne suffit pas toujours à étouffer les sons. Ce n'est pas mon genre d'écouter aux portes, mais je vous ai vu, vous aussi, vous arrêter devant son bureau et tendre l'oreille…

— Dee ?

— Monsieur ?

Lynley réfléchit. Dee Harriman était profondément loyale à quiconque travaillait dans le département, y compris à Isabelle Ardery. Il pouvait être certain qu'elle était animée des meilleures intentions à son égard.

— Je ne peux rien faire, Dee, surtout d'ici.

— C'est vrai, mais je me disais que si elle savait que d'autres gens savent… Sauf que, forcément, elle sait que vous, vous savez, n'est-ce pas ?

— Oui. Mais vous voyez à quoi ça sert…

Il perçut un brouhaha de voix derrière Dee Harriman. New Scotland Yard était déjà une ruche à cette heure matinale. Quelqu'un ne tarderait pas à se poser des questions au sujet de l'absence de la commissaire,

Dee avait raison. Et il faudrait prendre des mesures. Mais ce ne serait pas lui, Thomas Lynley. Ni Dorothea Harriman.

— Alors, qu'est-ce que je fais ? répéta la secrétaire du département.

— Elle vous a dit qu'elle était souffrante, vous avez votre réponse toute faite à toute personne qui se demanderait où elle est passée.

— Mais, et si ça continue, inspecteur Lynley ?

Lynley essaya tant bien que mal de la rassurer.

Après cette conversation, il resta assis au bord de son lit de prisonnier et baissa les yeux sur ses chaussures. Elles avaient salement besoin d'être cirées. Malheureusement, il n'avait pas pensé à se munir de cirage, et même s'il en avait eu sous la main, il eût été bien étonnant qu'il obtînt le même résultat que Charlie Denton. Il envisagea vaguement de lui téléphoner, rien que pour savoir si le Mamet se passait bien. Puis il songea à téléphoner à Daidre. Mais Daidre avait ses propres soucis : ses parents biologiques, sa fratrie, l'agonie de sa mère… Il ne pouvait s'empêcher de se demander pourquoi, dans ces circonstances difficiles pour elle, elle n'éprouvait pas le besoin de l'appeler… Peut-être la solidarité était-elle un leurre ?

N'étant pas en mesure de répondre plus précisément à cette question, il n'essaya même pas.

LUDLOW
SHROPSHIRE

Ding se réveilla pour constater qu'elle était seule dans son lit. Elle n'avait baisé avec personne ni la veille ni la nuit précédente. Cela n'avait rien d'extraordinaire en soi, mais ce qui l'était, en revanche, c'est qu'elle ait pu s'endormir et se réveiller sans se demander avec angoisse avec qui elle allait bien pouvoir coucher tout à l'heure, cet après-midi, ce soir… Comme si elle risquait d'être en manque, comme si elle risquait de perdre son identité si elle ne trouvait pas.

Elle n'avait encore qu'une vague idée de qui elle était vraiment. Mais au moins, désormais, elle était en mesure de faire courir un fil entre l'enfant et l'adolescente qu'elle avait été hier et la jeune adulte qu'elle était aujourd'hui. Et ce fil avait pour nom « fuite en avant ». Une fuite, sur un chemin qui en réalité la ramenait toujours vers ce qui lui était le plus familier.

À la vue du cadavre nu de son père, son effroi avait dû se focaliser sur ce qu'il avait entre les jambes. En tout cas, de ce terrible événement, c'est ce qu'elle avait gardé en mémoire. En grandissant, elle était sans doute arrivée à une conclusion concernant ce détail, sinon comment comprendre le dégoût qu'elle éprouvait chaque fois qu'un type lui demandait, directement ou non…

Allongée dans son lit, les yeux au plafond, elle songea qu'il devait bien y avoir une explication à la rage qui s'était emparée d'elle à l'égard de Brutus et de ses pouffes… D'où lui venait cette colère incontrôlable, et quelle signification lui prêter ?

Peu à peu, une image se forma dans son esprit. Elle revoyait leurs visages quand elles étaient avec lui : Allison, Monica, Francie. Sur leurs traits s'épanouissait une émotion qu'à présent elle pouvait qualifier : du plaisir, de la joie, du bien-être. Une émotion qu'elle-même était incapable de ressentir. Voilà ce que c'était. Le rire bête d'Allison. La moue gourmande de Monica. Le sourire de Francie l'invitant à s'éclater avec eux, parce que, pour Francie, c'était tout du bonheur, tandis que pour elle… Elle les baisait-suçait-branlait rien que pour obtenir par là la preuve que l'homo sapiens était un moins-que-rien.

Elle se leva, enfila sa tenue de yoga dont elle se servait comme pyjama et sortit dans le couloir. La porte de Finn était fermée. Celle de Brutus aussi, mais elle devait tenter sa chance. Elle frappa.

— Bru ? Je peux te parler ?

Elle entendit un bruit de voix à l'intérieur et ajouta :

— C'est juste un petit truc. T'inquiète. OK ?

De l'autre côté du battant, le sommier grinça. Deux secondes après, la porte s'ouvrait sur Brutus en caleçon. Ou plutôt s'entrouvrait, car il cachait sûrement une nouvelle partenaire. Il se coula dans le couloir et referma la porte derrière lui.

— Ouais ? Qu'est-ce que tu veux ?

Il avait l'air méfiant. Il jeta un coup d'œil à la porte de Finn, puis l'interrogea du regard.

— Tu peux venir une minute dans ma chambre ? dit-elle.

— Pourquoi ? Toi et moi, on n'est pas…

— C'est pas à propos de nous, l'interrompit-elle. De toute façon, il n'y en a pas, de « nous ». Mais il y a quelque chose que je veux te demander, et je préfère que ce soit en privé, dit-elle en penchant la tête vers sa chambre à elle.

— Ding, je ne vais pas encore une fois te faire un dessin…

— Puisque je te dis que c'est pas ça, Bru ! J'ai une question à te poser. T'en fais pas, ce sera pas long.

— D'accord, soupira-t-il. Mais attends une seconde.

Il se glissa dans sa chambre par l'entrebâillement de la porte. On entendit des murmures. Il était bien avec une fille. Elle éprouva de nouveau ce sentiment douloureux, mais elle comprenait désormais que cela n'avait rien à voir avec Brutus.

Lorsqu'il reparut, il était en jean et tee-shirt. Il la suivit dans sa chambre mais resta debout sur le seuil.

— Je vais pas te sauter dessus, rassure-toi, dit-elle.

— Je sais, mais je voudrais pas qu'elle flippe…

— Ah, OK.

Tout en prononçant ces mots, Ding se rendit compte que cela n'avait plus aucune importance pour elle. Qui était cette fille, ce qu'elle faisait là, ce qu'ils avaient fait ensemble…

— Tu sais, Bru, on n'est pas si différents que ça, toi et moi. On n'a pas le même point de vue, c'est tout.

— Ah.

Il était de plus en plus méfiant.

— Passons. Bien. L'année dernière, en décembre, le soir où il a neigé et où on a fait la fête au Hart and Hind.

Il fronça les sourcils.

— Il a neigé pas mal cet hiver. Et on a souvent fait la fête.

— Mais, tu sais, le soir où on avait prévu de boire du cidre plutôt que de la bière. Ce soir-là, Brutus.

Elle attendit que la mémoire lui revienne. Comme il semblait perplexe, elle précisa :

— Ce qu'on n'avait pas prévu, c'est que le plan allait foirer. Finn était là aussi. Mais lui buvait de la Guinness. Tu te rappelles comment on était raides ? On avait pas calculé, toi et moi en tout cas, mais là, vraiment, on était fin bourrés.

Il opina lentement.

— Je me rappelle. Ouais. C'était con.

— Plus que con, tu veux dire. Super moche. Et c'est pour ça que depuis…

— C'est pour ça quoi ?

— J'ai rien dit à personne, mais maintenant faut que je sache. J'ai la tête à l'envers, c'est pas nouveau, je sais, mais là, j'essaye de la remettre d'aplomb. C'est pourquoi j'ai besoin de savoir. Après cette soirée, la nuit, je me suis réveillée et t'étais pas dans le lit. T'étais où ?

Il paraissait toujours désarçonné, ne comprenant visiblement pas en quoi ce qui s'était passé tous ces mois plus tôt pouvait avoir une quelconque importance. Il répondit néanmoins :

— À la salle de bains.

— La salle de bains ?

— Je me suis levé pour pisser. Et puis… J'avais horriblement soif et j'ai cru que j'allais vomir par terre. Alors j'ai foncé à la salle de bains, où on est restés un bout de temps en tête à tête, la cuvette et moi, et après je me suis dit que j'allais me reposer un moment sur le carrelage pour pas m'éloigner, quoi, et puis après ça, le seul souvenir que j'aie, c'est Finn pissant par-dessus moi, pas tout à fait par-dessus même. Tu connais Finn…

Ding articula d'un ton rêveur, les doigts sur la bouche :

— Tu étais aux chiottes toute la nuit ?

— Jusqu'à l'arrivée de Finn. À ce moment-là, il faisait déjà jour, et j'ai réintégré ma chambre. Ding, pourquoi tu me demandes ça, qu'est-ce qui se passe, enfin ?

Elle lui fit signe qu'elle n'était sûre de rien. Elle avait été sûre, en fait, mais elle ne l'était plus. La situation avait changé, et il fallait qu'elle réfléchisse à ce qu'elle devrait faire ensuite.

LUDLOW
SHROPSHIRE

— Dès le départ, lors de mon premier séjour ici avec la chef, ce type nous a sorti des demi-vérités. Gardant des détails sous silence, faisant parfois preuve d'incohérence dans son récit. « Oh, oui, j'ai oublié de mentionner mes coups de fil au mari de l'adjointe au chief constable et à Ian Druitt ? Où ai-je la tête ? Et, oh, bien sûr, je connais Finnegan Freeman. Est-ce que je vous ai dit ce que M. Druitt pensait de lui ? Et, ah ! Je connais encore mieux une certaine jeune fille qui se trouve, comme c'est curieux, habiter sous le même toit que Finnegan. »

De nouveaux arrivages de clients ayant envahi l'hôtel, Barbara et Lynley avaient fui les lieux et traversaient maintenant la terrasse de Griffith Hall, où la fraîcheur matinale décourageait toute velléité de prendre son petit déjeuner dehors. Peu auparavant, Barbara avait émis le vœu que l'inspecteur rappelle Nkata afin qu'il ajoute à sa liste le nom de Gary Ruddock. Comme elle commençait à s'échauffer, Lynley l'avait entraînée à l'extérieur. À présent, sur la pelouse, ils étaient hors de vue de la salle à manger et du salon. Deux jardiniers s'affairaient, accroupis au milieu des buissons et des fleurs, mais ils étaient trop loin pour les entendre.

Lynley paraissait d'humeur méditative. Il suivait des yeux les gestes des jardiniers, à croire qu'il les comparait à ceux qui entretenaient l'immense propriété familiale de lord Asherton, c'est-à-dire de lui-même dans son autre vie. Barbara aurait voulu qu'il passe à l'action, tout en étant incapable de spécifier quel genre d'action.

— Monsieur… ? La Terre à l'inspecteur Lynley ?

Il parut se secouer.

— Je ne conteste pas les bizarreries auxquelles…

— Des *bizarreries* ?

— … vous faites allusion. N'empêche qu'en dépit de tout ce que nous avons vu et entendu… dont pas mal de choses discutables…

— *Discutables ?*

— … vous ne me contredirez pas si je vous dis que nous n'avons pas le moindre mobile, *et*… (il leva la main pour l'empêcher de l'interrompre), même si je vous accorde qu'un suicide sans mobile figure sur la liste ainsi qu'un meurtre sans mobile, vous devez avouer que c'est fichtrement bizarre, malgré les spécificités…

— Vous voulez parler des dix-neuf jours.

— Entre autres, en effet.

— Et donc ?

— Nous savons qu'il faut chercher plus loin, et c'est pourquoi l'aide de Nkata va nous être précieuse. Mais le problème, Barbara, est le même depuis le départ. Nous n'avons aucun témoin de rien, sinon du fait que l'agent Ruddock embarque quelquefois des jeunes ivres morts pour les ramener sans doute chez eux.

— Et n'est-ce pas en soi bizarre, justement ? Qu'on n'ait même pas de vidéo de celui qui a passé l'appel anonyme ? que la caméra ait été coupée pendant vingt secondes, le temps de changer sa position ? Et qui est le suspect le plus probable, à votre avis ?

— Vous avez raison, encore une fois, mais n'oubliez pas que des tas de gens peuvent avoir accès à ce poste désaffecté, entre autres les officiers de la police territoriale de West Mercia. À quelle heure a été passé ce coup de téléphone ?

— Vers minuit.

— Bien. Pourquoi l'agent Ruddock, qui est très souvent seul dans cet endroit, se serait donné le mal de se déplacer exprès au milieu de la nuit, alors qu'il avait amplement le temps et l'opportunité de le faire à d'autres moments de la journée ?

— Il veut peut-être que l'on pense qu'il est victime d'une machination.

— Exact, opina Lynley. Mais où sont les éléments de preuve ?

— Vous voulez dire que c'est fichu d'avance ?

Un des jardiniers avait fait démarrer une tondeuse et la dirigeait vers eux. Le deuxième s'était mis à vaporiser un produit sur un rosier grimpant. Lynley entraîna Barbara en direction de Ludlow Castle. Ils s'arrêtèrent sur le trottoir au pied de la muraille afin de reprendre leur discussion.

— C'est seulement théorique, mais vous connaissez le problème aussi bien que moi, sergent : il n'y a pas de meurtre parfait. Quelque détail a toujours été négligé, ou alors la mort semble si naturelle qu'on ne soupçonne rien. Dans notre affaire, si aucune preuve n'apparaît pour étayer la thèse de l'homicide, il faudra bien admettre qu'il s'agissait d'un suicide.

— Vous êtes sérieux ?

— Barbara, je vous accorde que l'îlotier semble suspect. Mais ce n'est qu'une supposition, et à moins que l'on découvre un fait concret confirmant nos soupçons… En plus, je vous rappelle que nous n'allons pas tarder à recevoir l'ordre de rentrer à Londres.

— Et merde ! grommela Barbara en flanquant un coup de pied à une touffe d'herbes folles entre les pavés.

Après une pause, elle tourna vers Lynley des yeux brillants en disant :

— Nous pourrions avoir recours à la manipulation.

— J'y ai réfléchi, bien sûr, mais je ne crois pas que nous en soyons arrivés… à cet expédient.

Une silhouette debout sur la muraille hissa une bannière *Shakespeare Festival*, la manifestation de théâtre programmée dans le parc du château médiéval. En voyant que la pièce annoncée était *Titus Andronicus*, Lynley soupira :

— Ils n'auraient pas pu trouver autre chose ?!

— Quoi ?

— On y viole, on y coupe les mains, on y tranche les langues, on y mange les morts. Vous ne l'avez pas encore étudiée, dans votre programme ?

— Je fais seulement les tragédies. C'en est une ?

— C'en est une qu'elle soit montée, oui.

Barbara ne put s'empêcher de rire.

— Et Francie Adamucci, alors ? Elle nous a demandé de voir du côté de Ruddock. L'îlotier ramassant des étudiants ivres, des étudiantes surtout… Les emmenant sur le parking du poste désaffecté… ou bien déposant les premiers chez eux et s'en réservant une croquignolette pour la fin de soirée…

— Pour quelle raison une jeune fille accepterait d'aller avec lui ?

— Mettons qu'elle ne veuille pas que ses parents la voient complètement soûle. Mais ce pourrait aussi bien être pour éviter des ennuis avec la fac, ou sa coloc. Si pour éviter ces « ennuis » il suffisait de faire un petit tour sur le parking désert avec Gaz.

— Et où est-ce que cela nous mène, Barbara ?

— Cela expliquerait ce qui nous dérange chez lui. Tout ce qui nous a fait tiquer : le fait qu'il retrouve une femme dont il refuse de divulguer l'identité soi-disant pour préserver l'honneur de madame – n'est-ce pas chevaleresque ? S'il l'a vue le soir de la mort de Druitt, alors on pourrait l'accuser de manquement à ses devoirs d'îlotier, et Gaz s'empalerait sur son épée comme sir Lancelot.

— Lancelot n'a jamais…

— On s'en fiche. Bref. Le fait est qu'il se présente en preux chevalier alors qu'il abuse peut-être régulièrement de gamines bourrées. Bien sûr, il nous manque la preuve. Ce qui me fait penser qu'avec un peu d'intox… On n'a qu'à lui laisser entendre que l'une d'elles l'a dénoncé.

— Et après ? Cela nous mènera à quoi ?

Barbara se projeta dans la situation où ils auraient la confirmation de la mauvaise conduite de Ruddock.

— Punaise ! Bien sûr ! Une jeune fille abusée aura été tout raconter à l'homme de Dieu ! Et cet homme de Dieu a voulu « dire deux mots » à Ruddock, et celui-ci a décidé d'agir avant que Druitt avertisse quelque autorité supérieure. Nous avons la jeune Lomax qui pourrait avoir eu droit à une petite séance dans la voiture de patrouille.

— Vous ne me ferez pas croire qu'il aura fallu sept rendez-vous à cette étudiante pour raconter au diacre que Ruddock se tape de la chair fraîche sur le parking du poste désaffecté.

— Mais si elle est une de ces filles…

— Réfléchissez, Barbara. La solution dans un cas pareil n'est-elle pas d'arrêter de boire autant ? Ou de boire chez elle ou chez des amis, si elle a vraiment envie de se soûler.

— Pourtant, il en embarque, monsieur.

— Est-ce qu'on est sûrs de ça ?

— Harry Rochester en est sûr.

— Harry Rochester a vu l'îlotier en compagnie de jeunes, garçons et filles, qui paraissaient ivres, un point c'est tout. Vous voyez le problème, n'est-ce pas ?

Elle se tourna vers le château en ruine. Une autre bannière se déployait sur les remparts : *L'importance d'être constant*. Cette apparition n'échappa pas non plus à Lynley, qui commenta :

— Pas vraiment un antidote à l'autre abomination, mais c'est un début.

Puis, à l'adresse de Barbara, il répéta :

— N'est-ce pas ?

Elle savait qu'il ne parlait pas seulement d'Oscar Wilde.

— Sans preuve, on ne fait que brasser de l'air, en effet, soupira-t-elle.

— Même si le scénario de Ruddock avec une gamine nous interpelle, il nous manque toutes sortes de détails pour le rendre crédible.

— Oui… Quel rôle jouent les Freeman, par exemple ? Et pourquoi Druitt et Ruddock se sont téléphoné ? Et pourquoi Ruddock a été chargé de surveiller Finnegan ? Et le principal : pourquoi tant de temps entre l'appel anonyme dénonçant Druitt pour pédophilie et son arrest… ?

Lynley l'interrompit d'un claquement de doigts.

— Nous sommes les derniers des imbéciles, Barbara.

— Quoi ? Pourquoi ?

— À propos des dix-neuf jours…

— Il fallait que celui qui arrête Druitt *soit* Ruddock. Et cela ne pouvait arriver que si les officiers de patrouille de Shrewsbury – dont c'était en principe le travail – étaient occupés ailleurs. Voyez-vous, il aura fallu dix-neuf jours pour réunir ces circonstances.

— Vous voulez dire que Ruddock attendait que ces flics soient trop occupés… par exemple par une série de cambriolages ?

Lynley fit non de la tête.

— Pas du tout. Suivez les miettes, Barbara. Cela n'a jamais été Ruddock qui attendait le moment propice.

LUDLOW
SHROPSHIRE

La veille au soir, Trevor avait fait ce qu'il n'avait pas fait depuis des années. Il était allé au pub et il avait trop bu. Clo ayant téléphoné pour dire qu'elle avait une réunion qui se terminerait tard et qu'elle ne serait pas là pour le dîner, il n'avait pas eu envie de se préparer un repas. Au pub, il avait pris des scampi à la plancha, des petits pois et une montagne de frites, et avait fait descendre le tout avec une pinte de bière. Puis il en avait commandé une deuxième. Au bout du compte, il en avait bu quatre, et pour couronner le tout, deux doigts de Jameson. À son retour, il avait trouvé Clover à la cuisine en train d'ouvrir le courrier.

Elle l'avait accueilli d'un drôle de regard et d'un :

« J'espère que quelqu'un t'a ramené en voiture. »

Il s'était planté devant elle et lui avait fait le salut militaire.

« Au rapport, mon général ! Scotland Yard s'est pointé et je leur ai raconté des bobards. Tout va bien dans le meilleur des mondes.

— J'aime pas quand t'es soûl, Trev. Si tu veux qu'on parle de ça…

— Est-ce que j'ai dit que je voulais en parler ? »

Il était monté se coucher… dans la chambre de Finn. Il avait passé la nuit dans le lit étroit de son fils.

Quand il s'était réveillé ce matin, elle était déjà partie, ce qui l'arrangeait d'ailleurs. Il avait des choses à faire et il n'avait aucune envie de perdre son temps à essayer en vain de lui soutirer la vérité.

Il se rendit tout droit à Ludlow. Il voulait avoir une petite conversation avec Gaz Ruddock. Dès qu'il fut arrivé à destination, il téléphona à l'îlotier, lui précisant qu'il pouvait le rencontrer n'importe où en ville, étant déjà sur place.

Gaz parut étonné, mais ne demanda pas d'explication. Il l'informa qu'il effectuait sa ronde à pied habituelle depuis la supérette de Station Drive. Il se rendrait à la gare, puis au Bull Ring en passant devant la bibliothèque. Si Trevor souhaitait se joindre à lui le long de ce parcours... ?

Parfait, lui répondit Trevor. Il était pour le moment sur le parking du poste de police désaffecté et le Bull Ring n'était pas loin.

La conversation qu'il voulait avoir avec Gaz aurait pu avoir lieu au téléphone, mais Trevor tenait à voir Gaz devant lui, en chair et en os. Il remonta donc Lower Galdeford en direction de Tower Street. En face du Bull Ring se dressait la haute façade à colombages du Feathers Inn. Un bâtiment de style jacobin aux nombreux pignons, qui constituait l'attraction touristique numéro un de Ludlow.

Alors que Trevor observait les photographes qui s'émerveillaient devant les balcons fleuris et les fenêtres à meneaux, il eut la surprise de découvrir Gaz Ruddock, en train de prendre docilement la pose au milieu d'un groupe de touristes – ceux-ci voyaient sûrement en lui la version contemporaine du légendaire bobby anglais.

Gaz lui adressa un grand sourire, appuyé d'un haussement d'épaules fataliste. Trevor attendit la fin de la prise de vue, puis traversa la rue.

— Où vas-tu maintenant ? demanda-t-il à Gaz.

— Mill Street en passant par Brand Lane et Bell Lane, mais ça peut attendre, si tu veux boire un café ou te mettre quelque chose sous la dent. Mais pas ici, ajouta-t-il en désignant l'hôtel… Au Bull, plutôt.

Trevor n'avait ni faim ni soif, mais comme il voulait pouvoir étudier les expressions de Gaz pendant qu'il lui parlait et que cela aurait été un peu compliqué s'ils avaient marché côte à côte, il accepta volontiers. Le Bull était juste en face.

À cette heure matinale, les seuls clients étaient un prof de fac – du moins, c'est ce que sa tenue semblait indiquer – et un groupe d'étudiants. Assis dans un coin éloigné de la salle, ils discutaient avec passion et n'accordèrent pas un regard aux deux hommes qui venaient d'entrer.

Pendant que Ruddock allait au bar se chercher un café, Trevor choisit une table suffisamment éclairée. Il y avait des tabourets au lieu de chaises, mais peu importait son petit confort puisque leur tête-à-tête ne durerait pas.

— Finn va bien ?

Gaz posa son mug sur la table, y versa du lait et remua précautionneusement comme s'il craignait de le faire déborder.

— Ça pourrait aller mieux : Scotland Yard lui est tombé dessus hier matin.

Gaz fronça les sourcils.

— Ils s'agitent comme des puces. Tu veux que je parle à Finn ? Je lui dirai qu'il n'est pas le seul qu'ils emmerdent. Ça le rassurera.

Trevor dévisagea Gaz. Il avait l'air tellement candide. Était-ce son expression naturelle ou était-elle étudiée ? Bien entendu, il était important pour lui de paraître honnête et sincère… Cela lui avait été utile à l'académie de police et le serait encore davantage à l'avenir, après ce qui s'était passé avec le diacre. Et ce visage franc et ouvert devait aussi se révéler profitable dans sa vie privée.

— Ce n'est pas la peine. Finn a très bien réagi, même s'il était assez secoué… Tu vois, ils ont déboulé dans sa chambre alors qu'il dormait…

— Non ? C'est pas possible ?

— Si. Ils voulaient le surprendre, manifestement. Mais Finn s'en est remis, tu penses. Je lui ai dit que j'allais leur parler, et c'est d'ailleurs mon intention.

— Clo est au courant ?

— Qu'est-ce que ça peut faire, qu'elle soit au courant ou pas ?

Gaz fronça les sourcils. La réponse lui semblait pourtant évidente.

— Elle est plus haut gradée que ces deux flics. Elle pourrait intervenir, passer un coup de fil à Londres par exemple.

— Ah, oui, elle a assez de pouvoir pour ça, tu as tout à fait raison. D'ailleurs, je me demande pourquoi cela ne t'a jamais rebuté, tout ce pouvoir qu'elle a… Un autre gars dans ta situation aurait mis beaucoup plus de temps à devenir intime avec un officier supérieur.

— Je les connais tous, Trev, les gradés qui enseignent à l'académie.

— En tout cas, tu connais bien Clover, c'est certain. Si j'en crois le nombre d'appels sur mon portable…

— C'était toujours à propos de Finn, je t'assure.

— Oui, tu me l'as déjà dit, répliqua Trevor du ton du vieil oncle bourru qui souhaite faire un bilan. Mais c'est fini, maintenant.

— Quoi ?

— Tu ne surveilles plus Finn pour le compte de sa maman.

— Clo ne veut plus que je le fasse ?

— Oh si, je suis sûr qu'elle le veut toujours. Si elle le pouvait, elle emploierait quelqu'un pour le surveiller jusqu'à sa mort. Non, c'est moi qui mets un terme à cette absurdité. Finn s'en sort très bien tout seul, il faut le laisser se débrouiller.

Gaz baissa les yeux sur son café. Un muscle de sa mâchoire tressautait. Finalement, il murmura presque :

— Comme tu veux, Trev.

— Encore heureux, comme je veux ! C'est aussi le souhait de Finn, figure-toi. Et je suis persuadé que Clover finira par comprendre. Aucun gamin… pardon, aucun jeune homme n'apprécie que sa mère lui colle un ange gardien aux fesses. Ou un gardien tout court. Quant au reste, rien n'est changé. Après tout, tu es un ami de la famille, non ?

Gaz leva les yeux.

— J'espère bien, Trev. Vous comptez tous les trois beaucoup dans ma vie.

Trevor sourit.

— Ça, je n'en doute pas.

LUDLOW
SHROPSHIRE

Ding se dirigeait vers Ludford Bridge. Dans l'idéal, elle aurait dû marcher plus rapidement, étant donné qu'elle était déjà en retard à son cours et que Greta Yates en serait sans doute informée. Mais c'était comme si ses pensées ralentissaient ses mouvements, des pensées et des souvenirs qui la menaient à des conclusions extrêmement pénibles. Elle avait finalement compris, en effet, qu'elle s'était fait avoir par Finn Freeman. Comme tout le monde.

Certes, elle s'était servie de Finn pour « punir » Brutus, mais cela ne lui avait rien rapporté, d'autant qu'il était nul au lit. En fait, elle se rendait compte à présent qu'une des caractéristiques essentielles de Finn, un truc qui le définissait en somme, c'était son inaptitude. Et du coup, elle comprenait maintenant ce qu'elle n'aurait pas dû comprendre, ou même savoir. Et elle ne savait pas quoi faire…

Elle réfléchissait ainsi en traversant le pont vers Charlton Arms, avec l'intention de prendre par Breadwalk, un raccourci pour Dinham Street. C'était là que son prof de TD réunissait ses élèves dans une ancienne chapelle où il avait élu domicile.

Soudain, elle entendit quelqu'un la héler dans la rue, puis se précipiter à sa rencontre. Chelsea Lloyd ! Que faisait-elle debout d'aussi bon matin, elle qui prenait soin de ne s'inscrire nulle part avant quatorze heures ?

— Je suis drôlement contente de te trouver, Ding ! Je t'attendais devant chez M. Mac-Murra. Tu savais, toi, qu'il y a un type qui dort sous la chapelle ? C'est une ancienne crypte, je ne sais…

— Pourquoi tu m'attendais ? Je suis trop en retard là, faut que je me grouille.

— Ah, pardon, dit Chelsea en trottant à côté d'elle. Francie m'a demandé de te transmettre un message, en fait. Elle a essayé de t'expliquer pour Brutus, mais tu refuses de l'écouter. Hé ! Tu t'entraînes pour le marathon ou quoi ? Tu peux pas ralentir ? Je suis à bout de souffle, là. Bref, elle est désolée, Ding. Tu sais comment elle est. C'est tout de la rigolade avec elle. Et si encore t'avais montré que Brutus était plus pour toi qu'un…

— Il est rien pour moi.

— Oh, ralentis, Ding, je t'en supplie…

— Je suis en retard, Chels. Et en plus je suis dans le collimateur de l'administration. Tu peux dire à Francie ce que je viens de te dire : Brutus n'est rien pour moi. Ce n'était pas vrai avant, mais ça l'est maintenant. Dis-lui que la voie est libre.

— Et que t'as plus envie de l'étriper ?

— Si tu veux… C'était ça, le message ?

— Ouille ouille ouille, haleta Chelsea. Faudrait que je me mette à faire du sport, moi. Non, c'était pas ça, le message. (Elle commençait à perdre du terrain, mais pas sa langue.) Des flics l'ont alpaguée hier soir. À propos de Gaz Ruddock. Ils lui ont dit qu'elle avait été vue avec lui.

— Et alors ? C'est pas comme si elle l'avait pas fait pratiquement avec tout le monde, avoue.

— C'est vrai, c'est vrai, souffla Chelsea. Mais elle n'a jamais été avec lui comme toi, tu as été avec lui.

Si tu vois ce que je veux dire. Il a essayé avec elle, mais tu connais Francie. Elle a la trouille de rien. Et ses parents savent tout, qu'elle se murge, qu'elle baise à droite et à gauche. Ils s'en lavent les mains. Alors on voit pas ce qu'elle aurait à gagner avec le Ruddock. Et puis ça s'est passé quand ? En octobre dernier ?

Ding avait ralenti. Elle s'arrêta même quelques secondes, la main sur la hanche, le temps de laisser Chelsea la rattraper.

— Où veux-tu en venir, Chels ?

— Bah… Francie aime pas trop se faire balader. Mais tu le sais déjà, bien sûr. En tout cas, les flics lui ont mis la pression et elle a fini… Ben, elle a craqué.

Ding reprit sa marche à la même allure rapide : ce n'était quand même pas cette conversation stupide qui allait lui faire louper son cours !

— OK. Elle a craqué, et après ?

— Elle a dit aux flics qu'il fallait te parler à toi s'ils voulaient avoir toute l'histoire Gaz Ruddock.

Ding se sentit soudain mollir.

— Pourquoi elle leur a dit un truc pareil ? Ils vont m'emmerder sérieux maintenant.

— Elle a craqué, c'est tout. Ils l'ont emberlificotée. Elle regrette carrément de t'avoir balancée, mais elle voulait que tu le saches. Elle leur a dit aussi qu'ils feraient mieux d'enquêter sur Ruddock plutôt que sur elle. Et ça, ça devrait leur donner à réfléchir ; ils oublieront peut-être qu'elle a parlé de toi. Et puis, de toute façon, c'est pas comme si elle avait inventé quoi que ce soit.

Ayant retrouvé son aplomb, Ding se retourna pour lancer :

— Ça me fait une belle jambe, qu'elle ait rien inventé !

— Elle est désolée, Ding. Vraiment. Elle m'a envoyée pour te prévenir… Elle voulait te donner une chance.

— Une chance de quoi ?

— Je sais pas. De préparer ce que tu leur diras, je suppose. Aux flics. Sur Gaz Ruddock et le reste.

LUDLOW
SHROPSHIRE

En frappant à la porte de Barbara Havers, Lynley ne s'attendait pas à entendre une telle réponse, ni cette voix étranglée de l'autre côté du battant.

— Je suis désolée, monsieur ! J'ai fait ce que j'ai pu pour changer avec vous. Vous vous rappelez ?

Elle lui ouvrit, et il découvrit la cause de son désarroi. Le contraste entre leurs pénates respectifs était saisissant, en effet. Un salon avec canapé, deux fauteuils, une table basse et, dans le fond, une chambre pourvue d'une salle de bains plus vaste que sa chambre à lui.

Sa sidération ne lui faisant pas perdre son humour, il lui fit remarquer, d'un ton légèrement sardonique :

— Sergent, vous n'avez aucune excuse si vous ne pratiquez pas.

— Oh, je vous en supplie, inspecteur, hoqueta-t-elle. Ne lui dites pas. Tenez, regardez.

Joignant le geste à la parole, elle sortit de sa valise une paire de chaussures de claquettes rouges.

— Vous voyez ?

— Hum. Les talons n'ont pas l'air très usés.

— Si, si, je vous jure. Tous les soirs, je danse. Les pauvres clients du dessous, c'est atroce pour eux… Ils doivent croire qu'il y a un pic-vert dans les murs.

Elle jeta ses chaussures dans un coin où se trouvait déjà un joli fouillis et l'informa :

— Bon. Tout est sur le lit.

— Voyons ce que nous avons.

Lynley pêcha ses lunettes dans la poche de son veston. Il prit place sur le lit et divisa en deux parts égales les dossiers et les photos. Puis ils entreprirent de les classer.

— Ce que nous n'avions pas vu jusqu'ici, c'était qu'il s'agissait d'écarter plusieurs personnes… le pluriel est important. L'une d'elles de façon permanente…

— Druitt.

— … et l'autre – Ruddock – temporairement pour pouvoir passer à l'action. Et l'erreur a été de ne pas avoir examiné les liens entre ces deux individus.

— Druitt devait être conduit au poste, mais seulement à condition que ce soit Ruddock qui procède à l'arrestation.

— Oui. Le but était de garder Druitt à Ludlow, ce qui eût été impossible s'il avait été embarqué au commissariat de Shewsbury par un officier de patrouille.

— Une fois la dénonciation de pédophilie faite, quelqu'un guette le moment propice, et celui-ci survient dix-neuf jours plus tard. Ruddock obéit aux ordres, enferme le diacre dans un ancien bureau du poste désaffecté, et on s'arrange pour qu'il laisse le champ libre. (Havers scrutait les photos disposées çà et là.) Mais comment s'y prend-on ? Bon, il a passé des appels aux pubs, mais ça n'a pas pu lui prendre beaucoup de temps, en tout cas pas assez pour que quelqu'un pénètre dans les lieux et tue Druitt. D'où l'hypothèse de cette séance torride sur le parking. Mais avec qui ?

Lynley la regarda en haussant les sourcils : il attendait qu'elle trouve toute seule.

— Quelqu'un qui lui a donné rendez-vous, style : on va s'envoyer en l'air ce soir comme jamais, mon gros pitbull ! Comme ça, Ruddock est occupé ailleurs et Druitt reste seul à la merci d'un tiers.

Havers se tapota la lèvre, puis enchaîna par :

— Ce qui signifie que Ruddock...

— ... se trouve dans l'embarras : il pense en effet que Druitt s'est tué pendant qu'il était dehors sur le parking...

— En compagnie d'une femme dont il ne veut à aucun prix dévoiler l'identité. Saperlipopette ! Mais oui ! Si ça se trouve, il a compris ce qui s'est passé, il sait que Druitt ne s'est pas suicidé. Mais il ne peut rien dire, car tout est sa faute. Il a manqué à son devoir élémentaire de surveiller le prisonnier.

— C'est donc plus facile pour lui d'acquiescer à la thèse du suicide. Au moment où il appelle le 999, il est paniqué et croit sans doute encore à un suicide, mais ensuite il voit bien que deux et deux font quatre.

— Et à présent, le château de cartes est en train de s'effondrer. Pas étonnant qu'il n'arrête pas d'appeler à Worcester.

— En effet.

Havers regarda les documents sur le lit, puis se tourna de nouveau vers Lynley.

— Mais ça nous avance à quoi, monsieur ? On n'a pas bougé d'un iota. On n'a pas un début de preuve, pas un seul indice.

Lynley attrapa deux photos et les tint côte à côte.

— Pas tout à fait, Barbara. Nous tenons une preuve. Elle est là quelque part. À nous de la dénicher.

WANDSWORTH
LONDRES

Isabelle n'avait pas eu l'intention de prendre une deuxième journée de congé pour maladie. Elle n'avait pas non plus eu l'intention de prendre la première, mais, comme cela se produit parfois dans la vie, rien ne s'était passé selon les prévisions. Elle avait fini par se résoudre à laisser un message à Dee en lui disant qu'elle était toujours souffrante.

Au réveil pourtant, elle s'était sentie tout à fait remise. En plus, il était beaucoup plus tôt que d'habitude, ce qui était bon signe. Elle avait mis de l'eau à bouillir pour le café et bu un verre de jus d'orange avec une giclée de vodka. Curieusement, après, elle avait eu un peu mal au cœur. Peut-être parce qu'elle n'avait pas pris de repas digne de ce nom depuis quarante-huit heures.

Elle avait donc décidé de se préparer un œuf à la coque avec du pain au levain légèrement grillé. Le pain était un peu moisi sur les bords, mais elle les avait ôtés. Puis elle avait versé l'eau bouillante dans la cafetière. Et comme elle avait soif, elle s'était dit qu'un deuxième jus d'orange s'imposait. Le jus avait un drôle de goût, mais avec quelques gouttes de vodka, c'était bien passé. Elle avait bu son café.

Tout allait bien. Elle avait chronométré la cuisson de l'œuf. La tranche de pain grillée était déjà beurrée. Parfait.

En soulevant la coquille, elle s'était aperçue qu'elle avait mal calculé et, quand elle avait extrait sa cuillère de l'œuf, celle-ci était nappée d'une glaire blanchâtre qui lui avait donné un haut-le-cœur. Vite, un peu de pain grillé. Elle avait mastiqué, avalé et… s'était ruée à la salle de bains, où elle avait rendu le tout, jus d'orange, café, toast.

Une affreuse migraine l'avait alors saisie. Comment était-ce possible ? Elle qui avait été tellement en forme au saut du lit. Et c'était le genre de mal de tête qu'aucune dose de paracétamol ne serait en mesure de guérir. Il fallait qu'elle s'allonge dans le noir. Elle s'était couchée en chien de fusil sur son lit et avait serré un oreiller contre son ventre. Dix minutes, dans dix minutes elle se sentirait mieux.

Mais non. Elle ne s'était pas sentie mieux.

Péniblement, elle s'était levée pour se traîner jusqu'à la cuisine. Un petit verre de vodka ne pouvait quand même pas l'anéantir pour la journée…

Deux heures plus tard, elle était réveillée par la sonnerie du téléphone. En voyant l'heure, elle pensa tout de suite à la Met. Dorothea Harriman ? Hillier ? Judi-avec-un-i ? Pourtant, elle n'était pas encore très très en retard. Toujours nauséeuse, elle ramassa son portable.

Ce n'était pas Scotland Yard, mais Bob.

— Surtout ne panique pas, dit-il, mais Laurence a eu un accident.

Elle se frictionna la tempe et, s'efforçant d'articuler distinctement, demanda ce qui s'était passé.

Après un silence, Bob répondit :

— Il a fait une chute à l'école, il a été conduit aux urgences. Je suis avec lui. Sandra est restée avec James qui est choqué, le pauvre gamin.

— Les urgences ? Il s'est cassé quelque chose ? dit-elle en se tenant le menton pour bien prononcer chaque mot.

Un deuxième silence, plus long.

— Une fêlure du crâne. Tu sais comme les garçons sont turbulents. Il est tombé d'un muret alors que c'est interdit d'y monter bien sûr. Il a perdu connaissance…

— Mon Dieu !

— Mais très peu de temps. Ils ont appelé tout de suite une ambulance.

Que faire ? Dans son état, elle ne pouvait pas envisager de quitter son lit.

— Tu veux que…

— Laurence va se remettre très vite. Il faudra juste le surveiller pendant quelques semaines, mais il n'y a rien à faire. La fêlure se réparera toute seule.

— Oh, mon Dieu.

— Mais il te réclame, Isabelle. Il pleure, il t'appelle. Au début j'ai cru qu'il appelait Sandra, bien sûr…

Bien sûr ? pensa Isabelle.

— … parce qu'il disait « maman », comme d'habitude. Mais quand elle est venue le voir aux urgences, il a été très clair. C'est toi qu'il veut voir.

Bob s'attendait sans doute à ce qu'elle accoure à la seconde. C'était évident, comme était évident le fait qu'elle était clouée au lit.

— Oh, Bob… Je suis… Peux-tu lui dire…

— Tu as la gueule de bois, n'est-ce pas ? Tu es au bureau ? Non. Bien sûr que non.

— Je n'ai pas bu, je t'assure. Je suis souffrante, une gastro, je crois. J'ai vomi et j'ai très mal à la tête.

— Isabelle, arrête tes conneries !

— S'il te plaît… Dis-lui que je vais venir. Dis-lui que je viens dès que je peux.

— Et ce sera quand, ce « dès que je peux » ?

Sans attendre sa réponse – c'était inutile –, il enchaîna :

— Je ne vais pas te trouver des excuses. Il n'est pas idiot. Ni James.

— Bob ! Passe-le-moi au moins.

— Tu t'es entendue ? Ta voix…

— Alors dis-lui.

— Tu lui diras toi-même, Isabelle. Quand tu auras repris tes esprits.

Il coupa, la laissant gémissante, protestant qu'elle était tout à fait bien. Puis elle s'écroula dans le lit. Elle irait à l'hôpital, se promit-elle, dès qu'elle se sentirait mieux. Elle avait juste besoin d'une petite journée de repos.

Elle appela la Met et se félicita de tomber sur le répondeur de Dorothea, laquelle devait s'être absentée quelques instants de son bureau. Après quoi, elle se rendit à la cuisine, où elle tituba de-ci de-là, la tête dans un étau et les jambes en coton. C'était à cause de l'angoisse, se dit-elle. Laurence était aux urgences avec une fracture du crâne et il appelait sa maman en pleurant.

En sortant la bouteille de vodka du freezer, elle savait parfaitement ce qu'elle faisait. Il fallait qu'elle apaise son angoisse. Sinon, comment irait-elle voir son fils ?

Non. Non. Il fallait aussi manger quelque chose. Non. Boire du café ? Non, elle connaissait le remède.

Elle but une deuxième rasade de vodka au goulot en se disant que, maintenant, elle avait sa dose. Cela suffisait, elle n'en prendrait plus. Mais son angoisse refusait de s'estomper : elle ne pouvait pas aller voir son fils, qu'elle aimait de tout son cœur pourtant, à qui elle avait donné le jour et qu'elle avait allaité. Est-ce que Sandra avait fait ça ? Savait-elle ce que c'était que d'attendre un enfant – deux plutôt –, d'avoir des bébés qui grandissent dans votre ventre et qui vous torturent de douleur lorsqu'ils ont enfin envie de voir le jour. Des douleurs atroces, et le seul répit qu'elle avait trouvé… Elle avait ses raisons sinon des excuses…

À cet instant, un coup de sonnette transperça le brouillard de sa migraine. Elle avait bu, mais elle était suffisamment lucide pour savoir qu'il valait mieux ne pas aller ouvrir. Et ce, quand bien même l'individu en question s'était mis à tambouriner contre sa porte.

Et puis, soudain, elle se dit que ce devait être Bob. Bien sûr, c'était lui ! Il avait eu pitié d'elle et était venu la chercher. Elle allait vite prendre sa douche et elle serait prête en un rien de temps. Elle acquiescerait à tout ce qu'il lui demanderait, rien que pour lui prouver combien elle lui était reconnaissante d'avoir bravé les encombrements pour la conduire au chevet de leur fils.

Dieu merci, à la dernière seconde, elle eut le réflexe de regarder par le judas, et ce qu'elle vit la remplit d'une terreur sans nom. Car qui se tenait sur le palier, derrière la porte, dans une de ses coquettes tenues de bureau ? Nulle autre que Dorothea Harriman. La secrétaire du département n'avait pas l'air d'avoir l'intention d'arrêter de frapper de sitôt.

LUDLOW
SHROPSHIRE

Ils passèrent la soirée du samedi à étudier de long en large et en travers les photos du corps de Ian Druitt. Barbara aurait pu le dessiner de mémoire, ainsi que le lieu du drame. Finalement, Lynley sélectionna deux clichés, rangea les autres et ôta ses lunettes.

— J'ai besoin de prendre l'air, sergent. Venez, vous allez me servir de guide. Seul, je ne retrouverais jamais le chemin de la sortie.

Elle mit sa besace en bandoulière sur son épaule et le précéda à travers les portes coupe-feu et au long de couloirs sombres. Lorsqu'ils atteignirent la réception, Peace-on-Earth leur jeta un regard entendu. Un homme et une femme disparaissant plusieurs heures dans une chambre, dans son esprit, cela ne faisait sans doute pas un pli, se dit Barbara. Ce qu'elle trouva, bien sûr, hilarant. Elle se retint cependant de partager cette bonne blague avec l'inspecteur : il était tellement délicat, cet homme, qu'il en serait horrifié.

Dehors, Lynley dirigea ses pas vers le château. Et Barbara, en proie à la désagréable sensation d'être sur le point d'en apprendre davantage sur les rois, les reines et les grandes batailles de l'histoire, préféra anticiper sur la leçon :

— Les Plantagenêts, monsieur, qu'est-ce qu'ils ont pu être nombreux ! Je n'arrive pas à savoir qui est qui dans tout ça.

Il ralentit le pas et se tourna vers elle.

— De quoi parlez-vous, sergent ?

— De ça, dit-elle en montrant du doigt les remparts. C'est là que nous allons, non ? Le donjon, le chemin de ronde, les mâchicoulis, les douves…

— Havers, vos connaissances sur les châteaux m'impressionnent, lâcha-t-il, narquois.

— Oh, c'est seulement parce que je lis des romans d'amour historiques. De nobles damoiselles enfermées dans les donjons se font arracher leur corsage… En plus, j'ai le DVD de *Princess Bride*. « Je m'appelle Inigo Montoya » et ainsi de suite. Je pourrais vous citer tous les dialogues.

— Je suis encore plus impressionné, sergent. Mais venez…

Il s'assit sur un banc, au pied des remparts de l'ancienne forteresse. Devant eux déambulaient des piétons, des gens qui promenaient leur chien ou leurs enfants. Un spectacle plus distrayant que la rangée de bâtiments de l'autre côté de la rue.

Lynley lui tendit une des deux photos qu'il avait emportées.

— Qu'est-ce qui vous vient à l'esprit, sergent ?

Elle étudia attentivement le cliché. Le photographe de la police scientifique avait pris sous toutes les coutures la pièce où Druitt était mort. Sur cette image, on voyait, renversé sur le côté, un de ces sièges en plastique jaune empilables. Sur le mur au-dessus, un tableau d'affichage vide présentait des marques blanches là où, en d'autres temps, avaient été punaisés des papiers. À côté, l'unique fenêtre de la pièce, visible seulement à moitié et dont le store vénitien était baissé.

— Le store, dit-elle. Personne ne pouvait voir ce qui se passait à l'intérieur. Mais n'avons-nous pas déjà parlé de ça ? N'importe qui aurait pu l'avoir fermé ?

— Tout à fait. Rien d'autre ?

Elle rapprocha la photo de ses yeux. Que ne voyait-elle pas ? La signature du criminel se trouvait-elle sur le linoléum ?

— Comme il n'y a que le fauteuil et le panneau…

— Oui… Qu'est-ce qui vous frappe ?

— À propos de quoi ?

— Du fauteuil.

— Il est renversé.

— Le fait qu'il est là, tout bonnement. L'autre meuble, je vous rappelle, était une table.

— En effet. Mais personne n'allait enfermer Druitt dans une pièce sans lui donner un siège.

— Je vous l'accorde.

— Vous voulez dire…

Elle regarda de nouveau la photo, puis leva les yeux.

— Vous voulez dire, ce fauteuil-ci ?

Elle mit l'image de travers pour la voir sous un angle différent. Sentant peser sur elle le regard de Lynley, elle se disait qu'il avait remarqué quelque chose d'important. Mais quoi ? Elle ne voyait ni sang, ni cheveux, ni fibres… De toute façon, Druitt n'avait pas saigné, et le reste ne se serait pas vu sur une photo.

Elle se repassa le film de ses diverses visites au poste désaffecté. Enfin, elle comprit où Lynley voulait en venir.

— Ah, je vois ! Quand vous et moi avons retrouvé Ruddock au poste, c'était dans l'ancien réfectoire. Mais comme il n'y avait que deux sièges, il est allé en chercher un pour vous.

— Tout à fait.

— Et il est revenu avec un fauteuil à roulettes. C'est ça qui vous turlupine, monsieur ?

Lynley lui prit la photo et l'inspecta attentivement.

— Oui, mais plus que le fauteuil que m'a apporté Ruddock, c'est plutôt l'absence de fauteuil à roulettes sur cette photo qui me turlupine, comme vous dites, sergent.

— C'est vrai, mais quelqu'un a pu l'enlever de la pièce, non ?

— La question, c'est pourquoi l'avoir remplacé par un fauteuil en plastique ?

— Celui à roulettes est plus confortable, certes, mais qui se soucie du confort d'un présumé pédophile ?

— Entendu, c'est un argument, mais cela supposerait que l'îlotier ait été au courant des accusations de pédophilie, et d'après ce qu'il nous a dit lui-même, il n'en savait rien.

— Ou il prétend qu'il n'en savait rien.

— C'est possible aussi.

Lynley remit la photo dans son enveloppe et sortit la seconde. On y voyait Druitt gisant par terre sur le dos, sans lien autour du cou, après que l'îlotier eut essayé de le réanimer. Barbara inspecta une énième fois la photo, puis le visage de Lynley. Elle allait lui demander ce qu'il y décelait de particulier lorsqu'il déclara :

— Allons bavarder avec le médecin légiste, sergent. Si nous n'avons pas remarqué ce détail du fauteuil, elle a pu, quant à elle, louper autre chose.

COALBROOKDALE
SHROPSHIRE

Sati avait finalement accepté d'aller à l'école. Une fois Timothy dans la douche, appuyé contre la paroi sous un jet brûlant, Yasmina avait été rassurer sa cadette en lui disant que son père allait tout à fait bien. D'autre part, il arrivait qu'une mère et sa fille se disputent, cela n'avait rien d'exceptionnel… Elle irait parler à Missa cet après-midi et elle la ramènerait à la maison. « Quant à ton père, ma chérie, il a seulement le sommeil lourd, et on a eu du mal à le réveiller parce qu'il avait pris un somnifère. »

Après que Sati eut pris le chemin de l'école avec son sac Hello Kitty, Yasmina retourna auprès de Timothy dans la salle de bains.

— Tu aurais pu mourir, lui dit-elle d'un ton accusateur. Tu vas nous en faire voir comme ça pendant longtemps ? Sati a vu sa sœur mourir, elle vient de voir Missa quitter la maison avec toutes ses affaires. Et toi, j'ai dû te faire un massage cardiaque ! Un peu plus, et je devais t'injecter de la naloxone, sous ses yeux. C'est ça que tu cherches ? C'est ça, l'avenir que tu nous prépares ?

— Nous y sommes déjà, marmonna-t-il.

Un peu plus, et Yasmina sautait dans la cabine de douche pour l'agripper par les cheveux et lui taper la tête contre les carreaux.

— Tu nous détestes ! hurla-t-elle. Pas étonnant que Missa ne supporte plus d'être sous le même toit que nous. Elle est partie, ta fille !

Il ouvrit les yeux et plongea son regard dans le sien.

— Au moins, elle a eu le courage de faire quelque chose. Ce qui n'est pas notre cas.

Yasmina s'était alors demandé si elle connaissait vraiment son mari…

La journée à la clinique se passa aussi bien que possible étant donné les circonstances. Et comme elle avait promis à Sati de ramener Missa à la maison, elle se sentit obligée d'annuler les quatre derniers rendez-vous de l'après-midi.

Le dernier endroit où elle avait envie d'aller était le domicile de Justin Goodayle et ses parents. Yasmina se rendit donc à la fabrique de chandelles. Missa n'y était pas. À sa place, une autre jeune fille était en train de faire une démonstration. Croisant son regard, Yasmina mima avec sa bouche, « Missa ? ». La jeune fille marqua une pause dans son exposé, s'excusant auprès de son public :

— Elle est au fish & chips, madame. Mary Reid est malade, et comme Missa est la seule à savoir comment marche la friteuse…

Yasmina revint sur ses pas dans la rue principale de la ville musée. La boutique qu'elle cherchait était facilement localisable grâce aux odeurs de friture. L'enseigne – FRITES DANS LA MEILLEURE

GRAISSE DE BŒUF – n'était pas spécialement discrète non plus. Missa tournait le dos au comptoir où une rangée de cornets de papier attendaient d'être remplis devant quatre clients en train de saliver. Missa restait coite. Qu'y avait-il à dire sur l'immersion de petits morceaux de pomme de terre dans de la graisse bouillante ?

Quand elle aperçut sa mère, Missa ne cilla même pas. Elle se borna à remplir les cornets. Les clients s'éloignèrent, ravis. Yasmina s'approcha du comptoir et commanda des frites.

— Quand auras-tu terminé, Missa ? Je voudrais parler avec toi.

— On s'est déjà tout dit.

— N'empêche. À quel moment es-tu libre ? Je ne pense pas que tu aies envie que je reste ici à attendre la fermeture.

Missa pinça les lèvres.

J'arrête dans vingt minutes. En attendant, tu peux aller voir Justin. Tu aimes bien lui faire des propositions…

— Je t'attends près du manège, ma chérie, répondit simplement Yasmina.

Le manège était à côté de la buvette. Yasmina s'assit sur un des bancs qui accueillaient les parents désireux de souffler un peu tout en regardant leurs enfants tourner sur le carrousel de chevaux de bois. Cette animation « victorienne » était celle qui attirait le plus les familles avec de jeunes enfants. Ils n'étaient pas très nombreux en cette fin d'après-midi, mais les petits avaient l'air de s'amuser follement.

Devant ce spectacle, la vision de Yasmina se brouilla. Ses filles avaient souvent galopé sur ces mêmes petits chevaux. Elles avaient ri, elles l'avaient saluée gaiement de la main à chaque tour. Missa surtout. Missa avait toujours aimé cette reconstitution d'une ville d'autrefois. Et elle, Yasmina, elle avait encouragé cette « victoriamania » en lui offrant des livres d'images et des poupées à découper. Elle n'avait jamais envisagé que ce goût pour la reconstitution historique de l'époque de la reine Victoria prendrait une importance telle dans la vie de sa fille qu'elle voudrait peut-être en faire son métier.

Yasmina prit la ferme résolution d'écouter Missa. Pour une fois, elle ne chercherait pas à la convaincre par des arguments intellectuels, elle n'essaierait pas de l'amadouer. Il fallait avant tout qu'elle fasse la paix avec sa fille.

Lorsque, enfin, Missa fit son apparition, elle se laissa choir sur le banc à côté de sa mère. Et comme sa mère, elle se mit à regarder tourner les enfants sur le manège.

— Tu adorais ça quand tu étais petite, prononça Yasmina au bout d'un moment. Tu me disais qu'un jour ce serait toi qui t'en occuperais. Tu te rappelles ?

— On a épuisé le sujet de Blists Hill, n'en parlons plus.

— Je ne suis pas ici pour ça de toute façon.

— Qu'est-ce que tu es venue me dire ? Que tu es désolée d'avoir promis à Justin un mariage bidon, une lune de miel bidon et une maison de rêve bidon ? C'est pour ça que tu es ici ? Au fait, Linda n'en revient pas : elle ne se doutait pas que papa et toi étiez si riches.

— Tu l'appelles par son prénom maintenant ? Elle n'est plus Mme Goodayle ?

Missa se passa la main sur le visage comme si elle voulait en chasser une mèche.

— On a hésité. L'appellerai-je « maman » une fois qu'on sera mariés, Justie et moi ? Elle préfère « Linda ».

Yasmina n'avait aucune envie de s'appesantir sur le clan Goodayle.

— J'ai eu tort, Missa. Je te demande pardon. Si je suis ici, c'est pour te supplier de rentrer à la maison. Sati est bouleversée par ce qui s'est passé.

— Par quoi exactement ? Par le sale tour que tu as voulu nous jouer, à Justin et moi, pour parvenir à tes fins ? Ou parce que j'ai refusé de te laisser faire ?

— Ton départ… tu as été si brutale… Ce n'est pas bon pour elle à son âge. Je pense que tu peux comprendre, Missa.

— Pas bon pour elle ? riposta Missa avec ce visage dur qui effrayait Yasmina. Si tu as peur que nous donnions le mauvais exemple, ne t'inquiète pas, maman. Tu pourras dire à Sati que je dors dans ma propre chambre. Je ne partage pas celle de Justin.

Elle détourna les yeux vers les enfants qui riaient sur les petits chevaux. Puis elle reprit :

— À cause de toi, parce que tu me l'as assez rabâché, je veux un mariage en blanc, je veux être vierge et pure comme la laine de l'agneau pascal.

— Sati a perdu Janna. Elle a…

— On a tous perdu Janna.

— Elle n'a que douze ans. Tu es très importante pour elle.

Missa émit un rire bref.

— Ce que je suis pour Sati ne compte pas pour toi, maman.

— Ce n'est pas vrai.

— Bon, comme tu veux. Pour en revenir aux Goodayle, on habite chez eux temporairement, en attendant de trouver une petite maison à louer. On en a vu une au bord de la rivière. À Jackfield. Il n'y a qu'une seule chambre, mais pour le moment, ça nous ira. Bien sûr, Justie dormira sur le canapé jusqu'au jour *béni* des noces. Alors ne t'inquiète pas, maman. Par la suite on trouvera un endroit plus grand, mais il faut se donner le temps. L'entreprise de Justie démarre pas mal du tout, mais jusqu'ici elle rapporte juste de quoi payer les matières premières, la location de l'atelier au musée de la céramique et des bricoles. Une fois qu'il aura les moyens d'engager un assistant, il augmentera sa production. Un assistant n'aura pas le talent de Justin, bien sûr, mais il prendra en charge le gros œuvre.

Regardant Yasmina droit dans les yeux, elle ajouta :

— Tu ne pensais pas qu'il avait du talent, n'est-ce pas ?

— Pour le moment, je suis surtout préoccupée par Sati. Toi, tu feras ce que tu veux. Vous me l'avez tous bien fait comprendre. N'empêche, Sati a besoin de toi. C'est pour elle que je te demande de rentrer.

— Tu n'as qu'à dire à Sati que lorsqu'on aura notre propre cottage, elle pourra venir habiter chez nous. Elle n'aura pas à attendre longtemps, et elle sera libre.

— Alors, on en est là, Missa ? C'est tout ce que tu trouves à dire à ta mère ?

Missa secoua la tête d'un air exaspéré. Yasmina se sentait totalement impuissante devant cette attitude hostile. Elle n'arrivait pas à se souvenir du moment où sa fille avait opéré ce changement. Et surtout elle ne savait pas ce qui l'avait déclenché.

— Je n'ai rien dit de spécial, maman. Tu prends tout de travers. Je me suis bornée à énoncer une vérité.

Yasmina laissa son regard se fixer sur la ronde sans fin des enfants transportés dans un monde enchanté.

— Alors il n'y a rien à ajouter, ma chérie.

— Arrête de m'appeler comme ça. Je ne suis pas ta chérie.

Yasmina se tourna vivement vers elle.

— Bien sûr que si. Tu es et tu resteras ma fille chérie. Notre… désaccord actuel finira par passer. Peut-être pas exactement de la manière que je voudrais.

— Pas exactement ? Et de quelle manière voudrais-tu qu'il passe, ce désaccord ? On va se marier. Je sais bien que tu vas continuer à t'escrimer à nous en empêcher, mais tu ne pourras rien faire. Tu comprends ça ?

— Missa… (Un poids pesait sur la poitrine de Yasmina, si lourd qu'elle crut un instant qu'elle allait avoir une crise cardiaque.) Je comprends. Il est inutile de lutter contre l'inéluctable. Mais pourquoi tant de précipitation ? Je ne vois pas ce qui vous presse. On croirait que tu veux prouver quelque chose, peux-tu me dire quoi ?

— Nous voulons nous marier vite. Très vite ! Parce que c'est comme ça. Parce que je l'ai décidé. Pas pour toi, ni pour papa, ni pour Sati, ni pour Granny, même pas pour Justin. Pour une fois, je fais quelque chose pour moi.

Missa se leva. Elle était soudain au bord des larmes.

— C'est ce que je veux, reprit-elle avec difficulté. Et c'est ce que je fais. Un point, c'est tout.

Mais ce n'était pas tout. Yasmina le sentait. Il y avait quelque chose. C'est alors que la lumière se fit dans son esprit.

— C'est une punition, n'est-ce pas ? chuchota-t-elle.

Elle avait parlé si bas qu'elle n'était pas sûre que sa fille ait entendu.

— Tout ne tourne pas autour de toi, répliqua Missa.

— Non, je sais bien, ce n'est pas moi que tu punis. C'est toi-même. Je ne sais pas pourquoi. Mais c'est la vérité, n'est-ce pas ?

— La vérité ne t'appartient pas, maman !

WANDSWORTH
LONDRES

Elle n'était pas restée longtemps. Un seul coup d'œil lui avait suffi pour diagnostiquer le mal dont souffrait sa commissaire principale. Elle s'était donc bornée à lui fourrer dans les bras un sac contenant – au secours ! – de la soupe et des sandwichs.

« Nous sommes tous… Nous vous souhaitons un prompt rétablissement, commissaire principale ! »

Espèce de sale moucharde, songea Isabelle. Car s'il était évident que Dorothea Harriman ne divulguerait pas ce qu'elle venait de découvrir aux policiers sous les ordres de la commissaire, il y avait une exception à cette règle de discrétion et c'était cette exception qu'Isabelle redoutait le plus.

Une fois débarrassée de Dee Harriman, elle commença par verser la soupe dans l'évier. Les sandwichs prirent la direction de la poubelle. Non seulement elle n'avait pas faim, mais en plus elle n'avait pas besoin qu'on s'occupe d'elle.

Elle téléphona plusieurs fois à Bob au cours de la journée. Il ne répondait pas. Elle essaya aussi le portable de Sandra et finit par l'avoir vers dix-huit heures. Elle n'avait pris qu'un seul fortifiant dans l'après-midi. Pas question qu'elle manque un troisième jour au bureau. Elle était maîtresse de sa consommation.

Sandra décrocha en disant :

— Arrête de m'appeler, Isabelle. Je réponds cette fois pour que tu saches que je ne répondrai plus. Adresse-toi à Bob, pas à moi.

— Comment va Laurence ?

— Il se repose, ça va mieux. Il n'était pas ravi d'apprendre que sa mère n'était pas en état de conduire, mais Bob a réussi à l'apaiser.

— Lui a-t-il transmis mon message ?

— J'ignore de quoi tu parles.

Soudain, une petite voix frêle et pleine d'espoir se fit entendre derrière Sandra.

— C'est maman ? C'est elle ? Je peux lui dire quelque chose ?

Isabelle sentit s'ouvrir une déchirure dans la cotte de mailles qui enserrait ses émotions.

— Passe-moi James, s'il te plaît.

— Bob m'a dit de…

— Oh, je n'en doute pas. Mais je veux parler à James.

— Non, Isabelle. Mon chéri, le DVD est dans le magnétoscope. Tu sais lequel c'est. Celui qu'on regardait hier soir.

— Je veux parler à ma maman. Je veux lui dire pour Laurence.

— Elle est au courant pour ton frère, James.

— Tu n'as pas à le traiter comme ça, protesta Isabelle. Que tu cherches à me punir, je peux comprendre. Mais James n'a rien fait d'autre que de naître avec une mère comme moi. Passe-le-moi… s'il te plaît.

Son raisonnement dut paraître assez convaincant, car la voix de James résonna à l'oreille d'Isabelle.

— Tu viens bientôt à Maidstone, maman ? Quand est-ce que tu viens ?

— Dès que je peux, poussin.

— Laurence va être comme avant ?

— Bien sûr que oui. Ne t'inquiète pas.

— Papa est inquiet.

— C'est normal, James. Les parents s'inquiètent toujours pour leurs enfants. Même quand ils nouent leurs lacets, ils se demandent s'ils ont assez serré les nœuds : ils ont peur que leurs enfants trébuchent sur leurs lacets défaits et se fassent très mal. Alors tu vois. Si tu veux t'inquiéter, fais-le juste comme un frère jumeau.

— Ça veut dire quoi, ça, maman ?

— Tu dois penser à être extra gentil avec lui quand il rentrera à la maison.

Le garçon resta silencieux. Elle se figurait son petit visage plissé par un effort de concentration intense. Finalement, il répondit :

— Je saurai pas quoi faire, maman.

— Bien, voyons voir. Y a-t-il quelque chose qu'il aime particulièrement ?

— Tu veux dire que je dois lui faire un cadeau ?

— Pas forcément. Peut-être que tu peux lui prêter quelque chose qui lui fait très envie…

— Mon brontosaure ? Parce que, quand on a été au muséum d'histoire naturelle, papa nous a acheté à chacun un dinosaure et Laurence a choisi le tyrannosaure. Et moi, le brontosaure. On les a apportés à l'école et ils voulaient tous en savoir plus sur le mien, parce qu'ils savaient déjà tout sur le tyrannosaure. Personne me croyait quand je disais que les brontosaures étaient gentils. On m'a posé des tas de questions. Du coup, Laurence était jaloux. Je pourrais lui prêter mon brontosaure. Un peu.

— Ce serait très bien, ça, James. Tu le poses sur son oreiller et comme ça, il le trouvera quand il arrivera.

— Oui, dit-il d'un ton pensif. Je pourrais aussi le lui donner, qu'est-ce que tu en penses, maman ?

— C'est à toi de décider, James.

— Hum. Tu viens quand ?

— Dès que je peux.

— Ce soir ?

— Ce soir, je ne peux pas. Mais bientôt, promis. Très bientôt.

Sandra reprit le portable.

— J'espère que tu ne lui as pas fait de promesse. Tu en as déjà fait tellement sans les…

— J'ai promis que je viendrais et je le ferai. Tu pourras le dire à Laurence.

— Et tu as un message pour Bob ? répliqua Sandra.

Sa voix avait pris une intonation perfide et désagréable. Isabelle songea que Bob ne savait décidément pas choisir le bon lot lors de ses mariages, mais elle s'abstint de tout commentaire.

— Si tu peux lui demander de m'appeler quand il rentrera. Merci.

Après cette conversation, Isabelle resta assise sur le canapé, les yeux rivés sur la fenêtre et au-delà sur le mur en béton lugubre des fondations de la maison dont elle occupait le sous-sol. La réflexion de Sandra lui trottait dans la tête. C'était vrai, elle avait fait tant de promesses non tenues. On fera ci. On fera ça. Je viendrai un dimanche après-midi quand il fera beau et je vous emmènerai faire un tour en barque sur la rivière. On ira visiter Leeds Castle. On ira visiter Rye. Elle aurait pu dresser un véritable catalogue. Et ce n'était pas seulement avec ses fils, mais aussi avec Bob et Sandra. Avec ses collègues, même. Et le pire, c'était qu'elle n'avait tenu pratiquement aucun des engagements qu'elle avait pris vis-à-vis d'elle-même. Un seul verre ce soir, Isabelle. Oh, bon, allez, deux… Mais après, c'est tout.

Sortir marcher un peu. S'aérer les poumons et la tête. Un peu d'oxygène l'aiderait peut-être.

Dehors il faisait bon. Elle se dirigea vers Heathfield Road, longea les murailles sinistres de la prison de Wandsworth et rejoignit Magdalen Road. C'est alors que la soif la reprit. Elle se dit non. Pas maintenant, pas ce soir. Accélérant l'allure, elle atteignit bientôt Trinity Road, une rue où il y avait quelques boutiques, des cafés et un bar qu'elle fréquentait de temps en temps.

Sa soif était toujours là, plus intense. Elle traversa la rue en direction de Wandsworth Common. Fouler l'herbe sous les arbres, cela allait lui faire du bien. Sur le terrain de sport se déroulait un match de softball, qu'elle confondait toujours avec le base-ball.

Elle enfila la première allée et continua à marcher sans ralentir le pas. La tiédeur de l'air était délicieuse. Un jeune couple pique-niquait sur le gazon. Une famille faisait naviguer un petit voilier sur l'étang. Sur un banc, deux gamines étaient absorbées par leurs smartphones tandis que, sur le banc voisin, une vieille femme aux bas qui plissaient sur ses chevilles jetait de la nourriture aux pigeons.

Isabelle Ardery à soixante-dix ans, songea la commissaire. Solitaire au sein d'une société grouillante de monde. Il ne lui resterait plus comme occupation qu'à nourrir les oiseaux des parcs londoniens.

À cet instant, elle entendit des voix frêles.

— Granny ! Granny !

Deux petites filles se précipitaient en courant vers la vieille aux bas plissés, leurs parents sur leurs talons. Le père cria à son tour :

— Maman, arrête ! Les pigeons boufferaient le Somerset en entier s'ils pouvaient. Tu devrais plutôt gâter les cygnes.

La vieille dame ouvrit les bras et couvrit de baisers les petites pendues à son cou. Elles riaient toutes les trois aux éclats.

Finalement non, elle ne serait même pas cette vieille femme-là, songea amèrement Isabelle. Il fallait qu'elle décampe en vitesse avant d'être définitivement happée par la déprime.

Elle fonça droit devant elle sans regarder ni à droite ni à gauche, terrorisée à l'idée de tomber sur un bar.

Quand elle atteignit les quais de la Tamise, elle se sentit soudain désorientée, étant donné qu'elle ne croyait pas s'être dirigée vers le fleuve. Et quelle ne fut pas sa consternation de voir que le pont qui se profilait non loin n'était pas le Wandsworth Bridge. L'espace de quelques secondes, elle se pensa égarée. Puis elle reconnut la devanture d'une librairie et s'aperçut qu'elle était sur Putney High Street, ce qui signifiait que le mystérieux pont était en fait le Putney Bridge, emportant le flot des voitures, vélos et piétons vers Parsons Green, au nord de la Tamise.

Elle ne devait pas s'arrêter, sinon le manque la rattraperait. Elle traversa le pont. Arrivée à hauteur d'une église, elle sentit ses pas ralentir d'eux-mêmes, comme si, brusquement, l'épuisement lui interdisait d'aller plus loin.

Une pancarte indiquait l'heure des offices. C'était les vêpres. Isabelle se dit que, de deux choses l'une, soit elle buvait, soit elle priait. Il ne fallait pas rêver, bien sûr, le bon Dieu n'allait pas la délivrer de son vice. Mais au moins elle aurait un moment de répit.

Il n'y avait pas beaucoup de monde dans l'église. À une époque dominée par la laïcité, elle ne se remplissait que pour la Nativité, Pâques, les mariages et les enterrements, et lors des catastrophes nationales. Isabelle se demanda si les prêtres étaient découragés. Cela n'aurait rien eu d'étonnant.

Elle s'assit sur un banc, à l'écart des fidèles agenouillés. Elle n'avait pas pénétré dans une église depuis le baptême des jumeaux. Mais elle n'avait pas oublié les hymnes. Elle se mit à chanter :

— … *comme des brebis perdues, nous avons trop suivi les inclinations et les convoitises de nos cœurs, nous avons transgressé tes saints commandements, nous avons omis les choses qu'il fallait faire, et nous avons fait celles qu'il ne fallait point faire, et…*

Elle ferma ses oreilles. Il n'y avait pas de Dieu. Il n'y avait rien. Juste le vide infini d'un univers où chacun cherchait à tromper la solitude car on était seul devant la mort et la mort était l'issue commune… *et nous avons fait celles qu'il ne fallait point faire*. Elle ferma les yeux et leva son poing à sa bouche. *Ô Dieu, pardonne à ceux qui confessent leurs fautes*.

Ces paroles étaient plus qu'elle n'en pouvait supporter…

Elle rouvrit les yeux et il lui sembla que le prêtre revêtu de sa chasuble plongeait son regard au fond de son cœur. C'était une illusion, forcément, elle se trouvait trop loin dans le fond de l'église, et pourtant cette impression perdura. À croire que ce n'était pas le prêtre qui la regardait mais bien Dieu lui-même, ou alors sa propre mauvaise conscience.

Elle sortit un petit coussin du casier devant elle et le lâcha sur le sol. Les prières continuaient de s'égrener comme pour lui faire la leçon. Ce n'était pas ce dont elle avait besoin, mais c'était ce qui s'offrait à elle, là, tout de suite.

En se mettant à genoux, elle s'aperçut que tout le monde à présent était debout. Peu importait. Il fallait qu'elle s'agenouille, sinon elle allait sortir de cette église et entrer dans le premier bar. Elle se fichait des prières. La seule aide sur laquelle elle pût compter se trouvait en elle.

Or les fidèles qui articulaient des mots en même temps que le prêtre croyaient en autre chose qu'en eux-mêmes. Elle aurait voulu y croire elle aussi, en cette autre chose, parce que, justement, elle n'avait plus du tout confiance en ses propres capacités.

Elle murmura :

— Je t'en supplie, je t'en supplie, je t'en supplie.

Au troisième « je t'en supplie », elle se mit à pleurer.

22 mai

LUDLOW
SHROPSHIRE

Le premier appel de la journée fut celui de l'adjoint au préfet de police. Lynley savait qu'il n'avait aucun intérêt à laisser sa messagerie répondre à sa place. Il décrocha donc.

— Où on en est, bon sang ?! s'exclama Hillier. Après six jours ?

L'inspecteur jugea plus diplomatique de ne pas lui faire remarquer que cela ne faisait que cinq jours – cinq jours et demi à la rigueur – depuis qu'il avait été envoyé dans le Shropshire en passant par le QG de West Mercia. De toute façon, Hillier ne lui laissa pas le temps d'exercer son sens de la repartie.

— Quentin Walker m'a appelé. Il donne de nouveau des signes de vouloir en déférer au Home Office, quoique je me demande ce que cet imbécile de secrétaire d'État pourrait bien faire pour faire bouger les choses dans la bonne direction, si bonne direction il y a. Alors, où en êtes-vous ? Vous et le redoutable sergent Havers…

Lynley se figurait le visage déjà rouge de Hillier devenu écarlate – l'adjoint avait la réputation, méritée, d'avoir un tempérament colérique. Qu'il n'ait pas encore eu d'attaque tenait du miracle.

— Nous commençons à cerner le problème.

— Ce qui veut dire… ?

— Nous pensons que l'auxiliaire de police de Ludlow a été dupé.

— Par qui ?

Lynley préféra ne pas prononcer le nom de l'adjointe au chief constable, de crainte que Hillier ne fût frappé d'apoplexie.

— Nous n'en sommes pas encore à l'interrogatoire, monsieur. Mais nous avons une image plus nette de la scène du crime et avons pris rendez-vous avec le médecin légiste aujourd'hui.

— Le décès serait suspect ? Dois-je communiquer cette information à Walker ?

— Il s'agit peut-être d'autre chose que d'un suicide. En effet.

— « Peut-être » ! Vous vous fichez de qui, inspecteur ?

— Il vaut mieux ne rien dire pour le moment au député.

— Dois-je comprendre que parler d'un décès suspect n'empêchera pas Clive Druitt de sortir son carnet de chèques et de téléphoner à ses avocats ?

— Tout à fait. Vous obtiendriez l'effet contraire à celui que vous souhaitez.

— Il ne me reste donc qu'à lui dire que l'enquête avance et que nous le tenons au courant.

— Oui, monsieur.

— Bon Dieu, inspecteur ! Je regrette de vous avoir téléphoné.

Hillier coupa brutalement la communication. D'après le numéro qui s'affichait, Lynley nota que l'adjoint au préfet l'avait appelé depuis son portable, ce qui l'avait frustré du geste rageur qu'il faisait d'habitude en vous raccrochant au nez.

Le deuxième appel émanait de Nkata. Les premiers mots du sergent furent :

— Aussi propre qu'un nouveau-né.

— Vous avez déjà assisté à un accouchement, Winston ?

— Jamais.

— Moi non plus, mais j'ai vu des photos. « Propre » n'est pas l'adjectif que j'utiliserais.

— Vous avez raison. Quoi qu'il en soit, votre Henry Geoffrey, petit nom Harry, est exactement ce qu'il vous a dit qu'il est : un prof d'histoire obligé de prendre sa retraite anticipée à la suite de crises de panique dans les salles de cours, fenêtres grandes ouvertes en plein hiver. Il a bien récolté une amende pour vagabondage, mais il y a si longtemps qu'elle est passée aux oubliettes.

— C'est tout ?

— Oui. Mais j'ai trouvé pourquoi il a ce problème.

— La claustrophobie ?

— Oui. Et il l'a grave.

Lynley ouvrit le rideau de la fenêtre de son cagibi. Un bout du château était visible s'il se penchait de côté. Sur la banderole annonçant *Titus Andronicus*, il remarqua que les lettres capitales trempaient dans des flaques de sang – au moins le public était-il averti.

— Y a-t-il un rapport avec notre affaire ?

— Sans doute pas.

Nkata lui fit part de ce qu'il avait appris sur Harry : son père, un ingénieur en génie électrique, était persuadé que sa passion pour l'électricité se transmettrait automatiquement à son fils. Lorsque ce dernier n'avait manifesté aucune aptitude pour les matières scientifiques, son père avait pensé qu'il faisait preuve de mauvaise volonté.

— … Et qu'est-ce que trouve le type pour le persuader de l'importance de l'électricité ? Il l'enferme dans le noir le plus complet. À chaque fois qu'il rapportait des mauvaises notes en sciences, il était envoyé directement dans le placard. Il y a passé toutes ses vacances, pauvre gosse.

Lynley écoutait Nkata avec consternation.

— Un jour, dit-il, j'aimerais comprendre ce qui ne tourne pas rond chez les gens, Winston.

— Ben, je vous souhaite bonne chance, monsieur.

— Comment avez-vous appris tout ça ?

— L'histoire du placard ? J'ai parlé à sa sœur. En tout cas, il n'a rien à cacher et rien à prouver.

Lynley mit en marche sa bouilloire électrique – même sa chambre en était pourvue ! – tout en continuant la conversation.

— Vous avez le temps de lancer une autre recherche ?

— Je m'en occupe dès que j'ai un trou dans mon emploi du temps. Qui vous intéresse en priorité ?

— Gary Ruddock, l'îlotier. D'après ce qu'il a raconté à Barbara, il a eu une enfance pas banale.

Une secte dans le comté de Donegal. Je ne sais pas si ça vaut la peine de suivre cette piste, mais Hillier m'a téléphoné tout à l'heure, et cela m'arrangerait de pouvoir lui donner du grain à moudre pour l'empêcher de se jeter par la fenêtre.

Nkata rit de bon cœur.

— Je m'y mets tout de suite alors. Je vous rappelle dès que j'ai du nouveau.

Avant le troisième appel, Lynley eut le temps de s'habiller, de descendre à la salle à manger et de prendre le petit déjeuner avec Havers, laquelle jura sur la tête de son adorable chat – Lynley savait qu'elle n'en avait pas – qu'elle avait passé une heure à pratiquer ses claquettes afin d'éblouir Dorothea Harriman lors de leur prochain cours. Lorsque ce troisième appel avait fait vibrer son portable, ils étaient en chemin pour le poste de police désaffecté. Comme il conduisait, Lynley sortit l'appareil de sa poche poitrine et le tendit à Barbara.

Elle contempla le cadran.

— C'est *elle*. Vous voulez… ?

Non, il ne voulait pas. Isabelle Ardery ne pouvait leur être d'aucune aide dans l'état qui était le sien.

— Qu'elle laisse un message. On l'écoutera plus tard.

— C'est aussi mon avis.

Ils avaient signalé à Ruddock qu'ils souhaitaient revoir le bureau où Ian Druitt s'était pendu. L'îlotier avait paru étonné par cette demande, mais il leur avait néanmoins donné rendez-vous au poste avant sa ronde. Il était déjà sur place et avait laissé, manifestement à leur intention, la porte du bâtiment grande ouverte.

Ils le rejoignirent dans l'ancien réfectoire, devant un vieux micro-ondes.

— J'ai l'impression que vous faites des progrès, leur lança-t-il. J'aimerais pouvoir en dire autant… Ce foutu appareil… une antiquité, oui !

Lynley le rassura : ils voulaient juste jeter un rapide coup d'œil à la pièce où était décédé Druitt.

— Vous savez où c'est.

Visiblement, Ruddock ne jugeait pas nécessaire de les accompagner.

La pièce était inchangée par rapport à leur visite précédente, mais elle ne ressemblait pas tout à fait à la photo : un fauteuil à roulettes avait remplacé le fauteuil en plastique.

Les panneaux d'information ne livrèrent rien de plus, ni la corbeille à papier, ni les traces de tableaux sur les murs. Il y avait des marques sur le lino aux endroits où était posé l'ancien mobilier ; d'après les formes, sans doute des classeurs métalliques, deux bibliothèques, une table d'appoint. Mais le fait que le lino porte des marques d'usure n'avait rien de curieux, étant donné l'âge du bâtiment.

— On dirait que quelqu'un a fait des claquettes, plaisanta Havers.

— Ah, vous voyez. Vous n'êtes pas la seule.

Il était en train d'examiner le store vénitien quand elle fit remarquer :

— On n'avait pas vu ça lors de la dernière fois, monsieur, mais ce n'est peut-être pas à négliger.

Ses intonations laissaient néanmoins entendre le contraire.

Lynley se retourna : elle avait poussé le fauteuil et était accroupie devant le bureau, enfin, plutôt sous le bureau. Il s'approcha et elle lui montra des traînées noires sur le linoléum. Le genre de traces que laissent les semelles en caoutchouc d'une personne qui repousse cent fois par jour son siège en arrière. Lynley regarda alors Barbara comme s'il attendait la suite.

— Bon, d'accord. Peut-être quelqu'un qui avait arrêté de fumer et ne tenait pas en place. Au fait, vous étiez comme ça, vous ?

— Quand j'ai arrêté ? Non. Mais je me suis rongé les ongles pendant deux ans.

— Vous voyez pourquoi je n'arrête pas ! Hors de question d'abîmer ma manucure.

Elle se leva et ils inspectèrent la porte du placard. La poignée était robuste, en effet, qui avait supporté le poids d'un homme pendu. Après quoi, ils refirent le tour de la pièce.

— Les morts ne parlent pas, soupira Havers.

— C'est bien dommage, oui. Notre travail en serait facilité.

Ils retournèrent au réfectoire. Ruddock avait dévissé l'arrière du micro-ondes. Il leva les yeux et, en voyant leur expression, commenta :

— Bredouilles ?

— On ne sait pas encore, répondit Lynley. Il y a quelque chose de curieux.

Ruddock posa son tournevis.

— Quoi ?

Lynley lui parla des photos prises peu après le décès du diacre.

— Que pouvez-vous nous dire à propos du fauteuil ?

Le fauteuil renversé, celui en plastique, et le fait que ce n'était pas un siège de bureau et qu'à la réflexion il ne devait pas être de la bonne taille pour quelqu'un travaillant là.

Après un silence, Ruddock hocha la tête.

— J'ai jamais pensé à ça. Le fauteuil était déjà là. Il fallait bien que le diacre s'assoie sur quelque chose et c'est tout ce qu'il y avait. Mais je peux vous dire pourquoi il était renversé. Pour le réanimer, j'ai dû l'étendre sur le sol. J'ai poussé le fauteuil un peu trop fort. J'étais... Je paniquais.

Étant donné ce à quoi il avait été occupé sur le parking, selon ses propres aveux, la panique était une réaction normale. Sauf qu'ils ne connaissaient toujours pas l'identité de sa partenaire.

— Gary, lui dit Lynley, un témoin vous a vu avec des étudiantes la nuit. Dans votre voiture de police. Pouvez-vous nous en apprendre plus à ce sujet ?

L'îlotier parut hésiter, puis il déclara :

— Je suppose que c'est en relation avec les excès de boisson. Quand tous ces jeunes sont trop soûls, les filles ne sont plus en sécurité dans la rue, toutes seules. Les garçons non plus, d'ailleurs. Je les ramène donc chez eux. Pas à chaque fois, mais ça arrive. Ce n'est donc pas surprenant qu'on m'ait vu avec des filles.

— Notre témoin vous a vu avec *une* fille, au singulier, fit observer Barbara.

— Je les dépose l'un après l'autre, vu qu'en général ils habitent encore chez leurs parents, ou dans des chambres chez l'habitant. C'est normal, par conséquent, qu'à la fin il n'y ait plus qu'un seul jeune dans ma voiture.

— Cela fait partie de vos fonctions ? s'enquit Lynley. La mairie vous a demandé de jouer les bons samaritains ?

— C'est juste que ça me paraît logique. D'éviter que ça dégénère… J'aime pas voir des jeunes gâcher leur vie. Mais vous avez raison, cela n'entre pas dans mes fonctions. C'est évident.

— Dena Donaldson est-elle une de ces jeunes filles en danger ? s'enquit Lynley.

— Et comment ! Elle se fait appeler Ding, soit dit en passant. Elle a un vrai problème avec l'alcool, celle-là. Et elle ne voudrait surtout pas que j'aille raconter ce que je sais à ses parents. C'est comme ça que je limite les dégâts. Elle sait que je peux à tout moment la ramener chez eux.

— On vous a vu en sa compagnie sur ce parking même, dit Lynley. La nuit.

— C'est possible. Je suis plusieurs fois venu me garer ici pour que nous puissions avoir une petite conversation. Ce n'est pas comme si je voulais vraiment la traîner chez ses parents. Ils n'habitent pas tout près, et j'essaye de ne pas devenir le flic que tout le monde déteste… Je cherche à me rendre utile comme n'importe quel îlotier. Donc je l'amène ici, je lui fais un sermon, je lui explique que l'alcool, c'est dangereux… Après, elle boit moins pendant quelque temps, et puis ça recommence.

— Vous ne croyez pas que vous en faites un peu trop ? avança Havers.

— Quand les gamins boivent trop, ils font des conneries, et les gens de Ludlow se plaignent.

Ils prennent leur téléphone et m'appellent… Je fais ce que je peux pour que les jeunes boivent moins.

— Comme M. Druitt.

Il pencha la tête de côté, comme s'il ne voyait pas bien à quoi le sergent Havers faisait référence.

— Il voulait mettre sur pied un programme de pasteurs des rues. Ramasser les jeunes quand ils sont soûls, leur donner du café, de la soupe… Il n'a pas eu le temps de mener à bien son projet.

— Si vous voulez mon avis, opina Ruddock, c'est une des raisons qui font vraiment déplorer son décès.

CHURCH STRETTON
SHROPSHIRE

Les éruptions volcaniques géantes du cambrien ont non seulement créé le vaste paysage de collines du Long Mynd, mais elles ont aussi creusé une vallée entre les Stretton Hills. C'est là, dans ce repli de terrain, que se niche la ville de Church Stretton. Si son aspect architectural évoque toujours la ville d'eaux qu'elle fut au XIXe sous la reine Victoria, Church Stretton a opéré une transformation radicale. Finie, la station thermale accueillant des malades ; place à la ville sportive sillonnée par des gens en pleine forme et s'apprêtant, équipés d'un sac à dos et de bâtons de marche télescopiques, à gravir les pentes du Long Mynd. Une fois le sommet atteint, ils sont récompensés par les vues grandioses s'étirant jusqu'au pays de Galles.

En voyant la foule des randonneurs qui encombraient les rues, Barbara marmonna :

— Le monde est devenu fou ! Où est passé le bon vieux temps ?

— C'est vrai, dit Lynley d'un ton caustique. Où est passé ce bon vieux temps de la goutte et de la tuberculose ? C'était tellement mieux, sergent.

— Ah, vous n'allez pas commencer… Qu'est-ce qu'on cherche, déjà, monsieur ?

— Mane Event. M-a-n-e.

— Je déteste les calembours[1].

— Vous avez besoin de fumer, sergent ? C'est le manque qui vous énerve ?

— C'est à cause de Ruddock, monsieur. Elle était avec lui. Cette fille. Dena, ou Ding comme vous voulez…

— Il ne l'a pas nié, Havers. Et apparemment il n'y a rien entre eux. S'il dit la vérité, bien sûr.

— Vous croyez qu'il ment pour l'autre ? La femme mariée ?

— Possible. Mais ce qu'on lui a dit l'aura sûrement fait cogiter.

— Tous ces appels à Trevor Freeman !? Et s'il couche avec madame, se servir du téléphone de monsieur pour donner ses rendez-vous, c'est assez ingénieux, non ? Combien de gens vérifient les appels qu'ils font eux-mêmes ? Vous y penseriez, vous ? Moi, non. Vous, bien sûr, vous avez Denton qui pourrait vous piquer votre portable pour téléphoner à New York. Broadway à l'appareil… Ou Hollywood.

— C'est vrai qu'il y a toujours la possibilité de Hollywood. Au fait, on y est.

---

1. *Main event*, événement principal. *Mane* signifie « crinière ».

— Au Mane Event ? Pardon, j'étais distraite.

En entrant, Barbara se dit que l'endroit pouvait difficilement être qualifié de « salon » de coiffure. Il y avait bien deux fauteuils, mais il aurait été impossible d'y caser deux coiffeurs, à moins de les condamner à une perpétuelle bataille de coudes. Pour l'heure, il n'y avait qu'une coiffeuse et une unique cliente.

C'est dans ce mouchoir de poche que Nancy Scannell leur avait proposé de la retrouver. Et, non, elle ne pouvait pas déplacer son rendez-vous chez Dusty. Déjà qu'elle avait été pratiquement obligée de vendre sa fille aînée pour l'obtenir, ce rendez-vous. Tous les coiffeurs ne savaient pas couper des cheveux frisés comme les siens.

La coupe était en voie de réalisation. Dusty tournait autour de Nancy en faisant claquer ses ciseaux, une paire dans chaque main, un peigne entre les dents – comme une danseuse de flamenco avec sa rose. Des mèches de cheveux volaient de-ci de-là. Nancy Scannell avait sans doute opté pour une coupe courte. Lorsque la dénommée Dusty retira le peigne de sa bouche, elle fit valoir qu'une couleur s'imposait. Puis, devant les protestations de sa cliente, elle proposa un compromis :

— Un balayage magenta alors, rien d'extravagant. Vous allez adorer, madame Scannell. C'est glam' à mort.

Mais le médecin légiste ne céda pas. Elle tenait à ses cheveux gris – elle les avait bien gagnés pendant son mariage, quoique ce ne fût pas la peine de s'attarder sur le sujet…

Dusty jeta un coup d'œil du côté de Lynley et Barbara, son regard s'attardant sur la tête de Barbara.

— Qu'est-ce que vous avez fait à vos cheveux ? Vous vous êtes servie de quoi, d'un couteau de cuisine ?

— De ciseaux à ongles, l'informa Barbara.

— Je peux rien faire pour vous, désolée. Trop courts. Il faudra revenir quand ils auront repoussé.

— Je le noterai dans mon agenda.

Puis, se tournant vers le médecin légiste, Barbara ajouta :

— Je vous présente l'inspecteur Lynley, docteur.

— C'est bien ce que je pensais. Commençons tout de suite.

— Ici ? Mais…

— Si vous voulez que ça se passe aujourd'hui, il faudra bien que ce soit ici.

Puis, à l'adresse de Dusty :

— Les écouteurs ?

— Ah, oui. C'est vrai. Deux secondes, s'il vous plaît.

D'un tiroir, Dusty sortit des écouteurs qu'elle se vissa dans les oreilles et brancha sur un téléphone portable. Apparemment, c'était une technique agréée pour éviter les indiscrétions. Dusty se mit à battre de la tête en cadence et reprit sa danse des ciseaux.

— Nous avons examiné le lieu du décès de Ian Druitt, dit Lynley. Nous avons lu votre rapport et étudié les photos. Êtes-vous vraiment sûre et certaine qu'il s'agit d'un suicide ?

Elle lui demanda de lui passer les photos.

— Ça fait quelques mois déjà, cette histoire…

La coiffeuse, intriguée, se pencha par-dessus l'épaule de sa cliente, puis détourna les yeux et continua son ballet ciselé.

— Ah oui. La mémoire me revient. L'accessoire liturgique dont il s'était servi rendait la scène plus frappante que d'habitude, dit-elle en indiquant l'étoffe rouge sur le sol, à côté du corps. Un lien de tissu ne fait pas les mêmes marques sur la peau qu'une ceinture de cuir ou de toile, ou une ceinture de robe de chambre, par exemple, ou un fil électrique. Ce truc… Comment l'appelle-t-on, déjà… ?

— Une étole, avança Lynley.

— C'est ça. Bon… Voici… Vous le voyez sur la photo… Les pétéchies sont tout juste visibles. L'hémorragie sous-cutanée est faible et ne dessine pas un cercle complet autour du cou, indiquant une strangulation volontaire. Je l'ai dit à votre sergent la dernière fois… sur le terrain de l'aéroclub.

— Le corps était-il encore pendu à votre arrivée ?

— Non. L'auxiliaire de police avait pas mal abîmé la scène. Comme il avait cherché à réanimer le défunt – et on ne lui reprochera pas –, il l'avait décroché de la poignée et lui avait ôté l'étole. Mais, même si le corps n'avait pas été bougé, cela n'aurait rien changé à mon diagnostic. Un meurtrier qui déguise un meurtre par pendaison en suicide se fait vite prendre.

Elle leva la tête vers eux d'un air entendu :

— Et j'ai la nette impression que c'est ce que vous essayez de découvrir. Je vous souhaite bonne chance, mais je maintiens ma thèse du suicide.

— Nous avons lu votre rapport, dit Lynley. Je vous accorde que l'aspect du visage et du cou est conforme à une hypothèse de suicide.

Scannell lui rendit les photos, puis tapota le bras de Dusty pour pointer du doigt un endroit de sa tête qui nécessitait, à son avis, quelques coups de ciseaux supplémentaires. À Lynley, elle répondit :

— Dans un cas de suicide tel que celui-ci… par pendaison à une poignée de porte… il est fréquent que les membres inférieurs convulsent. Étant donné l'endroit où il se trouvait, on se serait attendu à noter des traces sur le sol, mais il n'y avait rien. Bien sûr, les convulsions n'ont peut-être pas eu lieu, ou bien il portait des chaussures qui ne laissaient pas de marques… Les baskets en général ne marquent pas… Cela dit, l'absence de traces n'est pas très significative quand tout le reste est conforme.

Dans un élan subit, Barbara s'exclama :

— Monsieur… ?

Mais il était déjà sur la même longueur d'onde que le sergent.

— Vous voulez parler de traînées sur le sol comme en laissent des semelles ? demanda-t-il au Dr Scannell.

— Oui.

L'échange de regards entre le sergent et l'inspecteur n'échappa pas au médecin légiste, qui les voyait dans le miroir.

— Pourquoi ? Qu'est-ce qu'il y a ?

— Mettons que l'homme soit assis sur un siège. Quelqu'un debout derrière lui pourrait-il l'étrangler par-derrière et faire passer ce meurtre pour un suicide ?

Elle s'accorda quelques instants de réflexion avant de prononcer lentement :

— L'étole serait en effet placée de manière à laisser le sillon que j'ai observé. Mais rien n'indiquait dans cette pièce qu'il y avait eu lutte. Or je ne vois pas le malheureux se laissant étrangler sans se débattre.

Même s'il était toujours menotté, il aurait donné des coups de pied, il se serait tortillé.

— Et aurait laissé des traces sur le sol.

Nancy Scannell fit oui de la tête et récolta un rappel à l'ordre de la part de Dusty. Elle devait se tenir immobile.

— Oui, c'est exact.

En son for intérieur, Barbara cria « Bingo ! Hourra ! ». Ils étaient de nouveau en piste !

WORCESTER
HEREFORDSHIRE

Rien n'avait été plus facile que d'intervertir leurs téléphones portables. Ils les rechargeaient tous les soirs et, comme ils avaient tous les deux le même modèle de smartphone que débloquait le même code (dans l'éventualité où Clover ou lui auraient eu besoin de s'en servir en toute hâte), il avait suffi qu'il les permute après avoir pris soin d'installer le même fond d'écran que celui de Clover sur le sien. Son épouse n'étant pas du style à se casser la tête pour télécharger un « wallpaper » personnel comme une photo d'enfant, de chien ou de chat, il ne lui avait pas fallu plus de trente secondes pour trouver dans son propre appareil l'image des vagues de l'océan.

Trevor se doutait qu'à un moment ou à un autre au cours de la journée Clover finirait par s'apercevoir de la supercherie, mais, en attendant, il avait le temps d'accomplir l'opération d'espionnage qui s'était imposée comme une nécessité après sa conversation de la veille avec Gaz Ruddock.

Après son rendez-vous avec l'îlotier, Trevor avait examiné le journal de ses appels sur les deux derniers mois, délai après lequel l'historique était effacé. Du 22 mars au 16 mai, il y avait des appels entrants et sortants fréquents avec Gaz Ruddock. Comme ceux qu'il avait déjà répertoriés lors d'une inspection plus succincte, ils avaient tous été passés tard le soir ou très tôt le matin. Certains jours, il n'y avait eu qu'un seul appel, d'autres, jusqu'à quatre.

Au vu de ce résultat, il avait eu envie d'en savoir plus. Certes, Clover et Gaz avaient déjà confessé leur entente secrète pour garder l'œil sur Finn à Ludlow, mais quel degré de surveillance pouvait bien justifier un aussi grand nombre de conversations téléphoniques ?

Trevor s'était donc adressé à l'opérateur. Son idée était de remonter beaucoup plus loin dans l'historique de ses appels. Une fois qu'il eut réussi à franchir la barrière de codes en chiffres et en lettres, il déclara à la voix dépersonnalisée à l'autre bout de la ligne qu'il souhaitait vérifier si son ado s'était servi de son téléphone. Ne lui restait plus qu'à attendre le mail avec les informations.

Lorsqu'il parcourut la liste reçue dans sa messagerie électronique, cela lui sauta tout de suite aux yeux : les appels entre Gaz et Clover avaient débuté le 1er mars – avant cette date, même s'il remontait sur plusieurs mois, il n'y avait rien, pas un appel reçu ni donné.

N'était-il pas vraiment très bizarre, pour quelqu'un censé veiller sur Finn, que Gaz n'ait pas appelé régulièrement Clover afin de la tenir au courant ? De deux choses l'une : soit Ruddock appelait Clover sur son portable à elle, soit il ne s'occupait pas de Finn.

Trevor avait voulu savoir et avait donc subtilisé le portable de sa femme. Et maintenant qu'il avait répété la même procédure que pour son propre téléphone, il n'avait pas la patience d'attendre plus longtemps avant de parler à Clover. Aussi appela-t-il son propre numéro.

— Désolé, chérie, dit-il. On s'est trompés de téléphone ce matin. Sans doute en les décrochant des chargeurs.

— Ah bon ? Alors c'est pour ça que le mien n'a pas sonné. Je me disais « quelle chance, enfin une journée tranquille ». Le mien a sonné, du coup ?

— Oui, les appels s'accumulent, et j'ai pensé qu'il valait mieux t'avertir. Tu veux que j'écoute les éventuels messages ?

— Surtout pas.

Sa réponse n'était-elle pas un peu trop vive ?

— Je t'apporte ton téléphone, alors. Je n'ai pas besoin d'aller bosser tout de suite. Ou on peut se retrouver à mi-chemin si tu as le temps.

— Non. Les réunions s'enchaînent, malheureusement.

— Dans ce cas, je te l'apporte.

— Tu vas te déranger pour pas grand-chose, Trev.

— Pas de souci. Je prends la route tout de suite.

Elle le remercia et lui indiqua qu'elle l'attendrait au poste de contrôle à l'entrée du parc. Comme ça, il n'aurait pas à patienter en attendant d'être admis. Ce lieu de rendez-vous arrangeait Trevor à double titre, puisque cela lui permettrait – à condition qu'elle accepte – d'avoir une conversation privée avec sa femme.

Lorsqu'il s'arrêta devant le portail du quartier général de la police de West Mercia, Clover sortit du bâtiment. Elle le salua de la main qui tenait son portable. Il baissa sa vitre.

— Monte.

Elle parut étonnée.

— J'ai seulement quelques minutes, Trev.

— Ça ne prendra pas plus longtemps.

D'un mouvement souple des hanches, elle s'installa à côté de lui et lui tendit son portable. Il ne le prit pas, ni ne lâcha le sien. Elle pencha la tête de côté.

— Cette histoire de téléphone…

Elle resta silencieuse.

— Je l'ai fait exprès, ajouta-t-il.

Elle ne broncha ni ne bougea ; son visage était parfaitement lisse.

— Ah.

— Tu ne me demandes pas pourquoi ?

— Je suppose que tu vas me le dire puisque tu es venu jusqu'ici. Mais franchement, je ne vois pas pourquoi ça ne pouvait pas attendre ce soir.

Quelle comédienne ! songea Trevor. Il s'en voulait de n'avoir jamais pris la mesure du talent de sa femme pour l'art de la dissimulation. Pourtant c'était là, sous son nez : cela faisait des années qu'elle l'enchantait avec ses jeux sexuels, donnant vie à toutes sortes de personnages, selon les scénarios. C'est ce qui la rendait aussi excitante. Collégienne, bonne sœur, prostituée, guichetière de gare, facteur, prof de yoga, soubrette… Clover ne faisait pas semblant. Elle habitait son rôle. Il se promit de l'observer désormais comme un scientifique observe un spécimen sous son microscope.

— J'ai marché dans ta combine vis-à-vis de la Met. Mais je suis curieux. Tu ne peux pas me le reprocher. Si je dois mentir à la police, il faut que je sache au moins une partie de la vérité. Sinon, je risque de m'emmêler les pinceaux.

— On n'a pas déjà parlé de ça ?

— Oui, un peu, mais maintenant je veux savoir le reste. Bon sang, Clover, je ne peux plus penser à rien d'autre ! Il faut que je sache ! Tous ces appels à Gaz sur mon téléphone…

Elle sembla tenter d'évaluer son degré d'anxiété.

— Quand Finnegan s'énerve, tu sais bien que…

— Arrête, Clo. C'est fini, cette chanson-là.

— Tu veux qu'on retourne à celle de tes fantasmes ? Gaz et moi nous envoyant en l'air…

— Est-ce que je t'accuse de quoi que ce soit, Clover ?

— Alors dis-moi ce qui te tracasse.

— Finn… Qu'est-ce qu'il a fait de si terrible ?

Elle détourna les yeux. Une voiture venait de s'arrêter devant le bâtiment, à l'entrée du QG. Elle l'observa attentivement. Une femme d'une quarantaine d'années en descendit, munie d'un sac à main d'un format XXL qui méritait d'être soumis à une fouille en règle.

Clover soupira bruyamment.

— J'ai l'impression que nous tournons en rond, Trev. Je n'ai rien à ajouter.

— Essaye de te remémorer les événements qui se sont déroulés début mars.

Elle se tourna vers lui. Son visage exprimait la plus grande perplexité. Il enchaîna :

— Les premiers appels entre toi et Gaz datent de début mars. Et à partir de là, vous vous êtes téléphoné chaque nuit, note bien. Si ces conversations avaient pour sujet Finn, je veux savoir ce qu'il a fait.

Clover posa la main sur la poignée de la portière.

— Je ne vois pas du tout de quoi tu m'accuses ni pour qui tu me prends, mais il vaut mieux que cette conversation s'arrête là.

— Pas si vite, Clover ! On n'a pas encore parlé de ton téléphone à toi.

— Quoi, mon téléphone ?

— Il y a eu huit appels entre toi et Gaz les 26 et 27 février. Huit ! Puis plus rien sur ton portable, les appels entre vous deux étant désormais passés depuis mon téléphone. Alors soit il s'est produit un incident avant le 26 ou le 26, soit, pour une raison X, vous avez décidé de ne plus vous appeler si ce n'est avec mon portable.

Elle hocha la tête avec une moue de dégoût.

— OK. Comme tu voudras. On pouvait pas s'empêcher de baiser comme des lapins. Tu me suffisais plus, j'avais besoin d'un mec plus jeune. C'est ça que tu veux entendre ?

— Ce que je veux entendre, c'est la vérité. Qu'est-ce qu'a fait notre fils ?

— Que veux-tu qu'il ait fait, grands dieux ?

— Druitt était inquiet, non ? Drogue, alcool, enfants… Quoi ?

— Pour l'amour du ciel, Trevor, tu racontes n'importe quoi. Personne d'autre que Gaz n'a évoqué cette histoire de Druitt soi-disant inquiet pour Finn.

— Tu insinues que Gaz cherche à coller quelque chose sur le dos de Finn ?

— J'en sais rien ! Mais je peux te dire que la vie de Finn à Ludlow n'est pas aussi reluisante qu'il voudrait nous le faire croire. Il boit, il fume du cannabis, il sèche ses cours. Il est peut-être passé à des drogues plus dures. Gaz me tenait au courant jour après jour. Et quand Ian Druitt est mort, il s'est mis à faire des allusions voilées… Mais je ne l'ai pas laissé m'en dire plus.

Trevor avait gardé son dernier atout dans sa manche – il n'avait pas envie d'y penser, encore moins de le brandir sous le nez de sa femme. Mais il le fallait bien.

— Il y a eu trois appels le soir où ce type est mort, Clover. J'ai vérifié les dates.

— Hein ? De quoi tu parles ?

Elle le dévisagea sévèrement tout en ouvrant la portière. Trevor crut qu'elle allait s'en aller sans un mot, mais il se trompait.

— Tu sous-entends que Ian Druitt ne s'est pas suicidé, qu'il a été tué par moi ou sur un ordre que j'aurais donné ? C'est ça que tu penses ?

Elle se tut, mais comme il ne répondait pas, elle répéta :

— Tu me prends pour qui, Trev ?

Il s'entendit répliquer :

— Je ne sais pas, et c'est bien ça, le problème, Clover.

LUDLOW
SHROPSHIRE

— Je savais que c'était un flic pourri.

Ces mots tombèrent de la bouche de Havers alors que l'inspecteur garait la Healey Elliott dans Temeside, deux roues et une bonne partie de la voiture sur le trottoir. Ils attendirent quelques instants que les voitures passent avant de traverser la rue.

— Je ne crois pas qu'on puisse aller jusque-là, Barbara. Il n'est pas net, mais de là à le qualifier de pourri…

— Voyons, inspecteur. Les marques de frottement sur le lino, l'échange de fauteuils, les menottes, l'appel anonyme, la caméra de vidéosurveillance que l'on a éteinte vingt secondes le temps de la changer de position, de jeunes étudiantes trimballées Dieu sait où, des appels à des pubs… Vous avez besoin de quoi d'autre ?

— Pour commencer, il faut examiner les dix-neuf jours entre l'appel anonyme et la mort de Ian Druitt. Ensuite, il faut découvrir ce que signifie le fait que la mère de Finnegan Freeman a mis un terme à ces dix-neuf jours en ordonnant l'arrestation…

— Bon, d'accord, si vous voulez. Finnegan est impliqué. Ou sa mère. Ou son père. Ou Ruddock. En tout cas, ça tourne autour de l'adjointe au chief constable.

— C'est pourquoi il faut qu'on sache qui était la personne en compagnie de Ruddock sur le parking le soir du meurtre.

— Peut-être le colonel Moutarde avec son putain de chandelier, grommela Havers.

Lynley rit dans sa barbe.

— Je suis content que vous partagiez mon point de vue, sergent.

Il jeta un coup d'œil à sa montre de gousset. Le temps passait vite. Hillier exigeait des résultats rapidement. Si jamais l'affaire se retrouvait au Home Office sur le bureau du secrétaire d'État à l'Intérieur, ils étaient fichus. Aussi, lorsque son téléphone sonna, il se dit que Londres lisait dans ses pensées. Il ne s'était pas trompé de beaucoup : c'était Ardery.

Certes, il aurait dû répondre, à cause des informations que lui avait transmises Dee Harriman. Mais il fallait d'abord qu'il débrouille cette affaire, et elle était assez compliquée comme ça sans l'intrusion de la commissaire. Il laissa la boîte vocale prendre le message.

— Encore la commissaire, dit-il à Havers.

À cet instant, le portable de Barbara carillonna. Ardery tentait sa chance avec elle.

— Merde ! Faut-il que je…

Ils ne pouvaient pas se défiler tous les deux.

— Tâtez le terrain, lui conseilla Lynley.

— Et si elle me demande où vous êtes ?

— Je ne suis pas là mais vous me ferez passer le message.

— Et où êtes-vous ?

— Sergent, il me semble que vous ne manquez pas d'imagination. Si par hasard elle appelle au sujet de cette affaire, dites-lui qu'on est en train de la boucler.

Il n'entendit que le côté Barbara de la conversation.

— Chef ?… C'est tout juste… Hein ? Il n'est pas avec moi… On a commencé tôt. Là, on va interroger les locataires de la maison de Temeside. Finn Freeman ou sa coloc… Dena… Ah, non, pardon… manière de parler. Je suis seule… L'inspecteur est parti… (Mieux valait qu'elle évite d'être trop précise sur le lieu.) … Il devait voir le médecin légiste… Attendez, chef. On a déjà fait ça deux fois, l'inspecteur et moi… D'accord, je vais re-regarder. Je le ferai tout à l'heure et je vous rappelle, entendu ?… Au revoir, chef.

En coupant, elle jeta à Lynley un regard affligé.

— On aurait dit qu'elle avait bu quinze cafés. Elle veut qu'on la rappelle quand on aura les photos médico-légales sous les yeux. Si vous voulez mon avis, elle essaye de se sortir du bourbier où elle s'est mise sans salir ses chaussures.

— Cela ne nous coûte pas grand-chose de faire ce qu'elle demande. Je l'appellerai plus tard.

— Vous alors, dit Havers avec un froncement de sourcils. Vous n'en avez jamais assez d'être le parfait gentleman ?

— On vous l'inculque dès le berceau, sergent, je n'y peux rien. Ah, je crois que nous avons de la chance cette fois, ajouta-t-il en faisant un geste en direction de la maison.

La jeune Ding sortait de chez elle avec son sac à dos. Elle se dirigea droit vers son vélo, se pencha et secoua impatiemment le cadenas apparemment bloqué. Alors qu'ils se rapprochaient d'elle, ils l'entendirent grogner :

— Allez, ouvre-toi !

— Vous voulez de l'aide ? s'enquit Lynley.

La jeune fille eut un mouvement de recul en les reconnaissant.

— Finn n'est pas là.

— Ce n'est pas lui que nous venons voir, l'informa Havers. C'est vous.

Ding leur lança des regards soupçonneux, ses yeux sautant de l'un à l'autre comme des oiseaux de branche en branche.

— Je sais que Francie Adamucci a cafté sur moi, si c'est de ça que vous voulez me parler. Pour votre gouverne, Francie baise avec n'importe qui.

— Ce ne sera pas long, dit Lynley. Mais vous avez raison, Francie Adamucci vous a mentionnée. L'îlotier a confirmé ce qu'elle nous a dit, mais nous aimerions entendre votre version à vous.

— Ils mentent tous les deux, et je n'ai pas…

— … le temps, termina pour elle Havers. Qui l'a jamais ?

— J'allais dire : je n'ai pas à vous répondre. De toute façon, on m'attend chez moi.

— Faut-il comprendre que vous allez chez vos parents ? L'endroit où vous ne voulez pas que Gary Ruddock vous ramène ?

— Qui a dit ça ?

— L'intéressé lui-même. Il a ajouté que c'est à cause d'un problème que vous avez.

— Quel problème ?

— Si vous nous accordez quelques minutes, on va vous expliquer, intervint Lynley.

Elle reprit le chemin de la maison, ouvrit la porte et se planta dans l'entrée, d'un air déterminé à ne pas aller au-delà. Ou alors, ils devraient la traîner au salon avec la brutalité policière coutumière des gens de leur espèce. Elle mit un poing sur une hanche.

— Nous avons plus d'une personne qui peut témoigner vous avoir vue avec l'agent Ruddock, commença Lynley.

— Vous avez plus d'un menteur alors.

— On ne vous demande pas de détails sur la nature de vos relations, dit Lynley.

— On préfère ne pas les connaître, enchérit Havers. Vous pouvez garder vos secrets.

— Je n'ai jamais…

— Faux.

La jeune fille était déjà au bord des larmes, ce qui paraissait contradictoire avec son attitude bravache.

— Ding, dit Lynley, vous n'avez rien à craindre. C'est juste que plusieurs personnes vous ont aperçue avec l'agent Ruddock, et le sergent Havers est l'une d'elles. Ce que nous voulons savoir, c'est si vous étiez dans sa voiture de patrouille le soir où le diacre… Ian Druitt… est mort. Ce qu'il y a entre vous et l'agent Ruddock ne nous concerne aucunement.

Ding laissa soudain couler ses larmes. Elle se couvrit le visage avec ses mains. Des sanglots déchirants la secouèrent.

— Punaise, murmura Havers.

— Qu'est-ce qui s'est passé, Ding ? dit Lynley en se rapprochant de la jeune fille. C'est le moment de tout nous raconter.

Havers fila à la cuisine pour remplir la bouilloire. Lynley songea non sans ironie que chez les Anglais le thé était décidément la panacée.

Ding s'adossa au mur et glissa lentement vers le sol. Lynley la rattrapa, lui enleva son sac à dos et la prit par les épaules.

— Tout va bien, ne vous inquiétez pas. Y a-t-il quelqu'un d'autre dans la maison ?

Et comme elle faisait non de la tête, il demanda :

— Vous étiez avec lui ?

Elle émit une longue plainte :

— Noooon…

Il la dirigea vers la cuisine.

— Ding, vous devez nous aider à comprendre…

— Oui, mais non. Non !

Havers avait sorti des placards les mugs et le thé – elle n'était pas vraiment nouvelle dans la maison. Et elle sembla comprendre la réponse énigmatique de Ding.

— Vous voulez dire oui, vous avez été avec lui, mais non, pas le soir de la mort du diacre ?

La jeune fille opina. Havers lui tendit un torchon. Au même moment, Lynley extrayait de sa poche un de ses mouchoirs immaculés. Ding prit le torchon et y enfouit son visage.

— Je… ne… veux… (Elle reprit son souffle.) Il sait. Je ne veux pas… retourner chez moi.

— Il nous a fait part de cette réticence de votre part en effet, dit Lynley. D'après lui, c'est parce que vous ne voulez pas que vos parents apprennent qu'il vous arrive de boire trop. Il dit vous avoir ramassée plusieurs fois avec d'autres jeunes en état d'ébriété. Est-ce exact ?

Les pleurs ne l'embellissaient pas : des taches parsemaient sa peau, son nez était rouge et un rictus tordait sa bouche spasmodiquement. Elle parvint à articuler :

— Il n'y a pas que ça. Les autres s'en foutent de ses menaces parce qu'ils ont pas à s'en faire, mais moi si, et c'est pour cette raison justement. J'ai dit d'accord parce que si ma mère savait que je me soûle comme ça, elle m'obligerait à habiter chez elle, et ça, je pouvais pas mais je savais pas pourquoi alors que maintenant si. J'ai compris. Je sais pourquoi. Il m'a dit du coup qu'on pouvait passer un marché, lui et moi. Il suffisait d'aller avec lui sur le parking, et j'ai répondu d'accord, ce que vous voulez, du moment que vous me ramenez pas chez ma mère.

Le thé était prêt. Havers posa les tasses sur la table. Pendant que Lynley essayait de comprendre quelque chose de cohérent de ce salmigondis, le sergent, avec une faculté de sauter rapidement à une conclusion qui était peut-être typiquement féminine, traduisit :

— Vous lui avez accordé des faveurs sexuelles quand il vous a embarquée en état d'ébriété avancée. Sinon, il vous aurait ramenée chez vos parents soûle.

Elle hocha la tête en pleurant de plus belle.

— Et les autres filles ? demanda Lynley.

— Certaines. Je sais pas. Pas Francie, par contre, elle habite chez ses parents de toute façon et ils… Bon, ils sont souvent en voyage et elle fait ce qu'elle veut ou ils ferment les yeux et ils savent que… bon… Ils peuvent rien faire pour l'empêcher.

Son maquillage avait coulé sur ses joues, elle s'était même mis du noir sur le front. Lynley, qui avait toujours son mouchoir à la main, s'interdit de lui essuyer le visage d'un geste protecteur.

— Mais vous avez continué à boire à l'excès ?

— Non, c'est très rare, mais… il s'en fout. Il… me ramasse quand il veut, quand il a décidé que j'ai trop bu. Parfois quand je rentre de la bibliothèque… Comme il sait que je ne veux surtout pas qu'il me ramène chez moi… Au début j'avais peur tout le temps, parce que j'avais l'impression d'échapper à quelque chose mais je savais pas à quoi mais c'était très important pour moi et en même temps je m'en fichais de le faire avec ces autres mecs. C'est surtout que je peux pas habiter là-bas, *je peux pas*.

Lynley demanda :

— Êtes-vous bien sûre de n'avoir pas été avec lui le soir où Ian Druitt est mort ?

Car si ce qu'elle disait sur Ruddock et la fréquence de leurs rapports sexuels était vrai, comment pouvait-elle se rappeler les jours où elle avait été avec lui, à moins qu'elle ne le note quelque part ? Lynley lui précisa la date.

— C'était pas moi.

— Qu'est-ce qui vous permet d'être aussi affirmative ? intervint Havers.

— C'était l'anniversaire de ma mère. J'étais à la maison. À Much Wenlock. Vous pouvez demander à Francie ou Chelsea… On était amies à cette époque. Je les avais invitées à dormir chez moi.

IRONBRIDGE
SHROPSHIRE

Yasmina ne s'encombra pas d'un caddie pour la simple raison qu'elle n'en avait pas besoin. Un panier suffirait. D'une part, ils ne seraient que trois à table ce soir, et d'autre part, elle pensait acheter des plats cuisinés susceptibles, une fois dépiautés de leur emballage et réchauffés, de passer auprès de Tim et Sati pour quelque chose de fait maison.

Elle inspecta le rayon des plats préparés. Le problème, c'est qu'elle n'avait pas d'appétit en ce moment. Elle mangeait uniquement pour ne pas dépérir et aussi parce qu'il fallait qu'elle donne l'exemple à Sati : « Tu vois, il faut manger, ma chérie. »

Quiche. Lasagnes. Haddock et petits pois. Poisson pané et pommes vapeur. Comment choisir quand on n'a pas faim ?

— Docteur Lomax ?

Yasmina leva les yeux. Une femme charmante lui souriait. Des yeux très bleus, une élégante veste à carreaux écossais, un pantalon cigarette.

— Selina Osborne, dit l'inconnue. Missa était mon élève en seconde.

— Oh, mon Dieu, bien sûr ! s'exclama Yasmina. Je ne vous ai pas reconnue tout de suite.

— C'est à cause de la coiffure. Nouvelle couleur, nouveau style. Comment allez-vous ? J'imagine que vous devez être enchantée pour Missa et Justin.

Yasmina se sentit soudain égarée. « Enchantée » était justement ce qu'elle n'était pas, mais alors pas du tout.

— Comment… vous savez… ? bredouilla-t-elle.

Selina eut un rire léger.

— Oh, oui. J'ai vu les bans quand Toby et moi sommes allés nous enregistrer… Je suis fiancée. (Elle montra en rougissant sa bague.) Comme c'est une deuxième fois pour Toby comme pour moi, je ne voulais pas de bague, mais lui y tenait absolument. Ce sera seulement un mariage civil, mais j'imagine que vous avez d'autres projets pour Missa et Justin. Je me souviens d'eux, surtout de Justin, cette expression tellement sérieuse et tous ces cheveux qui lui tombaient dans les yeux. Cela se voyait déjà que Missa était toute sa vie. Et maintenant, les voilà qui vont se marier. (Elle rit de nouveau en posant sa main sur son cœur.) Ça ne me rajeunit pas.

Yasmina répliqua sans conviction :

— Oui, c'est vrai.

— Vous lui transmettrez mes amitiés, n'est-ce pas ? Dites-lui que Mrs. Osborn… prochainement Mrs. Joyce… lui souhaite d'être très heureuse.

— Je n'y manquerai pas.

Selina Osborne s'éloigna d'un pas allègre tandis que Yasmina se penchait de nouveau sur les bacs, sélectionnant au petit bonheur quelques boîtes. Comment en étaient-ils arrivés là ? Elle ne savait même pas que sa fille se mariait… Il devait y avoir une erreur. Pourtant, ce n'était pas comme si elle n'avait pas été prévenue. Par Timothy, par Rabiah de manière plus détournée. Mais elle n'avait rien voulu entendre. Et maintenant, que pouvait-elle faire ?

Se tourner vers la seule personne aussi concernée qu'elle, et sûrement tout aussi consternée…

Après être passée à la caisse, elle prit la route de l'Iron Gorge Museum, situé sur la rive du fleuve Severn. C'était une ancienne fonderie à laquelle son architecte d'origine avait donné deux façades différentes qui n'avaient rien à voir avec la fonction du bâtiment : d'un côté l'aspect d'un château avec des cheminées déguisées en tourelles et des créneaux habillant les murs de brique et, de l'autre, l'aspect d'une église avec une immense baie vitrée cintrée aux multiples petits carreaux. À croire que l'homme avait cherché par tous les moyens à rassurer les habitants de la vallée sur la qualité de l'air qu'ils respiraient et de l'eau qu'ils buvaient. Les rails qui menaient au monument trahissaient cependant son usage industriel. Et comme il était assez proche de l'eau, il subissait régulièrement les inondations dues aux crues, ce qui rendait sa pérennité miraculeuse.

La fermeture étant imminente, il n'y avait plus que trois véhicules sur le parking. Yasmina entra, piqua droit sur le guichet et demanda à voir la conservatrice, Linda Goodayle. Yasmina savait que le clan Goodayle était fier de Linda, qui avait commencé à la billetterie à l'époque où le musée n'était que l'amorce du remarquable outil pédagogique qu'il était devenu. Sa carrière faisait écho à celle de son mari : ce dernier gérait à présent Blists Hill Victorian Town, la ville musée victorienne. Ni l'un ni l'autre ne possédaient de diplôme universitaire, mais ils avaient des idées et l'esprit d'initiative.

Après un bref coup de fil, la guichetière l'informa que Mme Goodayle n'allait pas tarder à descendre. En attendant, elle était invitée à faire un petit tour dans le musée, où elle serait sans doute intéressée par le nouveau diorama… Yasmina la remercia mais ajouta qu'elle préférait profiter du soleil. La guichetière haussa les épaules et retourna à son ordinateur.

Yasmina marcha jusqu'au bout du parking. Un muret surplombait le fleuve aux berges moussues tapissées de jacinthes des bois et de délicates fleurs dorées de saxifrages. Des saules et des aulnes frangeaient l'autre rive, entremêlant leurs feuillages printaniers dans l'air limpide. Mai avait toujours été son mois préféré… Quoiqu'elle se fût volontiers passée de celui-ci.

— Docteur Lomax… ?

Yasmina pivota sur elle-même. Elle connaissait Linda Goodayle depuis des années bien sûr. Que celle-ci ne l'ait pas appelée par son prénom était lourd de sens. Yasmina s'empressa de protester :

— Appelez-moi Yasmina, je vous en prie. Avez-vous un moment à m'accorder, Linda ? C'est une affaire plutôt urgente qui m'amène.

Yasmina fut frappée par l'immobilité des traits de Linda – son visage était totalement impassible. Mais elle fut encore plus stupéfaite lorsque Linda prononça, avec des intonations gouailleuses :

— Ben ouais. Forcément. Vous autres z'aimez pas trop les surprises…

Yasmina ne put s'empêcher de tressaillir. Cet accent populaire exagéré ! Elle le faisait exprès !

— … mais comme on dit, la vie est pleine de surprises, pas vrai ? ajouta Linda.

La conservatrice fouilla dans son sac pour en extraire un sachet de ces gommes à la nicotine censées aider les gens à arrêter de fumer.

— C'te conversation que vous voulez avoir avec moi, *Yasmina*, m'est avis que c'est rapport à Justin. (Linda cala une gomme dans sa joue et chiffonna le papier dans la poche de son long cardigan.) Rapport à mon Justin et à vot' Missa. C'est pour ça que vous êtes là.

« Je vous en supplie, arrêtez de parler comme ça », eut envie de lui crier Yasmina. Mais il n'était pas question qu'elle se laisse entraîner sur le terrain glissant des préjugés sur les classes sociales. Ses réticences à l'égard de Justin n'avaient rien à voir avec une différence de cet ordre, même si les Goodayle refuseraient sans doute de la croire.

— Vous êtes sûrement au courant, Linda. Ils ont publié les bans.

— Comme je passe pas ma vie la tête dans le sable, oui, pour sûr que je suis au courant. Je reconnais que je me demandais combien de temps il vous faudrait pour l'apprendre. Mais je vois que ça a été rapide.

— C'est une de leurs anciennes profs qui m'en a informée tout à l'heure. Elle voulait me féliciter.

— Et vous auriez préféré des condoléances, je suppose…

— Linda, je vous en prie. Je sais bien qu'ils veulent se marier. D'ailleurs, c'est ce que… tout le monde souhaite. (Linda ouvrit la bouche pour répliquer mais Yasmina se dépêcha d'enchaîner :) Je ne m'y oppose pas du tout.

— C'est pas ce que j'ai entendu dire.

— Je les trouve trop jeunes, c'est tout. Quand on est si jeunes et…

— Vous me prenez pour une imbécile, la coupa Linda, abandonnant son faux accent de la « working class ».

Elle fit avec son chewing-gum une bulle qui éclata, puis reprit :

— Pourquoi ne dites-vous même pas la vérité : vous pensez qu'il y a un gène de déficience intellectuelle dans notre famille… Vous trouvez qu'ils sont trop jeunes pour se marier. Mais moi, je vous dis que ce serait pareil si Justin avait vingt-huit ans et Missa vingt-six. C'est uniquement votre opinion sur Justin qui est en cause.

— Ce n'est pas vrai. Justin est un garçon formidable. Nous l'aimons tous beaucoup. Mes objections…

— Ah, nous y voilà ! Vos objections… Il doit y en avoir tout un inventaire.

— Je n'ai jamais nié que je tenais à ce que Missa fasse des études supérieures. Elle est très intelligente…

— Ce que, d'après vous, Justin n'est pas ?

— … et je m'en voudrais de ne pas l'encourager. Comme vous avez encouragé Justin dans ses choix. Il m'a dit que vous l'aviez toujours soutenu. Il m'a montré ces constructions qu'il fabrique lui-même…

— Les pods, dit Linda d'un ton sec. Il construit ce qu'on appelle des pods. Et ils ont beaucoup de succès. Ce qui ne m'étonne pas, j'ai toujours pensé qu'il réussirait grâce à ses talents manuels.

— Je suis tout à fait d'accord avec vous. Et Missa, elle, réussira grâce à ses talents intellectuels.

— Ah ! Mais c'est là que nous divergeons, Yasmina.

— Comment ça ? Pourquoi ? Vous pensez que Missa…

— Ce que je pense, dit Linda, c'est que les enfants doivent découvrir par eux-mêmes leurs forces et leurs faiblesses. On ne doit pas leur imposer quoi que ce soit sous prétexte qu'on a un plan pour eux en tête. Et vous, vous avez élaboré un plan pour Missa, dès sa naissance, je parie.

— Ce n'est pas vrai. C'est Missa elle-même qui avait la ferme intention de continuer à l'université. Et de s'orienter vers les sciences. Elle le voulait vraiment, et puis, brusquement, elle a tout envoyé bouler. Elle a jeté son avenir aux orties sans même m'expliquer pourquoi.

Linda détourna le visage.

— Et maintenant, elle a dit à sa petite sœur Sati qu'elle pourrait venir habiter avec eux dès qu'elle serait mariée. Vous m'avouerez que cela ne peut pas se passer comme ça.

Linda fit quelques pas jusqu'au muret et cracha son chewing-gum en direction du fleuve.

— S'agit-il de la maison que vous leur achèterez si Justin arrive à persuader Missa de reprendre ses études ? Il vous a crue, bien sûr… Pas parce qu'il est bête, mais parce qu'il est honnête. Voyez-vous, il pense que les autres le sont autant que lui. Mais il a tort, n'est-ce pas ? Surtout en ce qui vous concerne, vous, sa future belle-mère.

— Linda, je vous en prie. Vous ne pouvez pas souhaiter ce mariage.

— La vie de mes enfants n'a rien à voir avec ce que je souhaite ou pas. C'est à eux de prendre leurs décisions et d'en assumer les conséquences. Vous estimez que mon Justin n'est pas assez bien pour votre Missa…

— Je n'ai jamais dit ça !

— … et il se pourrait que vous ayez raison. Et c'est peut-être justement ça que Justin a besoin de comprendre : qu'il n'est pas un mari pour une jeune femme comme Missa, quelle que soit l'ardeur de ses sentiments pour elle. D'ailleurs, il est tout aussi possible que Missa ne soit pas assez bien pour lui. Elle est peut-être, au fond, comme sa mère, incapable d'apprécier son talent et sa bonté. Elle pense peut-être qu'il vaut mieux être bardé de diplômes que d'être ce qu'on est. Je n'en sais rien. Et vous non plus.

Sur ces paroles, elle salua Yasmina d'un signe de tête et se dirigea vers sa voiture, une vieille Audi garée sur une place de stationnement réservée. Yasmina resta les bras ballants et allait regagner son propre véhicule quand Linda se retourna.

— Je ne plaiderai pas votre cause en tout cas. C'est bien pour ça que vous êtes venue, non ? « Par pitié, arrêtez le massacre, rendez Missa à sa maman. » Eh bien, non. Je ne l'aurais pas fait s'il s'était agi de mon propre enfant, je ne le ferai certainement pas avec la vôtre.

Yasmina regarda l'Audi s'éloigner et disparaître. Elle était ébahie. Qu'une mère puisse laisser les choses filer comme ça, c'était pour elle impensable. Le train de l'avenir filait à la vitesse grand V, et Linda ne levait même pas le petit doigt pour arrêter sa course folle.

Lorsque Yasmina parvint à sortir de son hébétude, elle monta dans sa voiture et longea la Severn. Mais elle ne voyait rien. La petite ville dont les maisons s'étageaient sur la colline à sa gauche aurait aussi bien pu ne pas exister, au même titre que les bâtiments massifs des fonderies ayant jadis fourni en fonte les quatre coins de l'Angleterre. Elle ne voyait qu'une seule chose : ce qui aurait pu être et qui ne serait probablement pas.

Sati, en somme, était désormais son seul espoir. En arrivant chez elle, elle constata que Timothy était déjà rentré. Pourvu, se dit-elle, que son visage ne la trahisse pas. Si jamais il apprenait qu'elle était allée parler à Linda Goodayle, il serait furieux. Tim, depuis le départ, était contre tout ce qu'elle avait fait pour aider Missa.

En se composant une expression sereine, elle entra dans la maison les bras chargés de ses courses. Elle trouva Sati en train de faire ses devoirs de math sur la table de la cuisine, mais Timothy n'était visible nulle part. D'une petite voix, Sati lui fit passer le message qu'il était monté s'allonger. Il avait dit qu'il était crevé et qu'il ne dînerait pas.

Yasmina savait de quoi il retournait. Elle s'interdit toutefois de courir à l'étage. Il y avait en effet des limites à ce qu'une femme pouvait supporter, et ne valait-il pas mieux s'attaquer à un problème à la fois ?

— Tu sais quoi ? On va dîner toutes les deux, dit Yasmina en posant son sac sur le plan de travail et en souriant à sa fille. Sati, ma chérie, je te félicite. Tu t'en sors avec tes maths ?

Sati secoua négativement la tête et se mordit la lèvre inférieure en la tirant à l'intérieur de sa bouche. Cela lui faisait une vilaine grimace. Une sale habitude qu'il faudrait qu'elle perde, songea Yasmina, qui se garda cependant d'émettre la moindre remarque. Debout derrière Sati, elle regarda son cahier.

— Aïe, dit-elle en contemplant la page toute raturée, avec des pâtés là où l'encre s'était mélangée à des larmes. Ce ne doit pourtant pas être si difficile. Tu as une cervelle, c'est juste qu'il faut que tu apprennes à t'en servir.

— Je comprends rien. C'est trop galère. De toute façon, j'aurai pas besoin de savoir tout ça…

— Mais si, Sati. C'est la base des sciences, de la technologie, de l'économie…

— Pas de la poésie, ni du roman…

— De toutes les manières, tu ne pourras pas faire de l'écriture ton métier. À la rigueur, tu deviendras prof… Mais maligne comme tu es, je suppose que tu ne veux pas juste enseigner… Je vais te trouver un répétiteur.

Sati la fixa en silence avec ses grands yeux – elle n'avait que douze ans, mais son regard était celui d'un vieux sage.

Yasmina vida son sac de courses – chili con carne, rutabaga-cheddar, steaks hachés, spaghetti à la Carbonara – et décréta gaiement que ce serait un « dîner-surprise » et que Sati allait adorer.

— Missa peut m'aider, murmura Sati, les yeux sur son cahier.

— Bien sûr, mais quand elle sera de nouveau à la fac, elle n'aura plus le temps. Ne t'inquiète pas, on va te trouver quelqu'un pour te donner des cours de soutien. En attendant, Granny t'aidera. Je vais me mettre à la recherche d'un prof dès demain, d'accord ? J'ai croisé Mrs. Osborne tout à l'heure au supermarché. Je lui téléphonerai, elle aura quelqu'un à nous recommander. Bien, maintenant, si tu as fini, aide-moi à préparer le dîner. Après, on regardera la télé.

Avec sa docilité coutumière, Sati ferma cahier et manuel, et monta les ranger dans sa chambre.

Yasmina était en train de déchiffrer le mode d'emploi du drôle de repas qu'elle avait acheté lorsque Sati redescendit. Elle lui expliqua qu'elle n'avait pas trop réfléchi en sélectionnant ces produits, distraite par ce qu'elle avait lu dans le journal, un fait divers pas croyable : une Américaine qui campait dans les montagnes Rocheuses avait vaporisé sur ses enfants un produit chimique contre les ours, pensant que, comme les répulsifs à moustiques, le produit se vaporisait sur la personne, alors que là, évidemment, c'était dans la gueule de l'ours qu'il fallait vaporiser le produit. Les gamins s'étaient retrouvés aux urgences…

Sati parut accrocher. C'est une histoire dingue, mais dans un autre sens, maman, n'est-ce pas logique de se servir d'un vaporisateur contre les ours comme d'un vaporisateur contre les moustiques ? Oui, bon, enfin, seulement si sur la bombe est spécifié « *répulsif* à ours », ce qui n'était pas le cas… Au fait, quelle émission Sati avait-elle envie de voir ce soir ? C'était elle qui choisissait. Elle n'avait qu'à consulter les programmes dans *Radio Times*. Et que dirait-elle d'une glace au chocolat devant la télé ?

Lorsque les plats furent réchauffés, Yasmina dressa les assiettes. Puis elle tapota le dos de la chaise de Sati :

— Assieds-toi, ma chérie.

— J'ai pas faim, maman.

— Bien sûr que si. Il faut qu'on mange. Assieds-toi. Après, on…

— Maman…

— Assieds-toi, voyons. Mange ce que tu peux. Pour moi, tu veux bien, Sati ?

Sati exhala un soupir. Elle se laissa choir sur sa chaise, prit sa cuillère, poussa le chili çà et là sur son assiette et, enfin, enfourna une bouchée. Yasmina s'interdit de la rabrouer. Munie de sa propre cuillère, elle piocha dans le tas en essayant de ne pas sentir l'odeur déplaisante produite par le panachage de plats mal assortis.

Elle reprit sa conversation décousue, passant du coq à l'âne, des émissions de téléréalité aux bourdes de la famille royale et aux chiffres inquiétants du harcèlement dans les écoles… Puis, finalement, elle aborda *la* question.

— Sati chérie, il faut que je te dise ce que Mrs. Osborne m'a appris.

Elle attendit que sa cadette manifeste des signes de curiosité, mais comme rien de cet ordre ne se manifestait, elle enchaîna :

— Au supermarché, quand je suis tombée sur elle… Je vais te dire ce qu'elle m'a dit, et ensuite je vais te demander de me rendre un service.

Sati la fixa de son regard de vieux sage. Elle était extrêmement jolie, ayant réuni en elle ce que ses parents avaient de plus beau. À croire que Missa et Janna n'avaient été que des essais et Sati le produit final. Quand elle aurait vingt ans, tout le monde se retournerait sur elle dans la rue. Les femmes la jalouseraient. Les hommes la désireraient. Et la tâche de Yasmina était de lui faire comprendre que la beauté était chose éphémère tandis que la sagesse était intemporelle.

— C'est quoi, maman ? Ce service ?

— D'abord, ce que m'a dit Mrs. Osborne… L'annonce du mariage de ta sœur avec Justin a été affichée. Mrs. Osborne était à la mairie pour s'inscrire en vue de son propre mariage, tu vois. Et elle a lu la publication… Missa et Justin… Tu comprends ?

Sati était plongée dans la contemplation de son assiette de chili.

— Je ne suis pas débile, maman.

Yasmina éclata d'un rire forcé. Sans le vouloir, elle avait vexé sa fille.

— Pardonne-moi, Sati chérie. Ce que je voulais dire, c'est que je trouve ce mariage bien précipité. C'est tout à fait légal. Ils sont en âge de se marier. Mais je pense que ce n'est pas très malin, ni pour l'un ni pour l'autre.

Elle marqua une pause pour réfléchir à la suite de son propos. Il fallait qu'elle se montre claire tout en ne donnant pas à Sati l'impression qu'elle la prenait pour une petite fille.

— Quand on se marie aussi jeune, vois-tu, on risque de divorcer jeune. Et je voudrais épargner à ta sœur de vivre ça. Une séparation, c'est terriblement dur. Tu ne voudrais pas que ta sœur ait du chagrin ? Missa t'écouterait, toi. Elle sait qu'elle te manque. Elle sait que tu as besoin d'elle. Je peux te conduire chez les Goodayle ou bien à Blists Hill, tu la verras et tu lui demanderas de rentrer à la maison. Dis-lui la vérité : que je suis désolée d'avoir été me mêler de ses affaires à West Mercia College, mais toi, Sati, tu ne veux pas qu'elle se marie et…

— Elle m'a dit que je pourrais habiter chez eux, l'interrompit Sati.

Yasmina but une gorgée d'eau avant de répliquer :

— Ça, c'est s'ils parviennent à louer ce cabanon à Jackfield…

— C'était avant ça, maman. Elle m'a promis que lorsqu'ils seraient mariés, Justin et elle, ils loueraient une maison avec une chambre pour moi, pas un cabanon, une vraie maison.

Yasmina avait la bouche et les lèvres sèches, les paumes de ses mains aussi.

— Sati, ma chérie, tu n'as pas encore l'âge d'habiter ailleurs que chez tes parents.

— Elle m'a invitée à leur mariage. Et après, Justin et Missa viendront me chercher.

À travers son désarroi, Yasmina comprit soudain ce que Sati était en train de lui dire.

— Tu savais qu'ils avaient fait des démarches à la mairie ?

— Oui. Ils voulaient m'emmener, même, mais j'ai dit non parce que tu serais pas contente, et ils ont dit que c'était pas grave mais que si j'avais peur de toi, Justin viendrait me chercher. Je leur ai dit que j'avais pas peur mais que je voulais pas te faire de la peine, que je pouvais attendre. Mais que c'était d'accord pour habiter avec eux une fois qu'ils seraient organisés.

Yasmina se tassa sur sa chaise.

— Pourquoi tu ne m'as rien dit, Sati ?

— Je savais que tu dirais non.

— Je ne te parle pas de cette histoire d'aller vivre avec eux. Ce n'est pas possible, ça… Je veux dire, le mariage, leur projet…

Yasmina empoigna soudain le bras mince de Sati avec une telle force que sa fille poussa un cri.

— C'est leur avenir qui est en jeu ! Tu comprends ? C'est pas seulement la question de faire de la peine à maman ou non. C'est une décision qu'ils regretteront toute leur vie. Et toi, tu savais… Tu savais dès le départ.

— Tu me fais mal, maman ! gémit Sati.

— C'est rien comparé à ce que tu vas te recevoir plus tard. Qu'est-ce que tu as dans la tête ? Si j'avais su, j'aurais pu les arrêter. J'aurais pu…

— C'est ce qu'elle a dit, justement ! s'exclama Sati dont les grands yeux s'emplissaient de larmes. Missa a dit que tu serais prête à faire n'importe quoi pour les arrêter. Elle dit que tu la détestes. Et que tu détestes Justin. Que tu détestes tous ceux qui veulent pas faire ce que tu veux.

— Je ne…

— Tu me fais mal ! Tes ongles… Maman, lâche-moi ! sanglota Sati. Je veux pas rester ici. Je veux pas rester avec toi. Janna n'est plus là et Missa est partie et j'ai plus personne, alors j'irai vivre avec Missa et Justin, et tu pourras rien faire parce que si t'essayes je m'en irai et tu me retrouveras jamais, j'irai à Londres je vivrai dans la rue et…

Yasmina la frappa au visage. Sati eut la tête propulsée en arrière. Yasmina avait seulement voulu lui donner une gifle, mais c'était un véritable coup de poing qui était parti.

— Oh, Sati… Oh, mon Dieu… Sati… ma fille chérie…

Elle relâcha enfin l'étau de ses doigts sur le bras de sa fille. Celle-ci se leva d'un bond et courut à la porte. Yasmina la rappela avec un désespoir où les regrets se mêlaient au chagrin et à la lucidité.

Le mal était fait.

ST. JULIAN'S WELL
LUDLOW
SHROPSHIRE

En entendant le coup de sonnette, Rabiah Lomax supposa d'abord que la police revenait à la charge. S'il y avait un fond de vérité dans les séries télé, les flics affectionnaient les visites impromptues à des heures indues – après dix heures du soir de préférence.

Quelle ne fut donc pas sa stupéfaction, en ouvrant sa porte, de se trouver nez à nez avec son fils cadet. Le sac en plastique rempli de vêtements qu'il avait à la main n'était pas de bon augure. Pas plus que son expression. Elle flaira immédiatement la catastrophe.

Sans desserrer les dents, Tim entra, puis alla s'écrouler sur le canapé du salon.

— C'est au tour de Sati, lâcha-t-il.

Rabiah se plia en deux. Une douleur fulgurante à l'abdomen venait de l'assaillir.

Timothy frotta ses joues mal rasées et leva vers elle des yeux injectés de sang. Était-il soûl ? se demanda-t-elle avec angoisse. Il était venu d'Ironbridge en voiture, mais il n'avait pas l'air ivre, ni drogué d'ailleurs.

— Elle l'a fait fuir… Je lui ai couru après, mais c'était trop tard. J'étais monté m'allonger parce que j'étais fatigué. Yasmina a dû croire que j'avais avalé un somnifère et que je n'entendrais rien. Mais je les ai entendues se disputer, puis la porte d'entrée a claqué. Très fort. Les fenêtres en ont tremblé. Qu'est-ce qu'elles ont, ces maisons modernes ? Pourquoi ne sont-elles pas aussi bien construites qu'autrefois ?

— Tu ne peux pas être plus clair, Tim ? Tu me fais peur.

— Je peux avoir un verre d'eau ? L'eau du robinet ira très bien, mais si tu en as de la pétillante… Oh, et puis merde ! Qu'est-ce que ça peut faire, ce que je préfère ?

« Tu es un toxicomane, aurait-elle pu lui répondre, et les toxicomanes sont fixés sur leurs envies, je le sais bien. »

Elle s'abstint cependant de tout commentaire et lui rapporta une bouteille de San Pellegrino déjà entamée. Il la but au goulot.

— Raconte alors.

— Missa a quitté la maison hier matin. Sati est partie à l'heure du dîner ce soir.

— Qu'est-ce que tu veux dire par « partie » ?

— J'ai cru qu'elle était allée chez une copine. J'ai donc foncé chez les parents de celles que je connais. Pour finir chez Justin, puisqu'il était logique qu'elle veuille rejoindre Missa. Elle y était. Sati compte aller vivre avec eux, Missa et Justin, une fois qu'ils seront mariés et auront loué une maison.

Rabiah comprit pourquoi il avait les yeux rouges : il avait pleuré. Il pleurait encore. Elle aurait voulu compatir, mais tout ce qu'elle éprouvait était de la colère. Pas seulement contre lui, mais contre tous les membres de la famille.

— Je ne la supporte plus, continua-t-il. J'ai tenu pendant… pendant toute la maladie de Janna, mais maintenant je n'en peux plus… On dirait qu'elle croit que… Mais c'est faux, non ? Elle l'a toujours pensé en fait, c'est juste que je ne voulais pas m'en rendre compte.

J'ai essayé de la raisonner. De lui faire comprendre que tout ce qu'elle faisait ne pourrait mener qu'au désastre. Mais elle a refusé de m'écouter. À l'entendre, elle faisait son devoir. Comme ses parents l'avaient fait avec leurs enfants. Modeler, pétrir, façonner, ciseler… Tous les moyens sont bons pour les faire entrer dans le moule qu'on a préparé pour eux. Tu penserais que sa propre expérience lui aurait appris quelque chose ? Eh bien, non, c'est tout l'inverse. Elle est persuadée que l'erreur qu'elle a faite dans sa jeunesse, ses filles doivent en tirer profit. Oui, c'est comme ça qu'elle voit notre couple. On est une erreur. Alors c'est fini. J'ai fait de mon mieux. Je lâche l'affaire. C'est terminé.

Rabiah se retint de le secouer par les épaules afin de l'obliger à se montrer plus cohérent.

— Yasmina a fait quelque chose de particulier, ces derniers temps ?

Tim lui raconta tout depuis le début.

— Quand je suis descendu, elle était dans tous ses états et m'a accusé d'être un mauvais père. À cause de moi, elle avait dû faire appel à Linda Goodayle, qui l'avait envoyée sur les roses, et alors elle voulait se servir de Sati. Sati à qui elle a donné un coup de poing dans la figure.

— Un coup de poing ?

— Inutile de te dire qu'elle était en pleine crise d'hystérie.

— Sati ? Sati était en pleine crise d'hystérie ?

— Je te parle de Yasmina, là, pas de Sati. Tu aurais dû entendre comment elle m'a parlé : « Va la chercher, espèce de bon à rien, tu n'es pas plus utile qu'un camé qui vit sous les ponts. » Et je suis parti, maman. J'ai ramassé quelques affaires et ma trousse de toilette, et je suis parti.

— Tu n'as pas cherché à savoir où était passée Sati ? Pourtant tu m'as dit…

— Si, si. Je voulais l'amener ici avec moi, mais elle a refusé de quitter Missa, et Missa a refusé de quitter Justin, et Justin ne voulait lâcher personne dans la nature après avoir vu le visage de Sati. Tu sais à quoi ressemble le visage d'une enfant de douze ans qui s'est pris un poing dans la figure ?

Il leva les yeux au plafond avant de regarder de nouveau sa mère.

— J'en ai tellement marre de ne rien pouvoir faire pour les protéger contre elle.

— Ça suffit, Tim !

Rabiah bondit de son siège comme une coureuse qui prend le départ au coup de pistolet.

— Ça suffit ! répéta-t-elle en se dressant devant lui. Il y a une limite à tout, et là elle est atteinte !

Il joignit les mains comme pour prier :

— Oh, maman, heureusement que t'es là, toi, parce que tu vois, Yasmina…

— Il ne s'agit pas de Yasmina ! Ni de Missa, ni de Sati, ni de notre pauvre Janna. C'est de toi qu'il s'agit, Tim. Qu'est-ce qui ne va pas chez toi, à la fin ? Mais bon. C'est la même chose avec ton frère, et ton grand-père en est mort… Depuis le jour où tu l'as fait sans préservatif, en te disant qu'une seule fois, ça ne comptait pas, et comment pourrait-elle tomber enceinte si je me retire avant… ? Depuis cette bêtise monumentale, tu as toujours choisi la facilité. Et moi, j'ai toujours fait ce que j'ai pu pour arrondir les angles et pour vous aider. Mais c'est fini, tout ça ! Tu ne supportes peut-être plus Yasmina, mais moi je ne te supporte plus. Tu n'emménageras pas ici, Timothy… Et ne me raconte pas que ce n'était pas ton intention, je ne te croirai pas. Tu as intérêt à grandir maintenant, et vite, parce qu'il n'est pas question que j'assume des responsabilités qui t'incombent, à toi. Si Yasmina s'est mal conduite avec les filles, tu crois que tu t'es bien conduit, toi, peut-être ? Elle a élevé vos trois filles seule. Cela ne l'excuse pas. Mais avoue qu'elle ne s'en est pas trop mal sortie après avoir été assez stupide pour faire sa vie avec toi.

Rabiah marqua une pause : elle avait réussi à sidérer son fils. Cela aurait-il quelque effet ? La chute était plus que probable, comme cela s'était produit pour son frère qui avait tout perdu pour la simple raison qu'il n'avait pas assez de couilles… Zut, voilà qu'elle se mettait à penser comme un de ces psys à la télé ! Tim n'avait jamais réussi à se prendre en charge. C'est facile de se persuader qu'on dépend de l'alcool, d'une drogue, de la nourriture, du sexe ou de Dieu sait quoi d'autre. À toujours chercher à combler un manque, on ne risque pas d'entreprendre quelque chose d'utile, or ça, ça exige de soi trop d'effort, n'est-ce pas ? Mais c'est dans l'effort que l'on construit une vie et il était temps que Tim l'apprenne.

— Arrête de me regarder comme un poisson hors de l'eau ! Ferme la bouche, redresse-toi et cesse d'accuser tout le monde sauf toi. Tu peux rester ici ce soir, Timothy, mais uniquement parce qu'il est déjà tard. Demain matin, tu feras ce qu'il faut et tu te comporteras en mari, en père… en homme. Et au cas où tu penserais que ce n'est pas la peine parce que tu as déjà essayé tant de fois… bouhouhou…, je t'accompagnerai. Pas pour prendre ton parti. Mais pour m'assurer que tu ne te dégonfles pas. Maintenant, va dormir, je ne veux pas te revoir avant demain matin.

Elle crut un instant avoir été trop loin. Aussi fut-elle stupéfaite lorsqu'il dit :

— Merci, maman.

Après quoi il se dirigea vers la chambre d'ami avec son sac en plastique et ferma la porte.

23 mai

SHROPSHIRE

À sa connaissance, un flic pourri l'était en général jusqu'à l'os. Après leur conversation avec Dena Donaldson, Lynley s'était évidemment rangé à l'avis de Barbara Havers à propos de l'îlotier : sa conduite à l'égard des jeunes étudiantes était celle d'un flic pourri. Mais le problème, c'était qu'ils n'avaient aucune preuve. Certes Harry Rochester l'avait vu plusieurs fois embarquer des jeunes en état d'ébriété dans la voiture de patrouille, notamment Francie Adamucci, mais c'est tout ce qu'ils avaient. C'était beaucoup trop mince comme éléments à charge, aucun procureur n'accepterait d'entamer une procédure.

Barbara, quant à elle, avait vu Ruddock et Dena sur le parking du poste de police désaffecté, de nuit, mais ce n'était pas probant non plus. Même si les deux jeunes filles accusaient l'îlotier de les avoir contraintes à des relations sexuelles, le premier rétorquerait qu'elles se vengeaient de lui parce qu'il les avait embarquées en état d'ivresse au cours de ses rondes.

Lynley téléphona à Nkata dès qu'il fut prêt, à savoir douché, rasé, habillé, muni d'une tasse de thé de chambre d'hôtel – il n'avait pas eu le courage d'avaler le jus de chaussette qu'ils osaient appeler du café. Assis au bord de son lit, il s'exclama, en guise d'entrée en matière :

— Alors, Winston, qu'est-ce que vous avez sur Ruddock ? Dieu sait que nous avons besoin d'un coup de pouce.

— Votre journée est déjà si mal barrée que ça, inspecteur ?

— Autant se préparer au pire.

Nkata commença par le quartier général de la police de West Mercia, où Ruddock avait suivi sa formation. D'après les renseignements qu'il avait obtenus, il était considéré par ses instructeurs comme « sérieux et appliqué ». Apparemment, malgré les lourdes coupes budgétaires qui sévissaient à l'époque, il avait cherché à se faire engager dans la police territoriale. Il était plus intelligent que la moyenne…

— Attendez, le coupa Lynley. Je croyais qu'il avait des difficultés d'apprentissage.

— Comprenez « plus intelligent » d'une façon différente, inspecteur.

En fait, Ruddock avait compensé sa dyslexie en se frottant avec les hauts gradés. C'est comme ça qu'il s'était fait connaître de tout le monde et s'était garanti une place d'îlotier, ce qui n'était déjà pas si mal.

— Quoi d'autre ?

— Une histoire personnelle originale.

— Vous parlez sans doute de la secte dans le Donegal, dit Lynley.

Il attrapa la théière en aluminium qui fait partie du mobilier standard des chambres d'hôtel britanniques.

— Pile-poil, chef. Est-ce qu'il a dit à Barb que la secte avait été dissoute par la Garda ? Il y a dix ans environ.

— Pour quelle raison ?

— Diverses formes d'abus sexuels. Les responsables de la secte ont prétendu qu'ils ne faisaient qu'accomplir la volonté de Dieu telle qu'elle est formulée dans la Bible. *Croissez et multipliez et remplissez la terre...* Sauf que personne n'avait le choix, ni les filles ni les garçons. Dès qu'un jeune garçon montrait des dispositions dans le domaine de la reproduction, on l'emmenait dans ce qu'ils appelaient le Palais de la volonté de Dieu, lequel, soit dit en passant, n'avait rien d'un palais.

— Je m'en doute.

— Et là, il devait s'exécuter sur la femme qu'ils avaient sélectionnée. Peu importait l'âge. Pour les garçons, ça démarrait vers les douze ans. Pour les filles, dès qu'elles pouvaient enfanter sans en crever. Celles qui avaient une puberté tardive pouvaient s'estimer veinardes. Les autres… ? Les plus jeunes avaient onze ans.

— Seigneur. Je ne me souviens pas de cette horreur, Winston. La presse en a parlé ?

— Sûrement, mais comme c'était en Irlande du Sud et non du Nord, ça n'a pas dû faire beaucoup de bruit en Angleterre. De toute façon, où étiez-vous et que faisiez-vous il y a dix ans ? Moi, j'essayais de me tirer du gang des Warriors, alors je n'étais pas trop à l'écoute de ce qui se passait dans les autres pays.

— Et qu'est-il arrivé aux enfants ?

— Les mineurs ont été placés. Quel âge avait votre îlotier à l'époque ?

— Seize ans, je crois. Il a dit à Barbara qu'il s'était sauvé à quinze ans.

— C'est sans doute vrai. Je perds sa trace assez vite… Ensuite, il réapparaît à Belfast dans la construction. Puis il passe en Angleterre, au pays de Galles, où il fait dans la menuiserie. Il n'a jamais eu d'ennuis avec la justice. Il n'a peut-être pas tout raconté dans le détail à Barb, le Palais de la volonté de Dieu et tout ça, mais il me semble réglo.

Ce qui ne l'aurait pas empêché d'être par la suite complice d'un crime, songea Lynley après avoir remercié le sergent.

À peine avait-il raccroché que son portable sonna. Il répondit machinalement.

— Vous avez oublié de me dire quelque chose, Winston ?

La voix d'Isabelle Ardery le fit tressaillir.

— Vous m'évitez, Tommy ? Pourquoi ne m'avez-vous pas rappelée ?

Sa clarté d'élocution témoignait d'un retour à son état normal, ce qui était à la fois rassurant et inquiétant.

— Désolé, chef. On n'a pas eu une minute.

— Quand je vous appelle, inspecteur, vous êtes tenu de rappeler. Je suis votre officier supérieur. Et je vous défie d'ajouter mentalement « pour le moment ».

— Loin de moi cette idée.

— Contente de l'entendre. Sortez les photos du suicidé, s'il vous plaît.

— Je ne les ai pas sous la main. Elles sont dans la chambre du serg…

— Allez les chercher. Et quand vous les aurez entre les mains… je vous accorde dix minutes…

rappelez-moi. Et veillez à trouver un coin à l'abri des oreilles indiscrètes. C'est clair ?

— Le sergent inclus ?

— Ne soyez pas ridicule, inspecteur. Je ne suis pas assez stupide pour croire que vous n'allez pas lui rapporter notre conversation par le menu. Bon, allez les chercher, j'attends votre appel.

IRONBRIDGE
SHROPSHIRE

Rabiah avait l'intention de tirer son fils du lit aux aurores. Ce n'est pas qu'elle appréciait spécialement de se lever si tôt, mais aujourd'hui elle avait résolu de quitter sa zone de confort. Elle avait décidé aussi que Yasmina et Timothy n'iraient pas travailler. Ils resteraient chez eux, dût-elle les ficeler sur des chaises. Ce ne serait pas un problème pour Tim, qui n'avait sûrement pas été assidu à la pharmacie ; en revanche, ce serait plus compliqué pour Yasmina, qui serait obligée d'annuler ses rendez-vous avec ses patients. Mais le plan de bataille était établi, et elle irait jusqu'au bout. Ensuite, si elle échouait… eh, bien, elle échouait.

La veille au soir, elle avait omis de fouiller dans les affaires de Tim. Il avait peut-être pris un de ces foutus comprimés et elle n'allait pas pouvoir le réveiller. Dans cette perspective, elle se munit d'un pichet d'eau froide. Précaution inutile : elle le trouva assis dans le lit. Ses yeux étaient fermés, mais il ne dormait pas. Il les ouvrit quand elle entra.

Le regard fixé sur le pichet entre les mains de Rabiah, il sembla lire dans ses pensées.

— Je suis parti sans, maman. Dans la précipitation, je les ai oubliés. Je n'ai pas fermé l'œil de la nuit.

— Moi non plus. Lève-toi. On va à Ironbridge.

Elle posa le pichet sur la table de chevet.

— Maman…

— Tu crois peut-être que j'ai des solutions toutes prêtes au merdier que tu as fait de ta vie ?

— Si tu n'as rien à proposer, à quoi ça sert qu'on aille là-bas ?

— C'est toi qui détiens la solution… toi et Yasmina. Et vous allez la trouver avant la fin de la journée.

— Ça ne va pas lui plaire.

— Ce qui plaît ou ne plaît pas à Yasmina n'est pas mon problème. Lève-toi, habille-toi et on se retrouve aux voitures. Je te suivrai.

Elle lui accorda un quart d'heure, mais seulement parce qu'il avait réclamé une douche. Pendant qu'il était dans la salle de bains, elle remit dans le sac en plastique les vêtements qui traînaient par terre et emporta le tout dans le vestibule. Son refus de l'héberger n'était pas une plaisanterie.

Il ne fit aucun commentaire. Heureusement qu'il était parti à la salle de bains avec de quoi s'habiller, sinon il aurait été obligé de faire le trajet en pyjama.

D'aussi bon matin, il n'y avait pas de circulation, hormis un semi-remorque à la sortie de Bridgnorth négociant laborieusement un virage pour se rendre dans le centre de la ville haute. En dehors de cela, il suffisait de rester vigilant au cas où un animal imprudent viendrait à traverser la chaussée.

Rabiah entra seule dans la maison après avoir demandé à Timothy d'attendre devant la porte. Des bruits dans la cuisine l'informèrent que Yasmina était déjà debout. Sa belle-fille ne pouvant pas les voir, elle fit signe à Timothy d'entrer et lui murmura de rester dans le vestibule.

À la cuisine, Rabiah trouva Yasmina devant la lunch-box Hello Kitty de Sati. Elle était en train de couper la croûte d'un sandwich. Dans les compartiments de la boîte nichaient déjà une pomme, un sachet de barres aux figues et un autre de chips. Elle y ajouterait sans doute le petit carton de jus, avec sa paille scotchée.

— Tu ne t'attends quand même pas à ce qu'elle mange tout ça après ce qui s'est passé hier ?

Yasmina virevolta, stupéfaite de voir sa belle-mère débarquer chez elle à six heures du matin, puis elle lui tourna de nouveau le dos.

— Timothy t'a dit, je vois. Je vais apporter son déjeuner à Sati à l'école. Je vais lui demander pardon.

— Tu ne crois pas que tu mets la charrue avant les bœufs ?

En guise de réponse, Yasmina lui jeta un coup d'œil agacé par-dessus l'épaule.

Rabiah expliqua :

— D'abord, il est tout sauf certain qu'elle ira à l'école aujourd'hui avec la figure enflée qu'elle a suite au coup de poing que lui a donné sa mère. Et si elle y est, acceptera-t-elle de te parler ?

— Je sais, mais il faut que j'y aille, répliqua Yasmina.

Rabiah avança vers elle et ferma d'un coup sec le couvercle de la boîte Hello Kittty.

— Ce qu'il faut que tu fasses, Yasmina, je vais te le dire : t'asseoir d'abord, ici ou au salon. Et tous les trois, nous allons avoir une petite conversation.

— Tous les trois ?

— Timothy ? lança Rabiah. Ta présence est réclamée.

Il se présenta sur le seuil, la mine penaude et les bras ballants. Rabiah se souvint de lui petit garçon, quand il avait été surpris à faire quelque chose d'interdit : il espérait être pardonné s'il se montrait suffisamment contrit. Dire qu'à l'époque, cela l'attendrissait. Elle s'en voulait à présent terriblement.

— Je n'ai aucune intention de sauver votre mariage, dit-elle. Ça vous regarde. Vous avez tout le temps d'en discuter, là, maintenant, pendant que moi, je vais parler à Missa et Sati. Si j'ai de la chance, j'en ramènerai une, peut-être deux.

— Maman, gémit Timothy. Laisse-moi venir avec toi. Je n'ai rien fait…

— Pour l'amour du ciel, Tim, ne me raconte pas que tu n'as rien fait ! De toute façon, je ne suis pas ici pour accuser qui que ce soit. J'essaie seulement de sauver la famille que nous formons. Les excuses ne sont que du vent si elles ne sont pas accompagnées de changements. Est-ce que vous comprenez de quoi je vous parle ? Ne répondez pas. Donnez-moi l'adresse des Goodayle et attendez que je vous donne des nouvelles.

Ni Tim ni Yasmina ne discutèrent.

Le domicile des Goodayle ne fut pas difficile à trouver. Ils habitaient dans les hauteurs de la ville, à la lisière de Woodside. Pour y arriver, Rabiah traversa l'ancien quartier résidentiel des maîtres des forges au temps de la révolution industrielle. De vastes demeures en brique laissées à l'abandon au XXe siècle, mais qui étaient depuis peu l'objet d'une restauration soignée. Les Goodayle habitaient plus haut, dans un autre quartier vétuste en cours de rénovation.

La maison était en brique comme les autres, mais dotée d'un jardin sur le devant, contrairement à ses voisines qui donnaient directement sur la rue. En approchant, Rabiah constata que la pelouse faisait office de champ de bataille. Des nains de jardin en plâtre vêtus de kilts affrontaient une rangée de nains de jardin que de minuscules Union Jack identifiaient comme des Anglais. Des mousquets en plastique et des épées en caoutchouc étaient couchés sur l'herbe, aux pieds des combattants. Les Écossais avaient fait un carnage, un Anglais avait la tête coupée, un autre le bras.

Un sourire vint aux lèvres de Rabiah. Si sa mémoire était bonne, les Goodayle avaient cinq enfants, dont l'aîné avait au moins dix ans de plus que Justin. C'était donc probablement l'œuvre des petits-enfants… Des gamins très imaginatifs.

Elle frappa vigoureusement à la porte, et ce fut Sati qui lui ouvrit. Elle avait un bol de céréales dans la main et une virgule de lait sur le menton. À la vue de Rabiah, ses yeux s'arrondirent comme des soucoupes. Elle resta sans voix, sa bouche s'ouvrant et se refermant.

— D'abord, chérie, on invite sa grand-mère à entrer et ensuite on lui fait un câlin.

Sati, les yeux toujours écarquillés, fit deux pas en arrière. Comme il n'y avait aucun endroit où poser son bol, elle le mit par terre. Devant tant de docilité, le cœur de Rabiah se serra, et elle songea que c'était cela qui avait manqué aux filles de Tim, l'esprit de rébellion. Elles auraient dû se battre, ne pas se laisser dicter leurs désirs par leur mère, se forger une personnalité. Comment se faisait-il qu'elle ne s'en était pas rendu compte avant ?

Elle embrassa Sati, puis la prit par le menton pour inspecter son visage tuméfié par un énorme hématome.

— Ta maman est consternée par ce qu'elle a fait, ma chérie. Elle voudrait que tu rentres à la maison le temps qu'elle te demande pardon.

Les grands yeux de Sati brillèrent plus fort, mais elle ne versa pas une larme.

— Missa dit…

— C'est inutile, Sati. Je ne suis pas venue pour te traîner chez tes parents, mais pour parler avec Missa. Toi, tu feras ce que tu veux, c'est à toi de décider. D'accord ?

Sati ramassa son bol de céréales sur le sol et chuchota :

— D'accord.

— Les maths te donnent toujours du fil à retordre ?

Sati fit oui de la tête.

— On verra ça toutes les deux, si tu veux. En attendant, va me chercher Missa. Répète-lui ce que je t'ai dit : je ne suis pas ici pour vous ramener par la peau du cou.

Sati opina avec un sourire timide – qui fit chavirer le cœur de Rabiah –, puis monta l'escalier. Rabiah entra dans le salon. Comme le jardin, la pièce était équipée pour recevoir une flopée de petits-enfants. Des tonnes de jouets étaient rangés et classés dans des boîtes étiquetées chacune d'un prénom différent. Sur une étagère s'empilaient des jeux de société, et dans l'ouverture entre le salon et la salle à manger était suspendue une balançoire pour bébé. Dans tous les coins, il y avait des photos de famille : petits-enfants, mariages, baptêmes, cérémonies de remise de diplôme. Dans une vitrine étaient exposés des moulages d'empreintes de mains et de pieds d'enfants, parmi lesquels des chaussures de bébé métallisées en bronze.

— Madame Lomax ?

Rabiah pivota sur elle-même. La femme qu'elle avait devant elle devait friser la soixantaine. Elle était vêtue avec une élégance sobre d'une jupe à carreaux écossais, d'un corsage et d'un gilet. Linda Goodayle sans aucun doute. Son expression n'avait rien d'avenant.

— Appelez-moi Rabiah. Désolée de vous tomber dessus sans m'annoncer. Je suis venue parler à Missa. Ce n'est pas sa mère qui m'envoie. Ça n'a rien à voir avec…

Comme elle ne savait pas comment tourner sa phrase, elle fit un grand geste circulaire et conclut :

— C'est seulement à propos de ses études… à la fac de Ludlow.

— Elle n'y retournera pas.

— Je sais, Missa est assez grande pour savoir ce qu'elle veut. Je ne conteste pas son droit à mener sa barque comme elle l'entend.

Un bruit de pas dans l'escalier annonça l'entrée en scène de Justin. Rabiah fut frappée par son gabarit, qui lui avait paru moindre dans le cadre de la ville musée victorienne, où il officiait comme forgeron. Il était d'ailleurs habillé pour aller au travail, ses cheveux longs attachés en catogan à la mode du XIXe siècle.

— Si vous cherchez à la faire changer d'avis, c'est pas la peine, madame Lomax.

— Je ne suis pas ici pour la ramener de force chez ses parents, si c'est ce que tu crains, Justin.

— Je parle du mariage. Le mois prochain.

Rabiah accusa légèrement le coup, passablement horrifiée à la perspective que sa petite-fille se marie dans un mois seulement alors que sa famille était à la dérive. Était-ce à ce sujet qu'elle avait consulté le diacre ?

— J'ignorais que c'était si proche, répliqua-t-elle.

— Maman s'y oppose, dit Missa.

Elle avait surgi derrière Justin sans un bruit. Contrairement au jeune homme et à sa mère, elle avait apparemment été réveillée par sa sœur, car elle était en robe de chambre et ses cheveux étaient tout ébouriffés.

— Si tu viens plaider la cause de maman, tu peux repartir tout de suite, Granny.

Rabiah fit un grand geste.

— Embrasse-moi, ma chérie. Tu peux épouser qui tu veux, quand tu veux. Mais je serai très triste si tu ne m'invites pas à la noce.

Missa n'avait pas l'air convaincue, mais elle s'avança tout de même pour embrasser sa grand-mère. La première manche était gagnée, pensa Rabiah. Maintenant, il fallait éloigner Justin et sa mère.

— Puis-je avoir une tasse de thé, Justin, s'il te plaît ?

La mère et le fils échangèrent un regard. Linda hocha la tête et sembla recouvrer son sens de l'hospitalité.

— Bien sûr. Je m'en occupe. Asseyez-vous.

Justin, en revanche, demeura sur place. Rabiah se montra franche avec lui :

— Si tu permets, Justin, j'ai besoin d'être seule avec Missa. Je te promets qu'il ne sera pas question de vous deux. Ne t'inquiète pas.

Missa se tourna vers le jeune homme, lequel attendait son verdict.

— Tout va bien, Justie. Elle ne me forcera à rien.

Il sortit, mais on voyait bien que c'était à regret.

— Si je suis venue, Missa, ce n'est ni à propos de Sati, ni de ta mère, ni de ton père. Ni de tout ce qui s'est passé chez vous. C'est à propos de moi, et de toi.

Missa, comme il fallait s'y attendre, parut déconcertée.

— J'ai reçu trois visites de la police de Londres, continua Rabiah. Et à chaque fois, je leur ai menti. Dans cette famille, si j'ai bien compris, tout le monde ment, sauf Sati, peut-être parce qu'elle est encore trop jeune pour en maîtriser les subtilités, mais ça ne saurait tarder. Non, pas un mot, Missa. Écoute-moi. Tu m'as expliqué que tu avais vu *sept* fois Ian Druitt parce que tu avais besoin de soutien concernant ta décision de laisser tomber tes études. Je veux bien croire que tu pouvais avoir besoin de soutien, vu que personne d'autre ne t'en procurait… Encore que, je me demande pourquoi tu ne m'as pas sollicitée. Je serais allée dans le sens de ce que tu désirais, ma chérie. Mais ce que je ne comprends pas, c'est pourquoi tu as décidé d'arrêter tes études… Non, non, ne dis rien. Laisse-moi terminer. Tu habitais chez moi, et nous étions en bons termes, non ? Je voyais bien combien tu aimais aller à tes cours, et tu t'en sortais magnifiquement, tu adorais ton prof de TD. Et puis, soudain…

— C'est devenu trop dur, Granny.

— Ah non, tu ne me feras pas avaler qu'une étudiante brillante comme toi a, du jour au lendemain, trouvé ses cours *trop durs*. Il s'est passé quelque chose dans ta vie, Missa. Et je pense que Ding Donaldson, en dépit de toutes ses simagrées, connaît la vérité. Mais elle t'est loyale... Alors, dis-moi, qu'est-ce qui t'est arrivé ?

Missa lâcha un rire bref teinté d'amertume et détourna le regard.

— Tu dois me le dire, insista Rabiah. La police de Londres a ton adresse. Ils savent où te trouver.

— Pas cette adresse-ci. Tu peux la leur donner, bien sûr, mais...

— C'est ce que je vais faire si tu ne me dis rien, Missa. Ils pensent que le suicide du diacre n'en est pas un, et ils n'épargneront personne avant de tirer cette affaire au clair. Tu es naïve, Missa. Ton innocence fait partie de ton charme mais... Missa ? Qu'est-ce qu'il y a ?

La jeune fille s'était mise à pleurer en silence. Elle leva la main devant sa bouche, comme si ce geste avait le pouvoir de retenir ses larmes. Et comme elles continuaient de couler, elle enfonça ses ongles dans la chair de ses joues. Rabiah se leva pour la prendre dans ses bras.

— Missa, dis-moi ce qui s'est passé. Tu dois me le dire.

— C'était le cidre.

— Le cidre ? Qu'est-ce... ? *Quel* cidre ?

— J'en ai bu et bu et bu. Je pensais pas qu'on pouvait devenir ivre avec du cidre. Et puis tout à coup, je me suis aperçue que je ne tenais plus debout et que je ne pouvais pas rentrer comme ça, Granny. Soûle comme papa et oncle David. Non, non, c'était pas possible !

LUDLOW
SHROPSHIRE

Un coup sec frappé à sa porte, suivi de la belle voix de baryton de Lynley :

— Barbara ? Désolé de vous réveiller. Isabelle a téléphoné et…

Isabelle, encore et toujours Isabelle, songea Barbara en se levant prestement.

— Tout de suite, monsieur ! J'arrive !

Alors qu'elle allait ouvrir, Barbara s'aperçut qu'elle portait un de ses tee-shirts à slogan taille XXL qui lui tenaient lieu de chemise de nuit. Le slogan en question n'aurait probablement pas l'heur de plaire à un officier supérieur : *Cause toujours, tu m'intéresses*. Elle s'écria donc :

— Une minute ! Je m'habille !

— Entendu. Mais n'oubliez pas que j'ai déjà vu votre pyjama Buddy Holly ! En Cornouailles, vous vous rappelez ? Casvelyn[1] ? Je portais du bleu et vous du Buddy Holly…

— Vous ne portiez rien de bleu, monsieur, mais votre serviette de bain était blanche. C'était juste après

1. Voir *Le Rouge du péché*, Elizabeth George, Presses de la Cité ; Pocket n° 14012.

vos ablutions matinales, se remémora-t-elle à haute voix en enfilant un pantalon de jogging.

— Vraiment ? Quelle horreur ! Mais, si j'étais si peu vêtu, c'est que nous partagions la même salle de bains. Écoutez, Barbara, la chef attend que je la rappelle. Cela ne lui a pas plu du tout que nous ayons ignoré ses deux appels hier. J'ai juste besoin des photos médico-légales. Vous pouvez les faire glisser sous la porte.

Pas question pour Barbara d'être en dehors du coup. Après avoir cherché fébrilement, et en vain, un tee-shirt plus présentable, elle ouvrit à Lynley.

L'inspecteur, forcément, était habillé de pied en cap avec son habituelle élégance. Elle vit ses yeux tomber sur la boutade sur sa poitrine.

— Ah, vous avez laissé tomber Buddy Holly, se borna-t-il à dire.

— Pardon, je ne m'attendais pas à une visite aussi matinale.

— Je ne me le serais jamais permis en d'autres circonstances. Ne vous inquiétez pas, j'ai vu pire sur vous depuis que nous nous connaissons… Désolé, je ne voulais pas être désagréable, s'empressa-t-il d'ajouter en se rendant compte que sa remarque n'était pas très flatteuse. Puis-je ?

Lynley demandait la permission d'entrer, il n'était pas homme à forcer l'hospitalité.

Elle ouvrit la porte en grand, lui montra les dossiers sur la table basse et alla fouiller dans son tas de fringues avant de s'éclipser à la salle de bains, où elle ôta son tee-shirt, décrocha son soutien-gorge de la patère prévue pour la robe de chambre et passa un pull.

Au salon, Lynley était en train de parler dans son portable, qu'il avait mis sur haut-parleur et dont s'échappait la voix d'Isabelle Ardery.

— … du corps et de ce qu'il y avait autour.

La commissaire se tut. Lynley tria les photos qui correspondaient à cette description et les étala sur la table.

— C'est bon, je les ai.

— Trouvez-m'en une où on voit la corde.

— Ce n'était pas une corde, chef. C'était une…

— Je sais ce que c'était, Tommy. Trouvez-la et dites-moi ce que vous voyez.

Barbara s'assit sur le canapé à côté de Lynley. Ils se consultèrent du regard. Lynley sortit du lot un cliché où on voyait l'étole gisant sur le linoléum comme un serpent se dorant au soleil.

— Je l'ai, chef.

— Dites-moi de quelle couleur elle est ?

— L'étole ? Elle est rouge.

— Eh bien voilà, dit Ardery.

Voilà quoi ? se demanda Barbara. Mais Ardery continua :

— Hier soir, j'étais dans une église (Lynley et Barbara haussèrent tous deux les sourcils), sur les quais de la Tamise. J'étais sortie marcher un peu et m'étais aventurée jusqu'au Putney Bridge. C'étaient les vêpres. Les hymnes, la prière, le prêtre… tout y était.

Barbara leva les yeux au ciel en se disant que la commissaire devenait bigote, mais Lynley se pencha en avant, pour ce qui allait suivre.

— Le prêtre, Tommy. Le prêtre ou le diacre, je ne sais pas ce qu'il était. En tout cas, il ne portait que… du vert.

Barbara n'avait jamais été pratiquante, elle ne mettait jamais les pieds à l'église, ni à Noël, ni à Pâques, ni après les catastrophes nationales. Elle n'était pas croyante, quoi. En revanche, ce n'était pas pour rien que Lynley avait une chapelle en son château. Non seulement ses ancêtres y reposaient pour l'éternité, mais des offices y étaient célébrés. L'inspecteur faisait partie d'une longue lignée de lords Asherton dont le devoir avait été de donner le bon exemple aux fidèles de basse extraction.

Aussi ne fut-elle qu'à moitié étonnée quand il répliqua :

— Mon Dieu ! Mais bien sûr, il est mort pendant le Carême. Son étole aurait dû être violette.

— Si vous le dites… Quoi qu'il en soit, tout ce vert m'a mis la puce à l'oreille. Une fois de retour chez moi, j'ai fait une petite recherche sur Internet. Le rouge est très rarement de rigueur, d'après ce que j'ai vu. À la Pentecôte, à la Toussaint, pour les confirmations et les ordinations.

— En effet, approuva Lynley. J'aurais dû m'en apercevoir, chef.

— Peu importe. On le tient, maintenant.

— On dirait bien, opina Lynley.

Il raccrocha et se tourna vers Barbara avec une expression méditative. L'heure n'était pas à la méditation, cependant…

— C'est comme on dit toujours, monsieur.

— Qu'est-ce qu'on dit, sergent ?

— Personne ne peut penser à tout.

IRONBRIDGE
SHROPSHIRE

Yasmina se retint de se boucher les oreilles. Vu tous ces bruits à l'étage, claquements de portes et de tiroirs, on aurait cru qu'un cambriolage était en cours. Lorsqu'elle le localisa, il était dans la salle de bains. Elle ne put s'empêcher de se dire que c'était curieux qu'il termine par là : c'était pourtant le premier endroit où chercher.

Elle savait ce qu'il cherchait, bien sûr. Ne le voyant pas revenir la veille au soir, elle avait pris les mesures qui s'imposaient. Il aurait dû s'en douter. D'ailleurs, il devait être en train d'arriver à cette conclusion. Elle monta.

— Je les ai jetés, l'informa-t-elle, debout sur le seuil de la salle de bains.

— Ah ! Tu n'as pas pu résister ?

Il la bouscula pour aller s'asseoir lourdement au bord du lit. Il se prit la tête à deux mains et fit mine de s'arracher les cheveux avant de lever les yeux et de glapir :

— Il faut donc toujours que tu te mêles de tout ?

— Je suis désolée pour Sati. Quand je l'ai giflée…

— Tu lui as donné un coup de poing, Yasmina. Une gifle aurait déjà été grave. Qu'est-ce qui t'a pris ? Tu mesures les conséquences de ton geste ? Quel mensonge elle va inventer pour son professeur principal quand il va lui demander ce qui lui est arrivé ? Qu'elle est rentrée dans une porte ?

Avec un rire de dément, il se leva et se dirigea vers la fenêtre comme s'il voulait balancer son poing à travers un carreau, mais brusquement, il fit volte-face.

— Timothy, Sati ne…

— Tais-toi, pour une fois. Sati va dire la vérité, un point c'est tout.

Elle s'avança vers lui, il s'écarta pour l'éviter.

— Je n'avais pas l'intention de lever la main sur elle.

— Tu es comme ton père. Tu as réagi exactement comme lui.

— J'essaye… Timothy. Toute ma vie, j'ai essayé…

— Cherche-toi des excuses, si tu veux. Et je ferai comme toi. On a tous les deux merdé. Sacrément merdé. J'aurais dû m'interposer et jouer mon rôle de père en tapant du poing sur la table au lieu de démissionner chaque fois comme je l'ai fait parce que c'est ce que tu voulais. Je ne me suis pas battu… j'ai honte.

— Je veux récupérer mes filles. Je dois les protéger.

— Les protéger ? Contre quoi, exactement ?

— Toutes sortes de choses. Je ne veux pas qu'elles gâchent leur vie. C'est mon rôle de veiller sur elles. Mais toi, tu t'en fiches. C'est tellement plus facile de tout me coller sur le dos ! Mais moi, moi, tout ce que je veux, c'est votre bonheur, à vous tous.

— Le bonheur selon qui ? Certainement pas selon moi, Missa ou Sati.

Comme il faisait mine de sortir de la chambre, elle lui bloqua le passage.

— Tu ne peux pas dire que…

Il la poussa sur le côté.

— Tu n'écoutes pas, Yasmina. Je le sais, je te l'ai dit, je suis aussi responsable que toi. Et encore, toi, tu n'as fait que reproduire ce qui t'a été fait à toi. Moi, je n'ai même pas cette excuse.

Elle le suivit sur le palier puis dans l'escalier.

— Ce qui m'a été fait à moi, comme tu dis, c'est ce qui m'a permis de terminer mes études et de trouver ma voie. Si c'est une faute de vouloir la même chose pour ses enfants, alors je suis coupable, oui.

Il pivota sur lui-même et agrippa la rampe.

— Tu es aveugle, Yasmina ? Ta famille t'a reniée. Aucun d'entre eux ne t'a adressé la parole depuis vingt ans. Pas un seul. Et pour quelle raison ? À cause d'une erreur. Une seule. Tu es tombée enceinte… Pardon, *je* t'ai engrossée. Et ils sont pas foutus de reconnaître qu'une erreur ne gâche pas forcément une vie entière.

— Elle l'a rendue plus difficile. Je ne veux pas de ça pour mes filles.

— Ah, bon ? Tu parles de ta vie, là…

Elle resta silencieuse.

— Tu vas finir par tout perdre, Yasmina. Ne compte pas sur moi pour te tenir la main.

Il se dirigea vers la porte d'entrée.

— Ta mère nous a dit que…

— Arrête ! s'exclama-t-il.

À cet instant, la porte s'ouvrit pour laisser le passage à Rabiah, Missa sur ses talons.

— Dieu merci ! cria Yasmina en dévalant les dernières marches. Pourquoi est-ce que Sati n'est pas avec vous ?

— Sati ne doit pas entendre ce qui va suivre, dit Rabiah en refermant soigneusement la porte.

Yasmina sentit la peur lui glacer le cœur, une sensation qu'elle n'avait pas eue avec cette intensité depuis l'annonce du diagnostic pour Janna. Missa avait manifestement pleuré. Et il semblait évident que ce que Sati ne devait pas entendre allait tomber de la bouche de la jeune fille.

Soudain, la vérité fondit sur Yasmina : ce qui préoccupait Missa depuis des mois n'avait rien à voir avec Ironbridge, Justin Goodaye ou son mariage.

Rabiah conduisit Missa au salon, s'assit à côté d'elle sur le canapé et invita Yasmina et Timothy à faire de même. Yasmina s'installa dans la bergère ; Timothy, lui, resta debout.

— J'ai trop bu de cidre, articula péniblement Missa, les yeux sur ses poings serrés sur ses genoux.

Le soulagement submergea Yasmina. C'était ça, le secret de Missa ! Elle n'avait pas voulu inquiéter ses parents, à cause de l'alcoolisme de son père, de son arrière-grand-père et de son oncle – depuis qu'elle était petite, Yasmina disait à ses filles qu'il y avait des risques de dépendance à l'alcool dans la famille.

— Missa, ma chérie, ma chérie. Tu n'as pas à…

— Laisse-la terminer, la coupa Rabiah d'un ton si sévère que Yasmina se renfonça dans la bergère.

Lorsque Rabiah lui fit signe de continuer, Missa reprit :

— Je ne savais pas qu'on pouvait être ivre avec du cidre. C'était délicieux, et dès que je terminais mon verre, lui m'en recommandait un. Au début, j'avais juste une sensation d'ivresse agréable et je m'amusais beaucoup. Je me disais que c'était comme une nouvelle aventure. Mais au bout d'un moment, ma tête s'est mise à tourner, et finalement j'étais tellement soûle, tellement soûle… Je ne me souviens pas de tout. J'ai presque tout oublié sauf…

À travers la distance qui les séparait, Yasmina percevait la tension extrême de sa fille. Rabiah lissa les cheveux de Missa derrière son oreille en lui murmurant quelque chose que Yasmina ne saisit pas.

Missa baissa la tête.

— Je me suis endormie sur le canapé. Je ne me rappelle pas comment j'ai échoué là. Lorsque je me suis réveillée, il faisait complètement noir. Et il… (Elle hoqueta et posa son poing fermé sous son œil droit.) Il était sur moi. Je ne pouvais pas bouger. Même pas respirer. Et puis…

Elle s'interrompit, les épaules secouées de soubresauts.

— Tu dois leur dire, Missa, l'encouragea sa grand-mère. Ils ont besoin de savoir pour comprendre.

À Timothy qui faisait mine de s'avancer vers sa fille, Rabiah lança un impératif :

— Assieds-toi, Tim ! Tout de suite !

Il obtempéra et se laissa tomber dans la deuxième bergère, à côté de Yasmina. Il s'assit du bout des fesses, comme s'il s'apprêtait à bondir. Puis il prononça d'une voix suppliante :

— Missa, raconte… s'il te plaît.

Missa redressa la tête. Son visage exprimait la souffrance qu'elle dissimulait depuis tant de mois. Yasmina était bouleversée.

— Quand je me suis réveillée, dit Missa, je me suis rendu compte que je n'avais plus mes vêtements. Je veux dire ni ma jupe, ni mes collants, ni mon… C'était… Je me suis débattue, mais j'étais couchée sur le ventre et il m'a bâillonnée avec sa main et m'a tiré la tête en arrière et puis il a… Il a enfoncé son…

— Oh ! Mon Dieu ! s'écria Yasmina en se couvrant la bouche.

— Il poussait des grognements, et ça m'a fait très mal…

Timothy sauta sur ses pieds.

— Qui c'est ? Qui c'est ? Qui ?

— Maman, dit Missa en laissant ses larmes rouler sur ses joues. Maman… Cette douleur… Je voulais que ça s'arrête mais je pouvais rien faire… Granny, ne m'oblige pas, je t'en supplie…

Rabiah prit sa petite-fille dans ses bras. Yasmina eut soudain un goût de fer dans la bouche : elle venait de se mordre les doigts jusqu'au sang.

Timothy se mit à arpenter le salon comme un tigre en cage.

— Qui c'est ? hurla-t-il.

— Elle ne sait pas, répondit Rabiah. Elle n'a pas su qui c'était.

Timothy se retourna contre sa mère.

— Et toi, où tu étais ? Elle était sur ton canapé, chez toi, maman ! Un salaud est entré chez toi et a fait ça à ma fille… Je suis sûr que tu sais qui c'est, si tu réfléchis bien, si tu te creuses un peu la cervelle.

Il s'avança vers Rabiah et lui prit la tête entre ses mains, la serrant comme si c'était un gros fruit qu'il cherchait à écraser.

— Arrête ! cria Missa.

Rabiah le repoussa d'une secousse.

— Ce n'est pas moi qui ai besoin de me creuser la cervelle, mon pauvre Tim.

— Ne le dites pas à Justie, gémit Missa. Je ne veux pas qu'il sache. Je l'ai tellement embêté avec ma virginité. Dire que je tenais absolument à attendre pour qu'il ne m'arrive pas ce qui est arrivé à maman qui est tombée enceinte trop tôt, et cela a été dur pour elle parce qu'elle n'était pas prête… (Elle se tourna vers Yasmina.) Maman, je suis encore vierge, n'est-ce pas ? Vu comment il s'y est pris, je suis toujours vierge, non ?

Remplie d'effroi, Yasmina prononça d'une voix sourde :

— C'est pour ça que tu voulais rentrer à la maison… Et moi qui crois toujours tout savoir…

Elle aurait voulu s'arracher les cheveux. Elle n'avait rien compris à rien.

— Oh, mon Dieu, Missa, sanglota-t-elle. Dis-moi ce que je peux faire ?

Ce fut Rabiah qui répondit :

— Vous pouvez tous les deux commencer par écouter la suite.

LUDLOW
SHROPSHIRE

Lynley se reprochait vivement de ne pas l'avoir remarqué plus tôt. Ce n'était pas la faute de Havers. Autant qu'il sût, elle ne mettait jamais les pieds à l'église. Isabelle non plus n'avait pas une grande expérience en la matière. Il ne pouvait pas s'attendre à ce qu'elle connaisse la signification des couleurs des tenues sacerdotales. Mais lui ? Sans être croyant, il avait néanmoins assisté régulièrement aux offices jusqu'à son départ pour l'université. Et maintenant qu'il avait mis un terme à sa longue brouille avec sa mère, il allait à l'église avec elle quand il était en Cornouailles. Si bien que lui aurait dû voir que l'étole était rouge et comprendre ce que cela voulait dire.

Il laissa Havers se préparer et retourna dans sa chambre pour réfléchir à la suite des opérations. Ils tenaient désormais un faisceau d'indices prouvant qu'il s'agissait d'un meurtre et non d'un suicide – ils pourraient rassurer Clive Druitt sur ce point. En revanche, ils étaient encore loin de pouvoir procéder à une mise en accusation. S'ils déposaient maintenant le dossier au Service des poursuites judiciaires de la Couronne, le procureur leur rirait au nez. « Une étole rouge sur le sol à côté de la victime, ça prouve quoi ? La victime était peut-être daltonienne… Revenez quand vous en saurez davantage et surtout quand vous connaîtrez le mobile. »

En descendant à la salle à manger pour petit-déjeuner avec Havers, Lynley dressait mentalement une liste d'options. Barbara l'attendait à la réception et, à en croire la lueur qui brillait dans ses yeux, elle avait autre chose en tête que des œufs brouillés au bacon.

— On l'embarque, monsieur !

— On n'en est pas encore là, sergent.

Havers lança un juron et ajouta :

— On a besoin de quoi d'autre ? D'un poignard ensanglanté avec ses empreintes digitales ?

— Ce serait bien pratique, en effet. Je propose pour le moment que nous allions rendre visite au vicaire.

— Et pourquoi donc ?

— Il va nous emmener visiter la sacristie.

— On l'a déjà visitée. Pourquoi une deuxième fois ?

— Pour vérifier que notre hypothèse est la bonne. Pour le moment, nous en sommes aux suppositions.

Christopher Spencer les accueillit très aimablement à l'intérieur de l'église. Lorsque Lynley lui demanda s'il pouvait les emmener à la sacristie, il eut l'air un peu étonné, mais, après une légère hésitation, les guida vers cette annexe. Lynley lui posa alors une question : Ian Druitt était-il daltonien ? Non, pas du tout, répondit Spencer, du moins pas à sa connaissance. En tout cas, il ne s'était jamais trompé en revêtant la tenue sacerdotale. Le vicaire savait-il que Druitt s'était pendu avec une étole rouge ? Non, il l'ignorait. Il n'avait même pas remarqué son absence, puisqu'il ne s'en servirait pas avant la Pentecôte.

L'inspecteur n'ayant plus de questions, Spencer les laissa seuls, déclarant qu'il les attendrait dans la chapelle St. John. Lynley reprit, à voix basse :

— Nous savons que Druitt terminait un service quand Ruddock s'est pointé pour l'arrêter. Nous savons aussi qu'il a ôté ses vêtements sacerdotaux et les a rangés avant de suivre l'îlotier.

— Un diacre met-il la tenue au complet pour les vêpres ? Et le vicaire ?

— Pour le moment, contentons-nous de l'hypothèse suivante : l'étole est ce que l'on endosse en dernier, la touche finale en quelque sorte.

Il ouvrit une des armoires où étaient rangés des soutanes noires et des surplis blancs.

— S'il a mis l'étole en dernier, il l'a enlevée en premier, dit Havers. Quand vous ouvrez les grands placards, vous tournez le dos aux tiroirs où sont pliées les étoles. Ruddock l'aura sûrement vu ôter l'étole violette, non ? Si c'est lui notre homme, pourquoi n'a-t-il pas pris celle-là ? Celle-là, ou une autre étole violette ?

Havers ouvrit les tiroirs pour compter le nombre d'étoles.

— Il semble n'y avoir qu'une étole par couleur. Alors que s'est-il passé ? Si Druitt a enlevé l'étole violette qu'il portait, pourquoi ne la lui a-t-il pas piquée pendant qu'il se dirigeait vers les grands placards et avait le dos tourné ?

— Peut-être ne l'a-t-il pas ôtée ici, devant les tiroirs des étoles. Peut-être l'a-t-il ôtée devant les grands placards. Dans ce cas, il l'aura posée sur le plancher pendant qu'il enlevait son surplis et sa soutane.

— Et pendant ce temps, Ruddock ouvrait un des tiroirs…

— Peut-être plus qu'un seul tiroir.

— … et piquait la première étole qui lui tombait sous la main. Pourquoi se serait-il préoccupé des couleurs ?

— S'il n'a jamais été pratiquant, il ne pouvait pas se douter, en effet, qu'il y a une différence. On peut aussi imaginer qu'il ne savait pas encore quel moyen il allait employer. Il savait juste qu'il allait falloir se débarrasser du diacre.

— Ce… qui… signifie…

Havers bredouillait, ce qui n'était pas son style, mais montrait à quel point un flic a du mal à concevoir qu'un collègue puisse commettre un acte aussi vil qu'un meurtre.

— Oui, dit Lynley. Druitt n'a pas été embarqué au poste de Ludlow à cause de l'accusation de pédophilie. Il n'a jamais été question de le transférer au commissariat de Shrewsbury. Les dix-neuf jours entre l'appel anonyme et l'arrestation sont bien, comme vous l'aviez déduit, la clé du mystère.

— Ruddock a obéi à des ordres dès le départ. Si c'est bien lui le meurtrier, il n'a pas agi seul…

Après quelques instants de réflexion, elle ajouta :

— Saperlipopette !

Lynley s'apprêtait à la consulter sur la marche à suivre quand le portable de Barbara carillonna.

ST. JULIAN'S WELL
LUDLOW
SHROPSHIRE

Rabiah coupa la communication et rangea la carte du sergent de Scotland Yard. Puis elle retourna au salon, où Missa était pelotonnée dans un coin du canapé avec un coussin dans les bras qu'elle serrait contre elle comme un petit enfant son doudou. Elle avait accepté de raconter une troisième fois son histoire à la seule condition que ses parents ne soient plus présents. Il n'y avait rien que la police pût faire après tout ce temps, avait-elle dit. Mais Rabiah l'avait convaincue et l'avait ramenée chez elle à Ludlow. Sans Yasmina ni Timothy, mais de toute façon ce dernier s'était éclipsé de lui-même.

Écouter une deuxième fois le récit de Missa avait été pour Rabiah aussi pénible que la première fois, sinon plus à cause de la réaction de Timothy. Une fois qu'il avait eu compris que le viol ne s'était pas produit chez elle, il s'était déchaîné.

« Qui c'est ? avait-il vociféré d'une voix dure sans se soucier des pleurs de Missa. Qui ? Réfléchis ! Tu le connais sûrement ! »

Yasmina s'était levée et avait empoigné la chemise de Tim pour l'écarter de leur fille.

« Je ne sais pas ! avait sangloté Missa. Il faisait noir et je ne…

— Alors qui t'a fait boire du cidre et pourquoi tu en as bu autant ?

— Tu ne vas quand même pas faire retomber la faute sur elle ? intervint Rabiah, furieuse contre son fils.

— On fêtait la fin du trimestre, argua la jeune fille. Les examens étaient passés. Nous étions… Le dites pas à Justie. Je vous en supplie…

— Mais qui était ce salaud, nom de… ?

— Change de disque, Tim, lui avait lancé Rabiah. Missa t'a dit qu'elle ne savait pas. Ding est venue la chercher pour l'emmener à une fête. Je lui ai dit que pour une fois elle pouvait s'accorder un moment de détente. Comme je m'attendais à ce qu'elle rentre tard, je suis allée me coucher. J'avais prépayé un taxi pour qu'il aille la chercher à Quality Square et la ramène à la maison. Mais elle a passé la nuit chez Ding.

— J'étais tellement soûle, s'était lamentée Missa. Je ne pouvais pas rentrer comme ça chez Granny.

— Elle s'est effondrée plus morte que vive sur le canapé de Ding, et quelqu'un dans cette maison en a profité pour la sodomiser en comptant sûrement qu'elle…

— Oh ! Missa ! s'était écriée Yasmina. Pourquoi ne nous as-tu rien dit… ?

— … ne reviendrait pas à elle pendant l'acte et ne s'en apercevrait que le lendemain à cause de la douleur et du sang.

— Alors, c'est donc un des petits salauds qui habitent cette maison, celui qui t'a fait boire sûrement. Tu vas me dire lequel c'est, parce qu'il va le payer cher, avait vociféré Tim. C'est qui ? »

Yasmina, quant à elle, continuait de gémir.

« Si j'avais su, jamais je ne t'aurais obligée à retourner à Ludlow. »

Elle avait tendu les mains vers Missa comme si elle attendait qu'on la menotte.

« Pourquoi tu ne m'as rien dit, ma chérie ?

— C'était ma faute, avait répondu Missa d'une voix plus forte. Tu n'as pas compris, maman ? Personne ne m'a forcée à boire. Personne ne m'a droguée. C'est moi qui ai bu de mon plein gré et maintenant, je veux oublier tout ça. Depuis le début, je veux oublier. Alors je ne vous dirai rien de plus. C'est ma faute et j'ai eu ce que je méritais. J'ai été stupide… trop soûle pour rentrer chez Granny.

— Non, ce n'est pas ta faute ! s'était écriée Yasmina en se rapprochant de sa fille. Il n'y a aucune raison que tu te punisses comme ça ! »

Missa avait eu un mouvement de recul comme tout à l'heure face à son père.

« Mais, Missa, mon cœur, tu vois bien que…

— Arrête, maman ! avait hurlé la jeune fille en se bouchant les oreilles. Granny voulait que je vous le dise, eh bien, c'est fait, je ne vous dirai rien de plus. »

C'était à ce moment-là que, fou de rage et grommelant un chapelet de jurons, Timothy était sorti de la maison en claquant la porte.

À présent, à Ludlow, Rabiah et Missa attendaient. Le sergent Havers avait dit : « On fait aussi vite que possible. »

Vingt minutes après son coup de fil, ils sonnèrent à la porte. Rabiah n'aurait jamais cru qu'elle se réjouirait un jour de revoir ces flics de la Met. Elle les fit entrer au salon. Le sergent Havers sortit de son grand sac un calepin et un porte-mine et s'installa sur un fauteuil devant la cheminée. L'inspecteur Lynley s'assit sur l'ottomane qui faisait aussi office de table basse. Il commença par un sourire charmant :

— Ah, Missa. Nous faisons enfin connaissance. Nous avons entendu parler de vous par Greta Yates et votre amie Ding. Si nos informations sont bonnes, vous étiez une étudiante exceptionnellement brillante au premier trimestre…

Rabiah vit les mains de Missa se crisper sur les bords du coussin qu'elle tenait toujours contre elle. Ce geste n'échappa sans doute pas non plus à l'inspecteur, car il ajouta :

— Êtes-vous assez en forme pour nous parler ? Ça peut attendre si vous ne vous sentez pas d'attaque…

Cette dernière remarque lui attira un regard du sergent signifiant clairement : « Vous êtes fou ou quoi ? »

— Je vous pose la question parce que c'est parfois angoissant de parler à la police, surtout quand on est jeune. Je sais que votre grand-mère a un avocat. Préféreriez-vous qu'il soit présent pendant cet entretien ?

Cette fois, le regard que lui jeta le sergent disait : « Vous êtes fou à lier, même. »

— Non ! Granny, je ne veux pas que l'avocat…

— C'est toi qui décides, ma chérie, lui dit Rabiah. Pareil pour moi : je reste avec toi uniquement si tu le souhaites.

Missa pria sa grand-mère de rester, et Rabiah s'assit à côté d'elle sur le canapé, comme elle l'avait fait à Ironbridge. Missa raconta une troisième fois son histoire… Le sergent prit des notes à une vitesse qui laissait supposer qu'elle transcrivait chacune de ses paroles. L'inspecteur Lynley se contentait d'écouter d'un air grave. Lorsque Missa se tut, ce dernier resta quelques instants silencieux. Il semblait examiner sous tous les angles ce qu'il venait d'entendre.

— Je suis profondément désolé, croyez-moi.

Après une pause, il reprit :

— Arrêtez-moi si je me trompe, mais je suppose que c'est à ce sujet que vous avez consulté Ian Druitt ?

Missa acquiesça d'un signe de tête et se mit à jouer avec les franges du coussin.

— Il m'a téléphoné sur la demande de mon prof de TD. Il voulait savoir si je voulais le voir, parce qu'à la fac ils étaient inquiets de voir que mes résultats avaient baissé. Je n'avais pas envie d'aller le voir mais je l'ai fait parce que…

Elle détourna les yeux et fronça les sourcils, comme si elle tentait de cerner les raisons qui l'avaient finalement convaincue d'accepter un rendez-vous avec le diacre.

Rabiah proposa :

— Parce que tu as toujours fait ce qu'on te demande, ma chérie.

Missa laissa échapper un petit gémissement et hocha imperceptiblement la tête.

— Je lui ai dit que je souhaitais laisser tomber la fac. Que je n'arrivais pas à m'en sortir, que le niveau était trop élevé pour moi. Mais il ne m'a pas crue, vu mon bulletin du premier trimestre… Il m'a poussée dans mes retranchements. Mais très gentiment, c'était un homme très bon.

— Vous lui avez dit ce que vous venez de nous dire ? s'enquit Lynley.

— Pas tout. Je n'ai pas pu.

— Vous faites allusion à la sodomie ?

— Oui. C'était… trop horrible. De toute façon, c'était trop tard pour faire quoi que ce soit. Cela faisait plusieurs mois et… en fait, tout ce que je veux, c'est que Justie ne l'apprenne jamais.

— C'est compréhensible, opina l'inspecteur Lynley. Mais pouvez-vous me préciser ce que vous entendez par « trop tard » ?

— Il n'y avait plus aucune preuve.

Rabiah vit le sergent redresser vivement la tête pour regarder l'inspecteur.

— Quand il se produit quelque chose comme ça, il y a toujours des traces, expliqua Lynley. Pas sur vous, bien sûr. Vous avez cicatrisé et l'ADN de votre agresseur a disparu. Mais ailleurs… Qu'avez-vous fait de vos vêtements ?

— Justement. Je les avais.

— Vous les avez toujours ? s'exclama le sergent Havers, fébrile.

— Je les ai mis dans un sac en plastique. Mes sous-vêtements. Mes collants. Et j'ai fourré le tout au fond d'un tiroir… Pour ne pas oublier combien j'avais été idiote.

— Vous n'avez pas été idiote, la rassura l'inspecteur.

— Tout est encore là ? lança quant à elle Havers, presque au même moment. Ici, dans cette maison ?

L'inspecteur lui adressa un hochement de tête sévère, lui enjoignant le silence. Il se tourna vers Missa.

— Vous avez juste commis une erreur d'évaluation, comme il arrive à des millions d'autres jeunes. Et votre erreur vous a coûté cher…

— Oui, mais…

— Il n'y a pas de « mais » qui tienne. C'est là où vous vous trompez. Dans votre esprit, les deux choses sont liées : vous étiez ivre et par conséquent on a abusé de vous. Mais ces événements se sont juste produits à la suite l'un de l'autre ; le premier n'est pas la cause du second.

— Si je n'avais pas été…

— Ça, vous ne pouvez pas savoir.

Dans le silence qui s'ensuivit, le sergent glissa :

— Monsieur…

L'inspecteur fit comme s'il n'avait rien entendu. Rabiah était émue, elle était tellement reconnaissante à cet homme qui prenait le temps de manifester sa compassion à sa petite-fille.

— Je… oui… peut-être, dit Missa.

— Je suis flic depuis un assez grand nombre d'années pour vous affirmer qu'il n'y a pas de « peut-être ». C'est une certitude.

Alors qu'il se tournait brièvement vers Rabiah, celle-ci mima un « merci » avec sa bouche. Lynley poursuivit :

— Pouvez-vous me parler de ces vêtements ? Vous les avez rangés au fond d'un tiroir. Et après ?

— Je les ai donnés à M. Druitt. Il m'a dit qu'il les confierait à la police pour analyses et que je n'aurais plus jamais à en parler à personne.

— Et les résultats de ces analyses ? Vous les a-t-il transmis ?

— On lui a dit qu'il n'y avait rien. Aucune trace…

Rabiah nota que le sergent se retenait d'intervenir tandis que l'inspecteur Lynley baissait la tête comme pour mieux réfléchir aux implications de ce que Missa venait de révéler.

— Et les autres vêtements que vous portiez ce soir-là ? reprit-il. Qu'est-ce qu'il a dit à ce propos ?

— Les vêtements que je portais ce soir-là n'étaient pas à moi.

Rabiah sentit comme un couvercle se lever sur son cœur lorsque, soudain, elle comprit.

— Mon Dieu, murmura-t-elle.

LUDLOW
SHROPSHIRE

Ding prit son vélo pour faire un saut chez Francie Adamucci. Son amie habitait Ludford, pas loin du pont, juste au-delà des vieilles *almshouses*. Comme il était encore tôt, elle espérait la trouver chez elle. En l'occurrence, Francie s'apprêtait à monter sur sa propre bicyclette lorsque Ding fit crisser le gravier de l'allée devant la maison de ses parents. Francie tourna vers elle un regard méfiant, ce qui ne lui ressemblait pas : rien n'ébranlait en général sa tranquille assurance.

— Salut ! lui lança-t-elle.

— On peut parler ? Tu m'as vendue aux flics, Francie.

Francie se retourna à moitié pour regarder la façade de la maison, comme si elle craignait que ses parents ne l'espionnent. Mais tout ce que vit Ding dans la fenêtre fut une rangée d'objets africains : des statuettes en bois, deux paniers, un masque hideux. Elle supposa vaguement qu'ils devaient être placés là pour décourager les cambrioleurs potentiels. S'il fallait se fier à ce premier aperçu, il n'y avait rien à voler à l'intérieur…

— Ouais. Désolée, Ding. Ton nom m'a échappé. C'est à cause de toute cette merde avec Ruddock. Tiens, ça ferait un bon titre de film. C'est la merde avec Ruddock. Ou de bouquin.

Voilà qui était typique de Francie, songea Ding. Elle était capable de changer de sujet en un quart de seconde. Pas volontairement, mais c'était ainsi que son cerceau marchait, en zigzags.

— On peut parler ? répéta-t-elle.

Francie haussa les épaules.

— J'avais cours de géo. Mais bon… on s'en fiche, hein ? La planète de toute façon va disparaître parce qu'un con va envoyer des bombes nucléaires sur un autre con. Viens.

Ding n'avait pas eu l'intention de se faire inviter à l'intérieur de la maison. Elle posa son vélo contre un des piliers de la façade et s'enquit :

— Tes parents sont là ?

Francie eut un rire bref.

— Tu rigoles. On est le 31 mai. Il y a forcément un événement ethnoculturel majeur qui a lieu quelque part dans le monde.

En entrant chez Francie, Ding découvrit qu'elle habitait une maison qui aurait dû être classée monument historique.

— C'est quoi, cette baraque ? demanda-t-elle.

Francie regarda autour d'elle.

— L'année précise, je peux pas te dire. Ce que je peux te dire, par contre, c'est qu'il n'y a pas de chauffage central, pas de double vitrage, que les murs sont lézardés, que les cheminées fument. Je te jure, tout ce que je veux dans la vie, c'est une maison construite après 1900. Dès que je peux, je me casse d'ici.

— Je ne savais pas.

— Quoi ?

— Ben, que t'habitais dans une maison comme ça. Toi, t'es venue chez ma mère, à Cardew Hall. T'as vu. Pourquoi tu m'as rien dit.

— Au moins ta daronne essaye d'en faire quelque chose. Moi, il faudrait que la maison s'écroule pour que mes parents se rendent compte que c'est invivable, ici. Tu veux manger un truc ?

Elle les guida jusqu'à une cuisine qui datait des années 1950.

— Je prendrais bien un toast, lança-t-elle.

Ding n'avait pas faim. Elle s'assit sur un tabouret autour de la table. Francie monta sur le plan de travail et dénicha, cachée derrière un tas de carottes et d'oignons sur le rebord de la fenêtre, une banane qu'elle offrit à Ding. Celle-ci refusant d'un hochement de tête, Francie se mit à la peler.

— Les flics ont dit que tu avais été vue, comme moi, avec Ruddock, commença Ding. Pourquoi tu m'as rien dit, Fran ?

Francie mastiqua un bout de banane et se gratta la tête.

— C'est arrivé seulement une fois… Il a essayé son petit jeu avec moi… mais je m'en foutais. Il n'a pas pu m'avoir. C'est pas comme avec toi.

— Comment ça ?

— Il avait rien pour me faire chanter.

Elle fit un geste circulaire.

— Tu crois, ajouta-t-elle, que mes parents vont se remuer parce que leur petite Francie est soûle ? Il faudrait pour ça qu'ils s'intéressent à autre chose qu'à leurs histoires ethnoculturelles à la con. Ruddock pouvait toujours me ramener chez moi, j'en avais rien à faire. Du coup, il pouvait me forcer à rien.

— C'est pour ça que tu n'es montée qu'une fois dans sa voiture ?

— Bon, en fait, je suis montée deux fois, mais la deuxième fois, c'est moi qui ai pris l'initiative. Tu vois, la première fois, je lui avais dit que, si un jour j'avais envie de lui faire une pipe, j'irais le trouver. Mais finalement, la deuxième fois, je n'ai pas voulu non plus et je lui ai juste demandé qu'il me ramène à la maison.

— Et il l'a fait ?

— Bien sûr. Je sais pas à quoi il s'attendait, mais mes parents l'ont reçu assez vivement : « La prochaine fois, ne nous réveillez pas pour si peu, constable. » En partant, il était obséquieux tu peux pas savoir. « Ma petite Francie, il faut pas boire autant, tu vas t'abîmer la santé. » Après ça, il m'a fichu une paix royale. Quelquefois, Ding, je t'assure, ça vaut le coup d'avoir des vieux super laxistes. Ils ont de la chance que j'aie renoncé à attirer leur attention depuis qu'ils ont oublié l'anniversaire de mes dix ans.

Francie rit d'un rire jaune.

— C'est moche, Francie. Je me doutais pas.

— De toute façon, moi non plus, je m'intéresse pas à eux ! (Francie sauta du plan de travail, balança la peau de sa banane dans l'évier et étira ses bras au-dessus de sa tête.) Bon, je reprends… La première fois qu'il a essayé avec moi et que ça n'a pas marché, je lui ai demandé le numéro de son portable pour si jamais je voulais le revoir. J'avais aucune intention, tu penses. Mais un soir j'étais tellement schlass que je me suis dit que j'allais voir comment c'était, de se faire un flic. Et je l'ai appelé. C'est peut-être la fois où on m'a vue justement.

— Où est-ce qu'il t'a emmenée ?

— Sur le parking derrière la fac. Et toi ?

— Au poste de police.

— Merde. À l'intérieur ?

— Surtout le parking, mais ça dépendait de ce qu'il voulait.

— Le salaud. Il faut que tu portes plainte.

— Je l'ai dit aux flics de Londres. J'étais bien obligée…

— Ils vont lui régler son compte, Ding.

Francie, qui marchait de long en large comme une lionne en cage, se figea soudain.

— Je suis désolée, Ding.

— Tu savais pas. Enfin, tu te doutais pas que c'était aussi flippant.

— Je te parle de Brutus. Je t'ai déjà demandé pardon, mais maintenant je suis encore plus désolée.

Ding n'avait pas envie de parler de Brutus, mais comme Francie avait l'air pleine à craquer de remords, elle répondit :

— Tu n'as rien à te faire pardonner, Fran. Je ne t'avais jamais dit qu'il était spécial pour moi.

— Ouais, mais… bon, je voyais bien que t'étais spéciale pour lui, et je me le suis fait quand même.

— Crois-moi, Francie, de son point de vue, je suis une nana comme les autres.

— Là, ma chérie, tu le connais mal. Tu es la première pour lui, au contraire. Il faudra bien un jour qu'il comprenne que ça sert à rien d'accumuler les conquêtes. Mais les mecs dans son genre sont pas pressés de comprendre.

— Tu cherches à me consoler en me disant que je suis la première dans la file des nanas qu'il baise ?

— Oh, t'as pas à supporter ça, c'est pas du tout ce que je voulais dire. À ta place, je lui ficherais mon pied au cul, oui. C'est un mec super canon, mais tu gâches ton temps avec lui.

— Ouais, c'est vrai.

Ding se surprit à sourire à Francie, ce dont elle ne se serait pas crue capable ce matin en prenant la direction du pont de Ludford. C'était reposant, de sourire, et elle songea que, parmi les nouvelles choses qu'elle devait faire dans sa vie, il y avait celle-ci : tenter d'approfondir ses relations avec ses amies au lieu de se contenter de les googler.

Après avoir pédalé côte à côte jusqu'au pont, les deux amies se séparèrent en bas de Broad Street, non sans s'être donné rendez-vous le surlendemain pour manger chinois. Ding rentrait à Temeside tandis que

Francie changeait de vitesse pour remonter la pente vers le centre.

La porte d'entrée de chez elle était ouverte. Ding hésita sur le seuil. Elle était pourtant sûre et certaine de l'avoir fermée en partant. Comme ils avaient perdu la clé, elle ne l'avait évidemment pas verrouillée. Dans le vestibule, elle hésita une seconde fois en entendant le vacarme au-dessus de sa tête. Un bruit de chute, suivi d'un cri, de grognements puis de cris et de coups.

— Qu'est-ce que tu lui as fait ? hurla quelqu'un.

Brutus ! Elle s'élança dans l'escalier. Brutus se faisait finalement casser la figure par le petit ami d'une de ses conquêtes !

Ding le trouva étalé par terre, la moitié du corps dans sa chambre, l'autre dans le couloir. Couché sur le ventre, il avait un bras tordu suivant un drôle d'angle. Elle tomba à genoux à côté de lui en criant son nom. Quand elle le toucha, il glapit comme un animal blessé.

— C'est Finn ? Tu t'es battu avec Finn ?

Elle s'aperçut alors que le vacarme n'avait pas cessé. Brutus parvint à articuler :

— Il s'en prend à Finn, maintenant.

Elle bondit sur ses pieds et courut vers la chambre voisine. La porte était entrouverte.

— Qui est là ? Qu'est-ce qui se passe ? Finn !

Brusquement, le silence se fit. Plus rien ne bougeait dans la pièce. Au moment où, surmontant sa peur, Ding allait pousser le battant, celui-ci s'ouvrit en grand pour laisser le passage à une espèce de forcené, sûrement un accro à la meth, se dit-elle. Elle se plaqua contre le mur et se protégea la tête avec les bras. Mais le fou furieux avait déjà disparu dans l'escalier.

Finn était encore plus amoché que Brutus. D'une entaille dans son cuir chevelu jaillissait un flot de sang. Son visage était en bouillie, à croire qu'une patte griffue avait voulu lui arracher la joue. Respirait-il encore ?

Elle dévala l'escalier à la suite de leur assaillant, pas parce qu'elle savait quoi faire, mais pour la raison contraire.

LUDLOW
SHROPSHIRE

Lorsque Lynley apprit que Missa avait raconté son agression à ses parents le matin même et que son père avait quitté le domicile, fou de rage, un sombre pressentiment le saisit.

Lui et le sergent se précipitèrent à Temeside. Trop tard, manifestement, puisque une ambulance et une voiture de patrouille étaient déjà stationnées devant le domicile de Dena Donaldson. Une nouvelle tragédic venait-elle de s'ajouter à la liste ?

Lynley se gara le long du trottoir et aperçut le jeune Brutus sortant de la maison, escorté par un agent de police en uniforme. Son bras droit était en écharpe. Il le tenait serré contre sa poitrine. Lynley crut un instant à une arrestation, mais ensuite il vit l'agent rejoindre le secouriste qui s'avançait à leur rencontre. Après quoi, le policier se glissa au volant de sa voiture bicolore et déclencha le gyrophare. Le secouriste aida Brutus à s'installer, lui attacha sa ceinture de sécurité, puis retourna dans la maison. La voiture démarra dans un hurlement de sirènes et tourna dans Old Street. Comme ce n'était pas le chemin du poste de Ludlow, Lynley en déduisit que le jeune homme allait être conduit aux urgences.

L'ambulance, elle, n'avait pas bougé.

— C'est mauvais signe, monsieur, souffla Barbara.

Ils entrèrent dans la maison, mais un agent leur barra le passage au niveau du salon. Il avait un cahier à spirale à la main.

— N'avancez pas plus loin. Vous êtes sur une scène de crime.

Lynley et Havers lui présentèrent leurs cartes de police. Les mots de *New Scotland Yard* ne produisirent pas le miracle escompté, mais leur évitèrent d'être jetés dehors.

— Bon, vous pouvez rester, mais ne touchez à rien... Ne vous en mêlez pas.

— Nous n'en avons aucunement l'intention, répondit poliment Lynley. Nous voulons juste voir Dena Donaldson à propos d'une autre affaire. Est-elle ici ?

— C'est Finn ! Il a eu Finn ! s'exclama une voix frêle dans le salon.

Ding, qu'un autre policier en uniforme était en train d'interroger, s'avança vers Lynley et Havers en se tordant les mains.

— Avez-vous vu qui c'était ? lui demanda Lynley.

— Faut-il que je vous répète ce que je vous ai déjà dit ? gronda le premier policier depuis le vestibule.

Ding lui coupa la parole :

— Je ne parlerai qu'à eux.

— Vous ferez ce qu'on vous dit de faire ! glapit le cerbère.

— Il me semble que vos manières sont contre-productives, fit observer Lynley.

— Je dirais même plus, sourit Havers.

— Vous cherchez vraiment à ce qu'on vous f…

— Oh, mon Dieu ! Il est *mort* ? s'écria Ding en mettant sa main devant sa bouche, le regard fixé derrière eux.

Ils pivotèrent tous les trois sur leurs talons. Deux secouristes transportaient un corps sanglé sur une civière aux roues repliées. Une poche de perfusion se balançait suspendue à une perche. Un troisième secouriste les suivait, une sacoche à la main. La présence de la perfusion était rassurante, comme le fait que le corps soit simplement recouvert d'une couverture et non dans un sac en plastique. Le blessé portait une minerve et il avait la tête bandée. Son visage était couvert de Steri-Strips.

Lynley dit calmement à Havers :

— Montez avec lui dans l'ambulance, sergent. Je suppose qu'elle se rend au même endroit que la voiture de patrouille de tout à l'heure. Si vous pouvez, parlez à Brutus. Je ne pense pas que Finn soit près de retrouver l'usage de la parole avant plusieurs heures.

— Brutus est parti dans la voiture de patrouille ? Mais il n'a rien fait ! J'ai tout vu ! C'est un type qui…

— Non, Ding, ne vous inquiétez pas, il n'a pas été arrêté. On l'a sûrement emmené à l'hôpital.

Ding étouffa un sanglot.

— Ne me demandez pas de l'annoncer à sa mère ! supplia-t-elle.

— Mais non. Il y a une procédure à suivre dans un cas tel que celui-ci et ce n'est pas à vous de le faire.

Le policier en uniforme se rapprocha d'un pas.

— Si vous avez terminé…

Lynley n'avait plus aucune intention de se laisser déloger.

— Je dois parler avec Dena. Cela ne peut pas attendre. Il s'agit d'autre chose, mais je subodore que les deux affaires sont liées.

À l'intention de Ding, il ajouta :

— Le sergent Havers et moi-même venons de voir Missa. Elle nous a mis au courant de son agression.

— Qu'est-ce que c'est que cette histoire ? grommela le policier.

— Une agression sexuelle a eu lieu sous ce toit en décembre dernier, l'informa Lynley.

Puis il précisa à Ding :

— Sa grand-mère l'a persuadée de tout lui raconter et de tout raconter à ses parents. Je dois vous poser une question, Ding. Avez-vous vu ce qui s'est passé ici aujourd'hui ?

— Je n'étais pas là… Brutus… Je l'ai trouvé par terre. Dans la chambre de Finn, il y avait un tapage terrible. Je suis allée pour ouvrir sa porte… (Ses yeux se remplirent de larmes.) J'étais sortie pour voir Francie… Vous comprenez, on ne ferme jamais à clé, de toute façon on l'a perdue, la clé. On ferme à clé nos chambres quand on part, c'est tout. Mais la maison est ouverte. C'est comme ça que vous êtes entrés l'autre matin… Je pensais jamais que…

Elle se tut et parut se pétrifier. Puis, brusquement, elle se mit à pousser des cris et à se griffer les joues, comme si elle voulait s'arracher les yeux.

— C'est ma faute ! Ma faute, je vous dis ! Sauf que je savais pas, j'ai pas compris, je me suis sauvée parce que moi j'ai pu, mais pas elle, je savais pas, et c'est pas ma faute si je savais pas, mais c'est quand même ma faute.

— Ça n'a ni queue ni tête, commenta le policier au bénéfice de Lynley. Si vous pouviez sortir, que je puisse obtenir d'elle un récit cohérent pour mon rapport.

Lynley, étonné par la colère sourde qui perçait dans les intonations du policier, se tourna vers lui et s'aperçut alors qu'il avait devant lui un homme dont la jeunesse était proportionnelle à son ignorance des usages du monde en général, et en particulier du monde de la police judiciaire.

— Venez avec moi, dit Lynley.

— Je ne suis pas à vos ord…

— J'ai dit : venez avec moi.

Lynley s'était exprimé d'une voix forte et dure. Pour la première fois de sa vie, il s'identifiait à son père, qui n'avait pourtant jamais été un modèle pour lui, loin de là. Il entraîna le jeune blanc-bec dehors et lui parla plus doucement, quoique avec la même fermeté :

— Nous avons sur les bras un meurtre, un viol et maintenant une agression, plus une tentative de meurtre. Vous êtes en train de faire obstacle à une enquête en cours de la police métropolitaine sous prétexte que je marche sur vos plates-bandes. Vous avez réfléchi aux conséquences de vos actes ? Non, apparemment pas… Il y a des choses plus importantes que la guerre des polices. Des vies humaines sont en jeu. Alors, si vous persistez dans votre attitude, je serai ravi de prendre note de votre nom. Vous serez radié dès la semaine prochaine.

L'homme, qui avait baissé la tête dès le début de ce discours, leva timidement les yeux.

— Vous avez des questions ? continua Lynley. Posez-les-moi tout de suite, parce que après ça si vous souhaitez rester dans cette maison, je ne veux plus vous entendre.

L'agent, devenu docile comme un agneau, suivit Lynley au salon, où il se planta à côté du poste de télévision, évoquant vaguement une sentinelle au garde-à-vous.

Dès que Lynley revint près d'elle, Ding répéta :

— Je ne peux pas l'annoncer à sa mère. Je vous en supplie, ne m'obligez pas…

— Les parents de Finn et de Brutus seront avertis par la police ou les urgentistes. Vous n'avez pas à intervenir.

Lynley lui indiqua d'un geste le canapé défoncé et passablement crasseux. Il se résigna à s'asseoir à côté d'elle, n'ayant aucune envie de s'enfoncer dans un de ces gros poufs haricot dont il faudrait ensuite s'extraire en se mettant à quatre pattes.

— Avez-vous vu l'agresseur de Finn ?

— Je l'ai vu de dos, il avait un tisonnier à la main.

Elle montra du doigt le porte-tisonnier en métal à côté de la cheminée. Le tisonnier manquait à l'appel, en effet.

— Il avait déjà frappé Brutus et il était debout devant Finn. (Les yeux de Ding s'arrondirent.) Mais quand j'y pense ! Finn fait du karaté ! Il est toujours là à frimer en disant que ses mains sont des armes de mort. Pourquoi il n'a rien fait pour se défendre ?

— Peut-être n'est-il pas aussi fort en karaté qu'il le prétend. Ou bien il a été pris de court. Il dormait peut-être quand il a été attaqué. Avez-vous reconnu l'assaillant ? Cela pourrait-il être un étudiant inscrit aux mêmes cours que Finn ?

Elle détourna le regard pour mieux se remémorer, un mouvement machinal chez tous ceux à qui on demande de se souvenir de quelque chose.

— C'était un homme, pas un étudiant. Plus vieux que nous.

— Se pourrait-il que ce soit le père de Missa Lomax ?

— Je ne connais que sa grand-mère, parce que Missa vit… habitait chez elle. Mais j'ai jamais vu son père.

— Le reconnaîtriez-vous si on vous présentait une photo de lui ?

Elle ne savait pas, répondit-elle. Il avait dû l'entendre entrer dans la chambre de Brutus, ou bien il pensait en avoir terminé avec Finn. Toujours est-il qu'il avait dévalé l'escalier et que Finn était… Il gisait dans son sang. Ding n'avait pas supporté de le voir comme ça et était sortie dans la rue où elle avait eu à peine la force d'appeler le 999 sur son portable. Elle avait été trop effrayée pour rester à l'intérieur au cas où il y aurait eu d'autres types.

— J'aurais dû faire quelque chose pour Finn, hein, dit-elle. Rester avec lui… Mais j'avais tellement peur. Je croyais que c'était un drogué, un accro à la meth, un voleur.

— Il y a de fortes chances que ce type ne cherchait pas chez vous des drogues ou de quoi se fournir. Il cherchait ce qu'il a trouvé : Brutus et Finn.

Lynley désigna l'agent en uniforme, lequel n'avait pas abandonné sa posture de sentinelle, même si l'inspecteur l'avait vu du coin de l'œil prendre des notes dans son calepin.

— Je vais demander à cet agent d'aller chez Mrs. Lomax et de nous rapporter des photos du père de Missa. En attendant, je vais téléphoner à votre mère.

Ding parut frappée d'horreur.

— Pourquoi ?

— Cette maison est pour l'instant une scène de crime. Les techniciens de la police scientifique vont débarquer. En outre, je ne peux pas vous laisser seule ici après ce qui s'est passé.

Il sortit son portable et s'enquit du numéro de téléphone de sa mère.

— Mais ma mère va m'obliger à…

— Je lui expliquerai tout, l'interrompit Lynley. Elle ne pourra rien vous dire. Personne ne peut vous en vouloir, Ding.

— Je ne veux pas rentrer chez moi. Je vous en supplie, pas chez ma mère.

— Ce ne sera pas pour longtemps. Mais il n'y a pas d'autre solution.

Elle lui donna le numéro. Pendant que ça sonnait, il lui assura :

— Je ferai comprendre à votre mère que les événements d'aujourd'hui n'ont rien à voir avec vous.

Mais alors qu'une voix de femme résonnait dans le portable, il ajouta en couvrant le microphone :

— D'un autre côté, ce serait un mensonge, n'est-ce pas, Ding ? Si bien que ce que je vais dire à votre mère quand elle viendra vous chercher ici va dépendre de ce que vous, vous allez me raconter maintenant, après ce coup de fil.

Lynley eut un peu honte d'employer un procédé qui s'apparentait à du chantage, mais il était essentiel qu'ils avancent dans cette affaire, et il ne voyait pas d'autre moyen.

Il déclara à la mère de Ding – qui se révéla être une Mrs. Welsby et non Donaldson – que sa fille n'avait rien mais qu'il s'était produit à son domicile un événement nécessitant qu'elle passe les deux prochains jours ailleurs qu'à Ludlow. Mrs. Welsby aurait-elle la gentillesse de venir la chercher le plus vite possible ? Non, Ding ne pouvait pas pour le moment lui parler, pour la bonne raison qu'elle n'était pas sur place. Mais elle serait là pour accueillir sa mère.

Après quoi, l'inspecteur regarda Ding dans les yeux.

— Maintenant, dites-moi ce qui s'est passé à la fin du premier trimestre. Vous avez fait la fête et après, qu'est-ce qui est arrivé ?

ROYAL SHREWSBURY HOSPITAL
NR SHELTON
SHROPSHIRE

Ils firent le trajet jusqu'au Royal Shrewsbury Hospital en un temps record, Clover ayant réquisitionné une voiture de police avec chauffeur. Ce dernier ne demandait qu'à foncer comme s'il avait le diable aux trousses, sirènes et gyrophare à pleins tubes. Il freina brutalement devant la zone des urgences. Clover et Trevor bondirent hors de la voiture et se précipitèrent à l'intérieur.

— Mon fils ! lança Trevor à la réceptionniste.

Comme la jeune femme ne levait pas les yeux, il tapa du poing sur le comptoir.

— Où est mon fils ?

Du coin de l'œil, il vit que Clover à côté de lui présentait son insigne, ce qui a priori semblait inutile, puisqu'elle était en uniforme.

— Je suis l'adjointe au chief constable, Clover Freeman. Notre fils a été agressé à Ludlow.

Cette fois, la réceptionniste se montra plus réactive. Elle attrapa son téléphone.

— George, le flic est toujours là ? Les parents du jeune homme sont arrivés.

Elle se pencha vers Clover :

— Votre nom, s'il vous plaît ?

Clover fit taire son irritation (elle le lui avait déjà dit) et prononça distinctement :

— Clover Freeman. Et voici Trevor Freeman. Notre fils s'appelle Finnegan.

— Freeman, informa la réceptionniste au téléphone. Bien. Je leur dis.

Et à Clover :

— Un policier va descendre, il voudrait vous parler.

— Pourquoi ne peut-on pas le voir ? s'enquit-elle avec fébrilité. Que lui est-il arrivé ?

Trevor partageait sa panique. Tous deux savaient pertinemment ce que pouvait signifier qu'un flic vienne s'entretenir avec les parents d'une jeune victime.

Il ne se passa guère que deux minutes, mais ces minutes leur parurent passer au ralenti comme dans un cauchemar. Puis du fin fond de l'hôpital surgit la dernière personne qu'ils s'attendaient à voir : le flic de la Met, le sergent Havers. Elle avait un calepin à la main, comme si elle s'apprêtait à les interroger. Trevor savait que Clover ne le tolérerait pas.

— Il est sain et sauf, commença-t-elle par leur annoncer.

Trevor se sentit vaciller sous l'effet du soulagement. Auprès de lui, Clover lança :

— Que s'est-il passé ? Est-il gravement blessé ?

— Il est encore… difficile d'évaluer la gravité des blessures, énonça le sergent en ayant l'air de peser chaque mot. En apparence, on pourrait croire à un cambriolage. Mon chef est avec la jeune fille qui a donné l'alerte. Il y a un autre policier avec eux.

— Gaz Ruddock ? s'enquit Clover.

Le sergent Havers fronça les sourcils, paraissant moins étonnée qu'intéressée.

— Non, pas Ruddock. L'officier de patrouille qui a répondu à l'appel au central. J'ai parlé à l'autre jeune homme… Le coloc de votre fils. Vous le connaissez, non ?… Il dit avoir été attaqué par un type armé d'un tisonnier ou d'un démonte-pneu. L'assaillant aurait facilement pénétré dans la maison étant donné que la porte d'entrée n'est jamais fermée à clé.

— Pourquoi ne peuvent-ils verrouiller leur putain de porte ? s'écria Trevor.

— Ils sont jeunes. De toute façon, ce n'est pas un cambriolage classique. Ce garçon… Bruce Castle… est sorti de sa chambre pour aller aux toilettes et le type lui est tombé dessus. Il s'est protégé la tête avec les bras. Il a le bras cassé. Il a crié à votre fils d'appeler le 999, mais l'agresseur est entré dans sa chambre avant qu'il ait eu le temps de faire quoi que ce soit.

Le sergent se tut et Trevor crut qu'elle en avait terminé, mais après les avoir dévisagés intensément, elle ajouta :

— Bruce Castle dit que l'agresseur hurlait que quelqu'un avait fait boire sa fille et l'avait violée…

Trevor se tourna vers Clover, sous le choc, n'entendant plus rien de la conversation qui se poursuivait entre son épouse et le sergent. Ses oreilles bourdonnaient. Soudain, un certain nombre d'incidents épars se mirent à faire sens. C'était donc *ça*, se dit-il, que Clover prenait soin de lui cacher. C'était donc ce viol qu'elle avait appris le 26 février et qui expliquait tous ces appels entre Gaz et elle…

Trevor redescendit sur terre alors que Clover demandait :

— … parlait de sa fille ? Ce qui signifie que l'intrus était un homme plus âgé ? Bruce a-t-il pu vous fournir un signalement ?

— En effet. Et je pense qu'il sera en mesure de le reconnaître.

— Vous savez qui c'est, énonça Clover d'un ton sec.

Le sergent haussa les sourcils et laissa passer quelques secondes avant de répondre :

— Étant donné que cet individu les accusait d'avoir violé sa fille, nous aurons son nom dès que nous aurons identifié la jeune fille.

— Êtes-vous en train de dire que… notre fils…, bafouilla Trevor.

— Avez-vous recueilli le témoignage de Finnegan ? le coupa Clover.

— Non. Il est entre les mains de l'équipe médicale.

— Et la jeune fille qui a appelé le central ?

— Mon chef est avec elle, comme je vous l'ai expliqué. Elle est aussi une des colocs.

— A-t-elle dit…, commença Trevor.

À nouveau, Clover lui coupa la parole :

— Merci, sergent.

Trevor sentit la colère lui serrer le front comme dans un étau. Clover dépassait les bornes. Non seulement il était furieux d'avoir à subir cet affront en public, mais encore il s'en voulait de lui permettre de le traiter de cette façon.

— Si je peux me permettre, ajouta Clover, comment se fait-il que vous vous soyez trouvée sur le lieu du crime ?

De nouveau, ce silence lourd de sous-entendus durant lequel le sergent tapota son calepin avec son porte-mine. Trevor prit conscience des allées et venues autour d'eux : une civière que l'on poussait dans le couloir, une Indienne en blouse blanche qui récitait une liste de médicaments dont elle avait besoin.

— Mon chef et moi étions en chemin pour interroger la jeune fille. Dena. Ding de son petit nom. Vous la connaissez ?

— À propos du viol ? demanda Trevor.

— On l'a rencontrée, c'est tout, répondit Clover. Elle a été agressée, elle aussi ?

— Elle n'était pas chez elle quand l'individu est entré. Elle a débarqué au milieu du drame.

— Merci, sergent, dit Clover avant de se tourner vers son mari. Mon chéri, allons voir Finn, maintenant.

Elle le prit par le bras et ils tournèrent au comptoir de l'accueil. Trevor lui glissa d'une voix glaciale :

— C'est tout ce que tu trouves à dire ?

Elle l'entraîna à l'écart, contre un mur, et prononça dans un chuchotement vibrant de rage :

— Je n'ai pas l'intention de faire des vagues, et je te conseille de la boucler aussi. Nous devons d'abord savoir ce qui s'est passé et…

— Mais, bon sang, on vient de nous le dire, ce qui s'est passé ! Un fou furieux est entré chez Finnegan pour faire la peau à celui qu'il pense être le violeur de sa fille. Tu deviens sourde ou quoi ?

Alors qu'elle fuyait son regard, il poursuivit :

— C'est donc de ça que vous cherchiez à le protéger, Gaz et toi ? Tu crois vraiment que Finnegan aurait soûlé une fille pour abuser d'elle ? Tu crois notre fils capable de…

Brusquement, elle lui fit face et murmura d'une voix sifflante :

— Arrête ! Arrête ! Sais-tu combien de fois ce genre de choses arrive ? On dirait que ton précieux club de fitness est une tour d'ivoire coupée du reste du monde. Eh bien, je vais te dire, Trev : ce genre de choses arrive tout le temps, partout. Des petites écervelées boivent un verre de trop et de jeunes imbéciles en profitent. Parfois c'est de l'alcool seulement, parfois plus. Rien n'est plus facile que de glisser un petit quelque chose dans un verre. Tu peux comprendre ça ?

— Ce que je comprends surtout, c'est que tu estimes Finn capable de faire une chose pareille.

— Je te répète que cela se produit tout le temps. (Elle s'exprimait avec une férocité qui laissait penser à Trevor qu'elle lui aurait volontiers fait pénétrer cette idée dans la tête à coups de poing.) Des garçons tout ce qu'il y a de gentils par ailleurs se mettent d'accord avec d'autres garçons tout aussi gentils. Au départ, c'est un pari, tu vois, ou bien un truc qu'ils ont vu sur Internet. Chiche, on le fait ! Et ils n'envisagent pas une seconde les conséquences. Et ensuite, quand ils se font pincer pour une raison ou une autre, ils sont tout étonnés de constater que leur vie est foutue. Je te parle d'une vie entière foutue, Trevor, la vie de Finnegan. Tu comprends maintenant ? Nous… toi et moi, ses parents… ne pourrons absolument rien faire pour lui si jamais il est mis en examen. On lui trouvera un avocat et nous lui ferons jurer… ce qui ne sera pas simple… de ne pas dire un mot devant qui que ce soit d'autre. Mais comme il y aura probablement des preuves de ce dont il est accusé… car aucune fille n'a envie de se faire sodomiser, crois-moi… alors l'avocat ne pourra rien faire non plus. Aucun plaidoyer ne tient la route face à un test ADN.

Trevor avait entendu mais n'avait pas enregistré la fin, ses pensées ayant buté sur le verbe *sodomiser*.

— Comment… (Trevor se lécha les lèvres, elles étaient aussi sèches que du granit.) Comment le sais-tu ? Bon Dieu, c'est Finn qui te l'a dit ?

Clover avait parfaitement suivi le fil des pensées de son mari. Elle regarda par-dessus son épaule avant de répondre :

— Ian Druitt en a informé Gaz.

— *Druitt ?*

— Druitt, oui. Maintenant, tu vois combien c'est grave ?

LUDLOW
SHROPSHIRE

Une fois le policier parti chercher chez Mrs. Lomax les photos réclamées par l'inspecteur Lynley, ce dernier emmena Ding à l'étage afin qu'elle puisse prendre assez d'affaires pour un séjour de quelques jours chez sa mère.

En gravissant l'escalier, Lynley lui avait rappelé qu'il ne fallait toucher à rien. Histoire de n'effacer aucune preuve… Une fois dans sa chambre, il la pria de lui dire ce qu'elle remarquait. Elle n'avait pas l'impression que quoi que ce soit ait disparu, ni même changé de place. Tout lui paraissait normal. Il lui tendit une paire de gants en latex. Elle fourra aussi rapidement que possible des vêtements dans son sac à dos tandis qu'il attendait en silence et surveillait chacun de ses gestes. Ding en déduisit qu'il était prêt à se montrer compatissant, mais pas à négliger ses devoirs professionncls.

Dehors, ils se retrouvèrent sur le carré de ciment qui leur servait, à Brutus et à elle, à garer leurs vélos. Elle était contente de respirer de l'air frais, mais beaucoup moins de constater la présence d'une grappe de curieux de l'autre côté de la rue.

Parmi eux, elle reconnut son voisin. Celui-ci traversa la chaussée lorsqu'il la vit sortir avec l'inspecteur. Comme la police n'avait pas encore délimité le périmètre avec le ruban réglementaire (par manque de temps ? de ruban ?), il s'avança vers eux. Son nom revint à la mémoire de Ding : M. Keegan.

Lynley l'arrêta.

— Ceci est une scène de crime, monsieur. Vous devez rester sur le trottoir d'en face.

M. Keegan déclara qu'il avait des informations à communiquer à la police. Il était en train de mettre de l'engrais à ses rosiers, là-bas, précisa-t-il en désignant son jardinet, quand il avait vu un inconnu sortir de la maison des jeunes et se diriger vers Old Street. Il avait à la main une sorte de bâton, M. Keegan ne pouvait être plus précis car il était myope et n'avait justement pas mis ses lunettes. Quoi qu'il en soit, il l'avait vu jeter l'objet par-dessus le mur au bord de la rivière.

— Je regarde les séries policières à la télé, ajouta-t-il, je sais que vous allez fouiller la berge et peut-être envoyer des plongeurs…

Lynley le remercia en lui assurant que ses renseignements leur seraient fort utiles. Dès que la police scientifique serait sur place, ils organiseraient un quadrillage.

M. Keegan s'éloigna d'un air satisfait. Lorsqu'il fut hors de portée de voix, Ding s'enquit :

— Savez-vous si Finn… ? Il va s'en tirer ?

— J'attends un appel du sergent, qui me donnera de ses nouvelles. Maintenant, racontez-moi les événements du mois de décembre dernier. Essayez de ne rien oublier.

— Mais vous avez dit que Missa… ?

— Nous devons écouter toutes les versions, Ding. Le sergent Havers va interroger Bruce à l'hôpital. Elle parlera aussi avec Finn, si c'est possible.

— Comme ça, vous saurez si l'un de nous ment.

— Comme ça, on aura un tableau plus complet.

Elle lui communiqua tous les détails dont elle se souvenait. La foule d'étudiants au Hart and Hind par une soirée neigeuse. Le froid polaire. Mais Jack Korhonen – « c'est le propriétaire du pub » – allume toujours le chauffage en terrasse pour les fumeurs et pour ne pas risquer de perdre de la clientèle. Eux, ils étaient arrivés assez tôt pour avoir une table à l'intérieur – « Enfin, Brutus était là avant Missa et moi… » – et Finn avait débarqué peu après.

— Par quel moyen vous y étiez-vous rendues ?

La grand-mère de Missa avait loué un taxi à cause de la neige et « pour qu'on n'ait pas de problème pour rentrer le soir si nous étions… bon… allumées, quoi. Mrs. Lomax voulait que Missa s'amuse un peu parce qu'elle travaillait tout le temps et, bah, il faut le dire, elle était pas marrante, toujours tellement sage… ».

Apparemment, la grand-mère était du même avis que Ding : sortir un peu ferait du bien à Missa.

— Je crois qu'elle n'avait jamais mis les pieds dans un pub. Je parle de Missa. Son père est une espèce d'ivrogne, il me semble. Elle parle jamais de lui, mais je le sais parce qu'un jour elle a dit que son oncle était pareil. Comme elle avait très peur de mal réagir à l'alcool, elle y touchait pas.

— Et ce soir-là, qu'est-ce qui a fait qu'elle a bu ?

— On voulait… je vous parle de Brutus et moi… qu'elle se lâche un peu. Oh, c'était pour rire. On ne lui voulait aucun mal. Et j'avais l'impression en plus d'avoir le feu vert de sa grand-mère. Missa avait en permanence le nez dans ses cours, et évidemment elle avait des super bons résultats. Et puis elle avait un petit ami.

— Un petit ami à la fac ?

— Oh, non. Chez elle. Ils étaient un peu censés être en pause, tous les deux, mais il n'arrêtait pas de l'appeler et de lui envoyer des SMS… je sais pas… six fois par jour, peut-être…

— Qu'est-ce qu'elle pensait de cette situation ? Elle vous en a parlé ?

— Pas vraiment. Mais je sais que dans sa famille ils l'aimaient pas trop. Ils auraient voulu qu'elle rencontre un autre garçon. Et ça risquait pas de se produire si tous les deux ils n'arrêtaient pas de se téléphoner…

Ding posa son sac à dos à ses pieds, puis elle le ramassa nerveusement, comme si elle ne savait pas quoi faire d'autre avec ses mains.

— Bon, mais Brutus et moi, on voulait juste lui montrer que la vie pouvait être rigolote. Alors on a pensé au cidre. Et ça a marché. Elle en a bu d'abord un peu, mais ensuite, Brutus a poussé le bouchon.

— Le bouchon ?

— Disons qu'il arrêtait pas de remplir son verre. Quand Finn est arrivé, il s'est mis à boire aussi, mais de la Guinness, pas du cidre, et finalement on était tous pétés grave. C'est à ce moment-là que Gaz Ruddock s'est pointé.

La jeune fille tordit entre ses doigts les sangles de son sac. Probablement se sentait-elle responsable de ce qui était arrivé. Elle reprit avec difficulté :

— Je crois qu'il était là pour voir où Finn en était, parce que Finn, quand il a vu Ruddock, il s'est mis en rogne, vraiment. Mais quand Ruddock m'a vue, moi, il m'est tombé dessus et m'a menacée de me ramener chez ma mère.

— Avait-il vraiment l'intention de vous ramener ou était-ce juste un moyen de pression comme vous nous l'avez expliqué hier ?

— Cette fois-là, c'était pire. Il a parlé de ma mère. Mais pour obtenir ce qu'il voulait de moi, il devait embarquer tout le monde, sinon ça aurait paru trop louche si c'était seulement moi. Comme il n'y avait pas assez de place derrière pour tout le monde, il m'a obligée à m'asseoir devant. C'est comme ça que j'ai pu m'échapper une fois qu'on est arrivés à Temeside. Les autres, il les a tous fait rentrer dans la maison…

— Missa aussi ?

— Je suppose qu'elle n'avait pas envie que sa grand-mère la voie dans cet état, mais j'ai rien vu vraiment, parce que j'avais pris mes jambes à mon cou. Je ne voulais pas le faire… enfin, vous savez quoi… avec lui.

— Où êtes-vous allée ?

— Ça glissait à cause de la neige et je me doutais qu'il me rattraperait facilement. Je me suis cachée derrière chez le marchand de tapis. C'est un peu plus haut, dans la rue… Je suis restée accroupie derrière les poubelles… Un quart d'heure au moins. Il faisait un froid terrible et il s'est remis à neiger. J'étais frigorifiée. Je suis revenue sur mes pas et j'ai vérifié qu'il n'y avait plus sa voiture de police avant de rentrer.

— Et Missa était couchée sur le canapé ?

— Je savais pas ! s'exclama Ding. J'ai même pas regardé dans le salon. J'ai pensé qu'elle avait appelé le taxi. Elle avait sa carte dans son sac. J'étais sûre qu'elle était rentrée chez elle. Moi, je suis montée dans ma chambre direct.

— Et vous l'avez, je suppose, vue le lendemain matin ?

— Même pas. Elle n'était pas là. Elle… elle a dû téléphoner au taxi, sûrement, parce qu'elle n'était plus là.

Lynley cessa de la dévisager. Il l'avait fixée jusque-là avec une telle intensité qu'elle avait eu la sensation qu'il lisait dans ses pensées. C'est alors qu'une camionnette blanche s'arrêta devant la maison. Trois hommes en descendirent, ouvrirent le hayon et se mirent à enfiler des combinaisons blanches par-dessus leurs vêtements. Ding avait vu assez de séries policières pour savoir que c'était la police scientifique. L'inspecteur s'avança pour leur dire un mot, puis revint vers Ding. Peu après, deux d'entre eux entrèrent avec toutes sortes de matériels tandis que le troisième déployait le fameux ruban.

Une fois l'équipe au complet à l'intérieur, Lynley reprit :

— Quand Missa vous a-t-elle raconté ce qui lui était arrivé ?

— Plusieurs jours après. Je voyais bien que ça allait pas, et quand elle me l'a dit, j'ai pensé tout de suite que c'était Brutus. Il l'avait fait boire. Il savait qu'elle serait sans défense. Et Brutus… il peut jamais laisser les filles tranquilles.

— En dehors de cela, y a-t-il autre chose qui vous fait penser que c'est Brutus ?

Elle dut détourner le regard du sien, incapable de le soutenir plus longtemps. Il avait un beau visage mais c'étaient ses yeux qui lui faisaient ce drôle d'effet. Des yeux marron qui l'observaient avec l'air de dire que rien d'autre ne serait toléré que la vérité.

— Quand je suis montée dans ma chambre, il était là.

— Brutus ?

— On dormait ensemble en général. Il s'est réveillé et il voulait… comme d'habitude. Bon, cette fois-là je n'ai pas voulu. Mais lorsque je me suis réveillée plus tard… Il n'était plus dans le lit. Alors quand Missa m'a dit ce qu'elle m'a dit, j'ai tout de suite soupçonné Brutus. Sauf qu'en fait, je ne l'ai appris que récemment, il était dans la salle de bains : il avait été malade et il s'était endormi par terre devant les W-C. Il m'a dit que Finn l'avait réveillé en pissant presque sur lui. J'entends d'ici le rire de Finn… Mais moi, à l'époque, je savais pas, ça. Seulement que Brutus avait disparu au milieu de la nuit.

— Vous ne l'avez pas cherché ?

— Pour quoi faire ? C'est seulement quand Missa m'a dit que j'ai compris. Enfin, j'ai cru. Missa n'était sûre de rien.

— Missa nous a dit qu'elle l'avait dit à M. Druitt. Mais à lui seul. Personne d'autre n'était censé savoir, parce qu'elle estimait que c'était sa faute. Comment se fait-il qu'elle se soit confiée à vous ?

— Oh, je l'ai deviné… comme M. Druitt, sans doute. En plus, elle se sentait mal à cause de mon haut, elle savait qu'il était cher et que je n'ai pas beaucoup d'argent pour m'acheter des vêtements.

— Votre haut ?

Les yeux de l'inspecteur exprimaient à cet instant une profonde perplexité.

Ding lui expliqua qu'elle avait prêté une tenue à Missa pour la soirée. Elle lui avait même acheté un joli soutien-gorge pour Noël. Son slip et ses collants étaient à elle, mais pas la jupe ni le haut.

— Missa n'avait pas du tout de quoi s'habiller pour sortir faire la fête. C'est pour ça que je lui ai prêté des affaires. Elle sait que j'achète mes fringues moi-même depuis que j'ai onze ans et que je suis très soigneuse. Elle était désolée de me rendre mon haut déchiré. Elle en pleurait.

— C'est à ce moment-là qu'elle vous a tout dit.

— Je suis pas idiote. Elle était beaucoup trop bouleversée pour une simple histoire de fringue. J'aurais pu le faire raccommoder, ce haut, c'est vrai. C'est ce que je lui ai dit, mais elle pouvait pas s'arrêter de pleurer. Je l'ai tannée tellement qu'elle a fini par tout me dire. Elle m'a fait jurer de ne le répéter à personne. Elle se sentait… humiliée, je crois. À sa place, je l'aurais été aussi. Je lui ai promis de me taire et j'ai rangé mes vêtements tout en flippant pour Brutus… Ensuite elle a parlé avec le diacre et il lui a demandé de lui filer ce qu'elle portait pour qu'il fasse procéder à des analyses… Et… Je suis désolée… mais j'ai menti. Parce que… je pouvais pas supporter l'idée que Brutus… Je pouvais pas… Alors je lui ai menti, je sais que j'aurais pas dû… Je lui ai dit que j'avais jeté le haut déchiré à la poubelle et que j'avais fait nettoyer la jupe à sec.

— Mais ce n'est pas ce que vous avez fait ?

— Non. Je les ai gardés. Tous les deux, la jupe et le haut. Puis un jour j'ai piqué une colère et je les ai jetés à la tête de Brutus.

— Pourquoi ?

Ding hésitait à en dévoiler davantage, honteuse d'avoir été aussi bête à l'égard de Brutus. Mais le regard brun de l'inspecteur ne lui laissa pas le choix.

— Brutus avait ramené une fille pour la nuit, c'était la première fois qu'il me faisait ça. Vous voyez, je l'avais couvert jusque-là, pensant que c'était lui qui avait violé Missa. Et tout d'un coup je vois qu'il baise... pardon... qu'il ramène une fille à la maison sous mon nez... J'étais hors de moi. J'ai sorti les vêtements, j'ai frappé à la porte de sa chambre et je lui ai dit qu'il avait bien de la chance que je l'aie protégé alors que j'aurais dû le dénoncer aux flics. Et puis j'ai lancé les vêtements. Il les a peut-être mis à la poubelle, j'en sais rien.

Lynley hocha la tête, regarda derrière lui la porte de la maison, puis consulta sa montre de gousset.

— Menez-moi à sa chambre, Ding.

ROYAL SHREWSBURY HOSPITAL
NR SHELTON
SHROPSHIRE

Une fois Finn installé dans une chambre, Trevor dit à sa femme qu'il passerait la nuit au chevet de leur fils. Il était dix heures du soir. Il fallait que l'un d'eux se repose afin d'avoir les idées claires le lendemain quand il s'agirait de prendre des décisions... Si jamais il y avait un quelconque changement, ou si Finn revenait à lui, il l'appellerait immédiatement. Mais cette dernière éventualité était peu probable, comme on le leur avait expliqué. Quant à l'avenir, Finn souffrirait peut-être de pertes de mémoire, mais on ne le découvrirait que lorsqu'il aurait repris complètement connaissance, et cette amnésie ne serait en principe que temporaire.

Clover commença par refuser de partir, mais Trevor finit par la convaincre. Elle tenait à ce qu'un flic garde la porte de la chambre au cas où l'agresseur reviendrait à l'attaque. Trevor pensait que c'était une précaution inutile, mais il acquiesça. Le sergent de la Met était sans doute encore dans les parages, et il préférait qu'elle n'ait pas accès à leur fils.

Surtout, il tenait à être seul avec Finn si jamais celui-ci reprenait connaissance. Contrairement à sa femme, il ne pouvait toujours pas croire que leur fils était capable de sodomiser une jeune fille sans défense.

Clover lui avait expliqué ce qu'elle savait du déroulement de la soirée : les colocs avaient bu – trop –, avaient été ramenés chez eux par Gaz Ruddock et la fille, Ding Donaldson, s'était enfuie. Plus tard dans la nuit, un type avait violé une autre fille qui s'était endormie sur le canapé.

Au chevet de Finn, Trevor restait silencieux et attentif au moindre battement de cils de son fils. Des heures s'écoulèrent. Une infirmière entrait de temps à autre pour vérifier les appareils. À un moment donné, une policière pointa la tête par la porte pour lui dire que tout allait bien et qu'elle allait monter la garde.

Finn se réveilla peu après quatre heures du matin. Trevor somnolait dans le fauteuil quand soudain il entendit la voix de son fils :

— Maman ?

Trevor se leva, alluma la lampe et prit machinalement le grand gobelet d'eau sur la table de chevet.

— Je suis là, Finn. Ta mère se repose à la maison. Tu as soif ?

Finn ferma les lèvres sur la paille et vida le gobelet.

— Merci, dit-il.

Puis, d'une petite voix qui rappelait à Trevor l'époque où son fils se réveillait la nuit après un mauvais rêve, il demanda :

— Papa, c'était qui, ce type ?

— Celui qui t'a agressé ? On ne sait pas encore.

— J'ai entendu tout d'un coup beaucoup de bruit, articula Finn, dont les lèvres avaient l'air tellement sèches que Trevor se promit de lui acheter un baume dans la boutique de l'hôpital à la première heure d'ouverture. Au début, je croyais que c'était le père d'une fille qui tapait sur Brutus parce que... Il y a encore de l'eau ?

— Je vais aller en chercher. Termine ce que tu voulais dire.

— Parce que... eh ben... Brutus s'était planté, quoi, pour une fois. Il avait tiré un mauvais numéro, et le père de la nana voulait lui donner une leçon.

— Ce serait le genre de Brutus ?

— Ben, disons qu'il le fait avec n'importe quelle nana qui veut bien. Ça finit par faire beaucoup...

— Et si la fille ne veut pas ?

Finn plissa le front. Il avait un œil fermé et la tête bandée. Outre ses blessures à la tête, il avait une fracture de la clavicule, une fracture de l'épaule et une fracture du poignet.

— Je crois qu'aucune lui a jamais dit non. Je sais pas ce qu'elles lui trouvent, il doit avoir une bite magique, je sais pas... Je peux avoir de l'eau, papa ?

Trevor remplit le gobelet au lavabo, tout en songeant à l'enchaînement cause-fait-conséquence, à la vérité et au mensonge, aux actions et réactions… Puis il retourna au chevet de son fils.

— Finn, il s'est passé quelque chose en décembre… chez toi.

Le jeune homme posa sa tête sur son oreiller et ferma son œil valide.

— Quoi ? Qu'est-ce qu'il s'est passé ?

Il semblait soudain à moitié endormi.

— Une jeune fille a été violée. Elle était sur votre canapé, ivre…

— Tu parles de Ding ?

— Une autre. Elle était sortie avec Ding et apparemment elle n'a pas voulu rentrer chez elle dans l'état où elle était. Ça te dit quelque chose ?

Finn parut fouiller dans sa mémoire.

— Ça peut pas être Ding. Ding arrive toujours à monter l'escalier. Et même, Brutus l'aiderait.

Il resta silencieux quelques instants, puis ajouta :

— Tu sais, ils couchaient ensemble. Évidemment, Brutus couche aussi avec d'autres filles. Il peut pas résister, et les filles lui résistent pas.

— Tu te rappelles cet incident ? La nuit où une fille a dormi sur le canapé ?

Trevor aurait voulu que Finn ouvre son œil valide. Il lui semblait qu'en croisant son regard il aurait su la vérité. De toute façon, il la connaissait déjà, la vérité : Finn était incapable de violer qui que ce soit… Finn n'était pas le garçon que sa mère croyait qu'il était.

— Quel incident ? murmura le jeune homme.

— En décembre, Finn. Vous vous êtes soûlés au pub, on vous a ramenés chez vous, Ding s'est enfuie et une autre fille est rentrée avec vous, je suppose. Sûrement, elle est rentrée dans la maison avec toi. Ding n'était pas là, mais cette fille, si.

— Possible.

Finn avait parlé à mi-voix. Il se rendormait.

Trevor posa la main sur son épaule, celle qui n'était pas cassée.

— Finn, en décembre, tu te rappelles ?

Le garçon opina.

— En décembre.

Et ce fut tout.

24 mai

IRONBRIDGE
SHROPSHIRE

Lorsque Yasmina s'éveilla, il était cinq heures du matin, deux heures avant que son réveil sonne. La maison était dans le même état que la veille quand elle s'était endormie, à savoir… vide. En fin d'après-midi, Rabiah lui avait appris que Missa passerait la nuit à Ludlow. Quant à Sati, elle ne reviendrait pas en l'absence de sa grande sœur. En revanche, Yasmina s'était attendue à ce que Timothy rentre à un moment ou à un autre, peut-être au petit matin. Mais il n'était pas rentré.

En dépit de l'heure, elle téléphona à Rabiah. Il était possible que Timothy ait échoué chez elle. Mais il n'y était pas. Divers scénarios parcoururent l'esprit des deux femmes : ivresse au volant, accident mortel, overdose d'opiacés…

— Missa… Comment va-t-elle ? demanda Yasmina. La police n'a pas été trop dure ?

— En fait, ils ont été très gentils. Ça a été moins traumatisant pour elle qu'avec toi et Tim.

— Tu lui diras que j'ai appelé ? Et que je suis désolée de… de tout ce que je lui ai fait endurer…

— Personne n'est vraiment en tort, à part cet homme qui l'a violée, Yasmina. Mais nous devons nous préparer à…

À son hésitation, Yasmina devina qu'il s'était produit un fait nouveau. Sa belle-mère hésitait à la mettre au courant.

— Maman, tu dois me dire s'il est arrivé quelque chose. Je suis affreusement inquiète pour Timothy. Si ça le concerne, il faut me le dire, je t'en prie.

Rabiah lui apprit qu'un policier en uniforme était venu chercher une photo de famille. Une photo où on voyait bien Timothy. À sa question, le jeune homme avait répondu qu'il ne savait rien, il avait juste reçu l'ordre de venir chercher la photo.

— Il a bien fallu que je lui en donne une. Je lui ai demandé où il l'emportait. Il a été plus qu'évasif. Yasmina, ma chérie…

Elle se tut, et ce silence suffit à ce que Yasmina comprenne.

— Il a fait une connerie, dit-elle.

Après cette conversation avec Rabiah, elle se prépara comme d'habitude pour aller à la clinique. Elle ne voyait pas que faire d'autre, de toute façon. Pour l'heure, elle était à court d'options. Si elle allait voir Sati, la petite voudrait savoir où était sa grande sœur et pourquoi, et Yasmina ne saurait que lui dire. En attendant qu'elle-même en sache davantage, Sati allait devoir être forte et affronter la journée toute seule.

Peu après, Justin vint lui annoncer ce que Yasmina savait déjà : Missa n'avait pas pointé au travail la veille et, pire encore, elle n'était pas rentrée le soir.

— Elle est juste montée s'habiller en disant que Rabiah voulait qu'elle vous parle. Et depuis, elle n'est pas rentrée.

— Elle est à Ludlow.

— Pourquoi ? Et pourquoi est-ce qu'elle avait pleuré ? Elle avait le visage tout bouffi… Elle a refusé de m'expliquer. Et si je suis venu maintenant, c'est que je veux savoir ce que vous lui avez fait. Je sais que vous ne voulez pas qu'on se marie même si vous prétendez le contraire. J'ai été trop bête de penser… Je veux savoir où elle est.

— Elle est avec sa grand-mère.

— Tous, vous essayez de nous séparer. Missa dit que vous êtes capable de tout pour empêcher le mariage, même de l'emmener en Inde.

— Ça, ce n'est pas vrai.

— Je l'ai appelée je ne sais combien de fois depuis hier. Elle ne répond pas. Qu'est-ce que vous avez fait de son portable ?

Yasmina flaira le danger : un jeune homme robuste, fou de rage à juste titre.

— Je vais te donner le numéro de Rabiah. Appelle-la et elle…

— Pas question. C'est à vous de me dire ce qui s'est passé !

— Missa te le dira elle-même. Je ne peux pas, surtout après tout ce que j'ai fait. Des choses dont j'ai honte maintenant. Vraiment, je suis désolée, Justin.

Ces dernières paroles parurent le calmer.

— Je l'aime tellement, si vous saviez. Rentrera-t-elle aujourd'hui ?

— Je pense que oui.

— Mais vous n'êtes pas sûre ?

— Je ne suis sûre de rien. Tu as le droit de ne pas me croire, après tout, mais c'est tout ce que je peux te dire.

Apparemment, il la crut, car il reprit la route de Blists Hill en déclarant qu'il appellerait Rabiah.

Quarante minutes plus tard, elle entendit une voiture s'arrêter devant la maison. Elle se précipita à la fenêtre pour voir Timothy en descendre, l'air anéanti. Il se pencha en avant et posa le front sur le toit du véhicule.

Ils ouvrirent la porte tous les deux en même temps, lui de l'extérieur, elle de l'intérieur de la maison silencieuse. La première chose qu'elle vit, ce fut le sang. De multiples petites taches sur l'épaule gauche de sa chemise, et trempant sa manche à droite.

— Un policier a demandé à ta mère de lui donner une photo de toi, dit-elle sans préambule.

— J'ai pris les choses en main, déclara-t-il d'un ton rageur, n'ayant apparemment pas décoléré depuis la veille.

Sans un mot de plus, il se dirigea vers l'escalier.

Elle lui barra le passage.

— Qu'est-ce que tu as fait ?

— Je viens de te le dire.

— Tu as blessé quelqu'un ?

Le regard qu'il lui jeta était chargé d'une telle dose de mépris qu'elle recula d'un pas.

— Pas plus que Missa n'a été blessée.

Il la poussa et gravit l'escalier.

Elle referma la porte d'entrée. Écouta les bruits à l'étage : la porte de la salle de bains, l'eau qui coule dans le lavabo, juste le temps de remplir le verre à dents. Elle monta comme un dard, décidée à l'empêcher de faire ce qu'il avait en tête.

Elle avisa les deux cachets au creux de sa paume et lui assena un coup sur le bras en criant :

— Il faut qu'on parle, Tim !

Les cachets rebondirent, puis roulèrent au sol. Il se borna à en faire tomber deux autres dans sa main et serra le poing.

— On a déjà assez parlé comme ça.

Et sur ces paroles il fit claquer sa paume contre sa bouche et avala.

Elle le suivit dans leur chambre en pleurant.

— Pourquoi, Tim ? Tu as perdu une fille, une deuxième a été violée et la troisième a peur de rentrer à la maison ! Et toi, qu'est-ce que tu fais ? Je t'en supplie. J'ai besoin de toi. Nous avons toutes besoin de toi.

Timothy répondit par un silence, comme s'il voulait qu'elle entende l'écho des mots qu'elle venait de prononcer.

Finalement, il prononça :

— Tu crois que tout a commencé avec Janna ? Que tout a roulé parfaitement pour nous jusqu'à sa maladie. Non, pas du tout… Mais c'est vrai qu'avec sa mort tout est devenu pire.

— Tu as fait tout ce que tu as pu pour ne rien ressentir. Et aujourd'hui encore, tu ferais n'importe quoi pour maintenir un mur de béton entre toi et la réalité.

— Détrompe-toi, Yasmina. C'est juste que tu ne peux envisager qu'un seul processus de deuil : le tien. Ce qui s'est détraqué entre toi et moi, entre nous et les filles, prend sa source dans ta conviction de détenir un pouvoir mystique sur tous les « aspects » de ta vie. Le premier et le plus important de ces aspects étant incarné par ceux qui t'entourent.

— C'est tellement injuste, ce que tu me dis là, Tim, alors que je me suis entièrement dévouée à…

Le front de Timothy se plissa d'un millier de rides.

— Dévouée à manipuler ton petit monde, oui ! Tu ne nous vois même pas comme des personnes. Nous sommes pour toi des pions sur un échiquier. Mais tu ne peux pas le reconnaître parce que, si tu en prenais conscience, tu serais obligée de faire toi aussi ce que tu veux que je fasse et que tu penses que je ne fais pas… Éprouver des émotions dévastatrices, hurler à la lune la nuit contre notre malheur.

— Vas-y, fais retomber toute la faute sur moi. C'est facile pour toi de te laver les mains de toute responsabilité.

Il se frotta le front d'une main et le tapota avec ses doigts.

— Ce n'est la faute de personne, Yasmina. C'est comme ça, voilà tout.

D'un mouvement plein de lassitude, il s'étendit sur le lit et lui tourna le dos. Il s'endormit presque immédiatement.

Qu'avait-elle gagné dans cet échange ? Des mots formulant une accusation, une accusation la désignant comme coupable, une culpabilité exigeant réparation.

LUDLOW
SHROPSHIRE

Lorsque Lynley lui téléphona de bon matin, Ruddock l'interrogea tout de suite à propos des deux garçons.

— Un collègue de Shrewsbury a fait un saut au poste hier soir, expliqua-t-il. Il m'a raconté, c'est moche. J'ai essayé d'appeler les Freeman. Ils ne répondent pas. Comment va Finn ?

— Le sergent Havers a passé l'après-midi à l'hôpital avec la famille Freeman... Nous aimerions parler un peu avec vous, Ruddock.

— Vous ne pensez quand même pas que j'ai pu faire du mal à ces garçons ?

— Nous avons le signalement de l'agresseur, et il avait ses raisons. Ou du moins, c'est ce qu'il croyait...

— Quel genre de raisons...

— C'est ce dont nous aimerions nous entretenir avec vous. Peut-on venir vous voir ? Nous pouvons parfaitement nous déplacer jusqu'à votre domicile.

Non, non. Ruddock préférait leur donner rendez-vous au poste désaffecté. Lui accordait-on trente minutes ?

Pas plus de quinze, répondit Lynley. Si cela lui était impossible, ils seraient obligés de le déranger chez lui. Pouvait-il leur communiquer son adresse ?

Bon, très bien, il serait au poste dans quinze minutes...

La veille, une fois que la police scientifique avait libéré les lieux, Lynley avait fouillé la chambre de Bruce Castle, assisté de Dena Donaldson, à la recherche des vêtements qu'elle avait lancés à la tête de son ami. La bonne nouvelle : Bruce s'était contenté d'envoyer le tout sous le lit d'un coup de pied. La mauvaise : ils avaient longtemps séjourné au milieu des moutons de poussière. Surtout, des mois s'étaient écoulés depuis que Missa Lomax avait revêtu cette jupe et ce haut. Ils étaient d'abord restés pendus dans le placard de Ding sans protection, puis avaient été manipulés par la jeune fille et par Brutus – du moins par les pieds de Brutus. Cela dit, Lynley avait la sensation qu'ils pourraient s'avérer utiles. Il les avait donc mis dans un sac plastique médico-légal fourni par les techniciens.

Entre-temps, le policier dépêché chez Mrs. Lomax était revenu avec une photo que Lynley avait montrée à Ding, laquelle avait manifesté des réticences à identifier le père de Missa comme l'agresseur de Finn et Brutus.

« Vous savez, je ne l'ai vu que… quoi ?… cinq secondes ? »

Mais quand il lui avait expliqué qu'ils allaient sûrement retrouver le tisonnier et analyser les empreintes sur la porte d'entrée, elle avait confirmé par un hochement de tête, rassurée à l'idée que son témoignage seul n'entraînerait pas l'arrestation de cet homme.

Après quoi, sa mère avait débarqué pour la ramener à Much Wenlock. « Ding ! Oh, Ding ! Quand je pense à ce qui aurait pu t'arriver, à toi aussi… » Elle avait embrassé sa fille avant de la guider vers sa voiture. « Merci ! », avait-elle lancé à Lynley comme s'il devait être considéré comme le sauveur du jour alors que c'était à sa fille elle-même que les garçons devaient la vie.

De retour à l'hôtel, l'inspecteur avait attendu Barbara Havers et réfléchi à un moyen de coincer Gary Ruddock. Car, pour le moment, ils n'avaient pas de preuves.

Lorsque Havers était revenue de Shrewsbury, elle l'avait informé que Finnegan Freeman était toujours dans le coma. Brutus, en revanche, avait décrit très précisément l'individu sur lequel il était tombé dans le couloir en sortant de sa chambre pour aller aux toilettes. « Hum. L'étau se resserre autour de Timothy Lomax », avait commenté Lynley. Restait la possibilité de retrouver l'arme du crime… Et par ailleurs il leur faudrait enquêter sur ce qu'étaient devenus les sous-vêtements de Missa…

Ruddock se pointa au poste quelques secondes après eux. L'îlotier avait l'air décontracté. Sa tenue était impeccable.

Lynley sortit le sac plastique avec les vêtements du coffre de sa voiture. Ruddock y jeta un bref regard, mais ne posa pas de questions. En ouvrant la porte, il leur proposa du café. Ils acceptèrent tous les deux. Cela leur permettrait de mieux étudier leur bonhomme. D'ailleurs, s'il ne leur en avait pas proposé, ils lui auraient demandé d'en préparer.

Dans l'ancien réfectoire, Lynley et Barbara avisèrent deux fauteuils en plastique. Sur l'un, Lynley posa son sac plastique. Havers suspendit sa besace au dossier de l'autre avant de dire :

— Je vais aller chercher…

Et, sans terminer sa phrase, elle se dirigea vers la pièce où était mort Druitt. Quand elle reparut en poussant le fauteuil à roulettes, elle portait des gants en latex. Telles étaient les instructions de l'inspecteur…

Ruddock s'affairait autour de la machine à café et s'excusa de n'avoir en guise de crème qu'un sachet de « blanchisseur instantané ». Son sourire s'évanouit brutalement lorsque ses yeux se posèrent sur les mains gantées de Havers.

— Sergent, vous ne faites pas un peu trop de zèle ? fit observer Lynley.

— Empreintes digitales, test ADN et tout le toutim, inspecteur. S'il était assis dans ce fauteuil, ça se saura.

— Vous parlez de Ian Druitt ? intervint Ruddock. Mais il n'était pas assis là-dessus. C'était le fauteuil en plastique, comme je vous l'ai dit quand vous m'avez interrogé sur les photos.

— Laissez ça de côté pour l'instant, dit Lynley à Havers.

— Avec les traces de frottement sur le sol ? Avec ce qu'on sait maintenant ? Vous plaisantez, inspecteur.

— Je peux savoir ce qui se passe ? demanda l'îlotier, de plus en plus troublé.

— Asseyez-vous, s'il vous plaît, sergent, dit Lynley à Barbara. Procédons par ordre.

— Bon, bon, d'accord.

Elle s'assit, non pas sur le fauteuil de bureau, mais sur le fauteuil en plastique, reprit son sac et en sortit son calepin et son porte-mine. Lynley transféra le sac plastique du fauteuil à la table. Ruddock jeta un coup d'œil au sac et détourna les yeux.

— Il s'est passé quelque chose hier. Si vous voulez que je vous aide, il faut me dire quoi. Tout ce que je sais, c'est que Finn Freeman et son coloc…

— Brutus, dit Havers. Il a eu le bras cassé en petits morceaux par un dingue qui criait que sa fille avait été violée. Il pensait qu'un des deux garçons était le coupable.

— Mais pourquoi, Dieu du ciel ?

— Parce que le viol a été perpétré dans cette maison.

— Mon Dieu. Quand ça ?

— En décembre dernier. Après les examens. L'alcool coulait à flots au pub de Quality Square. Vous êtes accouru. Ils étaient tous ivres. Et vous avez embarqué la petite bande à Temeside. Vous devez vous en souvenir ?

— J'ai souvent déposé ce groupe de jeunes à Temeside depuis la rentrée. Si on dit que je l'ai fait ce soir-là, c'est sans doute vrai.

— Mais ce soir-là n'a pas été un soir comme les autres, dit Lynley, parce que Ding s'est sauvée. Dena Donaldson, si vous préférez. Restaient Finn, Brutus et une jeune fille qui n'habite pas là mais qui ne voulait pas rentrer chez elle en état d'ébriété. C'est elle qui a été violée. Elle l'a dit à Ding mais à personne d'autre, en tout cas au début. Je vous en prie, asseyez-vous, agent Ruddock.

— Le café… ?

— Je crois que je m'en passerai finalement. Barbara ?

— Moi aussi, dit-elle en tapotant avec son porte-mine une page blanche de son calepin.

Ruddock ne se servit pas de tasse non plus. Avait-il les mains qui tremblaient ?

— Bien, alors je vais m'asseoir, dit-il en prenant place dans le fauteuil de bureau.

Il appuya fermement ses pieds par terre pour empêcher le fauteuil de bouger sur ses roulettes.

— C'est pour ça qu'il fallait un siège en plastique, fit remarquer Havers à Lynley en indiquant les pieds de Ruddock. Mais on avait déjà compris, monsieur, n'est-ce pas ?

— En effet, répondit Lynley.

Ruddock garda le silence, mais se mit à taper du pied. Voyant le regard de Havers fixé sur ses chaussures, il arrêta.

— Je n'ai pas beaucoup de temps, je dois faire ma ronde. Qu'est-ce que je peux faire pour vous ?

Lynley reprit :

— La victime du viol en a aussi parlé à Ian Druitt. Elle a eu plusieurs entretiens avec le diacre…

— Sept, précisa Havers.

— Au départ, elle le voyait pour une tout autre raison. Après le viol, voyez-vous, elle a voulu arrêter ses études. Pendant les vacances, ses parents ont réussi à la persuader de retourner à la fac, mais comme elle n'avait plus les mêmes résultats qu'au premier trimestre, cela a alerté ses professeurs et, de fil en aiguille, elle s'est trouvée face à M. Druitt.

Ruddock hocha la tête.

— C'est logique. Il a dû lui prêter une oreille compatissante.

— Hum. En effet, dit Lynley en soulevant le sac et en le posant par terre.

— Nous avons parlé à cette jeune fille, enchaîna Havers. Pas plus tard qu'hier. C'était pas commode pour elle de nous raconter son histoire… mais comme elle venait de mettre ses parents au courant, cela lui a été un peu plus facile. Enfin, après tout ce temps, on aurait pensé qu'il n'existait plus de traces de quoi que ce soit… Seulement, voyez-vous, cette jeune fille n'avait jamais été ivre de sa vie et elle avait tellement honte qu'elle a eu l'impression de l'avoir bien cherché, enfin que c'était une punition méritée. Et pour mieux se rappeler sa faute, elle a voulu garder un souvenir, un objet qui lui servirait à se… comment dit-on déjà, ce que font les fanatiques religieux… ?

— Se fustiger, proposa Lynley tout en dévisageant intensément Ruddock.

— Ah, oui, opina Havers. Et vous savez ce qu'elle a gardé ? Les dessous qu'elle portait ce soir-là, sans les laver… Elle les a rangés dans un tiroir… Je suppose qu'elle les sort de temps à autre pour se rappeler sa faute et se traiter de tous les noms, pute, pouffiasse et j'en passe. Il y a des jeunes filles comme ça… Elle a reçu une éducation très stricte de ce point de vue.

— Elle a confié ce linge de corps à Ian Druitt, dit Lynley. Pour analyse. Le diacre lui a dit ensuite qu'on lui avait certifié qu'il n'y avait plus aucune trace du viol.

— Nous supposons que c'est cette question qui a motivé tous ces appels entre vous et le diacre, reprit Havers. Un homme aussi plein de compassion que lui… je répète ce que vous m'avez dit… aurait tenu à ce que le responsable d'un tel acte soit traduit devant la justice. Il vous aura contacté pour vous demander de faire analyser son slip et ses collants. Au départ, vous lui avez dit que vous n'aviez pas encore de retour du labo. Mais il a continué à vous appeler, pas vrai ? Finalement, vous lui avez dit qu'il n'y avait plus de traces, que c'était trop dommage et tout le reste. Et parce que vous êtes un représentant de l'ordre,

Gary… C'est ce que vous êtes, non ?… Ian Druitt vous aura cru. Donc après ça, si la jeune fille avait parlé à quelqu'un d'autre que Druitt, elle n'avait plus aucune preuve à présenter.

— Ce qu'elle n'a pas dit à Ian Druitt, toutefois, ajouta Lynley, c'est que les autres vêtements qu'elle portait ce soir-là appartenaient à la dénommée Ding. Et Ding les a précieusement conservés tels quels. Elle nous les a remis hier.

Pour appuyer ses paroles, Lynley frôla le sac plastique du bout des doigts.

— Nous nous attendons à y trouver l'ADN du violeur, dit Havers. Selon vous, Gary ? Nous aimerions avoir votre avis là-dessus. Et, au fait, nous avons résolu le mystère de la mort de Druitt. N'est-ce pas, monsieur ?

Les traits de Ruddock s'altérèrent.

— J'étais bien obligé de le protéger. J'avais reçu l'ordre de le protéger. J'aurais perdu mon boulot si je ne l'avais pas fait.

— Vous faites allusion à Finnegan Freeman, je suppose ? dit Lynley.

— Dès qu'il est venu habiter à Ludlow, elle m'a demandé de le surveiller. Qu'est-ce que je pouvais faire ? Dire non à l'adjointe au chief constable ? Désobéir à un haut gradé ? Qui ferait une chose pareille ? Alors quand j'ai découvert… Quand Druitt m'a mis au courant de ce qui s'était passé dans cette maison… j'ai fait ce que j'ai pu.

— Quoi exactement ? dit Lynley.

— Je lui ai dit. J'ai dit à l'adjointe tout ce que je savais, et que la fille mentait sans doute. C'est ce que j'ai dit aussi au début à Druitt. Je connais ces garçons, ils peuvent pas avoir fait une chose aussi horrible. Cette fille ment, c'est certain. Elle cherche à se venger ou elle est en colère contre eux pour une raison ou pour une autre. Mais Druitt a continué à discuter avec la fille et c'est là qu'il est venu me trouver avec ses sous-vêtements. Alors j'ai su ce qu'il fallait faire.

— Le tuer ?

— Ça va pas, non ! J'ai jamais pensé à ça ! Je me suis juste débarrassé des preuves. Je les ai remises en main propre à qui de droit. Mais *elle* n'était pas satisfaite. Elle voulait être sûre et certaine que personne n'apprendrait jamais ce que son cher fils avait fait à cette fille. Seul Druitt était au courant. Alors...

— Alors vous l'avez tué, termina Lynley à sa place.

— Non ! Je vous jure devant Dieu que je n'ai jamais rien fait à ce type que d'aller le chercher à St. Laurence pour le ramener au poste. Ensuite j'ai passé mes appels et pendant ce temps quelqu'un l'a assassiné.

— Vous avez oublié l'épisode de la sacristie.

Ruddock se passa la langue sur les lèvres et se remit à taper du pied.

— Quoi, la sacristie ?

— C'est là que Ian Druitt a enlevé ses vêtements liturgiques au moment où vous l'avez arrêté.

— Ce n'est pas ma faute s'il en a profité pour...

— C'est vous qui en avez profité, Gary, l'interrompit Havers. Vous n'auriez peut-être pas été l'ordure que vous êtes si vous aviez fréquenté l'église.

— Sergent, de la mesure, s'il vous plaît, intervint Lynley. Gary, vous avez pris la mauvaise étole. Les couleurs ont une signification. L'étole que Druitt portait ce jour-là était violette, pour le Carême. Vous, vous avez pris la rouge.

Silence. Cela aurait été formidable de voir Ruddock prendre des airs d'animal traqué, mais ce ne fut pas le cas. Cela signifiait sans doute qu'il avait d'autres atouts dans sa manche. Lynley, toutefois, détenait un as.

On entendit la porte de derrière s'ouvrir. Lynley pencha la tête de côté, un signe entre lui et Havers, laquelle se leva aussitôt.

— Elle a fait pression, dit Ruddock une fois Havers sortie de la pièce. Elle m'a pas lâché. C'est *elle* qui a insisté pour que je récupère les preuves, qui m'a fait dire à Druitt que je ne pouvais rien faire sans les sous-vêtements. Ensuite, quand il me les a donnés, il a bien fallu que je le lui dise, à elle. Et là, elle a paniqué. Finn allait être accusé de viol et toute sa vie il traînerait cette faute de jeunesse comme un boulet. La fille se remettrait. C'était moche pour elle, bien sûr. Mais elle oublierait. Je devais à tout prix éviter que son fils fasse de la prison. En plus de la honte, quand les autres détenus sauraient pour le viol, ils le tabasseraient. Ils s'aligneraient pour le corriger chacun à son tour et il n'était pas sûr qu'il s'en sorte vivant. Mais il n'avait rien à craindre du moment que les preuves disparaissaient.

— Je vois, opina Lynley en fronçant les sourcils. Et ces sous-vêtements ? Soit vous les avez toujours, soit vous les avez donnés à l'adjointe au chief constable parce que vous n'êtes pas du genre à ne pas suivre les ordres.

— Je les lui ai donnés. Mais Druitt savait, lui, et ça, ça n'était pas tolérable. J'avais rien contre ce type.

Il faisait son devoir, rien d'autre. Mais elle, elle voulait pas prendre ce risque.

— Quel risque ?

— Que l'un d'eux, Druitt ou la fille, ne gobe pas ce que je leur racontais sur l'absence d'ADN. Ils pouvaient prendre leur téléphone et appeler eux-mêmes Shrewsbury en disant : « Voilà ce qui s'est passé, mais on nous a dit que vous n'aviez rien trouvé… comment est-ce possible alors qu'il y a eu sodomie ? »

— Ah, fit Lynley.

L'inspecteur se tut un long moment, apparemment plongé dans une profonde méditation sur ce qu'il venait d'entendre. Puis il lâcha :

— C'est bien ça le problème, Gary.

— Quoi ?

— Que vous sachiez que la victime a été sodomisée.

— Druitt…

— Non. Druitt l'ignorait, personne ne le savait. La jeune fille n'en a pas dit un mot jusqu'à hier. Elle avait trop honte.

— Elle a bien dû le dire à quelqu'un.

— Non. Dans sa culture… ou plutôt dans la culture de sa mère… la virginité est fondamentale chez les futures épouses. Certes, elle restait physiquement vierge puisque l'hymen n'a pas été déchiré, mais elle avait trop honte d'admettre la nature de l'agression dont elle avait été victime…

— C'était Finn, je vous jure. C'était lui.

— C'est ce que vous avez fait croire à l'adjointe au chief constable, n'est-ce pas ? Il fallait qu'elle panique pour l'avenir de son fils afin de vous permettre de tout organiser : le déplacement de la caméra de vidéosurveillance, l'appel anonyme au central et l'accusation assez vague pour qu'aucune mesure ne soit prise dans l'immédiat… Appel passé depuis le poste désaffecté avec l'intention de prouver qu'on cherchait à faire de vous un bouc émissaire. Et c'est elle qui s'est chargée de téléphoner au sergent Gunderson pour enclencher l'arrestation de Druitt un soir où les flics de Shrewsbury ne pourraient pas s'en occuper.

— Puisque je vous répète que…

— Une fois que nous avons eu récupéré le portable de Druitt, les choses ont commencé à mal tourner pour vous, Ruddock. Vous avez donc pointé du doigt Finnegan en nous disant que Druitt vous avait confié qu'il s'inquiétait à son propos. Sauf que Druitt n'était aucunement préoccupé par Finn…

— J'avais reçu des ordres. Des ordres de la chef Freeman.

— C'est possible. Mais cela m'étonnerait qu'elle vous ait ordonné de sodomiser une jeune fille.

D'une voix plus forte, il appela, se tournant vers le couloir :

— Sergent ?

Havers fit irruption, accompagnée par deux policiers en uniforme.

— Ils vont vous emmener à Shrewsbury, Gary. Une suite charmante vous y attend.

ROYAL SHREWSBURY HOSPITAL
NR SHELTON
SHROPSHIRE

Clover débarqua vers neuf heures et demie dans la chambre de Finnegan. Elle n'était pas en uniforme.

— Je prends la relève, dit-elle à Trevor. Tu as besoin de dormir.

Au son de sa voix, Finn se redressa :

— Maman ?

Elle se tourna vers le lit.

— Je suis là, mon chéri. Ton père va rentrer se reposer un peu, mais on ne te laissera pas seul tant que ton agresseur n'aura pas été arrêté.

En voyant apparaître Clover, Trevor avait ressenti comme un malaise. Une chose était sûre : il n'avait aucune envie de quitter cette chambre.

— Je crois que je vais rester, dit-il.

— Ce n'est vraiment pas la peine, chéri. Si quelqu'un veut parler à Finnegan, il faudra qu'il passe par moi.

— Des flics ? s'enquit Finn d'une voix ensommeillée.

Clover s'installa dans le fauteuil laissé vacant par Trevor. Elle se pencha vers son fils.

— Ils vont vouloir que tu fasses une déposition, Finnegan. À moins que tu leur aies déjà parlé ? À propos de ce qui s'est passé hier… ou d'autre chose ?

Finn fit péniblement pivoter son visage vers sa mère. Il était aussi tuméfié, violacé et sillonné de plaies suturées que celui d'un boxeur après une défaite cuisante.

— Quoi ?

— Ils vont t'interroger sur ce qui s'est passé l'hiver dernier. Mais ne t'inquiète pas… Je serai avec toi. J'espère que tu n'as encore rien dit.

Elle se tourna vers Trevor :

— Il n'a pas parlé à la police, hein ? Cette flic de Scotland Yard n'est pas arrivée à l'alpaguer hier soir ?

— Scotland Yard ? répéta Finn. Encore eux ?

Trevor répondit à la place de Clover :

— Ta mère a peur que tu dises des bêtises à la police.

— Mais, maman… ils voudront juste que je fasse une déposition, tu l'as dit.

— Il ne s'agit pas des événements d'hier, Finn, expliqua Trevor. Il s'agit de ce dont nous avons discuté tous les deux cette nuit.

— Cette nuit ?

— La jeune fille… à Temeside… l'agression, lui rappela son père, qui sentait peser sur lui le regard de Clover.

— Quoi… Quelle jeune fille ? Ding n'était pas là quand ce dingue m'est tombé dessus. En tout cas… je crois pas.

— Les médecins nous ont prévenus que tu aurais des trous de mémoire, mais tout finira par te revenir.

Clover intervint pour énoncer d'une voix calme :

— Il ne se souvient de rien pour le moment…

Elle semblait soulagée, beaucoup trop soulagée, au goût de Trevor.

— La police, reprit-il, va t'interroger sur une jeune fille qui était ivre morte chez toi en décembre dernier. Ta mère voudrait éviter ce désagrément parce que cette jeune fille a apparemment été sodomisée contre son gré.

Clover se redressa brusquement.

— Trevor, tu ne vas pas…

— Ta mère tient à ce que tu te taises sur ce qui s'est passé en décembre dernier, Finn. Elle a peur de ce qui arrivera si tu parles. Comme elle préfère aussi que tu ne parles pas de celui qui a essayé de te tuer hier.

Clover se leva et fit signe à Trevor de la suivre dans le couloir.

— Mais… qui… a été sodomisé… maman ? bégaya Finn.

Dans un chuchotement rageur, Clover lança à son mari :

— Espèce de lâche.

Trevor se pencha à son tour sur leur fils.

— Fais de ton mieux pour te rappeler cette nuit de décembre, Finn.

— C'est impossible, dit Clover, il ne peut pas… les trous de mémoire…

— Si, il peut essayer.

— Il faut surtout qu'il comprenne qu'il ne doit rien dire à *personne*.

— Papa… Maman… ?

Un enfant, songea Trevor en s'étonnant soudain de voir l'expression si jeune de son fils, avec son crâne tatoué caché par les pansements et ses grands yeux humides de larmes. Il faisait manifestement de gros efforts pour ne pas pleurer devant ses parents.

— Ta mère ne te permettra pas de parler aux flics à moins que tu sois capable de lui assurer que le viol et la sodomie ne te viendraient même pas à l'esprit si tu trouvais une fille ivre morte sur ton canapé.

— Comment oses-tu, Trevor ? murmura Clover entre ses dents.

À l'intention de sa femme, il enchaîna :

— Tu ne pourras pas éternellement barrer la route à la police. Et si Finn ne veut pas que tu sois présente, tu ne pourras pas répondre à sa place.

— Ils vont l'obliger à parler. Tu crois que j'ignore leurs techniques d'interrogatoire ?

— S'il leur dit la vérité…

— Dieu que tu peux être naïf, Trevor ! La vérité n'a aucune valeur. Quand la balance oscille entre l'innocence et la culpabilité, la vérité n'a aucun poids. Au moindre faux pas…

La voix de Finn s'éleva de nouveau, cette fois éraillée comme elle l'était à sa puberté. Ils se tournèrent tous les deux vers leur fils.

— Vous croyez… Vous me prenez pour un monstre. Vous pensez que…

Il leva son bras valide pour s'en couvrir les yeux.

À cet instant, le portable de Clover sonna.

— Ne réponds pas, lui enjoignit Trevor.

Elle consulta le cadran et répondit :

— C'est le QG.

Et elle sortit de la chambre.

COVENTRY
WARWICKSHIRE

Yasmina n'était pas imperméable à l'ironie de la situation de ses parents : ils avaient choisi Coventry pour prendre leur retraite, alors que c'était justement dans cette ville qu'ils l'avaient expédiée, elle, quand elle leur avait révélé, en deuxième année d'école de médecine, qu'elle avait épousé secrètement un jeune Anglais. Ils auraient à la rigueur accepté l'idée qu'elle se marie contre leur volonté, en dehors de leur religion et de leur ethnie, mais qu'elle fût tombée enceinte de ce garçon avant de l'épouser revêtait à leurs yeux une gravité impardonnable. Elle avait bafoué toutes leurs croyances en la pureté de la femme.

Ils étaient furieux également qu'elle ait compromis son avenir dans la carrière médicale en ayant un enfant si jeune. Elle était l'aînée de cinq filles, et à ce titre elle devait servir d'exemple à ses cadettes, être le phare qui les guiderait. Toutes leurs filles se devaient d'être diplômées avant de songer à épouser un jeune homme convenable, possédant le même niveau d'éducation qu'elles. Le reste s'ensuivrait : une maison, des enfants, la réussite sociale. Tout ce qui ferait la fierté de leurs géniteurs.

Les faits étant ce qu'ils étaient, ils avaient coupé les ponts avec Yasmina. Depuis, elle ne les avait vus que deux fois : la première quand elle avait tenté de leur présenter leur première petite-fille et la seconde quand elle avait été consacrée docteur en médecine. Ils ne lui avaient pas même permis de franchir leur seuil…

Si elle faisait aujourd'hui le voyage à Coventry, c'est qu'elle voulait tirer un trait sur les fantômes de son passé.

Laissant Timothy profondément endormi sous l'empire de sa drogue, elle était montée au grenier. D'une vieille malle, elle avait sorti des vêtements qu'elle avait ensuite soigneusement repassés avant de les endosser.

Elle avait conservé ses saris au cas où elle aurait été invitée à l'une des grandes occasions de la vie, mettons aux noces de ses sœurs ou aux baptêmes de leurs enfants. En dépit de leur silence, elle n'avait jamais renoncé à l'espoir qu'un jour sa famille lui rouvrirait ses bras.

Le sari qu'elle avait sélectionné était vert bouteille ; elle l'avait drapé dans le style « nivi ». Ses doigts guidés par la mémoire du corps formèrent des plis avec la bordure du sari et les coincèrent dans le jupon dont le coloris s'accordait, comme son corsage court, à celui de la longue bande de tissu. Elle se drapa dans le pan restant et en fixa le rabat doré sur son épaule afin qu'il tombe élégamment. Puis elle enfila des sandales, attacha des bracelets à sa cheville droite et un jonc d'or à son bras gauche. Des tourmalines vertes complétèrent sa tenue. En se regardant dans la glace, elle avait vu ce qu'elle voulait que ses parents voient : une Indienne qui n'avait pas oublié ses origines.

À présent, elle se préparait à sonner à leur porte. Il faisait beau et là, sur le perron de ses parents, elle sentait la chaude caresse du soleil sur sa nuque. Elle sonna. Deux fois. Puis la porte s'ouvrit. Sa mère se tenait sur le seuil devant elle, en survêtement fatigué et en baskets sans lacets.

Sa mère était tellement changée. Ses cheveux… ils étaient tout clairsemés et gris. Sa mère la regarda en plissant les yeux comme si elle n'arrivait pas à distinguer ses traits à contre-jour. Yasmina se plaça dans l'ombre du perron.

— Madhur ? dit sa mère.

— Maman.

— Madhur, nous n'avons plus de gâteaux. Il y a du thé, mais pas de lait, et la maison…

— Maman, c'est Yasmina.

Qui est Madhur ? se demanda-t-elle.

— … n'est pas digne de te recevoir. Es-tu là pour me parler de Rajni ?

— Maman, c'est Yasmina. Ta fille aînée. Yasmina. Tu me laisses entrer ?

— Oh, mais je ne peux pas. Tu dois me pardonner. Palash a dit que je ne devais autoriser personne… Et Rajni… Savais-tu qu'elle est mariée depuis longtemps ? Elle n'est plus disponible, même si on ne la voit plus. Palash n'a pas approuvé le mariage comme ce n'était pas toi qui l'avais arrangé, il était très en colère, ça témoignait d'un manque de respect… (Soudain, sur le même ton, elle sauta du coq à l'âne :) Rajni, c'est toi qui es venue me voir ? Mais non. Ce n'est pas possible. Ce ne serait pas permis. Rajni attend un enfant, alors à moins que tu l'aies perdu… Rajni, tu as perdu ton enfant ? Tu as oublié de le ramener avec toi la dernière fois que tu es venue ici ? Mais tu n'es jamais venue, si ? C'est Bina qui est venue ?

Yasmina commençait à comprendre.

— Palash est-il là ? Maman, papa est là ?

Dans son esprit, il était inconcevable que son père ait laissé sa mère seule dans cet état.

— Rajni s'en est bien sortie. Ce n'est pas ce qu'on avait prévu pour elle, mais son mariage… Ambika dit qu'elle est devenue riche. Ambika a moins bien réussi alors que j'avais tant misé sur elle. Palash dit que quelque chose s'est détraqué dans son cerveau.

— Que lui est-il arrivé ? Maman, papa est-il là ? S'il te plaît, laisse-moi entrer.

— Oh, je suis désolée, je ne peux pas, dit sa mère. Palash m'a bien recommandé de ne laisser entrer personne.

— Maman ! s'exclama Yasmina en l'empêchant de fermer la porte.

— Madhur, Rajni, non ! Ambika n'est pas ici. Palash dit que…

— Maman ! Laisse-moi entrer !

Sa mère n'ayant pas la force de s'opposer à elle, Yasmina parvint à se glisser à l'intérieur, pour aussitôt regretter de ne pas être restée dehors. Des montagnes de journaux, des agglomérats de sacs en plastique à moitié pleins, des tables jonchées de photos et de courrier non ouvert. Des magazines et de la vaisselle sale au sol…

— Oh, non, non ! criait sa mère. Palash ! Palash ! Madhur cherche Rajni, Ambika va se faire mal si tu ne viens pas. Palash !

Un bruit de pas au-dessus de leurs têtes. Une silhouette massive en robe de chambre descendant l'escalier. Le père de Yasmina.

— Oui, oui, Vedas. Palash est là. Mais Madhur est morte, tu te rappelles ? En Inde, Vedas. Il y a très longtemps. Tu as oublié. Rajni et Ambika sont parties, ma chérie. Mais à qui as-tu ouvert alors que je t'ai dit…

Les mots moururent au bord de ses lèvres à la vue de Yasmina.

— Toi…

— Qu'est-ce qui s'est passé, papa ? Maman a… Tu t'occupes d'elle tout seul ? Depuis combien de temps ?

— Sors d'ici. Tout ça, c'est le résultat de ce que tu as semé. Elles étaient des moutons, et toi la bergère.

— Palash, quand Ambika vient-elle ? Et Sevti ? Pourquoi on ne voit plus Sevti ? Elle n'a pas été au marché pour nous ?

— Vedas, calme-toi. Va dans la cuisine et attends-moi.

— Mais on ne devrait pas offrir du thé à Madhur ?

— Si, bien sûr. Remplis la bouilloire. Remplis-la d'eau. Ne fais rien de plus.

Elle parut se concentrer.

— De l'eau, murmura-t-elle comme pour elle-même en se dirigeant vers ce qui devait être la cuisine.

En chemin, elle trébucha sur une pile de journaux, s'agenouilla et se mit à les trier suivant un ordre connu d'elle seule.

Yasmina l'observait avec un désespoir croissant.

— Que puis-je faire, papa ? Dis-moi ce que je peux faire. Où sont-elles ?

Les narines de son père frémirent comme si elle dégageait une odeur nauséabonde.

— Laisse-nous. Tu es morte, et l'esprit d'aucune de mes filles n'entrera dans cette maison.

Yasmina frissonna.

— Tu les as toutes chassées ?

— C'est toi qui l'as voulu. Si elles sont mortes pour nous, c'est à cause de toi. Tu as planté un pieu dans mon cœur. Tu as rendu ta mère folle. Et voilà ce qui reste de notre famille : ce que tu as devant toi. Laisse-nous à notre deuil et à notre honte.

Il s'avança comme pour la pousser vers la sortie de la masse considérable de son corps.

Elle se raidit pour mieux résister.

— Cela pourrait se passer autrement, papa…

— Dehors !

Il se rapprocha d'elle le poing levé, comme il l'avait déjà fait autrefois, comme il avait dû le faire avec ses sœurs. Elle recula sans toutefois perdre l'usage de la parole.

— Où sont-elles ? Papa, dis-le-moi !

— Elles sont mortes ! hurla-t-il. Va-t'en et laisse-nous tranquilles ! Rien ne changera jamais ici.

ROYAL SHREWSBURY HOSPITAL
NR SHELTON
SHROPSHIRE

Barbara Havers avait regretté de louper le Grand Moment, mais lorsque Lynley lui avait expliqué la méthode qu'il comptait employer pour obliger Ruddock à se trahir, elle avait tout de suite compris que c'était le meilleur moyen de boucler leur affaire, aussi bien le meurtre de Ian Druitt que le viol de Missa Lomax. En l'entendant l'appeler par son nom alors qu'elle patientait dans le couloir en compagnie des deux flics en uniforme, elle avait su que c'était gagné.

La suite releva surtout de la procédure. L'îlotier avait été menotté puis embarqué dans la voiture de patrouille. Lynley le reverrait plus tard dans la salle d'interrogatoire du commissariat de Shrewsbury. Entre-temps, il fallait qu'ils s'occupent de Clover Freeman.

Lynley téléphona au chief constable Wyatt depuis le parking. Après une attente interminable – mais pourquoi diable, se demanda Barbara, cet homme se croyait-il obligé de les faire poireauter à chaque fois ? –, Lynley put lui annoncer leur intention de venir au QG de la police de West Mercia afin d'avoir un entretien avec son adjointe à propos de la mort de Ian Druitt. Si Wyatt voulait bien la retenir dans leurs locaux… ?

Lynley se tut pour écouter la réponse de Wyatt cependant qu'à ses côtés Havers piaffait comme un cheval de course avant le coup d'envoi.

— Elle a été absente toute la journée, l'informa Lynley après avoir raccroché.

— Mince ! Un délit de fuite ?

— Je ne crois pas. Elle a téléphoné en disant qu'elle allait au chevet de son fils à l'hôpital de Shrewsbury. Elle comptait prendre la relève de son mari qui y avait passé la nuit. C'est ce qu'elle lui a dit, en tout cas.

— Alors… Vous pensez qu'elle va rester bien sage en attendant qu'on vienne la cueillir ?

— À mon avis, elle n'est pas encore au courant de ce qui lui pend au nez. Si nous arrivons assez vite, nous la prendrons au dépourvu.

Ils partirent sur-le-champ. Shrewsbury n'était pas très loin, mais la route était étroite et ils se trouvèrent à deux reprises ralentis par des camions. Sans gyrophare ni sirènes, ils n'avaient d'autre choix que de prendre leur mal en patience. Barbara sentait son degré d'angoisse monter d'un cran toutes les minutes. En outre, elle était exaspérée par le calme de Lynley.

Elle était convaincue que Clover Freeman avait détruit les preuves que Ruddock lui avait remises, s'il avait bien dit la vérité, ce qui n'était pas certain. Ils risquaient d'en être réduits à dresser la parole de l'un contre la parole de l'autre. Même si Ruddock s'était roulé sur les vêtements retrouvés sous le lit de Brutus, il n'était pas le seul à y avoir laissé de l'ADN. En plus, comme ils appartenaient à Ding et que celle-ci avait admis avoir eu des rapports sexuels avec l'îlotier, la présence de son sperme était tout à fait explicable.

Lynley avait pour sa part sur cette question un autre point de vue. Il lui fit observer que, d'après tout ce qu'on leur avait dit sur Clover Freeman, elle semblait chercher à garder un contrôle permanent sur son fils. Ruddock lui avait servi d'espion, et le jeune homme sous la pression maternelle avait été forcé de se porter volontaire pour un service civique, en l'occurrence en assistant le diacre au centre de loisirs. Mais à mesure qu'il grandit, un gamin devient plus difficile à gérer pour une mère et elle doit trouver un levier pour le maintenir dans sa sphère d'influence : la preuve qu'il avait abusé d'une fille sans connaissance constituait le levier idéal.

— Ce qui veut dire qu'elle le croit coupable, fit remarquer Barbara à la fin de l'explication.

— Ruddock a tout fait pour l'en persuader. Et pour Clover Freeman, garder la preuve du crime lui procure un moyen de pression terrible sur son fils.

Lynley déporta la Healey Elliott vers la gauche, débraya et appuya sur l'accélérateur, ce qui leur permit de doubler un tracteur et deux voitures à une vitesse vertigineuse. Le moteur avait beau être vieux, il était puissant. Barbara jeta un coup d'œil au profil de Lynley tandis que les arbres au bord de la route étaient devenus flous. Il avait l'air satisfait de la performance de son bolide.

— C'est prendre un risque inutile, commenta Barbara, qui ne faisait pas référence à sa conduite. Garder une preuve, comme ça…

— En effet, mais c'est un risque à courir. Elle s'est sûrement persuadée elle-même que tout ce qu'elle fait est pour le bien de son fils. Cela rend ses actions plus acceptables à ses propres yeux.

— Quand même, ça laisse songeur… À part ce que Ruddock lui a raconté, elle doit avoir une bonne raison de penser que c'est Finn qui a violé Missa.

— J'ai l'impression qu'il fait tout ce qu'il peut pour la mettre hors d'elle. C'est sans doute un brave garçon, mais le look qu'il s'est fabriqué est le signe d'une rébellion, et il y a fort à parier que celle-ci est dirigée contre sa mère.

L'inspecteur présenta son insigne à la réception de l'hôpital. Un coup de fil suffit à faire venir un policier en uniforme. Lorsque Lynley lui déclara qu'ils voulaient parler à la mère de Finnegan et non au blessé, le policier grommela :

— Il n'y a que le père.

— On nous a dit que Mrs. Freeman venait prendre la relève de son mari. Elle n'est pas venue ?

— Elle est restée un peu et puis elle est repartie. Sans doute que le papa voulait pas laisser son garçon.

— Nous aimerions parler à M. Freeman dans ce cas, dit Lynley. C'est urgent.

Le policier se passa la langue sur les dents comme s'il voulait en déloger les miettes de son petit déjeuner : il réfléchissait.

— On en a pour cinq minutes, pas plus, ajouta Lynley.

— J'ai ordre de ne laisser entrer personne dans la chambre.

— On peut rester dans le couloir.

— Ou on peut monter sur le toit, enchérit Barbara, ou lui parler dans le parking, dans un ascenseur ou à côté des poubelles…

Le policier leur signala d'un mouvement du menton qu'ils n'avaient qu'à le suivre. Devant la chambre de Finn Freeman, il les pria d'attendre dans le couloir, et reparut peu après, Trevor Freeman sur les talons.

Freeman avait l'allure d'un homme qui vient de passer sous un rouleau compresseur.

— Vous ne pouvez pas lui parler, désolé. Il sort à peine du coma, et sa mémoire a été affect…

— Nous devons parler à votre femme, pas à votre fils, l'interrompit Lynley. Il se remet bien, j'espère ?

— Oui, il va se remettre. Vous savez quel est l'enfant de salaud qui a fait ça ?

— Nous avons une identification partielle grâce à une personne qui se trouvait dans la maison. L'arme du crime est partie au labo pour l'analyse d'empreintes. On nous a informés que votre femme était passée brièvement ici. Savez-vous où elle est allée ?

— Elle a reçu un coup de fil. Elle a dit que c'était le QG et elle est partie tout de suite. Je suppose que Wyatt l'a rappelée à Hindlip.

— Pourquoi ? demanda Barbara.

— Ben… parce qu'elle n'est pas revenue dans la chambre. (Freeman regarda tour à tour Barbara et Lynley, l'air subitement soupçonneux.) De quoi s'agit-il ? Au fait, je sais que mon fils n'a rien fait. Il n'a violé personne. Il ne savait même pas qu'une fille ivre morte avait passé la nuit sur son canapé. Quelqu'un a dû s'introduire dans la maison…

— On sait, le coupa de nouveau Lynley. On a procédé à une arrestation.

— Qui ?

— Pour le moment, je ne peux pas le divulguer. Il y a des interrogatoires à mener et la famille à mettre au courant. Mais nous avons besoin d'abord de parler à votre femme.

— Vous voulez que je l'appelle sur son portable ? Ou à son bureau ?

Lynley parut hésiter, puis répondit que ce n'était pas la peine. Barbara approuva en silence : ce n'était pas le moment de provoquer une panique générale. Lynley doutait qu'elle ait été rappelée par son chef, mais il voulait en être certain avant de se lancer à sa poursuite.

Il remercia Freeman en souhaitant un prompt rétablissement à Finn et ajouta qu'ils le tiendraient au courant.

Barbara lui emboîta le pas, en proie à un sombre pressentiment. Dès qu'ils furent dehors, Lynley appela le commissariat de Shrewsbury et demanda à parler au sergent de service. Avant d'être incarcéré, Gary Ruddock avait eu le droit de passer un unique coup de fil. Et Clover Freeman, qui se trouvait alors probablement à l'hôpital, était à quelques minutes en voiture du commissariat.

— Elle va foncer pour détruire les preuves, avança Barbara pendant que Lynley patientait au téléphone. Forcément, il faut qu'elle s'en débarrasse.

— C'est un scénario possible.

— Il y en a un autre ?

Il n'eut pas le temps de répondre, car le sergent était au bout du fil. Gary Ruddock avait-il été amené ? Oui. Incarcéré ? Oui. Avait-il revendiqué son droit à un appel ? Oui. Lynley se tut pour écouter une réponse plus longue qu'il ne semblait nécessaire. Puis il demanda si quelqu'un était venu le voir. Oui. De nouveau, il écouta. Barbara se retenait avec difficulté de lui arracher son téléphone… Enfin, Lynley remercia et coupa.

— Elle est passée, dit-il.

— Ils l'ont laissée le voir ?

— Un sergent ne peut guère refuser à l'adjointe du chief constable de voir un prévenu.

— Alors c'est bien elle qu'il a appelée.

— Ruddock n'a pas prononcé son nom, mais le sergent a entendu qu'il disait à son interlocuteur qu'il avait été arrêté et qu'il devait le consulter. Le sergent avait eu l'impression qu'il parlait à son avocat. Mais vous et moi sommes prêts à parier que c'était une façon de la faire venir sur-le-champ. Je suppose qu'il lui a raconté toute l'histoire.

— Sans cependant lui avouer que c'était lui le violeur de Missa Lomax…

— Oui, bien sûr. Il a intérêt à ce qu'elle continue à croire que c'est Finn. Il a même dû lui dire que notre filet se resserrait autour de son fils. Comme ça, elle va vouloir se débarrasser des sous-vêtements de Missa.

— Et elle n'est pas assez stupide pour les jeter près de chez elle. Elle sait qu'on fouillera toutes les poubelles de Worcester s'il le faut.

— Elle ne peut pas les jeter au QG non plus. Pour la même raison. Qu'est-ce qu'il nous reste, par conséquent ?

Barbara envisagea plusieurs endroits. Ils savaient peu de choses en réalité sur l'adjointe au chief constable. Si elle trimballait la preuve dans sa voiture depuis tout ce temps, elle pouvait la balancer n'importe où. Dans une haie au bord d'une route, ou elle pouvait allumer un barbecue et brûler le linge, ou le glisser dans la poubelle extérieure d'un supermarché, ou prendre un vol pour Tombouctou…

— L'aéroclub, monsieur, lâcha Barbara. Elle appartient à cette association de pilotes de planeur avec Rabiah Lomax et Nancy Scannell. Vous vous rappelez la photo ? En planeur, elle peut très bien survoler un réservoir ou laisser tomber le sac dans une forêt ou dans n'importe quel lieu inaccessible.

— Où se trouve ce terrain ? demanda Lynley.

— Dans les landes au-dessus de Church Stretton, au milieu de nulle part. Avec la chef, c'est là qu'on a eu rendez-vous avec le médecin légiste.

— Pourriez-vous nous y mener ?

— Je peux essayer. C'est sur le plateau du Long Mynd.

— Connaissez-vous le nom de l'aéroclub ?

Barbara fouilla dans sa mémoire.

— Le West Midlands Gliding Club ! s'exclama-t-elle au bout de quelques secondes.

— Bien. Téléphonez-leur. Dites-leur de l'empêcher de prendre son planeur.

Barbara fit claquer ses doigts, soudain de bien meilleure humeur.

— J'y pense, monsieur : le planeur de l'association est endommagé ! C'est pour cette raison qu'ils s'étaient tous réunis sous le toit de Rabiah Lomax, vous vous rappelez ? Clover Freeman n'est peut-être pas au courant.

— Mais ils ont sûrement un appareil à louer aux gens qui n'ont pas les moyens d'en posséder un. Ou pour les cours de pilotage. Ou pour ceux qui voudraient faire un tour avec un pilote expérimenté. Et dans ce cas, sergent, il faut l'empêcher de voler.

IRONBRIDGE
SHROPSHIRE

Yasmina eut la surprise de trouver Timothy en train de gravir la pente vers New Road, la rue de leur maison. Arrivée à sa hauteur, elle ralentit et se pencha pour baisser la vitre côté passager.

— Tu montes ?

Il la regarda droit dans les yeux en faisant non de la tête et lui fit signe de continuer sans lui. Elle rentra la voiture dans le garage, puis se retourna. Voyant qu'il n'était plus qu'à deux maisons de chez eux, elle l'attendit. S'il était étonné de la voir en sari, il n'en laissa rien paraître. Il se borna à entrer devant elle en laissant la porte ouverte.

Il se dirigea vers la cuisine. De son côté, elle monta dans leur chambre, où elle enleva son sari et ses accessoires, puis plia le tout avec l'intention de les remonter au grenier. Elle remit ses vêtements habituels et descendit.

Il était à la cuisine en train de se préparer un sandwich.

— Tu veux manger un truc ? lui proposa-t-il. Fromage, cornichons, oignon et tomate. J'ai voulu aller au marché à pied mais… Je ne sais pas, ça m'a paru soudain trop loin et j'ai fait demi-tour.

Oui, elle voulait bien un sandwich. Il le prépara en silence. Elle avait envie de lui demander ce qui avait bien pu le convaincre de sortir de son lit, mais elle se retint. Elle mit de l'eau à bouillir, sortit le thé – Earl Grey pour lui, Darjeeling pour elle – et deux petites théières qu'elle réchauffa au robinet et vida.

Finalement, il répondit à la question qu'elle n'avait pas posée :

— Maman. Elle a appelé un de nos voisins.

— Pardon ?

— Maman a téléphoné ici. Trois ou quatre fois peut-être ? Ça ne m'a pas réveillé. Comme tu ne répondais pas non plus, elle a appelé la clinique. Elle a sans doute paniqué… Pourtant, Dieu sait qu'il en faut beaucoup pour l'inquiéter. Donc elle a appelé Reg Douglas et il est venu voir… Bon. Eh bien, je me suis levé. Il a dit qu'il fallait que je lui téléphone.

— C'est à propos de Missa ?

— La police a averti maman qu'il y a eu une arrestation.

— Qui ? Pourquoi ?

— Pour ce qui est arrivé à Missa.

— Un des deux garçons de la colocation ?

— Quelqu'un d'autre. L'agent de liaison n'a pas voulu lui dire qui. Il était juste chargé de lui annoncer qu'un type avait été incarcéré à Shrewsbury. Missa n'avait plus rien à craindre, a-t-il dit.

La bouilloire électrique signala par un déclic que l'eau bouillait. Yasmina, avec un savoir-faire que la pratique avait rendu instinctif, prépara le thé pendant que Timothy coupait les sandwichs en deux puis en quatre. Il les transporta sur une assiette sur la table puis sortit deux petites assiettes. On aurait dit que le couple se livrait tous les jours à ce rituel. Yasmina, soucieuse de ne pas casser le rythme, prit dans le placard les tasses et les soucoupes, des serviettes, du sucre et du lait. Une fois attablés, ils restèrent un moment silencieux, puis Yasmina lui dit ce qu'elle avait fait.

— Le sari, c'est pour ça alors, lâcha-t-il.

— Je pensais que ça faciliterait les choses.

— Ça n'a pas marché, si je comprends bien…

Il remplit sa tasse à elle, puis la sienne. Saisit un quart de sandwich. Elle l'imita.

— Je pensais les attendrir. Mais ça n'a contribué qu'à augmenter la confusion de maman. Quant à mon père, je crois qu'il n'a même pas remarqué. Elles sont toutes parties.

— Tes sœurs ?

— Oui. Toutes.

— Tu sais pourquoi ?

— Non. Tout ce que je sais, c'est que les liens sont rompus et qu'ils sont complètement seuls. Leur maison… c'est comme dans un film d'horreur, Timothy. Sale, rempli de tout un tas de papiers, de magazines… Ils sont devenus des accumulateurs compulsifs, c'est affreux.

Il contempla son sandwich pendant un temps qui sembla très long à Yasmina, puis il leva la tête et la dévisagea :

— Je suis désolé, Yasmina. Cela a dû être un choc pour toi. Où sont tes sœurs ? Que sont-elles devenues ?

— Je n'en sais rien. Je vais me mettre à leur recherche.

Yasmina avait la gorge trop nouée pour avaler quoi que ce soit. Elle reposa son sandwich. Après avoir bu une gorgée de thé, puis une deuxième, elle lui dit le fond de son cœur :

— Tu avais raison pour tout, Tim.

— Tu rigoles. Ça fait des années que je suis à côté de la plaque.

— Ce n'est pas vrai, dit-elle d'un ton plus ferme. Pour les filles, tu as eu raison dès le départ.

Elle marqua un temps d'arrêt pour trouver les mots justes. Elle voulait décrire ce qui s'était passé en elle lorsqu'elle avait découvert ce qu'étaient devenus ses parents, ses sœurs.

— Timothy… Quand je les ai vus… J'ai compris pour la première fois… C'est indescriptible.

— J'ai encore assez d'imagination, tu sais.

— Ce que je veux te dire…

Devant son hésitation, l'expression de Timothy changea. Était-ce de la compassion, de l'angoisse ou tout simplement la résignation d'un homme qui a tout perdu qu'elle lisait sur son visage ? Elle continua néanmoins :

— Je veux que tu saches… Il y a celle que j'aimerais être et celle que j'ai été… À partir de maintenant, je vais me battre. Jusqu'à la fin de mes jours.

— Je ne comprends pas où tu veux en venir, Yasmina.

— J'ai l'intention de faire ce qu'il faut pour devenir quelqu'un avec qui toi et les filles pouvez vivre.

Voilà. Et je suis désolée, vraiment désolée, de ce qui est arrivé à notre famille.

— Tout n'est pas ta faute.

— Si, en grande partie. Et rien que d'y penser, ça me rend malade.

Elle se tut, comme si elle attendait un geste de lui… Mais était-ce raisonnable de compter sur les autres ? Elle devait enfin admettre s'être voilé la face jusqu'à ce jour et s'en tenir aux décisions qu'elle avait prises. Timothy avait déjà beaucoup à faire de son côté : il allait devoir affronter ses propres démons.

— Rabiah ramène Missa, dit-il. C'est en partie pour nous annoncer ça qu'elle téléphonait.

— À Ironbridge ?

— Ici, à la maison. Oui.

— Ah… Je ne sais comment je dois prendre cette nouvelle. J'ai peur, je crois.

Comme Timothy se taisait, elle reprit :

— Oui, j'ai peur. Elle va vouloir quelque chose de moi, et je ne sais pas si j'ai en moi de quoi lui donner ce dont elle a besoin.

— Tu peux commencer par lui demander si elle veut quelque chose. D'ailleurs, on sera deux à le lui demander.

THE LONG MYND
SHROPSHIRE

Havers ne faisait qu'appeler et rappeler le numéro de l'aéroclub, grommelant encore et encore qu'elle tombait sur « le putain de répondeur » et que « personne ne bosse dans ce fichu club ? ». Où était le réceptionniste ? La chef et elle l'avaient vu, elle savait qu'il y en avait un.

— Ne vous découragez pas, sergent, dit Lynley.

Ils roulaient à vive allure vers le Long Mynd, mais Clover Freeman avait beaucoup d'avance sur eux. Si brève qu'ait été son entrevue avec Gary Ruddock, il avait eu le temps de l'avertir du danger. Elle avait orchestré la mort du diacre, elle détenait des preuves, elle avait fait obstruction à la justice non seulement lors de l'enquête de la police des polices mais lors des deux investigations de la police métropolitaine.

Ils filèrent vers le sud au long de l'A49 bordée de champs de blé. Cette fois, ils eurent de la chance, le flot de voitures était rapide. Un quart d'heure plus tard, ils bifurquaient sur une route secondaire, traversaient le village d'All Stretton et ne tardaient pas à atteindre Church Stretton.

— C'est là, monsieur ! Tournez ! Là !

Lynley faillit manquer le virage tant le chemin goudronné que venait de lui indiquer Havers était étroit et ombragé par les arbres.

— Aïe ! Désolée, monsieur.

Elle faisait référence à la belle carrosserie de la Healey Elliott. Lynley ne fut pas rassuré quand elle ajouta :

— Ça sera pire dans quelques centaines de mètres.

Un peu plus loin, alors qu'ils avaient atteint un hameau du nom d'Asterton, elle s'écria :

— Là ! Juste après la cabine téléphonique.

Une piste en terre escaladait une pente tellement raide que Lynley craignit que, même en première, sa voiture ne parvînt pas jusqu'en haut. Et brusquement, voilà qu'une brebis et un agneau surgirent devant eux. Il donna un coup de frein qu'il panacha d'un juron. Barbara descendit pour les chasser, et les bêtes se poussèrent gentiment sur le côté.

Havers, réinstallée dans la voiture, tenta une nouvelle fois sa chance à l'aéroclub. Finalement, quelqu'un décrocha. Après de laborieuses explications, elle s'exclama :

— Vous pouvez pas aller la chercher, merde ?!... Qu'est-ce que vous voulez dire ? Vous n'étiez pas à la réception, je le sais, parce que je vous ai appelé des millions de fois et...

Lynley lui jeta un regard. Elle était en train de devenir écarlate.

— Écoutez-moi, espèce de connard, nous sommes en pleine...

— Sergent, murmura Lynley.

— ... investigation au sujet d'un homicide, cette femme est un suspect, et ce que vous faites relève de la... Bon, d'accord. Mais faites-le tout de suite !

Elle coupa la communication et se tourna vers Lynley.

— Il a envoyé quelqu'un la chercher.

— C'est grand ?

— Il y a des baraques datant de la dernière guerre qui servent de hangars et quelques corps de bâtiment, des granges et un parc de caravanes... (S'ensuivit un chapelet de jurons.) ... Tournez là, monsieur. On y est presque.

Lynley était content d'apprendre cette bonne nouvelle, le chemin ne se résumant plus qu'à deux sillons creusés par le passage des véhicules. Autour d'eux se déployait une vaste lande sauvage et vallonnée, parsemée à cette saison du jaune d'or des ajoncs en fleur et du vert des fougères printanières. Il était évident que ce plateau offrait un terrain propice au lancement des planeurs. Vers l'ouest, des collines ondulaient jusqu'à la crête de quartzite de Stiperstones. Si les ascendances étaient favorables, on pouvait facilement voler jusqu'au pays de Galles.

— Ici, monsieur, sur la droite !

Il n'avait pas plus tôt arrêté la Healey Elliott que Havers bondissait de la voiture pour ouvrir le portail avant de remonter pour le guider jusqu'à la zone gravillonnée qui servait de parking.

À environ trois cents mètres débutait la piste en herbe. Deux planeurs étaient en stand-by l'un derrière l'autre, tandis qu'un troisième, devant, avait le bout de l'aile lesté par un poids. Un individu avec un bloc-notes au creux du coude le contournait en l'inspectant sous tous les angles.

— J'y vais… ? demanda Havers en ébauchant un geste vers la piste.

— Oui. Je vais voir à l'intérieur, moi.

Lynley se dirigea vers le bureau d'accueil, où on lui apprit que Clover Freeman n'avait pas été vue sur le terrain aujourd'hui. Aucun planeur n'avait été sorti sur sa demande. Ils l'avaient cherchée en vain dans les hangars à la suite de leur coup de téléphone. Ils avaient appelé sans résultat son nom dans les haut-parleurs disséminés autour des bâtiments.

Lynley jura tout bas. Cela leur avait pourtant paru tellement logique. Elle avait son brevet de pilote, et ce terrain était le seul dans le Shropshire à convenir au vol à voile et donc aux membres de l'association…

L'association ! songea-t-il. Il se tourna vers le réceptionniste – un gentleman dénommé Kingsley d'après son badge : Nancy Scannell avait-elle loué un planeur ?

L'homme, dont le visage était tanné par le soleil sans doute à force d'arpenter les collines du Shropshire, consulta une liste, puis les formulaires que l'on devait apparemment remplir si on voulait sortir un planeur. Il secoua la tête. Non, Nancy Scannell non plus n'était pas venue. Désolé. Le seul avion de location en ce moment sur la piste avait été loué au nom de Lomax. Il se pencha pour déchiffrer le griffonnage :

— Rachel ?

— Rabiah Lomax ? dit Lynley dans un souffle. Elle a décollé ? Vous pouvez l'arrêter ?

Kingsley répondit qu'il pouvait joindre par radio le treuillard… l'opérateur du treuil.

— Vous ne cherchez plus Clover Freeman ? ajouta-t-il.

— *C'est* Clover Freeman ! Oui ! Joignez le treuillard. Dites-lui que j'arrive.

Lynley partit en courant. Au loin, il voyait Havers qui se dépêchait de rejoindre les deux planeurs restants, le premier ayant décollé. L'avion était déjà haut dans le ciel et virait sur l'aile en direction du pays de Galles. Le suivant était soumis à l'inspection d'usage, le pilote avait pris place sous la verrière.

Mais peu importait l'appareil à ce stade, il fallait arrêter le treuil. Il appela Havers sur son portable et se rendit compte de son erreur en la voyant ralentir pour fouiller dans son sac. Il poussa un juron et interrompit l'appel. Elle leva les yeux et le vit piquer un sprint vers l'endroit auquel elle tournait le dos. Lynley fut consterné de la voir hésiter. Il lui fit un grand signe : Courez ! Il hurla. Si Clover Freeman était prête au décollage, elle ne pouvait rien faire sans l'action du treuil. Havers devait savoir ça. Il fallait arrêter le treuillard !

Barbara interpréta son geste de travers et continua sa course en direction des planeurs. Zut… Ils ne pouvaient plus compter que sur l'appel radio de Kingsley depuis le bureau d'accueil. Non seulement il devait parvenir à communiquer avec l'opérateur du treuil, mais il ne devait pas se tromper, car il y en avait deux, chacun à un bout de la piste.

Havers tambourina sur le Plexiglas du deuxième cockpit. La verrière se souleva. Havers dit quelque chose, puis courut vers le premier planeur en ligne. À cet instant, le treuil le plus proche fit un appel de phares au plus lointain. Le planeur s'ébranla. Havers arriva à sa hauteur. Un coup de klaxon retentit. Havers se jeta sur le poste de pilotage comme si elle voulait l'ouvrir. Elle parvint à attraper le bord de la coque de Plexi, mais c'était trop tard. L'avion se mit à rouler de plus en plus vite. Havers tomba. L'appareil décolla en quelques mètres, tracté par le câble qu'enroulait le treuil le plus éloigné. Les forces aérodynamiques prirent le relais. Il s'éleva très vite dans les airs. Lynley voyait le moment où il allait se détacher du câble et planer librement…

Le planeur lâcha son câble. Mais il le fit beaucoup trop tôt : à cent cinquante mètres du sol seulement. Il n'avait ni assez de portance, ni pris assez d'altitude.

Il piqua du nez.

Des cris jaillirent des quatre points cardinaux. Les gens qui assistaient aux lâchés solo depuis le parking se mirent à courir vers l'endroit où le planeur s'était écrasé. Havers s'était relevée. Elle fonça vers l'avion tandis que l'opérateur du treuil sautait de son véhicule en hurlant :

— Elle a largué trop tôt ! Elle a largué trop tôt !

Le pilote du planeur encore sur la piste leva sa verrière et descendit de l'appareil pour courir lui aussi vers le lieu du crash. Quelqu'un fit hurler le klaxon du véhicule supportant le treuil, sans doute pour alerter les équipes à l'intérieur des bâtiments.

Lynley arriva en même temps que Barbara. Un des spectateurs du parking les avait précédés et avait dégagé la pilote des débris.

— Qui a fait les vérifications avant le décollage ? cria une voix.

— J'ai tout vérifié de A à Z. Tout était nickel…

— Elle va bien ?

— Mon Dieu, Franklin, qu'est-ce que tu crois ?

— Il était mal arrimé, c'est sûr.

— Puisque je te dis que j'ai vérifié ! Cette femme a déboulé tout d'un coup…

— Sortons-la de la cabine.

— Ne la déplacez surtout pas ! Elle pourrait…

— T'as toujours raison, putain, Steve.

— Quelle femme a déboulé ? Où est-elle ?

— Vous comprenez pas ? C'est elle qui a largué. Tout était impec.

— Pourquoi aurait-elle largué à aussi basse altitude ?

— Elle ne savait peut-être pas ce que cela provoquerait.

— Qui c'est ?

— C'est son premier solo…

— Pourquoi il n'a pas arrêté le lancement ? Je lui avais pourtant donné l'ordre par radio ! Oh, Seigneur ! Il avait… La police est là, quelque part. Ah, oui, là. Ils voulaient…

— La police ?

S'ensuivit un silence tandis que chacun cherchait du regard quelqu'un sur qui faire retomber la faute de l'accident : un policier ferait aussi bien l'affaire qu'un autre.

— Elle a lâché le câble trop tôt, monsieur, dit Havers. Je suis désolée. Je pensais pouvoir l'arrêter. Mais quand elle m'a vue…

— Elle a su que c'était fini pour elle, dit Lynley. Elle a compris ce qui l'attendait, Barbara.

IRONBRIDGE
SHROPSHIRE

Rabiah avait eu le projet de passer prendre Sati. Mais à la réflexion, elle décida qu'il valait mieux laisser Missa en tête à tête avec ses parents. Elle se rendit donc directement chez Timothy, en disant à Missa que Justin ramènerait Sati dès qu'on lui aurait donné le feu vert. Justin savait, informa-t-elle Missa, qu'elles allaient toutes les deux à Ironbridge. Le jeune homme était inquiet, il avait parlé avec Yasmina et voulait savoir quoi dire à Sati. Plus simplement, il voulait savoir ce qui se passait. Ne s'étaient-ils pas juré, lui et Missa, qu'en toutes circonstances jamais ils ne se mentiraient ?

Missa hocha la tête.

— Merci, Granny. Merci de ne pas le lui avoir dit.

— Pourquoi aurais-je fait une chose pareille ? Tu me prends pour qui ?

— C'est seulement que s'il savait... Tu crois pas qu'il refuserait de m'épouser ?

— Comment ça ? C'est absurde.

— Maman le pense, alors.

— Tout aussi absurde. En dépit de tous nos dysfonctionnements, s'il y a une chose dont nous sommes tous certains, c'est que Justin t'adore. Et quand je dis nous tous, Missa, ça comprend aussi ta mère, malgré tout ce qu'elle a fait pour t'empoisonner la vie. L'amour de Justin pour toi est indestructible. Tu as peut-être des doutes là-dessus, mais nous, aucun.

Pendant tout le trajet, Missa resta plongée dans une profonde méditation. Sa capacité à comprendre et à accepter le point de vue de l'autre était chez elle à la fois une qualité indéniable et une faiblesse. Parfois, en effet, il vaut mieux ne pas tenir compte de ce qu'on vous dit quand ce n'est pas bon pour vous.

Connaissant sa belle-fille, Rabiah s'attendait à voir Yasmina surgir de la maison pour courir à leur rencontre. Elle la supposait guettant à une fenêtre. D'ailleurs, elle crut apercevoir un mouvement à l'intérieur. Mais personne ne sortit. Et lorsqu'elle sonna à la porte, celle-ci fut ouverte par Timothy.

Il serra Missa dans ses bras. Au début, Missa se raidit, puis elle fondit dans sa chaude étreinte. Tim passa un bras autour de ses épaules et dit à Rabiah :

— Merci, maman.

Yasmina était au salon. Elle tendit un bras vers sa fille puis le laissa retomber, montrant ostensiblement qu'elle ne cherchait pas à imposer sa volonté.

Missa étant Missa, Rabiah ne fut pas étonnée de l'entendre prononcer :

— Je suis désolée, papa et maman, je regrette de vous avoir causé autant d'ennuis.

— Rien de ce qui s'est passé n'est de ta faute, ma chérie, répondit Yasmina en s'avançant vers elle. Je tiens à ce que tu le saches.

Missa parut décontenancée. Elle se tourna vers son père, puis vers Rabiah.

À cet instant, le portable de Rabiah sonna. En voyant s'afficher un numéro inconnu, elle fronça les sourcils. Elle répondit d'une voix égale :

— Oui ?

La voix de baryton de l'inspecteur de Scotland Yard déversa dans son oreille les dernières nouvelles : l'arrestation de l'îlotier de Ludlow en relation avec l'agression de Missa et la mort accidentelle de Clover Freeman, une des supérieurs hiérarchiques de l'îlotier. Alors qu'une foule de questions se bousculaient au bout de sa langue, Rabiah se contenta de dire :

— Merci, inspecteur. J'ai ramené Missa chez ses parents, à Ironbridge. Avez-vous besoin de son témoignage ?

Il répondit qu'a priori ce ne serait pas nécessaire, du moins pour le moment, mais il la tiendrait au courant.

Alors qu'elle raccrochait, Rabiah se rendit compte que tous les regards convergeaient sur elle. À Missa, elle dit :

— L'auxiliaire de police de Ludlow a été arrêté par la police métropolitaine. C'est lui le coupable, ajouta-t-elle en prenant soin de ne pas regarder Timothy.

Quoi que son fils ait fait la veille, ils s'en occuperaient plus tard. Timothy alla s'asseoir ou plutôt s'écrouler sur le canapé, les bras entre les jambes.

Missa dit :

— La nuit où ça s'est passé… C'est lui qui nous a ramenés à la maison. Mais il est parti, Granny. Nous pensions… Je pensais qu'il était parti à la recherche de Ding. Elle l'avait énervé. Elle avait refusé de lui obéir. Quand elle s'est sauvée, il lui a couru après.

— C'est sans doute ce qu'il a fait, mais comme il ne l'a pas trouvée, il est revenu dans la maison, je suppose…

— Je n'aurais pas dû être là, je n'aurais pas dû boire autant.

Yasmina intervint :

— Tu n'as rien à te reprocher, Missa. Tu n'es pas responsable…

— Je savais ce que je faisais, maman.

— Ce que tu savais, c'est que les examens étaient terminés et que tu avais le droit de fêter la fin du trimestre !

Missa baissa la tête. Manifestement, elle ne pouvait pas accepter le message que sa mère voulait lui faire passer.

Yasmina se rapprocha encore.

— Missa, tu veux bien regarder ta maman ? Ou seulement écouter ce que j'ai à te dire… Tu vois, à partir de maintenant, je te laisse totalement libre de décider ce qui est bon ou pas bon pour toi. Je suis sincère.

Mais je voudrais en retour une chose, si tu le sens un jour dans ton cœur : que tu me pardonnes. Pas aujourd'hui. Non, c'est trop tôt. Je suis tellement coupable à ton égard, Missa… Tout ce que j'ai fait, tout ce que j'ai dit, tout ça c'était mal. Et que je l'aie fait par amour n'y change rien.

— Maman, je ne voulais pas…

— Étant donné la mère que tu as eue face à toi toute ta vie, l'interrompit Yasmina, crois-moi, Missa, tu as fait ce que tu devais faire.

Yasmina tendit les deux mains à sa fille. Mais Missa ne bougea pas. Elle se borna à demander :

— Je peux appeler Justie ?

Yasmina baissa les mains ; son expression restait ouverte, droite, aimante.

— Justin va être content. Demande-lui de passer te prendre.

Missa, cependant, avait toujours l'air d'attendre une autorisation. Elle interrogea du regard son père, qui opina, puis Rabiah, qui déclara :

— Il attend ton appel, Missa.

— Je lui dis d'amener Sati, Granny ?

Yasmina répondit à la place de sa belle-mère :

— Seulement si Sati a envie de venir.

Lorsque Missa fut montée dans sa chambre, Timothy se leva.

— Je suppose que l'un des flics t'a laissé sa carte ? dit-il à Rabiah.

— La femme, oui… Le sergent.

Il hocha la tête et tendit la main.

— Je vais l'appeler.

— Quand ils m'ont réclamé ta photo, j'ai été obligée de…

— Tu as bien fait, maman. Je n'ai que trop tardé à remettre les pendules à l'heure dans ma vie, tu ne crois pas ?

WORCESTER
HEREFORDSHIRE

Après le départ de la police métropolitaine, Trevor avait appelé et rappelé en vain le portable de Clover. Puis il avait essayé celui de Gaz Ruddock, sans plus de résultat.

Il n'avait rien dit à Finn. Lorsqu'il avait vu les flics de Londres s'encadrer dans la porte de la chambre de son fils, Trevor avait pris la résolution de ne pas le quitter de la journée. Il devait veiller sur Finn et le protéger, y compris d'un interrogatoire mené par ces deux redoutables enquêteurs. Toutefois, alors que les heures s'égrenaient lentement, il devint de plus en plus impatient. Il s'était sûrement passé quelque chose. Pourquoi Clover ne répondait-elle pas à ses nombreux appels ? Trevor commençait à envisager les pires éventualités. Lorsque, enfin, dans la soirée, son téléphone sonna, il se rua dans le couloir pour ne pas réveiller Finn.

Il reconnut tout de suite la voix suave de l'inspecteur de Scotland Yard. Celui-ci commença par lui demander s'il était toujours à l'hôpital, puis le convoqua à Worcester, à son domicile. Trevor lui opposa son désir de rester au chevet de son fils, mais l'autre insista. Y avait-il toujours un planton devant la porte de

Finnegan ? Oui ? Eh bien, où était le problème alors ? Finn était sous bonne garde…

Comme Trevor ne trouvait rien à répondre à cela, il enchaîna sur l'autre sujet préoccupant du jour.

— Je n'ai pas réussi à joindre mon épouse, dit-il.

C'était justement pour cette raison qu'il fallait qu'il vienne à Worcester, lui répondit l'inspecteur. Lui-même et son sergent se trouvaient pour l'instant au QG de Hindlip. Ils sortaient du bureau du chief constable. À ce propos, sa femme n'avait pas été vue au QG aujourd'hui. Il s'avérait qu'elle était partie au Long Mynd.

— Comment ça ? s'exclama Trevor. Elle a été faire du planeur ?

Lynley refusa de lui en dire plus. À quelle heure M. Freeman pouvait-il être à Worcester ?

S'il voulait en savoir plus, Trevor n'avait d'autre choix que de se rendre chez lui.

Quand il arriva, les deux enquêteurs étaient déjà là. Ils l'attendaient dans une voiture qui ne ressemblait ni de près ni de loin à une voiture de police. Il allait leur lancer une plaisanterie à ce propos, lorsqu'il croisa leur regard.

Aussitôt, il détourna la tête comme si ce geste pouvait lui éviter d'affronter ce qui allait suivre. Il les précéda dans la maison et alluma l'électricité dans l'entrée, puis au salon. Il se dirigea ensuite vers le meuble où ils stockaient les spiritueux. Il contempla les bouteilles en se demandant quel alcool avait le pouvoir d'annihiler la réalité.

Les deux policiers patientaient derrière lui. Il pivota sur lui-même et fit face à leurs visages empreints d'une gravité qu'aucune ivresse ne serait à même d'oblitérer. Aussi demanda-t-il simplement :

— Comment ?

— Son planeur s'est écrasé quelques instants après le décollage.

— Un problème technique ?

— Elle a lâché le câble trop tôt, l'informa Havers. Elle m'avait vue. Elle avait compris ce que nous venions faire sur le terrain.

— Je suis désolé, dit Lynley.

— Est-elle... sur le coup ?

— Pas sur le coup, mais très vite. Elle n'a pas eu le temps de parler. Voulez-vous vous asseoir, M. Freeman ?

— Finn, je dois... (Soudain, Trevor se sentit gagné par la colère.) C'est pour ça que je devais rentrer chez moi ? Vous ne pouviez même pas vous donner le mal de venir jusqu'à Shrewsbury pour m'annoncer la mort de ma femme ? J'ai laissé mon fils tout seul, et...

Les murs autour de lui se mirent à scintiller, puis celui où étaient accrochées les photos de famille vira brutalement au noir. On le rattrapa par le bras. C'était l'inspecteur. Lequel lui répéta qu'il ferait mieux de s'asseoir.

Ensuite vinrent les paroles. Dès que Lynley se taisait, le sergent Havers apportait des précisions. Ainsi Trevor apprit-il que Gaz Ruddock avait violé une jeune fille au domicile de Finn en décembre et avait ensuite fait croire à Clover que c'était leur fils le coupable. Il apprit également comment était mort le malheureux Ian Druitt, comment avaient été orchestrés une fausse arrestation et un faux suicide, le tout ayant été rendu possible parce que Clover Freeman ne pouvait pas croire que son fils était non seulement innocent mais aussi ignorait totalement le crime qui avait été perpétré sous son toit alors que lui et ses colocs étaient soûls.

Et après lui avoir décrit ces horreurs, les flics conclurent par une réflexion qui le laissa pantois.

— On a fouillé le planeur et la voiture avec laquelle votre épouse s'est rendue à l'aéroclub, dit Lynley. Une équipe a perquisitionné les différents bâtiments du QG, y compris son bureau. Votre domicile est notre dernier espoir de trouver ce que nous cherchons.

Trevor n'avait pas été marié pendant vingt ans à une haut gradée de la police pour ne pas voir où ils voulaient en venir.

— Pourquoi aurait-elle gardé des preuves ici ? Cela n'a aucun sens puisqu'elle pensait Finn coupable.

Soudain, il comprit qu'au contraire cela aurait été typique de Clover.

— Si vous vouliez bien nous autoriser à jeter un coup d'œil, continua Lynley.

Le coup d'œil dura trois heures. Trevor n'aurait jamais imaginé qu'une perquisition prît autant de temps, mais ils se révélaient d'une extrême méticulosité. Finalement, ils trouvèrent l'objet au grenier. Clover avait conservé les collants et le slip de la jeune fille dans le sac plastique médico-légal où ils avaient été placés par Ruddock. Le sac était enfoui au fond d'une boîte en carton, sous la layette de Finn. Le caractère ironique de ce choix frappa Trevor en plein cœur.

Il déclara d'une voix éteinte :

— On avait toujours espéré qu'un jour…

Il n'acheva pas sa phrase. Puis désignant le sac médico-légal :

— À quoi cela va vous servir ? Maintenant, je veux dire…

— L'ADN ne ment pas, répondit Lynley. Et celui que l'on va sûrement trouver sur ces sous-vêtements va trancher, notamment pour innocenter votre fils dans cette affaire.

Havers ajouta :

— Et aussi pour accuser Ruddock de manière certaine, si c'est bien son ADN que l'on identifie. Car cette jeune fille n'avait jamais été en contact avec lui avant cette nuit-là. Elle n'avait jamais participé à ces bitures express que pratiquent les jeunes étudiants et donc il ne l'avait jamais embarquée et par conséquent elle n'avait jamais été obligée de « faire des choses avec lui » pour éviter d'être ramenée ivre morte chez ses parents. S'il l'avait connue avant, vous voyez, il aurait pu inventer quelque chose pour expliquer la présence de son ADN.

— Ruddock ne connaissait même pas la jeune fille qu'il a violée ?

— En effet, opina l'inspecteur Lynley.

— Il était furieux contre Ding Donaldson qui lui avait échappé, expliqua le sergent Havers. Il est retourné dans la maison plus tard, il a vu une fille couchée sur le canapé, et comme il faisait noir, il a peut-être pensé que c'était Ding et a voulu lui donner une bonne leçon. Ou bien il se fichait complètement de l'identité de sa victime, du moment qu'il satisfaisait ses pulsions. C'est à voir.

Trevor encaissait une à une toutes ces informations. Dans un état second. Il ne sentait plus son corps, ses jambes étaient engourdies, tout comme son cerveau. Ses sentiments devaient l'être aussi. Au bout d'un moment, il s'entendit prononcer :

— Je ne sais pas comment je vais l'annoncer à Finn. Dois-je lui dire que jusqu'à sa mort sa maman a voulu garder le contrôle sur lui ? Jusqu'à son dernier souffle, elle a vu en lui un violeur !

Lynley prit le temps de réfléchir avant de répondre :

— Vous pourriez lui dire qu'elle était comme nous tous, êtres humains : faillible. Vous pourriez lui dire qu'elle a cru au mensonge de l'îlotier et que de cette erreur de jugement a découlé toute une chaîne d'événements dramatiques.

— Pourquoi a-t-elle cru Gaz Ruddock plutôt que son propre fils ?

Cette question, Trevor se la posait en fait à lui-même. Et il émit une hypothèse :

— Elle avait peur de parler avec lui, je suppose… Elle voyait bien qu'il n'était pas en train de devenir celui qu'elle avait rêvé qu'il fût, et comme elle n'a jamais su qui il était… Le travail était mâché pour Gaz Ruddock. Mon Dieu ! Mon Dieu !

La voix de Trevor se brisa.

— Pensez-vous pouvoir rester seul ici, monsieur Freeman ? lui demanda le sergent Havers.

Trevor, dans un immense effort de volonté, se sortit de son état à demi léthargique et déclara :

— Je ne resterai pas seul. Je retourne à l'hôpital auprès de Finn.

IRONBRIDGE
SHROPSHIRE

Timothy avait appelé les enquêteurs de Scotland Yard et s'était entendu dire qu'une voiture de police venait le chercher. Peu après, la police l'avait embarqué. Et là, après son départ, les nerfs d'acier de Rabiah avaient craqué : un barrage intérieur avait cédé et des années de chagrin s'étaient déversées d'un seul coup. Tous ces « pourquoi » qu'elle avait gardés enfouis au fond de son cœur. Et Yasmina n'avait aucune réponse à lui donner.

Sati n'avait pas assisté à l'arrestation de son père, Dieu merci ! Elle avait déjà eu l'air assez terrifiée comme ça en entrant dans la maison. Le cœur de Yasmina avait chaviré lorsqu'elle avait vu sa fille se cacher derrière Justin.

Quant à Justin, son attitude disait clairement qu'il en avait assez d'être tenu à l'écart des secrets de la famille Lomax.

— Que se passe-t-il, ici ? finit-il par demander d'un ton qui montrait qu'on avait intérêt à le prendre au sérieux.

Yasmina lui sourit avec tendresse, mais ne prononça pas un mot. Missa murmura :

— Je vais te le dire, Justie. On peut sortir marcher un peu ?

Yasmina demeura seule avec Sati.

— Je n'ai pas été correcte avec toi, ma chérie. Cela ne se produira plus jamais, je te le promets.

Les beaux yeux de sa fille esquivèrent les siens. Yasmina s'adressa d'amers reproches.

— Sati, ma chérie, écoute… Je voudrais te rendre ta vie.

Sati se mordit la lèvre inférieure.

— Je t'ai giflée… Non, ce n'est même pas vrai. Je t'ai donné un coup de poing. J'étais en colère, et j'ai voulu te faire mal… Pourquoi une mère voudrait-elle faire mal à sa fille, tu me diras ? Eh bien, je suppose que c'était pour que tu acceptes que… que j'avais raison, alors que je n'avais même pas raison, en plus. Ce que j'ai fait est impardonnable, Sati. Je n'ai aucune excuse. Et je te jure que je ne m'en chercherai jamais aucune. Quand tu seras plus grande, tu pourras me le rappeler dès que nécessaire.

Même si c'étaient des choses qui devaient être dites, Yasmina avait conscience de tenir un discours qui passait sans doute au-dessus de la tête d'un enfant de douze ans. La réaction de Sati, toutefois, ne se fit pas attendre longtemps.

— Maman ! cria-t-elle en se jetant à son cou.

Yasmina la serra très fort en murmurant :

— Merci ! Ma chérie, ma chérie…

À son retour, Missa trouva sa mère à l'étage avec Sati et Rabiah. Elles étaient toutes les trois assises l'une à côté de l'autre, sur le lit dans lequel Timothy ne redormirait pas de sitôt. Elles ne faisaient strictement rien.

Missa se tint un moment sur le seuil, à les observer dans la lumière pâle diffusée par la lampe de chevet. Comme Yasmina décelait sur le visage de Missa quelque chose qui ressemblait à de l'incertitude, elle expliqua :

— Nous sommes à bout de ressources.

Missa demanda d'une voix angoissée :

— Maman, est-ce que Granny… ?

Au son de la voix de sa petite-fille, Rabiah abaissa la main dont elle se couvrait les yeux.

— J'ai survécu à pire, dit-elle. Bon, peut-être pas à pire, mais je n'ai pas l'intention de perdre mes repères. Et toi ?

Elle se poussa au bord du lit et tapota la place qu'elle venait de quitter.

Il se passa quelques secondes avant que Missa traverse la pièce pour se joindre à elles. Rabiah prit sa main dans la sienne et l'appuya contre sa joue. Puis elle prit la main de Sati et la pressa contre son autre joue. Sati prit celle de sa maman…

Et elles se contentèrent de rester assises là, en silence, à respirer calmement, comme un seul et unique organisme. À cet instant, elles avaient à elles quatre toutes la force d'une seule personne.

Au bout d'une dizaine de minutes, Missa prit la parole :

— Il veut qu'on attende. Il dit qu'il a compris. Qu'il voudrait qu'on le fasse un jour, mais que, pour le moment, c'est encore trop tôt. Il veut que son entreprise marche et moi…

— Qu'est-ce que tu lui as dit ? s'enquit Yasmina.

— J'ai répondu que je…

— Non, la coupa Yasmina. Pas ce que tu lui as répondu. Ce que tu lui as dit sur ce qui s'est passé en décembre à Ludlow.

— La vérité.

— Il veut que vous attendiez à cause de ça ? s'étonna Rabiah.

— Non. Il dit juste que c'est plus sage pour nous deux.

— Et toi, c'est ce que tu penses aussi ?

— Je ne sais plus vraiment ce que je pense ou pas, Granny.

— Eh bien, nous voilà deux.

— Trois, dit Yasmina.

Avec Sati, cela faisait quatre.

26 mai

VICTORIA
LONDRES

Une journée entière, c'est le temps qu'il leur fallut pour boucler l'enquête le lendemain du suicide de Clover Freeman et des aveux de Gary Ruddock. Et cela, quand bien même ils s'étaient réparti les tâches. Havers se chargea de diffuser auprès des différentes personnes contactées les informations les concernant, à toutes fins utiles et surtout pour leur signaler qu'elles pouvaient désormais dormir tranquilles. Elle commença par une visite au vicaire de St. Laurence, afin de lui confirmer l'innocence de Ian Druitt, définitivement lavé de tout soupçon. Elle retrouva Flora Bevans au domicile d'une cliente au milieu d'une impressionnante collection de plantes en pot – la fleuriste fut soulagée d'apprendre qu'elle n'avait pas hébergé un pédophile. Brutus Castle et Ding Donaldson étaient tous les deux de retour dans leur maison de Temeside. Ils étaient facilement joignables. En revanche, pour avertir le sergent Gerry

Gunderson de la culpabilité de l'îlotier, elle dut se rendre à Much Wenlock.

Pendant ce temps, Lynley était à Birmingham pour remettre à Clive Druitt les biens de son fils en mains propres et rendre hommage à la justesse de son jugement sur le caractère de Ian. De là, il reprit la route vers le quartier général de la police de West Mercia pour restituer au chief constable les dossiers dont Havers et lui s'étaient servis pendant leurs investigations.

Wyatt était en état de choc. Et pour cause, le scandale qui était près d'éclater allait ternir sa réputation et celle de ses services pendant des années. Le cauchemar médiatique ne faisait que commencer, et ce n'était rien à côté du cauchemar judiciaire qui se dessinait à l'horizon.

Lynley informa Rabiah Lomax par téléphone que son fils Timothy avait signé ses aveux au commissariat de Shrewsbury pour l'agression perpétrée à Temeside. Elle ne se plaignit pas, ne reprocha rien à personne, surtout pas à la police, qui « faisait seulement son boulot, inspecteur ». Quand il lui demanda si la famille tenait le coup, elle répondit : « Tout juste. »

Le lendemain matin, ils quittèrent Ludlow. Direction Londres. Ils filèrent tout droit à Victoria Street. Cinq minutes ne s'étaient pas écoulées depuis leur arrivée qu'ils reçurent un appel peu réjouissant mais prévisible de Judi MacIntosh. L'adjoint au préfet voulait les voir tous les deux dans son bureau.

— Entrez sans frapper, leur indiqua Judi alors qu'ils se présentaient au secrétariat. Pas de souci ! Le Home Office est satisfait.

Lynley se demanda bien pourquoi, étant donné qu'un meurtre avait été commis par un représentant des forces de l'ordre, avec la complicité d'un haut gradé de la police territoriale. Mais il s'avéra que Clive Druitt avait seulement souhaité prouver que son fils était bien ce qu'il soutenait depuis le début : un homme de Dieu irréprochable. Son assassin avait été écroué et serait traduit devant la justice. Clive Druitt ne demandait rien de plus. Quant à ce que les médias feraient de l'affaire et à la façon dont le Home Office, Scotland Yard et la police de West Mercia traiteraient ce problème médiatique, Wyatt considérait que ce n'était pas ses oignons. Il l'avait dit à Quentin Walker, le député de Birmingham.

— La première tête qui va tomber est celle de Wyatt, leur annonça Hillier. C'est lui qui avait choisi Freeman comme adjointe. Il aurait dû être plus avisé. En tout cas, vous deux, vous vous en êtes bien tirés. Je suis chargé de vous transmettre les remerciements de Quentin Walker.

Était-ce seulement pour cela que Hillier les avait sommés de venir aussi vite ? Lynley était dubitatif, mais il comprit mieux lorsque l'adjoint au préfet de police déclara :

— Très bien, inspecteur : l'entretien est terminé. Vous, sergent, restez.

Barbara tourna un regard suppliant vers Lynley, mais il y avait des limites au pouvoir de ce dernier, et l'ordre de Hillier de quitter son bureau en était une.

En ouvrant la porte pour sortir, il entendit :

— Nous devons avoir un autre genre de conversation, sergent.

Une entrée en matière pas spécialement engageante, songea Lynley. De retour au Victoria Block, il ne put aller plus loin que le bureau de la commissaire, car Dorothea Harriman le héla au passage :

— On vous réclame, inspecteur Lynley… Judi-avec-un-i vient d'appeler. Elle voulait que la chef soit prévenue que vous aviez vu le grand patron.

Elle baissa la voix pour ajouter :

— Il a vraiment retenu le sergent Havers ?

— Oui. Apparemment, il veut avoir avec elle une conversation « d'un autre genre ».

— Ah. Ce n'est pas bon signe. C'est tout ce que vous avez entendu ?

— Je n'ai pas votre talent… Hélas ! Je peux entrer ? dit-il en indiquant la porte d'Isabelle Ardery.

Dee ébaucha un petit sourire.

— Allez-y. Mais un tuyau : elle n'est pas franchement ravie que vous ayez parlé avec Hillier *avant*.

VICTORIA
LONDRES

Isabelle avait espéré que le respect de la voie hiérarchique serait de mise. Lynley et Havers devaient d'abord lui présenter leur rapport, qu'elle transmettrait à Hillier, qui transmettrait ensuite au député de Clive Druitt. Se faire court-circuiter comme ça était agaçant. Et maintenant, voilà que Barbara Havers était retenue seule dans le bureau de Hillier… Pourquoi ? Les nerfs de la commissaire étaient à vif.

— Chef ? dit Lynley en entrant dans le bureau.

— Pourquoi êtes-vous allés voir Hillier alors que vous auriez dû passer ici d'abord ?

Elle regretta aussitôt ses intonations acerbes, mais c'était trop tard.

Lynley répliqua avec cette aisance exaspérante dont il ne se départait jamais :

— Nous n'étions pas ici depuis cinq minutes que nous avons été convoqués, chef.

— Si j'ai bien compris, le sergent y est encore ?

— Hillier l'a priée de rester.

— Et sa réaction sur la façon dont a été menée l'enquête ?

— Personne ne sable le champagne. Bien sûr, il y a un point positif, puisqu'un procès contre la police a été évité : Clive Druitt a rappelé ses avocats. Mais sinon, ce n'est pas brillant. C'est simple, depuis le mois de mars, on a commis connerie sur connerie. C'est du pain bénit pour les journalistes.

— Vous parlez de moi, je suppose.

— Ah, non, je ne pensais pas à vous, chef. Il y a des responsabilités à revendre dans cet imbroglio. Le chief constable vient en tête de liste. Tout s'est passé dans sa zone territoriale…

Isabelle l'interrompit.

— Il est en train de l'interroger sur mon alcoolisme. Vous savez aussi bien que moi pourquoi il l'a gardée dans son bureau. Il m'a téléphoné un soir alors que j'étais… que je n'étais pas en état de lui parler. J'ai cru que c'était Bob, sinon je n'aurais jamais répondu.

Lynley ne fit aucun commentaire. Toutefois, comme il prenait soin de fermer doucement la porte, Isabelle sentit venir un sermon. Or elle n'avait aucune envie de s'entendre faire la morale par Thomas Lynley. Par personne d'autre d'ailleurs, non plus. Elle ne savait que trop bien que, si quelqu'un avait l'art de se tirer une balle dans le pied, c'était elle.

— Je suis au bout du rouleau, Tommy, lâcha-t-elle. Vous m'aviez prévenue. Bob aussi, Dieu sait combien de fois. Et moi, je n'ai pas réussi à me prendre par la main.

Lynley, avec la courtoisie du vrai gentleman qu'il était, entreprit d'examiner le bout de ses chaussures afin de lui donner le temps de se ressaisir. Cela exaspéra néanmoins Isabelle, laquelle n'avait pas du tout l'impression d'avoir perdu son sang-froid. Elle était au contraire tout ce qu'il y a de plus maîtresse d'elle-même.

— Puis-je m'asseoir ? dit-il finalement.

— On n'en a pas pour des heures, inspecteur. Je voulais juste savoir si Havers était restée à la demande de l'adjoint au préfet. Nous savons tous les deux ce que cela signifie.

— Isabelle, si vous vouliez bien m'écouter… ? Vous n'avez pas réussi au départ…

— Je le sais ! D'accord ? Ne jouez pas au grand seigneur avec moi. Je sais très bien que je n'ai eu besoin de personne pour foncer droit dans le mur ! Et dire que j'ai ouvert la porte à Dee Harriman et à ses maudits sandwichs. Sans aucun doute, elle a colporté ce qu'elle a vu.

— Dee Harriman est d'une loyauté absolue à l'égard de quiconque travaille dans ce département, Isabelle, et elle…

— Comme nous tous, elle agit dans son intérêt.

— Ce n’est pas vrai. Elle est totalement loyale. Et pour tout vous dire, elle…

— Oh, je vous en prie, Tommy. Arrêtez de la protéger.

— … n’est pas la seule dans ce cas. Si vous n’avez pas encore…

— Pas de morale, s’il vous plaît !

— Cessez de m’interrompre…

Ils se tenaient face à face, trop proches l’un de l’autre au goût d’Isabelle. La commissaire battit en retraite derrière son bureau. Elle s’assit et lui fit signe de faire de même.

— Laissez-moi vous dire, inspecteur, que vous êtes toujours aussi imbuvable. Je sais que j’ai raté ma vie, ma carrière, ma relation avec mes fils. Vous croyez que j’ai besoin que vous me le rappeliez ? Non ! Vous pouvez comprendre ça ?

— Je comprends très bien. Ce n’est…

— Quand je vous dis : arrêtez la leçon de morale, je pèse mes mots !

— Vous voyez, vous continuez à m’interrompre !

Il avait élevé la voix. Comme il était quasiment impossible de faire sortir le flegmatique Thomas Lynley de ses gonds, Isabelle aurait éprouvé un plaisir pervers à continuer à le provoquer si elle ne s’était soudain aperçue que ses mains s’étaient remises à trembler et qu’il ne lui restait plus qu’une chose à faire.

— Ce que j’essaye de vous dire, Isabelle, c’est que vous n’avez jamais rien voulu comprendre à Barbara Havers. J’ai renoncé à vous faire voir qu’elle est un rouage essentiel de ce département. En revanche, je vais vous dire une chose, Isabelle…

— Vous allez cesser de m'appeler…

— I-sa-belle, répéta-t-il en appuyant sur chaque syllabe. La dernière chose dont on puisse accuser Barbara, c'est d'être une moucharde. Ce n'est pas son style, mais alors vraiment pas. Quant à vous et à votre penchant pour la boisson ? Cela vous regarde, et personne d'autre. Je vous invite à renoncer à vos idées saugrenues à propos de Dee et Barbara.

Sur ce, il se leva et fit mine de sortir.

— Je ne vous ai pas autorisé à sortir, inspecteur ! protesta-t-elle.

D'un geste de la main, il lui enjoignit de se taire.

Et laissa la porte entrouverte derrière lui.

Les mains d'Isabelle tremblaient de plus belle. Elle serra les poings en les appuyant sur la table. Elle avait besoin de… Après cette conversation, elle avait un besoin urgent de…

Elle fit brusquement pivoter son fauteuil, se leva et s'éloigna de son bureau, ou plus précisément du tiroir en bas à droite qui abritait le remède à son mal. Elle se planta devant la fenêtre. Le ciel bleu se remplissait rapidement de nuages. Elle regarda les oiseaux, puis la rue. Elle allait s'abstenir, se dit-elle. Elle allait tenir le coup, elle était résolue à tenir coûte que coûte. Cette histoire d'alcool avait toujours été une illusion de son esprit. Son cerveau l'avait leurrée en lui faisant croire à sa nécessité, en lui faisant croire qu'il lui fallait quelque chose pour l'aider à se détendre, à dormir, à surmonter les difficultés du quotidien, à alléger le poids de ses responsabilités. C'était elle et elle seule qui s'était persuadée qu'elle en avait besoin alors que c'était totalement faux.

Seulement… C'était allé trop loin, trop longtemps. Elle le constatait au tremblement de ses mains qui ne cessait que lorsqu'elle avait ingéré sa dose de vodka. Non, ce n'était pas une vue de l'esprit qui les faisait trembler. Son désir puissant de boire était à présent dicté par son corps. Ou plutôt, le désir avait été remplacé par la nécessité.

Ce n'était pas tenable !

Elle ne pouvait pas faire autrement.

Elle retourna à son bureau.

VICTORIA STREET
LONDRES

Hillier démarra la conversation en complimentant Havers sur l'amélioration de son apparence. La perplexité de Barbara fut immense. Elle aurait bien voulu se dire que, faisant fi du risque d'être poursuivi pour harcèlement sexuel, Hillier appréciait son corps svelte, fruit d'un nombre astronomique de séances de claquettes (hum). Le hic, c'était que la façon dont elle était habillée ne correspondait pas, mais pas du tout, à un look longiligne ou élégant. À savoir un pantalon baggy, un chemisier qui avait besoin d'un coup de fer et des godillots.

Elle remercia Hillier avec la plus grande réserve et attendit la suite.

— J'ai entendu dire que votre conduite aussi est en progrès.

Barbara se composa un visage placide et croisa les doigts. Elle regrettait que Lynley ne fût pas là. Il était la seule personne qui pouvait intercéder en sa faveur face à la hiérarchie.

— Je suis content, en outre, que votre deuxième enquête à Ludlow ait produit un meilleur résultat. À votre avis, par quoi péchait la première ?

Barbara tressaillit. Nous y voilà ! Les embrouilles commencent, songea-t-elle. Après avoir envisagé quelques réponses possibles, elle dit :

— La situation là-bas était inextricable, monsieur. Des éléments de l'investigation qui a priori paraissaient simples se sont compliqués à vue d'œil.

— Pouvez-vous être plus précise ? Étant donné que vous êtes le seul officier de la Met à avoir participé aux deux…

— Oh. Ça. Eh bien, la commissaire Ardery et moi n'avons pas toujours partagé le même point de vue, ce qui n'a rien d'exceptionnel, bien sûr. Et il est possible que je… Ou plutôt que je ne…

Le regard d'aigle ne quittait pas son visage.

— Allez-y, crachez votre Valda, sergent Havers.

— C'est que je voulais que tout soit nickel… J'ai cherché à remplir les blancs, si vous voyez ce que je veux dire.

— Et la commissaire Ardery ?

— Quoi, la commissaire ?

— Elle a cherché à remplir les blancs, elle aussi ?

Ô combien elle détestait cette sensation de marcher sur des œufs.

— Je ne comprends pas vraiment ce que vous me demandez, monsieur. La commissaire Ardery a suivi à la lettre la procédure.

— Vraiment ?

— Oui, monsieur. Absolument. Sans l'ombre d'un doute.

Barbara déglutit. Peut-être y avait-il là une affirmation de trop ?

Hillier continuait à la dévisager, cherchant, ma parole, à lui faire baisser les yeux.

— Il paraît que la commissaire et vous, c'est un peu comme chien et chat, sergent Havers. Je ne voudrais pas que cela interfère.

— Oh, mais ce n'est pas le cas, monsieur. Je ne sais ce que vous avez entendu mais… Eh bien… il y a eu cet enregistrement que m'a envoyé l'îlotier de Ludlow et…

— Ce n'est pas de cela qu'il s'agit.

— Monsieur ?

Hillier se pencha vers elle, un geste qui fit vibrer désagréablement les nerfs de Barbara. « Allez, on est entre nous, sergent… », semblait-il vouloir dire. Or jamais, entre elle et l'adjoint au préfet, il ne pourrait y avoir une quelconque complicité.

— Je vais vous poser une question brutale, sergent, et vous allez me fournir une réponse tout aussi brutale. C'est entendu ?

Mon Dieu, se dit Barbara, qui n'en acquiesça pas moins de la tête.

— Bien. Il m'a semblé que la commissaire Ardery avait forcé sur l'alcool à Ludlow. Je pense même qu'elle a été ivre à certains moments. Étant donné la suite des événements depuis son retour du Shropshire, je souhaite que vous confirmiez son comportement à Ludlow avant que je prenne les mesures qui s'imposent.

Barbara ne s'était pas attendue à se voir offrir la tête de la commissaire sur un plateau. De quoi louer le Très-Haut et chanter alléluia ! Le grand patron lui-même lui tendait la perche et il lui suffisait de la saisir. C'était dans son intérêt, c'était dans l'intérêt du département. Elle pourrait ensuite s'en féliciter pendant des années. Seulement…

Elle fronça les sourcils. Hocha la tête. Elle espérait que son regard télégraphierait le fond de sa pensée.

— Autant que je sache, la commissaire n'a rien bu du tout, monsieur.

Hillier la dévisagea de son œil de rapace.

— Vous en êtes bien certaine ?

— Sûre et certaine.

VICTORIA STREET

LONDRES

De retour à son poste de travail, Barbara eut à peine le temps de poser ses fesses sur son siège que le téléphone sonnait. Elle n'avait aucune envie de répondre, mais elle n'avait pas trop le choix. En reconnaissant la voix de Dorothea Harriman, Barbara se dit qu'elle aurait dû s'en douter. Après tout, ce soir avait lieu leur cours de claquettes hebdomadaire, et il était normal que Dee veuille faire le point avec elle.

Après les cordiales salutations, Barbara tenta une diversion.

— Je suis sur les genoux, Dee. Je ne suis pas assez en forme pour ce soir. J'ai besoin de me reposer.

— Ce soir ? Oh ! Vous parlez de Southall. Peu importe. Je vous ferai rattraper demain. Je viendrai vous voir. Si nous transportons votre table dehors, nous aurons assez de place… Au fait, Umaymah s'est désistée. Elle ne vient même plus au cours. Enceinte. Vous voyez… J'ai déjà chorégraphié vos pas.

— Dee…

— De toute façon, ce n'est pas pour ça que je vous appelle. Vous êtes réclamée.

— Je reviens du Tower Block.

— C'est la commissaire…

La secrétaire du département ajouta, un ton plus bas :

— Entre nous soit dit, vous feriez bien de ne pas traîner. Elle a l'air remontée. L'inspecteur Lynley vient d'avoir avec elle une séance à huis clos, et, comme vous savez, ces choses-là ne se passent jamais bien.

Barbara obtempéra. Elle ne voyait pas comment échapper à ce tête-à-tête fort peu réjouissant.

Ardery était assise à son bureau. Elle la pria de fermer la porte et de s'asseoir. Barbara fit comme demandé et se retrouva face à Ardery avec seulement la largeur d'une table entre elles. Une table non seulement impeccablement rangée, comme d'habitude, mais encore qu'on aurait dite brillant d'encaustique. Havers nota la totale immobilité d'Ardery tandis que celle-ci la contemplait, les mains croisées devant elle. Barbara croisa les siennes sur ses genoux.

— L'inspecteur Lynley me rapporte que vous avez obtenu de bons résultats dans le Shropshire. Le tout bien empaqueté, prêt à être livré à M. Druitt.

L'hostilité de la commissaire était presque palpable.

— Une fois qu'on a compris pour l'étole, chef… Sa couleur et le reste… Je veux dire, une fois que vous avez appelé l'inspecteur pour lui dire…

— La flatterie ne vous avancera à rien avec moi, sergent. Je me suis rendu compte à quel point j'ai été une entrave à l'enquête. On m'a dit que vous aviez eu un entretien particulier avec monsieur l'adjoint au préfet de police.

— Oui, s'empressa de répondre Barbara. Il m'a ordonné de rester seule avec lui pour me demander…

— Je vous arrête ! N'en dites pas plus.

Barbara se figea. Ses glandes sudoripares s'étant mises à faire des heures sup, elle était en nage.

Ardery ouvrit un tiroir de son bureau dont elle sortit ce que Barbara reconnut immédiatement : le dossier contenant les papiers de sa mutation.

— Mais, chef. Je vous en supplie, je peux…

— Ne vous ai-je pas ordonné de vous taire ? rétorqua Ardery en ouvrant la chemise et en poussant les papiers vers elle.

— Mais je… J'ai fait tout… Je… S'il vous plaît.

— Prenez.

— Mais…

— Je vous répète de prendre ces papiers. Je ne vous demande pas de les signer, sergent Havers. Je vous les donne. Vous comprenez l'anglais ? Faites-en ce que vous voulez.

— Quoi ? Vous voulez dire... ?

— Oui.

Barbara regarda les papiers, puis leva les yeux.

— Je… Chef, vous ne voulez pas savoir ce que Hillier m'a…

— Non.

— Mais si je prends ces papiers, cela signifie que… quoi ?

— Barbara. Vous savez que je n'agis jamais à la légère. Prenez votre lettre de mutation, elle est à vous, peu m'importe ce que vous en faites.

Barbara tendit la main vers les papiers, un geste qu'elle prit soin de faire très lentement. Elle s'attendait à tout instant à ce qu'Ardery éclate d'un rire triomphant en voyant qu'elle avait réussi à duper la bécasse assise en face d'elle. Mais comme rien ne venait, elle posa les papiers sur ses genoux. Elle attendit encore un peu. Toujours rien. Elle se leva.

— Merci, chef.

Ardery répondit par un hochement de tête. Devant la porte, Barbara marqua une pause et osa demander :

— Est-ce que l'inspecteur…

— Ceci n'a rien à voir avec l'inspecteur Lynley. Cela nous concerne seulement toutes les deux, vous et moi.

VICTORIA STREET
LONDRES

Lorsque l'appel de l'adjoint au préfet de police se concrétisa, Isabelle était prête. Elle avait tout organisé et avait parlé à Bob. Son ex-mari lui avait promis son soutien et l'avait encouragée dans sa décision, ce qui ne lui avait pas été difficile puisque rien de ce qu'il avait dit n'était écrit. Une fois ces préparatifs terminés, elle avait tout simplement attendu que le téléphone sonne et que la voix de Judi MacIntosh résonne à son oreille : Hillier était disposé à la recevoir.

Elle rassembla ses affaires personnelles, qui se résumaient à peu de choses : une photo des jumeaux, une photo d'elle-même en compagnie des jumeaux, un mug et dix petites bouteilles de spiritueux. Tout tenait dans sa mallette, laquelle en d'autres circonstances aurait contenu les rapports des enquêteurs sous ses ordres. Elle prit aussi son sac en bandoulière et se dirigea vers la sortie. À la porte, elle se retourna.

Curieux, se dit-elle. C'était seulement une pièce parmi d'autres dans le bâtiment, n'est-ce pas ? Pourtant, elle lui avait prêté, ainsi qu'à d'autres pièces semblables, trop d'importance trop longtemps.

Elle éteignit le plafonnier et ferma la porte. Une chance qu'il fût tard et que personne ne la voie partir. Pour l'instant, elle se sentait réfractaire aux questions.

Le bureau de Hillier était grand ouvert. Judi MacIntosh était rentrée chez elle. Hillier, assis à sa table, l'attendait de pied ferme. De la même façon qu'elle, tout à l'heure, avait attendu dans son propre bureau le sergent Barbara Havers. Et comme elle, Hillier avait les mains croisées sur la table. Mais lui jouait avec un crayon.

Il la pria de s'asseoir. Elle répondit qu'elle préférait rester debout.

— J'aimerais pouvoir vous jurer qu'il me suffit d'assister à ces réunions, monsieur. Si je pensais que ça pouvait m'aider, j'irais tous les jours. Deux fois par jour si nécessaire. Je n'ai jamais été à aucune réunion, mais j'y ai souvent pensé. Au point où j'en suis, cependant, je vais avoir besoin d'une cure sous surveillance médicale. J'ai trouvé un centre de désintoxication. Ils sont disposés à me recevoir tout de suite.

— Où est ce centre ?

— Sur l'île de Wight. C'est une clinique. D'abord une pré-cure... Puis la cure et la post-cure. La phase de sevrage est estimée à une semaine.

— Et la post-cure ?

— Une vie entière. Je veux dire, personne n'en guérit jamais. On « apprend » à vivre avec.

— Avec ?

— Avec le besoin de boire et avec ce qui provoque ce besoin. Pendant la cure, on s'occupe de la partie physique. Après, il y a cinq semaines de séances de psychothérapie et de groupe de parole. Et encore après, des réunions entre anciens buveurs, mais tous les jours. Il y en a partout à Londres.

Hillier opina et se mit à faire rouler son crayon sous ses doigts.

— J'aimerais pouvoir vous jurer, de nouveau, monsieur, que je vais y arriver, qu'il n'y aura pas de rechute. Mais à la vérité, je n'en sais rien.

— Et cela est censé me rassurer ?

— Je vous informe, voilà tout, dit-elle en s'asseyant et en posant sa mallette sur le sol. Ce n'est pas la première fois que je me persuade que je suis capable d'arrêter. Je l'ai déjà fait, d'ailleurs. Un mois par-ci, deux mois par-là, juste pour me prouver que je ne suis pas l'esclave de l'alcool. Mais en réalité, cela fait des années que je suis dépendante.

Il opina une deuxième fois. Elle ne s'attendait pas à ce qu'il la félicite, elle ne le méritait aucunement. Ce qu'elle avait espéré de sa part était plutôt de l'ordre… oh la bonne blague… d'un sentiment d'humanité, ce dont elle-même n'avait guère fait preuve avec ses semblables depuis trop longtemps. Mais pour le moment, le silence qui s'éternisait entre eux n'était empreint ni de bonté ni de compassion.

— J'espère que vous voudrez bien m'accorder un congé, monsieur. Si je sais que je retrouverai mon poste à la fin de cette épreuve, ce sera comme une lanterne qui brille au bout d'un tunnel. Ce serait plus facile pour moi. Enfin, rien ne sera facile, mais cela me donnera… peut-être… un but.

Il se leva et alla se camper devant sa rangée de fenêtres. Juin, ce mois à la météo imprévisible, approchait à grands pas, et il s'était mis à pleuvoir. De grosses gouttes éclaboussaient les carreaux.

Sans se retourner, Hillier dit :

— Je ne vous aurais jamais nommée commissaire principale si Lynley avait été disposé à accepter ce poste. Vous le savez, n'est-ce pas ?

— Oui, monsieur.

— Pas plus que je ne vous aurais nommée à ce poste si je ne vous en avais pas crue capable. Je n'ai pas changé d'avis sur ce point. Pas dans votre état actuel, bien entendu.

Isabelle s'abstint de répliquer. Il n'en avait pas terminé, elle le sentait.

Hillier se retourna et la dévisagea quelques instants avec beaucoup d'attention avant de se rasseoir à son bureau et de croiser de nouveau les mains.

— Je vous accorde votre congé, commissaire. Quant à ce qui vous attendra ensuite, nous reverrons cela une fois que vous aurez réussi à vaincre vos démons.

— Merci, monsieur.
— Quand partez-vous ?
— Immédiatement.
— Dans ce cas, je vous souhaite bonne chance.

Elle le gratifia d'un sourire vacillant, puis elle ramassa sa mallette et allait ouvrir la porte pour sortir quand elle l'entendit prononcer :

— Le sergent Havers ne m'a rien dit, au fait. Il faut que vous le sachiez. Je lui ai posé carrément la question, mais elle a refusé de vous donner en pâture aux lions.

— Ah. Tommy avait raison donc : il pensait qu'elle ne le ferait pas…

Et parce que c'était la vérité, et qu'elle devait rendre à chacun son dû, elle continua :

— C'est un bon officier, monsieur. Exaspérante parfois, certes, mais dans l'ensemble excellente.

Hillier soupira.

— Si seulement la vie politique était simple, n'est-ce pas ?

— C'est-à-dire, monsieur ?

— Ce serait tellement commode si Havers était bonne à rien, mais ne nous berçons pas d'espoir. On peut dire la même chose de Lynley, qui même dans ses meilleurs jours est à peine moins exaspérant qu'elle.

Un vrai sourire cette fois égaya le visage de la commissaire, qui répondit :

— Je ne vous contredirai pas, monsieur, mais il faut bien le reconnaître : ils obtiennent des résultats.

6 juillet

SOUTHALL
LONDRES

— Tu ne t'attends tout de même pas à ce que Barbara te pardonne ? lui demanda Daidre. Je sais parfaitement qu'elle a interdit à toutes ses connaissances d'assister au récital.

— Barbara finira par me remercier. À court terme, elle sera furieuse, bien sûr. Mais avec le temps, elle verra les choses d'un autre œil.

— Tu es fou, Tommy.

— Le vent du nord-ouest, le faucon et le héron[1]…, répliqua-t-il en jetant un bref coup d'œil du côté du siège passager de la Healey Elliott. Je suis ravi que tu sois là, Daidre.

Au cours des dernières six semaines, ses allers-retours entre Londres et les Cornouailles avaient mangé

1. « Je ne suis fou que par le vent du nord-nord-ouest ; quand le vent est au sud, je peux distinguer un faucon d'un héron. » (*Hamlet*).

tout son temps libre. En dépit des protestations de Lynley, elle avait refusé qu'il l'accompagne. C'était sa famille à elle, pas la sienne, lui avait-elle expliqué. C'était *son* problème.

Sa mère biologique était morte, la guérison miracle à laquelle elle avait cru lui ayant été refusée comme à tant de malades en phase terminale. Elle avait eu une longue agonie, rendue d'autant plus atroce par ses croyances et par les conditions de vie de la famille. Sur la fin, elle refusait toujours obstinément d'être hospitalisée. Dans son esprit, le Seigneur était là pour la relever de ses maux.

Après le décès de cette pauvre femme, Daidre s'était sentie obligée de s'occuper de son père et des jumeaux. Encore une fois, elle avait repoussé l'aide de Lynley. À sa question : « Que sommes-nous l'un pour l'autre, alors ? », elle avait riposté : « Mes obligations vis-à-vis des miens n'ont aucun rapport avec ce que nous partageons tous les deux. Je ne me mêle pas de tes histoires de famille, Tommy. Fais-moi le plaisir de me laisser régler ça toute seule. »

De son côté, pourtant, il ne lui avait pas caché qu'il espérait qu'ils iraient ensemble à Howenstow afin qu'il puisse la présenter à son frère, sa sœur, sa mère et sa nièce. Daidre esquivait ce voyage depuis trop longtemps.

Un jour ou l'autre, elle se montrerait forcément désireuse de connaître sa maison natale à lui, non ? D'autant qu'elle avait presque perdu son cottage de Polcare Cove, ayant pris la décision que Goron et Gwynder Udy – les jumeaux à présent adultes – quitteraient la caravane de leur père. Ce dernier refusait toujours de l'abandonner, persuadé malgré toutes les preuves du contraire qu'il pouvait s'enrichir grâce aux richesses en métal d'un ruisseau. Daidre avait donc offert à son frère et à sa sœur la jouissance de la petite maison qui lui avait servi de refuge pendant qu'elle travaillait au zoo de Bristol. Il y avait largement de la place pour deux : chacun aurait sa chambre.

« Mais que vas-tu devenir, toi, Daidre ? avait voulu savoir Lynley. Je sais ce que ce cottage représente pour toi.

— Je dormirai sur le canapé lors de mes visites.

— Cela ne correspond pas vraiment à ton concept de retraite paisible.

— Peut-être pas. On verra. Mais je ne peux pas supporter l'idée qu'ils continuent à vivre dans cette horrible caravane. C'est la seule solution que j'aie trouvée. Je les vois mal accepter de venir en ville.

— Mais ont-ils envie de quitter la caravane ?

— Ils ont peur, bien sûr. Quoi de surprenant ? Ils sont là-bas depuis leurs dix-huit ans, après leur placement en famille d'accueil qui s'est révélé encore pire que la vie avec nos parents. Ils méritent mieux que ça. Le cottage est une chance pour eux, et je suis contente de la leur offrir.

— Je n'aime pas te voir…

— Tommy, nous avons chacun un passé tellement différent que je ne m'attends pas à ce que tu me comprennes.

— C'est injuste.

— L'injustice… Tu sais ce que c'est ? Réfléchis, on te retire à tes parents, tu atterris à Falmouth dans une famille merveilleuse qui te comble d'amour et te donne une bonne éducation. Et puis tu découvres un beau jour que ton frère et ta sœur ont été placés chez des gens qui les maltraitent. Quelle serait ta réaction ?

— Je comprends.

— Hum… Je ne suis pas sûre que tu puisses comprendre… Tu n'as rien vécu d'approchant. Eux… Goron et Gwynder… n'ont bénéficié d'aucune opportunité dans leur existence. Absolument aucune. Et je veux faire quelque chose pour les rendre moins malheureux. Tu peux prononcer le mot de culpabilité si tu veux, mais je voudrais que la deuxième partie de leur histoire démarre sous de meilleurs auspices. »

Il détestait l'entendre raisonner ainsi, nier toute possibilité de réelle intelligence entre eux. Cette discussion, ils pourraient l'avoir vingt fois, mais à chaque fois elle s'enliserait… Ils tournaient en rond. Mieux valait laisser tomber pour le moment. Ce qui ne signifiait pas enterrer la question à tout jamais…

En fin de compte, Lynley se dit que tout cela n'était pas si mal. Car Daidre n'apprécierait sans doute pas longtemps de dormir sur le canapé dans son petit cottage lorsqu'elle se rendrait en Cornouailles pour ses vacances. Et donc, peut-être que, tôt ou tard, elle consentirait à profiter d'un ermitage aux proportions légèrement plus vastes, à savoir son domaine familial non loin de Lamorna Cove.

Il entendait d'ici le commentaire de Havers : « Je parierais pas un penny là-dessus, monsieur. » Mais Havers n'était pas une optimiste…

À présent, comme si elle avait lu dans ses pensées à propos du caractère de Barbara, Daidre dit :

— Cela pourrait mal tourner, tu sais.

Il lui mentit sans mauvaise conscience :

— Oui, je sais.

En vérité, il savait son plan infaillible. Havers finirait par le remercier du fond du cœur.

— Bon, c'est déjà ça… Mais, Tommy, fallait-il que tout le monde soit convié ?

— Cela paraîtra moins bizarre. En plus, nous avons besoin de Winston pour la distraire, n'est-ce pas ?

— Et les parents de Winston ?

— Je n'ai rien pu faire pour l'empêcher de les inviter. Il n'a pas de secret pour eux, et manifestement, ils pensent que Barbara Havers en claquettes constituera une vision tout aussi divertissante que Barbara Havers prenant une leçon de cuisine avec Alice Nkata.

— Et les autres ?

— Les autres ? Tu parles de Denton ?

— Arrête de jouer les innocents. Je parle de Denton, Simon, Deborah, Philip Hale et sa femme… Qui d'autre, Tommy ?

— Je crois que la famille de Dorothea sera là, mais je ne suis pas responsable.

— Tu es impossible, vraiment. J'ignorais chez toi ce côté farceur.

Le récital avait lieu dans une salle des fêtes à quelques rues de l'endroit où se donnaient les cours. Dorothea s'était fait un plaisir d'indiquer à l'inspecteur le lien Internet du site. C'est là qu'il avait recueilli toutes les informations nécessaires pour se rendre « au spectacle enchanteur ».

Lynley, d'ailleurs, était enchanté d'avance. Personne ne se réjouissait autant que lui de voir Barbara et Dorothea entrer dans la légende en frappant du pied.

SOUTHALL
LONDRES

Barbara était dans tous ses états. Leur numéro avait été relégué à l'avant-dernière place, sous un titre pompeux en diable : Acte II. Elle qui comptait décamper moins d'une heure après son arrivée dans la salle des fêtes, eh bien, son projet était à l'eau. Pire encore, en pointant la tête depuis les coulisses, elle avait repéré Winston Nkata au milieu de la foule. Avec son mètre quatre-vingt-quinze, il ne passait pas inaperçu. Ses parents n'étaient pas tellement moins grands, et tous les trois allaient être les témoins de son humiliation.

Soudain, elle avisa les visages de Simon Saint James et de sa femme, Deborah, de vieux amis de Lynley. Et… n'était-ce pas Charlie Denton qui était en train de s'asseoir au bout de la rangée… à côté de… mais oui, cet homme à moitié caché par trois femmes revêtues d'une burqa, ce devait être le père de Deborah… Le profond agacement qu'elle éprouvait se mua en jalousie : elle enviait ces dames couvertes intégralement de noir. Un drap de n'importe quelle couleur lui aurait personnellement convenu. Tout plutôt que de se montrer dans le costume imaginé par Dorothea.

Au départ, Dee s'était fixée sur les années folles, puis elle avait appris, horriblement déçue, que la musique de Cole Porter ne datait pas de cette époque. « Pensez années 1930, lui avait dit Kaz. L'élégance de l'Art déco. » Du coup, Dorothea avait renoncé à la robe charleston pour adopter le costume marin.

Depuis son retour du Shropshire, Barbara avait l'impression de ne plus faire que cela : des claquettes.

À en croire Dorothea, c'était la mémoire corporelle qui importait dans l'apprentissage des différents pas. « C'est exactement comme apprendre à faire du vélo », disait-elle. Il faut répéter les enchaînements jusqu'à ce que le corps les ait intériorisés.

« Le vélo est une autre chose que je n'ai pas l'intention de pratiquer devant un public », avait répliqué Barbara. Et pourtant, à présent, voilà qu'après avoir enduré l'Acte I, l'entracte et pratiquement la totalité de l'Acte II, elle allait se produire sur scène.

Elles attendaient, fébriles, dans leur costume marin, coiffées d'un béret à pompon, une canne à la main. Barbara avait essayé de décourager Dee pour la canne, arguant que les marins n'en avaient pas l'usage. Mais, selon Dee, la canne était un accessoire au contraire tout à fait dans la note de la chorégraphie.

Au moins, se consolait Barbara, elle ne faisait pas partie des huit danseurs qui étaient en train de converger sur la scène dans l'espèce de canot pneumatique dégonflé censé représenter un compotier géant. Quelqu'un avait eu l'idée saugrenue d'illustrer « Hooray for Hollywood » par une danse des fruits. Barbara aurait eu pitié de l'ananas si elle ne s'était pas autant apitoyée sur elle-même.

La salle applaudit frénétiquement à la fin de la danse des fruits, en dépit du malheureux incident où le melon avait malencontreusement embouti la banane au milieu du numéro, provoquant une chute plutôt disgracieuse.

— Ça y est ! s'exclama Dorothea en tapant joyeusement des mains. On va enfin être récompensées de nos efforts, sergent !

Barbara se retint de lui avouer qu'elle avait pour sa part fait de considérables efforts pour se fouler la cheville. Elle avait seulement réussi à se coller un ongle incarné.

— On va leur en mettre plein la vue !

— Vous avez invité Winston ? demanda Barbara.

Dorothea se frappa la poitrine.

— Quoi ? Le sergent Nkata est ici ? Pourquoi lui aurais-je dit…

— Pour la claque.

— Sergent Havers, nous n'avons pas besoin de ça ! Nous allons avoir un succès immense !

— Vous n'avez pas répondu à ma question.

— Quelle question ?

— Comment se fait-il que Winston était au courant de ce fabuleux spectacle ?

Dorothea, qui renouait sa chaussure, se redressa.

— Sans doute l'aura-t-il su par l'inspecteur.

— Hein ?

Dorothea leva sa main à sa bouche.

— Ben oui ! Je ne pouvais quand même pas ne pas lui fournir au moins une piste quand il m'a harcelée de questions. Surtout qu'il m'a dit qu'il comptait vous faire une surprise. Vous n'aimez pas les surprises ?

— Une surprise sous la forme de Winston Nkata, ses parents et toutes les connaissances de l'inspecteur Lynley ? Génial… Vous avez de la chance que je ne vous lance pas mes chaussures de claquettes à la figure, Dee.

— Mais je ne lui ai rien dit. J'ai juste mentionné le site Internet de l'école. Je vous jure.

— Manifestement, ce n'était pas trop difficile de trouver les infos adéquates.

— Ne faites pas la sotte, sergent… Ah ! Notre tour arrive ! On va leur montrer notre cincinnati !

Barbara tenta de relativiser : ils l'avaient tous déjà vue dans des situations périlleuses. Une de plus, qu'est-ce que ça pouvait faire ?

Des hourras emplirent la salle tandis que Dee et Barbara traversaient la scène en exécutant leurs steps sur l'air de Cole Porter. Personne n'eut l'air de trouver bizarre que leurs costumes n'aient rien à voir avec le thème musical. Une voix se mit à scander « Bar'bra, Bar'bra ! ». Manifestement, son supporter n'y connaissait rien en claquettes. Ses erreurs passaient divinement inaperçues. Tout ce qui lui restait à faire, c'était de garder la position verticale et se persuader que chacun de ses gestes faisait partie du spectacle.

Tout se passa non pas à merveille mais correctement. Elle parvint à se rappeler les enchaînements, s'embrouillant seulement un peu dans un scuffle. Garder le sourire tout du long fut toutefois trop dur pour elle. De sorte qu'au lieu de gratifier le public d'un visage radieux comme Dorothea, elle se contenta de jeter deux ou trois coups d'œil vers la salle.

Et soudain, sa volonté s'effondra. Ses pieds prirent la tangente. Elle oublia la combinaison de pas. Elle avait identifié l'homme assis à côté de Charlie Denton : ce n'était pas le père de Deborah Saint James.

Elle se dirigea vers les coulisses en faisant un cincinnati.

SOUTHALL
LONDRES

Il n'y avait pas de vestiaire, et Barbara n'avait pas, par conséquent, apporté d'autres habits. Quitter les lieux incognito ne serait pas simple.

Qu'importe. Elle devait partir. Il fallait faire vite. Elle ne se posa même pas la question du pourquoi. Elle cédait à la fuite instinctive.

Dans les coulisses, elle joua des coudes en bousculant un peu le couple Fred-et-Ginger et un groupe d'enfants en queue-de-pie et haut-de-forme. Elle entendit la voix de Kaz dans son dos :

— Qu'est-ce qu'il se passe, Barbara ?

Mais elle ne marqua pas même une halte. Elle préférait le laisser conclure à un trac à retardement ou à une vengeance contre Dorothea, qui l'avait embringuée dans cette folie. Ou bien il supposerait qu'elle s'était foulé la cheville, ou qu'elle souffrait d'une intoxication alimentaire, ou qu'elle avait attrapé la peste. Cela lui était égal. Et peu lui importait que Dorothea soit restée seule sur scène pour terminer leur numéro en se débrouillant pour faire croire au public que la disparition de sa partenaire était tout à fait normale. Bien sûr, tout à l'heure, au moment des saluts, le public trouverait curieux qu'elle ne fasse pas de réapparition. Mais…

Le pire, c'était qu'elle ne savait pas pour quelle raison elle se sauvait. Que signifiait la présence d'un enquêteur italien du nom de Salvatore Lo Bianco parmi les spectateurs ? Il avait dû être invité par l'inspecteur

Lynley… Mais pourquoi Lynley aurait-il voulu lui infliger une humiliation aussi cruelle ?

C'est alors qu'elle entendit sa voix. Elle avait presque atteint sa Mini. Lynley la héla une deuxième fois. Il avait oublié d'être idiot. Il n'y connaissait goutte en claquettes, mais il était savant en ce qui concernait l'âme humaine. Il avait dû lire son désarroi sur son visage, et vu l'expression de Dorothea. Il avait rassemblé les pièces du puzzle avec sa célérité habituelle.

Elle pivota pour lui faire face.

— Qu'est-ce que vous avez fait, monsieur ? Vous pensiez que j'allais trouver ça drôle ? Je vous avais pourtant demandé expressément de ne pas venir. Or non seulement vous êtes venu, mais en plus vous avez invité Salvatore. Et les autres aussi : Simon, Deborah, Charlie… qui d'autre… Winston. Oui, Winston avec ses parents. Et vos voisins ? Vous avez essayé de les rameuter, eux aussi ?

Il leva la main en signe de légitime défense.

— Barbara. Je vous en prie, écoutez-moi.

— Non, je n'écouterai pas ! Vous croyez peut-être savoir ce qui est bon pour moi ? Comme tout le monde ! Eh bien, non, inspecteur. Vous venez de faire de moi la risée de mes collègues, de nos amis, de…

Elle ne pouvait pas aller plus loin. Ce qu'elle ressentait était innommable.

— Je n'ai pas invité Salvatore, déclara Lynley.

Il jeta un regard en arrière au bâtiment où s'achevait le spectacle, et ajouta :

— Enfin, ce n'est pas tout à fait exact. Je l'ai invité, mais ce n'est pas moi qui l'ai fait venir d'Italie. Il devait venir de toute façon. Il va suivre un cours d'anglais.

— Un cours d'anglais ? Pour quoi faire, grands dieux ?

— Aucune idée. Vous allez pouvoir lui poser la question. Je l'ai invité à loger chez moi et comme il s'est avéré qu'il était là le jour où…

— Vous vous êtes dit que c'était le moment idéal pour me tourner en ridicule. C'est pour ça que vous les avez tous amenés…

— Je ne vois vraiment pas d'où vient cette déduction. Pourquoi chercherais-je à vous ridiculiser, sergent ?

— Parce que c'est ce que je suis ! s'écria-t-elle. Parce que je suis ridicule.

— Vous n'êtes pas sérieuse, Barbara…

— Mais regardez-moi, monsieur ! Mettez-vous un peu à ma place et imaginez ce que je peux ressentir sachant que je n'ai aucune chance jamais de… de…

Elle se tut, de crainte de fondre en larmes si elle continuait… Il n'était pas envisageable qu'elle pleure sur le parking du centre communautaire de Southall devant Thomas Lynley. En costume marin.

— Venez avec moi, dit Lynley d'un ton différent.

Pas exactement « La Voix », mais quelque chose de rugueux dans le timbre.

Comme elle ne bougeait pas, il répéta :

— Venez avec moi, sergent. C'est un ordre.

— Et si je refuse ?

— Si j'étais vous, j'éviterais.

Sur ces paroles, il lui tourna le dos et ne se retourna pas pour vérifier si elle le suivait. Elle songea à désobéir, mais son petit doigt lui soufflait qu'il lui en cuirait.

Ils arrivèrent au baisser de rideau. Les uns après les autres, les danseurs venaient saluer sous des salves d'applaudissements et de bravos. Lynley se pencha vers elle pour lui chuchoter :

— Lorsque Dorothea apparaîtra, vous vous joindrez à elle, et vous ne le ferez pas pour vous. Vous le ferez pour elle, parce qu'elle vous aime beaucoup. Comme nous tous, mais ce n'est pas le moment d'en discuter.

— Je ne peux pas…

— Si, vous pouvez. Passez par l'allée centrale et si vous ne vous arrangez pas pour que cela ait l'air de faire partie du spectacle, vous aurez affaire à moi. C'est clair, sergent ?

Elle était sidérée. Comment osait-il lui faire la morale alors qu'il avait totalement tort ? Il la traitait du haut de son aristocratique personne, mais il n'avait aucune idée de ce que son cœur recelait…

Vraiment ? Ne savait-il pas très bien au contraire que… Si, Thomas Lynley savait mieux que personne, il connaissait les affres de son combat intérieur, et elle savait qu'il savait pour la bonne raison qu'il n'y faisait jamais la moindre allusion, même à présent. Il lui épargnait sa lucidité. Comme toujours.

Dorothea émergea des coulisses. La foule applaudit. Elle salua avec un joli sourire, quoique un peu contraint. Un sourire qui ne ressemblait pas du tout au sourire éblouissant de Dee.

— Allez-y ! dit Lynley.

Barbara descendit l'allée centrale au pas de course et bondit sur scène avec un tel élan qu'elle perdit l'équilibre. En tombant, elle glissa sur le côté jusqu'à s'immobiliser aux pieds de Dorothea. Et comme le lui avait ordonné Lynley, elle fit comme si cela faisait partie du spectacle.

Remerciements

Dès que j'envisage de me lancer dans un nouveau Lynley, je repère une région d'Angleterre sur laquelle j'ai envie d'écrire, je lis la littérature qui existe à son sujet et je passe un certain temps à effectuer des repérages et à amasser de la documentation qui me seront, du moins je l'espère, utiles pour développer les personnages et la construction de l'intrigue principale et des intrigues secondaires.

Mes remerciements vont à Anthony Bangham, chief constable de la police de West Mercia, pour l'entretien qu'il m'a accordé, pour ses explications sur les coupes en matière d'effectifs et pour avoir eu l'amabilité de répondre à mes courriels lorsque je tombais sur un problème que seul un représentant des forces de l'ordre était apte à résoudre.

À Jon Hall, le président du Midland Gliding Club au Long Mynd, je dois la merveilleuse visite que j'ai faite de l'aéroclub. Guidée par lui, j'ai pu comprendre comment le planeur est assemblé, comment il se pilote et quelles sont les différentes méthodes pour le faire décoller. Je regrette d'avoir décliné son offre d'une balade aérienne.

Merci à Paul Draper, le maire de Ludlow, pour m'avoir reçue à l'hôtel de ville et m'avoir expliqué les conséquences des coupes dans les effectifs de la police en Angleterre et en particulier à Ludlow.

Swati Gamble de Hodder & Soughton a, comme d'habitude, été d'une aide inestimable quand il s'est agi de dénicher les renseignements dont j'avais besoin, et mon éditeur, Nick Sayers, m'a remise sur les rails à chaque fois que je m'écartais de l'anglais britannique.

Aux États-Unis, ma consœur écrivaine (et claquettiste) Patricia Smiley m'a aidée pour tout ce qui touchait aux claquettes. Mon assistante Charlene Coe n'a pas son pareil pour se documenter sur toutes sortes de sujets dont la liste est trop longue pour figurer ici. Mon éditeur, Brian Tart, a été un ange de patience quand il s'est agi de la remise du manuscrit final. Et enfin, mon mari, Tom McCabe, n'aurait pas pu être un meilleur soutien ni plus compréhensif pendant ce long processus.

J'ai bénéficié aussi des encouragements affectueux de mes amies : Karen Joy Fowler, Gail Tsukiyama, Nancy Horan et Jane Hamilton. Mes quatre rocs.

Toute erreur figurant entre ces pages est de mon seul fait.

Elizabeth George
Whidbey Island, Washington
27 août 2017

Composition et mise en pages
Nord Compo à Villeneuve-d'Ascq

Imprimé en Espagne par:
BLACK PRINT
en février 2020

S29987/01